白居易

梅曙平　著

中国文史出版社

目录

第一章　喋血黎明

湿　罗　衣

一切事情都是从唐元和十年（815 年）阴历六月三日的那个黎明开始。约莫是寅时到卯时光景，窗外一片漆黑，身在成都的女诗人薛涛，迷糊之中，突然梦见久别的情郎武元衡。虽是仲夏时节，可她在梦里看到京城长安的物候有些异常：塬上早已绿暗花零，郊外曲江岸边却开满了玉色的梨花，花瓣的顶端还戴着血红色的小帽子，远远望过去，就像骀荡起伏的雪白波浪。突兀间，风萧萧地吹来，掠扰得片片花瓣飘飘洒洒，像翻飞的蝴蝶。令人战栗的是：所有的梨花竟然在刹那间颓然凋落，落地之后，霎时变作殷红的桃花。像血，悚然惊心！紧接着，她瞧见在甬道一般的梨花丛中，武元衡沐浴着纷飞的雪片，缓缓向她走来，着一身白色的长袍，脚步踟蹰，好似生怕蹂躏了满地的落英。走着走着，白袍从上到下，一寸寸泛漾成鲜红，宛如满身沾染着鲜血……

这莫名其妙的噩梦将薛涛怆然惊醒，她目光空洞地望着无边的黑暗，沉浸在恐惧的心绪里，出了一身的冷汗。恍惚中，不自觉地想起前不久一位道士说过的话："情到深处的男女、母子、孪生血缘之间，有时会产生心灵感应。尤其是女性刻骨牵挂情郎的时候，有一种玄乎的第六感。换一个说法，这叫预知或共情。"想到这些，薛涛不禁浑身战栗。先是两行热泪无声地滚落在羊脂般的脸颊上，接着，像下露水一般，潮潮的、湿湿的一片，再也不能够收拢成为一滴滴泪珠子。

薛涛在默默祷告中，固执地让自己相信：梦是颠倒的，梦中的情形，在现实里定然不会发生。可她怎么也没有想到，这世上的事情，运心不普，物我难齐，端的要被无常与因果所左右。就在这个黎明，她的不祥之梦正在千里穿越，马上便要与京都长安发生的天朝第一惨案重叠在一起了——

京城长安按照天罡、地煞之数划分为一百零八坊，其中皇城的太极宫、大明宫、兴庆宫之间的区域面积最大。坊中建有十字街道，最为宽阔的当数朱雀大街。每日傍晚，街鼓敲响八百下，坊门便关闭，尚在大街上没进坊的人，都要被抓起来，罪名是犯夜禁。每日早上，敲鼓三千下后，坊门才渐渐开启，是为晨鼓。晨鼓时间很早，夏天四点不到，冬天也就刚过四点的时辰。自然有专职的坊正管理坊门，下面还配有坊卒、门吏等相关的人事。那年头，生活在长安的百姓怪可怜的，每天都在与时间算计，一不留意，便要触犯条例，就连天亮前想睡个囫囵觉，也被晨鼓吵得不能够安宁。

这日黎明，隐约有些鱼肚白的天色依旧昏暗，黝黑色的天空渗出血红的光，给人的错觉似乎就要破晓了，实则这夜与昼的临界点，还有个把时辰最为漆黑。这一天，大唐门下侍郎、平章事武元衡有些头痛，整晚睡不着觉。他索性子夜起床，盥洗了一番，用温水敷了敷脑门，胀痛这才减轻了些许，便进书房拿起一本《汉书》翻看。翻至《表·诸侯王表》一章，禁不住小声地念了起来："然诸侯原本以大，末流滥以致溢，小者淫荒越法，大者睽孤横逆，以害身丧国。故文帝采贾生之议分齐、赵，景帝用晁错之计削吴、楚。武帝施主父之册，下推恩之令，使诸侯王得分户邑以封子弟。不行黜陟，而籓国自析。自此以来，齐分为七，赵分为六，梁分为五，淮南分为三……"武元衡合上书本，长叹了一声，心思就像这微风里的灯焰，在如同绸缎般的夜色里，东一斜西一歪地打起了太极。那凌乱的影子映在墙上，芜杂得紧。

这几天，武元衡的心情颇不宁静。前些日子，听到一些满长安飞蹿的流言，另一位宰相张弘靖也提起过此事，好像御史中丞裴度也被牵扯进来。事情的起因是一则谶语，据说是一个世外高人特遣弟子向他秉述的，说的是一个令人费解的民谣："打麦麦打三三三，舞了也。"叫人觉得奇怪的是念这民谣的人还会配上手势，在唱"舞了也"三个字时，要做出旋转袖子的动作，诡异得紧。临了那弟子还特地转述师傅的嘱咐："武平章与裴御史近期可要仔细贼人的暗算，小心血光之灾！"武元衡怎么也琢磨不透，这没由头的民谣哪门子玄乎？另一位宰相张弘靖还专门找他嘀咕过，最后两人皆是一头雾水。

大儒武元衡向来是“敬神如神在”，不信这个邪。无奈敌不住三人成虎，别人在耳边唠叨多了，便觉得挠心。

实则，最让他挠心的还是削藩这个棘手的难题。割据势力竞相淫侈，长久倾轧，几代君王梯次接续地发动战事，耗尽了国力，依然难以摆平。及至宪宗，方才现出了端倪。宪宗读列圣实录，见贞观、开元故事，竦慕不能释卷。宪宗抱负宏博，愿景深远，以“太宗之创业”“玄宗之致理”为效法之楷模。致力于中外咸理，纪律再张，立志削藩以中兴唐室。作为宰辅扶大厦于将倾，乃职责所系，也是作为人臣的操守。况武元衡还有自己的企图，他想辅佐宪宗平藩削据，中兴大唐雄风，做一代贤相，彪炳汗青。远者如东晋的谢安石，为君笑谈静胡沙；近者，如房玄龄、杜如晦，房谋杜断，笙磬同音，文含经纬，经营四方，帮助帝国一统天下。武元衡秉性坚毅，尤为倔强，坚信“路虽远，走则必至；事虽难，做则有成”。

看时辰，离上朝还有些早。武元衡揉了揉太阳穴，站起身来，舒了舒筋骨，随手端起一杯茶，在书房里来回踱步。踱过来踱过去，一首题为《夏夜作》的五言绝句不觉涌上心头：

夜久喧暂息，池台惟月明。

无因驻清景，日出事还生。

好一个“日出事还生”！有道是：流水下滩非有意，白云出岫本无心。武元衡驻清境而抒怀，承转合而成句，本是一桩寻常事。哪承想诗无达诂，白锐黑藏，倘若换个角度解读，竟然一语成谶。冥冥之中，武元衡或许有所预感，而又无能力去改变云来雨兴的未卜之事。

盘桓良久，晨鼓已然敲响，武元衡穿好紫色大科官服，腰佩玉带钩，系上金鱼袋，缓步出了靖安坊的府邸，仆从早已牵着马在门前等候。服侍武元衡的，也就前面开路一人、掌灯二人，再配上四到八个侍卫，或乘骑，或徒步，戒备森严地予以护佑，不敢稍有松懈。

靖安坊在朱雀大街的东第二街与第三街之间，不论自南侧的安德坊还是从北面的务本坊数起，均为第五坊。从这儿去大明宫是往北的方向，每月三日，铁定要上朝面君。仆人扶武元衡上了马，一行人沿着宽约一百步的朱雀门东大街左侧行进，赶赴大明宫去上早朝。武元衡打算先去大明宫内的中书省，办理堆积的例行公事，然后到东面的含元殿或宣政殿谒宪宗御驾，这是他例行的上朝路径。

一路上，武元衡眯缝着眼睛，信马由缰地走着。寂静里，只听得马蹄嘚嘚，有节奏地敲击着路面。忽明忽暗的灯笼，晃在他俊朗的脸上，显得莫名凝重。身为大唐宰辅，武元衡可不比“萧规曹随”的曹参，日夜饮醇酒，歌舞应和，照样可以做到无为而治。他每天皆是百事丛杂，千头万绪，克勤克苦，固本图新，力求在朝野酿成一种气氛，造就一番形势。当下，他再次想起“藩镇问题”。单说元和九年，淮西节度使吴少阳病殁，其子吴元济未经朝廷许可，自承父职。当时的宰相李吉甫上奏宪宗：“淮西雄视中原，乃眉目之地。收复淮西，系削藩之关键所在。今吴少阳新殁，其子吴元济，目无朝纲，以此讨之，乃平逆之机遇也。”李吉甫的提议深深打动了宪宗，由是下令出兵淮西。淮西的军队可是战火中厮杀出来的虎狼之师，见过大阵仗。面对人数多于自己的讨伐军，居然打了个旗鼓相当。正当征讨呈胶着状态之时，宰相李吉甫不幸病逝，宪宗怅然觉得朝堂空也！支持削藩的中流砥柱轰然坍塌，由此带来的后果是，宪宗案头充斥着休兵罢战、息事宁人的绥靖奏章，短缺了铿锵之音。无奈之下，宪宗急召武元衡还京，使命只有一个：主导淮西削藩政务，并诏令裴度鼎力辅助。

武元衡骑在马上，清新的凉风一吹，混沌的大脑便清醒了许多，头痛似乎也减轻了一些。他掐指一算：征缴至今，战事已经进行了几个月，今日早朝，首议的必定还是淮西这档事。其中牵涉到军情剖析、粮草供应、人事夹杂、诸军协调等一系列关节，牵一发而动全身。兵者，诡道也，奇正相生，不可不察。有时候羽毛为重，千钧为轻，哪怕一个小小的细节，都会产生难以预料的变化。故孙膑云：“不忠于王，不敢用其兵。”朝廷许多大臣，不明白“征伐是全局、休兵是偏安”这个道理，处处掣肘，还得耗费忒多精力与之周旋。

武元衡想：今日早朝，务必条分缕析，力排众议，进一步巩固皇上披坚执锐的决心，万万不可半途而废，功亏一篑。彻底剜除帝国肌体上的毒瘤，方能长治久安。打从“安史之乱”以来，朝廷与藩镇、藩镇与藩镇之间连年混战不休，弄得烽烟四起，国将不国。身为宰辅，定要剖决如流，乱世用重典，削藩还治，容民畜众，让百姓休养生息。想到这里，武元衡下意识地握紧了拳头，朝大腿上猛地一砸，惊得马儿踉跄地一路小跑起来。

武元衡盯着漆黑中一个不确定的东西，眼眸里有一点精光闪过，似锋利无比的剑刃上漾过的一抹幽蓝，冷冷的，寒彻入骨。想到自德宗建中四年进士及第后，自己首任监察御史，接任华原县令。刚刚踏入仕途，意气风发，刚明耐苦，本想捏合一番事业，无负庙堂与百姓。及至躬身入局、走马上任，遇见的第一件事竟是驻跸华原的镇军督将出行时旌节开道，府邸里树立六纛，有恃无恐地耀武扬威。后来，陆续发现这些镇军督将无事便飞鹰走犬，欺男霸女，扰得市井无序，百姓不得安生，身为华原县令，却无法节制他们的肆无忌惮。为官者，下不可为民做主，上不能苟利国家，还不如回家卖红薯！

然则，面对“含齿带角，前爪后距，喜而合，怒则斗”的藩镇势力，置身黄钟渐毁、瓦釜雷鸣的纷扰乱世，一个小小的华原县令，又能何为？儒雅执拗的武元衡觉得如此为官太过窝囊，干脆上书朝廷称病辞职。本欲告别官场，作名山事业，谁料德宗皇帝竟然知道了这件事，宣他殿前面君。初次相逢，德宗也不盘马弯弓，直接咨及国政。

德宗问：“何为治国之道？”

武元衡正襟危坐，肃然答道：“凡治世，风俗醇厚，人心端正。浩署内以端本，明刑法以清讼，重农事以厚生，崇俭朴以养德；凡乱世，用霹雳手段，显菩萨心肠。用商鞅立木之法，坚孙子斩美之意。”

德宗点点头，继而问：“如何辨才？”

武元衡道：“看邪正、辨真假、察风波、识条理、观格局、窥气概，诚守为大节，干练为根器。襟怀豁达为第一义，心力劳苦为第一忠。”

“何为治事之要？”德宗换了一种坐姿，轻摇团扇，眯缝着眼睛问道。

武元衡愈加恭敬地回答：“治事之道，曰剖析，曰简要，曰综核。”

德宗不禁龙颜大悦，知其乃宰相之器，堪为大用，便一年之内连升三级。武元衡感泣知遇之恩，遂立誓鞠躬尽瘁，死而后已。

每当想起这些，他的心头就像被针刺了一下，隐隐作痛。这些年，累积的义愤、憋屈、忧虑，不断地沉淀、翻腾，折煞人也。当下铁血削藩，不过是一吐胸中块垒而已！

反复斟酌朝中的那些事儿，武元衡感到头又有些隐隐作痛，他仰首看了看天色，这时刚好经过一家大宅院，高耸的院墙遮住了天边渗出的那一丝血红的光，他的脸更加深沉地罩在了无边的黑暗里，即便被摇晃的灯笼凸显着轮毂，也看不出任何表情。武元衡努力止住思虑，试图换一种心境，想些开心的事儿，以便让自己在上朝前尽量松弛一些。马儿依旧走得有板有眼，不紧不慢。他深深吸了一口平旦时辰嫩寒的空气，脑子里忽然闪现出一位“肤理玉色、风调皎爽”的女子身影来。这久违的温柔，在焦头烂额的朝政纠缠下已经难得念及，当下忽地触碰，心中不免滚过火烫般的痛楚，他用又薄又细、惟有自己能够听得见的声音嗫嚅道：“薛涛”。

黑暗依旧浓得化不开，没有疏落的灯光，也没有虫鸣，极度的幽静，仿佛要吞噬一切。这时候，人的内心最容易伤感，最为孤独，只有在怀念一个人的时候，才能在冰凉的凌晨感受到些许的慰藉。想到薛涛，武元衡嘴角浮起了一丝微笑，他遥远而缠绵地想起了元和二年的那些事儿……

那一年，四川节度使高崇文在蜀中任职已满一年。这人生性朴厚，沉默寡言，颇为熟谙兵事，但却不通文墨，又厌烦蜀中的政务繁忙，恰逢任期将尽，便对监军说：“我乃河朔戍卒，幸立战功，方才跻身要职。西川乃宰相盘旋飞翔之地，本人何德何能，竟然含愧作了这天府的父母官，如何能够心安理得？”由是上表声称：“蜀中安适闲逸，这温柔之乡不是武人施展腾挪之地，望陛下让臣驰骋边疆，尽死效力。”

像这样主动请求换防的节度使，实乃凤毛麟角。大多割据势力，巴不得坐不挪窝，死不挪地，以便树大根深地培植势力。高崇文独不自留，进律迁秩，堪为楷模。宪宗欣慰之余，一边降旨嘉勉，一边竟为此事大伤脑筋：西川节度使一职急需补缺，谁人合适？权衡再三，觉得唯有武元衡能担此重任，但又舍不得他离开京城。一番斟酌之后，最后采取让其兼职的法子，诏令：武元衡任剑南西川节度使，兼门下侍郎、平章事。

担任剑南四川节度使的那些日子，是武元衡一生中最为逍遥的时光。以宰相资质，治理地方，如烹小鲜。作为宪宗的幸臣，武元衡自然知晓派他入蜀的深意：恢复经济，裁剪兵丁。安定四川，毋呈尾大不掉之势。这是皇上用心周详之处，武元衡自然是兢兢业业，实心办事。头尾三年，川蜀面貌已是焕然一新，百姓总算过上了安心的日子。

蜀地风俗，最爱风月。闲暇之余，武元衡也入乡随俗，参加一些文士雅聚。一日，同僚杨嗣招来一群歌伎，请他到园林欢宴。公务之余诗酒唱和，正好消遣时光，雅性庄重的武元衡欣然前往。他淡于接物，不多饮酒，杨嗣虽知，却不照应，入场便说：“今日诸位务必尽欢，一醉方休！”

乍一进园，便能感受造园者婉转的构思。移步换景间，回廊盘曲，古木交柯。转过假山，一池碧水让眼目滋润。池中芙蕖烨烨盛开，水上桥堤搭一棚花架，花影粉墙亦有光阴的徘徊。水边一亭，亭柱上的春吊儿吸引了武元衡的注意：闲栽芭蕉题唐句，细嚼梅花读汉书。他点点头，随着众人进入轩室。室内氛围闾阎明净：墙上一幅梅花图，观望而知雅意。博物架上，古玩、奇石，标榜出格调，文房四宝如经如仪。

须臾间，酒席已经备好。一群人序次落座，交杯换盏间，笑语喧哗。武元衡选择临水的轩窗坐定，窗外有一棵石榴树，浓密的叶子揉碎了阳光，洒在他的身上就像一枚枚铜钱。大家谈笑风生，唯独武元衡静若处子。杨嗣见了，便过来劝酒。他高举着酒杯大声说道："众人作乐，你为何这般落寞？所谓'一人向隅，举座不欢'，请饮此杯，莫要扫兴！"武元衡推辞说："我不善饮，汝等尽兴即可。"

杨嗣已经喝得半醒半醉，哪里肯依，依旧借酒撒欢，强逼武元衡大杯饮酒。武元衡坚持不喝，杨嗣便将酒倒在他的身上，一边倒酒一边笑道："我用美酒为君洗洗澡！"众人见了大惊失色，担心宴席将不欢而散。有人喝道："杨从事，不得无礼！"有人叹息："酒后无德也！"园子主人始料未及，一脸尴尬，赶紧过来解围，终究已经迟缓。哪承想武元衡却不动声色，直着腰身，待杨嗣将酒倒空，微微一笑，唤仆人引路，起身离座，换去了一身袍服。面色镇定如初，全无半点恼怒之色。这当口，大家都住了酒，喧哗声戛然而止。满屋之人尽皆无语，只听得醉醺醺的杨嗣高声嚷着："武节度，乃吾顶头上司，西川最高长官也。不带头饮酒，不妥，不妥！"见没人理睬他，便一手搭在武元衡的肩膀上，高举着酒杯对众人说："原剑南节度使高崇文自持平叛有功，起奢侈心，临走将四川军用物资、库内金帛、歌伎舞女、能工巧匠搜罗一空。武平章走马上任，直面一穷二白，绥靖约束，俭己宽民，休养生息。仅三年，百姓怀德，蛮夷怀归，府库充盈。今日之酒，系庆功也，不喝可乎？"众人这才点头称是，现场气氛有所缓和。

谁知言者无心，听者有意。方才酒席间一幕，被一人在屏风后冷眼瞧得分明。这关节，只听腰佩响处，自内袅袅婷婷走出几位姑娘，中间簇拥着一位柳容婀娜、轻罗随风的丽人。此女子霍若明媚，绝众挺出，叫人不可逼视。

武元衡似乎来了兴致，再也不郁郁寡欢，一人向隅。他转脸问杨嗣："这女子何人？"

杨嗣笑道："她乃大唐第一美人、头字号女诗人薛涛也，你连她都不知晓？"这讨厌的家伙，借着酒劲儿，嘴上愣是没个把门的。

山和水可以两两相忘，日与月可以毫无瓜葛。武元衡遇见薛涛，却是注定要擦出火花的。当即，薛涛开始抚琴，武元衡认真地听着，大声赞道：“妙音无双，如听仙乐也！”薛涛听见夸赞，目光婉转，其光晃昱。武元衡见薛涛不冷不热，知道她阅人无数，平庸之辈难入法眼。久闻她与韦皋、元稹以诗作筏，交情颇为不一般。在大唐，还有什么事比诗词唱和更能够流水高山心自知呢？想到这里，武元衡灵机一动：薛涛才女也，除却诗，如何入得芳心！如是心中便有了主意，他微笑着搭讪道：“久闻娘子芳名，诗词清奇雅正、境界开阔，今日幸会，不知肯即席赋诗一首，以纪今日盛会否？”

薛涛略一沉吟，低着头答道：“武使君官高位重，诗文瑰奇美丽，气象婉转，小女子岂敢造次。”

“承蒙赞誉。”武元衡接过话头说，“盛会佳期，不可无诗。本官不揣浅陋，先作一首，望娘子不吝赐玉，如此可好？”

“使君请！”薛涛微笑点头。

早有小厮捧上笔墨，武元衡援笔濡墨，文不加点，一挥而就：

月上重楼丝管秋，佳人夜唱古梁州。

满堂谁是知音者，不惜千金与莫愁。

薛涛轻吟一遍，知晓武元衡已然把自己视为知己，不禁抬头看了他一眼，恰好四目交织，顿觉心旌摇荡，一时不能自持。少顷，薛涛步着武元衡的诗韵，和了一首：

独守千年清夜秋，梦里几回到瀛洲。

坎坷半身何所寄，一朝梦醒少忧愁。

武元衡心花怒放，思忖：这事有着落了！打这以后，武元衡借着各种由头与薛涛诗词唱和，试图体希微之趣，含知遇之情。就这样，风雅的武元衡环环相扣地串起了女人心，默默关注她的尘世沧桑，苦苦相随她的生命悲喜。薛涛亦懂得人生飘忽不定，易求无价宝，难得有情人。相处中，武元衡发现薛涛不单擅长风花雪月，格局非比寻常，实乃可造之才，遂向朝廷建议：授薛涛校书郎职位。此举虽无朝堂回音，却让薛涛越发引为知己。自此，二人如胶似漆，真爱相随……

武元衡一路沉浸在曼妙的回忆里，不能自拔。成都的岁月已经远去，他很怀念。不觉间，已走出靖安坊东门，迤逦便上了官道。一行人沿着右侧林荫路，继续朝大明宫的方向行进。周遭浓厚的黑暗，刀割不开，针刺不透。不知怎的，打从在朝堂上表态，竭力主张对淮西吴元济征讨以来，武元衡变得心事重重，觉也睡不踏实，整宿地做噩梦。这天黎明，武元衡临时决定不坐轿，指望骑在马上，好叫冷风醒醒脑。只是清醒了又能如何，这一路上照旧心绪如麻，剪不断，理还乱。

剑 器 近

黑夜寂静阴森，不远处微微摇晃的树木，竟像一个个魅影，让人觉得前后左右有无数双眼睛朝这儿窥探。朦胧的灰暗里，两盏闪着光亮的灯笼，远远看过去，竟像不断移动的磷火，有些瘆人。这漆黑的幽寂并不可怕，可怕的是就在这路段，突然蹿出一声嘶哑阴鸷的吼叫："灭灯！"恍若于无声处的惊雷，唬得前面举着"相府"牌子的导旗浑身一颤，险些跌下马来。多年的习性，令他迅疾冷静下来，威严地呵斥道："何人喧哗？"话音刚落，"嗖"的一声弓箭，将其射落马下。两盏灯笼也同时被利器射灭。刹那间，周遭伸手不见五指。令人毛骨悚然的突然袭击，吓得卫士、家丁们目瞪口呆，一边团团乱转，一边吆喝着给自个儿壮胆："大胆逆贼，竟敢袭击相爷，滚出来！"刺客恰似鬼魅，无影无踪，众人围在武元衡周遭，那情形，倒像是抱团取暖。

两名功夫不赖的卫士刚刚拔出腰刀，毕竟已经迟缓，林荫中，几抹黑影身手了得，兔起鹘落，霎时便逼到了近前。白刃闪闪，暗箭乱飞，耳听得噼里啪啦刀器格斗之声，锐器刺入肉体的声音，棍棒击碎天灵盖的闷响，凄厉尖锐的惨号声混作了一团。骑在马上的武元衡正惊愕间，冷不防，从树上跳下一名刺客，手里大棒挟着风声，"飕飕"地照着他的大腿抡将过去，耳听得"咔嚓"一声，武元衡左腿骨硬生生地折断，一时骨碎钻心，几近昏迷。黑黝黝的树丛，又有几个身影，蜻蜓点水般提刀跃下，一人抓住武元衡的马缰，牵行十余步，举起蜡烛验明正身，当胸便是一刀，狠！准！快！干净利落地将他刺死，然后剁下头颅，胡乱包裹起来，几起几伏，迅疾消失在无边的黑暗中。前后不到半炷香的光景，家丁和卫士全都倒在血泊中，竟无一活口。

好似江水怒冲滟滪，接着必有数十里平缓东去，以杀其咆哮之势。石破天惊的刺杀发生之后，黎明迅速复归宁静。凄厉的叫声消失了，天地间死一般地缄默。这时，天欲破晓，霞光爬上地平线，染红了靖安坊东门前的石径、草地。微风吹过来，一地暗红的血液，泛着冷冷的光，像层层叠叠的鱼鳞。空气中膻腥的气味，被风送得很远。可怜武元衡骑坐的那匹白马，再也不能背负着主人四处行走，它哀哀前行，一直溜达到了大明宫的建福门……

这时辰，路上渐渐有了骑马上朝的官员和行人，恪尽职守的巡逻兵士，每天如期而至。当他们发现京城的中央地带，竟横七竖八地躺着这么多尸体，惊恐得奔跑狂呼："出事啦，杀人啦！"兵士们一个接一个地疾呼："靖安坊东门发生惨案，贼人刺杀朝廷大员！"那情形如同点燃了烽火，迅疾传播了十余里，直达大明宫内。正在宣政殿前等候早朝的百官闻听，全都惊疑不定，议论纷纷。有的环视四周，惶恐地问："真的假的，谁人被杀？"有的压根不信皇城重地、天子脚下竟会发生如此惊天大案，厉声喝道："休得胡言，胆敢妖言惑众者，按律法办！"有的则大声嚷着："刑部呢，兵部呢，立即派人前去查证！"更多的官员在揣测：何人被杀？

单说这日黎明，大唐帝国的左赞善大夫白居易，像往常一样前往大明宫上朝，刚出了昭国坊西门，便发现前方道路人影幢幢，人喊马嘶，他意识到必有大事发生！连忙带着随从赶去看个究竟。走到靖安坊东门，就嗅到一股浓烈的血腥味，仆从捂住嘴巴差点呕吐出来。这时，现场已被金吾卫封锁，街那边还聚集着零星的百姓，一个个面色惊恐。白居易近前道："我乃左赞善大夫白居易，前来查看案发现场。"士兵见此人身穿五品朝服，知道有来头，便闪开空当放行。

眼前的一幕让白居易瞠目结舌，简直不敢相信自己的眼睛。煌煌京城，天子苑阈，竟然发生这样惨绝人寰的凶杀案，实在前所未闻，令人发指！灯火下，白居易一眼便瞧见左金吾卫将军张子良，正与几位同僚一道查看案情。按例，靖安坊附近乃属左金吾卫巡逻的范畴。白居易趁步上前，招呼道："张将军，贼人太过嚣张，务必查出真凶，严惩不贷！"

张子良正蹲着仔细打量一具尸体，随从俯身提醒说："白大夫来了！"他这才抬起头，目光迎向白居易说："白大夫来得正好！"指了指脚边一具无头尸体，问道："你看这是何人尸身？"

白居易闪眼看过去，只见在横七竖八的尸首当中，一具身穿紫袍的无头尸体躺在街道上，头颈处冒出的血液喷射得很远，地上的血迹斑斑，惨象目不忍睹。细心的白居易看见死者穿着紫色大科官服，腰佩金鱼袋，不禁大惊失色。依据朝廷律制，只有三品以上官员才能穿紫袍，佩金鱼袋；五品以上只能穿绯袍，佩银鱼袋；六品以下着绿袍，无鱼袋。也就是说，死者至少是三品以上大员。一丝不祥的预感悄然爬上心头，他忽然想到一个人，不禁打了个寒噤。

这时，长安京兆尹韦武也急匆匆地赶来。刚下马，就与白居易打了个照面，他神色凝重地点点头，算是打过招呼，又见左金吾卫将军张子良站在边上，急忙发问："张将军，何人遇刺？"

张子良脸色沉重，没有直接回答韦武的问话，只是激愤地说："穷凶极恶，天理难容！"

这时候，白居易四下巡查了一番，心情益发悲凉。他与韦武、张子良打了声招呼，便沿着官道，直奔大明宫。他既害怕又急切地想验证自己的预感，必须在第一时间让朝廷得知真相。当他走到大明宫建福门外时，恰恰看见那匹哀哀嘶鸣的白马，刹那间，两行热泪便涌出了眼眶。他哀叹一声："武元衡！"电光火石间，白居易心中一闪，猛然想起流传长安的一句民谣。聪慧如他，直到这一刻才恍然大悟民谣的寓意："打麦"指的是收麦打麦的季节，"麦打"是指暗中突然袭击，"三三三"，不就是六月三日！"舞了也"，预示武元衡遭暗杀而死。

白居易倒吸一口凉气，新的悬疑便又袭上心头：谁，暗中散布这首民谣？用意何在？他如何知晓武平章六月三日即将遇害？难道是凶手事先发出警告？既如此，何不直截了当写封信函拟或递张纸条，最直接莫过于派人传话，岂不更加明白？何必多此一举，用哑谜来装神弄鬼。千头万绪，仿佛一团乱麻，令人无从下手。许多关节，一时也捋不清楚，令白居易陷入了迷惘。

在破晓的凉风中，白居易任由热泪慢慢变冷，不去揩拭。他脸色铁青，怔怔地望着朝暾微曦的天幕，足足有一袋烟的工夫，仿佛要在浩瀚的天穹中找出事件的答案。苍天之上，几只乌鸦"呱呱"叫着，转瞬飞过，消失在远方的一抹树丛之中。静默了好一会儿，他声音沙哑地吩咐仆从，将那匹白马牵过来。白居易用手抚摸着白马的脸颊、鬃毛，紧盯着白马那双乌溜溜的黑眼睛，他看到一丝惊恐与哀伤。伸手在白马头上拍了拍，白居易将缰绳递给了仆从，转身跨上自己的坐骑，狠狠扬了扬鞭子，径直朝大明宫驰去。他炯炯的目光里，泛起一股凛冽刚毅之气，掩盖着深重的悲伤。

乌夜啼

白居易与朝臣做梦也不曾料到，这惊天逆案居然还会无独有偶，刀光剑影还在环环相扣。几乎是同一时辰，在长安东北方位的通化门附近，御史中丞兼刑部侍郎裴度也遭遇了飞来横祸……

一大早，裴度骑着马出了府门，沿着通化街西行早朝。从兴化坊去大明宫，要先向西出坊门，再折向北，有一段路程。裴度的排场不如武元衡，简装轻骑不带护卫，只有随从王义右手牵马，左手提着灯笼，在前方开道。黎明前的黑暗里，王义粗壮的身影被灯笼的光亮忽长忽短地投射在路面上，像皮影戏。

由于经常早起，王义养成天一黑就上床睡觉的习惯，而且一沾枕头，便会鼾声大作，即使天上炸雷也难以惊醒。精神头好，他的感官在黎明时分出奇地敏锐。两人一骑正专心地走着，忽地，王义似乎听到一声极轻微、迅疾的呼哨，这声音平素闻所未闻，他立刻有了警觉，急忙回头查看身后的情况。霎时，从墙角树荫处蹿出三名黑布蒙面的杀手，个个提刀揎臂。冲在右侧靠前的刺客欺身就是一刀，裴度本能地扯着缰绳往边上一闪，靴带被齐刷刷地砍断。正要催马逃逸，马后方的那个黑影恰恰赶上，剑光一闪，照着裴度的背心直刺过来，马儿受惊往前猛一跨步，剑势走空，刚好刺穿朝服，几乎就在同时，马左侧的那个刺客挥刀向颈部砍去，裴度慌忙低头，却闪躲不及，砍在了后脑勺上，因刀势将老，所谓强弩之末，不能穿芦藁，加上厚厚的毡帽抵挡，故而创伤不深。裴度惨叫一声，坠落马下滚入路旁的沟中。右边的刺客以为裴度已经丧命，急欲挥刃下沟割其首级，冷不防，被王义从背后猛扑上来死死抱住，一时挣脱不得。更加让其慌乱的是，王义不仅双手像铁箍，嗓门也忒洪亮："救命呀，贼人刺杀裴御史，抓刺客啊！"这一喊，像惊雷撕裂死寂的黎明，在街坊间传得很远很远。

很显然，刺杀武元衡与裴度都是经过精确策划的，事先侦查过他们早朝的路径、地形以及周边警卫的布置情形，连刺杀过程也是反复算计好的。京都的治安可不是吃素的，那是异常地严密。夜间自初更至五更皆有人打更报时，坊、铺、里的设施派有专人负责看守。上半夜在街上行走，不会咋地，如果下半夜还在户外溜达，巡逻的士兵就会拘拿审问。因此，臣僚上朝，不大担心遭遇危险。像裴度这个级别的官员，也只是带着一个随从。王义这一喊肯定会惊动附近的金吾卫，刺客惊出一头的虚汗，恼羞成怒之下，挥刀斩断了王义的胳膊，再抬头一看，那两名同伙见裴度掉入路边深沟，以为必死无疑，赶紧仓皇逃走。这位心想：我也“扯呼”吧，被金吾卫黏上，便是土行孙也休想走脱，小命丢在这里可犯不着！当下脚不点地，一溜烟地消失在茫茫黑暗之中。

王义失血过多，眼前金星晃动，开始变得模糊。他紧紧靠在一棵树上，在即将失去知觉的关头，凭借本能坚持着最后的一丝清醒。也不知过了多久，他朦胧地听见人喊马嘶，像是聚集了好多人。王义料想是金吾卫赶到，不禁一阵心喜，两行夺眶而出的热泪将满脸的血迹冲出了两道印迹来。他使出最后一丝力气，嘶哑地大喊：“裴中丞在这里，快来救护裴中丞！”喊声刚落，那粗壮的身躯已经轰然倒在了血泊之中，但仍不肯合上迷蒙的双眼，直到听见金吾卫们的叫嚷：“裴中丞还活着，活着！”他血迹斑斑的脸上这才挤出了如释重负的笑，放任自己昏迷过去。

当张子良与韦武闻讯从靖安坊东门赶到通化坊裴度遇刺地点的时候，街面上虽然斑斑血迹，却不见遇刺之人。

“裴御史呢？”张将军疑惑地询问旁边的兵士。

“禀将军，裴御史重伤昏迷，刚刚被抬去抢救。”士兵回答说。

张子良转脸看着韦武说：“裴御史家距此不远，不妨去看看伤势如何？”

韦武点点头，带了随从，策马向裴度的府邸奔去。远远就瞧见十多个金吾卫在府邸门口列阵警戒，还有几个全副武装的兵士在宅院周边巡逻。

裴度的管家接到通报，慌忙迎了出来，见面就说：“裴御史刚刚遭遇刺杀，仍处在昏迷之中。”

韦武急切地问：“裴御史伤在何处？有无生命之忧？”

管家道：“头与身子皆中刀，伤势颇重。”

张将军也问：“可请大夫？”

管家回答：“大夫刚到，正在救治。”

韦武听闻，与张子良商议道：“裴御史仍昏迷未醒，不便打扰救治，改日再来探视如何？”张子良点头赞同，两人一起与管家道别，迅疾返回案发地点，仔细寻找蛛丝马迹。

天色渐渐明亮，蛰伏了一夜的街坊开始渐次喧哗起来。黎明发生的残酷大案，损害了京都的骄傲与尊严。在安宁得有些沉闷的天子脚下，竟然隐藏着许多不可预测的特异事件，一天之内，两名朝廷重臣一死一伤，的确骇人听闻。暗杀有着强大的洇染力，很多尖锐的情节将会被口口相传，添油加醋地描述。或许不到一盏茶的工夫，诡异的谣言便会悄然蔓延开来，闹得长安城内人心惶惶。

卯时正牌，漫天的霞光托举着一轮红日冒出地平线。皇帝的玉辇在卫队的簇拥下刚刚进入紫宸门，就遇到匍匐在路上的长安京兆尹韦武与左金吾卫将军张子良，他们于第一时间诚惶诚恐地启奏："启禀圣上，今日癸卯，门下侍郎、平章事武元衡于靖安坊东门被贼刺杀，批其颅骨而去，方向不明。又有贼入通化坊伏击御史中丞、刑部侍郎裴度，重伤其首，因义仆拼死庇护，得不死，御医正在抢救。"

乍闻噩耗，如遭雷殛的宪宗李纯半天说不出一句话来。平定刘辟时的宰相杜黄裳去世多年了，接替杜黄裳的李吉甫也在去年病故。与藩镇的争斗中，武元衡无疑是他最得力的臂膀。谁料在对淮西用兵的节骨眼上，竟然在皇城脚下公然遇刺。宪宗李纯脸色煞白，浑身战栗。在极致的愤怒与出离的悲伤中，他忽然仰天大笑，声音既犀利又尖厉，这位铁血帝王咬牙吼道："京畿重地，泱泱帝都，朝廷重臣竟然血溅五步，国之体统何在？此乃千古奇闻，天朝大辱！"话音未落，两行热泪已经涌出了眼眶。

众人从未见皇上如此恸怒，全都哆哆嗦嗦地低头不语。宪宗激愤之下，忽然觉得有些晕眩，中官赶紧上前搀扶，他悲痛地摆了摆手，想到大明宫宣政殿前，百官正在等待早朝，便宣诏说："宣张弘靖、韦贯之延英殿觐见，今日罢朝，散了吧！"

京兆尹韦武正欲起身，宪宗又用浓重的陕西口音问道："裴御史伤势如何？"

韦武赶紧回答："微臣刚与左金吾卫张将军一同去御史府邸看望，因裴御史昏迷未醒，怕打扰救治，故而没有进入。"

宪宗自言自语道："看来伤重矣！"随即含泪下旨，"即刻挑选头牌御医火速赶往裴度府邸，悉心医治，万勿延误！"

顿了顿，宪宗又谕："着京兆尹韦武、驻防京城神策军王士则将军、侍御史陈中师，协力侦破此案，务必缉拿凶犯！"

韦武高声回答："谨遵谕旨！"

与此同时，从惨案现场匆匆赶来的左赞善大夫白居易和文武百官还在丹墀与回廊间等候入殿参朝。大家面色都很凝重，悄悄地交头接耳，有人头上兀自还冒着汗，正焦灼时，只见中官匆匆赶来，声音尖厉地宣布：“皇上口谕，今日癸卯，门下侍郎、平章事武元衡，御史中丞、刑部侍郎裴度相继遇刺。逆贼丧心病狂，穷凶极恶！朕心愤慨填膺，深为哀恸，取消当日朝会，散。另宣张弘靖、韦贯之延英殿觐见。”

众臣听了顿时炸开了锅，一个个惊惶失色，窃窃私语了好一阵，方才乱哄哄地各自散朝回家。片刻之间，大殿之前就变得冷冷清清。白居易追上侍御史陈中师，一起缓步走出大明宫，将武元衡坐骑的那匹白马交给了他，并把自己在现场见到的情形做了详细讲述。陈中师仔细听着，一一记在心上。

散朝的路上，白居易的心情十分忧愤。想起现场看到的一幕幕，就像一根鞭子，狠狠地抽打在自己的脸上，一种惊悚后的溃痛感散漫开来。此刻，他的情绪非常复杂，愤怒、屈辱、悲痛、凄凉、忧伤全都混沌在一起，泥沙俱下。

又想起在大明宫前，那些等待早朝的官员们三三两两嘀咕过的话，白居易更加心潮起伏。有的说：“惨啊，日后早朝可得仔细。”有的告诫同行：“刺客视朝廷重臣为草芥，其背景深不可测。届时面圣，切记谨慎！”还有的一脸神秘，边说边比画：“据说，发身学剑者，来去如鬼魅，京都危矣。”白居易越听脸色越难看，如此心态，如何谋国？如此言语，污人视听，成何体统！想到这，白居易暗下决心，一定要启奏皇上，尽快除贼锄奸，正本清源，还被害人一个公道，还百姓一个朗朗乾坤。

早朝被取消了。当张弘靖、韦贯之两位宰相急匆匆地走进延英殿，看到一个泪流满面的天子，孤独地坐在龙椅之上，金樽玉馔里摆满了早膳，却是没动筷子。伤心的李纯恸哭良久，再也哭不出声音了，泪水流淌进嘴里，那般苦涩，让他食欲全无。心乱如麻的天子需要一个冷静的空间，来理一理思绪。

两位宰辅见了皇上，颤巍巍地正要跪拜，宪宗紧绷着脸，略微抬了抬手，声音沙哑地说：“免了，坐吧。”

君臣坐定，宪宗接过宦官吐突承璀递过来的茶，呷了一口，面色稍稍有所缓转，只是显得憔悴怠倦，仿佛一下子苍老了许多。

“圣上千万要保重，多事之秋，龙体安康不可有差池！”张弘靖眼睛潮潮的，有些哽咽地说。

宪宗叹息一声，说道："先皇德宗与武元衡谈过一席话，夸其才根于器，确为良论，今日竟成绝响！值此国事丛杂、千头万绪之际，顿失栋梁，痛何如哉！"

韦贯之见宪宗如此伤心，纵然与武元衡政见有所不同，此时，也感触良多，他颤声说道："武平章鞠躬尽瘁，勤谨奉公，如今驾鹤而归，当谕旨表彰，以教化、安定人心。"

宪宗闻言，频频点头说："今日叫两位爱卿前来觐见，就为这事。"当即转脸对张弘靖说："你拟旨"。张弘靖素以行文敏捷办事迅速著称，此刻援笔濡墨，宪宗口述，他落笔成文，顷刻而就。宪宗下诏追封："赠平章武元衡，授乎贞烈，激其颓风。苍黄之中，密蕴雄断，横身讨逆，挺身径进，作辅论兵，言皆体国。绰有谥贞，英名凛然，考行无愧，振迈千古。赠司徒，谥忠愍。钦此。"张弘靖文不加点，随即拟就，宪宗过目之后，钤了随身印玺，眷发诏告。

沉默片刻，君臣谈及裴度，宪宗庆幸之情溢于言表："裴度能够脱险，全是天意，乃神灵护持贤明矣！"

张宏靖、韦贯之闻听，互视了一眼，他们知道宪宗所谓的"天意"，指的是早已传遍朝野的"裴度还带"的故事。此时，皇上如此感慨，说明两位重臣，一死一伤，对宪宗的刺激确实太大，以至于当日"惋恸久之，为之再不食"。

迷　仙　引

提起"裴度还带"之事，就得说到山西闻喜县的裴柏村。裴柏村头有座桥，桥北有一所私塾。每日清晨，朗朗书声从这里传出，整个村落童音缭绕，绰有余韵。

年轻的先生姓裴名度，以教书糊口，远近都知道他的学问渊博。无奈时运多蹇，屡试不中，家中徒有四壁，竟至一贫如洗。

一日，裴度途经一座寺院，见一行禅师正在替人相面。他本不信这些江湖上随心附会的方术，但是转念一想，一行盛名之下，必有玄机。况且东晋葛洪将"玄""道"看作生命的本源，说什么能成阴生阳，推步寒暑，向之则吉，背之则凶，精、炁、神无不入其蛊中。裴度思忖：或许释道相融，能窥门道，也未可知。反正今日无事，不如相上一面，以消遣长久积郁的胸中烦闷。

等大家陆续都走了以后，裴度腼腆上前，请一行禅师给自己看相。一行禅师凝视良久，诵了一声“阿弥陀佛”，带着悲悯的语气说：“如汝之人，天生贱相，欲问功名，夫复何言？”

裴度闻听，心中很是气恼，铁青着脸问道：“出家人以慈悲为怀，大和尚言语刻薄，何来予乐？如何拔苦？”

“阿弥陀佛，善哉，善哉！强为其善，成功在天。施主当知一切众生所归依处，如日照昼，如月照夜，同归道场，为真知识，不可妄语。”一行双手合十，一脸歉疚地说。

裴度越发愤愤不平，遂机锋相对：“知诸法不实、颠倒虚诳之相，着相若此，分别取舍，是何道理？”

一行避开裴度逼视的目光，俯首低眉说：“业道如秤，重者先牵。任运而转，所说相合。汝眼光外浮，纵纹入口，乃寒蝉在柳，乞食饥殁之相也！”

裴度闻听此言，心中忧戚，默然无语。本想藉此获得些许的安慰，哪知反而增添了内心的烦恼。遂对着和尚愤然一拱，转身便走。

数天后，裴度再次来到香山寺散心，偶然遇见一位妇人，衣着朴素，跪在佛前念念有词地祈祷，之后行色匆匆地离去。裴度看见案桌上留有一个包袱，解开一看，是一条翠玉带和两条犀牛绦，心知非常贵重。他猜想一定是刚才那位妇女落下的，便于左侧念佛的蒲团上坐定，静候失主回来找寻。

几个时辰之后，只见那位妇女气喘吁吁地跑进寺里，围着案桌前前后后仔细搜寻，忽地抱头恸哭起来。裴度上前问她：“娘子因何如此悲伤？”妇人哽咽地说：“家父病重，请了许多郎中医治，不见效果，家产都已耗尽。不想昨日请到一位名医，对症下药，病情略有起色。为了筹集药费，今日早晨赶去亲戚家，借到二条玉带，准备典押一些现钱，恰巧路过香山寺，便想顺便求菩萨保佑家父早日康复。谁料匆忙之间，竟将玉带遗忘在香桌上，等我到了当铺，方才发现遗失。这可是家父的活命钱啊，家中还有老母和弟妹亟待赡养，天呀，我可怎么办呀？”说完，哭得更加凄凉。

裴度验明她真是玉带失主，便将原物奉还。妇女在绝望中，见物件失而复得，不禁从大悲转为大喜，当即跪在裴度面前，泪流满面地感激道：“恩人，你是菩萨转世啊，我们一家都会记住你的恩德！”裴度连忙扶起她，不免一阵心酸。

裴度回家途中，恰恰又遇到一行禅师。他假装没瞧见，加快脚步擦身而过。哪知，还没走出几步，就听见一行禅师在身后高声呼唤。裴度只好回转身来，冷面望着和尚。一行满脸惊讶地说：“咦，奇哉怪哉！几日不见，看你面相，蛇纹入口已然消散，从此再无饿殍之忧，来日或有可能出将入相，真乃福报无量！”

“此话当真，出家人不打诳语的？”裴度以为禅师在戏弄自己。

一行禅师答道：“七尺之躯不如一尺之脸，一尺之脸不如三寸之鼻，三寸之鼻不如一瓣心香！你必是积了阴德。”

裴度这才有了笑脸，语言也活泼了许多：“所谓见山是山，见水是水，我还是我。才几日，如何就能出将入相？”

一行禅师解释道：“要知天上意，须在云中取；要知心内事，须辨眼中神。汝积了阴德，目光不浮，紫气贯睛，口角纹长过陂池，故而猜想必定做了积善之事，面相方得枯木逢春，天心月圆，如莲花照水。”

至此，裴度才将在香山寺拾还玉带之事告诉一行禅师。禅师闻听哈哈大笑着说：“释迦拈花而笑，回头便是彼岸，八万四千法门，不过慈悲之心。”言罢口占一偈，扬长而去。

偈曰：“坐亦禅，行亦禅，一花一世界，一叶一如来。颠倒愚智般若起，如今方知我是我。”那声音渐行渐远，扶摇如风……

第二章　大唐国耻

凄　凉　犯

走出大明宫，白居易下意识沿着来时的路线返回昭国坊。在他看来，归去的脚步覆盖来时的脚印，时间似乎也在倒流，他要借此捋一捋这突如其来的惊天大案。一路上，他只觉得脑子昏昏沉沉的，纷乱的幻象像夏日黄昏的蠓虫，在闷燥里呵着热气，忽儿聚拢忽儿散开。白居易忽然想到武周朝时期陕西境内发生的一桩官员谋杀案，被杀者是御史大夫赵师韫，一次出公差，夜宿驿站时突然遇害。当时满朝上下众口一词，纷纷要求尽快查明真相，还死去官员一个公道。

“白大夫沉思什么呢？”京兆尹韦武还在偕同左金吾卫将军张子良勘查现场，见白居易神色凄迷地低头走了过来，迎面问道。

白居易这才发现，已然到了靖安坊。忙拢起双袖揖了一揖，脱口问道：“今日逆天血案，让我想起武朝时期徐元庆之案，同是朝廷官员遇刺，情形怕是截然不同吧？”

韦武脸上掠过一丝不易察觉的讪笑，趋步近前，压低声音说：“恐怕恰恰相反，同是官员遇难，其中蹊跷却大相径庭。徐元庆乃驿站伙计，潜伏为佣，相机行刺，其目的乃为父报仇。眼下这案子并非私情仇杀，案犯恐怕大有来头！其中关节要害，纵然狄公在世，想必也得大费周章。”

白居易颔首不语，他明白韦武的话外之音，但说的却是实情。赵师韫当年任县令时，判了徐元庆的父亲徐爽死刑，为自己招来杀身之祸。此案报上朝廷，颇有争议，多数官员认为，徐元庆杀人的行为乃“孝烈”之举，应豁免其罪。当时左拾遗陈子昂启奏说：“杀人者死，画一之制也。法不可二，元庆宜伏辜。”他折中提出，“宜正国之典，置之以刑，然后旌其闾墓，以褒其孝义。”杀人必须处以死刑，而为父报仇则应加以表彰。陈子昂的奏议得到时议的赞同，武则天慨然采纳，还下诏“编之于令，永为国典”。

一百多年后，柳宗元觉得陈子昂所议不妥，还专门为此作《驳复仇议》：“礼与法虽两难，其关系应统一也。诛杀应当旌表的行为，则为滥刑；旌表本当诛杀的罪行，兹为僭赏，皆是极端破坏礼制之行为。”其中关键在于“刺谳其诚伪，考正其曲直，原始而求其端”。务必从根本上搞清楚案情的来龙去脉，方能分清是非曲直。如果赵师蕴是因私怨而杀害案犯父亲徐爽，元庆在“州牧不知罪，刑官不知问，上下蒙冒，吁号不闻”的情况下，为父报仇，则为“守礼而行义”之举，于法则不应诛杀。反之，若徐爽犯有重罪，赵师蕴作为县令据法处死之，是“非死于吏也，是死于法也”，则徐元庆为父报仇，乃是“仇天子法，而戕奉法之吏”，如此，“执而诛之，所以正邦典，而又何旌焉”？

白居易十分赞同柳宗元的观点，当年脉络清晰的一桩案子，已然搅得满朝风雨，眼下这桩滔天大案，尚不知会掀起多少汹涌的波澜。沉默半晌，白居易问韦武：“现场可留下凶犯的线索？”

韦武摇摇头，神色黯然。白居易拱了拱手，别过了韦武，抖了抖手里的缰绳，继续前行。作为老长安，眼下的路径，白居易非常熟悉。长安城整体格局是东贵西富、北实南虚。东贵主要是指靠近权力中心，入朝办事方便；南虚北实，是因为皇宫集中在北边，越往南越靠近终南山，也就快到郊野之外了。白居易租赁的房屋在昭国坊一带，比较偏僻安静，清闲文人于此读书做学问不失为好地段，可是对于经常要上早朝、值夜班的中下层官员来说，远坊早起常侵鼓，瘦马行迟苦费鞭，着实有些不便利。

一路上，白居易为朝廷失去机枢大臣深深忧戚。武元衡可是协助宪宗削藩的中流砥柱，如今玉山倾倒再难扶，往后的局面如何收拾？真让人揪心。朝廷削藩已经到了爬坡过坎的节骨眼上，经不住半点闪失啊。如若细究起来，白居易与武元衡在政见上还是有些分歧的，尤其是在对待“永贞革新”党人的做法上，白居易颇有看法。那时，好友刘禹锡刚被朝廷召回不到三个月，又在武元衡的排斥之下，外放荒州远郡。想起这件事，白居易不免有些耿耿于怀。撇开这层政治上的瓜葛，这两位当朝才子还算是惺惺相惜。白居易敬佩武元衡“见达而行远，迎刃方通简”的恢宏练达，武元衡则欣赏白居易讽喻诗的“言浅意深、平淡中见奇警”的明言醒世。

如今昔人黄鹤，转眼间阴阳两隔，往事不堪回首。白居易抬头看了看天色，只见微云掠空，斜斜地徘徊着，半天朱霞粲然如焚，昭国坊已然只有一箭之地，正欲紧一紧缰绳，早日归家歇息疲乏不堪的身子，忽然瞥见李建正在前面走着，便高喊了一声：“杓直何往？”李建回头一瞧，赶忙迎了上来，嘴里一边说道：“正想去昭国坊寻你，不曾想在这里遇见。”白居易勒住马，低沉地说：“刚刚经过右丞相遇刺现场，耽搁了一会。”

“听说你早朝时经过了靖安坊？”李建接过话头问道，白居易点着头。

“情形怎样？”李建急切地问。

“迸血髓，磔发肉。其悲惨，若非亲眼所见，真不敢相信。”白居易悲愤地说。

李建目光盯着白居易，有些忧伤地说：“国辱臣死，是可忍孰不可忍。”

白居易问：“如此惊天大案，杓直可有揣测？”

李建摆摆手说：“此处不是谈话之地，走，去你家中详谈。”

两人前后进门，刚刚分宾主坐定，门口又响起一个熟稔的声音：“乐天兄可曾回家？”杨氏在外答道：“刚到，正与客人叙话呢。”

“哦，还有赶在我前头的？”来人说着，脚步已然穿过庭院，到了厅堂。

听嗓音，白居易知道是元宗简来访。这年，元宗简新近购买了一所住宅，院落宽大，花木掩映。上月，白居易前去祝贺，穿过一条蔷薇花藤密密编起的花廊，在一座临水的小殿边遇见了元宗简。

“白兄，升平坊临近昭国坊，从此我俩是近邻，闲暇时过来喝茶。”元宗简一边领着白居易参观，一边对他说。白居易答道：“佳宅老树婆娑，蔷薇结篱，真乃修养身心好处所。”

“白兄，既来之，怎可无诗，限你七步之内，赋诗为贺。”元宗简热辣辣地看着白居易，兴奋地说。

“我非曹子建，安能七步成诗，容我慢慢想来。”白居易半推半就地说，心中却倒腾开来。俄而，一首《欲与元八卜邻先有是赠》很快吟成：

平生心迹醉相亲，欲隐墙东不为身。

明月好同三径夜，绿杨宜作两家春。

每因暂出犹思伴，岂得安居不择邻？

可独终身数相见，子孙长作隔墙人！

元宗简听了，大笑着说：“乐天兄连子孙毗邻都考虑到了，如此看来，元府德不孤，必有邻也。”两家只有一箭之地，发生武元衡、裴度遇刺这天字号大案，白居易料定元宗简会过来议论议论，只是没想到这位仁兄来得这般迅疾。

“杓直兄好快的脚，竟然比我这近邻还要捷足先登。”元宗简对着李建拱拱手说。

“元兄怕是来探听凌晨血案的吧？”李建哪有心情打趣，单刀直入地问道。

元宗简脸色一沉，点点头，转脸望着白居易，不再吱声。

白居易给他添了一把坐凳，杨氏已然端上茶盏，招呼过后，含笑退了出去。

三人沉默了一会，白居易开言道：“自有史书记载以来，闻所未闻，简直是大唐奇辱也。”

元宗简问道：“听说京兆尹韦武与左金吾卫将军张子良正在现场，可发现线索？”

白居易摇摇头说：“在煌煌帝都、天子脚下，公然刺杀朝廷砥柱大臣，此案猖狂得离谱。”

李建说：“世道沦丧，人心涣散，究其根源，还是八年安史之乱从秩序层面损溃了大唐矣！秩序乱了，问题便接踵出现了。一个老症结：几十万府兵、募兵怎么养？”

“唉，朝廷养兵，藩镇扩军，当兵打仗不是稼穑之外的兼职，而是养家糊口的主业。长安天子，魏博牙兵，循环往复，朝廷负不起这个成本呀！”白居易见李建荡开话题，立马明白他话里深意，沉重地剖析道：“朝廷财力亏空，节度使要自个养兵，兼顾士兵利益，则必然跟朝廷叫板。假若节度使听朝廷的，恐怕得面临新的兵变，被部将吃掉，你让节度使怎么玩？如此，节度使跟朝廷这个圈子兜得就太大啦，藩镇割据的恶果落落错错，乃成绝症！如此逆天大案，恐怕与藩镇是脱不了干系的。”

李建说：“几十万职业军兵利益同朝廷利益定然会发生抵牾。从玄宗、肃宗到代宗、德宗，再到宪宗，皆同藩镇缠斗不已，被干掉的节度使不知其数。节度使其实也不一定就敢同中央叫板，一个大问题：凡事你得跟着钱走。国家没钱，节度使不听话了，那就得换掉，换掉就造反。造反也得花钱呀，所以河朔三镇便彻底不纳赋税于朝廷。朝廷有心无力，着实难以彻底打破这个怪圈矣！代宗图谋像汉文、景二帝那般蓄养国力，留给儿子去收拾这班龟孙子。”

白居易闻言，不由感叹：“德宗削藩倒是轰轰烈烈，战线长达万里，不亚于平定安史之乱，打到大唐差点提前灭亡了。”

“记得引燃叛乱的导火索是在建中二年，恒州节度使李宝臣和青州节度使李正已去世，德宗拒绝两位节度使儿子继承父职的索求，结果导致河朔四镇联合起兵，宣布脱离中央。接着汝南节度使李希烈也趁机宣布独立，甚至自行称帝。德宗怒火中烧，铁下心要讨伐这伙乱臣贼子，否则中央集权便形同虚设也。德宗诏调全国兵马，先行讨伐的就是妄自称帝的李希烈。”元宗简插话说。

白居易点点头说：“李希烈本是参与平叛的节度使，谁料翻云覆雨变作叛军，打了德宗一个措手不及。为了镇压李希烈，朝廷不得不抽调边防军。结果导致一起骇人听闻的武装抢劫事件，全盘打乱了德宗的削藩大计，局面一发不可收拾。”

白居易望着脸色沉重的李建，接着说道：“武装抢劫的匪徒原本是德宗调来平叛的泾原军，可恨泾原兵变被一个野心勃勃唤作朱泚的太尉利用。朱泚的父亲叫朱怀珪，曾经在安禄山手下当过差，安史之乱之时，以节度使李怀仙部下的身份投降朝廷。”

李建点点头，说：“朱泚善于笼络人心，按时颁发兵丁的饷银，从不短斤少两，深受士兵的拥戴，后因朱滔叛乱受牵连被解除兵权，赋闲在家。乱兵正不知道如何收场，听说朱泚慷慨，就堵在门前，拥立他为主帅。攻入长安之后，朱泚向一些朝臣宣布，哗变已然平息，京都恢复了秩序，并派遣泾原兵马使韩文带领三千人马去奉天欺骗德宗皇帝还朝。”

元宗简说：“令朱泚感到惊讶的是，没过几天，韩文又带着原班人马返回。原来朝中有个司农卿叫段秀实，忠勇无比。他见皇上危在旦夕，便派手下官员岐灵岳去偷盗泾原兵符，没有成功。情急之下，段秀实拿出自己司农卿的官印签盖了一张公文，内容是命令韩文立即返回长安。韩文粗心大意，没有注意到公文上盖的是司农卿的印章。几千人马就这样来回倒腾，动静闹大了，阴谋自然就败露了，朱泚恼羞成怒之下，将岐灵岳乱刀砍死。”

白居易苦笑地说：“朱泚后来兵败被部下朱惟孝和梁庭芬刺杀，不得善终。江湖术士传言，朱泚坏就坏在给自己的府邸取名为潜龙宫。周易上说，潜龙勿用，安能不身首异处？”

“江湖术士之言，皆是无稽之谈。朱泚失道寡助，失败是早就注定了的。真正让德宗焦头烂额的是朱泚死了之后，又反了一个前来平叛的朔方节度使李怀光，真是按下葫芦浮起了瓢，如果说朱泚是狼，那么凶猛的李怀光就是虎。万般无奈之下，德宗接受了翰林学士陆贽的建议，颁布了《罪己大赦诏》。”元宗简回忆着。

“《罪己诏》历数了德宗自己的罪过，着重关注各方利益诉求。看来真正能够收拾人心的东西从来都不应该是虚的，必是对实实在在利益的关注。汝是否还记得那诏书的内容？”白居易目光闪闪地问。

元宗简说：“《罪己诏》是翰林学士陆贽拟写的，大手笔也！内容略微记得一二，上面写着‘小子惧德不嗣，罔敢怠荒，然以长于深宫之中，暗于经国之务，积习易溺，居安忘危，不知稼穑之艰难，不恤征戍之劳苦，泽靡下究，情未上通，事既拥隔，人怀疑阻。天谴于上而朕不寤，人怨于下而朕不知，驯致乱阶，变兴都邑，万品失序，九庙震惊，上累于祖宗，下负于蒸庶，痛心靦貌，罪实在予……’”

“好记性，《罪己诏》其辞痛切沉郁，其情挚诚感人，颁布后四方人心大悦，士卒皆感泣。不少叛乱军队归顺了朝廷，内乱局面得以控制，国家得到了暂时的安定。”白居易竖起大拇指，赞赏地说。

李建见话题扯得太远，插言道：“当下，号称‘小太宗’的李纯在主战的宰相武元衡和御史中丞裴度的支持下，已然把目光对准了各地藩镇。吴元济对朝廷最不恭顺。据统计，从吴元济干爹吴少诚算起，三十多年中，淮西就一直屡叛屡降，前后共造反十多次。战事一开，淮西肯定首当其冲。灭了吴元济，这叫‘打蛇打七寸’。”

白居易说：“在此情况下，造反老手吴元济立即玩起了双手互搏术，一方面派兵抵抗；另一方面向另两个跋扈藩镇——平卢节度使李师道和成德军节度使王承宗发出求援信，请求他们向朝廷上书，赦免淮西，眼下三藩上下其手，互为鼎立之势。”

顿了一顿，李建目光闪烁着说：“如果所料不错，这次刺杀事件肯定与三藩脱不了干系，就怕还有更大的阴谋在后面哩。所以，速捕刺客，稳定局面，刻不容缓！”

元宗简低着头半晌不语，白居易见状，拍了拍老友的肩膀说：“汝可赞同杓直的分解？”

元宗简没有接过话头，只是眼神忧郁地看着白居易说："天心难测，世情如霜。侦破此案，非我等职责所在，乐天兄向来忧国忧民，只恐这次，汝身非谏职，务必三思而行。"

白居易沉吟良久，双目炯炯地说："苟利国家，岂因个人祸福而退避。如此国耻不雪，岂无后乎？除恶务快，方能警示天下。"

老于朝政的元宗简闻言，眼里越发增添了一丝忧戚。他寻思，如若案犯真的是平卢节度使李师道或成德军节度使王承宗指使，这事还真棘手。当下朝廷削藩剑锋所指乃淮西吴元济，没有余力同李师道、王承宗再开战端。再说，武元衡遇刺后，担任同平章事的还有张弘靖、韦贯之、韩弘、王锷四人。白居易诗文冒犯过杜佑，张弘靖是杜佑门生，自然对他没有好感，且张弘靖和王承宗关系甚密，历来主张讨伐淮西吴元济，反对讨伐王承宗。韦贯之倒是与白居易有些交情，但他也是主张先集中兵力讨伐相对孤立的淮西吴元济，对于李师道、王承宗则尽量以安抚为主。至于韩弘、王锷，都是以藩镇兼任宰相的，向来反对强硬削藩的武元衡。武元衡被刺，他们弹冠相庆还来不及，自然不想追查背后主使者的罪责。更何况，因白居易的弹劾，致使王锷晚了六年才任宰相，已是怀恨于心。值此非常时期，白居易身为东宫左赞善大夫，倘若贸然上奏，必是引火烧身。想到这一层，元宗简正欲开言进一步点化白居易，心怀义愤的李建插话道："君子只知有是非，不知有厉害。凶犯猖狂，须上折子，催促朝廷，施以雷霆手段，方能震慑八方。"

元宗简瞥了李建一眼，又要开口，杨氏进来说："我出去购些菜蔬，两位大人中午留下进膳，好好与乐天絮叨。"

李建与元宗简看了看白居易憔悴的面容，同时站起身来说："今日仓促，不便叨扰。"

见杨氏还想挽留，元宗简又说："乐天需好好休息，我们就不叨扰了，下次有机会再来喝几杯。"

说完向李建使了一个眼色，两人向白居易拱了拱手，迤逦而去。

朝　玉　阶

送走李建、元宗简，白居易抬头望望天，已近正午时分。他出了一会儿神，便径直扎进书房。

书房北面，有百竿修竹，以招清风，南面有长松一株，可挂明月。近窗处，蓄养了五七条金鲫，以观天机活泼。书房不大，一桌、一椅、一盏灯，架上置有儒家典籍与道、释二家之书。公务应酬之余，白居易喜欢待在这里闭门读书，品味会古通今的乐趣。闾阎明净的书斋，固然能让其安顿心灵，可也耗费他不少精力，多少奏章与诗文，皆是在这里挥毫落纸，直抒胸臆。几十年来，聪颖过人的白居易就是在一个个不停迁徙的乐天斋里，温恭朝夕，皓首穷经。

此刻，白居易手拿一把蒲扇，有一下没一下地摇着，在书桌旁冥然兀坐，嘴里念念有词的却是《庄子·人间世》里的句子："今吾朝受命而夕饮冰，我其内热与。"

"乐天在与谁说话呢？"杨氏忽然在身后问道。白居易吃了一惊，随口应道："今日心中颇不宁静，读读庄子。"

"方才见李建与元宗简火急火燎的样子，莫不是朝中有大事发生？"多年与白居易相濡以沫，杨氏对朝中的风吹草动变得异常敏感，脸上隐约就有了一丝忧戚。

望着朝夕追欢、斤斤相持的妻子，白居易不想她知道得过多，免得妇道人家担惊受怕，便轻描淡写地回答："今日突发一件事，他们来探听消息。"

"街坊间传闻朝中有高官遇刺，可有其事？"杨氏打听道。白居易看了看妻子，低沉地说："门下侍郎、平章事武元衡与御史中丞裴度遇刺，一死一重伤。"

杨氏闻言脸色略微一变，多年与郎君颠沛相扶，了解其为人襟怀宏放，以直道奋，敢在天子面前争安危。今日发生这惊天大事，他岂能置身事外。出身官宦世家的杨氏晓得此事必定盘根错节，干系重大，白居易假若贸然卷入，后果实难预料。想到这里，便小心翼翼地问："此事非比寻常，京兆尹与金吾卫可否追查出端倪？"

白居易神情飘忽，低沉着说："事发突然，目前尚无案犯踪迹。"

杨氏张了张嘴，似乎还有话要说，看了一眼白居易憔悴的面容便没有吱声，默然半晌，眼见已近中午时分，便掀起门帘，去东厨做饭。瓦蓝色的布帘随之晃动了一下，一抹暖阳溜了进来，在粉白的墙上漾了一漾，瞬忽荫翳了踪迹。

白居易眯缝着眼睛，目送妻子袅娜地走出书房，刹那有一丝愧疚之情自胸膛掠过。见杨氏脸色凝重，知在为自己担忧。又想到妻子自嫁入白家以来，没有过得一年半载的安生日子，不免发出一声喟叹。想自己于德宗贞元十六年进士及第，生活一时间充满了惬意的慵懒和精致的浪漫，昂扬和进取为主导的仕途望重成钧。贞元十九年，又与元稹以书判拔萃同登科，同授秘书省校书郎。任期满后，二人又一起应制举，登科后，被任命为盩屋县尉。连中三元，是多少士子梦寐以求的人生壮举啊，十年萤窗雪案，至此方才柳暗花明。想到这些，白居易紧紧抿着的嘴角扯起了一丝笑容。

转眼到了宪宗元和二年，白居易又被召回长安，任翰林学士，第二年改授左拾遗，仍然任着翰林学士。这期间，奉母命迎娶了杨汝士的从妹为妻，便是眼下的杨氏。“靖恭杨家”为弘农越公房的一支，可是繁荣鼎盛的官宦与文学家族，颇为显赫。记得成婚那年他三十七岁，精力充沛，难免意气风发，踌躇满志。只是人生的吞吐沉浮，轨迹实难预料。此后涨落之间，杨氏一路相依，担惊受怕，饱受了颠沛流离。记忆中，夫妻二人倒也琴瑟相和，二体一心。夫人虽是大家闺秀，却无半点娇贵与矜持，也不嫌弃他的清贫，一心一意地操持这个家，人情礼落照应得周周全全。前些年，照顾白居易生病的母亲，也是尽力尽心，吃了不少的辛苦。

印象深刻的是改授左拾遗才二年，大约是元和三年的四月，朝廷发生了一件大事，吏部侍郎杨玉陵与时任吏部员外郎的韦贯之一同担任“贤良方正能言极谏科”的主考官，其中有牛僧儒、皇甫浞、李宗闵三名新科进士，在策论中毫无顾忌地痛陈时政，字里行间有不少反对宦官专权的言论。韦贯之却认为他们有真才实学，拟将这些策论列为上等上奏。此举激怒了宦官和当时的宰相李吉甫，两股势力一齐抨击这次考试。宪宗便命裴洎、白居易等六人进行复查，核实的结果是：同意杨玉陵、韦贯之的“策为上策”。强势的宦官集团不肯罢休，宦官头脑继续“泣诉，请罪于上”，结果宪宗听信谗佞之言，黑白颠倒，罢黜了杨玉陵、韦贯之，就连参加复查的裴洎也被罢翰林学士，除户部侍郎，其他参加复查的官员多多少少也都受到牵连。涉事之人，唯独白居易未受波及，本应缄默不吱声，以免惹祸上身。可他血气方刚，不知高低地上了一道《论制科人状》的折子，说：“臣伏以裴洎、王涯、卢坦、韦贯之等皆公忠正直，内外咸知，所宜授以要权，致之近地。”

在折子中，他振振有词地放言：“用这些人，则必君子之道长；退这些人，则必小人之道行。”

继而剖肝沥胆地表白：“臣职为学士，官是拾遗，日草诏书，月请谏纸；臣若默默，惜身不言，岂惟上辜负圣恩，实亦不负神道。所以密缄手疏，潜吐血诚；苟合天心，虽死无恨。”

“君子、小人”黑白分明，上纲上线，言辞激烈，也就白居易敢于莽撞下笔。宪宗是明白人，自然晓得这愣头青是忠于谏官职守，可就不能委婉点吗？话说得这般咄咄逼人，着实叫人难以容忍。偏偏白居易是自己刚刚任命的谏官，而谏官是“言者无罪”的，宪宗愤怒、憋屈、懊恼，内心慨叹道：“白居易这小子，是朕拔擢致名位，而无礼于朕，朕实难奈！”也只能“难奈”而已，却不能把他怎么样。

元和四年，也就是白居易担任左拾遗的第三年，又发生了一件紧要之事，成德节度使王承宗闻听朝廷命薛昌朝为棣州刺史，认为薛昌朝私通中央，遂派遣数百铁骑疾驰德州，将薛昌朝虏至真定囚禁起来。朝廷迫不得已，又任命田涣为棣州刺史、充本州团练守捉使。同时派遣宦官景信忠前往真定宣谕，令王承宗遣返薛昌朝还镇。王承宗拒不奉诏，宪宗于是削去王承宗的官爵，同时任命宦官吐突承璀为左右神策军兼河中、河阳、浙西、宣歙等道行营兵马使、诏讨处置使，讨伐王承宗。

白居易对奉宦官为讨伐军头领提出了异议，上奏说：“国家征伐，当责成将帅，自古以来，未有宦官为统领者。今用吐突承璀，恐被天下看轻，被外夷耻笑。陛下是否要开子孙任宦官为统领之先河？倘若征伐将领感到耻辱，不受宦官节制，战事危矣！”

宪宗看了奏章，脸色非常难看，嘴里嘀咕了一句：“这小子！”随手将折子扔在一旁，懒得理会。睿智的宪宗哪里不知道白居易的一片良苦用心，可他实在也有自己的苦衷。在藩镇翻手为云、覆手为雨的动乱之秋，宪宗深感可用之人难觅，不得已才用了宦官吐突承璀，毕竟身边的人知根知底，用起来稍微放心些。

谁料经白居易这一折腾，度支尚书李元素、盐铁使李鄘、京兆尹许孟容、御史中远李夷简，给事中吕元膺、穆质，右补阙独孤郁等大批官员便联袂一致反对。宪宗不得已，才削去吐突承璀四通行营兵马使衔，改招讨处置使为招讨宣慰史，以龙武将军赵万敌为神策先锋将，宦官宋惟澄、曹进玉、马朝江等人为行营馆驿粮料使。

吐突承璀虽被改为宣慰使，实际上，依旧是征剿王承宗的最高统帅。仗，打得连年累月，战事，萎靡不振。有道是，好事不出屋，坏事传千里。回纥、吐蕃等外族见大唐不过如此，便开始蠢蠢欲动，由此启开了外夷窥视大唐之门。白居易忧心忡忡，又连着上谏两次，言辞激烈地请求宪宗撤换吐突承璀。至此，白居易的谏言，从外围政治逐渐谏到核心政治，由表入里，得寸进尺。宪宗的怒火终于爆发了，他私下对翰林承旨李绛说："白居易这小子，乃联提拔才得名得位的，现在居然对联很是无礼，实在无法忍耐！"

亏得李绛亦是君子，不仅没有落井下石，反而劝解说："白居易能不避利害，事无巨细地谏净，实乃报答陛下提拔之恩也。陛下欲开言路，就不该阻止白居易上言。"

李绛一番话虽然熄灭了宪宗的怒火，但心中的芥蒂并没有化释。不久，为了耳根清净，宪宗不动声色地解除了白居易谏官之职，将其改任京兆府户部参军。记得元和六年四月，噩耗从下邽传来，操劳一生的母亲陈氏坠落在水井里去世，白居易悲戚万分，挂职赶往下邽渭村离职丁忧。丁忧是祖制，父母如若逝世，无论何官何职，从得知丧事的那天起，必须回到祖籍居丧守制三年，因特殊原由国家须强招丁忧之人当差，叫作"夺情"，这情形毕竟不多见。那期间，白居易睡草席，枕砖头，不喝酒、不洗澡、不剃头、不更衣，不与妻子同房，不叫丝弦音乐。这些倒不算什么，最苦恼的是断了朝廷的俸禄，没有了经济来源，家中又无积蓄，时常靠好友元稹分其俸禄救济，方才度过艰难。就在这贫病交加的关口，爱女金銮子夭折了，杨氏忍受着内心的巨大悲伤，与白居易一起熬过了凄风苦雨的岁月，从来没有半句抱怨。在白居易眼中，杨氏什么都好，就是不理解自己的抱负。三年丁忧期满后，白居易服完母丧回京，倖进左赞善大夫，职责乃是对皇太子进行讽喻规谏。这回倒是清闲了，杨氏暗地里也便松了一口气。

回首往事，浑如黄粱一梦。白居易在书房焦躁不安地来回踱步，时不时莽莽苍苍地叹息一声。这光景，杨氏正在做饭，忽然觉得脸上痒酥酥的，像蚂蚁在爬，用手一抹，竟然不知不觉流下了两行热泪。对于袖中挥拳、针尖竞利的官宦生涯，从小耳濡目染的她，再熟悉不过了。前有柳宗元、刘禹锡的遭际，后有元稹的下场，教训历历在目，可死心眼的丈夫就是熟视无睹，一而再、再而三地得罪权贵。抛开炙手可热的宦官吐突承璀不说，当朝四个宰辅他便得罪了三个，甚至连皇上也敢顶撞。在下邽三年，虽然没有朝廷俸禄，日子苦是苦了点，但心里居然安稳。那时候，她甚至羡慕那些向土地物产讨生活的乡民，承接微薄的家业，以勤耕苦作维持温饱，心地善良，清浊无所失。

往日她也没少唠叨：“夫君，你就少写一些讽喻诗吧，把人都得罪光了，还能讨得好！”

每次白居易听到妻子这般说，心里便觉得不痛快，遇上心里烦躁就一句话给堵回去：“丈夫之志，妇道人家何能理解，乡愿骑墙，岂是君子之道！”

杨氏生性随和，唯独在这方面比较固执，便生气地说：“你就写吧，早晚有一天，全家都得牵连。”

白居易一听越发心烦，心烦便懒得去哄劝妻子，只是冷冷地说：“汝什么都好，就是头发长见识短，我身为左拾遗，进谏乃职责操守，知而不言，是为不忠。圣上对我有知遇之恩，言而不尽，是为不义。”

他也晓得妻子为这个家操碎了心，只是受不了妻子的埋怨，有时候酒喝高了，还向同僚抱怨道：“我之志向，何人能知？乃至骨肉妻孥，皆以我为非也。”

杨氏拗不过他，只是暗自担惊受怕，这些年又没有一个体己之人可以说说心里话，常常一人郁闷。左赞善大夫任职令下来当天，她脸上露出了久违的笑容，那日晚上，踏踏实实地搂着郎君睡了一个安稳觉。左赞善大夫虽是个闲职，但俸禄一点也不少，最为关键的是远离了倾轧，也便远离了是非。她觉得从此可以过上几年稳定的日子，不再为白居易一个又一个奏折提心吊胆了。

好一会儿，杨氏烧好一盘油氽黄豆，一盘浸胖了的豆瓣，一盏盐水花生米，一大盘羊肉，来到书房喊丈夫进膳，卷起粗布帘子，见白居易面朝窗户，手底下正在磨墨，桌上是铺开的纸张，不禁心头又是一紧，嘴里讷讷地说：“这等大案，朝廷自有处置，夫君莫要过于焦急。”

见丈夫没有吱声，杨氏又说：“汝现居闲职，不相干系，何苦急不可耐。”

白居易闻听“闲职”二字，肩头一颤，停下手里活计，猛然回过头来，大睁着双眼说：“妇道人家知道甚么，大唐蒙此国耻，匹夫尚且愤慨，吾食君之禄，忠君之事，如何能够缄默？”

杨氏见他辞色不顺，便闭口无语，眼眶湿湿地夺门而出。一番絮絮聒聒，惹得白居易情绪起伏，脱口抢白了妻子几句，眼见她面容忧戚，心中又觉老大不忍。他知道杨氏怕自己激愤之下笔底再生祸端，可即便位处闲职，大丈夫亦不可只知有对错，不能辨是非。值此大唐蒙羞、冲阵扶危之日，断不可瞻前顾后，遇事检点。一念及此，白居易喃喃自语道："纵浪大化中，不喜亦不惧。应尽便须尽，无复独多虑。"

"好一个'纵浪大化中，不喜亦不惧'！"白居易语音刚歇，门口便有人朗声喝彩。

听声音便知是司勋员外郎张仲素来访，两人系符离故交，又因诗酒往来，极相契厚，每每于政事之暇，不是你寻我，就是我访你。白居易慌忙出书房迎接，因为平日交往甚密，情意浃恰，全无一点客套。一见了，白居易便笑道："正在孤芳自赏，不料被绘之碰个正着。"

张仲素道："乐天纵浪大化，胸中早已波澜起伏，还有心思孤芳自赏？"

两人说着话，走到堂前与杨氏相见过，遂入书房中交谈。张仲素瞥了一眼案桌，见素白纸笺上墨汁淋漓地书写着八个大字："急请捕贼，以雪国耻。"便不再寒暄，盘马弯弓地直接问道："闻听乐天兄亲历武平章遇刺现场，可有其事？"

白居易点点头，神色黯然地说："今日早朝，恰恰遇见，甚是触目惊心！"

"此案一出，百官战战兢兢，人人自危，办案毫无章法。"张仲素愤然地说。

白居易忧心忡忡地说："街坊之间已有'无搜贼，贼穷必乱'的传言，若不紧急捕贼，纲纪何在？国威何在？"

张仲素忽然提高嗓门说："如此嚣张的刺客，亘古未见，实乃大唐国耻。"

白居易说："捕贼迫在眉睫，朝廷应立下尺寸之诏，谁敢推诿不力！"

"只怕事到临头，未免依旧手慌脚乱，朝廷终日将大奉大禄养人何用。"张仲素眼里已然有了泪光。张仲素与白居易正义愤填膺，杨氏端上来酒菜，添了盅箸。两位挚友杯盏往来，吃得酒酣耳热，张仲素忽地起身趁步案前，在"急请捕贼、以雪国耻"下端挥毫落墨地写下"去恶为善、除暴安良"，写完掷笔于地，对白居易拱拱手，扬长而去。

白居易并未起身相送，仰头将一杯酒倒进喉中，吩咐杨氏收了杯盏，踱步至窗前怔怔地张望。此时，太阳躲进云层后面，在云彩边缘滚起一道金光。未几，暗紫色的乌云缓缓前移，密不透风地挡住了古铜色的天空，眼前霎时阴郁一片，白居易感觉头顶似乎悬浮着一片汪洋大海，滔滔暴雨随时可能倾泻而下。一群鸟儿仿佛凭空冒出来似的，一批批飞过苍穹，聒噪尖叫着渐飞渐远。距离最近的乌云炸开一道锯齿状的闪电，亮得足以在他的眼眸上刺青，随后是一声震撼天地的炸雷，白居易战栗了一下，徒然转身，援笔濡墨，挥毫落纸，一个个滃晕灵活的文字，间杂着忧愤的心绪匀整成章：

臣左赞善大夫白居易起奏：臣受国厚恩，非拊心刻骨，夙夜孜孜，苦心以护纲纪，无以为报。夫位未足惜，恩不忍负，然后能有阙必规，有违必谏，朝廷得失无不察，天下利病无不言。故宵旰忧勤，不遑寝食，请执有犯无隐之义，披沥肝胆为陛下言之。

今日癸卯，盗杀右丞相于通衢中，迸血体，磔发肉，所不忍道。合朝震栗，不知所云。仆以书籍以来，未有此事。苟有所见，虽畎亩皂隶之臣，不当默默，况在班列，而能胜其痛愤耶？逆贼肆行无忌，极尽悖逆之举，正恐群虏变诈百出，祸且不测。故勿行姑息之政，含垢忍耻，居安忘危，蠕蠕而瞻前顾后，不以雷霆之威，宣示播告，缉贼除奸，则盗贼滋炽，国势陵夷，魑魅魍魉不公然狂肆于光天化日之下乎？

陛下自御极以来，天资英断，志平僭乱，天下忻忻。爱养百姓之心，无一时不切于寤寐，无一事不竭其周详。今当以霹雳手段，缉凶惩逆，以安天下之民，则四时六气各得其序，天地万物同为一体，民物熙洽也。臣不胜战栗之至，暴白心事，为此具本亲赍，谨具奏闻。

左赞善大夫白居易叩请圣裁　元和十年六月三日

一鼓作气写好奏章，白居易缓缓步出屋外，在檐下站定，深邃的目光遥望远方。远方，终南山高耸万仞，像一把锋利的宝剑刺穿漫天乌云，威严近于自然，肃杀藏于宁静，险绝异常。

第三章　三人成虎

玉　京　秋

武元衡天明时分断气，白居易的奏折当天中午就到了宪宗的手里。这一回，他再也不是以谏为职的左拾遗了。身为太子东宫、正五品上的左赞善大夫，职责乃是掌管东宫之传令、讽谏、赞礼仪、教授诸郡王经籍诸般事宜，乃陪伴太子读书的学官。此次武元衡、裴度遇刺，他第一个向皇帝进呈奏章，言辞激烈地要求朝廷用霹雳手段以雪大唐国耻，从职务范畴来讲，“宫官”在谏官之先议论朝廷是非，的确不合规矩。

这天是宰相韦贯之和张弘靖在中书门下当值，其他参知政事皆外出办事，偌大的厅堂只有二位同中书门下平章事。张弘靖唤人泡上茶，与韦贯之一边审阅各地奏章，一边说：“韦大人，武平章与裴御史黎明遇刺，搜捕刺客仍然毫无头绪，汝可有斟酌？”

韦贯之闻言，用忧郁的眼神盯着张弘靖，反问道：“依张大人之见，刺客背后系何人指使？”

张弘靖被这话噎得一怔，沉吟片刻，伸出三根手指说：“敢于刺杀朝廷巨擘，三藩必然脱不了干系。”

韦贯之点点头，徐徐说道：“当下，圣上向淮西用兵，旷日持久，钱粮耗费，数目巨大，已然不堪重负。假若刺客乃成德王承宗或淄青李师道所遣，又当如何？是移兵征讨，还是忍气吞声，避免两线作战？”

“韦大人所言极是，此事还真是牵一发而动全身，弄不好就会生出一番更大的波折。”张弘靖给韦贯之添了第二道茶，面色凝重地说。

“圣上岂能不知？可此事万不可置之不理，朝廷大员当街殒命，不迅疾抓捕刺客，追究真凶，国法何在？朝廷颜面何在？如何向天下人交代？”韦贯之略微有些激动地说。

“事缓则圆，这事说急也急，说不急也不急。”韦贯之呷了一口茶，补充说道。

“哦，韦大人此言何解？”张弘靖盯着韦贯之问道。

“唯有时日可冲淡恐惧与愤怒，朝廷一面抓捕刺客，一面等待淮西战事的结果，是战是和，是移兵成德或者淄青，关键节点依然是蔡州吴元济。”韦贯之起身踱了几步，若有所思地说。

张弘靖低头沉思半晌，忽然说道：“现在乃是非常时期，兵者，凶事也，关系重大，不可不慎重。颇恼白居易那道越职言事的奏折，圣上已然御览，这不是烈火烹油吗？显然是置我等决策于紧迫之地！”

韦贯之呆了一下，瞥了一眼张弘靖说：“白大夫可是名人，他当日上奏疏，第二天就会传遍整个长安，圣上压力大啊！”

“他一个左赞善大夫，全无干系，站着说话不腰酸，全然不知我等肩上的压力，一下子越过门下省、中书省、侍郎、给事中、左谏议大夫、御史、补阙若干部门冒失言事，着实可恼！”张弘靖目光霍地一闪，语气里已然有了怒意。

韦贯之默默不语，频频喝着茶，张弘靖接着说：“当下朝中言和主战各执一词，局面微妙，再加上白居易火上浇油，陡然增加了许多变数，你我二人位居中枢，当拿出主张。”

顿了一顿，张弘靖压低声音，将身子往前靠了靠说：“闻听白居易早朝时辰亲历案发现场，奏折言辞甚为激烈，如若任其鼓吹，其他官员必定跟进施压，群情激愤，场面就不好收拾了。当下朝廷战事连年，粮食、钱财调度巨大，我等死扛也不是事，不若杀鸡儆猴，追究白居易越职言事之罪，刹刹这股气焰。”

“张大人的意思是？”韦贯之目中波光一闪，转脸盯着张弘靖说。

张弘靖点点头，韦贯之沉吟不语，脸上表情阴晴不定。这时，当差的进来问道：“两位大人，已近午时了，可在这里进膳？”

两位宰辅对望了一眼，齐声说：“回府。”

武元衡与裴度喋血黎明，相继遇刺，京都长安一片哗然，恐怖像藏在人们内心深处的一个秘密。拂晓前，许多官员不敢出家门，都是上有老，下有小的，谁也不想拿身家性命开玩笑。次日早朝，宪宗登上金銮殿等候多时，朝班中的大臣依然稀稀拉拉，不能够按时点卯。玉阶上的官员见面时都要互望片刻，想从对方眼光中看到些什么，彼此应酬的言语活像一根生锈的钉子，被人从烂木头里慢慢拔出来似的。那干笑之声，没错，的确有些怪异。好在皇上却也谅解，不仅没有怪罪，还特地颁发了一道诏书：凡宰相出入，加派金吾骑士，箭上弦，刀出鞘，严加保护。宰相所过之处，路人必须回避，确保安全。凡官员们上朝经过的坊市，须加派岗哨，严密盘查过往行人。

百官战战兢兢，办案自是毫无章法可言，更加让白居易等正直官员怒不可遏的事情还在后头。当日黎明，城门尚未打开，袭击武元衡、裴度的刺客来不及出城，全都躲藏在街街坊坊的旮旯处，密切关注着京都的动静。看到官府如此窝囊，也就越发胆大妄为。他们开始以进为退，明目张胆地蔑视朝廷。在白居易看来，普天之下最糟糕的事，莫过于本该像过街的老鼠、惶惶不可终日的刺客，竟然反客为主，将所有办案衙门无一遗漏地予以警告威胁。第二天，掌管京城巡警的左右金吾卫府、京兆府，以及所属京畿长安、万年二县县衙同时接到飞刀留柬，上书八个大字："毋急捕我，我先杀汝。"刺客还公然在大街之上散发恐吓信："毋逼急我，来逼我者，吾必先杀之！"传言是有牙齿的，会咬人，"无搜贼，贼穷必乱"的蜚语借百姓之口，四下里传得纷纷扬扬。一时间，长安城中人人自危。这分明是向朝廷下战书，白居易恨得牙痒痒，自古及今，可曾见过如此嚣张的案犯？

可恼的是，办案官员、捕快竟真的被吓住了，一连几天不敢行动。白居易对破案不力十分不满，再次呼吁严缉凶手，以肃法纪。京城内外实则开始了大搜索，只是动作迟缓，接连几日一无所获。这本是一起突如其来、精心策划的谋杀案，其背景错综复杂，非一言两语可以拎得清。白居易敏锐地感觉到：这扑朔迷离的案件非同小可，它或许关乎大唐帝国绵延的气数。

凌晨，大明宫上空晓月如钩，大殿的庑廊与檐角吊着一盏盏琉璃宫灯，在淡青色的天幕衬托下，既幽暗又醒目。白居易盯着昏黄如豆的灯盏，内心颇不宁静。这琉璃乃春秋时期范蠡督造"王者之剑"时偶然烧制出来的，乃范蠡送予西施的定情之物，剑胆琴心，有情有义。当下这灯火照在白居易身边那些官员的脸上，却映射不出半点节气。

百官们各怀心思，迤逦踩着银灰色的花岗石台阶，脚步杂沓地走进宣政殿。宪宗皇帝阴沉着脸坐在龙椅上，明眼人一瞧就晓得那是暴风雨的前奏。

办案的官员太窝囊，金吾卫与捕快气势汹汹地在街坊里折腾了一阵子，然而雷声大、雨点小，不曾获取半点线索，更像是应付差事。宪宗目光凌厉在众位大臣脸上扫过，最后停留在京兆尹韦武的脸上，沉声问道：“韦武，案件进展如何？”韦武赶紧趋步向前，躬身说道：“案发当日，皇上下旨京兆尹与神策军王士则将军、侍御史陈中师协力严查此案，臣不敢有半点懈怠。现已查明，早在元和十年五月中旬，有一辆豪华的马车挂着帘子，遮掩得严严实实，径直驶向了靖安坊，神神秘秘地拜访过武平章的府邸。”

“哦，可曾查明车中所坐何人？”宪宗追问道。

韦武瞥了神策将军王士则一眼，躬身答道：“为臣携同侍御史陈中师协助王将军前去盘查过。”

宪宗转脸盯着王士则，问道：“可有端倪？”

王士则赶忙出列，躬身说：“臣亲自带人前去盘查，得知赶车的把式是成德军进奏院的一名戍卒，据武府仆人交代，车上走出一位中等身材、手里摇着点金折扇、年纪约莫四十多岁的男人。”

侍御史陈中师亦出列补充道：“启奏陛下，据了解，来人是成德节度使派去的使者，武平章当时不想接见，让仆人回话自己不在，那人却硬闯进来。”

王士则接过话头说：“不错，据仆人描述，那人着一身蓝色的锦袍，手拿点金折扇，腰系金色扎带，中等身材，脸上有一道明显的刀疤。”

听到这，群臣纷纷交头接耳，班列一阵骚动，宪宗以威严的目光止住了喧哗，目光再次盯住王士则。

“来人自称是成德节度使王承宗门下牙将尹少卿，奉命前去拜访武大人！”王士则接着启奏道。

“哦，谈话详情可曾知晓？”宪宗脸色愈发凝重。

韦武插话道：“据仆人交代，尹少卿先是奉承武平章玉树临风、丰姿奇秀，不愧为大唐第一美男。被武平章喝止后，便唤人抬进一只大号的檀木箱子，放在院里，里面全是金银、珠宝、翠玉、琉璃，价值连城。”

王士则接着说：“武平章当时脸色一变，喝令他将箱子抬走。尹少卿恼羞成怒，威胁武平章最好规劝皇上熄了淮西烽火，如若冥顽不化，悔之晚矣。”

韦武瞥见宪宗脸色铁青，小心翼翼地补充说：“尹少卿临走丢下话，威胁武平章休要敬酒不吃吃罚酒，咱们走着瞧！”

“叭”的一声巨响，吓了群臣一大跳，宪宗拍着龙案怒喝道：“猖狂至极，查，查，刨根见底地查！”

接下来的沉默，偌大的宫殿里，恐怕连一根绣花针掉落在地上都可以听得见。能够混到宣政殿有一席之地的各级官员，皆不是省油的灯，个个都快成精了。他们知道什么时候该说什么话，规矩分寸拿捏得很准。这时候跳出来发言，那不是找抽吗？事缓则圆这个道理大家还是懂得的。关键还是案情已呈胶着状态，即便出头，又能与皇上说些什么呢？白居易看到负责缉拿要犯的官员一个个低头不语，很是气愤，正待出列再次呼吁，突然听见一声号啕大哭从朝班中传出，众人皆是一惊。宪宗皇帝也是心头一紧，循着哭声望过去，只见兵部侍郎许孟容已然出班跪在玉阶之下，愤慨陈词道：“自古以来，国相上朝遭刺杀，横尸路隅，闻所未闻，正如白大夫所言，此乃大唐国耻！请圣上下旨，务必动用雷霆手段，速擒刺客，明证法典，以儆效尤。”

原来许孟容知晓白居易奏章后，晚上一夜无眠，精神本来就有些不济，今日早朝这种沉闷的气氛，令他一时间义愤交集，把控不住自己的情绪，不禁当着陛下与众臣之面老泪纵横，泣不成声。

宪宗坐在高高的金銮殿上，看着白发苍苍的老臣颤巍巍伏在玉陛前失声痛哭，既感动，又有些羞愧。他面色稍微有所缓和，抬了抬手，言辞里便有了怜惜：“老爱卿忠心可鉴，起来说话！”接着一冷脸，当堂颁布《捕杀武元衡贼诏》：

> 自即日起，人无分贵贱，凡擒刺客者，赏钱一万缗，授五品衔；与刺客同谋而能自首者，亦赏；胆敢隐匿者，诛杀全族。

同时诏令户部官员在城内东西二市，堆积赏钱二万贯，凡举报者，奖赏当场兑现。

臣僚们这才齐声回答：“谨遵谕旨！”

群臣晓得当今天子性格刚毅，行事果敢，一点也不像他的父皇顺宗李诵。先帝李诵软弱善良，十八岁时就被德宗册立为太子，足足等待了二十七年才登上九五之尊。二十七年啊，每一日都是在如履薄冰、谨小慎微中度过，每一日都得提防其他弟兄取代自己的位置，如此巨大的压力到哪儿去纾解？李诵只有沉浸在脂粉堆里才觉得安全，何况罗带轻分，此际最销魂。李诵的郁闷不仅在嫔妃及宫女身上得到了宣泄，还附带生了二十七个子女。顺宗李诵患中风的那一日，太医说他是“气血亏损，虚风内动所致”，太医不敢明说皇上纵欲过度，但顺宗还是听懂了太医的话外之音。世事总有许多的巧合，就连数字后面都隐藏着天机。李诵做了二十七天的皇帝后，便被宦官与藩镇势力联合逼宫，晋级为太上皇，让位于太子李纯。

想当初，武元衡还在御史中丞任上的时候，就给自己留了条后路。他上书皇帝要求册立长子李纯为太子，从监管国事到掌握军权，一一先热了身。再后来，李纯也便成了宪宗，武元衡也自贬谪之地回京任职，两年后升任宰相。宪宗知己知彼知世道知人心，俯瞰人性无尽的腾挪，眼明手辣，器居宏阔。难能可贵的是比他父亲多了一样意想不到的品质：敢作敢为。其驾驭手段在于选对正确的人，担当正确的事，自己居中拿捏，把人心拧成一股绳。故而，宪宗总是目光炯炯地站在阳光和阴影的交界处，冷冷地看着每一个人。如此天子，群臣自是不敢玩忽职守！

君臣之间虽然吁咈和洽，但臣僚明白在原则性问题上，宪宗是要动真格的。故而刚刚下达《捕杀武元衡贼诏》，禁军与各级衙门便风驰电掣地展开了行动，一场惊心动魄的大搜捕在京城长安和东都洛阳同时展开。大家心中雪亮：这个案子关系太大，再拖延下去，弄不好自己的脑袋也得搬家。一时间，铁骑突出刀枪鸣，风声鹤唳马蹄疾。韦武、王士则等一干要员，领着金吾卫和衙役一边展开地毯式排查，一边暗地里布下眼线，即便是王公贵族、勋贵大臣家里的腹壁、隔墙、坐轿中的夹层全都搜了个底朝天。尤其是那些枢纽地段，像过筛子似的翻腾得鸡飞狗跳。办案人员忖度：案发时城门尚未打开，这群犯唬的人或许没有逃离京都，全都蛰伏在某个角落。叫人头痛的是长安实在太大了，街坊连着街坊，南市混杂着北市，藏几个刺客简直就是和光同尘。即便如此，在高压和重赏之下，案情渐次出现了端倪。

破阵子

一波未平一波又起，没过多久，朝廷的细作又有关于藩镇的密奏传到宪宗手里，奏报中说：“平卢、成德两藩镇，已成惊弓之鸟，正于辖区内大肆招兵买马，筹谋备战。”宪宗看后，瞳仁中闪着凶狠的光，由不得心头火一串老高。他“叭”的一掌击在案上，恼怒之下，竟然口出市井之言：“此狗鼠辈，焉敢如此肆无忌惮！”看见身边宦官都惊讶地看着自己，宪宗按捺住狂躁，口谕道：“明日宣诏五品以上官员于宣政殿议事。”宦官急忙应道：“遵旨！”

翌日，朝堂之上，宪宗背着手，在御銮前台来回踱着，众大臣缄默不语。好一会儿，一位大臣打破了沉寂，他提议："启奏圣上，李、王两节度使心中不安，皆因朝中重臣积极削藩而起，欲息兵戈，莫若罢免裴度之职，以安抚平卢、成德二镇。"

宪宗闻听，怒不可遏地斥责道："混账东西，若罢裴度官，使奸人计逞，何以振朝纲？我用裴度一人，足可破李师道、王承宗二贼。"

那位官员被批得灰溜溜的不敢吭声，宪宗余怒未消，继续愤愤地说："裴御史以人臣事君，唯忠与义，大则以讦谟排祸难，小则以谠正匡过失，内不虑身计，外不恤人言，诚社稷之股肱良臣，岂有为助长藩镇嚣张气焰而自废臂膀之理？"

此时，兵部侍郎许孟容进言："臣闻事有缓急，政分遐迩，当务之急，攘外必先安内，当迅疾捕贼，人心定，然后可徐徐图之。"

宪宗点点头，再次厉声口谕，督促群臣全力追索凶手。

散朝后，老臣许孟容左思右想，忽然醍醐灌顶般开了窍，他认为这次刺杀行动一定与淮西战事密切相关。如果是这样即便抓住几个刺客，也是治标不治本，斩草未除根，只有尽快让淮西战事尘埃落定，才是当前局势的关键所在。眼下许多朝臣对淮西用兵尚存观望之态，主和派与主战派依然分庭在朝堂之上。刺杀武元衡的目的何在？冷静思索一下，其意图十分明显：武元衡殁，宪宗失去征讨淮西的主心骨，其他宰相与重臣定然杯弓蛇影，不敢力主其谋，争劝天子罢兵休战的言论必定风生水起。想到这一层，许孟容内心镜子似的敞亮，他立即给当朝上书，丹心赤胆地陈述：

> 汉有一汲黯，奸臣寝谋。今朝廷无有过失，而狂贼敢尔，尚谓国有人乎？愿白天子，起裴中丞辅政，使主兵柄，索贼党罪人得矣。

距离发生刺杀案仅仅三天，皇上果然下诏任命尚在伤痛之中的裴度接任宰相，就连当时还默默无闻的李愬将军也动身离开了长安，悄然出现在淮西战场上。宪宗李纯要告诉黑暗中藏头露尾的对手，刺杀和纵火，不过是他们的垂死挣扎。

剑拔弩张的大搜捕正在进行中，其浩大的声势彻底颠覆了刺客嚣张的气焰。重赏之下，举报之人终于壮着胆出现在神策将军王士则的府邸。大约是酉时光景，半天朱霞，映着草地也有三分红意，正在落山的阳光，如同一盅稀薄的葡萄汁。王士则正在四合院里踱步，看一只公鸡精神抖擞地追逐蚱蜢。这时，家仆一路小跑地进来禀告：“启禀将军，有人前来举报刺客匿藏的窝点。”

王士则猛然转过脸来，双眸炯炯地盯着家仆问：“来者何人？现在何处？”

家仆答道：“戴着草帽，看不清脸，从穿着打扮来看，像是街坊的住户。我叫守卫稳住了他，正在门口。”

王士则脸上浮起一丝赞许的笑意，立即吩咐：“去，去，带他到客厅等候，我即刻便到。”

“怎么没有给客人上茶？”王士则大步走进客厅，目光凌厉地扫了来人一眼，斥责着仆人。

举报人连忙双手抱拳，躬身作揖行礼，嘴里嗫嚅地说：“将军莫要客气，小人担当不起！”

王士则一屁股坐在中堂的檀木椅上，目光上下溜达着来者。见他穿一身惨绿缺胯袍衫，腰间扎着挍腰带，头发以竹簪束起，手里拿着一顶遮阳的草帽，还算清澈的眼睛里露着谦卑的笑意。不禁暗暗寻思，似这模样，长安街坊里到处都是。像是那种每天拿着货物去集市上碰碰运气，说不准遇上一个外番商人，能卖个好价钱的小商贩。这些人每天生活几乎是一个模子里拓出来的：到了傍晚，便急急忙忙地收摊子，生怕动作慢了，错过了集市上的钟点限制，夜禁后还不及进坊，运气差的时候难免被官家暴打一顿，甚至摊上牢狱之灾。晚上回到了家，草草地挂上门栓，为了节省灯盏钱，早早便搂着婆娘颠三倒四，弄得娃娃一大窝。当然，在睡觉前，还有一件需要上心的事情，便是把攒钱买来的好茶叶放在柜子里，可不能被小孩子糟蹋了，茶叶不是普通人家能随随便便喝的东西。

“你如何知晓刺客藏身之所？”王士则也不拐弯抹角，直愣愣地询问。

“不敢欺骗将军，我们也只是怀疑。我家附近有一拨人，出进神神秘秘地，左邻右舍都觉得不像是好人，只是没人敢惹事。”

王士则追问：“仅凭这些，你怎断定这伙人便是刺客？”

“这伙人都携有凶器，这几日，大门紧闭，足不出户，一个个鬼头鬼脑，神秘得紧。”举报人小心翼翼答道。

“你难道不怕惹怒贼人，全家跟着遭殃？”

“这不是悄悄地过来吗？不敢公然进衙门，只好到将军府邸打扰。这些天可不比从前，每天都在大搜捕，贼人哪敢露面。”

王士则凝视举报人片刻，突然问道：“你家住在哪条街坊？贼人藏身何处？”

举报人恭敬地答道："我家住在东城偏北的平康坊，正在成德军进奏院旁边，那儿就是他们的落脚点。听他们说话像是河北口音，我做买卖与那地方人打过交道，对他们的方言略懂一二。听他们交谈，好像一个叫张晏的是头领，其他人举止做派像是戍卒，前些日子，经常早出晚归，鬼鬼祟祟的。"

原来各地藩镇和朝廷之间的关系很奇特，惯常年间，并不处于直接的政治和军事对抗，但也不是那种正常的中央与地方隶属关系，而是一种既有斗争又有合作的博弈状态。双方博弈的中介便是进奏院，藩镇通过进奏院，了解中央发布的各种诏令、文牒，内容涵盖特别广泛，从改易年号、官员升降和任免、皇子出阁、战事进程等军国大事到所谓的祥瑞异象，几乎无所不包，中央也想通过进奏院望闻问切，号准藩镇的脉络。进奏院作为藩镇和中央信息互通的渠道，加速了双方寻找利益平衡点的进程，避免或减少了藩镇和朝廷之间不必要的激烈冲突。进奏院设在长安，最多的时候有五十多家，主要是集中于东市和皇城东门一带的坊内。这里既接近权力中枢，又是经济繁荣的人口聚集地，便于进奏官们获取正规渠道的信息，也方便他们结交五花八门的人。

熟悉进奏院关节的王士则，这才相信举报人的消息比较靠谱。他低头沉吟了一会，嘱咐来人说："今日你我的谈话万万不可对他人讲，一则为你的安全着想，再者预防节外生枝，惊动了贼人。你且去，他日逮住刺客，必有重赏。"

目送举报人匆匆离去，王士则陷入沉思。举报人所言的成德军进奏院乃成德节度使王承宗在京都设置的枢纽，种种迹象表明他与这桩案件脱不了干系。王士则转车轮般思索良久，猛地高声吩咐卫士："备马。"他要迅速赶往刑部和神策军部，调度布置抓捕事宜。

当晚，平康坊内铜锣一片山响，急促的脚步声灌满了整条街，吓得家家关门闭户，吹灯熄火。只有成德军进奏院门前点燃的火把噼啪作响，人喊马嘶，几百号神策军和金吾卫顷刻间将这里前前后后围了个密不透风。王士则骑着高头大马，从腰间抽出雪亮的宝剑，朝前一挥，厉声喝道："众军士听令，凡进奏院嫌疑之人，全部捉拿，不得放走一人。"

"喏！"左威卫将军王士平应答一声，提刀揎臂，带着七八十人破门而入。屋内约莫有二十多人，正在猜拳赌酒，被这突如其来的变故吓得六神无主，一个个操起家伙就往外冲，正遇上蜂拥而至的神策军，顿时噼里啪啦的刀器格斗之声四起，屋里院里刀光剑影，一片杀气腾腾。

"下了这班狗杀才的兵器！"王士则带领贴身护卫当门而立，威严地命令道。房屋之上，早已密布了弓箭手，蓄势待发，院墙外面神策军与金吾卫混杂着，里三层外三层铁桶般布下天罗地网。神策军系中央北衙禁军的主力，负责拱卫京师、宿卫宫廷兼行征伐事，乃朝廷安稳支柱，一个个都是训练有素，动作十分矫健。半盏茶工夫不到，便将屋内之人逐个制服。唯有一个唤作张晏的头目，功夫了得，三名兵士走马灯一样围着他厮杀，却奈何他不得。王士则看得不耐烦，跃身下马，一个饿虎扑食，手中早已舞出了几朵剑花，耳听得“哐啷”一声响，张晏手上的弯刀已然飞出一丈开外，三名兵士一拥而上，将这厮按翻在地。

王士则是个剑手，师承越女剑一脉。越女剑开派宗师乃春秋时期赵处女，讲究的是“内实精神，外示安仪，偏如腾兔，追形逐影，呼吸往来，一人当百，百人当千”。王士则只学得五成越女剑法，便可雄霸一方，成为拱卫京都的勇猛悍将。他原本预计，王承宗派来行刺武元衡的刺客，定是万里挑一的硬茬子，功夫端的了得，准备大费周章加以擒拿。谁料这班怂蛋的功夫也忒朴素了，厮杀得不太过瘾。

张晏被两名军士反剪双手，动弹不得，颤声质问王士则：“汝等无故闯入成德军进奏院，随意捉拿我等，可有刑部文书？”

王士则嘿嘿冷笑，朝站在身后的京兆尹韦武望过去，韦武逼近张晏亮出刑部手谕，在其面前晃了晃，高声喝道：“奉刑部密谕，前来捉拿钦案要犯！”

“冤枉啊，不知我等所犯何罪？”张晏挣扎着，声嘶力竭地喊叫。

“冤枉不冤枉，到了刑部自然会清楚明白，带走！”王士则厉声呵斥道。

“汝等可曾知会王承宗节度使，无故抓捕成德军进奏院之人，不合规矩。”张晏绝望地抓住最后一根稻草。

“王承宗自己也难脱干系，你们所犯之事，怕是天王老子也兜不住！”京兆尹韦武阴笑着摆摆手，示意军士将犯人押走。

张晏一伙入狱不久，一日散朝，韦武派人把负责审讯的侍御史陈中师叫到京兆尹府中，衙役泡上茶，退了下去。寒暄之后，韦武问道：“陈御史，贼人张晏招供吗？”

陈中师说：“禀兆尹，目前还没有，十多人无一承认参与刺杀，审讯依旧是零口供。”

韦武听后，沉吟半晌，忽然问道：“依汝看来，刺杀武平章者可是这拨人？”

陈中师看了看韦武，思索了一会儿，说：“照目前情形来看，难说。”

“哦？为何如此犹疑？”韦武感到有些意外。

“大人试想，如此惊天大案，从准备到实施再到刺杀后的隐匿，必定计划周密。若张晏等人作案，能坦然留在京都等着被抓、被审、被定罪？”陈中师呷了一口茶，继续分析说，“当初举报者，只是认为张晏等成卒平日行为神神秘秘，有重大的嫌疑，并无真凭实据！”

韦武双目似开似闭，脸上没有任何表情，点点头示意陈中师继续说下去。

陈中师接着剖析道：“案发后，有识者皆心知肚明，敢犯此滔天大案者，普天之下，仅二三人而已。成德节度使王承宗、平卢节度使李师道虽与吴元济不睦，可唇亡齿寒的道理还是懂的。淮西势危，王承宗上下其手，上书‘请赦元济’在先，派尹少卿四下行贿在后，故而王承宗嫌疑最大。张晏等人犯案之后，依旧盘踞在成德军进奏院，置身于风口浪尖之所，无所畏惧，这一点，不合常理！”

韦武听后，看了看精力充沛的陈中师，内心寻思：后生可畏也！这一番分析，敏锐缜密，句句切中要害。但毕竟年轻，火候还未到。何为政治？当今天子就是政治！宪宗当下是啥心态，他揣摩过吗？想到这里，韦武微笑着说：“言之有理，但从大局着眼，淮西战事胶着，李师道、王承宗蠢蠢欲动，案件一日不破，人心一日难定，如此下去，必将后患无穷。皇上的苦衷，你我做臣子的，当多多体谅才是。”

陈中师听出韦武话中有话，便默不作声，听他继续说下去。哪知韦武却戛然而止，顺手从案几上拿起一本书，漫不经心地翻看着。陈中师瞟了一眼书名，乃一本泛黄的《罗织经》（系武周酷吏来俊臣所著的一部专讲如何罗织罪名、陷害杀人的书），不禁心中一动，似有所悟。

张晏一伙刺杀武元衡、裴度案，从主观臆想出发认定怀疑目标，到迅疾逮捕归案，经过监察部门与长安府侍御史陈中师等官员联合刑讯之下求得口供，再到以口供作为证据定罪断案，前后不到十天。当审讯结果转到同平章事兼刑部尚书张弘靖手中时，他怀疑酷刑之下案情有所不实，多次奏请宪宗慎重处置。张弘靖本是士大夫，与王承宗私交亦不错，他究竟的是刑事案件的公正谨严，而宪宗皇帝需要的则是案件侦破的结果。有了结果，才能尽快对天下臣民有个交代，这就是政治！其重要性显然已超出了刑律本身的严谨与否。宪宗皇帝拒绝了张弘靖的请求，雷霆万钧地颁发了《诛杀武元衡贼张晏等敕》。元和十年六月二十八日，朝廷依律处斩了张晏等五人，复杀其党羽十四人，至此，沸沸扬扬的武元衡、裴度遇刺案终于大白于天下。所谓凶手俱已伏法，或可告慰亡灵了。

元和十年七月甲戌日，朝廷宣布王承宗有罪，杜绝他的朝贡。十一月，宪宗诏发振武兵二千人，会同义武军征讨王承宗。十二月，王承宗纵兵四掠，幽、沧、定三镇深受其害，争相上表请讨成德藩镇。宪宗准备下诏大规模进讨，中书侍郎、同平章事张弘靖奏道："平淮西和王承宗两役并兴，恐国力有所不支。请集中兵力平息淮西叛乱，然后再征讨王承宗，是为上策。"宪宗没有采纳。此后，宪宗制令削去王承宗官爵，命河东等六道进讨。尚书右丞同平章事韦贯之屡次进言："臣启奏，请先取吴元济淮西叛军，再行征讨王承宗，则事倍功半矣。"宪宗读罢，不置可否，再次诏令："成德王承宗祸害地方，对抗中枢，着六镇协力征讨，不得有误。"

一时间，集结兵力十余万人，战线绵延数千里。声势虽浩大，实则涣散。既无精干统帅，相距亦遥远，期约难一。关节之处还在于千里运送粮草，牛驴累积死亡十分之四五，有识朝士纷纷向宪宗进言：应集中兵力先取淮西！宪宗见众口一词，也便认真斟酌了一番。犹豫再三，还是采纳了谏言，罢黜河北行营，六路大军各回其镇。

事后张弘靖反复细读宪宗颁发的《诛杀武元衡贼张晏等敕》，分明读出了其遣词的犹疑与模糊。继而想到，与宪宗起初的雷霆震怒相比，对罪犯及其眷属的处罚力度，也显然有所从轻。张弘靖掩卷叹息：宪宗终究不糊涂，其内心对案件审理存疑虑也！

四犯令

大明宫雄踞在龙首山上，轮廓起伏，开朗辉煌。远远看去，那山冈恰如高昂的龙头，大明宫第一正殿含元殿坐镇在巨龙的尾腹部位，驾驭着体量巨大的山脉，蜿蜒腾挪，气势甚是伟丽。大殿前的龙尾道下，梯次麟麟，翔鸾、栖凤二阁呈掎角之势。阁前有钟楼、鼓楼，每当朝会之时，上朝的百官皆在监察御史的监审之下，立于钟鼓楼下等候进入朝堂。

这日刚刚下了一场暴雨，通往含元殿的龙尾道上，积了一层厚厚的槐花。宦官吐突承璀倒背着双手，一步一个脚印地来到钟鼓楼下，迎面候着刚刚从宣政殿出来的张弘靖、韦贯之两位宰辅。三人在翔鸾阁前站定，吐突承璀双手抱拳，打着哈哈说：“幸会，幸会，两位宰辅可有工夫闲聊片刻？”

张弘靖与韦贯之相视了一眼，因为不屑吐突承璀的为人，平素保持着若即若离的距离，此刻见其等候在此，迎面打着招呼，心知必然有事要纠缠。张弘靖点了点头，率先答道：“中尉有何见教？”

吐突承璀趁前一步，压低了嗓门说：“此处不是说话之地，两位可否移步寒邸，一同品尝今年落晖坞的明前老龙井？”

韦贯之不愿去吐突承璀的府邸落人口舌，便含笑说道：“今日朝事繁杂，不如就在水榭子对面的月台上畅谈如何？他日闲暇定当前去贵府叨扰。”

三人相继来到月台上，吐突承璀也不转弯抹角，开门见山地说：“白居易自负不羁之才，傲物狂放，此番越职言事，视满朝文武如无睹，置朝廷纲纪形同虚设，两位大人可有方寸？”

张弘靖不免倒吸一口凉气，他明白吐突承璀对白居易三番五次弹劾于他已然怀恨在心，一直在寻机报复，这次逮住白居易僭越职权的把柄，岂肯善罢甘休。面对这阴魂不散的狠毒，张弘靖不易察觉地皱了皱眉头，内心冒出一丝厌恶。但转念一想：外放白居易还得巧借这位炙手可热、党类甚众的权宦。便按捺住性子，赔着小心。

吐突承璀别无所长，尤其善于琢磨皇上的心事，尽管虚张假借，却深受宠信。宪宗即位那年，便委任他为内常侍、知内侍。记得元和四年，河北藩镇王承宗抗拒朝廷命令，时任神策军中尉的吐突承璀好大喜功，请求担任招讨使征伐成德，结果长年累月曝王师于旷野，屡败无功。对此，不少谏官上书劝阻，身为翰林学士、左拾遗，白居易挺身于朝堂“面论”。其辞情恳切，论辩周密，极力请求罢贬吐突承璀，停止对河北用兵。洋洋数千言奏折，说的皆是别人不敢直说的耿介之言。一副咄咄逼人的架势，弄得宪宗下不了台，圣心大为不快。白居易却不懂得察言观色，依旧接二连三地上《请罢兵状》，尤其在第三状中，白居易奏道：“不然，则臣合得罪；不然，则陛下罢兵。”要么陛下降罪于我，要么就罢兵停战，白居易对宪宗说：“圣上只有这两个选择！”宪宗气得够呛，算是准了白居易的折子，将吐突承璀贬为军器庄宅使。翌年，白居易左拾遗的两年任期届满，按惯例本可以擢授门下省的左补阙（从七品上），甚至超擢尚书员外郎（从六品上）。这关口，宪宗却对大宦官梁守谦说：“白居易左拾遗任期届满，改授啥官，可由他自己奏来。”

梁守谦领了口谕，当日便亲自跑到白居易的家中，询问白居易说：“白学士，汝任左拾遗届满，皇上派我询问，想担任什么官职？”

白居易在宪宗身边待了这么久，对皇上的心思自然明白。表面上看，这番征询是对自己极大的恩宠，实际上是在暗示：“汝已然不能按正常渠道升迁了，看在你跟我这么多年的面子上，给你个机会自己跑路吧。”

白居易沉吟半晌，对梁守谦说：“出任京兆府户曹参军可也。”他知趣地离开了门下省。

元和六年，吐突承璀的下属弓箭库使刘希先私收羽林大将军孙璹贿赂之钱财二十万缗，以求出任方镇节度使。事情败露后，宪宗将刘希先赐死，因为孙璹和刘希先互相揭发，事情牵连到吐突承璀，宪宗刚刚将其提拔为左尉上将军、知内传省，再也不好袒护，就将其贬为淮南节度监军使。宪宗此次贬黜实在出于无奈，由于新晋宰辅李绛一贯反对宠信宦官，事后宪宗故意问李绛道：“联贬黜吐突承璀，你认为处理得如何？”

李绛说：“没想到陛下能够如此果决，杜绝腐败，务必采取霹雳手段。”

宪宗得意地说：“此家奴耳，一向来驱使惯了，故而假以恩私。若有违犯，朕去之轻如一毛矣！”

李绛说：“圣上英明，宦官徇私舞弊，坏了朝纲，断不可恕！”

紧接着，但凡与吐突承璀有过勾结的官员，李绛一概加以贬黜，不失时机地剪除了其党羽。即便如此，宪宗都对吐突承璀恩宠依然未衰，为其重新启用，竟然还动过罢免李绛宰相的心思，只是找不到适当的借口。直到元和九年二月，李绛因为脚疾提出辞去相位，宪宗立马顺水推舟地准许。不久，便将吐突承璀召还京师，又任命他为弓箭库使、左神策中尉等职。

这许多的弯弯曲曲，张弘靖皆心知肚明，他暗自寻思：“这回够白居易喝一壶了。”想到这里，便耐着性子说：“僭越职权乱了分别，坏了章程，予以追究是必然的。”

吐突承璀向张弘靖投过一丝赞同的目光，抚着光滑的下颌说：“自打贬谪柳宗元、刘禹锡以来，我朝早有拾掇吏治之先例。白居易惹是生非的禀性难移，对两位宰辅的治国方略恐有不利，当断则断，方免其祸，其中利害，相信张大人、韦大人心中自有一杆秤。”

“白居易的上疏曲衷于内，不妨春秋大义。”一直沉吟不语的韦贯之接过话头说：“只是身为东宫官属，不当先于谏官言朝廷事，有扰乱秩序之嫌。”

吐突承璀阅世极深，闻听韦贯之语气，便意识到白居易还不至于罪不可赦，只怕难以下手太狠。可无论如何，外放这个刺头，免得惹是生非这一点，两位宰辅看来是与自己一致的。因道：“在下意思是贬黜即可，远离中枢，不使其在眼前晃荡，可免搬弄是非。”

韦贯之转脸看了看张弘靖，见其点头不语。遂双手抱拳，对着吐突承璀揖了一揖说：“已近午初时分，今日就议到这儿吧？此事还须再行商讨。”

吐突承璀赶忙还礼，嘴里说道：“此事我自有章法，还望两位大人与韩、王两位宰辅共同协商定夺。”

韦贯之走出月台，脸色沉郁地望了望含元殿，见其背倚青天，高大雄浑，一股摄人心魄的气势扑面而来。陡然之间，似乎为自己方才的言行生出了一丝羞愧。他微微一声叹息：白居易难免要遭受一番颠沛流离之苦了！

这几日，与吐突承璀打得火热的还有检校司空、同中书门下平章事王锷。白居易与这位宰辅的梁子结得也够深的。事情还要从元和四年说起，那一年，针对河东王锷即将被授以宰相职位这件事，白居易秉公谏言，再次为自己埋下隐患。刚正的白居易认为：“宰相乃天下具瞻，非有重望显功不可任。而王锷百般勒索民财，又用所得财物作为‘羡余’，买通各方关节。如果授其宰相，天下之人听说这件事，会说陛下是得到他的献奉，才赐予宰相职位的。如此一来，各路节度使争相搜刮钱财，向皇上买官求爵，贿赂之风，岂不呈星火燎原之势？”

王锷镇守岭南期间，将非法收入据为己有，用以商贸经营。周以岁时，循环不绝，辗转八年，但凡京师权门大多收受了王锷的钱财。这厮十分干练能干，权衡变通无所不精，手腕圆融人望广博。恰逢淮南节度使杜佑多次上表请求辞职，于是朝廷任命王锷为检校兵部尚书、淮南节度副使。这可是一个肥缺，朝廷虽立国于西北，经济上却要倚重东南诸镇，其中充当财赋运转枢纽的荆南、淮南两镇尤为重要。故而两镇节度使名义上由亲王遥领，实际上，还要直接委派中枢大员出任节度副使、知节度事，以确保江淮与中央的紧密联系，统领江淮及东南各地财货，使之顺利转运到西北，以此维持朝廷的财政平衡。相对而言，淮南的地位更重于荆南。淮南节度使可是纵横捭阖的主儿，背倚沧海，砥柱江、淮，深津横冈，备守坚险，维护的可是天下饷道。大抵所命节度使，皆是来罢宰相，去登宰相。

王锷深知其中奥妙，到任之后，勤勤恳恳，深得杜佑赏识。不久，杜佑便举荐他正式担任淮南节度使。王锷精于财会，过往账目尽皆熟稔于心。那些妄图在账簿上弄虚作假、贪污枉法的奸吏，往往逃不脱王锷的耳目，一经发现，定追究不饶。王锷理财，讲究的是节其流，开其源。一方面立足淮南得天独厚的眉目之地，大胆经营，不拘一格地培植财源；另一方面注重谨养其和，撙节支出，将各种潜在能力、资源和已经出现的浪费转化成为实实在在的收益。如此节俭持政，的的确确为朝廷积累了大批财富。当时王锷所铸的铜钱流播天下，一时间风光无限，朝堂上下都佩服他办事如神。

兜里有钱好做官。王锷一路扶摇直上，春风得意。元和二年升任尚书左仆射、检校司徒、河中节度使；元和五年兼太子太傅，调任河东节度使。更为难得的是：王锷为人谨慎，办大事而不糊涂，深谙人情世故，擅长中庸平衡之道。这厮一生聚敛的财产不可胜数，深知树大招风，唯恐被人诽谤，故而在功成名就之时，主动奉献给朝廷二千万钱，请求朝廷恩准自己兼任宰辅。皇帝准了王锷的奏请，下诏："锷可兼宰相。"谁承想，立即招致宰相李绛的弹劾。李绛认为："锷虽有功有劳，然佥望不属。恐天下非议，大唐宰相也可通过钱财买卖获取！"

宪宗看了李绛的折子，反驳道："当年太原残破不堪，是王锷成就雄富之治。官爵所以侍功，功之不图，何以为标杆？诸道盐铁转运使所献钱财数万万，难道也一一升迁为平章政事吗？"

李绛据理力争："王锷太原政绩，诚有劳效，然人望不至，名器虚损。其人以权谋私，近水楼台先得月，广进家财何止千万，似乎不合圣意吧？而今，因捐献了钱财，便位列宰辅，恐为后代讥笑！"

宪宗不以为然，固执地坚持己见。坦率耿介的白居易毅然出列，接过李绛的话头，在大殿之上与宪宗当面论辩，当着满朝文武的面说："陛下错了！"宪宗立时就变了脸色。白居易却丝毫不以为意，依旧不屈不挠地奏道："王锷诛剥民财，以市恩泽，此风断不可长！不可叫天下人说闲话：陛下接收了王锷的进奉，才提拔其担任宰相。如此做派，必定损害圣朝的名望。"

李绛见宪宗面沉如水，内心的恼怒已然临近爆发点。为缓和气氛，赶紧为白居易圆场，说："王锷忠能奉主，经营有章有程，开源节流，乃至竹片木屑，都不曾轻易浪费。当时振兴军旅，着实得赖于他的努力。只是兼任宰辅这件事，关系重大，恐为贤哲所讥，还望陛下三思。"

宪宗听后，面色稍有缓和，当日廷议暂无结果。事后，时任给事中李藩行使职权，驳回了任命王锷为同中书门下平章事的诏书，导致王锷的企图落空。只因白居易的犯上直谏，拖延到元和九年，王锷方才升任检校司空、同中书门下平章事。这头头尾尾，王锷整整晚了六年，方才如愿当上宰相。

宦官生涯能有几个六年？更何况庙堂之上，风云莫测，预谋再深，不及变化机遇。白居易一道奏折硬生生中断了王锷的锦绣前程，他心胸再宽，也难以忍下这口恶气。当下，总算逮住剔除这个书呆子的机会，王锷自然是上下其手，势必将其贬谪方休。以王锷的人望，宪宗面前一大半弹劾的折子，都是出自他与吐突承璀的授意。王锷城府颇深，谋划周全，对于如何处置白居易，还留有后手。

转眼到了元和十年阴历八月，时序仲秋，气肃而凝，蛰虫咸俯。清晨起来，曲江两岸千里沃野上，草木遥看已然有了萧瑟之意。京都长安又是一番情致，街坊之间，人来人往，一派太平雍穆的景象。这一日清晨，六街传鼓之后，几顶大轿先后在政事堂门前停下。政事堂是宰辅定期聚会议事之所，隶属中书门下，下设吏房、枢机房、兵房、户房、刑礼房。依照程序，皇帝诏令都是由中书省依据旨意起草，草拟的官员如果认为不妥，有权拒绝起草。诏令起草出来，还要经过门下省核准，如果有所不妥，可以退回中书省。唯有通过审核，方能送达尚书省予以执行。尚书省接到经门省下审核的诏令，假若发现不妥，亦有权拒绝执行。都说皇帝乃是金口玉言，实则圣旨要以书面形式下达，上令下行，并非那么简单。皇帝任命官员也必须经过宰相批准，首先要经过尚书省有关部门初拟，报中书、门下两省宰相审核后，再报由皇帝“进画”，之后由宰相下达到具体的部门执行。大唐前期之所以能够开创贞观之治、开元盛世，“安史之乱”之后，虽然出现宦官专权、藩镇割据的混乱局面，依然能够光复再造，煌煌中兴，关键枢纽皆得赖于当朝的宰相制度也。无论国力鼎盛，还是国势衰微，无论明君在上，还是昏主乱政，只要宰相的职权能够行使，就能维持朝政不至于太过离谱。

平日里，同中书门下平章事照例轮流休假，只需一位当值便可。当下，难得张弘靖、韦贯之、韩弘、王锷四位宰辅都陆续到齐，相互寒暄之后，张弘靖说：“今日主要是商议白居易之事，我等须有所定夺。”

王锷微微一欠身说道：“白居易身为左善赞大夫，乃东宫太子属官，按例不可上疏干预朝政，而今越职言事，坏了朝廷规矩，当贬谪到边远之地，示人臣以炯戒！”

"贬谪已成定议，自应照此办理。"张弘靖忖了一忖，说道，"只是外放至何地较为妥当？"

"我看岭南、郴州比较适宜。"王锷阴着脸说。

韦贯之闻听，瞥了王锷一眼，内心暗暗寻思：平日里王锷见人一团和气，竟然也是心胸狭窄、睚眦必报之人。岭南气候炎热、潮湿多雨，又是王锷当年镇守之所，多有故旧，便于监督白居易言行。至于郴州，更是瘴疠、荒蛮之野，向来被人视为畏途，有民谣云"船到郴州止，马到郴州死，人到郴州打摆子"，只要看一看柳宗元贬谪永州之后的境况，便知后果。看来王锷用心不善，唯恐日后白居易东山再起，欲置其于险地。

想到这，韦贯之咳嗽了一声说："依照《唐律疏议》，白居易似乎尚未构成僭越之罪。虽则越职言事，但亦孤忠可悯，即便放逐，贬谪亦在两千里上下范畴，不可过于偏僻荒凉。前日，圣上对臣说，江南遥远，国事繁杂，怕是只能从诗词里读到，想那白居易乃诗词大家，不若贬谪至江南，让其放歌在山高水远之间吧？"

一直沉默不语的韩弘，闻言点点头，说："贯之提议比较实际，我看就贬到江南吧？"韩弘虽然不赞同白居易的主张，但是对元白和韩柳的才华倒也敬佩，内心也觉得王锷有失厚道，颇不赞同。

王锷不再言语，只是眼看着张弘靖。张弘靖不是小人，再说与白居易也没有太大过节，只是白居易妨碍了当下治理方略，外加他的狷介与狂傲得罪了自己的恩师而已。此时见韦贯之与韩弘皆提议贬谪江南，尤其是韦贯之言语之间似乎透露了宪宗的圣意，遂表态道："就按韦平章的提议办，只是安排到南方的哪一州比较妥当？"

"近日吏部上报江表刺史一职空缺，"韦贯之沉思良久，目光闪闪地说："明日我与元理出面，奏贬白居易为江表刺史，可好？"

三位宰辅同时点头，这事便初步定了下来。

谒 金 门

宰辅好似朝廷建立在高冈之上的烽火台，乃众人瞭望的举蓬。自那日张弘靖、王锷等四位宰辅商议之后，消息很快就捕风捉影地传了出去，好一似点燃了政治烽火，滚滚狼烟台台相连传递了一个重要消息：白居易言出其位，坏了规矩，理应贬谪。

起初，众人的心思都在逮捕刺客上，待到张晏伏诛，案子稍微平息下来，一些在谋杀案发生时噤若寒蝉之人，这才争相跳了起来，大言不惭地纷纷上封事，检举白居易的折子一一堆在了宪宗的龙案。其中有门下省和中书省的侍郎、给事中、谏议大夫，有御史、补阙、拾遗等若干官员，无不以“越职言事”钳人之口，使之无法申辩。其心理逻辑是：直言以谏乃谏官之职责，白居易已不任谏职，僭越放言，坏了规矩，理应放逐贬谪。

这日早朝，百官一跪三叩头之后，一名门下省左散骑常侍出列弹劾白居易：“启禀陛下，臣认为不以规矩，不能成方圆。白居易身为太子左赞善大夫，乃东宫学官，按廷制不应过问朝政，却邀功取宠，越职言奏，置朝廷规矩于不顾，放肆妄为，不配在朝为官。”

宪宗闻奏，内心不以为然。当日白居易奏章言辞之间急朝廷之所急，公忠体国，虽有越职言事之嫌，然特殊时期，激于义愤递书直言，亦无可厚非。故而，宪宗沉吟不语。

此时，一名中书省右谏议大夫见皇上态度暧昧，挺身出班启奏：“圣上，武平章被盗杀，白居易首上疏论其冤，急请捕贼以雪耻，论私，乃出于义愤；论公，则开宫官先谏官议事之先河。此风不可长，凡臣有超格者，当贬谪引以为戒！”

宪宗正欲开言，忽听班中有人朗声叫道：“圣上，臣有话说！”

众人循声望去，乃兵部侍郎许孟容也。只见他阔步向前，凛然奏道：“皇上励精图治，重用贤良，改革弊政，明君也！今圣主力图中兴，当能用忠谋，不惑群议，如此，忠谠有才之人方能独抒己见，如若不问人之所言是否属实，是否在理，只究越职之过，岂非本末倒置？况白居易当日首上奏章，也是情势使然，愕愕直言，以谏为忠，乃人臣之本分，望圣上明察。”

宪宗听到这里，目光炯炯地盯着张弘靖问道：“张弘靖，汝如何看待此事？”

“万岁”，张弘靖躬身说道：“孔子云，不在其位，不谋其政。‘君子以思，不出其位’乃古训也。臣子应当各行其是，各举其职，不干涉分外事务，上不责非职之功，下不务分外之赏，吏无兼统之势，民无二事之役，斯诚为国要道，治乱所由也。干非所任，斯则罪人！”

宪宗沉默半晌，喟然说道："今日之事，是非得失，还须甄别，朕有过失，汝等规之谏之；朕所不能，汝等辅之佐之，君臣同心协力，方是治国之根本。至于言事是否需要如此张扬激进、无视职分权限，当再行计议，众位跪安吧。"

当天散朝，中书侍郎裴洎将韦贯之拉到一边，劈面就说："韦平章可曾记得《论制科人状》乎？"

韦贯之一听就明白裴洎是提醒自己在担任"贤良方正能言极谏科"的主考官时，因为处理牛僧儒、皇甫湜、李宗闵新科进士策论事件遭到罢黜，唯有白居易上《论制科人状》折子为自己鸣不平。便拉着裴洎的手说："裴侍郎可是怪我没有为白居易说话？"

裴洎说："不敢，小臣哪敢责怪韦宰辅！"

韦贯之恳切地说："白大夫为人，你我如何不知，说其忠肝义胆亦不为过。只是过于耿直，你看他得罪的都是些什么人？此番乐天出朝，未必是坏事。"

"如此说来，白居易处境危矣！无论如何韦平章要想法子转圜才好，他乃耿介之人，忧国奉公之心你我皆知，其情可悯，其罪不实呀。"裴洎凝视着韦贯之。

韦贯之点点头："这个自然，如果真到那一步，我会斟酌。"

裴洎闻言，浩然长叹一声："即便贬谪，可否不去苦寒之地？"

韦贯之说："我已从中周旋，江表如何？"

裴洎不再多言，抬头看了看天色，双手揖了一揖，黯然而去。

此时宪宗正在延英殿，心里颇不好受，白居易乃自己一手提拔的，现在成了众矢之的。球，已经踢了过来，如何处置这个书呆子，一时间还真下不了决心。他随手摆弄着面前弹劾的折子，说来说去就是那么一点子事，宪宗懒得一一细看，草草翻阅了一下，便宣韦贯之来延英殿询问。

韦贯之刚与裴洎别过，正欲打道回府，宦官急急赶来宣召，心里寻思：定然是白居易之事。此刻面圣，韦贯之心情颇为矛盾，虽则对白居易有好感，可自己偏向招抚藩镇，不赞同连年用兵，弄得朝廷青黄不接，即便用兵，也应集中兵力讨伐相对孤立的淮西吴元济，不想过早和王承宗撕破脸，这也是前些日子，张弘靖等并不急于查捕凶手，反而放言"贼穷必乱"，有意放缓案件侦破步伐的缘由之一。可因为这一点，就将曾经为自己秉公直言的白乐天推上波峰浪尖，似乎也不厚道。心里忖度着事情，不知不觉已经进了延英殿，拜见了宪宗，便垂手站在一边。

“韦爱卿坐着说话。”宪宗指了指左边的椅子，含笑说。

“谢皇上！”韦贯之一边答谢，斜欠着身子就近坐了下来。

“这些全是弹劾白居易的折子，汝看如何处置？”宪宗问道。

韦贯之知道自己的表态具有决定性作用，宪宗是睿智之人，晓得其他几位宰辅与白居易或多或少皆有过节，唯有自己能够客观对待此事。经过内心反复酝酿之后，韦贯之决定还是外放白居易比较适宜。一则白居易得罪人太多，留在京都迟早要出事，外放历练历练，未尝不是好事；再者，裴度已经拜相，如果韩愈、白居易与其一气，自己向来主张的招抚政策就更加难以施展。想到这，韦贯之语气低缓地说：“回圣上，臣认为白居易‘越职言事’不构成罪名。”

“哦，你且说说，是何道理。”宪宗面无表情，示意韦贯之继续说下去。

韦贯之躬身说道：“依据《唐律疏议》，东宫官先于谏官言事并不构成罪名，一是《唐律疏议》中没有专门名例和律条；二是《唐律疏议》卷十《职制中》里虽有‘不应言上而言上及不由所管而越言上’条款，但白居易请急捕贼、以雪国耻的奏论与此罪亦挂不上钩。”

宪宗微微点头，不再插言，以目光示意韦贯之往下说。“疏议对该条解释是：‘不应言上者’，乃指依法规，没有要求你向皇上进谏却进谏了的；所谓‘不由所管而越言上者’，说的是州、县的事如需报告朝廷，都须事先向所管州、县回报说明。因而，白居易既不属于‘不应言上者’，也不属于‘不由所管而越言上者’，何况白居易奏状是在非常之时，出于忠心与义愤而递折子，何罪之有？”韦贯之不愧为当朝宰辅，对律令熟稔于心。

宪宗赞许地看了韦贯之一眼，问道：“言之有理。此事，依汝看来，该当如何？”

韦贯之毕竟是君子，行事权衡仔细，照应周全。他首先为白居易开脱罪状，有两个目的：一则白居易即使被贬谪，因为罪行乃“莫须有”，也不至于放逐到边远苦寒之地；二则将来等局势稳定后，依然有擢升的机会。打下伏笔后，韦贯之谨慎回答：“臣认为，这些奏折所列罪状甚是勉强，有附庸、泄愤之嫌疑。白居易激于义愤，勉力为公，拳拳之心，应该予以褒奖。只是行事草率，牵连甚广，有其思虑不周全一面，如若外放历练历练，假以时日，可堪大用！”

“说的是，”宪宗立刻听出了韦贯之的话中之话，含笑说道：“白居易这小子，一根筋！阳刚有余，欠通不足，是该历练历练。”

吁了一口气，宪宗放缓了语气说：“贯之，江南可是鱼米之乡呀，朕很想去瞧瞧。只这多事之秋，国事繁杂，既无工夫，亦无心境，只能从诗文里读到啰。”

韦贯之闻言怔了一怔，宪宗突然冒出这么一句题外话，让他似有所悟，但此刻不便挑明，便打着哈哈说：“普天之下，莫非王土，皇上雄视天下山河，哪一处形胜不在胸中？”

“哈哈……”韦贯之一番话，说得宪宗抒怀大笑，他目视着眼前这位老成持重的近臣，颜色祥和地说：“贯之，今儿就到这里，跪安吧。”

第四章　贬谪江州

绮寮怨

黑沉沉的夜，周围除了寂静还是寂静。白居易一肚子心事，在床上辗转了大半夜，三更时分方才蒙眬睡去。恍惚之中，他似乎来到靖安坊东门，周遭的风阴冷地号叫着，朦胧的月光下，黝黑的天空透出阴沉的幽蓝。屹立在空荡荡的街坊中间，他感觉自己是一座孤岛。突然，有一个诡异的黑影掠现，随即一道幽蓝的光闪过，他顿觉眼前模糊一片，似乎有一张张血肉模糊的脸孔掠过。他觉得全身上下一阵阵地冒着凉气，正想高声呼救，黑暗里，一根碗口粗的棍棒瞬间抽在了胸口。白居易大叫一声，惊醒过来，浑身早已被虚汗湿透。他移开妻子搭在胸口的浑圆手臂，翻身坐了起来，怔了怔，方才回味过来，是个噩梦。

这时，远远已然有了六街传鼓之声，邻家院落的雄鸡也一声声开始了长啼。白居易暗自叹了一口气，已醒得双眸炯炯，转头见杨氏已然坐在边上，便道："娘子，你也醒啦？"

"你折腾了一夜，我怎能睡得安分！"杨氏见他已经醒透，趿着鞋为他斟了一碗水，端来漱口，细声细语道："你且漱一漱，安生再睡一会儿，哪怕睡不着，闭着眼养养神也是好的。"

白居易用水咕噜着漱了漱口，觉得嘴中寡淡无味，便想出去溜达一下。忽地想尝一尝街头牛二家的热汤儿面，那是将面团用力摔在砧板上，一甩一扯之间，宽如裤带的面片极富咬劲，外加油泼辣子的生猛口味，花生葱米的调料，长筷、阔勺吃得淋漓尽致。他将漱口碗递给杨氏，目光温煦地说：“你听听这外头的动静，就是睡也不踏实，我出去走走。”

杨氏怜惜地看着夫君，知道他这几日惴惴不安，蜗在家里心思更重，出去透透气也好，便点点头说：“我预备早膳，回来吃。”白居易一面穿衣往外走，一面丢过话来：“你自己吃吧，我在外面对付一下。”

透过宅院上方的天井，白居易仰头看了看破晓的天色，见东方银子般明亮，知道又将是初秋闷热的一天。京都的街坊，不论是达官贵人的豪宅，抑或是文人名士的雅居，即便仅仅是普通市民的住宅，都是规模不同的院落式结构，大院挨着小院鳞次栉比地分布在长安的一百零八坊中。白居易在长安辗转搬了几次家，每收拾好一座院落，一家人的日子便自这一亩三分地上重新开始。“好住四合舍，殷勤堂上妻”，白居易喃喃自语着走出院落。

出了院门往右约莫一里多地，便有卖素饼的摊子。摊贩是一个二十多岁的后生，底下生火的，应当是他的浑家。生得珠圆玉润，结实饱满，一副五谷丰登的模样。坊间小户人家的女子，倒不惧抛头露面做生意，只要能够帮补家用，她们都乐得劳动。

素饼分为酥皮、油酥、内馅儿三层，馅儿由食酥油、核桃仁、果脯、精盐混制而成，仅一文钱一个。案面上除了素饼之外，还有果饼，就是用柏一枝、柿一枚、橘一块制成的大饼，就中劈开，众人可分而食之。白居易眼见刚刚出炉的素饼，色泽焦黄诱人，顺便买了一个，一边啃着一边往牛二家的热汤面馆走去。

途中经过一家卖冰块的老店，经营颇有些年头了。在阴凉的老墙根下，有一种味苦的硝石，颜色如霜，人称“墙霜”。这东西溶在水里会吸收大量热量，使水结冰。夏日，大户人家将糖、香料、果汁、牛奶溶在冰水里制作暑汤，饮之暑解凉添。白居易望着老店的招牌，触景生情，不禁想起十六岁那年，头一遭云游长安的情形。那是他行游江南后，刻意折转到皇城，无非想结交一些名士。满腹的才调，总要有人识得，有地方显摆方才尽意。

少年眼里的长安，宫殿金碧辉煌，佛寺高耸九霄，到处蓬蓬勃勃，流光溢彩。偌大的京城，尽管冗杂，然调度分派，犹如指臂。市内货财二百二十行，皆所积集。放眼观瞧，四处店铺毗连，商贾云集，鳞次栉比的绫罗、锦缎店里，出出进进尽是红男绿女，叮叮当当的铜器、银器、铁匠铺，整日地喧哗不息。巷弄的摊子上摆满了陶瓷、玉器、木雕、泥人和各式各样的工艺品，还有那些从西域运来从未见过的时鲜水果，一应俱全。从淳朴的新郑小城到秀美的符离小镇，再到山清水秀的江南越中，白居易看惯了小城旧事，第一次来到这熙熙攘攘的偌大皇城，迎面扑来的气息令其感到既陌生又新奇。他怀里揣着厚厚的一沓诗文，巴望结交一些名士权贵，为将来闯出一番事业做些铺垫。对于一没背景、二没靠山的白居易来说，倘若没有一个契机得到先贤明达的推荐和主司的赏识，想要他年得中科第，着实艰难。

这一日，他正心意阑珊地四下晃荡，忽然闻得身后一阵吆喝，回首看时，只见四人抬着一顶雕花的硬木肩舆浩荡而来。白居易向一位文质彬彬的路人打听道："丈人，敢问里面坐着哪位大官人？偌大的排场！"

那人回头打量了一下白居易，脸上露出一丝不屑："娃子外地来的吧，连大诗人顾况都不晓得？"

"顾况？"白居易嘀咕了一句。那人接着说："顾学士工于书画，擅长诗赋，与李泌、韦应物、丘丹、房孺复皆是名动一时的文章大家！"

"哦，是不是'下池轶事'的那位顾况？"白居易忽然想起士林广为流传的一段风流韵事。那人哈哈一笑，说："你娃子也知晓'下池轶事'？"

"在下在杭州听人说起过'红叶传情'的故事，不想今日遇见本主。"白居易应道。那人爽朗一笑，说："大约是天宝年间的一个秋天，顾况正年轻，一次路过洛阳皇家宫女所居的上阳宫，在下水道拾得一片红叶，叶面上有宫女题写的哀怨诗句：'一入深宫里，年年不见春，聊题一片叶，寄与有情人。'"

"愁见莺啼柳絮飞，上阳宫里断肠时。君畴不闭东流水，叶上题诗寄与谁？"白居易接着话音吟哦道。那人重新打量了一下白居易，点着头说："看不出你娃子也是个中之人，不错，那顾况瞧见宫女的诗后，也题了这首诗，并将红叶从上水池传进宫内，玄乎的是，还真的被那位宫女拾得了！"

"打那以后，顾况和宫女经常凭借红叶传送关雎之声。不久发生了安史之乱，官兵拼死抵挡了安禄山叛军六十天，最终还是兵败倾诚。顾况趁战乱找到那位传诗的宫女，逃出了上阳宫，二人遂结为连理。"那人接着说道。

白居易听得心驰神往，不免心中一动，决定去拜访顾况。想到这，便与那人客套了几句，转身一路跟着顾况的肩舆，迤逦走了半盏茶的工夫，便到了顾况的府邸。白居易神色庄重，仔细地整理了衣袍，小心翼翼地把带来的诗文藏在袖筒之中，迈步走向顾况的宅院，敲击门环之后，耳听得里面传出一声吆喝："何人叩门？"

白居易稳了稳心神，朗声答道："晚生白居易晋谒顾学士！"

"吱呀"一声，大门开了一条缝，那人露出一个圆圆的脑袋，问道："汝是何人？何故见我家老爷？"

"晚生白居易，久闻顾学士诗画双绝，特地携带诗文前来讨教！"白居易双手抱拳，虔诚地回答道。那人上下打量了白居易一眼，闷声说道："汝等着，待我禀报老爷再做定夺。"

白居易约略听说过顾况的秉性，内心不免带着几分忐忑。顾况可是才华横溢的名士，掌管过国史编撰，在朝野上下久负盛名，求访之人踏破门槛。只是这位大诗人性子孤傲清冷，对徒有虚名的攀附之徒甚为厌恶。虽然门庭若市，可入其法眼的少之又少。白居易双脚不断转换重心，焦虑地寻思：会不会因自己是初出茅庐的少年，而被拒之门外？

正猜疑间，门"吱呀"一声敞开了，那圆圆脑袋冷着脸说："你娃子运气好，今日老爷兴致不错，答应见你，随我来吧。"

白居易暗嘘了一口气，随来人进入了厅堂，拜见顾况后，送上名帖和诗文。顾况拿起名帖瞟了一眼，嘴里打趣道："居易，居易，长安米贵，怕是居大不易！"

白居易被顾况调侃了几句，脸上一红，再次拱手鞠躬，恭恭敬敬地说道："学士说的是，晚辈此次来长安并无久居之意，只是拜谒学士，献上拙诗，敬请指教！"

顾况不再言语，拿起诗卷漫不经心地随手翻看。看着，看着，就停了下来，眼睛盯着诗卷，轻轻地吟诵出声：

离离原上草，一岁一枯荣。
野火烧不尽，春风吹又生。
远芳侵古道，晴翠接荒城。
又送王孙去，萋萋满别情。

读到这里，顾况脸上显露出兴奋的神色，眼前仿佛看到大地春回，芳草芊芊，风吹起伏的碧野秀色如见，野草的清香弥漫可嗅，一种蔓延扩展之势，蓊郁勃勃。

顾况站起身来，一把握住白居易的手说："《赋得古原草送别》，好诗！字字含真情，语语有余味。较刘长卿的'春入烧痕青'更加唱叹有味，较刘孝绰的'落花扫更合，从兰摘复生'、孟浩然的'林花扫更落，径草踏还生'

更加脱化无穷，宽然而有余地，此非啾啾细声也。”

感叹之余，顾况含有歉意地对白居易说：“白公子有如此高妙的诗才，久居长安有何难，老夫方才的话不过玩笑耳，还望莫要介意。”

白居易双手抱拳，鞠躬着说：“学士鼓励，如春雨润物，晚辈感激于心！”

顾况闻言，赞赏地点点头说：“倘胸中无秀气，腹内欠才识，小小年纪岂能写出如此佳作？”

一念及此，顾况爱才心起，想对这位少年有所帮助，便问白居易需要什么。白居易略一沉吟，拱手敬答：“晚辈感谢先生厚爱。眼下，小人急需之物乃是……”只见他淘气地一笑，吟出了四句：“此宝又瘦又细，说话把头低，不吃人间粮，能为民出气。”

顾况哈哈大笑，回头对站立一旁的管家说：“取一套上好的湖州毛笔来！”

打这次见面以后，顾况十分关注白居易的诗才，当他打听到白居易出生六七个月，乳母抱弄于书屏下，手指“无”“之”字示给小儿看，小儿虽不能言，心已默识。此后问此二字，虽百试而指认不差，越发惊讶不已。此后，顾况陆陆续续晓得白居易三岁便随母亲读书习字，五岁便学习赋诗，天资饱满，才根于器，越发赞不绝口，逢人就夸白家的孩子如何不得。

一传十，十传百，白居易的诗名开始大著于世，他终于逮住了契机，出脱了长年苦熬深夜，仍然心迷义舛、徘徊门外的迷津，终于使得长安的达官名士知道有个用笔老辣生拙、恣意纵横的年轻人，唤作白居易。

翌年，白居易自出心源，创作了《王昭君二首》：

其一

满面胡沙满鬓风，眉销残黛脸销红。

愁苦辛勤憔悴尽，如今却似画图中。

其二

汉使却回凭寄语，黄金何日赎峨眉？

君王若问妾颜色，莫道不如宫里时。

品评历史人物，白居易另辟蹊径，深得儒家的温柔敦厚，从昭君和亲之后的生活着笔，只哀不伤，怨而不怒，明快浅显中突兀巧妙的立意，这两首诗没多久便在长安广为流传，使他更加名噪一时。

那年夏天，长安城着实炎热难耐，即便静坐室内也是汗流如注。白居易根本不能静下心来看书，便想买些冰块降暑，奈何冰块极其稀缺，价钱更是叫人望而却步，非达官贵人着实消受不起。当白居易来到这家卖冰的店铺，掌柜一眼就认出了白居易，转身回到房间，拿出手抄的《王昭君》诗稿，当众扬了扬说："伙计听着，白公子需要冰块，尽可来取，分文不收！"

当下，回想起这些过往的事情，白居易有种庄生梦蝶一般的虚幻感，世事变迁，如坠雨辞云，流水离浦，旧日欢娱已凋零，而今仍旧痴痴徘徊，不愿醒来。他一路彳亍着、回忆着，不知不觉街坊间渐渐地热闹起来，一缕婉转的气流，吹动了路旁的树叶，太阳的光斑从蘡薁的微隙中筛下，暖风过处，一满地圆圆的日影欣然起舞……

白居易伸开双臂，活动了一下酸痛的筋骨，抬眼望去，热汤面馆前早已坐了不少人，他攒步向前寻了一个位子坐下。牛二早已瞧见，脸上泛着笑容说："嗬，今儿什么风把白大夫吹来啦，荣幸，荣幸！"

白居易点头笑道："牛二，来碗热汤儿面，油泼辣子多放些。"

"好咧，白大夫你稍候，马上就上。"牛儿一边回答，一边"啪啪"将面团摔在砧板上，动作娴熟麻利。

囫囵地吃完热汤儿面，白居易信马由缰地走着，在热闹中穿行，脑子里盘旋的尽是历历记忆，仿佛纷纭的回忆使他的孤独与焦虑有了安放之处，实则他是在咀嚼往事中凭吊当下的心情。

"乐天亦有闲暇来看斋醮？"白居易正沉浸在遐想里，忽然背后一声招呼，将他唤回到现实中来，扭头一看，原来是好友王起。当年白居易刚入仕时，还是单身汉，没有杂事缠身，手头又有余钱，自由自在，整日里晃晃荡荡，常常与元稹、王起等人处处游玩。

"随意走走，不曾想转到玄都宫来了。"白居易双手合掌，含笑回答道。听王起说到斋醮，他这才意识有散板式吟唱从观内传出，间杂着云锣、磬、镲等鼓乐声。早年白居易在永崇坊的华阳观寄居过，故而对道教音乐略知一二。道教斋醮音乐有"颂""赞""步虚""偈"等格式，此刻观内唱的是："白云黄鹤道人家，一琴一剑一杯茶，羽衣常带烟霞色，不染人间桃李花。"这是诵经之间的转场，道人们排着队步罡踏斗正诵唱得热闹。

"开始唱《三清偈》了。"王起也在凝神听着。白居易点点头说："《三清偈》起始有香赞、提纲与开经偈，接下来要唱玄科有咒、净心神咒。"

王起见白居易对道家音乐如此了解，不禁目露赞许之色，果然观内袅袅传出"开经偈"的唱词："祥烟馥郁，瑞气氤氲。罗天海岳遍遥闻，列圣尽来临。赐福乾坤，大地获清宁……”

白居易与王起并肩走着，一路闲聊着长庆元年的往事。那一年，白居易受诏与中书舍人王起一道，对礼部侍郎钱徽录取的进士郑朗等十四人进行复试。王起说：“乐天贤弟，朝廷但凡关涉文字的职务，汝无不首当其选。”

“然本性难移，不知变通，常常多遭排斥。”白居易苦笑着摇头叹息。

王起见白居易心事重重，言语之间多有怨怼，不似往日豪迈，不免心念一转，便明白近日朝中对他越职言事之过谏议颇多，他在担忧自己的前程。此事牵涉的皆是宰相、宦官、藩镇等要害人物，王起爱莫能助，由是想换一个轻松话题，疏解一下白居易心中的郁闷。

“乐天，还记得当年在此‘喜晴联句’吗？”王起问道。

“如何不记得，参与者有你、我、刘禹锡三人，每人两联，用韵为四支韵。”

“‘苦雨晴何喜，喜于未雨时。气收云物变，声乐鸟乌知。’这是你的联句吧？”

“哈哈，‘蕙泛光风圃，兰开皎月池。千峰分远近，九陌好追随。’这又是谁的？”白居易似乎来了兴致，笑着对王起说。

“‘桥净行尘息，堤长禁柳垂。宫城开睥睨，观阙丽罘罳。’这是刘禹锡那家伙的吧？”王起说。

说起刘禹锡，白居易脸上些微的霁色又暗淡下来，缄默半晌，自言自语般吟哦道：“紫陌红尘拂面来，无人不道看花回。玄都观里桃千树，尽是刘郎去后栽！”

王起听后，喃喃说道：“你与刘兄秦晋厚交，时有唱和，时称‘刘白’，士林早已传为佳话。”

“我等皆耿直之人，性情相契，故多交往。永贞元年，梦得因参与革新遭株连，贬为郎州司马。今年春被朝廷‘以恩召还’，却借玄都观赏桃花，暗喻满朝之人皆是他去之后而升迁，着实讥讽了结党营私者，乃至诋谤蜂起，回京才一月，再度贬谪为连州刺史，皆因禀性难移也！”白居易目光隐约有些晶莹，唏嘘不已。

想起这次白居易极有可能遭遇刘禹锡同样的命运，王起一时语塞，不知该如何回答，只是微微点头，没有吱声。

白居易顿时意兴阑珊，抬头看看时辰不早了，拱手对王起揖了一揖，说：“王兄，我得回去了，夫人等着呢，他日再叙。”

王起望着白居易花白的鬓角，眼睛热热的，拱手说道：“乐天珍重！”

到家的时候，已近巳牌时分，夫人杨氏迎了上来，见他一脸疲乏的样子，轻言细语地说：“瞧你！不好好休憩，走了若干时辰，乏了吧？”白居易没有吭声，径直进了书房。杨氏端着茶跟了过来，白居易端起茶碗抿了一口，说：“将家中细软收拾一下，四季衣裳预备着。”

杨氏闻听，一脸忧戚地望着丈夫，不解地问：“乐天，又要搬家？”

白居易摇了摇头，没有吱声，闭上双眼打起精神说：“娘子莫要猜疑，照我说的做便是，去吧，我想清静，清静。”

这一日，白居易昏头耷脑。他心里似有预感，被贬官是大概率的事，但是诏书迟迟未下，这等待的时日着实煎熬。人到不惑年纪了，对未来，心里的担忧，也许大过期待。当下，他总是回忆起那些一起在朝为官的挚友，那些意气风发的岁月。他们共同为胸中抱负而打拼，怀志待用，饮酒赋诗，历历往事充斥着长安的每一个角落。百感交集之下，白居易拿来纸笔，写下了一首《自悔》诗：

乐天乐天，来与汝言。汝宜拳拳，终身行焉。
物有万类，锢人如锁。事有万感，爇人如火。
万类递来，锁汝形骸。使汝未老，形枯如柴。
万感递至，火汝心怀。使汝未死，心化为灰。
乐天乐天，可不大哀，汝胡不惩往而念来。
人生百岁七十稀，设使与汝七十期。
汝今年已四十四，却后二十六年能几时。
汝不思二十五六年来事，疾速倏忽如一寐。
往日来日皆瞥然，胡为自苦于其间。
乐天乐天，可不大哀。而今而后，汝宜饥而食，渴而饮，
昼而兴，夜而寝；无浪喜，无妄忧；病则卧，死则休。
此中是汝家，此中是汝乡，汝何舍此而去，自取其遑遑。
遑遑兮欲安往哉，乐天乐天归去来。

这一天，白居易早起，在院落里走来走去，杨氏正在浇花，瞥了一眼说：“能不能别转悠了，头都给你晃晕了。”

“积毁成山，三人成虎啊！”白居易喃喃自语地说。

杨氏停下手里的活计，上前牵着白居易的衣襟说：“进屋休息会吧，清晨

天凉。”

白居易随着杨氏进入室内，和衣躺在床上养神歇息，才半炷香的工夫，忽然院外一阵喧哗，正惊异间，就听得一声高喝：“前太子左赞善大夫白居易接旨！”

白居易一骨碌站起身来，理了理衣冠，趁步来到院落，跪在地上。传旨的礼部官员吆喝道：

> 诏曰：朕绍膺骏命，以翼翼之心，孜孜求理。天下之本，秩序为要，然有太子左赞善大夫白居易，官非谏职，越职言事，扰乱朝纲，有悖臣道，著革退太子左赞善大夫任，贬为江表刺史，着令明日起程，钦此。
>
> 元和十年八月二十二日

“臣，领旨谢恩！”白居易磕下头去，趴在地上半天没有动静，礼部官员瞄了一眼，双手托着圣旨，虚抬了一抬，说道：“白刺史接旨呀！”白居易这才伸出双手将圣旨接在手中，两行热泪麻酥酥地爬过面颊。

这是元和十年八月下旬的一个日子，白居易四十四岁。本想保愚儒以庇乡，扩才识以待用，却落得黄钟毁弃，瓦釜雷鸣。从今一别，日近长安远，前头是山寒水瘦，行踪飘忽类转蓬，叫人如何是好？白居易明白这一纸诏书，将成为他生命中一个奔波的节点，不禁自心底泛上一丝冷意，一时间双手竟支撑不起身子。

离 别 难

犹如晴空一声霹雳，这道诏令彻底击碎了白居易的侥幸之心。早先他还存幻想：直言不讳，乃是忠悃不二，即便不加赞许，也不至于获罪，即便获罪，也没到大逆不道的分上，宪宗断然不会绝情贬谪。当下情形恰如黄蜂入袖，猛然惊心。白居易与妻子惊惶得面面相觑，脸色灰白。他双腿战栗着爬将起来，在杨氏的搀扶下，蹒跚着送走传旨官员。站在门前的树荫下良久，才粗重地透了一口气，转头对杨氏说道：“又要连累娘子跟着我受奔波之苦啦！”

杨氏见郎君心力交瘁，眼睛一热，又不知道如何安慰他，便温言道：“你我夫妻还谈这些，即便天涯海角，为妻总是要守候在你身边的。”

白居易泪眼婆娑地看着结发之妻，语音有些哽咽：“而今落下这样下场，你埋怨我没听你的劝诫吧？”

杨氏暗自一声叹息，眼见丈夫局促不安，像一个受惊的孩子似的，觉得一阵鼻酸，哪里还忍心埋怨他，忙敛了心神，从容说道：“事关国家大体，你这点子苦心，为妻哪里不能够体谅，莫要多想，这关口，身子骨最为紧要。”

白居易闻言，将妻子的肩膀用力捏了捏，抬头看了看屋檐瓦缝中迎风摇摆的竹节草，发了一会儿呆，吩咐道：“回屋帮我收拾一下行李吧，明日我先行出发，烦你打点好细软，处理好家中事宜，赶到商州与我会合。”

当晚，杨氏眼睛湿湿的，忙着翻箱倒柜收拾东西，白居易脸色像月下的窗户纸，独自一人坐在书房里左思右叹，翻来覆去想着朝中之事，心中好不惨然。他感觉蝇营狗苟之辈戏耍自己，好一似猫鼠相随。自进士及第以来，自己可谓丹心一片，于君王力求报答，于生民尽心裨益。自问没有违背圣人德义之道，却难以挣脱党争的绳索，转念又想：白门几世进士，复极而剥也许是劫数所在……前思后想，白居易眼角又一次迸出泪花，他真想畅畅快快地哭一场，心里或许会好受些，可看到出出进进的杨氏，还得端着、揣着。转而又想，这样倒好，一个多月来提得老高的心终究落下了，自处庙堂以来，几经波折，福兮祸兮，谁又拎得清？举目京都，至交已然所剩无几，这年的三月，元稹被政敌出贬为通州司马，在这之前，刘禹锡、柳宗元等人一一外贬出京，掰着手指数一数留在京城的，能交心的唯有崔群、李建、张籍、元宗简、李绅、杨氏兄弟等寥寥几人而已。张籍倒是时时来访，白居易好酒，张籍自称长安酒徒，皆是惺惺相惜之人，诗酒唱和甚是投缘。可眼下自己这种境况，再也不便约他们前来倾吐心中块垒，京都耳目众多，一不留神，便会给好友们带来麻烦。记得前几日张籍拎着一瓶酒前来探访，话题三转九转便说起元稹，白居易问：“微之贬离京都已有两月有余，至今音信皆无，不知境况如何？”

“你问我，我问谁？正为此事担忧呢！此次前来就为打探这事，谁料也不曾得到消息，看来微之一路甚是坎坷。”张籍眼神暗淡下来，端起酒杯，仰着脖子一饮而尽。

“我最近亦是麻烦缠身，微之不来信反倒是好事，免得又落人口舌。”白居易苦笑着说。

张籍闻言，面带忧戚地说：“乐天兄，你这次恐有蹉跎，我与李绅分别找张、韦两宰辅谈过，两人态度暧昧。”

白居易缄默片刻，端起杯子举了举，愤慨地说：“盗杀右丞相于通衢中，谏官不知所云，吾热心国事，反陷僭越，是何道理？”

俗话说：当局者迷，旁观者清。张籍知道此事牵涉甚广，决非就事论事那么简单。一则白居易系东宫官员，乃为太子储备的能臣，在当今健在之时参与议政确犯大忌；二则宦官干政，加上士族和庶族的牛李党争也还在激烈进行，武元衡之死乃是庞大的政治冲突产物，乐天位闲而强出头，且言辞激烈，触犯各方隐痛或未可知；再则追捕刺客已然激烈进行，只是一时头绪繁乱，故而进展不大。乐天启奏“急请捕贼，以雪国耻”，言下有责怪办案官僚办事不力之意。若干衙署顶着压力侦缉、追捕，汝一个“官非谏职”的闲人跑出来指手画脚，瞎嚷嚷，确实犯了众怒。至为关键之处在于：敢刺杀朝廷重臣者，必然势力了得，嫌疑最大的是淄青节度使李师道与成德节度使王承宗，可朝廷正在征讨淮西吴元济，倘若贸然去动李师道，势必逼其举兵谋反，则朝廷两面受敌，局面难以收拾。事缓则圆，乃是策略，是大局。这几层意思，眼下张籍不便言明，只是点点头，安慰地说：“乐天兄，你的忠悃之心，皇上终究会有体谅的。”

白居易看了一眼张籍，自嘲地说：“帝心纵然仁广，无奈侧畔渭渭扬扬，聒噪不断！不谈这闹心之事，喝酒。”

呷了一口酒，白居易接着说道：“文昌贤弟不趋热门，却痴迷于诗，你我最为投缘。听说汝当年将杜子美之诗一首首烧掉，以纸灰拌上蜂蜜，一天吃上三匙，可有其事？”

“年轻时，难脱书呆子气，认为吃了杜甫的诗，便能腹有诗书，写出一样的好句子来！”张籍被问得不好意思，红着脸讪讪地说。

白居易哈哈一笑，说：“我这儿有诗一首，吟出来给张兄听听，看看可否拌上蜂蜜吃掉。”说完，边走边吟：

昔我为近臣，君常稀到门。
今我官职冷，唯君来往频。
我受狷介性，立为顽拙身。
平生虽寡合，合即无缁磷。
况君秉高义，富贵视如云。
五侯三相家，眼冷不见君。

问其所与游，独言韩舍人。
其次即及我，我愧非其伦。
胡为谬相爱，岁晚逾勤勤？
落然颓檐下，一话夜达晨。
床单食味薄，亦不嫌我贫。
日高上马去，相顾犹逡巡。
长安久无雨，日赤风昏昏。
怜君将病眼，为我犯埃尘。
远从延康里，来访曲江滨。
所重君子道，不独愧相亲！

张籍听后寻思："看来，在乐天眼里，吾乃高洁之人！"心中一激动，忙不迭地给白居易敬酒，当晚大醉不归，和衣与白居易同榻而眠。

想到张籍，心事凝重的白居易心里平静了许多。纵然在京都一事无成，结交了这些知音，亦不负此生。此时已近夜半，月色凝然，郁勃氤氲，毫不惊扰地透过窗户，往白居易的衣襟、脸上落着，他内心的落差恰像门前的台阶，暗淡、潮湿、长满了绿苔。这光景，灯盏里的灯芯渐渐短了，光焰遂往下一沉，身影摇曳中，白居易越发显得消瘦。

杨氏收拾停当，见郎君还没睡，坐在案前左思右叹的，便小心翼翼地说："乐天，明日就要启程，歇息吧？"

杨氏的话，正触了白居易的心事，因抬头说："此去千里迢迢，到江表恐怕是深秋了，秋冬衣服能带的都带上，家具物升能送的就送人吧。"

"只是可惜了那些檀木案几和博古架子，跟着你辗转多年了，真有些不舍。"杨氏凄然一笑说。

"送给张籍吧，叫邻居过几日传信给他便是。"白居易顿了顿接着说："明日不要劳烦他来相送，人多眼杂，不好。"

杨氏委婉地问道："家中还有些剩余稻米、面粉做何处理？"

"送给郊外那位卖炭的老翁吧，"白居易说，"这年头，活着都不易啊。"

杨氏眼里闪烁着泪光，说："我晓得，是《卖炭翁》诗中写到的那位老人吧，以往年节，你也派人送过柴米的。"

"记得把这租赁的房退了。"白居易顿了顿，叹息道，"昭国坊，今夜是最后一晚了！"

杨氏目中波光流动，轻声说：“夫君，家中事情我自有主张，你早些睡吧。”

白居易踟蹰不宁，遂依了夫人，囫囵上床睡了。无奈一个有心事的人，如何能够睡得安稳，秋夜耿耿，且是难得成梦，反反复复，至三更时分，方才困倦地迷糊了两三个时辰。巴明不明，盼晓不晓，好容易挨到蒙蒙亮，白居易绝早起来，梳头洗面，栊发裹巾，收拾停当，不禁肚里打稿儿：“如今已是遭罪之身，还是赶早启程的好，免得好友来送，又是一番口舌。”

抬头见杨氏端着一碗热烫烫的肉羹站在边上，白居易昨日茶饭不思，肚里正饥饿，便接过来说道：“夫人，按律凡遭贬谪官员，诏书下达的隔日必须启程，既如此，不若趁早上路，倒也清静。”

本来，唐代对外任官员是给予一定时间让其准备的，唤作装束假。白居易此番遭遇贬谪，乃因罪外放，较之正常官员，自然不许多作逗留，务必要“驰驿发遣”。

杨氏出身官宦高门，自然闻听过其中关节，遂内敛着忧伤说：“你路上且珍重，我打点停当，便赶到商州相聚。”

白居易点着头将肉羹连气吃下，心中好生难过，挨到交五鼓的时辰，站起身，准备出门。杨氏将早已买好的馍馍、火烧打包递了过来，白居易就势拉着妻子的手说：“此去商州，官道遥迢，行李繁重，务必叫上虞卿堂兄，路上有个照应。”

杨氏流着泪说：“乐天不必为我担忧，为妻自有分寸。只是夫君一路颠簸，多多小心！”

白居易伸手揩去妻子脸上的热泪，嘴里喃喃道：“陶潜不营生，翟氏自爨薪。梁鸿不肯仕，孟光甘布裙。”

杨氏闻听，此乃结婚的头一晚，郎君写的《赠内》诗，不觉心中一热，眼泪又流了出来。

想想婚后不久，丈夫就仕途不顺，夫妇俩时常闹着别扭，老家伙不嫌丢脸，还把它写进了诗里，什么“妻儿不问唯耽酒，冠盖皆慵只抱琴”，什么“小树山榴近砌栽，半含红萼带花来。争知司马夫人妒，移到庭前便不开”。那不是说自己心眼小，连种个花、植个草都容不得。丈夫的刻薄尖酸，不仅仅是讽喻警戒当朝权贵，作为身边之人，朝夕相处，也是感触良多。老家伙什么都好，就是不屑哄自己的婆娘，从来没有诚恳地道歉过，好在经过多年颠簸，闹也闹了，吵也吵了，终归还是踏实过日子的。眼下，看见夫君表露出难得的真情，杨氏凄苦的心里忽然有了安慰，她低头寻思：人说夫妻本是同林鸟，大难来时各自飞，我与乐天却是患难见真情的。

想到这，杨氏脸上露出了一丝苦笑，嘴里轻叫一声："乐天……"一头扑进丈夫的怀里，泪潸潸地不愿松开。

这时辰，东方的曦光已经透明，天边露出了殷红的赤霞，半紫半黄的，像布满失眠人眼中的血丝。白居易轻柔地拍拍妻子的肩膀，拿起包袱，毅然踏出大门，朝马厩走去。

白居易牵马外走，马却不肯出门。马通人性，琢磨这才交五更，若是饮水龁青，必然不是这个钟点；若是早朝，无须捎带行李，也无须这般忧戚啰唆。由是只把两条前腿，蹬定院落的门槛，两条后腿，倒坐将下去。白居易不忍用力去扯牠，只是调息，绵绵地唤。倒是杨氏，折一根柳条照马屁股忽地一抽，马吃了一痛，扑地跳将出去，嘶叫连声，又掉转头来望着主人，将那鼻息乱扭，圆溜溜的大眼睛湿润润的。

望 秦 川

嫩寒的晨光中，白居易一人一骑出了长安，脸上挂着贬谪之人常见的沙汰之色。朝士出牧，例非情愿，尚多怀耻，自然不想惊扰京都的故旧。故而，即便是多年的挚友也都来不及前来相送。

长亭外，初秋的清晨比长安城里愈加爽脆清凉，空渍无际的驿道落寞地延伸，白居易信马由缰地走着，嘚嘚蹄音又薄又细，夹杂在寒蝉一阵阵起落的嘶鸣里，仿佛戏台上的檀板，含混在唱念之间，似在板眼上，似不在板眼上，正契合白居易此时的心境：茫然而凄楚，有一出没一出的。

"乐天留步！"约莫走了一炷香的工夫，忽然一阵急促的马蹄声自身后响起，听见有人喊叫，白居易勒住了缰绳，回头观瞧，但见兵部郎中李建急急的身形。

李建，字杓直，大约贞元十九年开始与白居易、元稹结交。他比白居易大八岁，比元稹大十五岁，皆是举进士之后授校书郎、迁右拾遗，任翰林学士，乃耿直不弯之人。白居易心里一热，注视着李建渐行渐近，翻身下马迎了上去。李建见老友茕茕孑立，顿觉伤感凄凉，一把抱住白居易失声痛哭起来。

白居易见杓直伤感，反倒温言劝慰：“仁兄不必堕泪，小弟虽说落难，所幸贬谪江南，不是荒凉瘴气之地，此去犹有相见之日。”

李建止住悲戚，怨愤地说：“国政日非，乃至佞臣当道，积毁成山，三人成虎，可恼，可恼！”

“愚弟耿直，而今避位，或许因祸成福，尚未可知。”白居易强作欢笑道。

“只是此去遥迢颠簸，为兄着实不放心。”李建拉着白居易的手说，“如何这般匆忙，连崔群、张籍、元宗简、李绅、杨氏兄弟这般好友亦不告知？”

“落魄之人，不想牵扯口舌。天涯若比邻，何必共沾襟！”白居易苦笑着回答李建。

“夫人为何没有一起同行？”

“她尚有些事需要打点，约好在商州等她。”

“哦，大舅杨虞卿可知你今日启程？”

“知道，他人在鄠县，遥途路远，何必叨扰。”

两人牵着马，走出十数里地，李建依然没有返回之意，白居易一再催促，李建这才打住，眼睛红红地说：“此去山高水远，乐天珍重！”

白居易含着泪，凝视着这位躬耕致养、嗜学力文的知己，久久不忍移开目光，仿佛要把李建深深印在脑子里，生怕年长日久忘记了他的模样。李建取下搭在鞍鞽上的口袋，隔着马递给白居易说：“这是众人的一点心意，筹集了些许甘旨之资。此去路途千里，拖家带口的，权作开销。”

白居易不觉滚下泪来，连忙摆手说：“列位好友，不弃罪人，足见厚情，只是这些银两，断不可收，我虽不宽裕，路上花销还是有的。”

李建不由分说，趋向前去，将银两挂在白居易马鞍上，嘴里说道：“穷家富路，带足盘缠，方觉胆壮。大家微薄的心意，勿要推辞。”喉头哽了一哽，接着说道，“本来与崔群、张籍、元宗简、李绅诸位商量好的，在城外长亭为你饯别，不承想竟不辞而去。好在我知贤弟秉性，放心不下，特地起了大早，赶去你家时，弟妹说你已经上路，这才火急火燎追了过来。”

白居易用衣袖揩了揩面上泪影，说：“获罪之人，不便羁留。殷勤之谊，已勒肺腑，还望杓直代弟一一拜谢！”

李建点点头，不忍遽别，又叙了半晌，方才一个千儿打下去，飞身上马，绝尘而去。世情看冷暖，人面逐高低。望着李建渐行渐远的背影，白居易心潮起伏，百感交集，含着热泪吟哦道：

秋日正萧条，驱车出蓬荜。回望青门道，目极心郁郁。

岂独恋乡土，非关慕簪绂。所怆别李君，平生同道术。

俱承金马诏，联秉谏臣笔。共上青云梯，中途一相失。

江湖我方往，朝廷君不出。蕙带与华簪，相逢是何日？

别了李建，白居易紧纵一辔，竟奔蓝田武关道，一口气跑了三十来里，方才收缰慢行。眼前是一条官道，也是一条近道。往前经蓝田，过七盘岭，至蓝桥驿，越秦岭，到商州。接下来经武关、邓州，便进入襄阳境内，然后转水路，自汉水入长江，轻舟快帆抵达江表地界。

长安城渐行渐远，已然消失在身后，白居易回望一眼，只剩下终南山的远影了。他忽然觉得有些依依不舍，居住在京都的那些年，别的不说，倒是拥有了一群金兰之契的朋友，除曾经同为秘书省校书郎的元稹、王起、吕灵、崔玄亮外，还有刘禹锡、崔群、李建、庾玄师等一干知己，清一色科甲及第出身，一样的志大疏狂，一溜的潇洒不羁，一般的不拘小节。大家肺腑无隔，共赏风花雪月，实乃人生一大幸事。

走着想着，马蹄嘚嘚已是崎岖的山路，白居易晓得自蓝田到武关的商山道一路多山，亦不以为意。此时，稀薄的太阳躲进云层后面，暗紫色的乌云缓缓挪移了过来，未几，四下阴郁一片。白居易心里一紧，似乎嗅到了悬浮在空中的雨味儿，还有隐隐约约的河流气息。抬头瞭望，远方亮晃晃的一线，白居易知道已经到了浐水。浐水源出蓝田西南秦岭山中，向北流经会库峪、石门峪、荆峪诸水，东入灞水。二水汇合后流经大明宫前，再北流入渭水。他算计着路程，下意识地夹了夹马，想趁雨落前赶到驿站。走出了好一段路，忽听得身后马蹄声疾，依稀夹杂着呼唤。扭转头瞧去，顿觉一股热流自丹田涌起，来人便是方才还在念叨的堂舅杨虞卿。

杨虞卿与白居易于贞元十五年相识在宣城，迨于今已有十七八年，可谓故交。当时，催衍为宣州刺史时，杨宁为其从事，虞卿便跟随父亲至宣州，因此与白居易结识。元和二年，杨宁入京为官，白居易为盩厔尉，常与杨汝士、杨虞卿兄弟交游。杨宁的宗人唤作杨于陵，在贞元文坛政坛有着广泛的影响，与柳宗元等人关系密切。永贞革新败后，迁为华州刺史，后改越州刺史，元和初又任户部侍郎。

白居易欣赏扬虞卿为人孝敬友爱，志大言远，遂引以为知己。看着他满面尘土自鄠县追至浐水，与自己悯然话别，嗓音微带战栗地喊道：“来者可是师皋？”

“正是为兄，总算见着了！”杨虞卿声音有些沙哑。

两人并辔而行，杨虞卿道：“我先是到昭国坊，见了堂妹，说你一早便上路了，这才快马加鞭追来。可怜这匹马，竟出了一身的汗！”

“顾虑你在鄠县，路程不短，故而没有惊扰。”白居易眼里潮湿着说。

杨虞卿苦笑着一叹：“你我既是郎舅又是弟兄，如何这等见外？莫说鄠县，即便再远，亦要见上一面。”

“师皋，我乃燥性之人，今罹困厄，如此凄惶，感念一夕蓝关路，得与知心话片时！”白居易哽咽地说。

杨虞卿闻言泪水也扑簌簌淌出，出言安慰道：“自古左迁乃寻常之事，宦海沉浮，大可悲而不哀，怨而无悔。况江南明丽清新，从此悠然见南山，大可不必在诗句里寻觅。”白居易听了虞卿的安慰，只在脸上露出一丝苦笑，没有答话。

湖光秋月两相和，潭面无风镜未磨。

遥望洞庭山水翠，白银盘里一青螺。

杨虞卿忽然高唱起刘梦得的诗句。聪颖的白居易自然听出了弦外之音：瞧人家，屡遭贬谪，诗句依然明净似水，内心磊落如斯。

白居易感激地说：“多谢师皋良言，我心已淡远如浐水也。”看到杨虞卿望着自己微笑，接着叮咛道：“师皋，拜托过些天陪同堂妹一起赶赴商州与我会合，一路上还望多加照应！”

杨虞卿说：“这个自然，汝放心前往，我自会担当！”

白居易又说：“我就在商州驿馆等待你们！”

杨虞卿点点头，正欲嘱咐几句，忽地，浓密的云层中裂开一道巨大的闪电，天空顿时变为铅灰色。便凝重地说：“我俩头上悬了一河的浐水，这里前不巴村，后不着店，找个地方躲过这场暴雨要紧。”

“当年母亲逝世，三年丁忧期满，赋闲在蓝田山下，此处亦来游览过，记得附近有一座感化寺。”白居易说。

杨虞卿高兴地说：“如此便好，莫若在寺里躲过这阵暴雨再赶路。”

白居易在前头带路，嘴里说道：“感化寺名头不大，但寺里有位僧人，颇有道行。”

“哦，能得到乐天赞许，想必有可圈可点之处。”杨虞卿一时来了兴致。

“这位高僧法号义福，相传自入方丈室以来，二十年不曾出门。”白居易气喘吁吁地说。

颠簸的山路牵引着脚步，一盏茶的工夫，已到寺前。风暴的天空下，感化寺宁静而幽僻。佛香飘袅四散，夹杂在桂花的芬芳里，别有一番况味。庙里香火见有人来，唱了一声佛号，降阶问讯道：“两位施主，走得辛苦，眼前暴雨将至，恰好到寺中歇歇脚。”

杨虞卿打了一个稽首，说：“路过之人特借贵寺打尖，雨过便要兼程，叨扰之处，还望海涵！”

“不妨，不妨，出家人以慈悲为本，方便为门，两位施主请！”香火一面说，一面微微侧着身子在前面引路。

白居易前脚刚跨进院落，滂沱大雨便“哗哗”淋漓下来，他与虞卿对了一下眼神：好险！略微耽搁，景象就狼狈了。

感化寺依着山势，正殿两边庑廊齐整排着两溜厢屋，楹柱上的朱红漆皮尚没有剥落，一副楹文赫然在目：宝塔凌云，一目江天这般清静；金灯代月，十方世界何等虚明。

大凡僧道住庵，必得一两个有势力的富户作护法，常常把些酒食餍足地方无赖破落户，方得住身安稳。寺里住持义福气骨高岸，足不出户，如何肯俯仰大户，结识无籍？故而寺内香烟稀落，殿堂简陋，与邻近的悟真寺没法一比。

两人将马的缰绳草草系在廊柱上，几个箭步奔向正殿，檐外，大块铅暗的云层压了过来，风夹着雨，像在地上寻找什么似的，东一头西一头地乱撞着，放眼看去，已然浑浑旺旺，迷濛一片。白居易抹了一把脸上的雨滴，吁着气说：“倘若迟疑片刻，衣物湿透了，如何是好？”

杨虞卿在檐下轻轻跺了跺脚，摘下帽子抖了抖，打趣道：“这叫艰苦识保身，吉人自有天相！”

白居易恬淡一笑，没有吱声。这时，知客僧已然端来热腾腾的茶水，招呼两人入殿歇息。虽然前些年来过感化寺，面对眼前的一切，白居易突然有一种遥远而陌生的感觉，想起当年“携得白云来归去，把与山妻作被眠”，何等声容突兀，今日再来，真是景物依旧，人事全非了。

白居易喝了一口热茶，抬头瞧见周遭的粉墙上留有题壁的诗词，便踱至近前，饶有兴趣地浏览起来。他也曾听闻王维在寺里题过一首《过感化寺昙兴上人山院》，于是留心寻觅。

杨虞卿也随着白居易一起观瞧，问道："据说汉末师宜官是最早的题壁者？"

"是的，师宜官，东汉南阳人，乃书法大家。平日身上不持钱，每次到酒家畅饮，因书其壁，围观之人多少会解囊助兴，讨来的钱足以还清酒钱。"白居易口中应酬道，眼睛却在墙壁上搜索。

杨虞卿接着说："我朝诗人扎堆，题壁蔚然成风。老弟的诗在观寺、邮候的墙壁之上怕是不少吧？"

白居易点着头，嘴里却吟哦起来：

暮持筇竹杖，相待虎谿头。催客闻山响，归房逐水流。野花丛发好，谷鸟一声幽。夜坐空林寂，松风直似秋。

杨虞卿说："此乃摩诘居士手笔也。"白居易颔首说："正是，虽年代久远，题跋模糊，尚依稀可辨。"转来转去，忽听白居易惊喜叫道："师皋，不曾想此处尚有元稹和刘敦质的题诗。"

"微之'尽日不离墙下'，感化寺正当官道，定然来过。"杨虞卿一点也不感到意外，接着问道，"闻听元微之曾写汝诗于阆州西寺，汝亦写元诗百篇，合为屏风，可有其事？"白居易点点头，说："确有其事，我在《答微之》诗中，说得明白。"

君写我诗盈寺壁，我题君句满屏风。

与君相与知何处，两叶浮萍大海中。

杨虞卿吟哦道："可是这首？"

"哈哈，正是！"白居易露出了久违的笑容。

杨虞卿说："见诗如见故人，乐天何不题诗和之？"白居易见知客僧早已拿来笔墨，在一边伺候着，便伸手拿过，饱蘸霜毫，在元稹的题壁边上，龙飞凤舞地写下《感化寺见元九刘三十二题名处》：

微之谪去千余里，太白无来十一年。

今日见名如见面，尘埃壁上破窗前。

杨虞卿见了，双手合拢，叫了一声："好！"

话音刚歇，寺内忽地响起鼓钹之声，一干僧众手执信香，迤逦而出，内中一老僧，身披袈裟，口里唱个喏，爽声说道："阿弥陀佛，大儒光临，蓬荜生辉，贫僧义福有礼了！"

白居易与杨虞卿大吃一惊，赶忙躬身还礼。白居易目光炯炯地说：“听闻高僧足不出户，故而不敢叨扰，失礼，失礼！”

“昨夜仰观天象，有罡星莅临本寺，今日果然应验。”义福哈哈一笑，爽朗说道，“老衲参禅，久不出关，今儿文曲星下榻寒寺，敢不迎迓！”

白居易喉中咽塞，一时难以用言语表达，只是不住地口诵佛号：“阿弥陀佛！”

义福携了两人的手，轻轻举步，一面向厢房走去，一面说：“世间遇合，皆是机缘，两位居士随老衲到禅房一叙。”

三人分宾主坐定，知客僧重新上茶，躬身而退。义福目视着白居易说：“贞元十六年，施主路过洛阳，拜谒过圣善寺凝公大师，可有其事？”

白居易惊讶地说：“确有其事，住持如何得知？”

“当年，凝公大师在汝掌心写下‘观、觉、定、慧、明、通、济、舍’八个大字，”义福接着说道，“汝可领悟其中玄机？”

白居易这一惊非比寻常，他暗自寻思，奇哉，怪哉，义福二十年足不出户，如何知道这般详尽？当即起身，深深一揖：“晚辈愚驽，还请高僧开化！”

杨虞卿在一旁云里雾里，不知个中曲折，只是不住地小口喝着茶，静静听着。

“从来富贵畅适田地，说来心快，听来耳快，看来眼快，只是一场冷落，败坏根基，都藏在里边。”义福缓缓说道，“或是收拾，或是更新，从古相沿，剥中有复。”

见白居易与杨虞卿凝神静气听着，义福端起香茶，啜了一口，接着说道：“白施主以道奋直，议论风发，做到了观、慧、明、济四字，而今蹉跎，在于定、觉、通、舍四字没有悟透。”

“譬如水，夫水似乎德，倨邑必循其理，此似济；浩浩乎无屈尽之期，此似觉；流行赴百仞之嵠而不惧，此似定；绰约微达，此似观；发源必东，此似通；以出以入，万物就以化洁，此似明也。”义福如是说，“譬如日月，本体自是光明，撞在轻烟薄雾中，毕竟光芒射出，苦的是人不识得。”

白居易眼睛闪着微芒，掂掇义福话中的含义，似有所悟，忙躬身说道：“大哉斯言，今日恭聆妙音，实则三生有幸！”

杨虞卿亦随之起身施礼，抬头望望窗外，已是雨过天青，心中暗道：“骤雨已歇，看天色，将近午牌时分，若不赶紧，怕是日落前到不了蓝桥驿。”于是对白居易说：“天已放晴，至驿站尚有不短的行程，就此上路吧？”

白居易这才敛了心神，拱手向义福作别，大和尚也不强留，起身送至门口，身不出户，足不过坎，唱了一个老大的喏，飘然返入禅房中去。

两人一路无语，行至官道，白居易说：“送君千里，终须一别。你我就此别过，日后商州再会。”

杨虞卿只觉一股又酸又热的东西再次翻腾上来，颤声说道：“此去山路崎岖，乐天务必仔细！”

白居易拱手寒暄了几句，斜欠着身子，占蹬摸鞦跨步上马，顿开缰辔。一路紧赶慢赶，黄昏时分，已然望见逶迤的秦岭。晚霞中，远山苍郁，微带着金色，似乎西风一吹，能够发出一串金属的撞击声响。抬望眼，近处的山岚推着远方的山岚，重重叠叠。白居易跨在马背上沿途看着，在暮色和秋色的双重苍凉里，淤积的情绪一时倾泻出来。在空寂无人的山道上，他停住脚步，路边的野花心儿都开了，雪白雪白、清清香的。太阳正成夕阳，渐渐地落在群山的犬齿洼陷里，白居易心里空荡荡的，他不知道这种陌生的感觉有一个名目叫作“怆然”。他昂起头来，放开嗓门大声吟哦道：

草草辞家忧后事，迟迟去国问前途。

望秦岭上回头立，无限秋风吹白须。

第五章　阳关三叠

一　叶　秋

白居易经蓝田过七盘岭，一路跨鞍驰骋。约莫再有两炷香的脚力，便可抵达蓝桥驿。他对这段路程并不陌生，早年间往返南北已经走过几次，故而仗胆放松了鞍辔，刻意让马儿歇歇脚。路上金风送爽树叶飘黄，寂寥中，他又想起义福说的话，内心反复琢磨着，那意思正如老子所说："上善若水，善利万物而不争。"在低凹处安身立命，知足保和；在高亢处，云卷云舒，飘逸旷达。一念及此，白居易顿然有了莫名的慰藉，胸中的愁绪也消散了些许。

离长安六十里之地，沿途没有其他驿递，第一夜唯有宿于蓝桥。蓝桥立在蓝田县东南五十里处蓝溪之上，白居易翻峣山，登七盘，经乱石岔、蟒蛇湾、鸡头关、风门子、六郎关，这才下了十二筝坡。天黑的光景，赫然赶到群山丛莽中的蓝桥。蓝桥驿周遭峰峦罗列，疏林中烟抹氤氲。在地势稍平坦处建有几间房舍。周遭长松高柳环绕，路径委蛇，景致极其幽杳。

驿站使用的凭证是勘合和火牌，但凡需要驿站提供车、马、人夫运送公文和物品都要看邮符，官府使用时凭勘合，兵部使用时凭火牌。驿站有兵卒担任的递夫、递铺，专门负责解决过往官员的食宿。这光景，陆陆续续有人骑马，有人小车子推着行囊，前来盘桓。白居易进了驿站，递夫过来牵过马的缰绳，卸了鞍辔，一边去给马饮水、上草料。在递铺的带领下，白居易寻了靠西边的一间厢房落榻。

当晚天空似洗，月明如昼，白居易又是有心事的人，尽管路途有些倦乏，哪里便肯安歇。寻思月色甚好，不忍辜负清光。因步松阴，四下转悠，见一轮当空，片云不染，又见远山隐隐，灯火微红，不觉有了吟诵之意。无奈那边厢房有人在内吆五喝六，掷色饮酒，吵得心绪顿无。正想回房歇息，一个递铺迎过来，叫一声：“客官，晚上刚到一位藩镇将军，古怪得紧，独独只要你这间房。早知道有这样事体，官人吹灯睡觉，倒也不见得这事出来。”白居易气愤地质问：“这如何使得，该有个先来后到吧？”

“那将军说是要与几个熟客住比邻，竟走进去不肯出来。”递铺口角顿了一顿，说：“我怕行李弄混了，就把官人的行李搬到后面幽静些的去处。”

“岂有此理……”白居易正要发火，想起义福的话，便自揣一揣，只得随机迁就地说：“屋随主便，但有间房与我安身就罢，也不论好歹。”

递铺点灯引路，白居易跟随着转弯抹角，朝后面走去。行至一个所在，递铺脸上露出不安的神情，用手指道：“喏，就是这里。”

白居易眼神不好，在昏暗的灯火下看不分明，趁近推开斑驳的门一看，这哪是正经客房，分明是杂物间！堆着一堆柴火，自己的行李都胡乱扔在上面。那一边又把麦秸秆打了一个地铺，四面来风，灯挂儿都没处施摆，只有就地放下了。

递铺讪讪地说：“只好权且住这儿了，官人不要见怪，才现海量宽洪。”

白居易面沉似水，也不答话，递铺带上门径自去了。当下黑夜悄然，白居易坐在草铺上正纳闷不已，间壁兀自传来浪浪的笑声，只听有女声说：“你带我私奔到蓝桥，明日将往何处？”

男声答道：“去京都，求得功名，以八抬大轿娶你可好？”

“那是猴年马月，眼下怎渡劫难？”女声幽幽地说，“我闻听蓝桥凄美故事，有一个叫尾生的男子与女子相期于桥下，女子没有来，尾生遇山洪暴发而不去，抱梁柱而死！你可愿与我同死？”

男人嗫嚅不清地说：“我得先瞧你的石榴裙下，可否藏下这般风流……”

白居易真真地听在耳中，满心厌憎，尴尬不已，不由得大为侘傺，暗自掂掇今日落魄，凄惨蓝桥，情何以堪！辗转至夜半，枕着窗外的潺潺溪流，一声声亲昵如酥。梦中惊醒，又觉四顾茫然，唯有檐角上的风铃“叮当、叮当”兀自作响。

翌日清晨，白居易有事在心，急忙爬起，洗面披衣，听外面早已言语热闹，便想出去活动一下整夜蜷缩的筋骨。迎面正遇到昨晚那位递铺，就叫住道："听闻元稹自唐州奉召还京，道经蓝桥驿，曾留下一首诗？"

递铺正心怀歉疚，听白居易问起，顿时满面堆笑说道："确有其事，就在驿亭壁上。"说完便热情引领白居易出了旁边小门，打从竹径幽静所在，步上驿亭，指了指亭壁说："喏！"这才转身离去。白居易一眼看见《留呈梦得子厚致用》，心中一喜，嘴里竟吟哦有声：

泉溜才通疑夜磬，烧烟余暖有春泥。

千层玉帐铺松盖，五出银区印虎蹄。

暗落金乌山渐黑，深埋粉堠路浑迷。

心知魏阙无多地，十二琼楼百里西。

仔细看罢，心中暗想微之心中谈吐，尽有异人之处。当时意犹未尽，便绕着亭壁一一浏览，在另一面墙上，又见元稹名下的《西归绝句》：

云覆蓝桥雪满溪，须臾便与碧峰齐。

风回面市连天合，冻压花枝著水低。

白居易反复读了几遍，想起初春时序，小桃初放，元稹踏着春雪，踌躇满志西归长安的情形，心底下已是万顷波涛。昔我往矣，杨柳依依，今吾来思，雨雪霏霏。这位交谊甚笃的老友与自己一来一往，走的竟是同一条道路，命运竟也一般蹉跎。此刻，见诗如见人，白居易体味着诗里呼之欲出的得意心情，不禁长长一声浩叹。元稹今年正月刚回长安，三月就再一次被远谪通州，这欢笑的后头竟然是泪水！又念及前段时日尚为元稹再次远谪难过，谁曾料到当下自己亦在贬谪途中，春雪、秋风，西归、东去，道路往来，风尘仆仆，前后八个月，风云变幻如此诡谲，着实令人嗟吁。

白居易在驿亭里转来转去，摩挲拂拭，正思题壁一首，释放天涯沦落之苦，那位递铺恰恰拿来了笔墨，嘴里说道："知道官人尚文，特备笔墨伺候。"白居易大声一笑，援笔濡墨写下《蓝桥驿见元九诗》：

蓝桥春雪君归日，秦岭秋风我去时。

每到驿亭先下马，循墙绕柱觅君诗。

递铺在边上见白居易一夜之间，头上陡然增加了许多白发，两鬓的胡须也白了不少，恻隐之心顿起，声音就有些滞重："官人，马在槽头正吃细料，我备了些许干粮，走时带上。"白居易脸上带着一丝笑意说："承蒙关照，有劳你了！"

"些许小事，不足挂齿。昨日委屈官人了，还请原谅则个。"递铺躬身一揖，说，“有紧要事尽管吩咐，包在小人身上。”

“烦你将行李捆扎在鞍辔之上，水壶灌些热汤，早饭过后，便要投商州了。”白居易嘱咐道。

递铺笑堆满面，答道：“官人尽可放心，一一为你安排妥当。”

日上三竿，巳牌时候，天上变成了灰蓝色，远山被罩在一片水雾之中，显得空旷而迷离。白居易骑着马出了蓝桥驿，一路上风高气冷，萧萧櫜櫜的野花杂莳在山涧。身在客乡，踪迹飘零，他一路愀然不乐。崎岖的旅途，蓝桥还只是开始，前头就要翻越秦岭了。再过牧虎关，便是北川驿与安山驿，驿站之间不足三十里，皆是颠簸的山道。白居易不急不慢地走着，天宝年间，制定“日驰十驿”，日行三百里的规矩，早已成为老皇历，已然贬谪，人在天涯，有谁惦记你走了多久，身在何处。

嘿！白居易做梦也没有料到，还真的有人在惦记他。刚刚过北川驿，正行走间，后面嘀嘀嗒嗒响起了急促的马蹄声，两骑奔驰的快马追赶而来，离得老远就听见呼喊：“白居易慢行，白居易慢行！”

回头一看，只见两个身穿黄马褂的太监，手捧圣旨，跃马扬鞭，席卷而来。见到此等情景，白居易大喜，暗自思忖：“定是皇上回心转意，收回成命矣！”他慌忙滚鞍下马，跪拜在道路的一旁，诚惶诚恐地等待特赦的消息。

两位宦官慢条斯理地下了马，其中一位身子精瘦的，瞥了一眼跪在道旁的白居易，喘着粗气，清了清沙哑的嗓子，突然断喝一声“罪臣白居易听旨”：

> 皇帝诏曰，人伦孝悌，德之本也。事之以亲，祭之以礼。白居易恃才傲物，浮华无行，其母观花堕井，竟无悲戚之心，吟赋《看花》《新井》两诗，甚伤名教！既不宜在京供职，亦不当治郡。着令追回江表刺史制命，改任江州司马，钦此。

“臣领旨！”白居易一头磕下去，在坚硬的山道上撞出一声脆响，脸色腾地变得青灰，语不成声地接旨谢恩。

两位宦官对望了一眼，其中一位似乎动了恻隐之心，伸过手来，扶了一把浑身战栗的白居易，声音喑哑地说：“白司马，起来吧。”

眼望着两位太监绝尘而去，白居易神色阴郁，两行热泪扑簌簌滚落下来。路口的过山风，将他花白的山羊胡须吹拂得纷纷扬扬，像一支斗大的羊毫，凭空书写着无言的悲戚。

朝 中 措

元和十年八月的一天，如往常一样，中书舍人王涯寅初时分就醒了过来，看看窗户，依旧漆黑一片，估摸着离天亮还有一个多时辰。这个时刻，他通常披衣拥被靠在床头，闭着眼睛无边无际地胡思乱想。想得最多的，是自贞元八年，与欧阳詹、韩愈、李观、崔群、李绛、冯宿等联袂登上进士龙虎榜以来，在朝堂之上兜兜转转的那些事儿。

永贞、元和年间，很多温丽的训诰，皆是出自他的手，即便在诗词上，亦是风韵遒然，殊超意表。论才学、机敏，王涯可谓出类拔萃。他苦恼的是这么多年了，即便赢得词艺登科、广有博学好古的文学声名，依然在中书舍人的职位上徘徊，着实心有不甘。

王涯清楚自己的位望甚轻，于贞元二十年方自蓝田尉充翰林学士。所幸永贞、元和年间，新旧两派势力围绕着皇位继承之事明争暗斗，自己主笔起草了有关册立太子、命太子监国及改元即皇帝位等一系列制诰文书，在确定永贞内禅的法制程序方面，出了不小的力气。故而，宪宗记着自己的好，多方照顾，算得上恩宠。

往昔，王涯常常为一桩事儿犯嘀咕。纵观朝廷的局面，大抵以新兴进士群体的裴垍、李绛为一方，以李吉甫和阉宦势力的主脑吐突承璀为一方，对立的两方，相互攻讦，形同水火。“中兴英主”宪宗在元和前期，尚能顾全大局，对新旧两派势力的纷争居间调节，因势利导，故而虽有龃龉，对国策尚无大碍。王涯洞若观火，依恃阉宦势力上台的宪宗，明面上一碗水端平，终究还是袒护吐突承璀一方的。

这一点，白居易便是一面镜子。倾向革新的白居易，公忠体国而频遭打击，明摆的一个风向标。王涯记得白居易左拾遗秩满，未能例转补阙，而外任京兆府户曹参军。按唐制，拾遗、补阙品秩乃从八品上、从七品上，虽不甚高，但俱是侍从皇帝清要的近臣和言官，掌供奉讽谏，扈从乘舆。凡拾遗之称职者，秩满后一般均循例转为补阙，不少人已然位至通显，而白居易却是例外。

再者白居易母丧期满，久不起复回朝。按唐代礼制，所谓“三年之丧”，实际上是二十七月而毕。想那元稹于元年九月丁母忧，至三年十二月母服除，得宰相裴垍提拔，四年二月授监察御史。白氏于六年四月丧母丁忧，至八年七月除服，如果顺利，是年秋即可应诏回朝。这般纠结，显然与当时人事产生抵牾有关。这事，直至金紫光禄大夫、中书侍郎、同平章李吉甫卒，韦贯之同中书门下平章事，白氏方得安插在太子左春坊，授左赞善大夫闲职。赞善？嘿，无非就是向太子宣讲什么是善的，什么是好的，明面上官居正五品上，是提拔，实则受到了刻意冷落。这其中的沟沟壑壑，很是耐人寻味。

想到白氏强行出头，首上疏，请亟捕贼，刷朝廷耻，王涯禁不住“嘿嘿”干笑出声。这夫子才华横溢不假，可在人事上分明是一个愣头青。几年来，你看他踩的都是啥鼓点？对于什么时候踩最能借势，如何能踩到毫无间隙，简直是一窍不通。无论宦官还是藩镇，但凡枢纽人物，你不撞木钟也就罢了，还四下里撕咬，逮住便不放，没有不一竿子捅到底的，到头来，能有好果子吃？

王涯自顾自地说：“区区越职言事，便远贬江表，简直是小题大做嘛！”他往后靠了靠，让身子坐得舒服些，接着寻思：官场上的人情世故永远是泥沙俱在，想要出淤泥而不染，哼！你首先得和光同尘呀。何为朝堂，这是一个门槛忒高，需要钻营、身不由己的地方。要想兜得转，见风使舵攀交道，方能搭桥引水，水漫金山。

看来，这次没准是一个机会，何不浑水摸鱼，讨得背后权贵的欢心！想到了这一点，王涯阴狠地冷笑了一声。他进而为白居易把了把脉：什么“君以明为圣，臣以直为忠”，什么“言之者无罪，闻之者足以戒”，什么“不然，则臣合得罪；不然，则陛下罢兵”，如此不识忌讳地横冲直撞，必然逆触龙鳞。加之林林总总的讽喻诗，前前后后得罪的权贵一大把了，这次群起媒蘖中伤，招致冷淡、疏远，白夫子一点也不冤。

王涯忽然灵光一闪：借助阉宦拥戴而上位的宪宗，袒护吐突承璀乃是讳莫如深的痛处，不知避忌的白居易，其补察时政的言论，多次触到这个痛处。在这节骨眼上倘若添一把火，吐突承璀岂能无动于衷？王涯看得透彻，吐突承璀炙手可热的煊赫权势，令一般朝士畏伏承奉，验之以李吉甫、裴垍、李绛三位元和前期的重要宰相，他们的荣悴去留，也往往取决于同承璀的关系如何。李吉甫与承璀相交结，曾两度入相。假若借此机会，攀上这根高枝儿，上位不是迟早的事？

忽又想起那日上朝之时，与宰辅王锷的一番寒暄。王锷平素话不多，见人只是一团和气地点着头，那日却主动前来打招呼："王中书近来公务繁忙啊！"

王涯赶忙趁跄行礼："回宰辅的话，近来有几份训诰要草拟。"

"白居易贬谪江表刺史的诏书出自汝的大笔吧？"王锷似笑非笑地说。

"那是中书省其他官员拟定，个中曲折本人略知一二。"王涯怔了一下，不知王锷为何突兀问到此事。

王锷走到近前，拍了拍王涯的肩膀，绵里藏针地冒出一句："难怪言辞平淡，不若王中书的字字见骨。"

当日王涯公务匆忙，没有细想王锷话外的意思，今日看来，倒像是一种暗示。

此时东方已然鱼肚白，王涯一骨碌翻身起床，草草梳洗一番，来到书房，坐在黄花梨古董椅上苦思冥想：白氏言行出位终归不痛不痒，如何抓住其把柄再参一本，方才尽意。如此乃可笼络一批权要，进阶的契机或许便在此举。想到这点，他起身橐橐踱步，徘徊了十多个来回，忽然瞥见架子上有本白乐天诗文册页，随手拿起翻了翻，顿时眼目一亮，对，就从这《看花》《新井》上做文章。

当下援笔展纸，一蹴而就，书了一份上疏追论白居易平日言行之过，指认白氏甚伤名教，所犯状迹，不宜治郡。

墨迹未干，王涯内心又犯了犹豫，他想起了元和三年的制科人案，自己的外甥皇甫湜同牛僧孺、李宗闵因直言时事，不意群心嗷嗷，构成祸端，触忤了宰相李吉甫和阉宦。吉甫泣诉于皇上，致使考策官杨於陵、韦贯之，覆策官裴垍、王涯等皆坐贬，白氏当时亦是覆策官之一，唯有他没事人似的，毫不相干。可笑这个二愣子，却不怕惹祸上身，屡次上奏为他们张目，曾上《论制科人状》据理辩护。凭良心讲，论公或私，白居易皆于己有情有义，有恩有惠的。

这个念头撑在肚里，便有了"千日之长、一日之短"的权衡。颠簸了半晌，王涯见到了早朝时间，便不再计较，到后院牵马认蹬，径直奔大明宫而去。

朝堂之上，宪宗与群臣议事已毕，刚要宣布散朝，王涯出班，伏身叩头道："臣有要事启奏！"

"嗯。"宪宗略一沉吟，直视王涯说："所奏何事？"

"臣上折弹劾白居易有伤风化！"王涯手捧上疏，神色严峻。

太监上前拿了折子，呈送皇上御览。宪宗接过，凝神看了一遍，站起身来，徐徐踱着。众人不禁愣了，都把目光投向宪宗，谁也没有料到王涯有这一疙瘩。唯有王锷气定神闲，似乎有所预料。

良久，宪宗皱着眉头问道："可有实证？"

王涯自袖口拿出白居易诗文册页呈上，在《看花》《新井》两首诗的页码处还特意夹了签。

宪宗草草翻了翻，转头盯着列班臣工问道："列位看此事做何处置？"

王锷出列奏道："大唐以孝治天下，士有百行，孝敬为先，经邦济世，设教垂范。白居易大逆不孝，有伤名教，不宜置彼周行，亦不宜治郡。"

宪宗似乎身上一颤，略一思忖，振声口谕："母观花堕井，白居易竟无悲戚之心，甚伤名教，不当治郡，着令废江表刺史制命，追诏授江州司马。"

底下一些正直大臣面面相觑，白居易正遭蹉跌，尚在贬谪途中，王涯竟见风使舵，掎摭疵瑕，落井下石，贪婪阴毒着实令人不齿。只是此事模棱两可，关乎孝道，众人亦不便多嘴。

几日后，大宦官吐突承璀宴请王涯一干人等，酒席之上，笑容可掬赞道："王大人当年的《元和姓纂序》，才华卓著，甚得圣心。"

"元和中，政平刑清，圣作贤辅，实乃肺腑之言！"王涯满面含春答道。

吐突承璀点点头，把王涯叫到一边，细声说："吏部放出消息，工部侍郎空缺，王大人可有意？"

王涯心领神会，躬身答道："全凭恩公奥援！"

元和十年，秋日，谕旨诏告："王涯领工部侍郎、知制诰，加通议大夫、清源县开国男，学士如故。"

王涯偷合取容，既得皇帝宠信，又依附宦官守旧势力，故而仕途优稳，元和十一年，终于登台拜相，此是后话。

双 雁 儿

秋日的秦岭，群峦如聚，松涛正怒。孤立在北川驿与安山驿之间的山道上，白居易手拿着追诏，内心一阵阵酸楚。一种天涯沦落的孤悬感，镶嵌在浮江泛泛、远意绵绵的寂寥中，百般难以排遣。时辰无声地流淌，他牵着缰绳，高一脚低一脚地前行。拐了一道弯，攀过一座山脊，前面豁然开朗。他止住步，眯缝着眼睛怅然眺望，清癯的脸泛上一丝苦笑。从幽僻的山口看过去，远方的幽谷里隐隐有一村落，苍老的农舍，丰厚的田野，炊烟袅袅升腾，缓缓与山腰的云雾合二为一。面朝那个方位，他忽然想起一个地名：仙游乡。对，当年任盩厔县令时，去过黑峪。那儿有一座仙游寺，毗邻马嵬驿，是皇帝的行宫，寺庙依山而建，黑河水环绕而过。当日与友人陈鸿、王质夫游览时，谈及李隆基与杨贵妃的那段往事，王质夫说："乐天深于诗，多于情也，以之为题，尝试写一首诗，如何？"

白居易谦逊地回答："此乃帝王关睢，恐难驱使。"

陈鸿在一旁敲边鼓说："如汝之人，夫复不为，谁可驾驭？"

两人你一句我一句，说得白居易心中酥痒，便一路沉吟，肚子里面打稿子，至午牌时分，落脚仙游寺吃斋饭，白居易要来纸笔，一句接一句地涌出，文采果真璀璨：

汉皇重色思倾国，御宇多年求不得。
杨家有女初长成，养在深闺人未识。
天生丽质难自弃，一朝选在君王侧。
回眸一笑百媚生，六宫粉黛无颜色。
春寒赐浴华清池，温泉水滑洗凝脂。
侍儿扶起娇无力，始是新承恩泽时。
云鬓花颜金步摇，芙蓉帐暖度春宵。
春宵苦短日高起，从此君王不早朝。
承欢侍宴无闲暇，春从春游夜专夜。
后宫佳丽三千人，三千宠爱在一身。
金屋妆成娇侍夜，玉楼宴罢醉和春。
姊妹弟兄皆列土，可怜光彩生门户。
遂令天下父母心，不重生男重生女。
骊宫高处入青云，仙乐风飘处处闻。
缓歌谩舞凝丝竹，尽日君王看不足。
渔阳鼙鼓动地来，惊破霓裳羽衣曲。
九重城阙烟尘生，千乘万骑西南行。
……
七月七日长生殿，夜半无人私语时。

在天愿作比翼鸟，在地愿为连理枝。

天长地久有时尽，此恨绵绵无绝期。

出一句，陈鸿、王质夫在边上摇头晃脑地念一句，引得寺僧和闲散客人齐来围观。

写毕，白居易问王质夫：“取何名目妥帖？”

“‘天长地久有时尽，此恨绵绵无绝期’，就叫《长恨歌》如何？”王质夫思忖了一会说。

陈鸿拍着手说：“妙，妙，就叫《长恨歌》，回头我亦写一篇《长恨歌传》，以之传奇。”

忒地想起《长恨歌》，白居易的心又起了翻腾，他嘴里喃喃念叨：

不得哭，潜别离。

不得语，暗相思。

两心之外无人知。

深笼夜锁独栖鸟，利剑春断连理枝。

河水虽浊有清日，乌头虽黑有白时。

惟有潜离与暗别，彼此甘心无后期。

一张俏丽活泼的脸蛋随之浮上他的心头，这首《潜别离》是与初恋情人湘灵分别后写的。青梅竹马，两小无猜，却因母亲认为门不当、户不对而生生被拆开，痛定思痛，痛上加痛！白居易寻思：殊不知“在天愿为比翼鸟，在地愿为连理枝”写照的是吾之初恋也！

爱情这东西就像河水绕着山转，不知不觉便把人簇拥。随着记忆的延伸，那山、那水、那人，也许不会是全部的真相，当下，却像一缕阳光照进久违的深林，叫白居易新愁未解旧怨又来闪烁。在这“辽东归鹤，华表无依”的孤独山道上，白居易忽然念想起湘灵，此时此刻，似乎他的全部人生围绕这个核心才有一个整体，他生怕日子像落花一样，碎了还要被马蹄践踏个百十回。

不紧不慢地走着，近晌午，白居易过了麻涧，置身在去仙娥驿的道上。骑马走出一段路，他便步行舒活一下筋骨，出了一身淋漓的汗珠子，追诏引来的郁闷似乎蒸发了不少。见沿途的景色时看时新，索性走走停停郁郁寡欢地瞧上几眼。这长江、黄河的分水岭，此刻，正以柑橘、茶林、修竹展示自己的温柔，藏在葱茏中的羚羚、林麝、松鼠不时地出没在山道上，构成了白居易此刻心情的一部分。

他在仙娥驿吃的午饭，带上了饮水和干粮，马也喂了细料。在一棵开花的树下，白居易仰头看了看青铜色的天空，一个巨大的炉状的拱顶。极目四周，秋日山岚褶皱出如锦缎般的亮丽，那个中午，鸟鸣啾啾，让人耳目一新，只是白居易没有心思聆听。他回味起杜甫《阆州奉送二十四舅使自京赴任青城》：

闻道王乔舄，名因太史传。

如何碧鸡使，把诏紫微天。

秦岭愁回马，涪江醉泛船。

青城漫污杂，吾舅意凄然。

心下吟哦着，又是一番况味。他对秦岭的脉络可谓如数家珍，这一路，随着地势的起落，忽高忽低地遐想着紫气东来、老子骑牛出函谷的情形，一会儿又想到王禅老祖修道的鬼谷子洞、药王孙思邈采药的栈道，尚有唐玄宗携杨贵妃游汤峪所建的唐子城。白居易忽然发现凡是与秦岭有关联的事儿，无不叫人荡气回肠，高歌大醉。

过了仙娥驿，前面就是商州了。又走了几个时辰，已是下山的光景。白居易在鞍辔上取下水壶喝了几口，又对着马嘴喂了一些，弯着臂膀捶了捶酸痛的腰身，顿觉得羁旅疲倦。一路压抑心底的惶恐，惊惊遽遽，逼拶得霜鬓须白。沿着陡峭的山路，白居易牵着马踽踽前行，哀哀叹道："不提防衰年遭贬谪，受奔波风尘颜色黑。今日个流落在天涯，揣羞含辱过秦岭越商山。想当日意气风发趁金殿，说不尽九重天上恩如海，正担承雨露深泽，蓦遭逢越职言事这奇灾，只落得仓仓促促奔浔阳，空对看这惨目伤心的野莽荒山。"白居易正百般开解之际，耳听得山梁的那边，稚嫩嫩地丢过来牧童的歌喉：

秦岭客，秦岭客，独自去游天上月。

本欲带上花一朵，无奈山上百花谢。

秦岭客，秦岭客，群仙为谁来鼓瑟？

遥闻天上鼓瑟声，声声悲愤声声切。

秦岭客，秦岭客，舍身忘情情亦烈。

不闻雄舟从君走，唯见潮起潮又落。

秦岭客，秦岭客，从此相伴唯黄鹤。

昔日良弓和骏马，至今无人能骑射。

秦岭客，秦岭客，悠悠长恨何时灭？

玄宗欲掬温泉水，泪水和流到长夜。

白居易听着，听着，情难自禁，扯着沙哑的嗓门，应和着调门高唱起来：

秦岭会，秦岭会，几度梦里空相会。
未曾忍心搁下笔，满纸都是血和泪。
秦岭会，秦岭会，一草一木皆憔悴。
闻说牧虎高千尺，难觅一朵红玫瑰。
秦岭会，秦岭会，多少情系天涯内？
日日空见雁南飞，不见故人心已碎。
秦岭会，秦岭会，一年一度寒星坠。
遥望去年星在北，今年寒星又是谁？
秦岭会，秦岭会，绕关何处无血脉？
且听夜半松涛碎，诉说昨日功与罪。

一老一少，隔山唱和，携带着山谷的回声，久久方才消散。哪料想，歌声方歇，林子深处突兀地传来一声长啸，霎时划破峰岭的寂寥。啸音过后，又听得一喉苍老的高腔，不远不近地传了过来：

芦苇高，芦苇长，芦花似雪雪茫茫。
芦苇最知风儿暴，芦苇最知雨儿狂。
芦苇高，芦苇长，芦苇荡里捉迷藏。
多少高堂名利客，都是当年放牛郎。
芦苇高，芦苇长，隔山隔水遥相望。
芦苇这边是故乡，芦苇那边是汪洋。
芦苇高，芦苇长，芦苇荡边编织忙。
编成卷入我行囊，伴我从此去远航。
芦苇高，芦苇长，芦苇笛声多悠扬。
牧童相和在远方，令人牵挂爹和娘。

白居易竖起耳朵，仔细聆听，只觉得内心想说的话，被这歌谣讲得明白透彻。不禁又惊又奇，高声问道："哪位隐士高贤在此放歌？下邽白居易恳求一见！"

半晌，林子里又起一声长啸，那苍老的声音再次传来："昔日阮籍于苏门山遇孙登，探讨往古栖神导气之术，孙登皆不应。阮籍长啸而退，行至半山，闻有声若鸾凤之音，响乎岩谷，乃是孙登以长啸作答。白学士，世之君子，惟法是修，惟礼是克。见如不见，不见是见。不可说，不可说，一声长啸足矣！”良久，又饱经沧桑地说，“独不见群虱之处裈中，逃乎深缝，匿乎坏絮，自以为吉宅也。行不敢离缝际，动不敢出裈裆，自以为得绳墨也。然炎丘火流，焦邑灭都，群虱处于裈中而不能出也。君子之处域内，何异夫虱之处裈中乎！”

这言辞悄怆幽邃。白居易听来，顿觉一水穿堂，有一股痛惜轻微而仔细地咬噬他的心。当下对着远山深深一揖，高亢地说：“高贤点破迷津，乐天有穿心之慰！”

翻越了秦岭，余脉散布的山坡上，满是间杂的黄黄绿绿。出了大山，天地似乎敞亮了许多。薄暮时分，白居易抵达了位于秦岭南麓的商州。这儿是长安通往楚越的必经之路，刁措了多少士子的憧憬与惆怅。黄昏时分，白居易来到驿站独自投宿，牵马槽头上了料，将行李搬进客房，掌了灯，点了茶汤，摆来酒饭，对影吃过。草草洗漱了一番，把房门拴上，便打开铺盖，倒头沉沉睡去。这一路，身子着实困乏了。

白居易在商州停了下来，等待杨氏与堂兄赶来会合。因不急着赶路，这一觉直睡到日上三竿方才醒来。收拾停当，打听到商鞅的封邑只有三十里的行程，便锁了门，一身轻便地起身。到地点一瞧，除了村庄就是田畴，便折转寻访商山四皓的遗迹，却也早已湮没无痕，唯见一座后人建造的四皓庙。白居易感慨颇深，接过庙里住持递来的笔墨，在粉墙之上写下《题四皓庙》：

卧逃秦乱起安刘，舒卷如云得自由。

若有精灵应笑我，不成一事谪江州。

回来的路上，远山含黛，嵚崟秀峭。白居易觉得心情出脱了许多，抬头望了望商山，发现山形竟如“商”字，心下便想：“或许就是山名的由来？”

回驿站时，已是日跌时分，白居易心神不宁，间隔着总要去路口张望。挨到傍晚时分，也不见行人的踪迹。挨到第三日，临近晌午的光景，方才望见一辆轺车迤逦朝驿站驶来。杨虞卿早已伸出头来招呼，白居易胸口起伏，趁步迎了上去。与虞卿寒暄了几句，搀扶着杨氏下了轺车。当晚安排了酒席，一家人团团安坐下来。白居易席上举手道：“师皋患难相扶，借杯薄酒聊表谢意！”

“原是一家人，无须言谢。”杨虞卿略显憔悴，言语却满是温暖。

两人闲叙一路的波折，难免又是一番愁愤吁叹。白居易小心隐去了追诏江州司马之事，怕杨氏席上听了又要落泪。毕竟纸是包不住火的，当晚，杨氏收拾行李时发现了诏书，一时悲从中来，哭得如同泪人一般。白居易耐着性子在一边好言劝慰，稍微平息后，杨氏说："夫君，好话都是古人说尽了，平日留人情，转来好相见。当初我叫你不要那样尖刻，你不肯听我说，如今贬谪了，还要踩上一脚！"

白居易软言哄着妻子说："历经劫难，方知古人说得好。家有贤妻，无价之宝，往后听你的便是。"

杨氏这才止住泪，低头暗自寻思："江表刺史终归是父母官，上传下达，公事烦冗，依丈夫的秉性，难免又要生出事端。江州司马虽是闲职，俸禄却不低，也免却了诸般应酬，远离了是是非非。"想到这点，心里便宽松了许多，反而安慰郎君说："闻听江州乃鱼米之乡，比起柳子厚的永州终究还是好的。"

白居易见妻子平静下来，一把将她揽在怀里说："左降虽苦，毕竟是出京为官，比起刚刚死去的李三顾言，幸运多矣！"言罢，随口吟哦道：

商州馆里停三日，待得妻孥相逐行。

若比李三犹自胜，儿啼妇哭不闻声。

第六章　雁过襄阳

江　城　子

顾虑到杨氏羁旅劳顿，白居易在商州多逗留了两日，杨虞卿与白氏夫妇别过，赶往鄠县公干。这日一早，白居易一家离了商州，纵辔加鞭，经四皓驿、洛源驿，过棠棣驿、桃花驿，眼见就要到达武关，白居易与杨氏商议道："此去襄阳尚有大段行程，在武关稍做休整如何？"

"听凭你的安排"，杨氏说："离开长安多远啦？"白居易说："有一个故事，夫人想不想听？"杨氏见白居易精神状态见转了，心里高兴："好啊，正嫌旅途烦闷呢。"

"一日，偏安东南的晋元帝问他的孩子，也就是后来的明帝：日远还是长安远？"白居易款款讲道，"坐在膝头的明帝伶俐地回答：日远，因为有人从长安来，从未听闻有人自日边来。"

"哈哈，这孩子怪机灵呢！"杨氏夸奖道。

白居易接着讲道："元帝听后颇为惊讶，翌日宴会，当着群臣的面，元帝又问了一遍。不承想，这一次孩子告诉他：日近。"

杨氏听得津津有味，插言道："这是为何？"白居易笑着说："元帝与你一样，诧异地问：此次回答为何与昨日不同？明帝顽皮地说：举头见日，不见长安。"

杨氏一笑："似乎元稹《莺莺传》里有'望眼蓝天，日近长安远'这么一句词儿，原来出处却在这里。"

这一路上涧壑纵横，峡峪勾呈，夫妻两人说着话，不觉已至武关。白居易说：“武关乃秦楚咽喉，再往前，便入楚了。”

“这一路颠簸得很，楚地应该平缓些吧？”

“武关道大多沿丹水北侧行走，夏秋季节江水上涨，经常冲毁，贞元年商州刺史李西华加宽旧道，并于阻水涧别开偏路，应该方便行走。”

白居易在武关待了一天，乘隙四处走了走。关城建在峡谷间一块平坦的高地上，北依高峻的少习山，南濒险要，城墙系用土筑，略成方形。东西各开一门，以砖石包砌卷洞，西门上有“三秦要塞”四字。白居易在东门的墙壁上再次见到了元稹的诗：

五年江上损容颜，今日春风到武关。

两纸京书临水读，小桃花树满商山。

看题跋是元和五年，元稹被贬为江陵府中曹参军时留下的。想起挚友与自己同病相怜，白居易刚刚有所平复的心情，不免又起恳迫兢惶。又想到颜真卿、周子谅、韩愈、刘禹锡这一干人被贬去潮州、荆襄、岭南等地时，走的皆是这条沧桑的武关道，一时黯然神伤，脱口吟道：

谁知千里险，为我二人设。

通州君初到，郁郁愁如结。

江州我方去，迢迢行为歇。

吟罢，白居易自言自语地说：“厝火积薪之下，不可谓安也。”

次日五更起身，行二十里路天明，过了青云驿，再往前走便是分水岭、阳城驿，尚有几百里，便到了林湍驿，再经故邓城渡汉水，襄阳城已经遥迢在目。秋日煌煌地照着，点点波光白白灿灿，一叶轻舟，顺风鼓帆，白居易坐在船头，纵目望去，见襄阳地段山水环抱，气势团聚，微微有些激动地对杨氏说：“襄阳，孟浩然故乡也！”

杨氏说：“听堂兄调侃说，李白喜欢襄阳，一为美酒，二为美人，三为美景，最后方是隐居鹿门山的老友孟浩然。”

白居易哈哈一笑，吟道：“‘此江若变作春酒，垒麴便筑糟丘台。千金骏马换小妾，笑坐雕鞍歌落梅。’这话是对的，有襄阳歌为证。”

“看来堂哥所说，还是有依据的。”杨氏不禁掩嘴一笑。

白居易问杨氏：“杜甫亦喜欢襄阳，又是为何？”

“襄阳乃是杜氏世代居住地。”白居易见杨氏答不上来，继续说道，“其先祖杜预和祖父杜审言，皆在襄阳成就的名声。”

“你对襄阳情有独钟，却为哪般？”知夫莫若妻，杨氏知道襄阳在白居易心目中的分量。

猎猎江风鼓荡的波浪平滑流畅，向着前方的襄阳城荡漾、扩展，反馈着涵盖巨大的回声。白居易默然无语，脸色阴晴不定，似乎在凝神波浪不断重复的节奏，良久方才叹息一声，语音含混地沉吟道：

下马襄阳郭，移舟汉阴驿。
秋风截江起，寒浪连天白。
本是多愁人，复此风波夕。

爱是恒久忍耐，又有恩慈。白居易喜欢襄阳，情感更为复杂。他的父亲白季庚病逝于襄阳任上，这儿有白家的故居和父亲的墓地。年轻时，他随父母在襄阳住了几个年头，尚有不少的故旧。在白居易心里，襄阳是水草丰美的第三故乡。

白季庚本是河南新郑人，建中元年授彭城县令。当年本道节度使造反，遣骁将率劲卒二万攻徐州。徐州无兵，白季庚集结吏民，总共有千余人，与刺史李洧坚守城池，亲冒矢石，顽强抵挡了四十二天，直到诸道救兵赶到，击溃叛军，徐州才获得了平安。贞元初，朝廷念其前功，加授检校大理少卿，依前徐州别驾、当道团练判官，仍知州事。任期届满后，因本道观察使皇甫政极力向朝廷推荐，除白季庚检校大理少卿，兼襄州别驾。那年，年方二十的白居易跟随着父亲来到襄阳。

日夕的襄阳城一派空旷，向南眺望，远远的鹿门山上，雾霭牛奶一样缭绕。白居易扶着妻子再次踏上襄阳的地面，耳边充盈着风声、水声、虫声、梵呗声；身旁是月色、山色、草色、晚霞色。好一个温暖的黄昏，暮色柔和。白居易感慨地说：“二十年，整整二十年啊！”杨氏感到他扶着自己的手有些颤抖，便轻柔地说：“乐天，明日陪我四处走走吧？我想瞧瞧白家的老宅子。”

白居易点一点头，说：“只怕是杂草丛生，唯有断壁残垣了。”

“梁园虽好，不是久恋之家。故园虽破，却是夫君的根脉。”杨氏语音里含着情感。

白居易握着杨氏的手紧了一紧，眼里热热地说：“今晚在汉阴驿下榻。”

第二天，白居易起身迟了些，辰牌时分出发，就近的店铺买了些纸钱、香烛，捎上铁铲和扫帚，夫妻两人走了十多里地，来到傍城的半山林所在，但见一座青砖和石块垒砌而成的平顶屋，坐落在襄阳城东郊，周遭杂草丛生，野树参差。斑驳的门扉虚掩，门上的袅吊儿倒扣着，白居易将手一推，往昔的灰尘夹杂着当下的灰尘，哗啦啦地全都抖落下来。走进老宅，白居易感到许多尘封已久的东西正一点点苏醒。坛坛罐罐、木桶篾箕，还有纺车与箱柜，尽管东倒西歪，却都一应俱全。白居易忆起母亲当年忙出忙进的情形，感觉这些老家什似乎还黏附着母亲的指纹与体温。

杨氏也不嫌埋汰，一一把家具扶起来，摆正。一缕阳光透过破落的窗户漏进来，斜斜打在对面的墙壁上，光阴似乎正被一圈圈地描摹。炊烟年长日久熏黑的土墙，像水渍一样蔓延，凝滞迟缓，投下铅一般的重量。白居易挽起衣襟，与杨氏一道打扫了房屋，衣襟不免沾上许多年长日久的尘埃。

晌午将近，白居易来到院落，铲除杂乱的野草，清理出一条小路来。正专心地劳动，门前的枯树上蓦然响起乌鸦的嘶哑，白居易停下手里的活计，半眯着眼睛，抬头看了看布满槎枒的天，太阳的颜色始终和刚从雾天里出现的一样，没有添加一丝一毫的热情。他忽地想到河南新郑的东郭寺村，虽然那儿是他的出生之地，有他的童年，但终究是模糊的，唯有眼前的一切，亲密得如同昨天。他感觉有极细微的期期艾艾的声音从土地深处发出，持续着在耳边萦绕，任情设景的白居易，禁不住高声念道：

> 昔到襄阳日，髯髯初有髭。今过襄阳日，髭鬓半成丝。
> 旧游都是梦，乍到忽如归。东郭蓬蒿宅，荒凉今属谁。
> 故知多零落，闾井亦迁移。独有秋江水，烟波似旧时。

杨氏见白居易有些忧伤，便有心开解他，一边帮忙做活，一边问道：“乐天，你是哪年自符离到襄阳的？”

杨氏没有料到，一句轻描淡写的问话，却勾起了白居易痛彻心扉的感伤：自从十一岁那年举家搬迁到徐州符离，他便在母亲身边昼课赋，夜课书，间又课诗，不遑寝息矣。乃至于口舌成疮，手肘成胝，正值壮年而肤革却不丰盈，甚至于未老而齿发早衰白，都是因为苦学力文所导致的。母亲把一切看在眼里，既替儿子晓得用功而高兴，又心疼儿子的辛苦，暗自在饮食上下了许多功夫。

早年一味地只是读书，莫说三坟五典，八索九丘，诸子百家，就连天文地理，亦涉猎精熟，尤其是诗词歌赋，无不曲尽其妙。满腹才华，愀然获得邻家女孩的爱慕。女孩叫湘灵，生得幽娴窈窕，明眸皓齿，端的桃花照水的模样。小娇娘初通音律，天生一副好嗓子。白居易写诗，她就唱，一字字都吐自花瓣似的朱唇间，声和韵合。那年，一个豆蔻十五，情窦初开；一个年方十七，热情惹意，自是青梅竹马、朝夕不离。八年的初恋，两小无猜地厮磨，扭股糖儿似的亲热，却被母亲硬生生拆散。母亲的理由是女娃出身低，门不当户不对。

父亲到襄阳任上才半年，符离埇口的小院落便被惨淡的乌云笼罩。白居易相处才两年的幼弟金刚奴患病离世，他痛，母亲更痛。“幼美哦！可怜的娃啊！”母亲一声声呼唤小儿的名字，寸步不离金刚奴的房间，不吃，不喝，不眠，不休。为了让母亲不再睹物伤情，白居易焦急地给父亲捎去家书，叙说偕家去襄阳的迫切。记得母亲自从失去小儿子，越发将一腔希望寄托在白居易身上。忖度搬去襄阳，便能够让儿子远离湘灵，遂实心实意地赞同迁徙。

记得是秋日的一天，白居易带着母亲和年幼的行简南下襄阳。一路上，他的心像灌了铅似的沉重，尽管心在流血，还得打起精神，温存地抚慰忧郁的母亲。就这般仓仓促促地离开了符离。

此刻，白居易面对杨氏的询问，压箱底的话如何说得出口。他故作轻松地说：“大约是贞元八年二月尾子，记得岘山上的杏花像灶火似的赤红。”

杨氏指了指荒芜的老宅子，说：“一家人就住在这宅子里吧？”

“嗯，父亲还取了一个名字，叫‘东院’。在襄阳的日子，便是在东郭庭院里打发的。”白居易郁郁地说。杨氏注视着老宅子，出了好一会儿神。白居易接着说道：“幼弟的夭折，对父亲的打击沉重。记得父亲出城迎接我们的样子，别离才半年，已然老态尽现！”

杨氏尽心尽力地侍奉白母好些年头，却对白季庚没有印象，听了郎君睹物思人，哽咽地絮叨，不觉悲从中来，眼泪扑簌簌地掉。半晌，岔开话题道：“襄阳的日子还算安稳吧？”

白居易道：“母亲算是有了笑容。光阴不会为谁停留，除了珍惜眼前人，又能如何？”

杨氏晓得，白季庚在四十一岁那年娶了十五岁的陈氏。白居易的外婆，也就是陈氏的母亲白氏，乃是白居易祖父白锽的女儿。也就是说，白居易的父母本是舅甥关系。想到这一层，杨氏转过话题说：“那几年，你是如何度过的？”

“一边读书，一边游历，在父亲身边倒是逍遥了几年。”白居易说，“直到贞元十年的五月，我正造访东晋大和尚道安的故里，接到家书父亲病危！”

“啊！”杨氏应了一声，不知该说些什么，专心听着。

“那时候，我像掉入了冰窟。”白居易继续说道，“当时心如碎镜，世间的百千影像面目全非。”

杨氏问道：“父亲什么病啊？”

“郎中回复不知病因，眼见父亲一日病重一日，却无回春之法。”白居易摇摇头说，“记得父亲是贞元十五年五月二十八日溘然长逝的，享年六十六岁。”白居易接着说，“母亲刚走出失子的阴霾，又陷丧夫之恸，那撕心裂肺的哭声，今犹在耳。”

杨氏眼里闪烁着泪光：“父亲乃一家之主，母亲最为忧心的是汝与行简自此衣食无着落。”

“父亲为官清廉，几无积蓄，安排后事的钱也是母亲借支的，死后没有举行葬礼，唯有几个故旧前来吊唁。”白居易低沉地说，“当年冬天，料理完丧事，我又陪母亲回了符离。”

回忆往事，白居易语不成声，拎着香烛纸钱，领着杨氏高一脚、低一脚朝父亲的墓地走去。白季庚安葬在襄阳东津的南源，夫妻俩穿过羊肠小道，七弯八拐，好容易才找到坟茔。青谷中的墓体被野草杂树湮没，唯有墓旁一棵高大的古木，默默地立在那儿，扶摇直上，鳞片斑驳。白居易与娘子合力除去坟头的乱草，凡有塌陷处，皆一一添上新土。接着点燃香烛，化了纸钱。跪倒在坟前，夫妻双双磕下三个响头，久久不能起身。

白居易揉了揉被烟火熏红的眼睛，想到父亲生前自己只顾游历，未在床侧好好侍奉过一天。想到父亲去世后，母亲含辛茹苦，借东家还西家，朝不保夕，母子三人相濡以沫，饱受凄凉。想到母亲坠井而死，自己却担当一个莫须有的罪名，他为亲者讳，不能与人分辩母亲乃因悍妒得了心疾。父亲死后，生活陷入窘困之中，经常向邻居乞讨周借，母亲又气又急，病情越发严重。他不想据理力争，向人言明自己二十九岁才参加进士科考试，三十七岁才成婚，与患病的母亲有着关联。他不可说出有次去宣城，家中的母亲突然发病，曾经用刀自残过，他不想说明白氏兄弟不间断地遍访名医，也没有将母亲彻底治好。所有这一切，都无从分辩，无从言说，桩桩旧事越想越辛酸，一时间，撕心裂肺的悲恸，令他浑身战栗。在这空寂无人的旷野，在朝夕相处的娘子身边，他匍匐在草地上，眼泪一粒一粒地掉下来，落在刚刚烧过的纸灰里，扬起一片片锡箔，像一只只灰白的蝴蝶。

白居易先是低沉地呜咽，抽抽搭搭的，转而一发不可收拾，撕心裂肺地号啕大哭。杨氏上前劝慰，也情难自禁地抱着夫君泪流满面。这一哭，白居易彻底抖松了自己，使大水走泥、惊涛拍岸的贬谪压抑，有了些许的释放。就像快要绷断的琴弦，突然松弛下来，继续坚忍地接受风浪的弹拨。

误 桃 园

当一群大雁声声南飞，白居易正站在昭明台上远眺。江水宛如微微拂动的丝绸，极目处，许多张着帆、摇着橹的白河船、麻阳船鱼贯而来，像一串串缓缓滑翔的信天翁。近岸边，桅杆林立，大船挨着小船，懒洋洋地荡过来，又荡过去。白居易不禁感叹道："'襄阳城，城八门，门门跑马；汉水河，河九汊，汊汊行舟'。所言不虚！"

这时，忽听得一人叫道："上头可是乐天在发思古之幽情？"白居易扭头一瞧，激动地说："来者可是方明兄！"方明是柳识的字号，襄阳人氏，工于文辞，曾任屯田郎中、集贤殿学士，累官至左拾遗。昨日，白居易拜访故旧，大多早已迁走，有些已经不在人世，不承想在此处竟然遇见柳识。

"贞元一别，多少年不曾相见？"柳识快步走到近前，握着白居易的手问。白居易笑道："恐怕有十来个年头了。"

"家乡遇故知，不亦快哉！"柳识兴奋地说，"碰巧今日一些旧友举行欢宴，乐天务必同往。"

往昔在长安，白居易极喜以酒会友，每遇新酿初熟之时，常邀元稹、王起、李建、崔群等一干知己，山饮、郊饮、野炊，名目繁多。眼下，他正羁旅孤单，见柳识盛情，也便半推半就地随着去了。

宴席设在岘山近旁的习家池，比邻景空寺。柳识拉着白居易的手转过照壁，进入厢房，宾朋陆陆续续地到齐。众人早闻白居易大名，又是远客，一致推为上座。白居易辞谢再三，耐不过执拗，只好客随主便。

在襄阳，贵客临门，最值得称道的菜肴自然是一味鱼。汉水流经襄阳段，水中产一种鳊鱼，头项短粗、背弓、体扁平而宽，鳞细而银白，俗称缩项鳊，味极肥美。因采捕的时候，须以槎断水，也唤作槎头缩项鳊。

柳识问白居易："你在襄阳生活过，缩项鳊应当知晓。"

“鸟泊随阳雁，鱼藏缩项鳊。”白居易点点头说，“孟浩然在《檀溪别业》中大肆鼓吹，何人不知？”

柳识眼里含笑说：“‘复忆襄阳孟浩然，清诗句句尽堪传。即今耆旧无新语，漫钓槎头缩项鳊。’乃至杜甫想到孟浩然时，也会提及此鱼。”

这时，隔座的一位客人打趣道：“‘试垂竹竿钓，果得槎头鳊。美人骋金错，纤手脍红鲜。’孟老夫子说，非得俏丽佳人纤手烹脍，才称得上正宗！”

白居易展颜一笑，没有吱声。那客人又问柳识：“今日喝什么酒？”

柳识刁着眼看着他说：“‘鱼藏缩项鳊，樽溢宜城酒’，孟浩然是吃客，听他的保准不错。”

宜城竹叶酒，白居易年轻时在襄阳喝过，还听过关于这酒的一桩趣事：一次，襄州刺史兼山南东道采访使韩朝宗约孟浩然一同去长安，承诺向朝廷举荐他。恰在这时，一位老友前来看望孟浩然，两人由是开怀痛饮。酒至半酣，旁人提醒别忘了韩公有约，孟浩然却说：“已经饮酒啦，身心正快乐着呢，哪里还顾得上杂七杂八的事。”嗬，喝起酒来连功名都扔到一边了。白居易思忖，当日喝的估摸也是这竹叶酒。

一盏茶的工夫，菜肴一一上了席面，主菜自然是槎头鳊。白居易闪眼观瞧，见那瓷盘之中，粼粼泛光，美味赫然，心中暗自赞许。当下，一桌人杯盏交错，吆五喝六，甚是尽兴。席间一位身子瘦削的宾客说：“列位听过孟老夫子‘转喉触讳’的典故吗？”白居易笑道：“此事人云亦云，有几个版本呢。”

“乐天可否叙说王维的版本我等听听？”柳识插话道。

“话说开元年间，襄阳诗人孟浩然因写下‘微云淡河汉，疏雨滴梧桐’句子，颇得右丞王维欣赏。一次，王维待诏当值，招呼浩然前来谈论风雅。忽闻皇上临幸，浩然来不及回避，惊慌失措之下，趴伏在床底。王维不敢欺君，禀奏玄宗得知。玄宗欣然说：‘朕素闻其人，出来吧。’浩然这才从床底爬出来，匍匐诏见，皇上问话：‘卿能否当场赋诗？’浩然奏道：‘臣没有荒废学业。’玄宗当即命他吟哦一首，浩然作诗道：‘北阙休上书，南山归敝庐，不才明主弃，多病故人疏。白发催年老，青阳逼岁除。永怀愁不寐，松月夜窗虚。’玄宗一听，不高兴地说：‘卿不求朕，朕岂弃卿？奈何反而有此诗作！’因命令放归南山，终身不仕。”白居易语气先是调侃，讲着讲着，就低沉下来，当他念道“不才明主弃，多病故人疏”时，眼里已然潮湿。

众人哄然大笑。柳识见白居易情绪突然低落，转念一想，便知诗中句子戳了隐痛，遂举杯说：“当今圣上号称‘小玄宗’，胸怀自是有的，只是地长杖短，石重船轻，却有一番权衡。乐天此番心同流水，身比闲云，正可在诗文上标新立异，独树一帜！”

众宾客闻言，纷纷点头称是。一番开解，白居易意气稍平，自知失态，遂举杯敬柳识，借此掩饰。柳识凑趣道：“襄阳乃乐天第二故乡，故乡逢故知，我等一同干了这杯。”

众人纷纷起身，接茬碰杯，热热闹闹。柳识见白居易兴致上来了，便提议道：“佐酒怎可无诗，乐天可否来一首？”

白居易摇摇手说：“不妥，不妥，怎可在孟浩然门前耍大刀！”

柳识见状，便撩拨众人推波助澜。白居易见这阵仗，再拒绝岂不扫兴，便借着酒劲，朗声吟诵道：

楚山碧岩岩，汉水碧汤汤。
秀气结成象，孟氏之文章。
今我讽遗文，思人至其乡。
清风无人继，日暮空襄阳。
南望鹿门山，蔼若有余芳。
旧隐不知处，云深树苍苍。

举桌齐声叫好，又是一轮敬酒。白居易即席一首《游襄阳怀孟浩然》，扪虱倾谈惊四座，一干人正热闹间，忽听得外面传来丝竹之声，众人甚是惊讶，柳识叫来店家询问，方知隔壁客人请了歌姬。

开场的流水板，简朴明快，先是一曲《柳青娘》，接着一曲《叠层楼》。众人正屏气凝神，忽听霍然一声，人弦俱寂，转而檀板一响，便有女子启朱唇，婉转地唱起了唐诗。满屋子的人平心静气地听，唱的却是《长恨歌》，大伙儿不禁高声喝彩。谁知，众歌伎听出白居易正在边上吃酒，都停下不唱了，一起拥了过来，众星捧月一般把白居易围在中间，弄得他一时招架不住，胡乱地吃了不少花酒。隔壁客人也一同过来随喜，少不了又是一番应酬。

好容易散了席，柳识陪着白居易就近登上岘首山。柳识至此已了然白居易贬谪之事，实心留故友散心。白居易说：“此去江州尚有一千七百里地，全是水驿，虽说驿馆对舟船均有配备，终究不齐整，尚要在襄阳预备些家用，预计明日一早登船。”

“此去风寒水冷，乐天珍重！”柳识眼里有些潮湿。白居易携着柳识的手，柔声说道："今日一别，不知何日方能再见。人生如浮萍，随波逐流而已。"柳识便寻了一些知冷知热的话语来抚慰老友，在岘山亭前，二人流泪眼对流泪眼，执手作别。

柳识走后，白居易意犹未尽，不想过早返回汉阴驿，顺着来路漫不经心地溜达。行至堕泪碑，驻足观看了半晌，内心唏嘘不已。想那东晋名将羊祜治理襄阳的时候，为政清廉，造福一方，离任时满城百姓哭泣着，送出了十里多地，以至于堕泪穿石。为官之道，堕泪碑就是答案！历来盛世创业之英雄，以襟怀豁达为第一义；乱世扶危救难之能臣，以心力劳苦为第一义。大丈夫就当如此，负山驰河，气象峥嵘。想自己一贬再贬，纵然才根于器，终归是托笔骂世的格局，不免又是一番长吁短叹。

来到襄阳楼下，但见拂水的杨柳丛中，流莺饶舌，一声声让白居易心情有所舒缓。距汉阴驿大约还有一炷香的脚力，白居易倒背着双手不急不慢地走着。漫步到夫人城的时候，透着均匀清澈的天光，隐约便瞥见一抹女人的身影，在紫荆树下一掠而过，踅进了左边的街巷。蓦地，白居易触电般怔了一怔，愣着两眼痴痴地看着往来的人群，像一截木桩子戳在那儿。刹那间，他脑子里电闪般跳出一个人来：湘灵？对，是湘灵！他赶紧三步并作两步追赶上去，青砖的巷子里，一张张陌生的面孔，自眼前闪过，那一抹身影像雨滴落入汉江，难以寻觅踪迹。

白居易发疯一般，绕着这周边四下寻找。见到前面年龄相仿的女人，就急切跑上前去，扭转头冒昧地打量。一时间，这个骂道："老不正经！"那个怒喝："失心疯！"遭遇了不少青白眼。最后实在倦了，便蹲在街口，仔细盘看一一经过的女子，直到天色渐渐擦黑，眼睛直泛花，像是密集了微小的蠓虫，在晚风里呵着气，这才拖着疲惫的身子返回汉阴驿。一种深不可测的落寞与悲苦，暮色般袭上心头。

第七章　邂逅湘灵

忆　秦　娥

当日，杨氏在汉阴驿怔怔坐了半天，总不见白居易回来，心中焦急，不时跑到门前张望。直到日暮时分，方才见着郎君的身影，不觉愤愤地，本想数落几句，待见他十分疲倦的模样，到了嘴边的话又吞了回去。两人一同进入房中，白居易看到室内空空如也，行李都不知去向，便十分惊诧，眼里露出询问的神色。

杨氏这才解释道："晌午时分，馆驿考虑我们明日一大早要行走水路，为免去搬运的仓促，索性将行李安顿在驿舟上了，随身只带着一家细软。"

白居易点点头，没有吱声。杨氏见他神色憔悴，心事重重，只是不明就里，也不好多问，满腹狐疑，只在心里忖度着。当晚，西北风截江而起，甚是难禁。夫妻二人一夜无话，白居易草草收拾一番，早早上床就寝。辗转反侧中，着实难以入睡，思前想后，满脑子尽是湘灵的影子。折腾到下半夜，方才睡了一个囫囵觉，似断非断地竟做了一个梦。梦里，一位少年鲜衣怒马，驰骋在长满野草的符离塬上，天是那么高那么蓝……

徐州符离东北二里处的濉水南畔，有一座村落叫毓村，毓村的偏北地带有一片高台，高台上坐落着一间东林草堂。德宗建中三年的一天，草堂前来了一辆马车，从车上跳下一个约莫十岁上下的男孩，身穿冰蓝色对襟窄袖长衫，靛青色的长裤扎在童靴之中，乌黑的头发散在耳边，白皙的皮肤，秀挺的鼻梁，眼眸就像春日还未融化的暖雪，闪亮、晶莹、柔和，带着一丝调皮。

“乐天，帮忙把行李搬进屋去。”一位眉清目秀的妇人紧接着从车上下来，朝着正在撒欢的男孩叫道。

那男孩头也不回地回答：“娘，这花儿真艳，插上你鬓角，多好看！”

“孩子刚到，瞧啥都新鲜，随他玩吧。”边上的中年男子一边搬运行李，一边说。

男子叫白季庚，不久前因战功擢升徐州别驾兼徐泗观察使，因顾虑河南老家战乱频繁，特地接来家眷，安置在辖境内的符离。男孩唤作白居易，这年十一岁。

光阴荏苒，时间不居。一家人在符离扎根，转眼便三年了。一天，母亲对白居易说：“我儿昼课文，夜课赋，学业大有长进。老古话说得好，读万卷书，还要行万里路。当下有了机会，你叔父白季康现在浔阳令任上，前日来信叫你去呢。”

白居易兴奋地说：“孩儿听娘的，何日动身？”

母亲说：“明日一早就动身吧，你年纪小，一人在外为娘还是放心不下。”

白居易说：“娘，你放心吧，孩儿照顾得了自己。”

第一次出远门，白居易游历了于潜、遂安、萧山、浔阳等地，叔父白季康的长子崇嗣、次子传规分别担任于潜尉、遂安尉，沿途为白居易提供照应。故而陈氏放心，放了缰绳，勉励从未单独出过远门的儿子四下闯荡、闯荡。

少年的心性，就像地里种庄稼，要犁耕、播种、锄草、施肥，时时勤照应。虽不见其长，不知不觉中，也便发了芽开了花。父母家人总在远方，白居易独自一人登山涉水，过府冲州，像一只被道路丝线穿着的大菱角。一路上，山山水水的丰饶、民风的淳朴、四时六节之缤纷缭乱，让少年在懵懂中丰盈了自己的内心。每日里，不是观看市井的喧哗，就是闲走乐情，游过一山，又问一山，往往是前山未远，目力方收，后山又来，耳目又费。沿途的小桥曲岸，湖泊河流，穿穿插插，无端地便撮弄出一派野凫眠岸、老树着花的闲意。对于少年来说，所有的经历都不是多余的。

一日，天色暄暖，晚凉新浴后，白居易步出驿站，见一老丈人在豆花棚下摇着芭蕉扇，说曲折、侃山海，便凑过去闲听。那老者侃道：“从前，这附近的山上有一座开天古寺，寺里住着一个盲和尚，盲和尚可用鼻子拿捏文章的好坏。附近参加科举的士子，便把自己的文章拿来让和尚嗅。嗅到坏文章时，盲和尚就要大声地呕吐，就会捏着鼻子说：‘好臭，好臭！’奇怪的是，惹得盲和尚呕吐的文章都中了榜，而那些被认为香气扑鼻的文章，却全都落了榜……”

白居易在一边听得呵呵直笑，心想这民间的野话，竟也踢跳活泼，盲师瞎众的让人欢喜。殊不知，这般家常语、瓜棚语、老翁语、渔樵语，确是中间有眼，两头有棱的。

似这等趣闻轶事，在千里行脚中，时常遇见。南方暖和，人心也和善，少年沿途走走看看，听那方言俚语唠叨家常，都是好的。漫游携风带雨，其实也便是点点滴滴的痕迹。

转眼一年过去了，白居易辗转回到了符离。陈氏特地备了一桌酒菜，席间问道：“我儿这次出行，有何收获？”

白居易侃侃而谈：“江南形胜，襟三江带五湖，山川自相映发，丘陵跌宕起伏，腹地平远，湖沼萦回，清旷而灵秀。”

陈氏一边听着，不住地点头，以目光示意他继续说下去。白居易喝了一口水，接着说道：“各地奇风异俗，令人情致丛生。尤其是那浔阳，乃天下眉目之地，缗钱粟帛，动盈万数，皿方士庶，旦夕环至。士高气清，富有佳境。”

“小子，寄情山水，乐其所乐，还是有所获的！”陈氏高兴地夸奖道，看到儿子消瘦了许多，母亲又有些心疼，嘴上却说：“没有受不了的苦，只有享不了的福。在外摔打摔打，好处将来看得见！”

自此，白居易在母亲督导下，依旧日夜地刻苦攻读，不在话下。

这一天，白居易功课之余，陪母亲前往宿州玉皇寺上香。见佛殿之中赤壁银墙，四大天王、十八罗汉甚是威武，顿觉咯噔。因想母亲祈求这一尊祷告那一尊，各殿菩萨一一叩拜，一时半会是出不来的，庙外风光甚是清新，不若出去走走。一念至此，遂向回廊走去，见庭院委曲，廊庑洁净，心里已有三分欢喜。只因是十五的日子，香客络绎不绝，甚是啰唣。白居易目光在香客脸上有意无意地飘过，忽然间，瞧见拜佛的人群中，有一眉清目秀的小娘子，着一件粉红的短襦，系一条珍珠色的长裙，髻上斜标着一朵野花，身量娇小，肤如凝脂。那瓜子脸蛋忒是吹弹欲破，嵌着梨涡的笑容恰似那春风摇曳的碧桃，十分惹人怜爱。

白居易目不转睛地凝望着，只见她双睫微垂，极尽妩媚，一抹嫣然的笑容，已然融化少年的心。这时，小娘子手里拿着香火，正迎面走了过来，抬头正好对上白居易炯炯有神的目光，顿时粉面含晕，羞怯地低下头去，迈着碎步擦肩而过。

这个春阳弥漫地晌午，少年头一遭感到莫名的心烦意乱。浑浑噩噩地返回家中，眼前总是浮现那春情吐面的倩影。连着几日下来，少年的神思开始恍惚，头脑中纠缠的全是神凝秋水、衣剪春烟的小娘子模样，摊在面前的书，一个字也看不进。当日下午，白居易实在按捺不住，遂找来符离本地的几位好友，分别是刘五、张仲素、张美退、贾握中、贾沅犀，人称“符离五子”。彼此寒暄了一阵，白居易将少女模样描述一番，问坐在面前的张仲素道：“可认识这位小娘子？”

张仲素抓耳挠腮，半晌回答不上来。斜坐在一旁的贾沅犀说：“模样标致的倒有几个，照你的描述，这般出类拔萃的还真没有。”

白居易正失望，年纪稍大的刘五说：“我想起一人，莫非是东邻陈老爹之女湘灵？”

“陈湘灵？”白居易眼神一亮，竟然还是邻家闺阁！

“对对，湘灵真个冰心玉骨，绰有余妍！”几个家伙齐声夸奖。

天擦黑边，符离五子走后，白居易乘母亲不注意溜出门去，走了三五里地，便到了陈老爹家。白居易爬上近旁的坡地，引颈朝院落里张望，竟连个人影子也没瞧见。眼见天黑了下来，四周虫声东西，那一钩明月挂在竹林上头，甚是动人情趣。白居易却无心赏月，心意阑珊地回到家中，母亲问道：“这黑灯瞎火地跑哪里去了？”

白居易长这么大，头一遭对母亲撒了谎：“张仲素他们来访，送了一程。”

母亲说：“早点歇息，睡前别忘了熄灯。”

白居易痴坐在桌案前，又不知勾起多少情绪。恍惚中，灯焰突然一跳，像湘灵袅娜如柳的腰身，在黝黑如同绸缎般的夜色里，东一斜西一歪的，打拳似的将少年的影子映在粉墙上，好不孤凄。这时辰，窗外已是虫声琐碎，月影扶疏。白居易打心底莽莽苍苍地叹了一口浩气，伸手饱蘸霜毫，偷偷写下平生第一首情诗：

娉婷十五胜天仙，白日姮娥旱地莲。
何处闲教鹦鹉语，碧纱窗下绣床前。

时光清浅，转眼半月有余。白居易仍然朝思暮想，坐卧不宁。想那凝笑的樱唇，玉雪似的肌肤；想那粉腮儿上堆下嫣然的笑容；想那擦肩而过时少女的体香，便撑不住渴念之苦。当晚，白居易肺腑的话儿，竟不知凭谁诉。

实在无法消受，只好将柔情千叠吟成一首首小诗：

昼 卧

抱枕无言语，空房独悄然。
谁知尽日卧，非病亦非眠。

夜 坐

庭前尽日立到夜，灯下有时坐彻明。
此情不语何人会，时复长吁三两声。

暮 立

黄昏独立佛堂前，满地槐花满树蝉。
大抵四时心总苦，就中肠断是秋天。

有 感

绝弦与断丝，犹有却续时。
唯有衷肠断，应无续得时。

情窦初开的少年，痴情爆发如酥儿伴蜜似的难以自抑。写罢，白居易轻轻吟了一遍，转觉神伤。这时，母亲在房里喊道："乐天，夜深了，熄灯睡吧。"白居易慌忙应道："好嘞，这就睡！"

不知不觉到了贞元九年的五月端阳，白居易正在书斋里读《诗经》，耳听到一声婉转的女音："阿姆在家吗？"

起初白居易并未在意，依旧读那诗经。厅堂里又传来起起落落的笑音，清脆得像风里的银铃，在耳边摇过来，又荡过去。他被撩拨得心神不宁，遂放下手里的书，起身踱步到中庭。见客厅里坐着一位清秀的女孩，着一身珍珠色的长裙，裙裾下隐隐约约露着一双锦缎绣鞋，面前放着一只小小的竹篮，里面装满碧绿的粽子，篮边挂着几串棉线缠裹的彩菱。小娘子正饶有兴趣地观瞧两只小鸡在斗架，自顾自地在那儿欢喜。

这一眼，白居易心像苔原上的小鹿，扑通、扑通狂跳不已，怎么是她！

"是居易哥吧？整天躲在书斋里，今儿算是见着啦！"少女见白居易风姿挺秀，嘴角微微钩起，似笑非笑，乌木般黑色瞳仁热烈地盯着自己，霎时间，粉面泛上胭脂般的红晕。一双玛瑙似的眼睛却也不避让，在白居易身上游来游去，兀地想起了玉皇寺遇见的那位少年，眼神里便袅起了一丝异样。

白居易声音温存得像端午的暖阳："请问你是？"

"乐天，不认识呀？这是你湘灵妹妹。"母亲陈氏从厨房走了出来，随口介绍道。白居易胸中又是一阵狂跳，刘五说得一点不错！湘灵本是生于书香世家，幼年丧母，与憨厚的父亲相依为命，依靠祖上留下的家产度日。

梅子尚未褪去酸青的时节，绵绵细雨不停地下着，濉古南塬上，白居易穿着蓑衣，拿着柴刀割了一大箩筐符离草，天晴晒干，供母亲作柴火。“乐天哥，又在割草啊！”一个娇柔的声音在塬下喊道。白居易循声一看，高兴地询问：“湘灵妹妹，你到塬上干嘛？”

湘灵言语带着一丝忧虑，答道：“父亲病了，我抓药路过呢。”白居易一听，立马三步并作两步赶到湘灵身边，一面取下箬笠往湘灵头上戴，一面急切地说：“走，去看望老爹。”白居易帮着湘灵煎好药，扶起陈老爹，湘灵一口口喂下。老爹吃完药昏沉沉睡去，少男、少女坐在一起闲聊起来。湘灵说：“乐天哥，你的诗真好，可不可以写出来，我唱给你听！”白居易闻听，一把抓住湘灵嫩若柔荑的小手，说：“湘灵妹妹，你会唱诗？”

湘灵下意识地抽回手，粉腮儿也通红。白居易这才觉察失态，讷讷地说：“我，我……”

湘灵婉转一笑，说：“乐天哥哥，我去拿纸笔，你写出来吧。”

“好，好，我写。”白居易见湘灵这般善解人意，不叫自己难堪，又是感激，又是惭愧，也不再拘谨，兴奋地说。

湘灵拿着字纸，轻轻地唱了起来，一串珠喉，娇脆如翠鸟弹水，轻柔似流莺幽鸣，甚是动人。白居易听得五脏六腑无一处不伏贴，浑身的毛孔，无一处不畅快。

两人并肩坐着，软语轻声，唧唧哝哝。白居易给湘灵讲江南，讲书里的典故，讲自己的诗，她痴痴地听着，时而吃吃娇笑，粉脸儿漾起一双浅浅的梨涡。在这笑声里，白居易的心像浸在蜜罐里似的，暗自惊讶：“菡萏虽娇，怎比面前的解语花！”

“湘灵妹妹，我为你写了一首诗呢。”白居易凝视着湘灵说。

湘灵笑脸如花：“真的呀，乐天哥念给我听好吗？”

他吟了那天玉皇寺回来写的《邻女》。湘灵听了，一抹羞红泛上双腮，内心暖融融的。耳听着郎朗的吟哦，她寻思：“在乐天哥心里，把我比作天仙！”心里想着，小脸儿便越发嫣然妩媚。出生于诗书之家，五岁随父读书，十岁吟诵诗文，她自然听得懂诗中的情话。

在青瓦鳞鳞的屋檐下，两颗心靠近了许多。第一次单独相处，二人原各有心事，叽叽喳喳的，似有说不完的话。直至斗转参横，谯楼上响起三通鼓声，街静人定了，白居易才依依不舍地告辞回家。

自此，湘灵便终日和颜悦色，笑逐颜开，见到左右邻居嘴巴也愈发抹了蜜似的，老远就阿姆、阿叔地叫着。白居易学会了编织借口，瞒着母亲，一次次溜出来与湘灵幽会。桃林里，茶园中，小河边，古塬上，二人一个写诗，一个吟唱，嘈嘈切切，尽数入心。

转眼便是六月天气，一日清晨，湘灵约白居易到郊外的荷塘采莲，小舟经过处，浑圆的露珠子在荷叶上滚过来滚过去，将坠未坠的，煞是晶莹。湘灵荡起双桨，粼粼水波，像揉皱了的碧绿绸缎。白居易见她抿着嘴，笑吟吟地斜眼瞅着自己，顿时有些不自在，俊爽的脸上竟也泛起了红晕。那窘态，逗得湘灵咯咯地笑。

荷叶罗裙一色裁，芙蓉向脸两边开。

乱入池中看不见，闻歌始觉有人来。

湘灵忽然启朱唇，浅吟低唱起来。白居易听了，知是王昌龄的《采莲曲》。在这淡红嫩碧的荷塘里，少女天籁般的歌喉，叫人听得痴了。又瞧见湘灵沐浴在熹微的晨光里，肌肤白嫩如新剥的鲜菱，便想移身靠近她的身边，哪知刚一挪动，小船便摇晃起来，差点将白居易甩落水中，吓得他赶忙抓紧船舷，老老实实地蹲在舱中一动不动。湘灵瞧他那狼狈的样子，笑得前合后仰，一支碧玉搔头如一尾活泼的小鱼，竟滑入了绿波之中。

薄暮时，白居易回到草堂，坐在书房中，面对着昏黄的油灯，痴痴想着湘灵娇憨可怜的模样，满心的婉转光润，一时间相思难禁，便起身来到案桌边，挥笔写下了一首《采莲曲》：

菱叶萦波荷飐风，荷花深处小船通。

逢郎欲语低头笑，碧玉搔头落水中。

一天，在小河边上的林子里，白居易忍不住从身后耸身上去，把湘灵的柳腰抱住，口中低低地说："每日里思念你，快要疯癫了！"

湘灵原也心照的了，任他抱住腰肢，只是拿着罗帕掩住粉面，娇声呜咽起来，把个白居易慌得不住地妹妹长妹妹短地唤着哄着，又连连追问："妹妹为何伤心？"

湘灵见问，便低低叹息一声，说："想我出身书香门第，今儿私下与哥哥幽会，怕是没面目见人的！"

白居易听了，连连说道：“我心里有你，你心里有我，便够了。天知地知，还有谁知？过两年，叫阿爷上门提亲，定要娶你过门。”白居易又说，“今生今世我只要你！”

湘灵不觉动了娇嗔，伸出纤指儿向白居易额头轻轻地一点：“呸，谁要嫁给你呀！”白居易一听，半跪着说：“我发誓，今生定与陈湘灵不离不弃！有违此盟，就让我流离失所，漂泊无依……”

湘灵赶紧伸出纤纤玉手按住白居易的嘴巴，不叫他说下去，眼里却蓄满泪花。白居易就势拉着她双双跪下，齐齐对天拜着，口中念道：“在天愿作比翼鸟，在地愿为连理枝。”拜毕，两人相视一笑，手挽着手儿，齐身立起。白居易嬉笑着说：“湘灵妹妹从今是我的人了！”

湘灵闻听，啐了一声：“谁是你的人？”说罢惊鸿似的跑向林外。白居易追了上去，一把将她抱个满怀。紧贴着少女的身子，香泽微闻，神魂儿已然飘飘荡荡，早已把持不定了。白居易朝着那樱桃似的小嘴怯怯地吻了上去，湘灵挣扎，却如何出脱得男人的臂膀，身子禁不住一软，便扑在了白居易的怀中，晶亮的泪珠儿在长长的睫毛间闪烁着。此时，周遭人声皆空，村犬交吠，一钩明月静悄悄地照着，大雁排出人字，嘎嘎地向南飞去。

那一夜归来，梦醒的时候，白居易惊觉被褥上潮湿一片，用手一摸黏糊糊的，心中便吃一惊。记得听刘五说过：寺庙里年轻的和尚遇见前来上香的美人儿，当晚大抵是要“漏丹”的。有调皮的小和尚问师傅：“出家人是心空了的，那阳具还举不举呢？”

老和尚答道：“自然还是举，这是天理。只是没有欲了，举是举，等于那个十岁以内的小孩睡觉一样，虽然阳举，不相干，他没有欲。所以举一回，生理之机能充沛一回。久而久之，便可返还童真的身心，才好入道。”

小和尚又问：“我见妇人，便漏丹，手淫阳具，积习已久，怎么办？”

老和尚点点头，眯缝着眼睛道：“汝需修持，精液充满了，化了以后，两个睾丸缩了上去，阳物也便缩进去了，可得马阴藏相。”

又问：“何以叫马阴藏相呢？”

又答：“马的阳具不是很长嘛，平常贴得很紧，愈是体质好的壮马、良马，就是这个样子。佛有三十二相，有一相便是‘马阴藏相’。得此相着，便不漏身、不走丹。”

当时听了，众人皆笑，竟没有上心。当下寻思起来，今晚的情形难道便是“漏丹”？一夜无眠，白居易躺在软绵绵的床铺上，睡不安分，重温林子里的钗盒之缘，意惹情牵，整个身心都被牵扯着，没有一刻消停。他把脸颊温存地贴着柔软的枕头，心尖上似有着露珠滴落草叶似的战栗。折腾一番，便又伸衣坐起，依靠在床头，白居易痴痴念叨：

枕低被暖身安稳，日照房门帐未开。

还有少年春气味，时时暂到梦中来。

相 思 引

七月七，乞巧节。这一天，女人都要向织女献祭，祈求心灵手巧、姻缘美满。小娘子们聚在一起结彩楼，预备黄铜细针，以五色细线对月迎风穿针，穿进了谓之得久。当日闺中秘戏的时候，娘子们大抵要展示自个儿的针线活儿。湘灵拿出的是一双锦履。这双鞋，以锦缎为面，纯棉做里子，一针一线密密缝制，那精细的女红博得姐妹们声声夸赞。

到晚上，只见天上一弯明月照着，湘灵捉得一只蜘蛛，闭在盒中。至午夜，打开来瞧蛛网的疏密，以此占卜得“巧”的多寡。这一习俗，起初是在京都后宫中流行，后来便传到民间，妇女都学着宫中的风气。以至于七巧临近时节，地方蜘蛛太贵。个头大的蜘蛛，值得白银十两。湘灵可没有闲钱去买蜘蛛，手头上的都是乐天哥哥在林中、老宅子里帮忙捉到的。她满腹心思乞得心灵手巧，将来好做乐天哥哥的娘子。

转眼又是一年，十七岁的白居易随父亲到了衢州，开始了人生第二次漫游，主意是母亲拿的。陈氏察觉儿子与邻家女娃交往过密，心里有些焦虑。以前两人尚小，也不以为意，而今湘灵出脱成大姑娘了，乃是待嫁的孤鸾，二人如胶似漆的，耽搁了儿子的学业不说，如若做下出轨的事来，白家可是有头有脸的官宦之家，丢不起这个人。想来想去，不若打发这毛头小子去游历一番，及时断了两边的妄想。

白居易到了衢州，阿爷看着局促不安的儿子，慈爱地一笑，语气温和地说：“小子，今年十七了吧？”白居易点点头，没有吱声。

“不小啦！”白季庚呷了一口茶说道，“想做雄鹰就得展翅高飞，长年蜗在家中，那是燕雀。”

“近日出去闯荡闯荡，可好？”白季庚接着问。白居易闷声回答：“一切听凭阿爷做主。”

白季庚注视着个头蹿长的儿子，手抚下颚问道：“知道为何安排你四下游历吗？”

白居易恭谨地回答：“李白二十五岁仗剑去国，开始了十六年的游历，足迹踏遍两湖、江浙、河南、山西多地；杜甫二十岁时，南下江南吴越，五年后又东游齐赵，纵情山水，交结朋友，以此开拓心胸，丰富阅历。”

白季庚点点头，满意地说：“漫游江南如何？江南好啊，山温水软，一隅偏安。”

白居易这才有了欢喜，活泼地说：“江南好，孩儿愿往。此去必然不负阿爷厚望！”

衢州属浙江东道，与浙江西道的苏、杭二州较近，加上大运河沟通了南北水道，广通渠、新漕渠四通八达，水陆交错，夹岸沿路皆有店肆、客舍、车坊，甚是便利。紧要的是江南远离兵灾匪患，安危上不必太过挂心。见了陈氏的来信，白季庚也担心儿子三更灯火五更鸡，四季少眠，坏了身子。不禁思忖：趁自己还在任上，财力上能够支撑，让小子出去闯荡闯荡，胸中有了丘壑，笔底方能出气象。

那年代，庶族士子大多出身寒门细族，没有门第爵禄的荫庇，需要凭借才华，通过察举、征辟、科场、军功等途径跻身功名。或传食幕府，历游山川；或赴边御敌，封妻荫子；或遁迹林泉，以隐求仕，常常不得不往来奔波，游历四方，漫游的风气也便流行开来。从动机上分，文士之游，可分山水游、宦游、边塞游和隐游，白居易初出茅庐，当属山水游。漫游之所以为白季庚看重，是因为致仕主要有三条途径：一是科举致仕，文人科举及第取得任官资格后，再经过吏部授官；二是举荐致仕，具备一定条件的人可以通过他人举荐或自我举荐任官或迁官；三是入幕致仕，文人通过加入藩镇幕府参与政事，可由节帅推荐做官。取士制度虽则宽松清明，但不管哪条入仕途径，才华是根、是本。倘若在科举之前便名闻天下，自是事半功倍。如果在漫游途中得以结交名流显贵，更是意外收获。总而言之，或推荐或征辟，凡此种种，漫游也是必纳的功课。白季庚没有料到的是，白居易中途自作主张，转道去了一趟长安，机缘凑巧得到顾况的赏识，小小年纪便在京都闯出了不小的名头，山水游也便成了宦游，算是此行实实在在的收获吧，此是后话，按下不表。

光阴似箭，转眼又是三年过去了，白居易游历归来，一路上像害了疯病一般，刻骨地牵挂着湘灵。抵达的当天，一身风尘尚未抖落，便急不可耐地赶着去见心上之人。到了门口，忽听得幽幽的歌声，从隔墙传入耳中。他悄然来到闺房的月洞门前，静听了半晌。见湘灵对着镜子轻声地唱着，竟然都是自己的诗句，心下便大为安慰。说来也奇怪，湘灵的歌儿竟能通人心曲，白居易偷听着，那嗓音里便有了感应，变得分外婉转幽怨。他正痴痴地出神，突兀地从闺中度出一声娇叹来，湘灵忽然停声不唱，转过身来一看，见到日思夜想的乐天哥哥就站在葡萄架下，一寸芳心便起了激灵，眼里的热泪顿时就滚落了下来。她急忙起身迎出房门，兀凳儿都掀翻在地。湘灵一头扑进白居易的怀里，嘤嘤哭泣不止。

两人久别重逢，卿卿我我互诉相思之苦，白居易伸手揩去她脸上的泪珠，见心尖上的人儿云环松堕、玉肩双削，清瘦了许多，心头一阵阵隐隐作痛，慰问甚厚地说："妹妹瘦了许多，身子可好？"

"乐天哥哥好狠心，一去三年，连个音讯都没有，可知妹妹心里多焦急吗？"湘灵幽怨地瞪了白居易一眼，泪花又涌了出来。

白居易连忙打起精神，嘴里不住妹妹长妹妹短地百般抚慰着。好半天，湘灵仰起头盯着白居易说："乐天哥，周边同龄的姑娘都有了人家，阿爷好着急呢！"

"我也二十了，该定亲啦，此次回家就跟母亲提这事。"白居易拍了拍湘灵单薄的肩膀。

湘灵任由白居易揩去面上的泪珠，惦记着他方才说过的话，一忽儿顾虑白母嫌弃自己的门第，一忽儿担心郎君将来金榜题名后远走高飞，杳无音讯。闷着一肚子忧虑，只怕坏了白居易此刻的心情，不敢声张出来。

从湘灵家出来，走上十多里地，远远就望见东林草堂。白居易赶紧下马，三步并作两步朝家中奔去。尚未进门，嘴里便高声喊着："阿娘，孩儿回来啦！"陈氏正在院子里分拣菜脚，听见呼喊，急忙放下手里的活儿，喜出望外地迎了出来。她上上下下打量着久别的儿子，眼泪如断了线的珠子流个不停。白居易哽咽地叫了一声："娘……"双膝跪在母亲面前，见母亲十分清瘦，双鬓已然花白，眼角布满了细密的鱼尾纹，不由得一阵心酸。

离家那年，母亲乌黑的头发在脑后绾成一只漂亮的发髻，腕部松弛，走起路来，有一种楚楚动人的起伏，整个人如在水上。如今却体态迥异，步履略微有些蹒跚，白居易深切体悟到母亲孤独而苦闷的心绪。想起母亲一生为家庭操劳，丝丝缕缕，绵绵不绝；想起母亲对自己的疼爱，一饮一啜，冷暖相随；想起小时候自己生病时，母亲整夜守护在床前，不眠不休，忧心戚戚；想起身为长子，没有替母亲分得一点负担，没有尽得一点孝心，反叫她长年累月为自己担惊受怕，没白没黑地挂念，一时间，白居易深感愧疚，泪流满面地说："娘，孩儿给你磕头啦！"

陈氏见儿子气宇轩昂，举手投足俨然有了名士风范，大感欣慰，上前拉住儿子的手说："儿啊，寒暑交替，阿娘每时每刻牵挂你啊！"

"阿娘，孩儿不能承欢膝下，还让您牵肠挂肚，再受儿子一拜！"说完一头磕出了声响，铺地的青砖上，洒下了点点湿印子，滚圆的泪滴将浮尘砸出了一个个浅浅的坑。心疼得陈氏赶紧扶起，嘴里不住地说："傻孩子，快快起来，娘知道你的孝心！"

听见母亲慈爱的声音，白居易感觉自己再也不是无根的浮萍，在父母身边，人生似乎便有了来处，有了皈依。此刻，他不禁再次想起当年母亲伫立路口送自己远游时的情形，一幕幕依然历历在目。那天，是个好日子，阳光蔼蔼地照，和风轻轻地吹，母亲还特意找阴阳先生看了日子，避开了四方云游的"噩神"，遵循了"七不出，八不归"的出门习俗。

陈氏与儿子并排走着，沿路说道："包袱预备了换季衣裤，秋凉后记得添加，百病从寒起，可比不得在家中，一人在外，要学会照应自个。"白居易不住地点头，陈氏又不放心地说："每到一地，记得勤写家书，知道你一路安好，为娘心头才踏实。"因为重视儿子这次出行，她略带忧伤的神情里流露着期待，希望儿子从此有一个崭新的飞跃。她明白为了功名前程，少年乐天必须离乡远行，为的是饱览名山大川，遍访名流，撑开视野，拓展心胸。知书识礼的陈氏懂得"士游乡校间，如舟试津浦，一旦远游学，如舟涉江湖"这个道理，但是看着刚刚懵懂省事的娃儿，破天荒地离开自己远行，内心还是充满牵挂与担忧。担心"穷游"的儿子遭受资用乏绝的困窘；担心儿子水土不服，患上三病二痛，没有人照应；担心儿子羸縢履蹻，负书担橐，累坏了单薄的身子骨。陈氏眼里含着泪，用略带忧伤的声音叮嘱："儿啊，节符和地经千万莫丢失。"

白居易摸了摸胸口，硬硬的都在，遂答道："阿娘，在呢。"《大唐六典》规定："如果游历之人丢失了节符，要交一身衣甲的罚款，如果冒用他人过所，便有牢狱之灾。地经乃是旅程图，出行时遇到迷津可以对照引导方向，自是失落不得。陈氏又叮嘱：“儿啊，扶持人伦，就在一个‘靠’字。在家靠父母，出外靠朋友。进出多走窄门，让别人走宽门，方是交朋结友之道！”白居易点头道：“孩儿晓得啦！”

陈氏忽然记起前一日林家嫂子说过：“许多游士最后靠沿途乞讨生活，沦落为乞丐的也不少见，出门在外的确不易。”想到这一层，陈氏内心又是一紧。扭头忧戚地看了看儿子，叮嘱说：“路上要省着开支，莫要断炊，饿坏了身子骨事大。”说着从怀里摸出几块大历元宝塞在儿子手里。白居易晓得母亲把家里最后的伙食尾子都给了自己，赶紧塞还给母亲，泪光闪闪地说：“娘，你已经给我钱了，你与弟弟还要过日子呢，这钱我不能要！”

陈氏见白居易态度坚决，便不再坚持，又抖抖索索将钱揣进怀里，脸上却露出欣慰之色，她暗自寻思：乐天懂事了，晓得顾家啦……

想起过往的事，白居易热泪盈满了眼眶。多少次在一个个恍惚如飞的梦中，他被一声雷鸣惊醒，目光炯炯地望着无边的黑夜，轻声地呼唤阿娘，思念着湘灵啊！当下，终于回到了母亲怀里。透过母亲的肩头，白居易看到跟在后面略显拘谨的弟弟们，个头高的翩翩少年正颔首对自己微笑，清秀的眉目，狭长的眼，一身素衣，这是行简。边上那伸出小脑袋张望的稚童，应该就是幼弟金刚奴。母亲见状，牵出金刚奴，嘴里说：“来，叫阿哥。”

金刚奴有些羞怯，躲躲闪闪地嗫嚅良久，细细地叫了一声：“阿哥”。白居易眼中晶莹闪烁，跨步向前，一把将金刚奴抱起，高高举过头顶。

眼见已近戌时，太阳远远地落入山洼，天色将黑未黑，陈氏招呼白居易进了屋。转身去邻家赊了二斤肉，又杀鸡杀鸭忙活了一阵，便一头钻进厨房里为儿子准备饭菜。一炷香的光景，陈氏用粗粝的陶碗将一道道菜盛了上来，扯开嗓门喊道：“吃饭啰！”

这熟悉的嗓门让白居易忍不住偷偷笑了，他知道母亲满腹诗书，平日里都以书香门第自居，心气甚高。但是多年的奔波，一个人操持家务，带着孩子，竟然也入乡随俗，不知不觉沾染了许多乡村女人的习性。比如送自己出门，叮嘱的话就从来不咬文嚼字，只是用方言俚语说“起脚的饺子落脚面”“穷家富路”，平日骂起孩子也会说“懒驴上磨屎尿多”。她知道乡里人话糙理不糙，有时候表情达意比诗书上的字眼来得痛快。

这是难得一见的场景：母亲与三个娃娃围着一张陈旧的枣木桌子，同案而食，笑语温和。桌上摆着的虽不算丰盛，但白居易晓得母亲为了这一顿团圆饭煞费了心思。煮、蒸、烤，林林总总竟然弄出了十多道菜。荤的有喷香的蒸豚搵蒜酱、炙鸭点椒盐、带皮的羊肉、猪头肉，以胡椒、豆豉、葱蒜、桂皮作调料，色色生香。素的有秋葵、微菜、苍耳和香蓼，大多是母亲自己种的菜蔬，还有山上挖来的野菜。白居易知道家中仍难获取充足的食物，住宅周遭凡有空地，母亲皆植菜种果，无不经营绝慧，自春徂秋，浓艳肥红，叶碧如染。即便如此，还时常依靠采摘野菜补充。比如薇菜，后面的山坡上到处可采，分布甚广，白居易离家之前几乎天天吃它，当年他还为之写了一首小诗：

朝采山上薇，暮采山上薇。

岁晏薇亦尽，饥来何所为。

陈氏给乐天夹了一块羊肉，说道："我儿一去数年，奔波千里。俗话说：在家日日好，出门事事难。今日平安归来，堂上膝下进退在身边，心底方才瓷实。"

白居易闻言，挺身而起，双手捧着酒盅，对着母亲深深一揖，含着泪说："娘亲在上，儿敬你一杯。游历千里，上有苍苍，下皆茫茫，人生攘攘，无日不思念亲人。今日得见亲人，才深深感到家的温暖！"说罢一仰而尽。

陈氏点点头，看着依然一脸稚气的儿子，含着笑说："我儿孤鸿千里，奔驰乱世，动静备历，一个蹉跌便无可挽回。所幸小小年纪，进退有尺度，机变灵活，不负为娘一番教诲！"

陈氏慈祥的目光定在儿子脸上，不住地往碗里夹着羊肉、蒸豚和炙鸭，白居易闪眼看见，行简与金刚奴也尽是拣着荤菜吃，便知晓平时家里难得见荤，蔬菜吃得多了，阿弟肚里没有油水。便假意大口吃着，乘母亲不注意又放回碗里，尽量让弟弟们多吃些。陈氏在一旁冷眼看着，心里暗自感叹："风波一路，迭遭水深火热，我儿成熟矣！"

听见母亲不住地夸奖自己，白居易竟然有些羞涩，遂将一路的经历娓娓向母亲道来，只是拣轻松活泼的说，至于茕茕孑立、抱病客舍之事，尽皆隐去，免得娘听了伤心。

当陈氏听到在杭州与痴僧一同月下寻桂子那段，一口酒差点喷出来，惹得一家子哈哈大笑。陈氏尤为关注在长安的那段经历，得知儿子的诗句为顾况所欣赏，一时名动长安，脸上不禁露出一丝骄傲的神色。陈氏知道，京师人色杂沓，世情冷暖反复，儿子盘缠不多，定然吃了不少苦，受了许多罪。

一念至此，心里又多了一层怜惜，笑容里也便掺杂了心酸。

陈氏专心听了多时，开口问道：“我儿今后做何打算？”

乐天见问，恭敬地回答：“长安之行，儿子明白了一个道理，即便诗名动长安，如若缺少身份、缺少地位功名，很难在皇城‘白居’下去。唯有刻苦攻读，参加入仕考试，才能成就功名，实现鸿鹄之志。自明日起，儿子继续跟随母亲温习功课，学而时习之。”

陈氏听了极为欣慰，脸上的鱼尾纹悄然舒展开来，仿佛一下子年轻了许多岁，想了想说：“我儿在诗上用功最深，在明经科上还须做些努力。明经科主要是帖经和墨义，人言‘三十老明经、五十少进士’，故而在儒家经典、明法、明书、明算、帖经、墨义、策问等科上要下功夫，不可偏颇。”

白居易恭谨地回答：“儿子明白，科考是阶梯，只有专心攻读经史典籍，才是正道。”

陈氏叮咛道：“从曾祖到汝父，从嫡兄到堂哥，白氏一门均系进士出身，从出生之日起，儿啊，你已注定要沿袭家族的仕途一路跟进。”

耳听着母亲的教诲，白居易眼睛热热的，心里却思忖与湘灵的婚事如何开口。这时陈氏说道：“乐天，东厢的书房依然给你留着，笔架镇纸，墨砚印台都预备着，你只尽自做去，为娘全力为你支撑内外！”

见母亲殚精竭虑，样样安排周详，白居易内心甚是感动，暗下决心：定要萤窗雪案，刻苦攻读，将来拔脱得见了天日，好好报答父母的恩情。这样一转念，几次想提湘灵的事，话到了嘴边又吞了回去，第一天到家他不想唐突母亲，叨扰了这温馨的氛围。

符离草年复一年葳蕤在古塬上，春发秋衰，岁岁枯荣，为天而生，因地而长，一派地老天荒。又是一个晴朗的日子，白居易读书倦乏了，便到古塬上随性走走，远远望见母亲拿着镰刀在割符离草，便上前去帮忙，让母亲歇息一会儿。看母亲今天心情不错，便怯怯地说：“娘，孩儿今年二十岁了。男大须婚，女大当嫁，这是人伦大事，五常之礼，孩儿也到了定亲的年龄吧？”

陈氏正用罗巾揩着脸上的汗水，听白居易没头没脑地冒出一句，便警觉地问：“你小子功名正在爬坡过坎，尚有心思儿女情长？再说，附近也没有门当户对的人家啊。”

“我与湘灵妹妹青梅竹马，我心里有她，她心里有我，望母亲成全！”白居易红着脸，鼓起勇气说。

“不行！白家乃世代簪缨门第，她门不当户不对，如何配得上我儿！”陈氏神情决绝，一口否定。

白居易心里着急，呼吸粗重地说：“湘灵家原也是书香门第，怎就门不当户不对？”

“她家破落成那样，哪还有半点书香之气。儿啊，你还小，婚姻合二姓之好，上以事宗庙，下以继后世，岂能儿戏？你不晓得与清流望族联姻对你的前程有多重要。”陈氏见白居易罕见地与自己顶嘴，又气又急，按捺住性子劝说道。

“母亲偃仰自高，贩鬻松槚，依托富贵，何不解人间情为重之！孩儿此生非湘灵不娶！”白居易见母亲不容湘灵，内心异常焦虑，激愤之下，顾不得拣择言辞。

闻听向来孝顺的儿子竟然指责自己“依托富贵”，陈氏脸色煞白，言辞激烈地说：“除非为娘死了，你趁早断了念想！”

白居易愤愤地将镰刀扔在草地上，拔起脚来，往塬下冲去，热泪唰唰地流了满面。一口气奔出七八里地，来到河堤上坐了几个时辰，且叹且泣之间，飒飒凉风浸身而入，傍晚回到草堂时，身体渐觉不适，便卧倒在床上，得了风寒之症。陈氏疑恐，赶紧请来郎中，一番明勘之后，陈氏忧虑地问：“病情如何？”

郎中说道：“观令郎脉象，如石投水，沉而无力，乃虚寒之状。开几服药，汤水煎服，料无大碍。”

陈氏衣不解带，终日陪伴在儿子身旁，调理服药。一连十多日，白居易的病情方才有所起色，只是喉音喑哑，身子骨尚且虚弱，每日只在床上起坐，凉黯的心情愈发不得纾解，脑子里尽是湘灵楚楚可怜的神态，越想内心越是犹如锥子刺痛。这日，西风带着浓烈的霜气，斜斜的雨丝毫不容情地敲击着林间枝叶，泪珠似的滴在白居易心上。白居易起身踱步到窗前，心念沉重不能去怀，嘴里喃喃地念道：

花非花，
雾非雾，
夜半来，
天明去。
来如春梦几多时，
去似朝云无觅处。

意 难 忘

转眼到了九月中旬，白居易渐渐恢复过来，卧床十多日，心思烦乱，格外地挂念湘灵。站起来在屋子里绕着圈儿，一会儿又摊开书本读着，看那字里行间，都好似显出湘灵忧郁的脸蛋。顿然心也乱，眼也花，如何看得下去，忙合上书本，推开窗户向外望去，不禁久静思动，便以活动筋骨为名出去走动，一出草堂径直朝着湘灵家中奔去。

清澈的天光下，见湘灵正在藤萝架下摆弄菊花，也有鸡冠紫，也有醉杨妃，也有银翅翎，盆盆都是细种。白居易十分喜爱，不禁脱口夸赞道："湘灵妹妹养得好菊花！"

湘灵猛不防背后有人说起话来，急转过身，自叶底露出一张美丽的容貌来，嘴里叫了一声："乐天哥，正想着你呢，真的就见着啦！"

那极度惊喜的娇声，听在白居易耳中，却似被针尖刺了一下，隐约生痛。当时也不暇多说，抢上去一手拉着湘灵步出花丛，就近进了闺房。白居易怕湘灵伤心，不敢说出母亲的态度，思忖着：慢慢想法子，让母亲认可这桩姻缘才称心。好在湘灵此刻没有多问，她捧着白居易的脸，吃惊地说："才十来日不见，竟然瘦成这般模样？"

"那日看书疲乏，和衣睡了，不想着凉，受了风寒。"白居易拿话搪塞着。

湘灵心痛地责怪道："这么大的人了，一点也不会照顾自己，难怪这么多日，连影子都见不着！"

多日不见，白居易见湘灵行动婉转，腰肢袅娜，愈发心荡神摇，便装作漫不经心地问道："阿爹去哪里了？"

湘灵回答道："一大早去符离的远房亲戚家走动。"

白居易闻言，转身将四面窗幔放下，室内光线顿时变得氤氲，朦胧中看湘灵，犹如雾里看花，越是爱看。白居易的一颗心像堆满的干柴，碰着了一颗火星子。起初两人并排坐着，十指相扣，履舄交错，眉来眼去地说着悄悄话，说到情浓之处，便不觉忘形起来。小娘子的体香不住地撩拨着，他那心跳像货郎的拨浪鼓儿，一阵紧一阵的，终究按捺不住，便伸过手去，一把将湘灵揽进了怀里。少女嘤咛一声，身子软得像熟透了的柿子。一个是深怜热爱，一个是初恋痴迷，当下湘灵半推边就地初入温柔，只听得娇喘呻吟，直到尽欢潮涌。白居易将头依偎在湘灵怀里，紧紧握着她的手，只顾凝神看着，云雨淋漓之后，湘灵粉黛弛落、发乱钗脱，眼里蓄着泪花，幽幽地说："乐天哥哥，从今儿起，奴家是你的人了，可不能辜负一片痴心！"

白居易见湘灵梨花带雨，楚楚可怜，内心分外地怜惜，发自肺腑地说："湘灵妹妹，哥哥一颗心全在你身上，这辈子注定要与你厮守！"

湘灵闻言，粉面掩映，叹息了一声："就怕阿姆嫌弃我家门第不相当。"

"定将竭力求得母亲认可。妹妹放心，来日方长呢！"白居易浑身一颤，湘灵的话触碰到他内心的痛楚。

湘灵见白居易信誓旦旦，也解了不少心中烦闷，当下放出百般妩媚，娇声说道："乐天哥哥最近可有新作，妹妹唱给你听。"

白居易与伊人颦笑相对，言语相亲，听得湘灵要吟唱自己的新诗，立马翻身溜下床笫，穿衣束带，找来纸笔，笔走龙蛇地写下：

泪眼凌寒咽不流，每临高处即回头。

遥知别后西楼上，应倚栏杆独自愁。

在衢州时，父亲对儿子督责有加，向学之隙，白居易常常思念着湘灵。一天深夜，寒月浸肌，苍苔露冷，白居易实在按捺不住寂寞，赋了这首《寄湘灵》。当下写出，每一句都是柔情千叠，湘灵本是一个多愁善感的女子，见了，不自觉在粉腮上堆下嫣然的笑容来。心中寻思：乐天哥哥随时随地都在想着我呢！

她把这诗温婉地唱着，真个是妙音见节。只见她凝脂般的雪肤之下，隐隐透出一层胭脂之色，双睫微垂，一股女儿羞态，娇艳无伦。白居易看在眼里，止不住小鹿儿在胸头乱撞，便低下头去，在湘灵的朱唇上亲了一下，一边说道："娘子，我一定会博取功名，扬眉吐气地娶你过门。"

湘灵听见白居易叫自己娘子，心中很是欢喜，但女孩心思实在难以琢磨，嘴角那笑容刚刚漾起，又树阴照影般消失了踪迹，转念又担心白居易金榜题名后，两人身份相差就更远了，不管怎样现在身边还有一个人坐着，将来天各一方，世事如何得以预料？此念一起，她不由得柳眉又双锁了起来。

与两人相伴最长的是落日，斜阳将她的影子印在地上，愈来愈暗淡，最终融于黑暗，灯火就从黑暗中陆续亮起。眼见天色不早了，白居易依依不舍地告辞而去，湘灵掩上门，面向妆台坐下，刚刚被居易哥哥吻过，嘴上还是热辣辣的，寸心跳荡得厉害。她拨亮灯焰，对着镜子看自己的模样，不免动了怜惜之念。心想：这样的标致模样，怎么百般命苦，娘亲早早抛下自己走了，与爹爹相依为命，孤孤单单这么多年，好容易遇到乐天哥哥，依旧是镜中花、水里月，将来怎样的结果还没有个定准。想着想着，眼泪又掉落下来。正顾影自怜，外头传来敲门声，湘灵知道是老爹回来了，赶紧擦干泪珠，收拾好房间，走出闺房门去……

从这一天起，白居易经常早出晚归，冷不丁还在外头过夜，陈氏问道："这些日子，时常外出，所为何事？"

白居易答道："刘五、张仲素召集大家吟诗作赋，为来日科考热身呢。"

陈氏对符离五子比较熟悉，知道这几人皆是本地才俊，儿子跟他们厮混在一起，不至于荒废了学业，也就不多过问。

人生多么无奈，当白居易喜欢一个人的时候，母亲的锋芒也随之而至。那是一个干燥炎热的秋季，记得是中秋节前的三天，白居易继续跋涉在初恋的最甜蜜的部分。一早，他对母亲说符离五子要举行一个聚会，便匆匆出了门，陪湘灵到初次碰面的玉皇寺上香去了。哪料想当日下午，刘五、张仲素、张美退、贾握中、贾沅犀齐齐地来到白居易家中，见了陈氏，一起喊了阿姆，贾握中问道："乐天在家吗？"

陈氏觉得奇怪，反问道："大早就出去了，不是与你们一起吗？"

刘五毕竟老成些，觉得里面有蹊跷，正想为白居易圆场，贾沅犀嘴快："我等快有两个月没见到乐天啦，这不，都惦记着他，一起过来看看。"

陈氏脸色顿时煞白，怒火腾地就上来了，想自己"使碎六叶连肝肺，用尽三毛七孔心"，换来的却是儿子一个接一个的欺骗，这口恶气如何忍受得住！只是当着晚辈的面不便发作，鼻中低沉地哼了一声，旋即微笑着招呼五位后生进屋喝茶，五人见白居易不在家，不便叨扰，遂一一躬身告辞转了回去。

当晚，天上一轮明月，已罩上薄薄的一层浮云，阵阵凉风刮在身上，冷得湘灵缩成了一团，白居易拥着她，直送到家门口，看着她推门踅了进去，方才高一脚低一脚返回草堂。蹑手蹑脚溜到房中，从怀里摸出火石点亮灯火，赫然看见母亲铁青着脸坐在床沿上，一动不动，像一尊菩萨。吓得白居易一哆嗦，嘴里嗫嚅着说："阿娘，你……"

陈氏尖声说道："我来问你，符离五子在哪里集会？"

“在张仲素家中，他家地方宽敞。”白居易心虚地回答。

“好小子，如今长大了，翅膀硬了，学会欺骗老娘了。”陈氏怒火中烧地说，“老实交代，这两个月你到底干什么去了？”

白居易这才知道露了馅，低着头一声不吭，任由母亲数落：“你去会陈湘灵了，是也不是？瞧你这点出息，功名都不要了，娘亲也不顾了，整天就围着她石榴裙打转转，不争气的东西，枉费了老娘的一片苦心！”陈氏越说越激动，“哪家儿女结亲不访查家族宗谱门第高下，不讲究门当户对？”

陈氏说的道理白居易也懂，他尚未步入仕途，不熟悉《唐律疏议》，不熟悉“人各有耦，色类须同，良贱既殊，何当配合”之类的条文，但也晓得所谓贱民，乃指奴婢、部曲、乐人、杂户、官户等一干本色人户。可湘灵祖上亦是书香门第，当下再不济也是有自由身份的士民百姓，母亲唠唠叨叨什么“士庶不通婚”，无非攀高枝，寻求名门望族方才心甘。纵然湘灵门阀不高，但远非卑微，怎就这般不通情理？

见儿子怔怔地杵在那里，一动不动，像根木头，陈氏愈发来气：“人高马大的人了，家里的事情可让你劳半点神？你阿爷那点微薄的薪水，养这一大家子，还要为你买书本纸砚，送你四处游历，容易吗？身为长子，本指望你挺身而出，为阿爷分忧，为弟弟做出榜样来。看看你，只顾着儿女情长，被那小妖精迷得神魂颠倒，太叫人失望了！”

白居易听见母亲言语中伤湘灵，分辩道：“湘灵出身书香门第，家中藏书多，孩儿在她阁楼上看书呢，怎就耽搁学业啦？”

陈氏见白居易还敢护湘灵的短，一时气不打一处来，一把鼻涕一把眼泪地号啕起来，白居易知道母亲早年患有失心疯病，怕她旧病复发，情急之下，双膝跪地，悲伤地对母亲说：“娘莫伤心，孩儿再也不敢了！”

一直闹到子夜时分，陈氏方才稍微平息下来，白居易扶着母亲回房歇息，只觉得头晕脑热，身心俱疲。又是一个失眠的夜晚，白居易一忽儿想着与湘灵在枕上海誓山盟，一忽儿想着母亲悲痛欲绝的面容，心如刀割。就为门第这一点过节儿，两下里左了性子，这终身大事怕要坏在母亲身上，一时又想不出法子解脱。倘若叫湘灵一年又一年地空抛岁月，孤守着似水流年，如何是好！一霎时，白居易悲伤纵横，低低地呜咽着，挨到三更过后，昏昏沉沉地和衣躺下，梦里梦外，全是湘灵对花弹泪的面容。

自那以后，白居易时刻被母亲监视着，约会湘灵再也不那么便当。两个有情人这般咫尺天涯，都在苦苦地煎熬着。光阴只走一遍，转眼冬去春来，谁料白家的劫难也接踵而至，一日晌午，草堂里传出陈氏撕心裂肺的哭声，白居易的幼弟金刚奴夭折了，行年九岁。除去四处游历的年月，白居易与金刚奴仅仅相处两年多时光，七百多个日日夜夜，恍如梦幻，真真切切的悲恸淹没了他，他扶着肩头战栗的母亲，默默地流着泪。喟叹生命无常中，忽然想起那日去刘五寄居的萧条古寺，一个老和尚说过的话："世间万物，因缘聚而生，因缘散而灭。"生老病死，难道真的自有命数？

下葬的那天，北风苍凉，刮过之后空留一地落叶，白居易含着泪，隐忍着心灵深处的哀伤，在坟头，声音沙哑地念着墓志铭：

白氏下殇曰幼美，小字金刚奴……既生而惠，既孩而敏，七岁能嵩诗赋，八岁能读书鼓琴，九岁不幸遇疾，夭徐州符离县私第。……其兄白居易、行简，藐然已孤，扶哀临穴，断手足之痛，其心如初。且号其铭，志于墓曰：呜呼刚奴！悲矣哉！念尔九岁逝不回，埋魂闷骨长夜台……

遭逢小儿夭折，陈氏整天不吃不喝，以泪洗面。白居易眼见母亲神情恍惚，担忧她日日睹物思人，身子骨会彻底崩溃，便伏案作书给远在襄阳的阿爷，叙说举家搬到襄阳的迫切，非如此母亲性命堪忧。白季庚当即回了信，信中说已然在襄阳城东郭建有宅子，让白居易赶紧护送母亲成行。

大约是早春二月，淮河边上，一个春寒料峭的夜晚，烟月苍茫，白居易含恨与湘灵作别。此刻，心上的人儿肩并肩坐着，白居易拍着湘灵的肩膀，温言安慰道："湘灵妹妹，此去不是生离死别，尚有见面之时，莫要太过伤心。"说着说着，自己已是泪流满面。顷刻间，那哭声似远山之上猿啼高寒，似呜咽的鸣泉，凄凄惨惨戚戚。

愁人对着愁人，泪眼照着泪眼，逼拶得万分凄凉。白居易的心像被黄蜂蜇刺般地痛，想着明日一早便要举家搬迁襄阳，再也难见湘灵的踪影，再也难以言笑相亲；想着湘灵孤零零面对汲汲漫漫的光阴，日子怎么过！想着这段姻缘花非花，果非果，虚无缥缈，如何着落？想到伤心处，眼泪一波一波扑簌簌地掉。哽咽着，在湘灵的耳边吟哦道：

不得哭，潜别离；不得语，暗相思，两心之外无人知！深笼夜锁独栖鸟，利剑春断连理枝。河水虽浊有清日，乌头虽黑有白时。唯有潜离与暗别，彼此甘心无后期！

稍稍平静了一些，湘灵摸索着，自怀中掏出一枚双盘龙铜镜，此乃她母亲当年陪嫁之物，含着泪递给白居易说：“此乃我梳妆的镜匣子，乐天哥，今日一别，两地相悬，见镜如见人，带在身边，好留个念想。”白居易接在手中，嘴唇张开又合上，哆嗦着拿出怀中的银锁，交与湘灵说：“这是我小时佩戴之物，是祖母留下的物件。见物如见人，山高水远，我俩心意相通，终会有见面之日。”

白居易凝视湘灵憔悴的面容，哽咽得不能成声。他不敢细想往后一个个闷损的长夜，两人将如何消除刻骨的相思。此刻，白居易心如刀绞，深深的负罪感令他感到窒息。假若因此耽搁了湘灵的青春，那就毁了她的一生啊！好端端的一段姻缘，为何逼仄得这般煎熬，苍天啊，乐天该怎么办？

鹊 桥 仙

这一晚，白居易焦躁难安。往事历历，每一寸光阴都叫人断肠。他时而沉迷与湘灵一个写诗、一个清唱的两小无猜，时而听窗外驿铃在风中乱敲，一声儿忽慢弱，一声儿忽紧摇，无限伤心事被它逗挑。辗转到了辰牌时分，才觉眼皮沉重，浅浅地睡了一个回笼觉。这光景，驿舟上的统领水夫已经前来催促启程。

水驿码头人头拥挤，夫妻两人跟着统领水夫一步步朝着驿舟走去。清晨的江风无遮无拦，刮得肌肤生寒，白居易觉着衣衫单薄，杨氏倒是知冷知热，从挎包里取出一件半肩给他添上。几人迤逦上了驿舟，安顿好杨氏之后，白居易看看行船的还在吃早饭，便借口岸边透透风，低头弓腰又回到码头上。

实则他是存了心思，考虑到湘灵不是襄阳人，倘若打这里路过，说不定今早也要来水驿乘船，不去岸上找一找如何甘心。昨日傍晚没有寻着湘灵，他整个人像丢了魂一样，辗转了大半夜，又做了一个恍惚的梦：在符离的一座破败的园子里，湘灵爬上粗大的桑树，坐在横斜的枝丫上大啖桑葚，嘴唇的四周沾满了绛红色的液汁，看上去像干涸了的血。那应该是一个盛夏的下午，浓密的桑叶揉碎了阳光，撒在湘灵的脸上、身上，就像一枚枚开元通宝。正担心她从树上掉下来，忽然一阵狂风吹折了槎枒，跌落时，她那凹陷的眼窝里蓄满了泪……白居易大叫一声，从梦中惊醒，前胸、后背黏糊糊的皆是虚汗。

白居易的目光像一把粉墙的刷子，在人群里扫过来又扫过去，各色迥异的面孔，高高矮矮地混杂着，理不出一个头绪。突然，他瞧见一个中年的女人，神态端的相似，便远远地盯着，待她回过头来时，那陌生的面容，却又一次令人失望。

此时，西北风细细地吹着，江水泛着橘黄的波浪，一阵接一阵，轻轻拍打着驳岸。柔柔的朝霞在恬静的天幕上自由牧放，半空中，排着“人”字形的雁群南去不停。白居易神情凄迷，正要返身回到船上，忽地，听到一声稔熟的叶笛自江畔传来，在深秋爽脆而清凉的气流中，那声音又细又薄，时而被喧哗和吵闹所淹没，很难听得见。但是，对于他来说，不亚于惊蛰的一声春雷。

白居易循声找过去，发现不远处的石矶上有一男一女，男人看上去已年过花甲，坐在行李担上，闷头抽着旱烟。约莫一箭之地，那女子袅娜临风，正含着树叶吹着，音调抑扬婉转中携带的一丝忧愁。白居易晓得树叶吹出悦耳的曲子，要缓，要巧，不是件容易的事，唯有聪慧的湘灵能够做到。不错，一定是湘灵！白居易紧走几步，出离了人群，这下听得分明，那曲调正是自己从符离赶赴襄阳的时日，湘灵为自己吹奏的《阳关曲》。

白居易默默走过去，眼里蓄满了泪。他做梦也没有想到，分离二十多年了，在贬谪途中，在清澈的秋江边，竟然再次遇见湘灵！他呆呆地站在那儿，心中忖着：自己今年四十四岁，湘灵小四岁，也是满四十的人了。此时此刻，少年九曲柔肠的痴恋，风风雨雨的离愁别恨俱随这曲调涌上心头。他伫立在湘灵的身后，痴痴地听着，当最后一个尾节袅袅消散的时候，再也抑制不住悲戚，语音哽咽地吟哦道：

我梳白发添新恨，君扫青娥减旧容。

应被旁人怪惆怅，少年离别老相逢！

湘灵奏完《阳关曲》，正沉浸在往事里出神，猛听得身后有人凄楚地吟诗，吃了一惊。回头观瞧，见一位两鬓花白、满面风尘的男人，长身玉立在眼前，依稀是似曾相识的模样。

“乐天！”湘灵浑身一颤，声音嗫嚅而含混。白居易泪眼模糊地注视着湘灵：这位贞静自爱的女人，身量娇小，弱骨纤形，着一件泛白的藏青锦袄，外罩藕丝色的外褂，衣襟上挂着檀木的念珠。她没有矫饰自己的容颜，却也螓首蛾眉，清清爽爽。尽管不再年轻，不再是当年“巧笑倩兮、美目盼兮”的活泼少女，眼眸依旧还是那样清澈，身子依旧那样纤巧，只是那薄薄的双唇紧紧地抿着，显出一丝倔强、孤凄。

白居易见她目光凄楚迷离，胸口像被黄蜂蜇了一下，一阵痉挛。一时间，两人面对面戳在江风里，满腹的忧伤，都勾引起来。

良久，白居易温存怜惜地问："这些年，过得可好？"

湘灵幽怨地瞪了白居易一眼，突然掩面痛哭起来。这一哭，直哭得泪枯肠断，江风也随之呜咽。白居易跨步近前，握住湘灵的手，相对号啕悲泣，滚烫的泪水填满了脸上的皱皱褶褶。湘灵顺势一头倒在他的怀里，浑身哆嗦不已。她为了眼前这个男人，为了青梅竹马的一句承诺，至今守身未嫁，吃了二十多年的漂泊凄苦，受了二十多年的井臼辛劳，遭了二十多年的冷言碎语，他可曾知道？多少个蜷成一团的枯寂长夜，多少个凄风苦雨的黄昏，自己是如何数着念珠、摸着银锁煎熬过来的，他可曾知道？想起至今依然与年迈的老爹过着支离泮涣、莫适与归的孤苦生活，湘灵越哭越伤心，自己只求嫁一个安分合意的郎君，一双两好地度着光阴，本是寻常女子寻常的愿望，怎就这样艰难！

两人紧紧相拥，哭着、哭着……把打叠了二十多年的万种相思之苦，一股脑儿交给了泪水来洗刷。伏在魂牵梦绕的男人怀中痛哭了一场，湘灵心中的怨恨解脱了不少，她擦着红肿的眼睛，拉着白居易的手来到老者身边，介绍说："阿爷，他是乐天哥呀！"

白居易"扑通"一声，双膝着地跪了下去，恭恭敬敬地给老人磕了三个响头，一声是愧疚，一声是负罪，一声是没法的救赎与出离的悲哀。老人颤巍巍地扶起他，嘴唇翕动着却说不出话来。湘灵回转身从担子里取出一个包裹，打开蜡染的土布，拿出一双早已为白居易纳好的千层底布鞋，俯下身去给白居易试了试尺码，塞在他的怀里说："乐天哥，从此天各一方，千里万里，穿上湘灵做的鞋，是个念想。"

这一刻，白居易脸上滚烫的泪水覆盖着冰凉的泪水，就像手中紧紧攥着的千层鞋底，层层叠叠，他喉头哽咽着，嘴唇不住地翕动，却说不出话来。战栗着从怀里摸出几锭银子，塞给老爹，握着他槐树皮一样粗糙的手，叮嘱说："老爹，照顾好湘灵，一定要照顾好湘灵啊！"

"这是湘灵妹妹吧？"杨氏坐在船上，左等丈夫不来，右等也不见来，便径自下船寻了过来。

"这是我的娘子！"白居易见是杨氏，尴尬地介绍说。

湘灵正要躬身行礼，杨氏一把抓住她的手说："妹妹无须多礼，乐天现在江州司马任上，路过务必到家盘桓。"

湘灵点头说："如若有机遇，自然上门叨扰。"

杨氏自随身细软中拿出一匹绸缎放在湘灵手中，说："妹妹拿着缝制两件衣服吧。"

湘灵也不客套，大方地接在手中。一旁白居易问道："你们这是去哪里？"

湘灵说："本想来襄阳寻堂兄，不承想他已回京述职，只好赶回符离家去。"

这时，统领水夫在远处高声喊叫上船。白居易深深凝望着湘灵，依依不舍地辞别而去。湘灵目送着白居易夫妇的背影进入船舱，看着驿舟缓缓驶向江心，渐渐变成一叶远帆，在奔腾的波浪里起伏荡漾着，直到消失在天际线。她依旧立在江渚上，引颈眺望，眺望……

莫笑阴阳颠倒用，个中真意有乘除。受尽相思之苦，历尽百般折磨，这一对情真意笃的恋人，在异地他乡于千万人中遇见，除了一场痛哭、一次执手、一声忧伤的问候，还能有什么呢？可在彼此的心中，那汩汩荡漾开来的涟漪像密匝匝的网纹，还将长年累月地羁绊着两颗悲恸的心。

从襄阳到江州是下水行舟，顺风顺水，转眼襄阳已在身后遥迢百里。白居易的心依旧留在石矶之上，想起湘灵茕茕孑立在江畔、目送飞舟的情形，心如刀割，不知不觉，泪珠又一次夺眶而出。杨氏倒也乖巧，把头伸出窗外，假装看风景。白居易担忧父女俩飘零无依，今后日子怎么过。湘灵已经四十岁了，无儿无女，没有知冷知热的人没有家，都是自己害了她啊！此时此刻，他有些怨恨母亲，但想到母亲一生的悲惨凄凉心中又不忍。思来想去，唯有怨自己，人生所有的痛苦，都是对自身无能的愤怒啊！

沉眉落肩试长水，孤雁平沙发如回。此生，他对湘灵是爱莫能助了，唯有温煦地关照是一条最好的路。白居易正异常悲伤间，忽听得舱外响起了渔歌之声：

古今兴废皆若梦喔，魏耶晋耶成何用。
惟有流水不记年喔，浪里陶情水云仙。
浅斟低唱三渔朋喔，柳堤欸乃连舟缆。
共话衷肠伤往事喔，多少兴亡斜阳中。

歌声方歇，又一船工接着唱道：

渔歌长，渔歌悠，悠悠楚水烟波稠，旅客忙争逐，来去也如梭，渔夫渔妇畅中流。　　轻歌长，轻歌悠，欢喜荣辱远愁忧，无福也无祸，儒释本无过，权谋不如江水流。

船夫的嗓门豪放粗野，在辽阔的江面之上，四方上下，无所不照。白居易凝神听着，渔歌野泼泼的逍遥之意，稍稍纾解了他心中的痛苦。这关口，杨氏见夫君思想有所活动，方才软言劝道：“乐天，湘灵父女的情形我也见了，待我们安顿下来，你大可去符离接济、接济，为妻不是小肚鸡肠之人。”

白居易闻听，感激地看了妻子一眼，默然不语。心里却如转车轮：“自己如此失态，置妻子于尴尬之地也。无论如何，妻子也是无辜之人。”

一念及此，白居易从包袱中摸出柳识馈送的宜城竹叶酒，移身到船头。放眼寥廓江天，杯酒纵情以散愁。大江南来北往，船过水留痕，有江鸥鸟十多只，上下翻飞，一路尾随，聒噪地相互尖叫着、追逐着，原本布满朝霞的天光，转而为珍珠般的银灰色。白居易有酒当前，孑食孤寂，一杯敬湘灵，一杯敬远方。静谧中，波浪拍打着船舷，一声声，这孤寂绵绵的音节，恰好似通过声带的浩茫叹息……

第八章　扑朔迷离

上　西　楼

江面像隔了层模糊的水汽，弥漫着，铅色沉重的云朵下面，阳光兀自洒下悠长的曲谱，点点波光音符似的跳跃在水面，像鱼鳞，像碎金，像追逐嬉闹的一群孩子，一排一排地向岸边飞跑过去，又蹦又跳地退了回来，周而复始，永不厌倦。晶莹的水珠贱到白居易的脸上，丝丝凉意使他从如梦似幻的回忆里惊醒过来。他仰起头，喝干一杯酒，在布满晚霞的天空下，蓦然发出一声长啸，一腔忧伤和悲愤，在江水的上空飘荡。

白居易从深沉的回忆中醒来，直视混沌的远方。远方，一天茫茫，水面轻浮着层层白浪。白浪，一浪高过一浪，滚滚而来，舟船也开始晃荡得厉害。杨氏晕船，把头伸出窗外“哇哇”地开始呕吐，白居易赶忙上前一把抱住，生怕她滑落江中，嘴里关切地说：“小心些，落入江里可不得了！”

杨氏感激地点点头，继续呕吐不已。这时，统领水夫说：“已到郢州地面，夫人呕吐得厉害，正好上岸补充给养。”

白居易眼望着江面，说：“不着急赶路，就在郢州打尖吧。”

白居易搀扶着杨氏舣舟而诣，行走间，闻听郢州俚语朴实憨厚，声调平缓，说起包子、房子、老头子皆带有颤音，不禁顿生亲切之感。这时，统领水夫介绍说：“白司马，既来郢州，不可不尝丰乐河陀螺包子，那滋味堪称一绝！”

顿了顿，统领水夫接着说：“郢州的鲊粑粑由萝卜、藕、豇豆等上十种蔬菜混合米面密封发酵制成，口感酸辣很是下饭。还有食之裹腹、饮之解渴的米茶，香气浓郁，滋味微甜不淡，略涩不苦，当地人一般在头天晚上炒制后，盛入陶罐中，隔夜食用，别有风味。”

白居易看了看杨氏，料她今晚没甚口味，便答道：“好好歇息一晚，明日领我等四下走走，如何？”

统领水夫点着头说：“好的，今晚在驿站歇息。”

第二日清晨，白居易携夫人轻装出门，到处溜达着。在一条老街的拐角处，见有家老字号河陀螺包子铺，便进门选了位子坐下，点上一笼包子，外带两碟小菜，两碗米茶。不一会儿，小二吆喝着端上热腾腾的包子，白居易一看，乃一种陀螺型的小馒头而已。只是做工巧妙，面揉得很紧，撕出来一层一层的，比一般馒头有嚼劲，吃进嘴里有微妙的甜味。两人就着米茶吃着河陀螺包子，果真口味生津。临走，杨氏还要了两份，打包带回驿站晚上享用。

出门时，白居易问小二：“当地有何独特的景致？”

小二说：“城西几里地，有一座白雪楼，外地客人多有登临题咏。”

杨氏在一边说：“乐天你去吧，我晕船厉害，还没恢复过来，回驿站好生歇息，歇息！”白居易点点头，把夫人送回驿站，便信步朝白雪楼而去。

登上白雪楼，驰目纵览，郢州山水形胜尽收眼底。但见汉江自大洪山余脉与荆山余脉之间穿过，两山一河呈“川”字形排布，气势果然不凡。此情此景，却令白居易无端地想起刘禹锡的诗句：“山围故国周遭在，潮打空城寂寞回。”然而，此时此刻，咏史而叹，对于白居易来讲，似乎是一种奢侈。他羡慕宽衣博带的晋人，无拘无束，向外发现了自然，向内发现了自己。自从安史之乱后，帝国文化首先是被一种悲剧气氛所裹卷，把这种悲剧的氛围表达得最好的是杜甫，但是，再深沉的痛也会被时间所疏离。杜甫之后，安史之乱发生时，只有十七岁的白居易对这场灾难进行了更加宏观地阐述，他以《长恨歌》让那段往事得以一咏三叹。刘禹锡与白居易同年，怀古诗写得最好，格调也高，这两位挚友一同为时代注入了一个庞大的主题：那就是沧桑之慨，兴亡之叹。

此刻，白居易正凭栏兴叹，耳听得边上两位客人正在交谈。一位商人模样的客人说：“我有一船茶叶，想运往东都洛阳，不知路上是否太平？”

一位身穿官服的客人劝道：“近年最好别往洛阳走货，淮西吴元济正兵犯洛阳。”

白居易听说“淮西”二字，立马起了关注，上前对两位客人深深一揖，说："这位客官，方才所说吴元济兵犯洛阳，消息可否属实？"

那位茶商看了看白居易，指了指边上的客官说："官人有所不知，沈兄乃长安来的使臣，昨日刚到郢州。"

京使注视着白居易，问道："冒昧一句，请问你是？"

白居易连忙重新见礼，说："我乃江州司马白居易。"

"哦，久仰，久仰！不知白司马光临郢州，怠慢，怠慢！"京使早闻白居易大名，没想到会在这白雪楼上相遇，内心又惊又喜，"如蒙不弃，明日我等聊备薄酒，为白司马接风洗尘，略尽地主之谊？"

白居易含着笑说："实在抱歉，驿舟此次拢岸乃补充给养，明日一早便要动身，沈使臣的好意，在下心领了！"

京使脸上略有遗憾之色，也便不再客套，当下捡起白居易刚才的问话说："鄙人有一同年在东都留守吕元膺麾下任参军，前日来信说，淮西彰义节度使吴元济的叛军已然逼近东都洛阳，朝廷调集大军前去讨伐。就在这节骨眼上，东都却发生了一件惊天大事！"

白居易一惊，凝视着京使问："何等惊天大事？"

京使接着说出的一番话，听得白居易心惊肉跳：一桩扑朔迷离的惊天血案，至此才算大白于天下！

解 连 环

在白雪楼上，沈京使一番话，原原本本地道出了武元衡、裴度血案的前因后果……

元和十年八月丁未日的黄昏，天色渐渐暗淡，西风残照下，洛阳古城的门楼线条狞厉，失去了帝国建筑所独有的大气和简练。逆光看过去，街坊里许多高大建筑，透着一股肃杀之气。静谧中，一串清脆的马蹄声让这个阴沉的黄昏顿时增添了些许的阳刚之气。马上坐着的是东都留守吕元膺，他正巡查归来，带着一溜轻骑返回留守府。

吕元膺姿仪瑰秀，学识渊博，处事十分得体，具备高官位显之人的器识。早年，在朝内任官的时候，一派端庄严肃，有宰相的声望。吕元膺起初游历京师时，前任宰相齐映见到他，感慨地说："我没赶得上认识娄师德、郝处俊，大概也就是吕元膺这般气度吧！”吕元膺为官行事，始终没有什么阙失，于此兵荒马乱之秋，朝廷派他留守军事重地陪都洛阳，足见对他的信任有加。

刚踏进留守府院门，吕元膺便发现拴马的桩子上绑着两个年轻的将官，正待开口询问，士兵赶忙上前报告说：“禀报大人，我们抓到两个奸细。”

吕元膺沉声问道：“何来的奸细？”

士兵答道：“二贼乃平卢节度使李师道的部下，一直在门口鬼头鬼脑地张望。”

“哦？”吕元膺感到事情有些蹊跷，便走向前去看个究竟。两个被五花大绑的年轻军官看见吕元膺，顿时像落水的人看见浮木，嘴里大叫道：“将军救我，我俩并非奸细。”

吕元膺问：“不是奸细，汝等偷偷跑到我府邸窥视作甚？”

其中一位小将说：“将军，我俩不愿做戕害平民之事，故而乘公干之机，前来见你，实有紧急军情禀告。”

吕元膺缓和了脸色，叫兵士给两人松绑。咕噜噜喝了几口茶水，两位将官讲出了一个让吕元膺惊出一身冷汗的机密。小将说：“我叫李再兴，这位是我的生死兄弟杨进，皆是平卢节度使李师道的部将，特来向将军禀报一个逆天阴谋。”

吕元膺点点头，示意他们坐下说话。李再兴接着说：“自七月初，李师道就陆续派人潜入东都邸院埋伏，如今准备就绪，正在杀牛宰羊犒赏兵众，准备明日夜晚举火为号，发动大叛乱。”

吕元膺闻听大惊，稍稍镇定后，接着问道：“明晚！多少人？有何谋逆举动？”

当初，李师道在东都设置邸院，士卒和间谍交错往来，官吏不敢过多盘问，这事吕元膺早有耳闻，知道李再兴所言非虚。当下吴元济引兵北犯，洛阳郊外一带危急，防御东都的士兵大都抽调到伊阙去戍守了。李师道此时在邸院埋伏武装士卒制造叛乱，情况万分危急。

杨进接过话头说：“约莫有八百名戍卒及收买的少数顽劣分子与安史之乱余孽，分散在各处的还有不少人。准备埋伏在东都进奏院外，趁着洛阳空虚，焚烧东都宫殿，并进行大肆抢掠，血洗洛阳城。”

“你可知道他们各处藏身之所？”吕元膺眼里精光闪闪，紧盯着杨进问道。

“我们愿意给将军带路！”两位小将齐声回答。吕元膺拍了拍李再兴的肩膀，目光定定地看着杨进说：“好良心，我定向朝廷为汝等请功！”说完脸色刚硬冷酷，厉声喝道，“来人！”

防御判官王茂元应声而出：“末将在！”吕元膺命令：“火速派亲兵以四百里加急，将此逆天大案上报长安。你立即拿我兵符，赶往伊阙调两千精兵前来平叛。明日晌午前务必赶到，不得有误！”

“得令！”王茂元回答一声，旋即下去安排。吕元膺吩咐完毕，一面秘密集结洛阳留守的甲士，一面指派亲兵化装成百姓，潜往李师道柬都邸院周边，严密监视叛军一举一动。

第二天酉时正牌，太阳即将落山，洛阳城依旧宁静祥和。吕元膺指令刚从伊阙赶来两千精锐轻骑、一千原本留守洛阳的禁军外加弓箭营百来号人，以迅雷不及掩耳之势朝贼人盘踞的窝点扑去，仅仅用了一炷香的工夫，便将李师道的东都邸院包围得水泄不通。无奈包围了半天，硬是没有人敢攻进去，官兵们晓得此战面对的是一伙亡命之徒，个个百里挑一，手段硬扎，凶狠而顽劣。吕元膺不禁大怒，再次严令强攻，防御判官王茂元杀死一名畏缩的士兵后，方才开始进攻。王茂元怕从大门冲入会中埋伏，便命令士兵推倒院墙，齐声呼喊着杀进邸院。贼兵趁机拼命往外冲，包围的官军遭遇突然冲击，一时惊慌混乱，贼兵乘机带着东都邸院的家眷，从长夏门出城，转向郊外强夺了许多牛马，东渡伊水，朝山高林密的南郊逃去。吕元膺告诫边境上的士兵，抓住贼兵的重赏，有再退缩者，格杀勿论。

在乱事发生那天，东都无不感到震惊恐惧，留守军队既少又弱不能倚靠。吕元膺临危不乱，亲自坐镇皇城门，指挥部署，洛阳得以逃过一劫。这次剿灭行动事发仓促，但旋风般突袭造成了先声夺人之势，贼兵惊恐中已然失去负隅顽抗的意志，一门心思只是突围逃逸。假若各地叛贼纠结起来拼死一战，胜负还真难以预料。吕元膺熟读孙子兵法，深知领军布阵的精要之处在于“临境近敌，务在厉气；战日有期，务在断气。今日将战，务在延气。气不利则拙，拙则不及，不及则失利；气不厉则慑，慑则众馁，众馁则失据”。故而风驰电掣，一击必中。遭遇此番奇袭，凶悍的贼兵依然有一支人马杀出长夏门，逃入嵩山。清理案犯的时候，两位小将告诉吕元膺，跑了圆净、訾嘉珍、门察等几个贼首。吕元膺闻听大怒，立即下令，日夜不停地继续搜捕，务必彻底扫荡叛军残余。

经过四处追剿，各个击破，几天之内，陆续歼灭了数千潜伏下来的匪徒。依然没有抓住圆净、訾嘉珍、门察等奸贼，吕元膺估计贼人已然逃离洛阳境域，眼见翻不起大浪，慢慢地也就松懈下来。此番围剿的成功，吕元膺非常感激李再兴、杨进两员小将，遂将他们连升两级，留在身边听用。

各地藩镇为了自身利益，相继豢养“刺客”，仅李师道的幕府就达数十人。其幕僚向李师道献策：“用兵所急，莫先储粮。今河阴院中积江、淮租赋，如若潜往焚烧粮草，则朝廷未暇讨蔡，必先自救腹心。”

早在元和十年春，为了阻挠朝廷向淮西用兵，李师道采取了两面派的做法：明里协助朝廷讨伐淮蔡，暗地里却先派人潜入河阴漕院，毁掉钱三十万缗、米几万斛、仓库一百多区，造成了极大的人财损失。更为严峻的是，这班丧尽天良的家伙，在行动时并不只是限于军政目标，很多平民也无辜受牵连，造成了极大的恐慌。这一回，李师道又派人潜入陪都洛阳，准备大肆烧杀抢掠，妄想将朝廷征伐大军从前线引到洛阳，从而给吴元济解围。吕元膺留守陪都，早已不堪其扰，这次大捷，总算出了一口恶气，只可惜还有几位贼首没有捉拿归案。

洛阳北依邙山、东逾瀍河，西南面群山绵延，麋鹿繁多。这儿世代栖居的部落不事农桑，均以射猎为业。猎人们迁徙无常，个个皆趫悍善斗，时人称作山棚人。山棚人桀骜不驯，官府头疼不已。当年权德舆任东都留守时，想将这帮人制服，却屡次不能成功。待到吕元膺继任，上书朝廷，请求招募山棚人为山河子弟，保卫洛阳，皇上下诏许可。

山棚人靠山吃山，在山麓、山腰皆设有固定的集市，便于商贾前来收购猎物、毛皮。就在吕元膺清剿洛阳叛匪之后，几个山棚人到集市上卖鹿皮，恰恰遭遇了李师道的叛兵，猎物被强行夺走，还伤了人。这伙土匪多达数千人，头目是个名叫圆净的和尚。圆净凶残无比，李师道谋划在洛阳制造事端，此人便是首领。圆净原是安禄山、史思明的部将，安史之乱被平定后，为躲避刑罚，潜伏在嵩山削发为僧。

平日里，圆净带领一班穷凶极恶之徒，四处打家劫舍，弄得宁静的大山成了恐怖的巢穴。那日被抢去猎物的山棚人，回到山里向部落族长诉说了一通。族长立马集合山民，高声呼号：“这伙土匪人多势众，我等得好好谋划，谋定方可行动。如何对付这些鸟贼，须尽快拿出万全之策。”

山民们七嘴八舌，主意不少，却没个定准。族长综合权衡之后，拿出主见：

“这伙人数目庞大，还在陆续招兵买马，准备再次对洛阳发动突然袭击，看来与某个藩镇有关联。当务之急，我等一面凭借地形与之周旋，一面快马上报官府。藩镇不是区区部落能够对付的，弄不好全族皆要遭殃。”

山民齐声赞同族长的主张，遂派一名机灵的猎人，抄小路去洛阳禀报东都留守吕元膺将军。吕元膺见报，暗自寻思：“莫非是漏网的叛匪残余？”当即集结人马，在山民的引领下，进山围剿。

好一番恶战！吕元膺披坚执锐，亲临邙山督战。洛阳禁军在山棚人的配合下，与贼人杀得天昏地暗。霎时间，黑压压的甲士与四处乱窜的叛军厮杀成一片。耳听得刀剑交击，惨叫声四起，满目都是血肉横飞，山风里飘散着浓重的血腥气味。山棚人的箭矢飞掠着穿透贼寇的皮肉，矫健的猎手跳跃着四处寻找猎杀的对象。猛将王茂元领着李再兴、杨进两位小将冲锋陷阵，四下里将贼寇团团围住，轮番进行清剿。但见王茂元手中一杆枪，挑刺似蛟龙出海，横扫如电掣金蛇，与訾嘉珍大战五十回合，不分胜负。王茂元卖了个破绽，一个回马枪将贼人挑落马下，众军士一拥而上，将这厮捆绑得像一团肉粽。李再兴、杨进双战门察，三人走马灯一般厮杀了三十回合，一时间难分高下。山棚族长在一旁弯弓搭箭，“嗖”的一声正中门察的臂膀，贼人大叫一声，倒栽于马下，被几个禁军上前死死地按住，不能动弹。

吕元膺与贼首圆净刀杖并举，杀得难解难分。这和尚年届八十，身长九尺，手中一根六十斤的浑铁疯魔禅杖招式精奇。只见他左右互易，前后中更，一招力劈华山，被吕元膺举火烧天架住，紧接着又是一招叶底偷桃，直愣愣地冲、推过来，吕元膺急忙牵马闪过。这厮旋即转手腕，那禅杖压、铲、劈、挑，一招紧接着一招，吕元膺奋起神威，一一加以化解。王茂元见这和尚彪悍过人，身手十分了得，恐留守有失，斜刺里跃马上前，一招拨草寻蛇，刺中圆净的手臂，这厮大吼一声，禅杖脱手飞落山谷。吕元膺横刀一拍，将其击倒于地，几个健壮的猎人齐声吆喝，合力将其擒拿。

一场血战下来，终于将叛军杀的杀、俘虏的俘虏，再也没有让其突围逃逸。为防圆净逃跑，兵士想把他的腿砸断，两三人轮番大力捶击，依然不能折断他的胫骨。圆净气得嗷嗷直叫，冲着捶击的兵士恶狠狠地嚷道：“小子，你连我的腿都砸不断，还敢称健儿？”这厮还真是条汉子，说完自个将腿平放在一块山石上，甲兵这才将其弄折。

吕元膺见贼人凶悍，恐怕夜长梦多，临机决断：圆净不解送洛阳，就地处决！临刑前，圆净怒目直视吕元膺说：“你误了我的大事，不得血洗洛阳城！”吕元膺牙齿咬得嘎嘣响，命令士兵悬首三日示众。

处决了圆净，逮捕了匪首訾嘉珍、门察。吕元膺当即在陪都行营审讯，厉声问道：“汝等尽数将所犯大罪，一一招来！”

訾嘉珍见大势已去，长叹一声，索性招供道：“刺杀武元衡、裴度，亦是我等所为！”

此言一出，吕元膺惊出一身冷汗。当即审问：“刺杀武元衡、裴度，受何人指使？”

门察在一旁答道：“我等受平卢节度使李师道所遣。”

吕元膺追问道：“成德节度使王承宗可曾参与谋划？”

訾嘉珍交代：“王承宗不曾参与。乃因幕僚献策‘天子所以锐意诛蔡者，全系武元衡极力支撑，如若秘密前往刺杀。武元衡死，则其他宰相不敢再出头，朝臣必然争劝天子罢兵’。李师道深以为然，当即出钱招募我等，潜伏长安行刺。”

这番供词，大大出乎吕元膺等人的意料。淮西战事一开，除了淮西节度使吴元济之外，最焦急的莫过于平卢节度使李师道和成德节度使王承宗，这三人皆有阴谋刺杀武元衡的可能。尤其是王承宗，上蹦下跳，嫌疑最大。为了阻止朝廷对淮西用兵，王承宗多次行贿武元衡不成，尚出言威胁，其部下张宴与刺客身形举止相似，因而王承宗一直被锁定为刺杀的幕后主使。岂料东都叛乱平定后，半道杀出了程咬金，意外地发现真正元凶，竟然是平卢节度使李师道！真是刨出萝卜带出泥，这扑朔迷离的天字号大案，至此总算水落石出！

据门察交代：武元衡遇刺一案，原是他们所为。涉案刺客总计二十多人，分成两拨，行动皆是单线联系，所以至今没有怀疑到李师道头上。吕元膺知道此事干系重大，丝毫不敢隐瞒，立刻以加急密奏报送长安。宪宗看了密奏，大惊失色：武元衡遇刺案另有元凶！面对这一突发情况，宪宗还真有些骑虎难下：前不久，朝廷诏告天下，武元衡遇刺一案已经“勘破”，现在居然又冒出一班真凶。这事关乎朝廷脸面，岂能儿戏？方今之计，也只能在策略上隐忍不发，诏令宰辅：此事暂不公开。

只是宪宗越想越憋屈，心中一口恶气怎么也咽不下，盛怒之余，便想抽调淮西兵马，先行讨伐李师道。宰相裴度闻听，赶紧谏阻宪宗说：“陛下，此事断然不可！”宪宗愤恨地质问：“如此大逆不道，天理昭昭，正应讨伐，有何不可？”

裴度知道不拿出充分的理由，是无法说服正在气头上的宪宗。当下像庖丁解牛一般，批大郤，导大窾，因其固然地说出了一番道理。裴度剖析了当前削藩的大势，直接切入大唐图谋中兴的利害所在，好一番口舌，这才打消了当今皇上两路用兵的冲动。

眼下，白居易听到京使传奇一般的讲述，惊出了一头的冷汗。暗自掂掇：东都洛阳虽则侥幸免遭血洗，但淮西战事却胜负未卜，王承宗、李师道的险恶行径尚没有得到清算，家国依然处在水深火热之中矣！又想到自己忠贞为国、拊心俯仰却成戴罪之身，惟有昏日望阙，夜台徘徊，纵然有心杀贼，也是全无着力之处，叫人好生不甘。他站在白雪楼上，忧心忡忡地向长安方向凝眸远望，脸色又青又白，一时间胸中静凉热沸，如骨鲠在喉，不吐不快。他神态惘然，闷闷地叹了一口气，高声吟道：

白雪楼中一望乡，青山簇簇水茫茫。

朝来渡口逢京使，说道烟尘近洛阳。

第九章　水调歌头

鹦 鹉 曲

第二天清早，秋凉如水，江风微寒，白居易一行人沐着晨光，迤逦来到驿舟之上，解缆继续趱程。一路万籁寂静，水声东西，杨氏问道："昨日登白雪楼，可曾发思古之幽情？"

白居易稳坐不动，翘着胡子说："在楼上遇见长安使臣，才知东都洛阳近期发生了惊天大事，刺杀武元衡、裴度的真凶尽数落网。"

"真凶！张晏不是早已伏法？如何又潜伏在洛阳？"杨氏惊讶地问。

"这就是政治，你不懂。当日草草结案，是情势所迫，不得已而为之。"白居易粗重地喘了一口气，解释道。"只因王承宗多次行贿武元衡不成，还出言威胁，故而嫌疑最大。宪宗为了平息京都的恐慌，拿他做文章。实则案件的幕后主使乃平卢节度使李师道！涉案刺客总计二十多人，分成两拨，门察、訾嘉珍一干人犯才是主凶。"

白居易只顾讲述事情的原委，没有留神杨氏的神色已然暗淡下来。朝中之事，如此错综复杂，何日是个尽头？杨氏寻思：这背井离乡才刚开始，洛阳又接踵出事，还不知要折腾到猴年马月。到达江州究竟怎样，也还是未知之数。江州刺史能否包容乐天这个愣头青，唯有听天由命。唉，杨氏轻轻叹了一口气，内心充满不可名状的怅惘。因害怕给郎君添堵，沿途之上，她处处随遇而安，看似心无挂碍，实则忧心忡忡。白居易说起洛阳事件，再次勾起她强烈的忧愁。是夜，她独自一人靠在船舱边上，极目北望，眼见北斗七星闪闪烁烁，耳听两岸的猿声凄凄惨惨，不禁泪流满面。白居易晓得这一路上娘子担了不少苦，受了不少怕，鼻梁上的一股子辛酸味，也便慢慢向上爬。他默默走上前去，为妻子披上一件半肩，扶着她瘦弱的臂膀，轻声吟哦道：

三声猿后垂乡泪，一叶舟中载病身。

莫凭水窗南北望，月明月暗总愁人。

听见丈夫耳语般念叨《舟夜赠内》，杨氏这才察觉自己的失态，反过来安慰白居易道："心随千里远，病逐一愁来。乐天，我俩都要看开些，来日方长呢！"

白居易点点头道："佛说'乱花丛中过，片叶不沾身'。官宦生涯本就冷暖如四季啊！"

杨氏知道丈夫胸襟海阔，志量山高，头顶的天是没有边的。可自己毕竟是女人，胆子到底小，所求的不过是一好两好地过安稳日子。现在却要面对千里尘土、万里大江，如此大波大折还是头一遭遇见，难免有些杯弓蛇影，忖度出许多隐忧来。再者，断鸿声里，立尽斜阳，心中得找点念想牵绊，眼底的风波方才有所厮磨。

挨挨蹭蹭，转眼又到黄昏。低垂的暮色下，忙碌的长江似乎感到了一丝疲倦，缓缓地流淌，岸上渐次亮起了灯火。开始是稀疏的，一点两点落寞地闪烁，慢慢地，三五盏结伴相邀，星星点点地斜织着江面。白居易背剪着双手挺立船头，问统领水夫："这江心洲可有名目？"

"'晴川历历汉阳树，芳草萋萋鹦鹉洲'，眼前便是崔颢诗中的鹦鹉洲。"统领水夫与白居易日久相处，谈吐里偶尔也会冒出一两句诗词来。

白居易展颜一笑，立马想到汉末祢衡的《鹦鹉赋》，嘴里问道："鹦鹉洲与东汉祢衡可有关联？"

统领水夫眼里露出敬佩的神色："白司马博古通今，肚里装的东西就是多，鹦鹉洲的由来正与祢衡有关！"

白居易郁郁地说："祢衡本是高才，以文采和辩能扬名天下，孔融夸赞他'淑质贞亮，英才卓荦'。"

统领水夫听后，似懂非懂，接过话头道："听当地人讲，祢衡有狂傲不羁的毛病，身为曹操的鼓史，却在宾客前裸身更衣，击鼓骂曹。曹操恼怒，便想借刀杀人，打发祢衡至荆州刘表处。刘表与张隐、薛郁、王访、宣靖、公绪恭、刘祇、田林号称'八俊'，自然不愿担当斩杀名士的恶名，又将祢衡打发到江夏太守黄祖那儿去。起初，黄祖因祢衡和自己长子黄射要好，对其还算客气。没多久，祢衡大骂黄祖是‘庙中之神，虽受祭祀，恨无灵验’，暴躁的黄祖盛怒之下挥刀杀之，死时才二十六岁。洲上尚有祢衡墓、鹦鹉祠呢，墓碑上写的是‘汉处士祢衡’。”

“白司马，我往来鹦鹉洲多次，有个疑问一直不解，何为‘处士’？”统领水夫一边忙着系缆绳，一边问道。

“处士，即未做官的文人。”白居易接着说，“当年黄射定是在这洲上大会宾客！酒正半酣，有人献上一只鹦鹉，央请祢衡以之为题作赋，以便四座得以增光。祢衡竟‘笔不停辍，文不加点’，当即完成，大才也！”

“祢衡托名骂世，口无遮拦，祸从口出啊。还是俗话讲得好，身稳口稳到处好安身！”统领水夫有口无心地搭着腔。

白居易闻言内心却是一颤，统领水夫的话无意中触及了他的隐痛。自己何曾不是“因言获祸”？过往的行事心地，比照祢衡虽大不相同，却不无相似之处。老子曰：“多言无穷，不如守中”，在祢处士身上恰恰有所印证。前事历历如镜，多少身在局中之人，缩望成井，不能看得明白？然则朝中诸多是非曲直，令人发指，要自己闭目无视，媕阿闒宂，又怎能一个“忍”字了得！乃因许多时候不愿骑墙，便落得身如转蓬，长年兜转在漩涡之中。而今远离是非之地，山高水远，可否防意如城、守住本心？

翌日一早，东海霞起，遥接赤城。白居易整理停当，略进了一些汤水，独自一人踏上了鹦鹉洲。已然是深秋天气，霜后的红叶飞霞流丹，火焰般热情惹意，倒也冲淡不少萧瑟凄清。正彳亍间，忽听身后有人问道：“前面可是白学士？”白居易闻言，转脸观瞧，见一公差正躬身行礼，连忙应答：“我乃白居易，请问你是？”

公差笑容可掬：“小可在鄂州侍御史卢大人麾下当差，卢侍御从驿馆得知白学士到了鄂州，着意吩咐小人前来寻访。特地在黄鹤楼上摆设宴席，为学士接风洗尘。”

白居易听了，内心便涌起一丝感动。连日独处孤舟，没有人可以说说体己话，沿途当地官员和驿长也多是冷淡，甚至无礼。世事如棋局局新，人情似纸张张薄。历经了世态炎凉，愈发体会到卢侍御的古风高义。

两人出得头陀寺，七弯八绕，岸畔早有一顶四人大轿候着，白居易推辞一番，耐不过公差的执拗，忙忙上轿，一行人望黄鹤楼而去。约莫一个时辰的光景，白居易正颤悠悠地七上八下，忽觉轿身一顿，耳畔旋即传来公差的声音："白学士，请下轿。"白居易掀开轿帘子，脚方落地，就听得前方有人高声喊道："乐天兄，幸会，幸会，我等在此恭候多时啦！"

白居易抬头一看，眼前高高矮矮站了一溜人。说话的汉子四十挨边的年纪，中等身量，眼圆鼻直，下颚饱满，依稀有些眼熟，料想应是鄂州卢侍御，连忙举手一揖，嘴中说道："承蒙卢侍御盛情，乐天荣幸已甚，叨扰，叨扰！"

卢侍御哈哈大笑道："卢某倾慕乐天兄的豪放倜傥，早已心驰神往。今日有幸相逢，岂能不尽地主之谊！"白居易原本不想在这天下名楼上显山露水，却又难以违拗故人不避嫌疑，真情款待。当下躬身合手，随着卢侍御的引见，一一与众人施礼，不住地说："今日在天下名楼与各位相识，痛快，痛快！"

寒暄之间，一行人迤逦登上黄鹤楼，早有伙计引入左首厢房，依次分宾主就座。筵席之前，照例聊天喝茶，先吃了一些甜点垫垫肚皮。有单笼金乳酥、曼陀样夹饼、贵妃红、水晶龙凤糕，白居易还真的有些饿了，喝了些茶水，就近拈起一块贵妃红酥饼细细地嚼着。不一会儿，伙计撤去茶点，主菜逐次上桌，头道菜肴是一盘仙人脔，卢侍御在一旁介绍说："此乃用鲜奶炖的鸡肉，极具美味。"

白居易点着头，眼瞅着伙计接着端上一盘光明虾炙，还有一盘通体透明的田鸡肉，卢侍御含笑说："这道菜名目甚妙，唤作雪婴儿。"

"雪婴儿，好名字！"白居易脱口称赞道，目光却盯着盛放雪婴儿的器皿，四曲喇叭形圈足，周遭捶刻一对衔草鹦鹉，相间是缠枝莲花，底部以鱼子纹衬托，甚是精致。

当见到素面银盆盛放的羊肉、兔肉、牛肉组成的刺身拼盘时，白居易问道："这道菜叫五牲盘吧？"卢侍御眯缝着眼回答："不错，其中鹿肉最为鲜嫩，白兄可曾吃过？"白居易拱手作揖说："当年进士及第，在曲江池边吃过闻喜宴，也有这道菜。"

卢侍御哈哈一笑，接过话头说："曲江宴上，皇帝会赐予每位进士红绫饼餤，吃的时候要把外面包的红绫拆开拿掉，这红绫是取吉祥之意，寻常之人可吃不得。"

坐在右手边上的崔评事闻听两人的交谈，注视着白居易说："自中宗神龙年来，凡新科进士及第，先要在曲江杏园游宴，随后登临大雁塔，并于塔壁题名留念。听闻白学士当年写下'慈恩塔下题名处，十七人中最少年'的诗句，可有其事？”

众人闻听齐都欢笑，白居易脸上一热，摆摆手说：“当年我中进士，已经二十七岁啦，哪里还是什么少年，当不得真的。”

这光景，酒已上桌，卢侍御吩咐伙计给大家一一斟满，端起酒盅敬白居易道：“岂不闻‘三十老明经，五十少进士’，二十七岁如何不是少年？”众人又是一笑，在座的都是过来人，自然知道明经是以四书五经为主，考生只需背熟经典，故而较容易，三十岁考上明经并不算早。而进士比试的是诗词歌赋，考察的是政治见地，难啊！十年寒暑，萤窗雪案，千万人挤独木桥，能列席闻喜宴也就一二十人而已。

崔评事笑容满面地端着杯子，起身来到白居易席前，嘴中念念有词：“‘就花枝，移酒海，今朝不醉明朝悔。’白学士，你可是海量哦，小弟敬您一杯。”白居易见崔评事竟然记得自己多年的诗句，目光一闪，也不推辞，仰着脖子满满干了一樽。众人见白居易豪爽，不禁齐声喝彩，纷纷起身与之碰杯。

宾主酬酢，如火似锦。酒酣耳热之间，坐在崔评事对面的一位中年客官问道：“卢侍御上月自长安述职归来，京都可曾有新的动静？”

卢侍御见问，夹了一只虾炙，边吃边说：“听闻裴度遇刺后，在家足足躺了近二十天，方才缓过气来，尚在伤痛之中，便被宪宗拜为门下侍郎、同中书门下平章事，倚重之心，可见一斑。”

见大家皆凝心静气地听着，卢侍御接着说出一番话来：“同中书门下平章事裴度伤愈之后第一天上朝，就面临了一场考试：东都留守吕元膺平定陪都洛阳的叛乱之后，意外发现刺杀武元衡的真凶竟然是平卢节度使李师道。李师道害怕淮西藩镇被灭之日，便是殃及池鱼之时，无端听从幕僚之策，企图刺武之后，让宪宗收回征伐淮西的成命。哪知道弄巧成拙，却把比武元衡更强硬的御史中丞裴度推上了相位。”

“事已至此，李师道越发恐慌，干脆一不做二不休，阴谋发动东都叛乱。这是李师道的撒手锏，策划时间长，潜伏幽深，本想打朝廷一个措手不及。平卢数千叛兵占领空虚的洛阳可谓轻而易举，一旦洛阳失控，乘势挥师北上，四百里的长安，铁骑奔袭指日可至，后果不堪设想。”卢侍御接着说，“谁料事先有人泄密，刺武、叛乱，大逆不道！一时间请求讨伐李师道的奏折堆满了宪宗的龙案，恼怒异常的宪宗竟然动了讨伐之心。”

众人听到此处，无不义愤填膺，纷纷喝道：“李师道唯恐天下不乱，其心可诛！”

唯有白居易与崔评事沉思不语。卢侍御扫了一眼酒席，继续说道：“裴度可不这么想，得知此事，匆忙入宫面圣，开门见山地说‘李师道阳奉阴违，罪不可赦！然而，此时讨伐绝非明智之举！’‘此等逆臣贼子，不讨伐何以平众怒？朝廷威信何存？’宪宗随手拿起一叠奏折在裴度面前扬了扬，黯瞋瞋的瞳仁里灼然生光。‘陛下难道忘记讨逆王承宗的教训乎？战线千里，各地兵马首尾难以呼应，钱粮供应辗转艰辛，累死驴马十占四五，兵者，国之大事，死生之地，存亡之道，不可不察也，望圣上斟酌！’裴度耐心地劝说皇上，句句直切要害。”

有人插言道：“裴平章言之有理啊，圣上如何决策？”

卢侍御接着说：“皇上说李师道蔑视朝纲，肆意妄为，不杀鸡儆猴，何以儆效尤？但口气明显缓和了许多。裴度继续剖析说淮西方是腹心之疾，不得不除。且朝廷业已讨之，两河藩镇跋扈者，将视此为高下，不可中止。兵法云‘用兵无备者伤，穷兵者亡’。淮西吴元济已成强弩之末，必难持久，须一鼓作气将其拿下，以绝后患。倘若移兵平卢，则淮西得以喘息，复再征讨，必然事倍功半也。”

“宪宗听后默默不语，冷静地消化裴度的话，毕竟千里转战，非同儿戏，这位老成持重宰辅的意见应该仔细地掂量。”卢侍御喝了一口羹汤，润了润嗓门，往下说道，“裴度接下来的话打动了宪宗的心。裴度拿起三个茶杯，摆成鼎足之势，加重了语气说，‘陛下刚明果断，坚忍不拔，平杨惠琳、诏讨刘辟、定镇海、收魏博，当今天下仅淮西、平卢、成德三镇互为鼎立，游离朝廷。伤其十指，不如断其一指也，平定淮西，则平卢无依托，擒获李师道只是早晚的事！’”

众人点头不已，纷纷问道：“皇上可采纳裴度所奏？”

卢侍御目光一转，接过话头说：“宪宗背剪着双手，来回踱步，猛然握着裴度的手，语气低沉地说，你我君臣当颠沛相扶，虽千曲百折，定要收拾旧山河，平定淮西！裴度赶忙提袍角跪了下去，叩头明志‘臣定当肝脑涂地，以报圣恩！’”

卢侍御说：“几天后退朝，皇上单独留下裴度问道：‘爱卿是老成谋国之臣，你说说评定淮西第一要义是什么？’裴度见问，忙躬身说：‘臣认为，在于用人！’圣上又问：‘如何选才？’裴度答：‘好比白圭治理生产那样不拘一格，要似鹰隼袭击食物那样锲而不舍。有道是物以类聚，人以群分，招贤要像青蚨之有母、野鸡之有媒，以类相求，同气相引，如此定将收罗贤才，招揽众多千里良驹。’宪宗哈哈大笑，嘴中连说：‘妙，妙，如此类比倒是新鲜，却也合情合理。’自幼博览群书的宪宗自然明白裴度话中的典故：青蚨，乃虫名。传说青蚨生子，母与子分离后仍然会聚回一处，因而有人用青蚨母子的血分别涂在铜钱上，涂有母血的钱或涂有子血的钱用出后必会飞回，因而有青蚨还钱之说。裴度见宪宗难得如此高兴，便兴致勃勃地继续说道：‘为政之道，须将搜罗人才与治理事务两者并重。获取人才须注意广泛收罗、谨慎使用、常加教育、责罚过错，量材器使良士并集，不拘格须短长兼容。’宪宗殷切问道：‘淮西战事胶着，尤在用人一端，裴爱卿可否有征伐淮西领兵人选？’裴度正容回答：‘李愬忠贞不贰，善骑射，精于谋略，有名将的风范。’”

崔评事插言道：“看朝廷快报，蔡州行营唐邓节度使高霞寓自萧陂进军至文城栅，陷入吴元济的埋伏，损兵折将，仅自身得以逃脱。闻听消息，宪宗震怒，当即宣召罢免高霞寓唐邓节度使之职，由李愬继任。”

卢侍御点点头，说：“裴度请缨亲临淮西督战，奉召在延英殿对答皇帝的策问：‘淮西战事旷日持久，倾天下之力竭天下之财，难以建功，朝臣纷纷厌战，爱卿怎么看？’裴度答道：‘朝廷固然难，臣料想逆贼的处境更加窘迫，战事胶着，症结在于我军诸将持见不一，未能进逼，所以逆蔡依旧苟延残喘。如果臣亲赴行营，那么诸将必受鼓舞，奋力见功，以固皇恩。届时，剿灭此贼必定无疑！’帝又问：‘军无戏言，况国之命脉系于一身，你可思量其中的利害？’裴度潸然泪下，匍匐在宪宗面前，恳切陈情：‘君忧臣辱，理当赴义捐生，献必死之力，殚精竭虑报效圣躬。逆贼剿灭，则有朝见天子之日；叛逆不平，臣将无回朝之期。’宪宗不禁为之动容，第二天临朝，拟旨诏告：‘辅弼之臣，军国是赖。兴化致理，秉钧以居。裴度可门下侍郎、同中书门下平章事、蔡州刺史，充彰义军节度、申光蔡观察等使，仍充淮西宣慰招讨处置使。’”

卢侍御侃侃而谈，说得喉干舌燥，端起茶盅喝了一大口，眼角的余光瞥见白居易眼中含有泪光，嘴里叨叨不休：“大唐有救了，大唐有救了！”

卢侍御不禁心中一动，猜想自己的言语触痛了白居易的心事，不免有些歉然，本想请乐天放怀畅饮，消消心中块垒，却无端惹得他五脏沸腾，这叫什么事。又见崔评事正朝自己张望，遂向他连连使眼色。崔评事是机灵人，见状，立马呼唤伙计拿来行酒令的笼台，内置令筹、令旗、令纛行令的执法工具各二十枚。家什预备齐全后，崔评事高声说道：“今为白学士接风洗尘，莫谈国事，定要一醉方休。为公平起见，当行酒令，我推荐卢侍御为觥录事，大家可有异议？”

众人齐声称善，卢侍御赞许地看了崔评事一眼，起身说道：“既然身为觥录事，我可要行使权力啦，现指定崔评事担任酒宴的执事人，共同决定抽筹次序。”

由是酒宴席次坐定，觥录事掌管酒令旗和纛，负责决定对违规者的惩戒。卢侍御自笼台内抽出一支令筹说：“酒令分律令、骰盘令和抛打令，律令只用动动嘴皮子，无须动手动脚划拳，今日酒意半酣，不必弄得乌七八糟，大家顺序把这根令筹传下去，传到谁的手里，必得作出一首合韵的诗词来。”

其实卢侍御早就留了心思，一圈之后，令筹在白居易面前遽然就停了下来，卢侍御欣然一笑道：“天下大诗人到天下第一楼，怎可无诗，快快作来。”

白居易心知卢侍御动了手脚，却也奈何不得，嘴里说道：“当年崔颢题有‘晴川历历汉阳树，芳草萋萋鹦鹉洲。日暮乡关何处是，烟波江上使人愁’，惊出李白一身冷汗，乃至‘眼前有景道不得，崔颢题诗在上头’，白某比李白何如？安敢孟浪题诗此楼！”

卢侍御含着笑说：“此言差矣，江山代有才人出，各领风骚数百年。白学士诗词比肩李杜，又犯酒令在前，论才、论理皆无推辞的道理。”

众人连忙随声附和道：“正是，白学士万万不可谦辞，我等心仪已久，正欲聆听佳句。”

白居易面露苦笑，双手摆动说：“不敢比，不敢比，此时酒醉七分确难为继。”众人见他推辞，也不好勉强。几轮酒令下来，人人已然有了醉意，卢侍御看看时辰差不多了，便高声提议：“今日不是‘烧尾酒宴’，无有上司，无有权贵，大可乘兴而来，兴尽而返，就此散了吧。”

宴席散去之后，众人陆续归去，卢侍御与崔评事携着白居易同楼观景，在一副楹联前白居易停了下来，轻声念道：“对江楼阁参天立，全楚山河缩地来。”

卢侍御在一边解释说：“浩浩长江在三楚腹地与汉水交汇，龟蛇两山兀然而立，夹江相峙，登楼而望山川灵气吐纳，大江气象动荡，故有天下江山第一楼之称。”

三人说着闲话，不觉来到回廊之上，白居易凭栏远眺，四望如一。万里长江西来东去，烟波浩瀚，鼓鼓荡荡。已然是深秋天气，江风削面，嫩寒醒酒，耳中又听得阵阵江涛夹杂着管弦之音，随风而响。白居易想自己一介文人，而今峨冠博带零落成泥，去国离乡，前途未卜，不禁情动于中，喃喃吟道：

江边黄鹤古时楼，劳置华筵待我游。

楚思淼茫云水冷，商声清脆管弦秋。

白花浪溅头陀寺，红叶林笼鹦鹉洲。

总是平生未行处，醉来堪赏醒堪愁。

一旁的卢侍御与崔评事听后大喜，口中啧啧有声，鼓掌称赞。还是崔评事灵光，赶紧唤随从取来笔墨，白居易借着酒性，亦不推辞，挥毫落笔洋洋洒洒地写在粉墙之上。卢侍御与崔评事见题目竟然是《卢侍御与崔评事为予于黄鹤楼致宴宴罢同望》，心中又是一喜。两人知道凭借此诗，已然名载青史矣！

转眼已是酉牌时辰，卢侍御见天色不早了，白居易略微有些疲乏，便令随从安排轿子送其回驿舟。行至江堤路段，白居易想兀自在江风里醒醒残酒，便吩咐轿夫停下，一个人信步闲逛着。方才宴席之上，白居易听了卢侍御絮叨京都的消息，令他感到宽慰的是裴度已然拜相。裴度为人执着，百折不回，以身系国之安危，坚贞可表。大唐中兴有望啊！白居易一路悲戚的心，至此方才有些安稳。

当夜，月色如水。白居易与杨氏抵榻而眠，辗辗转转依然是满腹心事。浅浅睡了一个多时辰，梦回睡醒时，已过戌时。白居易翻身坐起，见杨氏正睡得瓷实，悄悄披衣起身来到甲板之上，江风吹过，让他一下子清醒了不少。遥遥望去，银辉粼粼，水波不兴。这关节，忽闻邻船上传来一阵歌声，唱完一段，间杂着轻轻啜泣，接着又唱道：

唱不尽呕呕哑哑世间梦幻，弹不尽上上下下悲伤感叹，今遭儿月色濛濛对江山，我只待拨繁弦嘈杂幽怨。叫鸱鸮也么哥！闻鹧鸪也么哥！不提防扑扑突突心中彷徨，划地里出出律律纷纷攘攘，早则是喧喧嗾嗾背井离乡，又只见仓仓卒卒风急水长，逼拶得轰轰騞騞孤舟流浪，生逼散疼疼热热亲爹亲娘……

这一段曲子，真唱得一字一咽，声泪俱下。白居易听得，止不住迈步跨上邻舟，透过乌篷朝里张望。看那娘子坐在摇曳的灯火下，刘海覆额，云髻半偏，眉样倒也入时。只是那瘦削的身板儿似弱柳扶风，叫人无端地怜惜。

蓦然见有人来，姑娘不禁晕生双颊，略微有些局促惊慌。白居易见状，连忙解释道："我乃邻舟的驿客，听见曲儿哀艳动人，这才过来探望，唐突之处，尚望见谅！"那姑娘闻言，这才起身道过万福，愁眉泪眼地说："夜深吵闹，惊着官人了，小女子这厢赔个不是！"

白居易还了一揖，连忙抚慰道："不妨，不妨！只是听了曲子，饱含忧伤。同在天涯，在下心生感慨，故而循声问候。"

女子听后，眼里一热，轻声说："感激官人关怀。"白居易见她十七八岁的模样，独自一人哀歌垂泪，低眉愁艳，心中不觉暗暗动了恻隐，却又不知怎生出言安慰，一时呆呆地立在那儿，有些局促。半晌，白居易温言道："娘子何事悲伤？"

女子见问，低下眉头不再出声，眼泪一滴滴掉落在衣襟上，洇出了一点点湿痕。白居易暗自寻思："这女子定然有难言的心思，曲折幽微，不便对陌生人言说。"想到这，白居易劝慰道："人生不如意十常居八九，还望珍惜自己，莫多生悲伤！"

女子闻言感激地抬头看了白居易一眼，又低下头去。白居易又抚慰了一番，遂告辞回到自己的驿舟。那女子竟然送出船舱，孤零零地倚靠在帆樯上，目送着白居易跨过船去，方才返回舱内。此时，月光依旧随着江水绵绵流淌，宛如雨滴晕开的赭黄色的书页。

白居易心情颇不宁静，在甲板上来回踱步。遥望远方黑黝黝的处处风波、迢迢关山，禁不住还在怜惜那女子悲惨身世，又想到自己无端被贬的境况，难免又生出一丝沧桑的悲切，脱愣愣地便吟哦出一首《夜闻歌者》：

夜泊鹦鹉洲，秋江月澄澈。邻船有歌者，发调堪愁绝。
歌罢继以泣，泣声通复咽。寻声见其人，有妇颜如雪。
独倚帆樯立，娉婷十七八。夜泪似真珠，双双堕明月。
借问谁家妇，歌泣何凄切？一问一沾襟，低眉终不说。

第十章　蹭蹬浔阳

忆　江　南

这天清晨，白居易早早醒来，竟又是翻来覆去，长吁短叹。旁边的杨氏觉得奇怪起来，丈夫自从过了汉江，一路上观景沉思、读书吟哦，一改过往的盘郁错杂，心境日渐平息了许多，怎么又忽地唉声叹气，莫非昨日上岸遇到什么揪心之事？见丈夫情绪低落，做妻子的心绪难免有所颠沛，便开口问道："乐天何事烦闷？"

"娘子有所不知，说来话长啊。"于是，白居易就把卢侍御在酒席上的话从头到尾说了出来。

杨氏出身官宦之家，原本自有见识，听了这番话，一改落寞闷损，竟然从心底里涌出一朵笑容："裴平章老成持重，意志如铁，此去必然凯旋淮西，还天下一个太平啊！"

白居易听了，竟一把拉过杨氏的手说："娘子这一路挨了黄昏，又是长夜，受尽了颠沛，都是为夫牵连了你！"

难得丈夫如此软语温言，杨氏竟然一时不甚适应。又想想连日来对花弹泪、对月长叹的日子，鼻腔顿然有些酸楚，她提一提精神，笑着说："你我夫妻，还谈这些！"

白居易温存地拍了拍杨氏的手，就近拿起五个月前元稹托其帮忙结集的二十六卷诗文逐一阅读起来。沿途的忧乐相随，恰似浪涛对堤岸冲刷修理，柔软的泥土早已淘空，只留下磨洗掉了棱角的顽石，依旧与江水日夜撕扯着，不依不饶。好在他的心绪已由极度的仓皇痛苦转圜到潜心读书和对过往将来的沉思上，自是消泯了许多郁闷沉沦。

当看到自己日前写的《舟中读元九诗》时，白居易脸上阴晴似笑：

把君诗卷灯前读，读尽灯残天未明。

眼痛灭灯犹暗坐，逆风吹浪打船声。

眼下，白居易正翻到元稹一组七言律诗，题曰《放言五首》，看诗中词句，白居易忖度是其被贬江陵府士曹参军时期所作。放言者，忒是无所顾忌，白居易摇了摇头，心想：这家伙与自己一个德行，五年前，在监察御史位上，元稹就因守官正直，得罪权贵，被宦官诬陷，贬谪江陵。到任后终究愤懑难平，这一组诗要是传到朝中，尚不知又要生出若干的无端是非。不过话说回来，白居易对其“韵高而体律，意古而辞新”的手法，甚是赞赏。一念及此，随即援笔做了一段眉批：“予每咏之，甚觉有味。虽前辈深于诗者，未有此作。”

白居易看看墨色未干的字迹，意犹未尽。好在舟中无长物，多的是时间，且江心孤悬，无人干扰啰唣，正好专下心来对自己的眼下处境和元稹诗中流露的情绪做一回局外的冷眼。洞察到元稹诗中流露的悲观情绪，白居易内心起了感触，禁不住以祸福相依之念勉励老友：

世途倚伏都无定，尘网牵缠卒未休。

祸福回环车转毂，荣枯反覆手藏钩。

龟灵未免刳肠患，马失应无折足忧。

不信君看弈棋者，输赢须待局终头。

写到最后一句，白居易的情绪有了波动，手腕抖了一抖，一滴墨便将“头”字底下一笔濡染成了墨团，他赶忙找来废弃的纸张润干残余的墨汁，内心却在寻思：人字两笔，不相互支撑难为人，作为挚友，如能为微之撑一把伞，那该多好！无奈自己也是身如飘蓬，如何能够扶持？又想起当年为母亲丁忧，元稹身在贬谪之地，却将微薄的薪金分出一杯来，抠抠索索地帮助自己全家渡过饥馑，内心不禁又泛起了波澜！

念及与元稹同是天涯沦落人，白居易心中泱泱，却始终相信时间是辨别真伪的最好法子，万万不可就眼下一时一事轻率地自怨自艾，切要善自珍重，以待澄清洗雪之日。转念之间，白居易忽然有些安慰，觉得当下的闪念非比等闲，一定要向老友介绍这“决狐疑”的解忧之法：

赠君一法决狐疑，不用钻龟与祝蓍。
试玉要烧三日满，辨才须待七年期。
周公恐惧流言日，王莽谦恭未篡时。
向使当初身便死，一生真伪复谁知？

透迤曲折的冥想颇耗精力，白居易忽然觉得头脑有些昏沉，船舱内的光线略微暗淡，看久了书稿，眼睛亦昏花起来。杨氏倒是体贴入微，近前提醒道：“乐天，这般光线不宜长久观书，去舱外透透气吧？”

白居易点点头，起身捶了捶酸胀的后腰，挪步朝船头走去。放眼顾盼，重山复水之间荻花飞舞。天色似琥珀色的眸子，眼神娴静，一种时光锁不住的流转，像是绵绵的思念，只是太过于急切。眼前的景致，已然沁染了江南的气息，令白居易有了回忆。哦，江南，久违的江南！

“乐天想什么呢？”杨氏站立在船篷的暗影里，关切地问。

“娘子，归雁写遍遥天上，你看何处是故乡？”白居易遥指天上一行大雁，突兀地说。

“秋雁两行江上雨，数声渔笛起何处？”杨氏闻言，愣了一愣，亦跟着打起了机锋。

白居易展颜一笑，回头看了看杨氏，若有所思地说：“大雁翻飞翱翔，不可复制也！”

杨氏眉头一凝，一时间难以确定夫君想些什么，又顾虑言语对答不当，触碰到伤心处，便避重就轻地岔开话题：“妾闻江南山限壤隔，民不染他俗？”

“江南‘十里不同风，百里不同俗’，山高水长，物象万千。”白居易心境婉转了一些，言语间便有了山温水软。

杨氏本以为江州既是贬谪之地，必定是穷山恶水，乌烟瘴气。柳宗元贬谪永州的那些事儿，她多少也是听过一些的。兵部侍郎许孟容与柳宗元是世交，那一日来访，与白居易谈起柳宗元托人捎给他书函之事，杨氏在一旁添加茶水，听了个七七八八。柳宗元从四品刺史贬为正六品永州司马，形同罪犯。据许孟容当日回忆，柳宗元在信中写道：“往昔之交全作鸟兽散，亲朋羞与为戚，旧日追慕者，皆纷纷毁书焚信，隐去与吾交往之痕迹也。而今，于荒僻之地客寄虚悬，犹坠万丈深渊，惴惴不可终日。”信上写着，“司马乃编外官职，刚至时无固定办事、居住之地，幸得早年于长安结识了重巽和尚，感激他古道热肠，才得以苟且在龙兴寺安身”“每天所见，唯家人与和尚也。

食有上顿而无下顿，薄粥充饥亦难以为继。”信里的内容越来越惨淡，杨氏在一边听了不觉暗暗流下泪水。自那以后，杨氏心中的贬谪之地，便是人烟稀少、疾病流行，毒蛇、毒蜂满山遍野，仰空视地，让人寸步劳倦。可是方才听乐天口气，似有悠然神往的意思，由此看来江州似乎没有那么不堪。一念及此，杨氏内心顿时活泛起来，言语也有了往日的轻松，她知道少年的乐天是游历过江南的，便想多知道一些端倪，由是问道：“听你说过，当年曾两次游历江南，可否讲来听听？”

白居易淡淡地问：“夫人当真想听？”

杨氏点点头，说：“别卖关子了，讲讲嘛。”

白居易躬身钻进船舱，扶着杨氏坐下，端起茶壶喝了一大口，润了润嗓子，缓缓讲起当年的那些事儿来。

那一年拜谒顾况之后，一切似乎慢慢走上了正轨，达到了从浔阳折转到长安的目的，为将来的科考做了一番铺垫。只是名气再响亮，也不能当饭吃，白居易还得直面生活的艰辛。奋发苦读，劳心费神，加上清汤寡水、省吃俭用，营养自然难以跟上，身体便越来越虚弱。一个人的长安，没有谁眷顾他的行径心地，更无人颠沛相扶，他凭借着强烈愿景在苦苦支撑。这愿景，就像是一只天蛾对一朵花、对一棵树、对一座山坡的痴迷。

当年他在一场大病之后，人心也变得柔软易感，又想起父亲在家书里说的话：“战乱纷纷，灾荒连年，物价飞涨，家中的生活日渐拮据，恐怕无有充足财力维持开支了。”这心酸的文字，更加增添了白居易内心的惶惑，艰苦的磨炼让他日渐明白：中朝无缌麻之亲，达官无半面之旧。在京都仅仅凭借满腹才华，没有仕途功名，是很难立足的。自己到了十八岁自立的年龄，仍然要家人供养，他有些羞愧。又想起顾况说“长安米贵，居大不易”！言语虽则有些刻薄，却真切地印证了此时的境况。是该离开长安了，多年的漂泊、漫游让他洞悉了世故人情，参透了许多事理，不再是一个懵懂的毛头小子了。他明白唯有返回家乡安下心来苦读，来日参加入仕考试，出人头地，成就功名，才是脚下的出路。

德宗贞元四年，白居易不得不凄凉地离开长安。刚从长安回到越中便得到消息，阿爷白季庚在徐州的任期已满，朝廷已然改除少卿兼衢州别驾，不日也要南下。这消息叫白居易心生欣喜，整整六个年头没有见到阿爷了，他老人家的身体还硬朗吧？容颜是不是苍老了？百感交集中，他身不由已地坠入一种特定的心境，多年分散的支离溪流，在梦萦魂绕的期待中，即将汇聚成故乡的小河，真的好！想到不久就可以陪伴在阿爷身边，尽尽儿子的孝心，内心不免一阵慰藉。

父子间的相聚，白居易在梦里演绎了太多遍，当幸福真的来了，他却有些猝不及防。他想将六年来记录下的人生轨迹、内心隐秘的感情历程一股脑向阿爷诉说。那光景，阿爷正端着自己献上的茶，和蔼地望着自己，他却千言万语不知从何说起。

白季庚看着长身玉立的儿子，慈爱地说："小子，是贞元二年为父安排你漫游江南的吧？"

"是的，那年我才十五岁。"白居易见父亲问起，朗声回答，"那时孩儿年少，独自远游，时常念家，当年恰巧遇见一位北去的客人，还写了一封家书，附带了一首诗，寄给阿娘、行简呢。"

白季庚微笑着说："哦，可否记得那首诗，念给为父听听。"

"那是孩儿最早写的，还不成熟。诗题是《江南送北客，因凭寄徐州兄弟书》：

故园望断欲何如，楚水吴山万里余。

今日因君访兄弟，数行乡泪一封书。

全诗直抒胸臆，离乡远游的孤独之感、思念亲人的切切之情流露于字里行间，白季庚不住点头，以目光示意白居易继续说下去。

白居易便侃侃而谈，尽数江南印象："江南形胜，襟三江带五湖，山川自相映发，丘陵跌宕起伏，腹地平远，河流纵横，湖沼萦回，清旷而灵秀。各地奇风异俗，环环相扣，令人情致丛生。至若地方千里，缗钱栗帛，动盈万数，加以皿方士庶，旦夕环至，驾车乘舟，叠毂联樯，鱼米之乡，历朝延续。"

"小子，寄情山水，乐其所乐，名山胜川，靡不穷究，有所获也！"白季庚高兴地夸奖道，接着又问，"可曾结识名士贤达？"

白居易遂将拜谒顾况之事一一道来，又将名满长安的《王昭君二首》诗稿取出给阿爷看。白季庚手拿诗稿，神色忧戚地说："顾况近作《海鸥咏》，诗中有'万里飞来为客鸟，曾蒙丹凤借枝柯。一朝凤去梧桐死，满目鸱鸢奈尔何'。讥讽了权贵，恐怕麻烦不小！"

白居易闻言，半晌不言语，亦自为顾况的境况担忧。白季庚低头细看诗稿，内心颇为欣慰。儿子已经长大成人了，几年来行游十方，顾盼雄毅，成就了一番见识，着实叫人欢喜。

那一日，白居易东唧西哝，详细向阿爷讲述了漫游江南的经历：白居易沿着衢江、兰江抵达桐庐，又由桐庐沿富春江顺流东下，沿途船过水无痕，白浪横天青。这一路，他到了杭州、苏州。苏州刺史是韦应物，杭州刺史乃房孺复，皆是颇有声望之人。韦嗜诗，房嗜酒，每与宾朋相聚，一醉一咏，其风流雅韵，多播于吴中。白居易歆慕这样豪放的生活，觉得有魏晋的遗风。在他心目中，韦、房二名士才调高而郡首尊，远近沾溉，持操独古。为此暗暗结下愿景：“异日苏杭，苟获一郡，足矣！”

旅居杭州的日子里，白居易纵横出没，早晚多在西湖边上溜达，听水声琮琤，时鸟变鸣，别有一段乐趣。转眼已是仲秋，那日夜晚，一轮圆月明净如镜，似水的光华，泼洒在逶迤相连的山岭上，映照着起伏错落的群峰，越发显得深幽玄秘。白居易一人走在飞来峰的栈道之上，沿路长松高植，桂花的芬芳不绝如缕。约莫半炷香工夫，便到了灵隐古刹。前来灵隐观月之人还真不少，白居易不喜欢在这样清幽赏月之处凑热闹，便左转右绕来到后院，眼见一位僧人徘徊月下，正低头寻找什么，便好奇地上前搭讪道：“阿弥陀佛，月光磊落，四下皆空，师父寻什么呢？”

僧人抬头看了看白居易，听其言语之间藏有机锋，知是饱学士子，忙合掌答道：“阿弥陀佛，施主可知灵隐寺多桂？”

“灵隐林木耸秀，花香清幽，桂树自然不少。”白居易亦合掌作答。

寺僧说：“我在寻找桂子哩！”

“桂子，何来桂子？”白居易一脸疑惑。

寺僧笑着说：“此乃月中所种，至今中秋望夜，往往有桂子下坠，前朝寺僧亦尝拾得。”白居易闻听此言，举头望了望月亮，十分惊讶：月中飞坠桂子？怕是山顶桂树上落下的吧。看来这寺僧也是我辈中人，借物比心，端倪之间，竟然在朗朗月夜寻觅传说来了！内心寻思着，竟也不自觉地与寺僧一道俯首寻觅起来……

月中桂子自是子虚乌有，白居易与寺僧自是两手空空，犹如莲花照水，湖心捞月，什么也没有拾得。可中秋之后，农历八月十八日发生的一桩事儿，却令他终生难忘。

这日，白居易早早登上了山顶的郡亭，寻一个好位置，观看那卷云拥雪的钱塘潮。起先是轰隆隆的巨响自天际线上滚滚而来，由远及近，惊蛰乍起的闷雷一般摄人心魄。紧接着，雾蒙蒙的江面上出现了一条白线，迅疾西移，转瞬间变成千万匹灰鬃骏马，挤撞，厮打，喷珠吐沫，嘶鸣狂奔。涌潮前浪引后浪，后浪推前浪，在江面簇拥成一垛高耸的潮峰，到处都是怒吼的波涛，翻江倒海，天崩地动。咆哮而来的潮水猛烈撞击浑然不动的大堤，轰然的巨浪以泰山压顶之势翻卷回头，落到西进的急流，相互推波助澜，形成一排排“雪白的山峦”，俄而风驰电掣地向东回奔，声如狮吼，惊天动地，是为回头潮。

轰轰烈烈之后，明月高悬，水面上跃动着粼粼波光。白居易静静伫立着，任凭秋风吹拂衣袂。刹那间，他感到心胸像钱塘潮冲开的闸门，一泻千里。如果没有观看钱塘潮，他怎么也不会料到平日里避高趋下的水，竟然蕴含着这样惊天动地的桀骜不驯。忽然间，他明白了《孔子家语·三恕》中的道理：“孔子观于东流之水，子贡问曰：‘君子所见大水必观焉，何也？’孔子对曰：‘其不息，且遍与诸生而不为也。夫水似乎德，其流也则卑下，倨邑必循其理，此似义；浩浩乎无屈尽之期，此似道；流行赴百仞之嵠而不惧，此似勇；至量必平之，此似法；盛而不求概，此似正；绰约微达，此似察；发源必东，此似志；以出以入，万物就以化洁，此似善化也。水之德有若此，是故君子见，必观焉。”这般一印证，他仿佛觉由心生，住因住果住念，如是生灭。白居易观水，自悟而达。水，避高趋下为谦逊，奔流到海为追求，刚柔相济为能力，海纳百川为大度，滴水穿石为毅力，洗涤污淖为奉献，自性无所挂碍，是为自在，是为解脱矣……

德宗贞元七年春，白居易结束了游学旅程，站在阿爷的面前，让父亲看到了三年游历中自己的成长。在父子陆陆续续的倾谈中，白季庚惊喜地发现：儿子成熟了，自性自在，不昧因果，于平淡中兼有耿直与忠贞。

白居易则望着阿爷略显苍老的容颜，蓦然想起远在符离的母亲和弟弟们，母亲是否也已两鬓花白？二弟行简应该是英俊挺拔的少年吧？还有那从未见面的幼弟金刚奴，生得什么模样？自从白氏举家由河南新郑迁居符离，定居于城东毓村东林，白居易只在毓村住了一年多时光，还是一个懵懂的孩童，便稀里糊涂地离家远游。如今，他依然清晰地记得当年泪眼婆娑挥别母亲的情形，依然记得土墙的院落里那棵歪脖子枣树。

白季庚因为公务繁杂，不能与白居易日夜相伴，但还是发现他有些反常。开始不知道是何缘故，一次无意间看到儿子誊写的诗句，才恍然大悟，儿子想念阿娘与弟弟了。白季庚长长叹息一声，陷入了沉思。恰逢自己在衢州任别驾的期限已满，朝廷还未下旨明确下一个任职地点，何不借此机会，父子二人一同北上，回到阔别已久的符离埇口家中。想到这，白季庚来到儿子书房，过问一番白居易最近的功课，说道："乐天，为父任期已满，尚不知接下来任职何地，我们一同回符离等候谕旨，可好？"

"真的吗？"白居易一听，孩子一样跳了起来，紧紧抓住父亲的手，惊喜若狂。

"小子，快松手，你把为父抓痛啦，瞧你，还是这样毛手毛脚！"白季庚嘴里嗔怪着，眼中已经隐隐有了泪光。

挑了一个晴朗的日子，父子二人打点行囊，一路上晓行夜宿，攒步兼程，约莫十多天光景，终于见到了符离城北的那片田园。白居易目之所及依然遍地生长着齐肩高的野草，独茎直出，梢分七叉，怪异而神奇。此草因常用来占卜，被卦士称为"地灵草"。符草苍茂，离离遮目。符离，符离，地名的由来，应该与这种草脱不了干系。

行走在回家的路上，看到携家带口的匆匆赶路之人，他都觉得分外亲切。想到即将见面的亲人，他下意识地挥舞着马鞭，嘴里"驾驾"连声，只留下身后一骑烟尘。白季庚摇头叹息道："这小子，恨不生出翅膀！"

当下，在驿舟之上，在江心，白居易一口气讲述了许多的往事。讲着，讲着，言语已然有些哽咽。杨氏听得痴迷，时不时轻轻地"呀"一声，拖着长长的尾音。夫妻二人正喃喃私语，忽听得船夫在前头高声喊叫："白司马，船到浔阳江面啦！"

接　贤　宾

黄昏时分，下起了蒙蒙细雨，沾衣欲湿，吹面不寒，飘在层层波浪上，袅起一缕一缕的水烟。白居易眯缝着双眼朝长江南岸望过去，三四里的光景，有一对华表高高矗立在江岸边，似张举的双臂，怀抱东来西往的过客。

白居易脸上露出了一丝苦笑，没料到第一眼看江州，印象里竟然是一对"谤木"，真个充满了讽刺。博古通今的白居易自然晓得华表最早称作谤木，相传远古尧帝立木牌于通衢要塞，供臣民书写谏言，针砭时弊。后来，逐步演变成交通路口的一种标志。眼下，自己就是因为"针砭时弊"才贬谪到凄风苦雨的江州！抚今思昔，越发觉得世风日下，人心不古啊！伫立船头，白居易禁不住低声地吟叹：

江回望见双华表，知是浔阳西郭门。

犹去孤舟三四里，水烟沙雨欲黄昏。

这时，驿夫走了过来，指着前方说：“瞧，那便是浔阳城的西城门，江州驿馆设在西门外湓水岸边。”白居易回过神来，顺着所指的方向看去，湿漉漉的江州，一溜屋瓦被雨水漂洗得乌黑发亮，莲青色的水阁、廊棚、河埠头，宛若一抹青铜，一剪秋词，一尘往事。

驿夫在边上一面落帆，一面斜睨着白居易说：“白司马一路劳顿，到驿站好好泡个澡，去去风尘。”白居易没有吱声，即将登上江州的地面，他倒有些惴惴不安。回味出长安时，除了李建和杨虞卿前来送行，许多亲朋故旧一个个都是避而不见。固然，若干挚友是自己怕有牵连，悄然不惊扰，可同僚终究还是避嫌的多。两个月来，沿途州县对他这个从五品下的江州司马，莫说按同职级规格接待，就是一般胥吏也是不曾露面。在鄂州黄鹤楼设宴接待的卢侍御、崔评事，一个官阶从六品上，一个从八品下，且是以友人身份私自邀请，所经陆驿、水驿各馆舍，安排接待多有敷衍，世态炎凉，人情如纸，可见一斑。而今抵达江州，且看这地方官吏如何冷遇。

“江州治所在浔阳县。浔阳城东边是鄱阳湖，北边是长江，南倚庐山，有山有水，白司马定然欢喜。”驿夫没有留意白居易神色，依旧絮絮叨叨地说：“驿舟就要进入湓浦口，可要站稳啊！”

“湓浦口？”白居易见驿舟正从长江转入一条清冽冽的河道，沿岸泊满了大大小小的商船，桅杆、樯橹参差横斜，不禁好奇地问道。

“此乃湓水汇入长江的河口，这一河段江州人唤作‘龙开河’。”驿夫说，“湓口是南北水上行船的港埠，本是官邮商旅往来江州必经之地，故而浔阳城也叫湓城。”

“好一个避风的良港，叠毂联樯，商贾云集！”白居易禁不住赞道。

“湓水支支汊汊的，往城西流淌有几百里呢。”驿夫尚未说完，就听见对面渔舟上有人唱起了民谣：

湖山处处好，最爱湓水头。湓水从东来，一派入江流。可怜似萦带，中有随风舟。命酒一临泛，舍鞍扬棹讴。放回岸傍马，去逐波间鸥……

此处才歇，远处便又传来应答的歌喉：

初疑上河汉，中若寻瀛州。汀树绿拂地，沙草芳未休。系缆步平岸，回头望江州。城雉映水见，隐隐如蜃楼。日入意未尽，将归复少留……

此起彼伏的歌谣冲淡了白居易心头的些许忧虑，正听得入神，驿船已然停靠在东岸的码头，驿夫们忙着搬运行李上岸。已是日夕时辰，白居易站在高高翘起的船头，向岸上望去，只见湓水两岸尽是傍水而居的参差人家，房舍多是以芦苇和荻杆编造而就，虽然简陋，却在滩头茂密的茭白掩映之下，潦潦草草地泼洒着水乡风情。

白居易搀扶杨氏小心地走过跳板，朝向驿馆办理例行的手续。双脚刚刚踏上江州地面，忽见西城门方向锣鼓喧阗，一队人马细吹细打地朝这边迤逦而来。白居易分辨得出，此乃迎接朝廷大员的乐曲，其间最为醒目的是人群簇拥的一辆朱红漆轮的官车。白居易大吃一惊，依据朝廷规定，有资格乘坐此车者只能是州刺史，难道是一州之长亲自出城迎接我这“负罪”在身的贬官？如此破格的礼遇，的确出乎意料！正自疑惑，只听得队列中鸣锣九下，从朱红漆轮的官车上走下一人。幽淡暮色里，但见此人修长身材，头戴三梁冠，身穿紫袍朝服，腰系十三銙金玉带，悬挂金鱼袋，清瘦的面庞上，一双眼睛炯炯有神，顾盼雄毅。江州乃是上州，刺史是州刺史中最高品级——从三品，故而佩有金鱼袋。这时，只听得衙役高喊：“前面可是白学士？”

白居易赶紧三步并作两步迎了上去，连连施礼致谢：“逐臣乃戴罪之身，府署派个衙役接待即可，怎可烦劳使君公大驾亲迎，叫在下如何担待得起！”

江州刺史崔能爽朗地一笑，跨步向前，一把握住白居易的手，热辣辣地盯着他说：“学士千里辗转，一身风尘，本官略表寸心，何足挂齿。”

两人相互寒暄了几句，崔能转身介绍随行的各级官员，白居易一一见礼。当晚，州刺史在府衙举行了丰盛的宴席，为白司马接风洗尘。夜宴上笙歌缭绕、灯火辉煌，江州大小官员轮番与白居易喝酒，直喝得他头重脚轻，浑身冒汗，心境亦是一张一弛。没想到江州刺史竟是拳头上立得起人，胳膊上跑得起马，是个敢捭敢阖之人。如此格局，看来自己的贬谪生涯不至于战战兢兢了。几杯酒下肚，驿舟靠岸前的种种忧虑，全都烟消云散，当下满满的皆是欣慰。对于崔能一手握情义，一手显坦诚，白居易感怀在心。

人定时辰，白居易方才回到住处，面孔泛着红潮，满嘴酒气地对杨氏说：“夫人且安心，你我的苦日子就要到头啦！”

杨氏正忙着泡茶替他醒酒，囫囵听见这么一句没头没脑的话，便含而不拒地敷衍道："瞧你浑身酒气，尽说醉话。"

"我没醉，清醒得很！江州刺史崔能既显高峰，又露宽仁，有境界！"白居易端着杨氏递过来的茶盏，含含糊糊地絮叨。

"崔能！莫不是武则天时期著名文士崔融的曾孙？"杨氏听堂兄杨虞卿说起过，故而有印象。

白居易说："正是，崔融为文典丽，朝廷大笔，多手敕委之！"

"听堂兄说，崔融有两个儿子，一为崔禹锡，一为崔翘。崔翘有子名异，崔异生有两子，长子就是崔能，次子唤作崔从。"杨氏一时来了兴致，是女人就有贪嗔痴，她明白：司马乃刺史的辅官，听起来像是不错，实际上这个职位是专门安置"犯罪"的闲官。无非变相发配，去接受监督看管而已。故而，崔能的心胸气度，与这个贬谪之家有着莫大的干系。

白居易有些吃惊："夫人如何了解得这般清楚？"

杨氏说："堂兄杨虞卿送我出长安时，一路上谈的尽是江州刺史崔能，他说乐天此去江州定然宠辱不惊。"

白居易默然不语，半躺半坐地倚在床头上，一面呷着茶，一面以目光示意杨氏继续说下去。

"崔异去世得早，遗下寡妻幼子。崔能、崔从少小孤贫，隐居在太原山中，励志苦学。"杨氏郁郁地说，"兵荒马乱年景，兄弟二人经常断粮绝炊，以拾橡栗、野果为食，饮溪水充饥，坚持十年不出山，讲诵不辍。"

"贤哉，崔能！苦哉，崔从！"白居易一面拿着靠垫塞在腰间，一面赞叹道。

"后来，母亲不幸病故，兄弟二人悲痛万分，在墓旁手植松柏，搭建草棚，一同守孝三年。"杨氏眼睛有些湿润，"大约是德宗贞元年间，兄弟俩先后进入仕途，正直为官，恭让为人！"

白居易接过话头说："崔能曾任黔中观察使兼经略使，终至岭南节度使。崔从先后任御史中丞、御史大夫、山南西道观察使、户部尚书等要职，接任检校尚书左仆射、淮南节度副大使、知节度事，皆秉节居镇，世传为荣！"

见堂兄所言非虚，杨氏心上的包袱终于放下了。一路上风餐露宿，千里漂泊，总算落了地。江州司马虽是闲职，俸禄却不低，居家过日子绰绰有余，比起老家伙呆在京都大放厥词，更加让人安心。好在江州固然偏远，却不荒芜，比起柳宗元的永州可是强上百倍。最为安慰的是：丈夫遇见这位布衣雄世、高风亮节的上司，从此无须担惊受怕。这人一放松，嘴边的话便脱口而出：“想那崔能是明白人，他对夫君如此热情，一则都是读书人出身，崔能对夫君才华仰慕已久；二则你曾是皇帝身边的近臣，他日再度飞黄腾达，也未可知。客气、谦虚只是表面交际，而让夫君无言认下‘怀德’之举才是他的发力之处，故而破格礼遇。”

白居易闻言脸色一沉，暗自寻思：女人啊！即便是大家闺秀，终究难以剔除骨子里的那份实际，什么事到她嘴里便脱不了斤斤计较，非得从人情世故里过一遍筛子。她哪里知道，叔父白季康、长兄白幼文与崔家也是世交，崔能是一手握情义，一手握宽容，岂是妇人见识的那般！

现在想来，似乎听兵部侍郎许孟容讲过，元和八年，崔能因如何处置南蛮酋长张伯靖叛乱事件与宰相李吉甫意见相左，被贬为永州刺史。那期间，永州司马柳宗元是其下属，面对已经“万劫不复”的柳子厚，崔能同样给予应有的礼遇与尊重。柳宗元写《段太尉逸事状》，就提及崔能为其复校核实。一枝一叶，浑厚华滋，君子林泉幽邃，妇道人家安能忖度深浅！白居易正想数落她几句，灯下忽然发现杨氏鬓角已然有了几根白发，话到嘴边又硬生生地吞了回去，舌尖一转便化作了温存：“夫人一路劳顿，茹苦含辛！从今往后，你我远离是非，悠悠闲闲地好生度日。”

这一席话，柔情千叠，任你铁石心肠的人，也动了感动之念，何况是一个多愁善感的妇人。听了，杨氏早不觉在粉腮儿上推下嫣然的笑容来，口中却道：“乐天，洗澡水已经烧好，洗洗再睡。”杨氏一边说着，一边拿来早已准备好的换洗衣服，催促丈夫趁热沐浴。

盥洗了一番，白居易抖落了风尘，亦抖擞起精神，酒也醒了七八分，却全无半点睡意。他一面整理书稿，一面寻思：使君公待之以礼，处之以义，不尽是肝胆相照，更有惺惺相惜。人到一定层次，善恶之分，境界高下，往往都落在自身有无的情怀之上，有些情怀像山，有些情怀像河，崔能的悲悯既像山又像河矣！人生在世，能将山河装进心里的人，一定是那些经历过苦难并且将心比心之人。想到这一层，白居易心潮逐浪，蓬勃腾挪，思绪如酝如酿，嘴上喃喃吟哦道：

浔阳欲到思无穷，庾亮楼南湓口东。
树木凋疏山雨后，人家低湿水烟中。
菰蒋喂马行无力，芦荻编房卧有风。
遥见朱轮来出郭，相迎劳动使君公。

第十一章　江州司马

凭　栏　人

翌日巳牌时分，白居易在驿馆正与杨氏说着闲话，忽听得院外传来马儿的嘶鸣，内心正嘀咕，馆驿前来通报：“白司马，江州陈长史前来相见。”白居易急忙迎将出去，恰见来人大踏步跨进院落，身后跟着两名录事。

“白司马昨晚休息可好？下官已命人洒扫好司马宅院，特来领你前往。”陈长史见白居易迎接出来，开门见山地说。

“何劳长史亲自烦劳，下官着实感激不尽！”白居易慌忙一揖，言语略微有些不安。长史乃从五品上幕僚长，实为江州具体行政者，特为自己住宅之事忙上忙下，足见高看一眼，不禁胸中热流萌动。

“你我同僚，理当照应，区区小事，不必介怀！”陈长史一面寒暄，一面吩咐两位录事进屋帮忙收拾行囊。

马车迤逦来到浔阳城西门外，见一处官舍比邻湓浦口，北临长江，地方幽静。远远望去，周遭丘抱树绕，林中起一条青石甬道，路尽头树深处，掩映着一座高挑的门楼，里面黛瓦起伏，半显半隐，白居易见了，脱口称叹道：“好处所，多谢使君公与长史眷顾！”

陈长史在一旁答应：“刺史忖度白司马习性，特命下官挑选此处作为司马宅邸，恰好比邻江州官署司马厅，出入便利。”

“承蒙使君公厚爱，长史照拂，此处闹中取静，栖迟幽深，在下甚是欢喜。”白居易边说边跨入门楼，张目左顾右盼，不住地颔首。

宅院为中轴三进建筑，依次为门楼、厅堂和宅邸，进深约莫五檩到九檩不等，间有天井，作采光和排水之用，屋顶内侧坡的雨水可从四面流入天井，俗称“四水归堂”。左右两侧设东、西厢房，边门出入，各进建筑，既以廊轩互为贯通，又相对独立，形成半封闭院落，讲究之处尤以门窗、牛腿、雀替、砖雕、石雕等细微处彰显。宅后有园，时蔬杂木与藤蔓花草相互掩映。宅北紧靠一狭长土冈，冈上竹影婆娑，日光摇翠。惹人怜惜的是，竹石丛中建有一茅亭，亭内备有床席，供临时休憩所用。白居易登冈四望，见远处帆樯林立，错落帘前，近处奇丘翠障，奔赴脚下，真乃“地与尘相远，人将境共幽”，覼缕簇缩，尽在其中，千里一瞬，坐而得之。

“有此风雅之地，白司马定然诗兴勃发！”陈长史见白居易满面欢喜，在一旁凑趣地说。

白居易莞尔一笑，说道：“着实是舒意气、逸天然的好住处，有劳长史费心！”

“白司马好生歇息，下官尚有公事要办，这就告辞。”陈长史说着抱拳揖了揖。

“进屋喝茶再走不迟，”白居易有些过意不去，挽留道。

陈长史略一欠身，微笑着说：“来日方长，少不了上门叨扰，刺史明日要去巡查，杂事繁多呢。”

白居易听了，不再强留。送走陈长史和两名录事，觉得意犹未尽，又独自将宅院前前后后巡视了一遍，心中寻思：“偶获此闲居，缪似高人迹。”不曾想湓浦渡头，却有这等幽雅处所，出入纵览，春花秋月尽收眼底。近傍街市迂回曲折，远抚大江浩浩汇流，南山横翠，湓浦飞云，骋目游怀，不亦快哉！

正驰骋遐想，杨氏在里头尖着嗓门喊道：“乐天，快来帮忙布置家具，尽是檀木、枣木打制，忒重！”

“好嘞，这就来！”听到这中气十足的叫喊，他惊异地发现杨氏已然恢复了往昔的热情。

白居易当值的处所在浔阳城内江州官署的司马厅，系州署大院内一处单家独院。抵达江州的第二天，他凌晨便起了床，草草进了一些膳食，便匆匆前去点卯。崔能厚待了他，万不可潦草随意，给使君公添堵。再说，初次上任，也要在同僚眼中留下好印象。京官当久了，按规定宿直（轮流值班之意），已然成为骨子里的习惯。记得当年在京都任职时，翰林院有个约定成俗的规矩：视日影为候，大抵日光照到甬道第五块砖时入署。有位姓程的翰林，生性疏懒，往往日光越过第八块砖才匆匆赶到，同僚戏称其为“八砖学士”。好在程翰林人缘极好，得以幸免处罚。

宪宗勤勉，每日都是要临朝视事的，诸多在京文武官员职事九品以上，朔望日上朝；职事在五品以上以及监察御史、员外郎、太常博士，每日照例需要朝参。白居易任左拾遗期间，每次临朝，皆是以鼓声为号。金吾卫于街隅悬鼓，日暮，鼓响八百声城门关闭，止行李以备窃盗。凌晨五更二点，鼓三千过，自大内而发，诸街鼓依次传承，坊门这才次第开启。凌晨鼓响，其目的是警戒盗贼，谁料竟然起到报时功用，可谓一举两得。鼓声看似与白居易上朝并无关联，殊不知，白居易每天也是谛听鼓声来判断时辰的。都城长安官署里，约有内官两千六百多人，分为常参官和非常参官。常参官乃职事官，须每日面君。一般在五品左右才有资格，人数大约近千人。这般官员早朝约莫在卯时至辰时举行，之后便各自回署衙当值，及至申牌时分散朝，每日当差八个时辰。除此，各署官员尚需轮番宿直。如若同署有两名官员一起宿直的话，称呼“伴直”。白居易记得自己曾与翰林学士钱徽同夜当直，还写下《同钱员外禁中夜直》一诗：

宫漏三声知半夜，好风凉月满松筠。
此时闲坐寂无语，药树影中唯两人。

当下，空荡荡的司马衙署内，黑暗悄无声息。白居易自袖中摸出火石，点燃了灯盏，掸了掸兀凳上的灰尘，一屁股坐了下去。他眯缝着双眼，盯着眼前的一团光明，胡乱地想起了心事。经历了无数的辛酸，多少苦难，几十年来自己始终竖起脊梁，发奋向上，本想上崇祖先，下启儿孙，做一番喧腾豪迈的事业，无奈官场明枪暗箭太多，鲜衣怒马的一封奏章，本是出于忧愤，却无端地成了众矢之的。而今历经劫波，白居易忽然觉得自己有所通透，虽然做不到风鸣树偃，积水成渊，可也学会放下一些执念。

此时此刻，灯焰跳秧歌似的在眼前扭过来又扭过去，火焰将黎明前的黑暗扯开了一道裂缝，嫩寒的风从中间穿过来，倒映在粉墙上的影子，便冷冷地打着寒战。白居易感觉到凌晨的寒冷，站起身来，在厅堂内来回踱着方步，不知不觉鸡叫三遍了，东方已然透出鱼肚白。他内心忽然空荡荡的，自从离开长安，一路上颠颠簸簸快大半年了，今儿方才登堂入室，一时间还真不习惯。他不禁寻思：身为江州司马，从五品下的佐官，是要协助刺史办事的。

难得崔能胸怀宽大，横竖能够容人，自己要稳得住，担得起，方能助使君公一臂之力，不负知遇之恩。

天光已经大亮，白居易这才看清司马厅内的摆设，正中是一个约两米多的朱漆案台，上面安放着一方又大又黑的砚台，边上的笔海内歪歪斜斜地插着几支湖笔，紫檀的惊堂木，压着一沓纸笺和一本供人临摹的法帖。白居易估摸是前任留下的，随意翻了翻，一甩手扔回了原处，不料却将黄铜烛台打翻在地，“咣啷”一声巨响，倒把他吓了一跳。

熄灭了灯盏，清晨的阳光便丝丝缕缕地溜了进来，如同细雨一般滴落在青砖铺成的地面上，有一抹斜斜地洒在被年代尘封的角落，像一声轻轻的叹息。这光景，一阵清风捎来了幽幽的桂花香，他循着这味道出去，见庭前的桂花树依旧青枝碧叶，一串串金黄色细花如摇曳的风铃。目光越过院墙，映入眼瞳的是绿树掩映中成片的瓦房和陈旧的草庐，它们交错陈杂，恰似一盘杀得正酣的象棋子儿。

不知不觉时辰已近晌午，依然是官曹冷似冰，不见一个人影走动，白居易难免心中急躁，挨挨蹭蹭又过了一个时辰，眼见日头当顶，到了午饭的光景，便掩了门，沿着来路返回家中。

“回来啦，正等着你吃饭呢。”杨氏见丈夫回来，脸上焕发着笑容。

“你自己吃吧，我不饿。”白居易冷着脸，一头扎进书房。

杨氏见情形不对，后脚跟了进来，紧张地问：“怎么呀，谁又招惹你啦？”

“江州司马，简直是喝茶拿筷子——摆设嘛！”白居易气鼓鼓地说。

“司马乃辅助官员，本就是闲散之人，你又何必较真。”杨氏被白居易的气话逗笑了。听说只为这等小事，悬着的心顿时放了下来，便东扯西拉地哄着夫君去厅堂进餐。

一连二十多天，白居易日复一日去司马厅当直，偌大的衙署照例无人问津，漫漫长日，连个说话的人都没有。他慢慢发现，江州的一些官员来来往往都有意无意地绕开司马厅，似乎打从门前过都会沾染上晦气，这让他很受伤。一日，下起了蒙蒙秋雨，白居易孤零零站在司马厅门前，等待雨小些，方好回家。雨借风势，像细细的鞭子抽在他的脸上，隐隐作痛。这时，耳中又听到不知哪里飘来的笛音，那曲子钩得人心碎，那雨声打得人断肠。

又是一天大早，白居易在去司马厅的路上，忽然听见有人叫唤自己：“白司马，可否借一步说话？”

白居易回首观看，依稀认得是杨司兵，便立住脚，回应道："前面不远处便是庾亮楼，杨司兵一同去喝茶暖暖身子如何？"

"喏！"杨司兵点点头，两人并肩走向庾亮楼，找了一间临江的厢房坐定，杨司兵似笑非笑地说："白司马好性子，每日坚持宿直！"

"既是官身，当有差使！"白居易讪讪地回答。

"白司马学富五车，《汉书・食货志》定然看过。"杨司兵看了一眼白居易，有意无意地说。

"哦？"见杨司兵忽有此问，白居易一时不知怎么回答。

"《汉书・食货志》载有'赋共车马、甲兵、士徒之役，充实府库赐予之用'，说的是汉代司马的职责吧？"杨司兵说，"汉司马'书土田，度山林，鸠薮泽'，上马管军，下马牧民，位高权重。"

白居易听出了杨司兵的话外之音，见他初次交谈，毫无顾忌，心里略微有些不快，便沉吟不语。

"下官知道白司马性度恢廓，折节容下，故而放胆掏心，唐突之处，还望见谅！"杨司兵似乎看穿了白居易的心思，微微一笑说。

"不妨，人生哪能多如意，万事只求半称心。乐天初来乍到，正想讨教一二。"白居易微微一笑，知道杨司兵有话要说，心中一动，便已然释怀。

"我朝前期司马实为通判官，具有实权。白司马知道曾广成吗，贞观年历魏州司马，有治状之权，先帝为他而不设置刺史。为政三年，玺书褒美，进膳部郎中。"杨司兵徐徐地说，"至德宗、宪宗朝，京官谪迁，多贬为司马。韦执谊、柳宗元、韩泰、刘禹锡、程异等改革失败，俱被贬为州司马。柳宗元被贬永州，刘禹锡被贬朗州。"

白居易点点头，仔细地听着。杨司兵话锋一转，语气低沉地说："司马并无实权，只领俸禄，州民康，非司马之功，郡政怀，非司马罪。无言责，无事忧，且多为贬谪之人，地方官员多不与交往，以免授人以柄，祸及自身。"

"难怪多日来，司马厅门前冷落，鞍马稀疏。"白居易说罢，愀然叹息一声。

"白司马不必气馁，司马可比下官量移升迁机遇大得多，返回京都只待时机。故此，同僚皆敬而远之，多不得罪。"杨司兵似笑非笑地说。

白居易不住地点头，至此，对自身处境洞若观火。不禁感慨地说："今听杨司兵肺腑之言，茅塞顿开。难为杨君不避嫌疑，指点迷津，乐天心领了！"

杨司兵告诉白居易："江州乃上州，刺史以下佐官有别驾一人、长史一人、司马一人、录事参军事一人、录事二人，此外还有司功、司仓、司户、司田、司兵、司法、司士等七曹参军各一人，皆从七品下。又有市令、丞、文学、医学博士若干人。"

白居易默默听着，不时呷一口茶。杨司兵言语爽快："自魏晋以来，刺史多兼任将军，有军事枢纽。又因是刺史，故而尚有一套行政系统，设置司马一职，乃军府之官员，名义上是理军事。"

"司马既是刺史之副职，因何又无事可管？"白居易疑惑地问。

杨司兵说："其根由是肃宗、代宗以来，方镇的权力日益膨胀，节度、观察可以自行设立使府辟署，唤作幕僚。如若州县有事，则遣幕职去处理，甚或州县主官空缺，亦由幕职暂时代理，再报朝中批复，或另行任命。如此，长史、司马无事可干，沦为闲职，何足怪哉！"

白居易这才恍然大悟，感慨地说："早闻刘禹锡诗中有'案牍来时唯署字'之句，今日方才明白过来。"比较贬谪之前太子左赞善大夫的正五品上，司马职事乃从五品下，散官是将仕郎，品轶为最低的从九品下。降级也就罢了，然徒有职位、薪水，却无任何实务，司马，真乃一个不明不白的职位也！

杨司兵目光柔和地看了白居易一眼，温言说道："好在崔刺史心仪白学士已久，那日把臂言欢，文士揖见，必然使上下同僚高看一眼，白司马尽可风花雪月，以待时机，岂不快哉。"

说话之间，杨司兵见已到午时，起身呼来伙计，点了酒水菜肴。少顷一一上齐，杨司兵恭敬地举着杯盏说："白学士诗词，比肩李杜，乃当世一绝，在下手追心摹，敬佩得紧！没承想竟能与汝同僚为官，实乃三生有幸！"

"杨司兵至诚待人，义薄云天，你我当浮一大白！"白居易破颜一笑，朗声说道。

时间如鸟迹鱼踪，过不留影。推杯换盏之间，已到点卯时辰，杨司兵与白居易匆匆作别，一歪一扭，径直离去。白居易目送着那背影消失在岔道口，吁了一口气，心头有些怅然若失。他暗自掂掇：方才杨司兵的言语，算是踩到了"司马"的鼓点。提纲切要，这人不简单！又想起崔能当日谈及公事时，只淡淡交代了一句："你自便吧！"这"自便"两字至此才算有了注解。正寻思间，楼南的一棵高大古槐上，传来乌鸦"呱呱"的叫唤，打断了他的心绪。顺着叫声寻过去，乌鸦遮掩在繁茂枝叶里，不曾瞧见，那枝丫扶疏的片片屋宇，倒像打碎的琉璃。他挪动脚步，踱到临江的阳台，顿觉眼前一亮，见江水浩荡东流而去，秋阳洒在水面上，跃动着粼粼波光。凭栏看过去，江山烟云皆在几席之间，猛地想起姚鹄的《嘉川府楼晚望》：

楼压寒江上，开帘对翠微。
斜阳诸岭暮，古渡一僧归。
窗迥云冲起，汀遥鸟背飞。
谁言坐多倦，目忘自忘机。

好个“楼压寒江上，开帘对翠微”，白居易对景赞了一句，只是自己今日心情不畅，没有兴致和上一首。想到当下生活的目的变成追逐光阴，心情又黯淡了三分。他意态阑珊地走下庾楼，见门前有一口水井，边上立有石碑，上面榜书着“浪井”二字，禁不住有些好奇，便近前趴在井床上仔细观瞧，恰巧一阵风过，井水顿然涌起层叠的波浪，时大时小，经久不息。正自疑惑，抬头见碑石上尚有颜体小楷刻录的李太白诗——《下寻阳城泛彭蠡寄黄判官》：

浪动灌婴井，寻阳江上风。
开帆入天镜，直向彭湖东。
落景转疏雨，晴云散远空。
名山发佳兴，清赏亦何穷。
石镜挂遥月，香炉灭彩虹。
相思俱对此，举目与君同。

白居易点点头，原来这井水与长江竟然是相通的，江上浪涛与井里波澜前呼后应，果然玄妙。转念又想，这江州乃物华天宝、人杰地灵之地，待来年春暖花开，倒要摆脱俗累，涉足林泉，仔细畅游一番，好使一路来的身心得以自适，争得当下的安顿。

闲 中 好

家中，杨氏在升炊烟，白居易在煮茶。

自从在庾亮楼与杨司兵有了那一番叙话，白居易倒也收拾起执拗，学会了随遇而安。日渐地，连每天到州署点卯应官的形式，都懒得去应付。这日起床，日已三竿，江畔隐隐传来丝竹之声，笛声低低吹着，令人意远。白居易盥洗后，百无聊赖，见杨氏憨孜孜地含着笑意，忙出忙进地准备着早炊，心底忽地一动。此情此景，有种久违了的亲切。一个妻子是不是幸福，看她的脸就够了。做人的法则是：一颗阴暗的心，托不起一张灿烂的脸。当下，杨氏眼里写满了故事，脸上已然不见了风霜，居然还化起了淡妆，穿上了喜欢的衣裳，看上去一副无心无肺的模样。白居易看在眼里顿然就有了感动，他佩服杨氏放得下过往，忘得了伤悲，吞得下委屈，杠得起变故，真的比自己强！有时候，生活就像迷宫，你用上半生寻找入口，用下半生寻找出口，兜来兜去，就是不懂得约束自己，不晓得放过自己。人之所以痛苦，一种是因为求之不得，一种是因为舍之不得。近来的诸般纠结，全因自个儿该放的不放，该拿的不拿，缺乏自性的作为。实则，一路上汉水、长江涨涨落落，悲喜皆存乎一心矣。想到这一层，他忽然对妻子有了新的理解：这婆娘不求大富大贵，只盼一双两好地过日子。丈夫遭遇贬谪，在她眼里或许倒成了远离是非的机缘。她在乎的是一切供应，不减不薄，油盐柴米般足适用便是花好月圆。

窗外，一鸟入林，百鸟压音。白居易忽然想起前些日子崔能托人送来的庐山明前茶，当下无差事挂碍，正好烹煮品尝。

“前日使君公托人送来的茶叶放在哪儿？”白居易打叠起温柔，暖言问道。

“在你书房的橱柜里。”杨氏正往灶里添加柴火，眯缝着眼回答。

白居易又问：“陈长史差人灌来的庐山泉水在哪？？”

“在屋檐下，陶罐里密封着呢。”杨氏反问道，“今日不去点卯啦？”白居易敷衍道：“去也无事可干，不若拾掇诗集，早日编撰完整。”

说着，拿出茶叶闻了闻，有一股兰草的清香，禁不住脱口赞了一句：“好茶！”

这庐山茶可有讲究：庐山北麓有一座寺庙，唤作东林寺，东林寺边上有一个自然堰口，堰口周遭遍布着茶园。说起这茶园的来头，就不得不提起东晋得道高僧慧远。一次，慧远在庐山马尾水出坡，发现山中有野茶，遂移植到寺庙的山坡上，慢慢地演化成了家生茶。慧远是亲切的和尚，一次，以自种的香茶款待好友刘遗民、周续之二位玄学大师，顺便请来了西林寺的师兄慧永。宾客见此茶条索秀丽、青翠多毫，香气鲜爽而持久，用清冽的山泉冲泡，愈发嫩匀成朵，清澈明亮，无不交口称赞。如是慧远说：“此茶已收摘数年，尚无名目。今日众贤毕至，不若各取一名，写在手心如何？”

众人称善，慧远吩咐知客僧取来笔墨。俄而，刘遗民、周续之相继摊开手掌，依次是：闻林茶、雾根茶。

慧永略一欠身，伸出手掌，众人看时，写的是：云雾茶。

最后慧远亮着掌心说："世间有劫浊、见浊、命浊、烦恼浊、众生浊，烦恼皆由浊起，此茶饮后能使五浊清静，不若唤作'五净心茶'。"

众人齐声说："妙！"自此，寺僧格外用心栽培，东林茶园遂一茬茬葳蕤葱茏。前些日子，崔能托人送来了今年的明前茶，特地叮嘱务必以松枝上漫起的火苗焙烤，再用岩隙过滤后的山泉冲泡，方能出得其中滋味。白居易依照崔能的叮嘱，一面慢烹五净心茶，一面得意地寻思：道家云"小隐隐于野，中隐隐于市，大隐隐于朝"，当年王摩诘大隐辋川别业，居朝野而寄情林泉，处江湖而心系庙堂，固然洒脱，终究难得品尝这"五净心茶"也。

白居易正专心烹茶，忽听院子外一阵橐橐脚步声，那脚步走到门前停住，旋即有人朗声问道："白学士在家吗？"

打开院门，眼见一位年及四旬上下的男子，静静立在那儿。来人头戴一顶青纱抓角儿头巾，身着蓝色粗布的袍子，看上去有些放荡不拘。那棱角分明的脸庞上，镶嵌着一双深邃的眼眸，正含着浅浅的笑意。白居易看着眼生，谨慎问道："尊驾是？"

"在下刘禹铜，因在族中排行十九，故而人称刘十九。早年在洛阳行商就闻听白学士雅量高志，心慕已久。近年鄙人经营浮梁茶叶，往返中转盘踞于江州。日前打听到白学士居所，特来拜访！"刘十九言语恳切，掬诚交好。

白居易煮茶无客，忽逢刘十九造访，且磊落不俗，不禁窃自欢喜。连忙侧身迎客进门，嘴中说道："有朋自远方来，不亦乐乎！请进，请进！"

两人分宾主坐定，恰巧壶内汤沸，白居易分出杯盏，一一注了八分满。刘十九端起杯盏，未品先闻香，待茶汤稍凉，浅浅地呷了一口，说道："孰不有古，南山峨峨。若能日日煮茶，日日便是好日。"

白居易见刘十九谈吐不俗，愈发来了兴致，便接过话头说："刘居士经营茶叶，必然稔熟茶事，可否讨教一二？"

刘十九注视着盏中茶叶，看一叶一芽渐渐吸满水分，逐一变得饱胀起来，终于不堪重负，纷纷沉入杯底，遂缓缓地说："品茶亦有讲究，一杯茶分三口，第一口试茶温，第二口品茶香，第三口才是饮茶。呷茶入口，茶汤在口中回旋，顿觉口鼻生香。六安鲜醇爽口，蒙山温润高爽，此茶香馨醇厚，当为庐山五净心茶。”

白居易闻言，内心暗自赞叹：此人精于茶道，非比寻常。遂自呷了两口，说道：“正是五净心茶，不知有何讲究？”

刘十九喝茶的时候，闭着眼睛，喝完很久方才睁开，那目光如同青绸。良久，方才回答：“慧远深悟茶中‘诧寂’之意，道之滋味，淡雅如斯！”

白居易点点头，当下并不多言，只以目光鼓励刘十九继续说下去。片刻的静默中，院外林子里，秋蝉嘶鸣如织锦，茶炉上熟透的水咝咝地冒着热气，喧嚣中，一次低头品饮，仿佛是对生命的温柔关照。一盏茶心，一次颔首，不及闭目，沧海已然。

“安史之乱之后，关中难民蜂拥南下，茶圣陆羽亦在其中，遍历长江中下游和淮河流域，仍不忘搜集茶水。唐上元年，陆羽隐居庐山，阖门著述传世奇书《茶经》。”刘十九悠然说道，“此书白学士可曾读过？”

白居易点点头，说道：“早年也曾翻阅，书中阐述，茶之事，水占八分功德。”

“此言得之，陆羽遍访名茶、泉水”，刘十九说，“其在《煮茶记》中对江、淮、井、泉以及雪水，列出了二十品，其中庐山康王谷谷帘泉水为第一，庐山招贤寺下方桥潭水为第六，天下名泉众多，江州独占鳌头，真乃人杰地灵之地！”

白居易微笑着说：“当下烹的正是谷帘泉水，《茶经》云：煮茶之水以山泉最佳，江水次之，井水为下。谷帘泉纯正晶莹，唇沾而味柔，清冽脏腑。”

“此水煮茶汤色碧亮，香馨持久，呈浮云散雪之状，令人回味。”刘十九说，“白学士初来乍到，便了然茶中三昧，在下钦佩！”

“煮茶能得真香，袅袅绕绕，令人心生欢喜。”白居易笑道，“煮茶能得厚韵，犹见真情；洁净无染、有风骨，犹见君子。”

刘十九见白居易视自己为君子，大为感动，遂起身拆开拎来的浮梁茶，满面春风地说：“一道茶苦如生活，二道茶醇如美酒，三道茶淡如微风，此茶已过三遍，不若尝尝这浮梁茶的滋味。”

院内窗明几净，临风饮泉，饮何雅也，试水斗茗，饮何雄也，瓷瓶窑盏，饮何清也。不知不觉，已近午牌时分，周遭鸟鸣如织，两人相对而坐，悠然自得，心情婉约而从容，细细地品味过二道茶：

第一道茶，明前五净心茶，俗称云雾茶。一叶一芽鲜醇回甘、白毫显露、芽壮叶肥、叶底细嫩翠绿，用的是谷帘泉，倒入杯中，色翠汤清，恍若醍醐甘露。

第二道茶，浮梁茶，文火细烟，小鼎长泉，出蚕豆花香，味醇厚。呷在嘴里，如木兰沾露，瑶草临波，始信江南之艺茶，树矮枝繁，其香在根。

两人在初阳薄暝的日子，兴味潇骚，在袅袅的山泉里，荡漾着明月一样的初心。白居易啜一口茶，沉吟着问道："刘居士既是洛阳人，可否认得刘禹锡？"

"梦得是在下堂弟，在族中排行二十八，世人多认为我与堂弟排行是'禹'字辈，实则是'锡'字辈，从兄刘申锡与我俩同辈。"刘十九随即又说："白学士与梦得皆是当今大才，又同朝为官，必然惺惺相惜！"

莫道谗言如浪深，莫言迁客似沙沉。

千淘万漉虽辛苦，吹尽狂沙始到金。

白居易吟着刘禹锡的诗句，吁了一口气，说："梦得现在连州吧？"

"推行不到五个月的'永贞革新'夭折后，堂弟与柳宗元、陈谏、韩晔一干人被贬为边远诸州司马，连州乃二次遭贬，最初是朗州，当年，是从兄刘申锡亲送梦得至贬所的。"刘十九黯淡地说。

白居易出了一阵子神，蹙额太息一声："刘梦得、柳子厚执政期间，罢进奉、宫市、五坊小儿，革德宗末年之乱政，清国纪，大快人心！"

刘十九阴郁地盯着炉火，突然觉得鼻酸，"无奈宦官藩镇，迭争权力，辗转为奸，遂据势要，乃至谤毁腾于天下，二王八司马寡不敌众，以迄于败，可胜慨哉！"

"去年子厚和梦得同时奉诏自贬所回京，谁料今年三月又先我离京，分别谪为边远的柳州刺史和连州刺史。"白居易唏嘘道，"二十年来万事同，今朝岐路忽西东。"

"永贞革新，两人谋议唱和，同时遭难，远谪边地。十年以后，又一同被召回京，一并再贬远荒。世事如棋，情何以堪！"刘十九眼圈发热，言语有些哽咽。

正自长吁短叹，杨氏前来见过刘十九，面朝白居易说："饭菜已熟，还不请客人进膳？"

两人相觑一笑，这才觉得腹中辘辘，真的有些饿了。刘十九也不拘泥虚礼，略微客套了几句，便留下用膳。

席间，白居易问："闻听东晋陶渊明乃浔阳柴桑人氏，刘居士可知其故里所在？"

刘十九品着菜肴，说道："陶渊明大约在东晋义熙元年归田，后从旧居柴桑迁往上京栖身，大略方位应在庐山南麓。"

"上京？"

"对，就在上京。"

"居士可曾去过？"

"在下不曾寻访，老友元集虚多次前往，应当老马识途。"

"元集虚？何许人也？"

刘十九呷了一口酒，啧啧有声地说："元集虚，人称元十八，当年官至协律郎，掌管监调律吕音乐。少好群籍，博通三教。现卜居庐山，结溪亭于五老峰下，对江州的水土、人文了然于胸。"

白居易注视着刘十九说："秋日晴朗，冷暖适宜，择日一同拜谒渊明故里，如何？"

刘十九听后一笑："正有此意，只是眼下年关临近，诸事繁多，白兄等我消息，待到来年开春，定然邀上元集虚同往。"

酒过三巡，菜过五味。刘十九起身谢过杨氏款待，辞别白居易迤逦而去。出了院门，穿过小巷甬道，那身影瞬间消失在市井之间。

这一天，晨飙动野，斜月在林，白居易早起信步来到城外，看见一派江景潇湘非常，心情也便有了些许的活动。自打贬谪江州，这条大河就与自己有了共同的故事，故事的起点在长安，分岔在襄阳，终点在江州。此刻，他再次审视这条曾经漂泊过的江流，发现故事的迷人之处就在于，故事还在继续。白居易苦闷的是，这世上最糟糕的事情，莫过于怀着满腔的心事与秘密却无处可诉，因为萦绕在你脑中的一些天大的事情，一旦脱口而出，别人却感到无关痛痒。眼望着滔滔逝水，他忽然怀念起挚友元稹。哦，元稹，你过得可好？这些日子，白居易发现自己变了，变得乐于倾听，善于安慰，变得在意别人的眼光。聪颖的他不是不明白，别人的评价都是注解，自己的内心才是原文，可现在他愈发在意照顾好生活，照顾好灵魂。

这光景，旭日升起来了，阳光如禅。他抬起头来看了看前面，见不远处有一高楼，九脊层顶，龙檐飞翔，四面回廊，古朴凝重，遂起了登楼之意。俄尔行至楼前，仰面看时，见楼额上榜书着三个大字：浔阳楼。那书法笔力劲险，飞白冠绝，有欧阳询的笔意。白居易看了，便自寻思：前日听刘十九说过，武德四年九江郡改为江州，析湓城置浔阳县，所谓浔阳楼，应是以地域而得名。当下既然漫步至此，何不登楼观景，自己看玩一遭。

进入楼阁，环视四周，白居易见墙壁上留有多处题壁，顿时兴味盎然，便倒背着双手一一玩味，发现其中《登郡寄京师诸季淮南子弟》一诗尤为突兀：

始罢永阳守，复卧浔阳楼。
悬槛飘寒雨，危堞侵江流。
迨兹闻雁夜，重忆别离秋。
徒有盈樽酒，镇此百端忧。

又看见小词的落款，方知乃德宗年间韦应物任江州刺史时留下的题壁。白居易瞻玩墨迹，不免感叹官吏的忧往喜还，吞吐沉浮。就这样嗟吁着踱步楼外，他寻了一座阁子凭栏远眺，但见岸畔蓼花苇叶摇摇落落，渔舟往来如梭，野鸟盘桓起伏，不免遐想着得鱼沽酒、燃竹烹鲜的渔家生活。那敢情好，醉倚篷窗，闲眠柳岸，得欢当作乐，斗酒聚比邻，得大自在。白居易正摅和怀抱之际，忽然天空水阔之间传来欸乃高歌：

江水一夜秋风冷，吹散芰荷红玉影。
蓼花菱叶不胜愁，垂露繁霜压纤梗。
不闻永昼敲棋声，燕泥点点污棋枰。

其曲萧疏清越，曲意悠然，有乐天安命之意。白居易被这扣舷云渚的渔歌所感染，顿觉心胸为之一荡，竟也情不可抑地吟咏起来：

常爱陶彭泽，文思何高玄。
又怪韦江州，诗情亦清闲。
今朝登此楼，有以知其然。
大江寒见底，匡山青倚天。
深夜湓浦月，平旦炉烽烟。
清辉与灵气，日夕供文篇。
我无二人才，孰为来其间。
因高偶成句，俯仰愧江山。

时光如流，不停不居。转眼到了元正日。元日又称三元，分别是岁之元、时之元、月之元。元日，皇上特许解除宵禁三天，称为“放夜”。这三天长安城大街小巷灯火通宵达旦，世人竞相奔走，即便是大家闺秀也可上街，便给适龄男女提供了烈火干柴的邂逅机缘，是夜，明丽的月色和绚烂的灯光弥漫着整个京都，溢香的花车、闪光的宝辇阻塞了街道。白居易寻思：今年谪居乡野，已然难以目睹长安的年节盛况了，慨叹之余，难免些许唏嘘。

这是白居易贬谪江州度过的第一个新年，往年在长安城内，元日的宫廷也是一派肃穆而忙碌的景象。依照礼部规定，元日朝会在太极殿举行，殿上陈设礼乐、历代宝玉、车乘，仪仗庄严。皇帝衮冕临轩，皇后、百官、朝集使以及皇亲国戚都着朝服一同参加。仪式的过程中，包含了皇太子、诸公的献寿礼仪、中书令上奏地方的贺表、黄门侍郎奏祥瑞吉兆、户部尚书奏诸州的贡献之物，礼部尚书奏诸蕃的贡献等等，自是一番繁华。曾任翰林学士的白居易，依然记得福州刺史的裴次元所写的《贺正进物状》：

> 臣伏以青阳发春，肇宝历于兹始；元穹降祚，仰圣寿而维新。正殿向明，班行承庆。顾臣等守土，列在东隅，空怀捧日之心，望云何及；独阙称觞之礼，鸣佩无因。瞻九重而在天，空倍情而增恋。前件物及衫段宣台卓座等，礼不惮轻，物斯展敬。节当有庆，用申致贡之诚；情苟为珍，愿比负暄之献。臣某不胜感恩忭跃屏营之至。

白居易正忖度江州刺史崔能今年是否亦“谨奉表陈贺以闻”，就听得院外一阵喧哗，接着传来敲门之声，杨氏前去开门，但见录事参军事携司功、司仓、司户、司田、司兵、司法、司士等七曹参军外加录事一干下级官员前来贺岁。诸多平日很少会面的同僚，呼啦啦这般齐备，白居易少不得一番应酬。寒暄间，杨司兵悄然递上刺史崔能的书帖，乃是邀请白居易携夫人元日去刺史府做客。元日，就是大年初一。

时人爱热闹，这一日浔阳城里家家户户都设着酒宴，邻居们相互拜年，走到谁家吃到谁家，此为“传座”。高级官员都要进宫去给皇帝拜年，参加一年里最隆重的元日大朝会。不但在京的文武官员必须点卯上朝，地方官也会派使者或者亲自进京贺朝，就连遥远的羁縻州、附属国也要派人来送礼朝贺……事实上，崔能为元日贺正，在十二月就已遣使到京，江州贺正使已于元日这天随京官一起参加朝会拜见，贺正表也直送四方馆，在元日仪仗后同时呈上。了却帝王之事，崔能考虑到白居易初到江州，特地写下书帖命杨司兵送达司马邸，特邀白司马来府上共度新春。

人定时分，杨司兵已然叫来轿子，杨氏细心打扮一番欣然乘坐，白居易骑马在前，一行人晃晃悠悠，径直投刺史府而去。送至门前，杨司兵拱手作别，早有门人迎迓入内。见崔能携夫人等候在阶前，白居易内心滚烫，躬身一揖说："元正启祚，万物惟新，伏惟使君公阖家万福！"

崔能趁前一步，握着白居易的手说："愿福庆初新，椿萱并茂！"

略叙寒暄，相互引见了夫人，遂携手进入厅堂。白居易见宴席早已摆好，屠苏酒、椒柏酒、五辛盘、胶牙饧，诸般岁时节物一应俱全，烹制鸡丝、葛燕、粉荔枝等食品摆满全席。次第分宾主坐定后，白居易双手捧着屠苏酒，恳切说道："承蒙使君公厚情，在下铭刻肺腑！"

崔能亦举起杯盏，笑容满面地说："平日公务冗杂，怠慢之处，还请乐天海涵！"

相互客套了几句，崔能问道："乐天抵达江州已近半年，饮食起居还适应吧？"

白居易略略躬身答道："得赖使君公照应周全，在下甚为满足。"

"当下各地州府幕僚甚多，司马实务不多，较为清闲，乐天万勿猜疑才好。"崔能顿了顿，接着说道，"说句交心的话，汝等岂是池中物，坐待时机而已。"

"转眼离京数月，朝中事宜略无所知，使君公消息畅通，可否指点一二？"白居易目光炯炯地看了崔能一眼。

崔能呷了一口酒，沉吟了半晌，说出一番话来："乐天可知，我与你乃是世交，你的叔父白季康曾任溧水县令，我的叔父崔衍曾任宣歙观察使，你我之间有渊源。"杨氏在一边听了，脸上一红，她为刚到江州那日，崔能降阶迎接，自己无端揣测感到难为情。

白居易瞥了杨氏一眼，诚恳地说："当年在下在宣州参加贡试，便是通过叔父得到崔观察使的关照，晚生没齿难忘！"

崔能这才是开场白，接下来他话锋一转："'牛李党争'，乐天当不陌生吧？"

"元和三年，朝廷策试贤良方正能直言极谏科，考生牛僧儒、李宗闵、皇甫湜三人对策'皆指陈时政之失，无所避'，被主考官视为大才，一一录取。时李吉甫为相，认为是对自己的人身攻击，乃'泣诉于上'，指责考试中有作弊端倪。由是牛僧儒、李宗闵、皇甫湜均出为幕职，考官杨于陵、韦贯之、王涯等皆坐贬，此乃牛李党争之序幕。"当时，白居易为此上《论制科人状》，极言韦贯之、王涯等不当贬黜，故而印象深刻。

崔能点点头，说道：“李党首领李德裕乃李吉甫之子，其后与牛僧儒、李宗闵形同水火，每议政之际，是非蜂起，凡是牛党认为是者，李党必非之，李党以为是者，牛党必非之。”

“其实质是，牛僧孺乃庶族代表，李德裕系世族翘楚，皆因各自利益使然。”白居易插言道：“党争实质是对人不对事，即便完全正确之举措，只要出自对方，另一方必然否定，互相倾轧，争吵不休，毫无原则，全凭意气，纯然置朝廷大局而不顾！”

“究其缘由，实则各自进入仕途的门径不同，有些人是通过科举考中进士而为官，这些人喜爱诗赋，情趣相同，认为自己是凭真才实学入仕。另一些人，则通过父祖门荫而当官，他们推崇儒家经学，以门第清高自居，故而互相鄙薄，形成集团。”崔能语气失去了平和，胸中已然起了波澜，“党争首要在选官上，士族集团反对科举取士，他们认为朝廷显官，须是公卿子弟。何者？自小便习举业，自熟朝廷间事，台阁仪范，班行准则，不教而自成。寒生纵有出人之才，登第之后，始得一班一级，固不能熟习也。牛党则反对门第，主张取士‘地胄词彩者居先’，极力提高科举地位。”

白居易愤愤地说：“争来争去，只是苦了下层官吏，如若入不了两党党魁的法眼，便只能在低位上待着。”

“也许因你上过《论制科人状》的缘由，或许你是进士出身的根本，党魁李德裕权倾天下之时，乐天难入其法眼。”崔能意味深长地看了白居易一眼，话题一转，单刀直入地说，“记得刘禹锡当年找过在洛阳执政的李德裕，试探着说‘大人最近有没有看白居易的文集’？李德裕也不装糊涂，直截了当地说：‘蒙你提示多次，我确实把白居易的文集收在家中，不过，一次都没看过。今天看你的面子，我姑且拿出来读一读。”

崔能瞟了白居易一眼，见他认真地听着，接着说道：“亟待去取文集之时，刘禹锡大吃一惊，发现李德裕家中确有你的文集，却堆满了灰尘。李德裕当着梦得的面刚打开文集，却又合上不想看，其解释是：‘我对白氏早有看法，这小子文章不错，天下无敌，故而我觉得更没必要去读，就怕一旦认真去读，可能因欣赏其人的文采而改变对他的看法。’”

白居易闻言脸上红一阵，白一阵，心里打翻了五味瓶，他忖度：崔能就要说到主题了。于是更加专心地听着，一言不发。

“乐天可知李德裕何以始终不肯赏识于你？”崔能追问道。

白居易摇摇头说：“除了多年前上《论制科人状》之事，再也不曾得罪于他，何以至此？”

“你啊，虽不参与党争，但与杨虞卿、牛僧孺走得过近，李德裕担心提拔你，徒然增加牛党势力耳。”崔能一针见血地指出，“你多年辗转中下层，根由在此！”

“党争绵延不息，我乃一棋子耳！”白居易言语里有些悲凉。

“不然”，崔能举起酒杯，与白居易碰了一下，接着说，“乐天量移时日，症结当在淮西。”

白居易闻听“量移”二字，突然被崔能提起，心里不禁一颤。量移是朝廷对贬谪官员逐渐减轻乃至取消处罚的一项制度，一般是通过调动，提升职位，或从偏远地区调到离长安较近的地方任职。当下听崔能的话，一时间没有明白其中关节，便醉眼迷蒙地看着崔能，没有吱声。

“在何处跌倒，务必要在何处爬起来。”崔能解释道，“当初宪宗下令十六路藩镇同时出兵，从四面八方围攻淮西，威武之下却一败涂地，为何会这样？一则各藩镇出兵乃数千人而已，且难以协调指挥，不过是做做样子，攻下一二城池，便止步不前。再者皇上派心腹为监军，监督整个军事行动，凌驾于诸将之上，必然引起诸多不满。而吴元济亦并非孤军挣扎，淄青和成德藩镇明面上出兵助阵，协助中央军讨伐，实则想乘机援救淮西。”

白居易敬了崔能一杯酒，佩服地说：“淮西形势的确如此，使君公洞若观火！”

“淄青节度使李师道好养杀手，平日里打扮成马匪四处劫掠钱财，乃至攻城略地，又指令杀手当街暗杀武元衡！许多显要暗自里猜测是李师道所为，却也不敢挑明来说，你作为左赞善大夫，乃太子属官，却越职上书，请求彻查真凶，因此遭到贬谪。”崔能借着酒劲，继续说道，“还有何人敢为‘武元衡案’说话？只要主和派保持朝政，你便难以量移。”

崔能已经有了七八分酒意，也不看白居易脸色，继续说道：“时下，裴度自请征伐淮西，结果少则一年，多则三年，必将水落石出，届时，中枢要位必将洗牌，裴度、崔群等主战派定能获得圣心，再者，平定淮西，朝廷必将大赦天下，你等过失轻微官员，自有量移契机。”

这一番话，条分缕析，入木三分，白居易听得心悦诚服，禁不住寻思：

使君公早已对自己的前程运筹于帷幄之中，其睿智与判断非常人所及，今日敞开怀抱，开诚布公于我，知遇之恩等同再造。想到这些，白居易唯有一醉方休，聊表自己的感激之情。

就在此时，杨氏与刺史夫人早已用过晚膳，又唠叨了许多家常话，眼见时辰已然不早，便出来探视桌上情况，只见两人早已烂醉如泥，昏昏沉沉地趴在桌上，没有了动静。

元日的深夜，白居易夫妇还行走在江州的街衢上，白居易语无伦次地念叨：往者不谏，来者可追，满朝皆是追梦人也。

第十二章　悠然南山

菩　萨　蛮

元和十一年，白居易四十五岁。这一年江州地面上的事情很值得说道，具体到白居易个人，也是很有意味的一年。

这一年的春天来得有点早，眼见得寒冬已尽，林暖鸟鸣。久坐成牢的白居易有些按捺不住，早晨起来在院中溜达了一圈，感觉拘束得慌，正寻思出外走走，突兀地就传来敲门声。声音起初不甚大，很有节制的三两下，接着便传来一句询问："白学士在家吗？东林寺道深特来拜访！"

听闻东林寺的名号，白居易赶忙去开院门。这一瞧，把他吓了一跳：见门口黑压压地集聚着上千人，全都双手合十，静悄悄地行着注目礼。领头的两个和尚慈眉善目，器宇轩昂，一看便是有道行的僧侣。后面一溜站着二十多位僧人，俱都含笑望着自己。白居易见这阵势，心底打起了鼓，连忙唱了一声喏，问道："诸位高僧找在下所为何事？"

左边的一位僧人口诵了一声佛号，说道："贫僧乃东林寺僧人，法号道深，携怀纵一干师弟及信愿大众特地前来拜访白学士，唐突之处，还望海涵！"

"既是东林道众，敬请里面用茶。"白居易双手合十，一面还礼，一面侧身延请。

道深、怀纵携二十多个僧人抬着一只大木箱鱼贯而入，上千居士虔诚地在门前等候。白居易陪着，上了大厅，分宾主一一坐定，道深依次介绍了如建、云皋、冲契、宗一、至柔、智则、智明、太易等随行僧人，白居易逐个答拜。少顷杨氏提上茶来，打过招呼，退身而出。道深端起杯盏，品了一口说：“此乃东林五净心茶，白学士可喜欢？”

“此茶滋味浓醇鲜爽，饮之芳馨充口，当为茶草上品！”白居易一面为大家添茶，一面称赞。

道深又问：“白学士可曾听说‘茶禅一味’？”

白居易答道：“赵州禅师驻锡河北柏林禅寺时，以‘吃茶去’一则公案，度化迷津之人无数，故有‘茶中带禅、茶禅一味’之说。”

“茶的寓意乃是放下，人生如旅，奔波之人，放下手里的活，小憩片刻，享受闲适，暗合禅意，故谓之茶禅一味。”道深一见如故地说，“禅，本意乃静虑、修心。所谓‘尘心洗尽兴难尽，世事之浊我可清’，此中浮沉即为禅。”

一席话，说得白居易耳根清净，顿觉兴味盎然。怀纵在一旁静静聆听两人机锋对答，此时，见白居易有了亲近感，方才插言道：“久闻白学士才高八斗，学富五车，乃当今大儒。我等今日拜访实有一事相求，万望成全！”

白居易正嘀咕僧人的来意，见怀纵切入了正题，便开口问道：“过奖，过奖！不知在下能为贵寺做些什么？高僧不妨直言，但凡力所能及，当效犬马之劳！”

怀纵便开门见山地说：“本寺景云大师上宏年前圆寂，我等特地前来拜请白学士撰写墓志铭，唯白公笔墨，方能彰显景云大德宏公的无上菩提。”

白居易听来，只是低头不语。沉吟半晌，目光真诚地看着怀纵说：“承蒙高僧厚爱，此事恐难以胜任，一则白某对佛法一知半解，二则对景云大德宏公生平所知甚少，故而心中戚戚，怕有负众望！”

道深哈哈一笑，说：“白公不必自谦，在下早有所闻，元和四年，宪宗诏与善惟宽禅师至宫廷，白学士时任朝廷侍郎官，因得亲近法师。朝夕之间，与我佛结缘颇深。学士悟性之高，当朝唯有王摩诘可以比肩！”

白居易闻听道深一番话，内心大为熨帖，没想到几年前的一次邂逅，竟然传闻千里之外。记得那时常常与惟宽禅师一灯夜坐，涵濡修养，初始窥到浮屠的门径。一次，白居易问惟宽禅师道：“既曰禅师，何以说法？”

惟宽答道：“无上菩提者，被于身为律，说于口为法，行于心为禅。应用有三，其致一也！譬如江、淮、河、汉，在处立名，名虽不一，水性无二。律即是法，法不离律，为何于中妄起分别？”

白居易又问：“既无分别，何以修心？”

“心本无损伤，为何要修理？无论垢与净，一切勿念起。”惟宽回答，“如人眼睛上，一物不可住，金屑虽珍贵，在眼也为病。”

白居易再问：“无修无念，又何异凡夫？”

惟宽禅师答：“真修炼者，不得勤，不得忘。勤即近执着，忘即落无明，此为心要耳。”

白居易作礼。他日，又以偈问曰：“特入空门问苦空，敢将禅事扣禅翁。为当梦是浮生事，为复浮生是梦中？”

惟宽禅师答曰：“来时无迹去无踪，去与来时事一同。何须更问浮生事，只此浮生是梦中。”

白居易钦叹不已，自此多次向惟宽禅师问道。而今想起这段与佛结缘的往事，白居易言语之间便有所松动，商讨地说：“白某当年不知深浅，惟宽禅师不弃愚陋，循循善诱，苦口婆心，方释心中块垒。今日之事，不知期限是否宽松，还须从长计议方好。”

道深含笑说道：“正在筹建石坟、石塔，约莫需要一年工夫，作成复来叨扰。今日拜访，本是结缘，邀请居士常去东林走动，走动。”

怀纵听白居易口吻，知道事情有成，心中高兴，遂介绍景云大师：“景云大师名讳上宏，姓饶氏，临川南城人。十五岁发出家心，初始从舅氏剃落。及至壮年，立菩提愿，从南岳大圆大师受具戒，请隶於本州景云寺。”

道深在一旁补充道：“贞元初年，大师云游四海，曾到洪州龙兴寺说法，与庐山法真、天台灵裕、荆门法裔交游，与颜太师真卿友善，精通《四分律》，随迹示教，救拔群生，普度婆娑男女者万五千七十二人。元和十年己亥迁化于东林精舍，石坟建于炉峰之西，虎溪之南。”

白居易虔心静听，一一默然于心，愈发觉得道深、怀纵等人存心慈善，办事明敏。掇过了数盏茶，不觉已日近中天，道深吩咐随行僧人抬上箱子，恭敬说道：“案牍劳顿，特奉上些微笔润，不成敬意，还望笑纳。”

白居易站起身来，连连摇手说：“这如何使得，与佛结缘，皆大欢喜，怎敢接纳邓通之物，佛头加秽！”

道深、怀纵不由分说地放下箱子，领着众僧齐声说：“打搅！”径直向门外走去。白居易知道执拗不过，便不再啰唆。心中思量：看这情势，盛情难却，不如权且收下，他日再做计较。遂送至门楼之外，上千信众依旧双手合十，静立门外等候，见道深、怀纵领着众僧出来，齐声颂唱佛号“阿弥陀佛”！

临别之间，道深诚恳地说：“春暖花开，风和景明，白居士务必去东林寺走动，走动！”

白居易躬身一揖，慨然答道：“承蒙关照，定去贵寺叩询。”

道深唱了一声喏，云板响亮中，转身率领信众自赴深巷而去。白居易注目远送，直至黑压压人群转入幽深。

从门口回来，杨氏似笑非笑地迎着说道：“夫君如若学韩愈，早已家财万贯矣！”

白居易听出话里有话，三步并作两步走近箱笼查看，只见几包茶叶下面，全是黄灿灿的乾元重宝、大历元宝，足足有十万钱之多。白居易捡起一枚，见铜料精纯，铸工良好，上面的文字隽秀挺拔，有的光背，有的背下带着星状纹或弯月纹。不禁感叹一声：“区区墓志，礼拜甚恭，馈赆复厚，情何以堪？”

回头见杨氏站在一旁，遂吩咐：“此笔庙资，不得随意动用，届时景云大德宏公造塔之时，礼金回馈还是要的。”

杨氏无可无不可地点着头，转身入内准备午膳。白居易忽然想到杨氏提起的韩愈，不禁又是一番嗟叹。想那韩愈与柳宗元乃当朝文章巨擘，世人皆知其为人作墓志铭，礼金甚厚。殊不知，起初韩愈任四门博士、监察御史之时，俸禄低微，在京都租赁房屋，开销不小，家中尚有妻儿需要抚养，墓志之钱补贴家用，实为不得已而为之，只是后来洛阳纸贵，叫人始料未及。

吃饭之时，杨氏与白居易又说起了韩愈之事，杨氏逗趣地说：“今日看来，夫君的笔润与韩愈倒有得一比！”

“韩愈为人作墓志，实与早年贫困交加有干系。”白居易答非所问地说，“行年三岁，韩父见背，昌黎幼年跟随兄长韩会生活。十岁那年，兄长去世，家族亲戚皆不愿意收养于他，只得跟着寡嫂郑夫人南下宣城颠沛流离，势必对金钱有所珍惜。”

杨氏说：“世风日下，墓志铭也由缅怀逝者变为宣扬子孙功绩、夸耀门庭的手段，乃至于权贵人家如若亲人去世无名家撰写墓志铭，是一件没脸面之事。”

白居易苦笑道：“此乃名气加才情加书法的活儿，佣金自然不低。”

杨氏又说：“当年韩愈官虽不大，但有《师说》《马说》等文章行市，谁人不知他的大名？况且他不仅文笔盖世，亦舍得用谀墓之词，达官贵人自然喜欢请其执笔。如此一来，这润笔费用，也便水涨船高。”

白居易说：“只是这‘笔润’，被人称之为‘谀墓金’，终究有些不堪入耳。”

杨氏白了他一眼，说：“你啊，只顾自个清高，当年在下邽为母亲丁忧，如若学韩愈俯高就低，也不至于捉襟见肘，饥一顿，饱一顿，混日子过，吃了多年困苦。”

“夫人只知其一，不知其二。”白居易闻言，歉疚地说，“退之三十四岁之前，生活悲惨，时运极差。其出生后，‘昌黎韩氏’人脉凋零，人言其命太硬所致。退之自幼刻苦，年方十八，便学有所成，去帝都长安闯荡，投奔族兄韩弇，谁料走至半道，韩弇便遇害。断了门路，困顿长安，吃饭住宿皆成问题，好容易投靠了将军马燧，才过上了稍微安定的生活。”

白居易见杨氏仔细在听，接着说道：“在长安期间，韩愈倒也没闲着，与大儒独孤及、梁肃交往甚厚，其文章亦获得前宰相郑余庆等一干公卿的赞赏，可谓名动京城。然名声不可当饭吃，在帝都漂了三年，还得返回宣城应试，谁知竟然三考落第，直到第四次方才进士及第。那一年，他二十四岁。”

杨氏叹道：“谁承想，韩愈命运竟如此蹉跎。”

“可不是，中了进士却不能马上为官，还得通过博学宏词科考试。眼见摆脱困窘仅一小步，韩愈却又落榜，祸不单行的是，从小养育他的寡嫂郑夫人也去世了。那一年，带着落第的伤愁和失去至亲的悲痛，返回河阳为寡嫂守丧。”白居易说，“五个月后，他再次前往长安赴博学宏词科考试，又失败。贞元十一年，第三次参加博学宏词科考试，仍失败。于是，便学王勃动了给宰辅上书简的心思，连进三封书函，皆杳无音讯。贞元十七年，韩愈第四次参加吏部复试，终于上榜，直至三十四岁方才有俸禄。”

“如此看来”，杨氏眼睛红红地说，“一次次亲人离世，一次次落第，累年困顿，乃使韩愈执着笔润的殷实。人穷志短，他是穷怕了！”

白居易点点头，起身进入书房，继续整理诗稿。杨氏又把院子里的花草移到窗下七八盆儿，以便丈夫闻着花香看书写字。这曲房斗室间的草花竹叶，杨氏无不细心打点，使得书斋周遭一派郁勃氤氲。

日月迅速，光阴驹隙，由朔过望，何止弹指之疾。东林寺僧众进城返寺转眼已有二十来天光景，白居易将家中事情安排妥当，吩咐杨氏几句家常话，便一人一马往东林寺而去。出了浔阳城，一撒辔便是四五里地，见前边岔道口有三五户人家，大柳树下草房三间，檐头挂着幌子。几张桌子，放着茶壶、杯盏，边上溪流潺潺，傍水竖着一座茶亭。掌店的高声吆喝着："老丈歇歇，且喝一杯茶去。"白居易下得马来，在柳荫下拴好缰绳，摸出两个铜子，买了大碗热茶，细细饮着。须臾，陆续又来了三四个身着袈裟却不曾剃度的净人，呼僮叫保地拣了一张桌子，四面围坐，一面衔杯捻豆、嗑瓜子，一面说将起来。

背靠着的一位说："这儿去东林寺不远了，今晚正好挂单。"对面坐着的问道："冯兄预备剃度，为何寻求东林高僧？"背靠着的回答："老弟有所不知，慧远大师系雁门楼烦人，本是我的老乡。二十一岁时，偕同母弟慧持前往太行山聆听道安法师讲《般若经》，自此发心舍俗出家，随从道安法师修行。东晋太元年，远公见庐山清净，于是驻锡庐山的龙泉精舍，发心建造东林寺。可见这一方水土与佛有缘，故而相邀尔等前来剃度。"又一个道："远公以东林为道场，修身弘道，发心广大。三十余载迹不入俗，影不出山。"背靠着的点点头，说："远公缔结白莲社，集慧永、慧持、道生、刘遗民、宗炳等一百二十三人，于东林寺般若云台无量寿佛像前建斋立誓，精修念佛三昧。传言许多人都在入定时见到我佛。"对面坐着的说道："什么传言，这事佛家经典里早有记载。远公禅定中三次见佛，刘遗民也曾定中见佛。佛于空中显现，金光四射。"背靠着的笑盈盈地说："东林寺本是净土宗第一祖庭，来此剃度，方为正果。"

几人说说笑笑，白居易听在耳中，心中忖了一忖，忽然记起刘十九说过庐山观云亭骆驼峰曾经出现过佛光，非佛缘深厚之人难得一见。难道几百年前，慧远与刘遗民坐禅东林，也曾见过庐山佛光？这样想着，白居易起身解了缰绳，认镫上马，蹄声嘚嘚地走上了官道。马鞭在空中扬了扬，虚击了几下，胯下白马昂首长嘶一声，一路泼剌剌地疾驰。约莫一二时辰，北香炉峰便像遽然凝固的浪涌，耸立在眼前。山麓下，丘陵高高低低地铺展，一条溪流像蜿蜒的白练捆扎了大山的倾泻之势。对岸，已是一望无际的平畴，树丛中隐约显露出一溜飞檐走壁，那琉璃瓦在阳光下射出一道道眩目的光。

白居易勒马缓缓前行，一路浏览。眼见朝云出岫中，一支山脉恍若巨龙欲飞，堪舆者称为"倒挂龙格"之地。东林寺坐落在飞龙腹地的苍松翠柏之中，果然是一方净土。转眼便到了虎溪桥前，桥下流水汩汩有声。白居易翻身下马，款步向山门走去。抬头间，只见门楼高挑，悬着五爪盘龙金字匾额，上头正楷的"东林寺"榜书，方严正大，结体宽博。白居易折到耳房，对门僧说道："有劳知会长老一声，就说江州白居易特来拜访。"

门僧闻听，躬身说："居士在这里稍等片刻，待我进去通禀。"

不一会儿，寺内钟鼓齐鸣，两扇朱红厚重的大门“吱呀”一声，从中缓缓而开，东林寺长老神凑率领僧众降阶来迎。白居易凝眸看去，见长老略显清癯的脸上泛着红光，两道弯月眉压在黑得深不见底的眼睛上，显得十分幽邃。两人一经会面，倒像往日里见过一般，透着不可言说的亲近。又见道深与怀纵亦在队列之中，便颔首打过招呼。长老慈祥地说：“白居士一路奔驰，身子定然乏倦，且请客房歇息叙茶，坐了再讲。”说罢，拉着白居易的手，在一路细吹细打的梵音声中，并肩入寺。

知客僧有的汲山中泉水，有的扇炉，也有的洗杯盏，不多时，将茶烹了上来。大家序了坐，众人各取一杯，只见一叶一芽初展，其色嫩碧如春。及至入口，白居易顿觉泌心入脾，禁不住夸赞道：“好茶，不独茶叶清香，水亦极其甘美！”

神凑笑道：“《茶经》有一茶、二槚、三蔎、四茗、五荈之称，这是去年清明前采摘的一叶一芽，乃上好本草。加上虎溪泉眼冲泡，自然香高持久，滋味鲜爽。”

茶的亲和力使二人初次会面谨敬温和，就像一枪一旗的叶芽遇见泉水，很快就融洽在一起了。白居易四下看了一眼，肃穆地说：“东向稽首，献心庐岳，远公之风，山高水长。”

神凑闻言，端着茶盏微笑着说：“白居士观光有愿，橐笔有怀，诵先忧后乐之言，专默精诚，老衲早有所闻。净土白莲，广纳善缘。今日相见，匡庐好客，春山茫茫。”

白居易说：“在下心有疑难，正要叩询长老，万望真言解惑！”

神凑诵了一声佛号，躬身说道：“佛门广大，适应各类根机，只要知见正确，修福修慧，毕竟得到善果。”

“早年东都洛阳凝禅师赐予八言：观、觉、定、慧、明、通、济、舍。”白居易虔诚地说，“至今领悟不透，望长老指点迷津！”

“以心观相，惟真常在。六根之源，湛如止水。”神凑答道，“济之以慧，慧则无滞。照彼万物，物无遁形。明至乃通，通则无碍。随求而见，是大慈悲。众苦既济，大悲亦舍。”

白居易斜倾着身子，面朝神凑说：“长老一番话，如拨云见日，令人恍然，日后当作偈以记。”

这时，收到神凑指派的知客僧传话，西林寺住持带领几个僧人前来聚会，大家见礼让座，知客依次上茶，又叙了一会闲话。神凑见歇息得有些时候，遂提议四处走走，正合了白居易心意。神凑在前面引领，众人鱼贯拔脚出厅，照例先入大殿礼佛。众人拾级而上，迎面便是一副楹联：

洗热肠　泉是冷好

卫净土　峰特飞来

白居易颔首沉吟片刻，已知其意。白居易知晓寺庙里的忌讳，香客进出殿堂小心莫踩门槛，遂跨步进入大雄宝殿，抬头便见殿内供奉着三方佛——中间是释迦牟尼，东边是琉璃光如来，西边是阿弥陀佛。匾额上分别题写“调御丈夫”“悲智双运”“海印三昧”。礼拜一番之后，神凑引领白居易参拜了莲社十八高贤影堂，观看了罗汉松、出木池、卓锡泉、聪明泉、远公塔等古迹。神凑说：“庐山西北麓诸多浮屠，皆与慧远大师有关。龙泉寺、缘觉寺、大林寺、上崇福寺、上化成寺，为远公所营建。天池寺、多佛寺、高良寺，乃是远公胞弟慧持和尚打造。”白居易点头问道：“闻听东林典故众多，都有哪些出处？”

“方才看过的‘出木池’便感天应地！”神凑庄重地说，“那三笑堂前的六朝松，为远公亲手所植，本名为罗汉松，颇具灵性，几度枯荣皆与东林兴衰息息相关，寺兴树则荣，寺衰树则枯。”

白居易插言道：“虎溪三笑是否确有其事？”神凑哈哈大笑，语言活泼地说：“这倒是个绝妙传说，远公修行，三十余年，影不出山，送客从不越过虎溪桥。一日，诗人陶渊明、道士陆修静两人远道来访，三人相聚，相谈甚欢。慧远送他们归去时，不觉迈过虎溪，耳旁遂不时传来老虎的长啸，三人这才惊觉，相视纵情大笑。”

白居易说：“据我所知，远公与修静之年龄相去甚远，二人交游之说难免牵强。”

神凑说：“白居士何必着相，‘虎溪三笑’包涵儒、释、道三家，皆大欢喜，有何不好？”

白居易哈哈一笑，道：“长老说的是，还是李白洒脱，他在《别东林寺僧》中写道：‘东林送客处，月出白猿啼。笑别庐山远，何烦过虎溪。’云缥雾缈，才是庐山真面目！”

两人叙谈正欢，寺中传来打板声响。寺院吃饭前，有僧人轮值打板，从斋堂开始打板，绕经寺院一圈，返回斋堂便开始吃饭了。在东林，这吃饭既是礼仪，也是修行的方式。

吃罢素斋，白居易应寂然住持相邀，来到距东林寺百丈之外的西林寺探访。西林寺开山祖师唤作慧永，乃是慧远师兄，曾与慧远约定，一道去罗浮山修竹，从太行恒山来寻阳，先期到达庐山。江洲刺史陶范为了恭请慧永在庐山长住，特地建造一座“长廊绕涧，斜砌环池”的寺宇，冠名西林寺。礼清慧永卓锡寺中，主持法务。

白居易随寂然一道，看了千佛塔、神运阁、伏虎精舍等处。白居易问寂然道：“寺后的千佛塔是何年建造？”

寂然答道：“那是天宝十三年，唐玄宗下诏在西林寺敕建，以示敬崇。同时朝廷还赐有田地百余顷，给予免钱粮赋税的优遇。”

说着话，两人来到天王殿、阿弥陀佛殿、地藏殿、观音殿分别礼佛，又到藏经殿、佛池转了一转。白居易寻思：“东林寺规模宏大，气势雄伟。这西林寺虽然小巧紧凑，倒也秀丽严谨。”

这时，四周一派祥和。日头渐渐地西斜了，山谷起了风，早春爽脆而清凉的气流拂面而来，伫盼回立中，苍苍在上，一念纯粹，一心清静。寂然携白居易进入禅房，两人品茶说法，空气里散发着蜂蜜般的香馨与甘醇，白居易感到自己的心被一只无形的手轻轻一捏，蓬松而含蓄，刹那间，孤独而苦闷的心情似乎有了盛放之处。当晚，他夜宿西林寺。

一个人的夜晚，许多的念头，具体到神凑说过的话，却是轻轻一抓，就是一大把天雷滚滚。白居易又一次翻转了身，继而寻思着：这溪云深处的相聚，着实叫人放得下许多红尘沧桑与岁月的蹉跎。如红珊白瑚沉海里，曼妙得宛；如风吹起窗前的帘幔，婉约幽密。想到这，白居易忽有一缕情愫流放，沉静而从容，遂低声吟哦道：

下马二林寺，翛然进轻策。
朝为公府吏，暮是灵山客。
二月匡庐北，冰雪始消释。
阳丛抽茗牙，阴窦泄泉脉。
熙熙风土暖，蔼蔼云岚积。
散作万壑春，凝为一气碧。
身闲易澹泊，官散无牵迫。
缅彼十八人，古今同此适。

是年淮寇起，处处兴兵革。

智士劳思谋，戎臣苦征役。

独有不才者，山中弄泉石。

翌日清晨，白居易随缘西林僧众起了个大早。盥洗一番，用过早膳，与寂然叙罢间阔，又来到东林寺。见神凑正在做早课，没有惊动长老。悄悄找上道深和怀纵引着去藏经阁，批阅了慧远大师和诸多文人唱和的诗集。翻阅到《庐山诸道人游石门诗》这一页，白居易一人在阁内，不禁摇头晃脑地念出声来：

超兴非有本，理感兴自生。

忽闻石门游，奇唱发幽情。

褰裳思云驾，望崖想曾城。

驰步乘长岩，不觉质自轻。

矫首登灵阙，眇若凌太清。

端坐运虚轮，转彼玄中经。

神仙同物化，未若两俱冥。

中午用过斋饭，白居易在客房小憩了一个时辰，起来掬几捧溪流洗了凉水脸，顿觉精神爽快。看看天色，又盘桓了大半日，便到槽口看了看，马儿已经饮水龁青，见了主人便嘶鸣撒欢。白居易折回房内收拾好行囊，前去向神凑辞行，长老再三挽留，说："素茶淡饭，僧房是现成的，多住些时日何妨。"白居易说："浔阳城距离东林寺不远，来回也就几个时辰，待到阳春三月，春暖花开，再来叨扰。"长老见执拗不过，便不再强留，吩咐道深包裹几本挑选好的经书，系在马鞍之上让白居易回家温习。白居易牵着马，神凑直送过虎溪桥，方才执手而别。目送着白居易轻骑简从，消失在道路尽头，方才转身回寺。

一路上，白居易寻思：今日长老送客过了虎溪桥，为何山上却没有老虎叫呢？看来吾不如陆修静、陶渊明，可以惊天地泣鬼神也！

哦，陶渊明！白居易念叨着这个名字，又一件心事悄然袭上了心头……

归去来

从东林寺返回家中，已经有些时日了。这一天大早，白居易到浔阳城中溜达，见街坊之间，零星散布着陶瓷窑炉和手工作坊，店铺的摊子上摆着各式瓷质的罐、缸、壶、碗、盘、碟等物件，紧邻的铺子卖的却是圆头瓦当以及花纹砖、铭文砖、纪年砖，林林总总，叫人应接不暇。转来转去，便转到一溜古董摊子前，白居易随手拿起一枚“官铸民造”的旧钱币，问摊主：“都有哪些年代的钱币？”

摊主说：“秦末、西汉、新莽、东汉、三国、两晋、南北朝各个时期的都有，客官尽可挑拣。”白居易内心略一盘桓，前后跨度竟达八百多年，心中寻思：别看这浔阳城不大，历史倒是悠久。便搭讪道，“这浔阳城最初筑建年代，你可知晓？”

摊主见问，便卖弄道：“客官问我算是问对主儿了，这浔阳城边上还有一座城，唤作湓城，本地人叫作湓口关，乃西汉将军灌婴所筑，年代算是最早的了，瞧这铁剑、铁剪、铜镜，皆是那里出土的。”

白居易闻听，便立起身子，朝摊主手指的方向张望，见那湓口城的地势虽比浔城略高，仍然属于低洼地带，一溜宅院尽被黄芦苦竹环绕，白居易收回目光，随口问道：“这浔阳城可有好的去处？”

摊主答道：“往来文士倒是列出了一些名目，什么甘棠烟水、塔影锁江、净土祖庙、传奇浪井，在洒家看来，这烂熟的地方，有啥子风景。”

正闲聊之间，忽听身后有人大声说道：“白学士好雅兴，在这儿闲逛，着实叫人好找！”

循声看去，只见刘十九牵着马，正目光炯炯地看着自己。边上跟着一人，身穿青色长袍，头挽一个道髻，留着三绺长髯，手里亦拽着缰绳。白居易连忙一揖道：“幸会，幸会，看这阵势，刘居士是要远行？”

“白学士真是贵人多忘事，去年岁尾不是说要去渊明故里吗？”刘十九大大咧咧地说，“好容易把这闲云野鹤之人逮住了，现在就动身，可好？”

说完转身将元集虚引荐给白居易，元集虚何等乖巧之人，当即双手合揖道：“久闻白学士才比李杜，今日相识，实乃三生有幸！”

元集虚一番言语，顿叫白居易心情敞亮起来，忙不迭地还礼道：“过誉了，幸会，幸会！”

天色尚早，白居易携二人回到司马宅，与杨氏打过招呼，一应细软用包袱裹好，往马鞍之上一挂，遂一同赶往城外官道。一路上山川清淑，风气淳古，三人傍村串户，比舍问答之间，乡民大多殷勤好客，全无凉薄之心。申牌时分，已到山南地界，元集虚与白居易并辔而行，手指嵯峨的远山说：“白学士，此处望庐山，五老历历在目，最有禅意。”

白居易抬头遥望，果见群峰呼应，细细分辨，俨然有五位老者簇拥云端，怡然自乐。不禁大为惊奇，感叹道：“造化之功，奇妙如斯，这五老可有来历？”

刘十九插言道：“这五座山峰，居中的唤作玉柱峰，左有东锦屏峰，右有西锦屏峰，另有五指峰、笔架峰，合称五老峰。”

“五老峰原本唤作五老山，因远古五老在此为帝王授《河图》《洛书》而得名。”元集虚接过话头说，“《周易》成书之前，五老峰是道教全真派的发祥地，《七鉴道书》称之为‘道家天下第五十二福地’，民间有‘晋北拜佛五台山，晋南问道五老峰’之说。”

三人说着话，不知不觉日已西斜，元集虚勒住马，眼望着白居易说：“天色已晚，今夜在归宗寺投宿如何？”白居易点头说：“全凭居士做主。”刘十九不禁拊掌称善：“栖贤寺已然走过，归宗寺就在眼前，且距栗里陶村不远，正好挂单。”

这归宗寺第一任大和尚叫达摩多罗，比禅宗一祖菩提达摩还早一二百年。寺庙背负金轮峰和上霄峰，有溪潺潺绕寺而过，寺前地势平远开阔，寺后山势回翔。元集虚边走边说：“此处有‘翔鸾展翼’之势，故绕寺而流的这条溪水叫鸾溪。”白居易闻听，下马来到溪边，掬一口水喝下，抬眼间，忽见对面山崖上有一方摩崖石刻，细看是一个斗大的“鹅”字，不禁感到稀奇，便问元集虚：“这‘鹅’字可有来头？”

元集虚哈哈一笑，说：“此字大有来头，山寺原为东晋书法大家王羲之所建山房。后来王右军离任江州，便将此山房赠给西域僧人达摩多罗为寺，取名归宗寺。”

“原来如此，想必达摩多罗乃取佛语‘万化归一、万流归宗’之意。”白居易饶有兴趣地说。

“白学士果然博学，正取此意！”元集虚敬佩地说，“归宗寺现任住持乃洒家方外好友智常禅师。”

归宗寺一带，古樟成荫，翠竹丛生。东晋咸康六年，王羲之任江州刺史，一眼相中了这儿的山水，便出资在金轮峰下营造山房。闲暇时日，便来此穿林渡水，倚石听泉，养鹅习字。白居易边走边寻思：此地淡雅宜人，深有意趣，与王右军的高旷潇洒倒是融洽。想必这里的奇峰异壑、飞瀑流云，皆潜移默化为其笔法走势，亦未可知。

往前不到一箭之地，便是寺庙的山门，横额上书有“江右第一山”的字样，点画之间递相映带，法随意转，有右军遗韵。三人正彳亍观摩，忽听黝黑的门楼内传出一声佛号：“阿弥陀佛，善哉，善哉，远客来仪，迎接来迟，施主宽恕！”

三人见状，连忙双掌合拢，齐颂佛号：“阿弥陀佛。”

元集虚向前一步，引荐道：“大和尚，向来可好？今携乐天居士，前来投宿，叨扰之处，还请见谅！”

智常禅师目露精光，注视着白居易说：“早闻白居士大名，今日前来，蓬荜生辉！”

白居易闪眼观瞧，但见高僧身穿百结袈裟，补丁累累，然举手投足之间，却是清风朗朗，知是得道之人，连忙虔诚礼拜：“唐突造访，叨扰之处，还望海涵！”

智常禅师哈哈一笑：“一期一会，如始如终。诧寂之地，有客来仪，大和尚高兴得很！”

大和尚一面说，一面延客入寺。一行人经过弥勒殿、护法堂，来到后院，见有一大小约半亩的方池，池畔的墙壁上镶嵌有二十八块《宗鉴堂法书》碑文，依次刻有钟繇、王羲之、王献之、褚遂良等人的墨书真迹。白居易倒背着双手，一一浏览，在王羲之的《毗庐丈六金像碑》前驻足良久，不肯移目，直到知客僧前来呼唤众人用膳，方才依依离去。

当晚，白居易与刘十九共居禅房，两人窃窃私语，谈及智常禅师，刘十九说：“元居士结庐五老峰，与智常禅师常有往来，每每谈及，皆心怀敬重。”

白居易说：“禅师衲衣百结，节俭如斯，真乃惜福之人。”

“白大人可曾留意智常僧鞋，已经穿了二十年，每每遇到平软之地，高僧皆赤脚行走。”刘十九说，“听元居士讲，寺中大小施舍，皆分散救贫济苦。”

“方才见寺内畜养很多鸡、鸭、鹅、狗这般动物，夜晚却鸦雀无声，是何道理？”白居易好奇地问。

“智常禅师平日修行，多与鸟兽为伴。山中动物见了大和尚，竟无丝毫惧怕。”刘十九答道，“平素见有动物将要被杀，当即购买下来，放在寺里饲养，畜养动物似通人性，及至大师就寝，立刻安静无声。”

白居易闻听，唏嘘良久，两人絮絮叨叨，辗转床笫，至东方露出鱼肚白，方才迷蒙入睡。

次日醒来，日已三竿，三人用过早膳，辞别智常禅师，匆匆赶路。约莫一炷香工夫，元集虚遥指远山说："前方峻岭便是香炉峰！"

"哦，莫不是李太白吟哦'日照香炉生紫烟，遥看瀑布挂前川。飞流直下三千尺，疑是银河落九天'之所？"白居易问道。

"正是，山南之美数秀峰，包括香炉峰、双剑峰、文殊峰、鹤鸣峰、狮子峰、龟背峰、姊妹峰等若干峰峦，皆是鱼鸟留人的处所。"元集虚答道。

隅中时分，三人三骑来到一条小河畔，一群孩童正在岸边嬉戏，你泼我洒地撩拨着水花，几只鸭子"嘎嘎"叫着，扇动翅膀飞快地游了开去。元集虚纵马立在一座石桥上，手指着前面的村落，说："那便是栗里陶村。"

栗里陶村是一个小型的聚落，几十户人家，闲闲散散地聚族而居。自然隽秀的山水，宛若天成的民居，就这么随意地捏合在一起，坦然淡定，却又一脉相连。放眼看去，去年收割干净的土地，逢春又长出了绿意遥看的庄稼，在这儿，荒芜总能够适时地得到温润。这里的春夏秋冬有序地交替，恪守各自的职责，一茬茬自给自足着。这里家家户户吃的是五谷杂粮，烧的是草木秸穰，肠胃都很清洁，村民的眼眸都很淳朴，像均匀清澈的天光里，一缕亮蓝的炊烟。

三人闲闲散散地走着，沿路探头探脑，东张西望，村里的狗觉得行迹可疑，便一犬吠影，百犬吠声，狂叫了起来。白居易牵着马，一步步走得有板有眼，忽见一扇柴扉"吱呀"打开来，出来一位老翁，见三人甚是陌生，便上前问道："请问三位丈人找谁？"

白居易抱拳一揖，柔声答道："在下白居易，对陶氏渊明公仰慕已久，今日特来拜谒先贤故里！"

老翁脸上的笑容像春天的花瓣，转瞬间便片片向外张开："哦，白居易？'吾闻浔阳郡，昔有陶征君。爱酒不爱名，忧醒不忧贫'可是你写的？"

白居易做梦也不曾想到，在这偏僻的山乡，寻常一位老翁居然能随口吟出自己的诗句，不愧为先贤过化之地啊！心中赞叹着，赶忙答道："正是，老丈如何得知？"

老人哈哈大笑，一面请三人进屋喝茶，一面说："'但有鸡犬声，不闻车马喧。时倾一樽酒，坐望东南山。'白学士诗句村里谁人不晓？孩童当作儿歌唱呢。"

元集虚与刘十九相互看了一眼，心中不免吃惊：想不到白居易的诗竟然流传这等广泛！

刘十九寻思：曾经听人絮叨，白居易的诗禁省、观寺、邮候、墙壁之上，到处都有书写，王公贵族、闺中妾妇、贩夫马走之口没有不吟诵的，今日看来，并非虚言。

须臾，饮了几大碗热茶，白居易三人辞别老翁，出门继续闲逛。田野的寒风像公孙大娘舞动的剑器，忽紧忽慢地飘来荡去，拳脚落处，带来的波动是不一样的：比如落在废墟门前的五棵柳树上，就把枝枝条条弄得洒脱飘逸，而又驳杂交加；落在白居易的衣襟上，则将早春的一丝嫩寒塞进衣袖，塞进领口，塞在跳动的胸膛上。白居易四下观瞧，嘴里喃喃自语道："归去来兮，田园将芜胡不归？既自以心为形役，奚惆怅而独悲？悟已往之不谏，知来者之可追。实迷途其未远，觉今是而昨非……"

元集虚晓得白居易念叨的是陶渊明的《归去来兮辞》，一时也不插话，只是静静地听着。刘十九却是性情中人，不管白居易的心境如何，接口诵道："既窈窕以寻壑，亦崎岖而经丘。木欣欣以向荣，泉涓涓而始流。善万物之得时，感吾生之行休……"

白居易怔怔地听着，眼前仿佛看到一位腰杆笔挺的汉子，头上戴着斗笠，腰间挂着酒壶，手里拿着锄头，面朝黄土背朝天，在田间地头起早贪黑地劳碌着。当桃园缀满粉红的小花，庄稼开始拔节的时节，偶尔就会看见他站在向阳的山冈上，大声吟哦满腹淡远的诗句。村子的周遭，到处传来庄稼人"噢啊"的回牛声，忙碌的村民已然习惯了那平平仄仄的字眼，也无闲功夫细细体会那汉子心头的安暖与凉薄，关注他眼底的牵挂。这光景，白居易深深感受到陶渊明的怆然与孤独，眼里不知不觉便流了泪。那眼泪，就像东篱的故园中，灌满霜雪的破竹里良久渗出的一颗水滴。

"我夙慕陶渊明为人，适与意会也！"沉默片刻，白居易说道，"不为五斗米折腰，纯粹而硬朗，真人也！然而日子里的辛酸，却也如人饮水，冷暖自知噢！"

元集虚说："元亮也曾有过'少时壮且厉，抚剑独自游'的抱负，亦曾做过祭酒与参军。只是降志辱身，周旋于官场，于他来讲，如同置身樊笼一般的痛苦。"

"'羁鸟恋旧林，池鱼思故渊。开荒南野际，守拙归田园。'为官有为官的痛楚，归田有归田的辛酸。陶渊明是发上等愿，结中等缘，享下等福啊！”刘十九也是感慨良多。

当下，走在陶渊明当年走过的路上，踏着陶渊明耕种过的田地，凝视坍塌的废墟，放眼诗人吟咏过的山川河流。一瞬间，白居易似乎对陶渊明有了更深的理解。只是尚有一个疑问在他内心盘桓，禁不住问元集虚道：“眼下这个村落与陶元亮有渊源，这是肯定的。只是靖节先生的故居果真在此处？”

这一问，把刘十九、元集虚都给问愣了，他俩面面相觑，不知如何作答。旋即，白居易吟哦道：

结庐在人境，而无车马喧。
问君何能尔，心远地自偏。
采菊东篱下，悠然见南山。
山气日夕佳，飞鸟相与还。
此中有真意，欲辩已忘言。

“世人多认为，渊明故居定然在偏远的山乡。”白居易解释说，“细细分辨此诗，在我看来，结庐人境，当是热闹地段，因心静才无‘车马喧’，因心远而‘地自偏’，并非山高水远之地。”

刘十九拊掌说：“往日没有斟酌，今日乐天一番说辞，确有其道理。”

“采菊东篱，此‘东篱’或许不是院落篱笆。”白居易接着辨析道：“篱，本意是以竹木编织的藩篱，如若沿袭古用，则有城池屏障之意。”

“乐天这番见解新鲜，愿闻其详。”元集虚见白居易见地不一般，也产生了兴趣。

“寻阳城，在东晋中期方才升格为江州治所，进入隆安元年，又成为兵家必争之地。战祸连年，经济拮据，恐无力以砖石构筑城墙，故而郭垣或以竹木建成，故称‘藩篱’。”白居易引经据典地说，“由此观之，寻阳城乃土筑再以竹木藩篱巩固之。‘东篱’的方位，或许便是寻阳城东门外的近郊之地。”

二人哈哈大笑，元集虚说：“白学士见解别出心裁，可以算作靖节故居考证的世语新说。”

“陶潜与慧远常常坐而论道，如何长年累月地百里奔波？”白居易引申说道，“其族侄陶延寿，乃袭承五世祖陶侃之‘长沙郡公’爵位，与陶潜地位相距甚远。陶延寿如何奔波百里之远，屈尊至栗里陶村与之会面？”

刘十九与元集虚听了，早已心悦诚服，暗自敬佩白居易心思细密，见识广博，禁不住齐声赞道："言之有理！"

白居易获得鼓励，继续侃侃而谈："义熙六年，安郡长史掾殷景仁慕陶渊明之名，举家安置寻阳，与元亮为邻，如何能够辗转百里，至此荒僻南村？"

刘十九点着头问："依你看，渊明故里应在何处？"

"约莫在距离寻阳城东门二三十里地的一个村落，此处，比邻东林寺，可以采菊东篱，可以悠然见南山。"白居易笑着说，"此乃一家之言，聊以助兴而已！"

元集虚说："不然，白学士所言有心有法，或许与真相更近。"

白居易又问："陶元亮系归隐，还系归田？"

刘十九说："归隐，归田，可有分别？"

"'归田'乃借由田园的简朴来消解心中之苦闷，由此纵心物外，得自在之身，却依然不离世俗。陶渊明葛巾短褐，以农人的装束，以文人的心境，躬耕南山，放歌丘壑，乃是田园的异化，乃是寻求伦失的精神家园，后代这才有幸拜读田园诗。"白居易忧喜参半地说，"论归隐，则陶元亮并非潜入深山的纯然隐者，也不是寻求出世的释、道门徒，权且算作中隐。欲仕则仕，不以求之为嫌；欲隐则隐，不以去之为高。饥则叩门而乞食，饱则鸡黍以迎客。古今公认元亮为贤良之人，乃因贵其真也！元亮安贫守道，固然'质性自然，非矫厉所得'，却终为'五斗米'所累，毕生辗转困顿啊！"

"陶元亮本是田园诗鼻祖，其诗臞而实腴，间杂儒、道，通篇浑厚，难以句摘。"元集虚赞叹道。

"其文章不群，词采精拔，跌宕昭彰，独超众类。"白居易点点头，赞许地看着元集虚说，"似大匠运斤，不见斧凿之痕。其柔，其淡，其远，出类拔萃，独树一帜！"

说着话，白居易眼前仿佛又闪现出一个身长七尺八寸的汉子，年约四十出头的光景，在低矮的茅檐下进进出出，惯常是满身的酒气，开荒南野际，晨兴理荒秽。农闲时间，手抚一把无弦琴，半长啸半吟哦着。村里的婆娘照例聚在一起，在背后指指点点，交头接耳地说着没有边际的闲话。

想到义熙戊申，陶渊明四十四岁那年，上京故居遭遇火灾，正是炎热的夏天，长风甚急，烧燔的茅房将屋前屋后的树林都点着了。宅子全烧了，可赖以生存的田畴在此，离开了又能到哪里谋生计呢？一家人只得暂时龟缩在湖畔的船上寄宿。这时，陶渊明已有五个儿子，分别唤作陶俨、陶俟、陶份、陶佚、陶佟，俱都年幼欠聪，不好好读书，陶渊明也没有心力管教。大火之后，倾壶绝馀沥，窥灶不见烟。为生存计，“晨出肆微勤，日入负耒还”，日复一日，折腾得筋疲力尽。念及这些，白居易眼里又一次蓄满了泪花，喃喃自语地说：“好在彭城刘遗民、雁门周续之亦隐居在庐山，德不孤必有邻矣！”

元集虚在一边听了，浩浩地叹了一口气，说：“三人结为诗友，号称‘寻阳三隐’，每有新作，便长歌唱和。”

刘十九接言道：“当年陶渊明老友颜延之赴任始安太守，路过寻阳造访渊明，走时赠钱二万，渊明悉数放在酒家存着，以便想喝酒的时候，随时取饮。”

“愈是窥灶不见烟，愈发不能没有酒。乃至‘行行至斯里，叩门拙言辞’，躬行稼穑，固穷守志，贵其真也。只是现今思及，亦太折煞了自个！”白居易说完，郁郁地吟哦道：

羁鸟恋旧林，池鱼思故渊。
开荒南野际，守拙归园田。
方宅十余亩，草屋八九间。
榆柳荫后檐，桃李罗堂前。
暧暧远人村，依依圩里烟。
狗吠深巷中，鸡鸣桑树巅。
户庭无尘杂，虚室有余闲。
久在樊笼里，复得返自然。

“弃官挂印，不为五斗米折腰，气节也！只是摆脱樊笼，投身乡里的喜出望外、怡然自得，何其短也！”白居易望着元集虚，沉沉地说道。

元集虚默默无语，睿智的他理解白居易此刻的心情。三人边走边看，一路议论风发，不觉到了村口。刘十九问元集虚说：“此处水口如何建有坛庙？”

“谈渊明，谈诗歌，乃白学士专长，谈风水，则非我莫属！”元集虚哈哈一笑，说，“风水术数要求村落基址有一个好的水口，水流却又不能太过痛快流畅，而要紧如葫芦，有所关拦，术语唤作狮象把门，所以坛庙必居水口。”

白居易闻言，心中一动，乃趁步进入庙台，见笔墨齐备，乃援笔濡墨，于粉墙之上，即兴写下《访陶公旧宅》并序：

予夙慕陶渊明为人，往岁渭川闲居，尝有《效陶体诗》十六首。今游庐山，经柴桑，过栗里，思其人，访其宅，不能默默。

垢尘不污玉，灵凤不啄膻。呜呼陶靖节，生彼晋宋间。
心实有所守，口终不能言。永惟孤竹子，拂衣首阳山。
夷齐各一身，穷饿未为难。先生有五男，与之同饥寒。
肠中食不充，身上衣不完。连征竟不起，斯可谓真贤。
我生君之后，相去五百年。每读五柳传，目想心拳拳。
昔常咏遗风，著为十六篇。今来访故宅，森若君在前。
不慕尊有酒，不慕琴无弦。慕君遗荣利，老死此丘园。
柴桑古村落，栗里旧山川。不见篱下菊，但馀墟中烟。
子孙虽无闻，族氏犹未迁。每逢姓陶人，使我心依然。

刘十九与元集虚在一旁见了，齐声喝彩。早已惊动了庙祝，闻听眼前之人便是白居易，顿觉殊为难得。一面请三人里面用茶，一面差人飞报族长。不一会儿，族长率子弟赶到，又是一番热情暖意。相互间叙了间阔，说了山海经，看看已近黄昏时分，族长挽留白居易三人留宿用膳，元集虚说：“此处距简寂观不远，栗里无驿站，不若赶去观中投宿，明日正好游览。”白居易点点头说：“如此甚好！”

族长见挽留不住，遂将携来的本地特产绑在马鞍之上。一群人远远送出村口，直至那马儿驰出清风桥，绕过虎瓜崖，不见了踪影，方才依依散去。

第十三章　沧桑似海

春　声　碎

四月下旬的一天，日光才映入窗纱，白居易便悄悄抽身起来。这时，远方传来布谷鸟的鸣叫，两声、四声间杂不等。寻常人听来是“布谷、布谷”的谐音；庄户人却听出“播谷、播谷”；入得穷苦人耳中，或许就成了“不哭、不哭”的劝慰。在遭遇贬谪的白居易听来，觉得更像是“不辜、不辜”。

正是小满时令，阳光正好，万物小得盈满，夏熟作物的籽粒日渐灌浆殷实，庄稼地里忙着夏收夏种了。白居易步出房间，登上官舍北面的山坡，独坐在亭子里，只见两只欢叫的山雀，正引领幼雏蹒跚学步。不禁触景生情，想起了与弟弟行简在故乡渭村的往事来。记得贞元二十年，自己时任校书郎，有了固定的薪俸，便将母亲、弟弟一干家人从符离接到了下邽的渭村。多年后，母亲在长安去世，他便与弟弟行简辞去官职，扶母亲灵柩回故里丁忧。在渭南，这一住就是四年。人是很奇怪的，哪儿留下了伤心事，哪儿愈加叫人缅怀。在渭村，自己指导弟弟与侄儿学读诗书，日子苦是苦，身子累是累，却能够亲情常在，朝夕相处。谁料丁忧期满，回长安才半年，就遭遇横祸，落得个衔冤远贬。

“郎君想什么呢？在亭子里坐了一炷香啦？”杨氏关切问道。白居易站起身来，向梓州的方向眺望着：“忽地想起了二弟行简，还有龟儿呢。”

杨氏说：“去年仓促离开长安，把龟儿寄养在从兄家，过些日子，写封书信，叫他们把龟儿送过来吧？”

白居易点点头说：“梁园虽好，不是久恋之家。人言长嫂如母，龟儿还是早晚在你身边为好！”

“龟儿在身边，你也好日夜教导。”杨氏笑盈盈地说，“将来我们孩子好有个伴。”

“如此甚好！”白居易动情地说，“我家娘子是菩萨心肠，是大善人哩。”

杨氏被夸得粉面含笑，嘴里却道：“去，去，哪里学会了吹须拍马。”

夫妻二人正说着话，忽听门外有人询问：“白学士在家吗？”

白居易探身观瞧，但见来人约莫五十挨边的年纪，一身蓝色的锦袍，外披圆领宽袖白纱褙子，领口饰有灰色刺绣，浑身上下满是风尘。白居易眼眸徒然一亮，高兴地嚷道：“哈哈，稀客，稀客啊！孺登兄，什么风把你给吹来啦？”

来人箭步迎上前来，拱着手说：“乐天老弟，长安一别，两地相悬，多少人在念叨你噢！”

两位老友紧紧抱在一起，眼眶都有些湿润。杨氏在一边也自辛酸，热络地说：“饭菜已经熟了，上桌正好把酒叙旧。”

白居易高兴地说：“快把刘十九前日送来的新酿庐岳米酒开了，今日要与孺登兄尽兴一场！”庐岳米酒乃是一种未经过滤的米酒，酿造于庐山脚下。可谓汲鄱湖水气，纳匡山云雾，滋润醇厚。此酒用景德镇三彩瓷坛装盛，酒签上隶书“庐岳酒”三个字，字形扁方，左右分展，起笔蚕头，收笔燕尾，有开元年间隶书大家韩择木的笔意。熊孺登拿在手中把玩良久，略带惊讶地说：“江州果然人杰地灵，酒瓶上亦能见到韩常侍的八分书。”

白居易说：“韩常侍中兴八分，光和之美，有蔡伯喈如在之说。”

说完接过酒坛去掉封泥，一缕郁香袅袅开来，忒是诱人。他乡遇故知，自是喝得畅快淋漓，不知不觉已酒过三巡，白居易这才晓得熊孺登突兀造访的缘由。孺登乃钟陵人，与白居易、刘禹锡、元稹很是交好。三人在长安期间，相互间多有酬赠往还的诗作。此人以诗才见长，但凡下笔，言语妙绝天下。只是科第蹭蹬，至后来径在四川节度使的幕府里任从事，又辗转到湘中官衙里谋个判官的差事。

酒一上脸，话便分外地多。熊孺登举盏与白居易碰了，一饮而尽，怆然说道：“我乃去年八九月间离开四川回家省亲，途中特地到通州看望了微之。”

白居易急切问道：“微之早我几个月离京，左迁之后，过得可好？”

熊孺登摇了摇头，说：“微之到通州不久，即染重病，多次不省人事。”白居易闻言手里的酒杯掉落在地，“砰”的一声脆响，把杨氏吓了一跳。她默默地又添上一盏，随手将地上的碎片捡拾干净。

熊孺登见白居易面色苍白，顿了一顿，继续说道：“我抵达通州当晚，将你冤贬江州之事说与微之知晓。微之既震惊又悲愤，奄奄一息的人，突然从床上坐将起来，当即唤人拿来纸笔，写了一函，托我递来。”说完起身，自包袱里取出一个邮筒。白居易见了，眼睛又是一热。此乃他发明的物升，作为与元稹之间书信往来专用。白居易起身向前，一把拿在手中，急切地拆开来看，一页诗稿赫然入目，题头写着《闻乐天授江州司马》：

残灯无焰影幢幢，此夕闻君谪九江。

垂死病中惊坐起，暗风吹雨入寒窗。

体味着字里行间的悲凉，白居易含着泪说：“微之病得这般沉重，着实令人忧虑！”

孺登拿过诗笺看了一遍，怕白居易过于伤感，遂安慰道：“我离开之时，微之病情有所好转，撑着身子吃下他娘子端来的稀粥，贤弟不必太过忧心。”

“孺登兄知晓，我与微之一同登科，一起在京都任职，又同年被贬，真正是一根藤上的秧儿！”白居易神情哀婉地说，“知我遭遇贬谪，微之震惊之巨，无异针刺，这份休戚之情，实乃感同身受！”说完泪如泉涌，哽咽得难以言语。

孺登在长安时，与乐天、微之朝夕唧咻，对这对难兄难弟的境遇自然十分了解。两人作诗观念极为相近，共同倡导新乐府运动，彼此唱和最为频繁，你来我往的，累年不曾间断，遂成莫逆之交，那爱慕之情，可欺金石。

杨氏在一旁见郎君如此忧戚，怕其愁闷了身子，便去厨房暖了一壶茶，递了上来。白居易接在手中，喝了几口，一股暖流自上而下，直入丹田，心绪也便稍微安稳一些。杨氏见状，便婉言劝道：“如其长吁短叹，不若写封书信慰问一下，更为踏实。”

“微之年方不惑，内心已然残阳沉西。再遇贬谪，叫他觉着‘立身一败，万事瓦裂’。”孺登连忙附和道，“俗话说‘三分病体，七分心态’，乐天书信胜似灵丹妙药，微之见信，必定宽怀。”

当下两人也无心思继续喝酒，孺登寒暄了几句，拱手而去，白居易知其旅途疲乏，也不强留。翌日，白居易早早出门，考虑到通州乃炎瘴之地，亲自到街市为元稹购了一床上好蕲州凉席。到家时，已经午牌时辰，他一头钻进了书斋，关上门，中饭也不曾出来吃。杨氏知其内心郁结，喊了两句，见无回应，也就听凭他去。白居易呆坐了一炷香的工夫，遂起身一下下缓慢地磨好墨，又自架上取下素笺，拈笔伸纸，写将起来。

援笔在手，一时间思绪万千。反复咀嚼“垂死病中惊坐起”一句，想到当初元稹初遭贬谪前往江陵上任时，自己也曾写过的句子：“枕上忽惊起，颠倒着衣裳”，一个“惊”字，前后穿射，贯通的是两颗心。白居易心绪起伏，特书回禀，询问了病情，说了一些热情暖意的话，末尾附诗一首：

所得惟元君，乃知定交难。一为同心友，三及芳岁阑。花下鞍马游，雪中杯酒欢。衡门相逢迎，不具带与冠。春风日高睡，秋月夜深看。不为同登科，不为同署官。所合在方寸，心源无异端。

写好装讫邮筒，恰好墨干饭熟，杨氏叫到厅上用馔。饭毕，白居易拿起邮筒径直往外走，杨氏问道：“我待会买菜，捎带去驿站正好顺便。”白居易说：“等你三转九转，头拨驿使早已上路。我有些胸闷，一来递信，二来出去透透气，岂不两得其便？”杨氏闻听，便不再坚持，叮嘱道：“早去早回，清晨寒凉，穿那件厚些的衫袍。”

白居易出了宅门，转到大街，穿过西门径向江州驿站而去，投递了信函，看看天色尚早，便百无聊赖地在浔阳城里信步走着。远远瞧见前面围着一群人，锣鼓喧嚣声从圈子里四散开来，好不热闹。及至走近，这才听出乃是草台班子在演《莺莺传》。

白居易跻身进去，就听见旦角崔莺莺正在数板：

唐贞元中，有张生者，性温茂，美风容，内秉坚孤，非礼不可入，以是年二十三，未尝近女色……”接着唱起清平调：“微月透帘栊，萤光度碧空。遥天初缥缈，低树渐葱胧。龙吹过庭竹，鸾歌拂井桐。罗绡垂薄雾，环佩响轻风。绛节随金母，云心捧玉童。更深人悄悄，晨会雨蒙蒙。

扮张生的角儿跟着唱道：

因游洛城北，偶向宋家东。戏调初微拒，柔情已暗通。低鬟蝉影动，回步玉尘蒙。转面流花雪，登床抱绮丛。鸳鸯交颈舞，翡翠合欢笼。眉黛羞偏聚，唇朱暖更融。气清兰蕊馥，肤润玉肌丰。无力佣移腕，多娇爱敛躬。汗流珠点点，发乱绿葱葱。方喜千年会，俄闻五夜穷。流连时有恨，缱绻意难终。

唱得那旦角泪珠落下粉腮来，小生款步上前把旦角的纤腰抱住，不知尝尽了多少温柔滋味。白居易吁叹了一口气，缓步走出了人群。他晓得这戏曲源自元稹的传奇，实则也是他的一段初恋：大约是唐贞元十五年，元稹到蒲州任小职，与其母系远亲崔姓之女名唤“双文”的恋爱。崔双文才貌双全，虽家中富有，毕竟没有权势，与元稹的理想婚姻尚有差距。依据唐代的举士制度，士子及第后还需要经过吏部考试方能任命官职，故而元稹于贞元十六年再赴京应试，以其文才卓著，被新任京兆尹韦夏卿所赏识，故而多与韦门子弟交游。交往日久，得知韦夏卿之女韦丛尚未许配与人，由是权衡得失，最后竟弃双文而娶韦丛。许是受了良心的谴责，许是对双文终究难以释怀，多年后，乃作了传奇小说《莺莺传》，写的是：崔莺莺“垂鬟接黛，双脸销红”的俏丽让张生顿生爱慕，后来，在莺莺丫鬟红娘的帮助下，张生与莺莺私会西厢下，成了云雨。自此之后，莺莺“朝隐而出，暮隐而入”，与张生私会。想那张生实乃元稹自寓而已，只是可怜了莺莺一番痴情。

想到这里，白居易不觉吟起元稹的诗句：“曾经沧海难为水，除却巫山不是云。取次花丛懒回首，半缘修道半缘君。”内心忖度：这多情与无情，实在朝朝暮暮之间。记得是元和四年，韦丛因病去世，年仅二十七岁。此时三十一岁的元稹已升任监察御史，日子刚有起色，陪伴自己清贫多年的爱妻却驾鹤西去，令元稹无比悲痛。爱妻营葬之时，元稹却因打理监察御史分务东台的事务，无法抽身前往。痛定思痛，便事先写了一篇情词痛切的祭文，托人在韦丛灵前代读。下葬当日，元稹情不能已，又写了《三遣悲怀》的悼亡诗。白居易又念叨：“诚知此恨人人有，贫贱夫妻百事哀”，想那韦丛下嫁到清贫元家，却无怨悔，花朝夕月，体贴持家，贤惠淑良可想而知。白居易叹息道：“哦，韦丛、莺莺，微之一痛一疚也！”

白居易正长吁短叹，忽听前头一阵喧哗。遂趁步向前，见一青年汉子，浑身都是刺青，定睛看时，刺的竟然是《长恨歌》。白居易自长安抵江州三四千里，凡乡校、佛寺、通旅、行舟之中，往往有题自己的诗，这些都是亲眼见过。那日听刘十九说有人身上刺有自己的诗，还不敢相信，当下算是见到了。《长恨歌》的篇幅长，刺得这后生体无完肤，围观之人，竟然一声声地喝彩。

白居易正喜忧参半地观瞧，忽听一位儒生模样的人说道：“也忒疯狂，白乐天的诗竟令痴迷者如此？”边上的一位答道：“吴兄不必惊奇，我早听人说过，荆州街上有一位士子，自颈以下，遍刺白舍人诗。荆客陈至叫他撩起衣襟，但凡手指一处，都能背诵。当时有一人随手按了一下，士子立马吟道：‘不是此花偏爱菊’。另有一人，指了另一处，士子又诵道：‘黄夹缬林寒有叶’，陈至大呼：简直是‘白舍人行诗图’。”

儒生说：“如此追捧，实属罕见。”

边上的说：“更有甚者，日前听亲友说：那日去长安，闻听有位军使唤作高霞寓，欲聘娼妓。其中一妓自夸说：‘我诵得白学士《长恨歌》，岂是他人能比的？”

儒生问道：“歌姬欲以此抬高身价？”

边上的回答：“是的，亲友说前些日子过汉南，适遇主人集众宴乐，乃聘妓弹唱，诸妓纷纷吟唱《秦中吟》《长恨歌》。”

白居易听了摇摇头，心中却也骄傲。忽然想到元稹曾经略带嫉妒地说：“当今士子，手里不拿两册你的书，嘴里念不出你的诗，便是缺乏格调、落伍时髦也！”

当时以为微之在调笑自己，现今看来，或许是真的。一念及此，忽又记起元稹叮嘱将两人唱和的句子编入诗集之事，脚下便放开了步子，径直往家中走去。

感　皇　恩

刚进门，白居易就闻到香味。三步两步来到厨下，见杨氏脱去了外裙，紧扎袖口在烧泥螺。在江州，梅雨淅淅，正是农家夏耕之时。农夫将牛轭套在牛的颈背，一手扶犁，一手牵绳赶着牛拉着犁耙前行。新翻的田泥里，四处可见泥螺。妇女、孩童跟在后面捡拾着，收获可喜。这时节，泥螺脂膏满腹，适合泡上黄酒，浸个一两宿，膏溢壳外，晶莹恍若水晶，腌而食之别有滋味。见有美食，白居易绽开笑容说：“夫人好手艺，今日大有口福。”

杨氏盯着火候，头也未抬地说：“安心在书房候着，待会唤你。”

在书斋坐下，白居易略进了几口茶水，自架子上翻出一叠诗稿来。这之中，有去年元稹委托结集的二十六卷诗文，早已在来江州的路途上，梳理得停当。眼下，他随意翻阅了几页，不禁浮想起去年与元稹分别的情形。那是三月下旬，元稹复贬通州，闻听那儿荒僻恶劣，担心不能生还。临分别时，神情忧伤地说：“乐天兄，此别经年，祸福难料，有一事须委托于你！”白居易见老友伤情，遂抚慰着说：“你我知己，有事尽管交代，当竭力玉成。”

元稹自行囊中取出一个包袱，慎重递给白居易，说：“这是我七年来结集的诗稿，共计八百余首，今儿交付白兄保存，拜托，拜托！”

白居易接在手中，沉甸甸的一沓，遂叹了一口气，安慰元稹说：“微之远离是非之地，祸兮福所倚，也未可知，不必过于悲观，留得青山在，自有柳暗花明之日。”

元稹哽咽地说：“多谢白兄相劝，到通州后，尚有两百多首近期诗作，届时一并邮递给你。”

白居易点点头说：“这个自然，你的事便是我的事，定然妥善保管，他日完璧归赵。”

到通州后，元稹又将元和七年至十年间写的六卷诗稿托人捎了过来，并附上一封《叙诗寄乐天书》，写着：

> 仆闻上士立德，其次立事，不遇立言；凡人急位，其次急利，下急食。仆天与不厚，既乏全然之德；命与不遇，未遭可为之事；性与不惠，复无垂范之言……昨行巴南道中，又有诗五十一首。文书中得七年以后所为，向二百篇，繁乱冗杂，不复置之执事前……通之地，湿垫卑褊，人士稀少，近荒札，死亡过半。邑无吏，市无货，百姓茹草木，刺史以下，计粒而食。大有虎、豹、蛇、虺之患，小有蟆蚋、浮尘、蜘蛛、蛒蜂之类，皆能钻啮肌肤，使人疮痏。夏多阴霪，秋为痢疟，地无医巫，药石万里……

“地无医巫，药石万里。”白居易再次阅读，内心不禁喟叹：“微之怕像柳子厚一般遭遇，故而将诗稿托付于我矣！”又看了几页，喃喃自语道：“微之乃性灵中人，当遇到公私感愤，则欲赋诗，我又何尝不是如此？”微之的诗集，在来江州的驿舟上便编排好了的，厚厚的一沓，白居易仔细地保存着。这会儿，白居易起身将从长安带来的书囊全都拆开，找出自己多年的诗作，亦打算编纂成集子。如何编排分类呢？他不免犯起了嘀咕。踱了几步，忽然想到《叙诗寄乐天书》中有一段话：

> 其中有旨意可观，而词近古往者，为古讽；意亦可观，而流在乐府者，为乐讽；词虽近古，而止于吟写性情者，为古体；词实乐流，而止于模象物色者，为新题乐府；声势沿顺，属对稳切者，为律诗，仍以七言、五言为两体；其中有稍存寄兴，与讽为流者，为律讽；不幸少有伉俪之悲，抚存感往，成数十诗，取潘子《悼亡》为题；又有以干教化者，近世妇人，晕淡眉目，绾约头鬟，衣服修广之度，及匹配色泽，尤剧怪艳，因为艳诗百余首，词有古、今，色类相从，共成十体……

白居易展颜一笑：现成的法子，正好借鉴。又一想：微之编排主张固然与自己雷同，突出讽喻诗与新乐府，以为唯此方能“稍存寄兴”。只是微之深于七律，尤以次韵排律独树一帜，且富于辞藻，精于描绘，其悼亡诗倒是语淡情浓，真挚感人，乃千古佳作。总体观之，毕竟与自己擅长体例大有不同，再者微之分类过于琐碎，有失庞杂。如此一琢磨，顿觉豁然开朗。遂援笔蘸墨，写下诗集的编排目录：一、讽喻；二、闲适；三、感伤；四、杂律，共计四大类，囊括了任左拾遗以来，凡所遇、所感，美刺兴比，因事立题的诗作共一百五十首，谓之讽喻诗；又或退公独处，或移病闲居，吟玩性情者一百首，谓之闲适诗；又有事物牵于外，清理动于内，随感遇而形于叹咏者一百首，谓之感伤；又有五言、七言、长句、绝句四百余首，谓之杂律诗，共编为十五卷。

诸多诗文从不凭空落笔。白居易胸中的解数有乱山葱茏之势，有鞭雷叱霆之怒。尤其是因事立题的讽喻诗稿，无不前后穿射，冷题热写。一字字斜飞反扑，白描着扑扑突突的蹊跷经历，划地里分明就是以笞鸿私的另类奏章。白居易随手翻看着，低低地将《秦中吟》《新乐府》这般稿儿念出了声息。脑子里一会儿想起那些在荒村，守些田亩过活的枯黄面孔；一会儿又想起拾麦穗的妇人，有泪有声地哭，有泪无声地泣……

记得是元和初年，白居易在陕西盩厔县尉任上。一日，正值五月麦收季节，他徒步到南冈，满目里是一片金黄，端的是一个丰收的好年成。

阡陌之上，家家妇人领着孩童往田头走去，给正在割麦的孩子阿爷送饭递水。麦田里，尽是低头弯腰割麦的农夫。五月的骄阳分外炽烈，脚下有暑气熏蒸，背上有烈日烘烤，刈麦的汉子一个个精疲力竭，捧起自家娘子送来的凉水，“咕嘟、咕嘟”灌了个满腹，又矮下身子，掩进了齐腰的麦丛。

白居易遇到一位中年娘子，怀里抱着娃儿，正拎着竹篮在田间捡拾遗落的麦穗。不免上前问道：“大嫂子，你自家的田地呢？何故拾人残穗？”

妇人抬起满是皱纹的脸，木讷地望着白居易说：“为缴纳官税，家中可怜的土地早已卖光了，哪里还有田地可种哦。”

白居易闻言，缄默了半晌。腹内思忖：这日复日年复年的，拖家带口，无田无地的日子如何过啊？又问道：“捡拾麦穗，无异于杯水车薪，一大家子如何糊口？”妇人流着泪说：“拼拼凑凑，总比挖野菜强呀。”

白居易无言以对。回程的路上，马蹄嘚嘚地叩问大地，大地发出沉闷的回声。他踢跳的心情，随着一路蛙鼓的掺挝之声此起彼伏，风霏露洒。是夜，夏虫嘶鸣如雨，白居易听来，耳畔尽是拾穗妇人的哭泣。繁重的赋税同样使得割麦的农夫朝不保夕，今日的拾穗者，也便是昨日割麦送水之人。长此以往，如何了得！白居易心头一涌，眼里的酸劲又来了，目光哗啦碎在案几的白纸上。噙着的一泡泪水，似乎只需一阵凉风，就能吹出眼眶。他咂摸着拾穗妇人说过的话，沮丧的心里忽然亮出一丝激愤。眼下他能够做到的也只是“唯歌生民病，愿得天子知”，便寻思赋诗一首，曲尽世态炎凉，假若感动了庙堂，减轻繁重的赋税，解农家于水火，也未可知。这样想着，遂命笔写下了《观刈麦》：

田家少闲月，五月人倍忙。
夜来南风起，小麦覆陇黄。
妇姑荷箪食，童稚携壶浆，
相随饷田去，丁壮在南冈。
足蒸暑土气，背灼炎天光，
力尽不知热，但惜夏日长。
复有贫妇人，抱子在其旁，
右手秉遗穗，左臂悬敝筐。
听其相顾言，闻者为悲伤。
家田输税尽，拾此充饥肠。
今我何功德？曾不事农桑。
吏禄三百石，岁晏有余粮，
念此私自愧，尽日不能忘。

元和二年，白居易任盩厔县尉已有两个年头了，这年他三十六岁。正月，朝廷里有些动静，武元衡、李吉甫担任了同平章事。七月的一天，中书省草诏，任命白居易为京兆府进士试考官。在县尉任上不过一年零三个月，即被调任为进士试考官，白居易深知朝廷此举意味着什么。这么重要的考试，朝中那么多闻臣贤达，为何偏偏点名要他这个县尉做考官？与其说是要他考录别人，不如说是朝廷有意识地考察他。

到长安后，白居易起先是奉命拟出进士试题。沉吟之间，他忽然想起贞元十五年那些事儿。那年，自己在宣州完成乡试，为宣歙观察使崔衍所贡，赴长安应进士试。具体地讲，应该是贞元十六年，礼部侍郎高郢出的试题是“性相近，习相远”。考试的那天，白居易写下《省试性习相近远赋》《策五道》等答卷，答卷开篇写道：

> 噫！下自人，上达君。德以慎立，而性由习分。习则生常，将俾夫善恶区别；慎之在始，必辨乎是非纠纷。

高郢阅后，赞道："妙哉，此卷新颖别致！"那年，一个阳光和雾气交织的早上，白居易得知自己新科进士及第，皇榜上名列第四。春风得意的他，曲江宴后，于大雁塔的石砖上刻下了"慈恩塔下题名处，十七人中最少年"的诗句。往事历历，恍若昨日。转眼自己也成为主考官，他暗自鞭策自个儿：恩师高郢"既领职，拒绝请托"的高风亮节，当作为楷模！白居易煞费苦心，围绕进士试出题的要领，精心编制了五道策问题。以忠君济世爱民为圭臬，以考察实际能力为立意，策问开宗明义：涉及如何事君，如何修身，如何以诗反映现实，以便闻于皇上，补察其政。白居易寻思：当借此机会，将官职田中存在的严重瞒报、虚报现象以及官府政策调节不当，造成农家劳而不获、投机者不劳而富、贫富差距越来越大这一弊政列入试题，如此，或许能够引起广泛的关注。

礼部尚书审看试题，满意地点点头，赞道："密切现实，切中要害也！"

这次考试，取萧澣等人为进士，此后皆成为朝廷干练之臣。不久，白居易调任集贤院校理，仍保留盩厔县尉的官职。集贤院系皇帝御书院，乃整理天下图书，编撰典制新书的机关。以其聪慧，自然领悟到这枯燥无味的纠勘校理之闲职，乃是向上的阶梯。故而忠勤办事，篝灯夜读，硬是将这项不起眼的职事，升华到"辨明邦国之大典，而备顾问应对"之高度。

这一年十一月四日，白居易自集贤院应诏赴右银台候旨。银台，乃大明宫宫门的名称，翰林院便坐落在右银台内。翌日，白居易奉圣命参加入选翰林学士的测试。宪宗亲自御览了白居易参与测试的三道制诏，当读到"班师郊社内，操袂凯歌中。庙算无遗策，天兵不战功"时，不禁龙颜大悦。

第二天，翰林学士院院使梁守谦宣读圣旨："门下，白居易系孤贞雅厚之士，为文翰遒丽之才，宜授翰林学士。钦此！"

入学士院当日，白居易对着铜镜理了理进贤冠，紧了紧腰带上的银銙，从头到脚着意打量了一番，方才信步向右银台走去。当他轻车熟路地踏入院门，就见一位比自己年长七八岁的男子迎了上来。那白皙的脸庞，略微有些清瘦，深邃的眼眸，泛着温和的笑意。

"才读《观刈麦》，吟诗之人便在眼前，幸会，幸会！"来人黑瞋瞋的瞳仁直视着说："在下李绛，欢迎入值翰林！"白居易早有耳闻，这李绛乃贞元八年登进士第，又登博学宏词科。初授校书郎，补渭南县尉，官拜监察御史，也是今年才授翰林学士，比自己早三五个月。此人任职勤勉，屡有匡补，且为人正直爽朗。当即，白居易躬身答道："李学士匡正补益，堪为风范。乐天初来乍到，还望不吝赐教！"

"过奖，过奖！我来为你引见其他几位同人。"李绛恬淡一笑，说道，"这位是崔群学士，这位是裴垍学士、李程学士、王涯学士，我等六人，同入翰林，甚是有缘，往后定当融洽互勉！"

白居易一一作过揖，见过礼。其中裴垍长白居易四岁，自考功员外郎充翰林学士，两年前已入翰林。记得那年，白居易应制科试在华阳观进行考前准备之时，裴垍曾经面授机宜，热心指导过自己，算是结下半师之谊。今又同居学士院，还是自己的顶头上司。白居易一躬到地，与裴垍道了久阔，二人大为喜慰，关系自然又近了一层。

一番絮叨，白居易才知崔群与自己同年出生，同年选入翰林院，以右补阙充任翰林学士。白居易见崔群柔儒温文，清而容物，禁不住寻思：此人可为刎颈之交！又得知王涯始以蓝田县尉充任翰林学士，早在四年前已入翰林，时已官至中书舍人。王涯祖籍系山西太原，两人算是老乡，且年长自个八九岁，白居易自然以兄长待之。六人序次落座，品茗畅谈，说说笑笑，好不兴味萧骚。白居易暗自掂掇五人的脾性，觉得个个温润如玉，厚道坦然。

依照例制：翰林学士所撰，乃直接从禁中发出，故称"内制"，用白麻纸写。而中书舍人所撰，为外朝所拟，故称"外制"，用黄麻纸写。内制指翰林学士临时受皇帝之命撰拟的诏书，外制指中书舍人所拟，由中书门下正规机构发出的诏书。久而久之，白居易发现，但凡大诏令、大废置、内外之密奏，皇上格外注重的，大多宣李绛、崔群、裴垍三人专对，可谓直接出谋划策于内廷，无异于分割外朝宰相议政之权，明里暗里充任的是"内相"角色。自此，白居易入值内廷，批答表疏，应和文章，随时宣召撰拟文字，见识也便愈加高迈，眼界亦越发开阔。

光阴荏苒，转眼已是寒冬腊月。一日，白居易在长安街上走着，忽听得前头喧哗骚动，趁步近前看时，只见两位骑着高头大马的黄衣使者正在强行索买一车木炭。白居易知道皇宫所需的物品，本来由官吏采购。近些年，宦官专横，盯住了这个肥缺，抓过采买权，生发出诸多强买强卖的事端。惯常有数十人分布在长安东西两市及热闹街坊，以低价强购货物，甚至不给分文。还勒索“进奉”的“门户钱”及“脚价钱”，名目为“宫市”。眼前这二人，便是宫市的采买。

眼见一名黄衣使者下得马来，将手里的文书扬了一扬，把那半匹廉价的红绡及一丈白绫往牛角上一挂，嘴里吆喝道：“老丈，这车木炭皇宫买下啦，将车赶上跟着我们走吧。”

老翁哀求道：“大官人，可使不得！这车木炭是大雪封山前采伐的，烧制不易，一家老小还指望它过冬呢。红绡、白绫不能当饭吃的，可怜我这一大把年纪，大官人发发善心吧！”

另一位使者扬了扬马鞭厉声喝道：“哪来许多的废话，皇宫采办由得你掂斤簸两、讨价还价吗？”

老翁滚下了两颗浑浊的热泪，嘴唇动了动，不敢再多说什么，颤巍巍地拉着牛车，往宫中走去。

白居易望着老汉蹒跚的背影，一路尾随着，直到宫廷门口方才停住脚步。但见牛车辚辚地碾入了深宫，便在外面踱来踱去，胸中已然义愤填膺，嘴里恨恨地念叨：“苦宫市也！苦宫市也！”

约莫一盏茶的工夫，老翁牵着牛走了出来。一边走着，一边以打满补丁的袖口擦着昏花的泪眼。遥遥望过去，牛角上的半匹红绡忒是刺目鲜艳。

待老翁走到近旁，白居易迎了上去，温言问道：“老伯家住哪里？”

老翁勒住牛绳，红着眼打量着白居易，见他和蔼可亲，便嗫嚅着说：“家住郊外终南山下、神禾塬上的南堡寨。”白居易又问：“家中尚有什么人呀？”这一问，老翁眼泪又淌了下来，哽咽着说：“有老伴、儿媳、孙儿、孙女一大家子，眼见断粮了，这可怎么活啊！”白居易自怀里摸出一袋通宝钱，塞给老翁说：“老伯，拿着过冬吧！”

“使不得，使不得，怎能要官人的钱！”老翁摆着手，惶恐地说。

白居易跨前一步，将钱袋系在牛角之上，嘴里安慰道：“老伯，权且收下，给娃儿买些米面。”

听见白居易提起孩子，老翁流着泪说：“恩人啊，活菩萨啊，老汉给你叩头啦！”说罢，双膝便要跪下。白居易赶忙扶住老翁，催促道：“天色不早了，街坊怕要擂响闭门鼓，赶紧回吧！”

老翁千恩万谢地奔东市而去，白居易目送着他的背影，直至消失在街坊的转角处。回到家中，终究心绪难平。今日那老汉于荒无人烟、豺狼出没的深山，伐薪烧炭何等艰辛！一斧一斧地伐薪，一窑一窑地烧炭，披星戴月，凌霜冒雪，烧出的千余斤上好木炭，无端地被巧取豪夺而去，一家人身上衣裳口中食，如何着落？再想那老翁牛困人饥、老泪纵横的模样，白居易把那银牙咬得“咯咯”直响，胸腔里似乎有一团火在燃烧。义愤之间，猛然想起韩愈在《顺宗实录》里记载的一则旧事：

> 贞元末，以宦者为使，抑买人物，稍不如本估。末年不复行文书，置白望数百人于两市并要闹坊，阅人所卖物，但称宫市，即敛手付与，真伪不复可辨，无敢问所从来，其论价之高下者，率用百钱物，买人直数千钱物，仍索进奉门户并脚价钱，名为宫市，而实夺之。

白居易恨恨地说：“宫市，宫市，着实是最为病民的苛政矣！”集市之上，多少难以为继的人家，多少熬着生计的百姓，为宫市所苦，被宫市所累？长此以往，集市之上狼奔虎突，人心惶惶，买卖如何见方寸？哪里还有公平可言？一念及此，白居易越发忧心忡忡，只觉立法施度、整理宫市刻不容缓。又一想，这事得留下笔墨，以便为民伸张廉明，呼吁强不侵弱，吏不容奸！出于义愤，白居易万毫齐发，奋笔写下《卖炭翁》：

> 卖炭翁，伐薪烧炭南山中。
> 满面尘灰烟火色，两鬓苍苍十指黑。
> 卖炭得钱何所营？身上衣裳口中食。
> 可怜身上衣正单，心忧炭贱愿天寒。
> 夜来城外一尺雪，晓驾炭车辗冰辙。
> 牛困人饥日已高，市南门外泥中歇。
> 翩翩两骑来是谁？黄衣使者白衫儿。
> 手把文书口称敕，回车叱牛牵向北。
> 一车炭，千余斤，宫使驱将惜不得。
> 半匹红绡一丈绫，系向牛头充炭直。

光阴荏苒，须臾年节临近。这一天，白居易正在翰林院当值，崔群满面春风地走了过来，兴奋地说：“乐天，告诉你一个好消息，皇上有心整顿宫市啦！”

白居易放下手头正在誊写的文书，抬头看了看崔群，高兴地问：“如此甚好，消息可否确切？”

“那还用说，皇上把我等宣去，当即让裴垍把你的《卖炭翁》吟了一遍。”

崔群一面比画当时情形，一面说，“皇上脸色难看，连声说如此肆意妄为，着实可恼，你三人给朕拿个主张吧！”

白居易脸上绽开了笑容，有些激动地说：“好啊，好啊！”

崔群说：“还是你的诗好，简直就是有韵脚的奏折嘛。”

白居易谦逊地回道：“哪里，哪里，我只是将所见写了出来，革除弊端，还得仰仗你等内相。”

崔群竖起一根手指，立在嘴边“嘘”了一声说：“这话可不能拿在明面上说，中书门下听了不舒服。皇上或许觉得内宫之事，还是内制处理较为妥当。”接着又说道，“李绛当即提出几点主张，皇上一一采纳。不日，圣谕就要下来。散朝后，你我喝两盅？”

白居易爽朗地说：“喝两盅就喝两盅，上次没有把你灌醉，这次定然不放过你这家伙！”白居易与崔群同僚翰林有些日子，两人经常“朝案同食，夜床共衾”，絮絮叨叨地口无遮拦。彼此却是肝胆相照，以忠相勉，以义相箴，感情十分深厚。

酉牌时分，太阳已然落到终南山西边去了。白居易与崔群寻着一个酒家，选了安静的厢房，唤上酒菜。推杯换盏之间，说了许多推心置腹的话。酒酣耳热之际，崔群的舌头有些大了，他举起杯子说：“入得翰林，皆是文章高手。诏命文书种类庞杂，文书格式、纸张规格皆有明确规定，新入之人一般须见习一年，授予‘知制诰’职衔之后，方可获得草拟文书的资格。乐天入院当月，便代皇上起草《答薛苹贺生擒李锜表》，此乃破格授命，颇为罕见！”

白居易说道：“叛将李锜大负国恩，自贻天罚，我乃激于义愤而已！”

崔群说：“乐天草拟文书，思如泉涌，倚马可待。自此，皇上愈发器重于你，至目前为止，你已然起草各类文书二十三篇吧？”

白居易惊讶地说：“难得敦诗兄如此关注，今后凡事还望多加指点！”

崔群乘着酒性，打开了话匣子：“供职翰林的六名学士中，数乐天老弟的官阶最低，可知你如何能从正九品下县尉破格选为翰林学士吗？”

白居易也忖度过此事，此时见崔群提起，竟想听听他的见地，便问道：“依敦诗兄看来，此事有何道理？”

“依我看来，缘由有三：其一，你‘连登三科’，声名才气早已为朝廷所闻。”崔群满嘴酒气，大着舌头说，“礼部、吏部选拔人才，大多以你应试作的赋和判词为范例，尤其是你的诗，早已在人们口中、墙壁之上广为流传。”

白居易仔细听着崔群分析，没有吱声。崔群接着说道：“其二，你热心如火，笔耕不止，上百首讽喻诗扶贫问苦，抨击时弊，传入宫中，自然引起宪宗关注；其三，皇上励精图治，思贤若渴，乃中兴之主。为振兴中央权威，一方面重用宰辅，驱动中枢；一方面选拔有识敢谏之士，充实翰林，故而非次拔擢于你。”

白居易点点头，觉得崔群分析透彻，不觉赞道：“敦诗兄好思辨！尽管喝得醉晕晕，依然头脑清晰，鞭辟入里！”

崔群说：“我没醉，你那酒量休想灌醉我。来，来，我俩再干！”

两人又干了一杯，崔群继续说道：“最为紧要的一点，还在于老弟的《长恨歌》直达圣心！”

白居易问道：“敦诗兄，此话怎讲？”

“一则，《长恨歌》揭示了开元盛世之后玄宗骄矜懈怠、宠妃荒政，由此引发安史之乱的惨痛教训，符合皇上决心以前车为鉴，重振朝纲的心迹。”崔群抽茧剥丝地分析道，“二则，视玄宗与杨贵妃的悲剧为真挚情爱，援笔歌颂，维护了皇室的颜面，令当今非常感动，故而破格将乐天兄召入翰林。”

白居易回头想想，自己于元和元年十二月创作《长恨歌》，第二年七月便从盩厔县调入长安任进士试考官，接着调任集贤院校理，十一月四日奉诏赴右银台候旨，十一月五日入翰林院参加入选翰林学士的测试，十一月六日皇上下旨授自己为翰林学士，前后不到一年时间。想到这里，白居易端起酒杯满满地敬了崔群一杯，对这位同年的洞察力心悦诚服。

这两人正是“青眼共看情不厌，素心相对话偏长”，直喝到亥牌时分，方才相互扶持而归。一路上，崔群说着酒话：“乐天兄，皇上对汝可谓无微不至。刚入学士院，亲赐御食为你接风，赐你参加每年一度的上巳节，重阳节曲江宴也不曾落下。庙堂大礼时，汝却排列在皇上身边。逢有重大庆祝，班列中自有汝的位置。凡内宴，坐次宰相，位列其他朝官之上，侍从亲近，何等荣耀！”

白居易知道崔群喝高了，也不回答，只是攒劲地扶住他。脑子里却将近期发生的事情过了一遍，方才惊觉这家伙酒后吐真言，句句皆是实在话。清明节到了，皇上考虑时节变化，阴雨天多，室内光线变暗，特赐照明用具；腊八节，担心天气寒冷干燥，久坐后手脚易冻裂，赐予口蜡；中和节，又赐红牙银寸尺一把；每次完成任务，皆有御食、布匹绸缎特加慰问。记得社日当天，又特表新恩，破例恩赐上等好酒和高级饼饵。如此这般，可谓天恩不断。皇上每一次赏赐都叫白居易受宠若惊，立即进谢状，表述感激之情。有时候简直是心神不定，手足无措，谢状里也多是“臣必拟澡身励节，以答鸿私”这般的言辞。

正思忖间，崔群又说：“老弟啊，皇上固然睿谋英断，近古罕俦，可是伴君如伴虎的古训，不可忘却。仍须战战兢兢，万勿恃宠而骄，言语无忌，方保身安。”

白居易心下暗想：“人言酒醉心里明，听崔群满嘴言语，果真如是。”只是这些掏心的话入了得意人耳中，却未必激得起静水微澜。约莫一盏茶工夫，两人到了白居易租住的昭国里。进门后，白居易帮崔群脱下了靴子，扶着他和衣躺下，又盖上厚厚的棉被。自己稍稍盥洗一番，吹灭了灯火。当夜，与崔群潦草地同榻而眠。

这晚，白居易辗转到下半夜，方才恍恍惚惚睡去。迷糊中做了一梦，梦见一公子赴京赶考，恋上一名姓李的娼妓，一年来余资耗尽，后母设计将他赶出了家门。遂愤懑成疾，沦为唱挽歌的歌郎。一次与人赛歌时为其父发现，责其玷辱家门，鞭打至昏死而弃之。公子复得同伴相救，但浑身溃烂，沦为乞丐。

一日雪中哀叫，为李氏所闻，乃悲恸自咎，赎身而与生同居，勉其读书应举。来年，落难公子进士及第后，授成都府参军。恰好他的父亲任成都尹，由是父子相认。父亲知道了前后曲折后，甚为感动，备下六礼迎娶李氏为儿媳。十余年后，李生官至方面大员，李氏也被封作汧国夫人……白居易正为李生庆幸不已，忽然胸口中了一闷棍，悚然惊醒。原来崔群的一只胳膊正压在胸脯之上，白居易移开胳膊，怔怔地想：梦中情形，不正是胞弟白行简撰写的《李娃传》吗？稍稍忖度，忽然明白过来，白天听李绛讲过，胞弟今年刚刚进士登第，这消息令他欢喜得有些过度。看来“日有所思夜有所梦”，这话的确有些道理。

贺 新 郎

只因入得翰林，白居易工资长到每月两万五，遂在新昌里新租了一套寓所。从长乐里到昭国里再改迁新昌里，虽则都是租房，地段却不一般。京都的格局是东贵西富，南虚北实。东贵是因为靠近皇宫，入朝退朝十分便利。西富乃是集市繁华，贸易发达。南虚北实，说的是皇宫坐落在北边，是长安的枢纽地带。往南便靠近终南山，旷野荒凉。自朱雀门第六条横街往南，人烟宅第就十分地稀少。打从兴善寺以南的第四坊开始，也是烟火不接，到处是耕垦种植，阡陌相连。

这年四月二十八日，白居易自新昌里新居出门，赶往翰林院当值，进门不久，屁股尚未坐热，忽听得门外一声高喝："翰林学士白居易领旨。"白居易赶紧三步并作两步来到阶前，双膝跪地，恭敬接旨。翰林学士院院使梁守谦手奉宪宗之谕，宣道：

门下，大臣有奉公之典，朝廷有兼听之明，未有从善如流，而纲纪不振者也。尔翰林院士白居易，燃薪达旦，孜孜竭诚，润色训诰，珪璋特达。是宜褒编，以彰风规。兹特授尔为左拾遗，依前充翰林学士，钦此。

白居易赶忙跪拜谢恩，梁守谦跨步扶起白居易，嘴里说道："白拾遗平身。"又特意代皇上讲了许多慰勉的话。末了，拍了拍白居易的肩头，意味深长地说："当今十分看好你，拾遗好自为之！"

白居易连连躬身作揖道："承蒙院使挂怀，在下定当鞠躬尽瘁，不负圣恩！"

梁守谦点点头，扬长而去。白居易一直送到右银台门外，方才依依返回。踏入院门，正遇裴垍，见白居易春风满面，遂含笑说："恭喜晋升左拾遗！"白居易一边作揖，一边谢道："仰仗裴兄垂教，不敢忘怀！"

裴垍说："拾遗是实打实的谏官，言国家有遗事，拾而论之，属门下省。从今，扈从乘舆，凡发令举事，有不便于时，不合于道，大则廷议，小则上封。"白居易诚恳地说："裴兄训迪不倦，令乐天获益匪浅！"

"乐天以道奋直，固然可贵"，裴垍深知白居易秉性，面带忧虑地说，"仍须讲究方法，才好安身。"

白居易躬身一揖，说："谨记裴兄教诲！"裴垍忽然想起一件事，接着说道："今年钦定你为制策考官，我与王涯居中覆视，宜早做准备。"

这一日，崔群也接到任命：由右补阙升为尚书库部员外郎，除从六品上，属尚书省下兵部，亦继续任翰林学士。当日上午，崔群对白居易说："我俩联名写一封《谢官状》，如何？"

白居易点头答道："正有此意，皇上对你我关怀备至，宠爱有加，理应答复圣恩！"

《谢官状》呈送后，白居易感到两人联名尚不足表达心意，况崔群官阶高，自己表述衷肠言语皆为其所盖，思想起来，内心便有所惭愧，遂于十天之后，又独自向宪宗写了一封《初授拾遗献书》。在书中说道：

五月八日，翰林学士将仕郎守左拾遗臣白居易顿首，谨昧死奉书于旒扆之下：臣伏奉前月二十八日恩制，除授臣左拾遗前充翰林院学士者。臣与崔群同状陈谢，但言忝冒，未吐忠诚。今者再黩宸严，伏惟重赐详览。臣按《六典》：左右拾遗掌供奉讽谏，凡发令举事有不便于时、不合于道者，小则上封，大则廷诤。其选甚重，其秩甚卑，所以然者，抑有由也。大凡人之情，位高则惜其位，身贵则爱其身，惜位则偷合而不言，爱身则苟容而不谏，此必然之理也。故拾遗之寘，所以卑其秩者，使位未足惜，身未足爱也；所以重其选者，使上不忍负恩，下不负忍心也。夫位不足惜，恩不忍负，然后能有阙必规，有违必谏，朝廷得失无不察，天下利病无不言，此国朝寘拾遗之本意也……臣又职在中禁，不同外司，欲竭愚衷，合先陈露。伏希天鉴深察赤诚，无任感恩欲报恳款屏营之至。谨言。

授左拾遗后，白居易仍然在翰林院供职，不需要去门下省坐值，如同崔群无须去兵部下属的库部理事一样，皆是内廷翰林学士职所带的官衔，主要是为了解决薪俸的标准。无奈白居易恰恰看重左拾遗这一官职，献书中俨然以谏臣自居，自视具备翰林学士与谏官双重身份。

转眼五月将尽，一天日定时分，白居易回到新昌里居所。一人独坐无聊，便起身收拾散乱的诗稿，见案几之上，每月按例发给的二百张谏纸尚有厚厚的一沓，心中忽然深感惭愧。此时夜色渐浓，他摸出火石点亮了灯盏。一焰如豆，摇摇曳曳地照进夜色里，暖暖融融。幽居寂寥，遂不禁玄思冥想起来：宪宗任自己为左拾遗，薪俸着实丰厚了不少！只是面对圣恩，自己何曾尽忠进谏？如何做到有阙必规，有违必谏？当初在《初授拾遗献书》中信誓旦旦："候陛下言动之际，诏令之间，小有遗阙，稍关损益，臣必密陈所见，潜献所闻，但在圣心裁断而已。臣又职在中禁，不同外司，欲竭愚衷，合先陈露。"而今看来，食言了！一念及此，顿然愈发不安，在书房里踱了几步，遂于谏纸之上浓墨写下《初授拾遗》：

奉诏登左掖，束带参朝议。
何言初命卑，且脱风尘吏。
杜甫陈子昂，才名括天地。
当时非不遇，尚无过斯位。
况余蹇薄者，宠至不自意。

惊近白日光，惭非青云器。

天子方从谏，朝廷无忌讳。

岂不思匪躬，适遇时无事。

受命已旬月，饱食随班次。

谏纸忽盈箱，对之终自愧。

放下羊毫，白居易一面轻声吟哦，一面琢磨：谏官职责与翰林学士顾问侍从职能本是一致。当初听闻山南东道节度使于頔、荆南节度使裴均屡次进奉财物，企图入朝，曾立即上疏谏言，密奏《论于頔裴均状》。在状中阐述：

今臣所言，皆君臣之密机，安危之大计。伏望秘藏此状，不令左右得知。况臣以疏议亲，以贱论贵，语无方便，动有悔尤，言出身危，非不知耳。但以职居中密，身被恩荣，苟有闻知，即合陈露。

由此看来，进谏之事，翰林与谏官并不矛盾，大可施展抱负，于谏政上立功、立言，有何不可？

状告于頔，确须胆略。当时情形，于頔要求宪宗把长女永昌公主许配给他的四子于季平。宪宗未识得其险恶用心，以为与之结为儿女亲家，可把“虽有政绩，然横暴已甚”“公然聚敛，恣意虐杀，专以凌上威下为务”的于頔拴在身边，用皇上威严将其慑服，并分化其他割据势力，于是下旨准了这门亲事。在此情形之下，白居易斗胆进谏，状告“皇亲国戚”，确是“以疏议亲，以贱论贵”了。此后宪宗从策略上考虑，仍对于頔、裴均做了“照顾性”安排，但于、裴谋求“枢纽权位”的阴谋没有得逞。此事，令宪宗看出白居易对自己的赤胆忠心，并对其直言敢谏很是赞赏，这便是破格提拔白居易为左拾遗的主要由头。

一日，白居易正值休沐。好友张籍很长时间没见着白居易，特地前来造访，见新昌里新居门上挂着锁，心里暗想：乐天自任左拾遗以来，整日不见人影，究竟忙成啥样？徘徊良久，不见踪迹，便找来纸墨，赋诗一首：

自掌天书见客稀，纵因休沐锁双扉。

几回扶病欲相访，知向禁中未归回。

写罢，晾干墨汁，自门缝塞入，倒背着双手，怏怏而去。张籍忖度得没错，白居易这段日子吃住皆在翰林院中，的确不曾回到新昌坊新居。即便回到家中，亦是闭门休息，概不会客。整日里食不知味，寝不遑安，一门心思尽在如何指陈时弊报答君恩上。只是这天，白居易却也不在翰林院，而是回渭南看望母亲了。

白居易的外祖母原本是昌黎韩氏所生，祖父白鍠将她收养为女，视为己出。长大后嫁与颍川陈氏，生有一女，便是白居易之母。实则其母陈氏与其父白季庚并非传言的嫡亲兄妹也，乃因陈氏十五岁出嫁，白季庚已然四十出头，算来夫妻二人相差二十四岁之多。原本称作舅父，自小认作长辈，突兀间变成了丈夫，人伦之变，令花季少女难以称心如意，故而患上了心疾。白季庚去世后，家境日渐苦贫，白居易与胞弟行简没有固定居所，常常乞讨米面丐食与邻近郡邑，母亲昼夜牵挂兄弟二人，病情遂益发严重。作为长子，白居易挺身为母亲分忧。那一年仲春，家中揭不开锅，白居易辞别母亲，辗转赶到浮梁，向任浮梁主簿的长兄白幼文请求救济。颠颠簸簸跑了两千五百余里，见到兄长后，白居易羞涩地说："家中难以为继，阿娘实在没有法子，特叫我来恳请兄长周济。"

白幼文心中戚戚，无奈浮梁主簿薪俸微薄，家用亦不宽裕，与夫人商量之后，面带愧色地说："为兄拖家带口，全赖这点微薄薪俸，这些钱你先拿着，以解燃眉之急。"说毕，抖抖索索摸出几十吊铜钱，塞在白居易手中。

过了几日，白幼文又匀出一点米粮给白居易带上，叮嘱见叮嘱，送他来到浮梁码头，目送着孤帆远影消失在天尽头，方才一路叹息地转身返家。从浮梁到洛阳走的是水路，换船补给的光景，白居易借宿在江边简陋驿舍。夜半，被电闪雷鸣惊醒，独自坐在漫无边际的黑暗中，呆听着风声雨声忒愣愣地乱响，心中越发牵挂母亲与弟弟。忧虑彷徨中，禁不住的热泪滚烫地流上面颊，他抬手抹了一把，口中一字一咽地吟起了郁结于心的《伤远行赋》：

贞元十五年春，吾兄吏于浮梁。分微禄以归养，命予负米而还乡。出郊野兮愁予，夫何道路之茫茫。茫茫兮二千五百里，自鄱阳而归洛阳。朝济乎大江，暮登乎高岗。山险歧兮路屈曲，甚孟门与太行。枫林郁其百寻，涵瘴烟之苍苍。其中阒其无人，唯鹧鸪之飞翔。水有含沙之毒虫，山有当路之虎狼。况乎云雷作而风雨晦，忽阙霭兮不见日阳。涉泥泞兮仆夫重腿，陟崔嵬兮征马元黄。步一步兮不可进，独中路兮彷徨。噫！昔我往兮，春草始芳；今我来兮，秋风其凉。独行踽踽兮惜昼短，孤宿茕茕兮愁夜长。况太夫人抱疾而在堂，自我行役，谅夙夜而忧伤。惟母念子之心，心可测而可量。虽割慈而不言，终蕴结于中肠。曰有弟兮侍左右，固就养而无方。虽温凊之靡阙，讵当我之在旁。无羽翼以轻举，羡归云之飞扬。惟昼夜与寝食之心，曷其弭忘。投山馆以寓宿，夜绵绵而未央。独辗转而不寐，候东方之晨光。虽则驱征车而遵归路，犹自流乡泪之浪浪。

一路风雨兼程，总算返回到家中。陈氏见形容消瘦的儿子终于回来了，泣不成声，一把抱住白居易，哽咽地说："回来就好，回来比什么都好！"

白居易也不觉流下泪来，将几十吊铜钱和不多的米面交给母亲后，安慰娘亲说："母亲莫哭，儿子不是好好地回来啦。秋日便去宣州参加乡试，定然挣得功名，让一家人过上安稳的日子。"

那担负全家希望的背水一战，惟有科举。科举报名后，先要在县府进行考试，然后再到州府考试，合格者送至尚书省。按律士子参加考试，必归于本籍，不得越籍赴试。白居易原籍是山西太原，先后辗转寄居于河南下邽、巩县、新郑、洛阳，却在大哥幼文和叔父季康引介下拜见了宣城观察使崔衍，联络好当年秋天参加宣城乡试，算是"冒籍"了。

那年秋天，安顿好母亲与弟弟，白居易从洛阳动身，经汝州至襄阳，循汉水到鄂州，沿长江往东直奔宣州。自此，昼课赋，业课书，间又课诗，功力日渐深厚。宣州试后，宣歙观察使崔衍看过白居易的试卷，拍案夸奖道："好文采，笔力笃实，视野宽阔，远远高于其他举子也！"当即推荐来年春天去长安应进士试。此后，白居易连中三元，梯次出入翰林，授任左拾遗，从八品上官职不大，却是不经吏部由皇帝亲自考核的近臣，薪俸自是涨了不少。白居易当即买了两个健壮的婢女，专门侍奉母亲，防止她神志不清时自伤自毁。

记得随计宣州之时，陈氏因忧愤发狂，以苇刀自刎过，幸亏发现及时，被人救之得免。此后遍访医药，或发或僇，叫白居易操碎了心。万不得已时，他在给宪宗《奏陈状》中说："臣母多病，臣家素贫，甘旨或亏，无以为养，药饵或阙，空致其忧。"当皇帝给予他实惠官职时，又在《谢官状》中说："位卑俸薄，家贫亲老，养阙甘磬之费，病乏药石之资。前件官位虽小，俸料稍优，臣令得之，胜登贵位。"宪宗怜其孝廉，不时赏赐衣报、匹帛、蒸饼、四腊、夏冰，以解燃眉。每有赏赐，白居易都要呈状谢恩，竟达十二次之多。

贞元二十年春，白居易三十四岁，做校书郎已有两个年头了。他想把母亲和弟弟从安徽宿州搬到长安，跟自己一块儿住，也好有个照应。只是他在长安租住的亭子间如若添丁加口，便会十分拥挤，这如何是好！在京都买房？以校书郎的官俸与积蓄，想也不敢想！前些日子，他无意中听见家在渭南的同僚讲："许多手头宽裕的乡亲，皆举家迁往了长安，只留下仆人或委托亲朋故旧照看闲置的老宅子。"

言者无心，听者有意。白居易便打听道："在渭南，多少钱可买下一座宅子？"同僚说："的确便宜，带院落的偌大宅子，那价钱在长安只够买下亭子间。"白居易心中没底，又追问道："怎会如此便宜！莫非是传言？"同僚笑道："小舅前些日子来我家，说贞元十二年，一位名唤卢川素的官员，卖掉他在村庄购置的院落，连带房前屋后若干田地，总售价才十万文。"

白居易暗自窃喜，反复酝酿了多日。挨到休沐的那天，一大早便起了床，一番盥洗之后，便风尘仆仆地去了一趟渭南。一路上，他还在琢磨："乡野的房价这般便宜，距离长安又不算远，正好安顿母亲与弟弟。况且母亲在符离住的也是郊野，比起京都，定然更加习惯。"

几番讨价还价之后，白居易在渭南义津买下一套老宅子，距离渭河只有百来步。他赶忙将母亲和弟弟迁徙到了新家，自己还在常乐里租房住，为的是公干便利。直到校书郎任期届满，方才退掉常乐里租的亭子间，与好友元稹一块儿去靖安里东侧的永崇里租房住，在那儿温习功课，准备参加来年的晋级科考。自此，起起落落十二年，这渭南的庄园，他常常来回走动。每逢十天一轮的旬休，他都要骑着马赶往渭南跟家人团聚。这日，在百忙之中抽空回来，陈氏喜出望外，特意下厨烹饪几个像样的菜肴款待儿子。饭桌之上，陈氏问道："我儿今年三十有七了吧？"

白居易点点头，说："儿子生日阿娘最清楚，何故问我？"

"娘老啦，身子多病，"陈氏忧郁地说，"眼见活不了几年，儿啊，三十七岁不小啦！古人云：'三十而立，四十不惑'，你也该成家了，为娘有生之年如能见着孙子，死也闭目了。"

白居易闻言，脸色沉了一沉，嘴上敷衍道："未遇合适女子，与谁成家？"

陈氏一听，嗓音便高了起来："休要隐瞒老娘，弘农杨氏乃名门望族，膝下有一女，知书识礼，尚待字闺中，其从兄杨汝士有意作伐，你竟不以为意！"

"儿今职在中禁，杂务繁忙，无心考虑此事，且待以后计议。"白居易不耐烦地说。

贞元十六年，白居易二十九岁进士及第，回符离住了近十个月。借考中的喜庆，再次向母亲提出与初恋女子湘灵结婚，又被极重门第的母亲拒绝。白居易无奈，怀着极其痛苦的心情离家，再次赴京参加吏部的选官考试。母亲顽固，自那以后，不许他和湘灵见面，不许再提及湘灵。白居易便坚拒婚姻，以示抗议，故而至今依旧孑然一身。

陈氏眼泪汪汪地说："老娘知道，你为湘灵之事记恨于我，除非我死了，趁早断了这个念想！"

白居易一听，心中恼怒，扔下碗筷，起身朝门外走去，不再搭理母亲。陈氏在屋内声嘶力竭喊道："今日不答应这门亲事，我就死给你看！"

白居易本欲径直去翰林院当值，又担心患有心疾的母亲真有个三长两短，一时倒没有了主张，心慌意乱地在门外徘徊。就在这时，猛听见机凳倒地之声，吓得他迅疾冲入屋内，见陈氏已然悬挂在屋梁上挣扎。白居易大叫一声："娘啊，何必如此！"急忙抱住那软绵绵的身子放将下来，陈氏脸色苍白，喘咳了好一阵子，方才悠悠缓过气来。想到母亲四十岁时，父亲去世，她一人拉扯兄弟俩还有两个妹妹成人，尝尽劬劳！白居易心如刀割，含着泪说："娘，全凭你做主，儿子答应就是！"陈氏闻言，紧闭的眼里淌下两行热泪来。

元和三年金秋时节，白居易下了彩礼、聘金，杨家备了丰厚嫁妆，白居易同僚、新娘从哥杨汝士为媒，双方商定了婚期，择了一个黄道吉日，依期举行了婚礼。

远远望去，迎亲的队伍宛若天边的朝霞，一点点晕开、扩大，走近再走近，披红挂彩映照在人脸上，一派喜庆之色。白居易骑着高头大马，胸戴红花，不喜不悲地走在花轿前头，簇拥在后面的是手持喇叭、唢呐、铜钹、皮鼓的乐队，一路上吹吹打打，热情惹意。那喜庆的曲调，猫爪一般挠在街坊两边观望的少女心头，惹得一个个云鬓半偏，香肩斜亸，面浮桃花。市井街坊瞧热闹的越凑越多，一面张望着，一面聒噪不已。不谙世事的孩童在人群中来回穿梭，抢食着沿路抛撒的糖果，口中不时传来银铃般的笑声。

靖恭杨家乃繁荣鼎盛的名门望族，又是颇负声望的文学世家，加上白居易供职翰林，是皇上身边之人，婚礼自然是高朋满座，前掩后映，蓬荜生辉。除了元稹、刘禹锡贬谪在外，供职京都的韩愈、李建、张愔、张籍、王质夫、陈鸿等一干好友都前来贺喜，张籍见面就哈哈大笑着说："怪不得前些日子，寻你这家伙不着，原来筹划金屋藏娇哩。"

白居易赔着笑脸说："你这家伙塞入门缝的诗看到啦，什么'几回扶病欲相访'，这般活蹦乱跳的，谁信？"

李建插言道："闲话少说，快快陪我等喝酒去。"

“今日李兄可要高抬贵手，双拳难敌四手呢。”白居易拱手，又说，“待会儿应酬多，你是海量，好好跟在身边，代酒之事不可推托。”

不一会儿，裴垍、李绛、崔群、李程、王涯等翰林同僚齐齐入了宴席，随喜之后，崔群哈哈一笑，说：“你这马驹从此套上了笼头，只可惜我俩再也不能够通宵畅饮，同榻而眠也。”

王涯在一边听见，阴阳怪气地说：“这样正好，治了你‘断袖’之癖。”

裴垍、李绛、李程在一旁听了俱大笑，崔群说：“去，去，休要胡说。”

婚宴上，开始唱贺郎歌，戏谑、诙谐之词间杂其间，引来一阵阵欢笑。新娘的从兄杨汝士、杨虞卿忙出忙进，脸上的笑容绽开后就再也没有收敛过。夫妻拜过堂，喝过交欢酒，双双送入洞房。出席婚宴的亲朋故旧，相互间说笑打诨，欢乐深夜方散。

白母陈氏望着眼前的一切，脸上漾着久违的笑容。她里里外外地招呼着客人，热热络络的劲头，像灶膛里袅袅婷婷的火焰，一忽儿蹿上，一忽儿蹿下，那花白的鬓影在鲜艳的衣光映照之下，消融了许多的沧桑。这是她平生屈指可数的快活日子，一桩才下眉头却上心头的心事，至此方才如愿以偿，如释重负。

洞房中，白居易的心头却像打翻了五味瓶子，酸甜苦辣都泼洒开来。想起了湘灵，便如惊鸿掠过秋水，泛起寒塘层层涟漪；打量新娘，又像做错了事的孩童，充满愧疚和新奇。一个是初恋，一个是新娘，在白居易心中，从此是两面都丢不下的。春宵一刻，白居易身在婚房，心却系着符离故里。每每念及当年的心手相连，你好我好，想起那注定要辜负的海誓山盟，心中就百般怜惜与痛楚。当下，新娘坐在床沿上，一动不动，新郎拐身在杌凳上，一味地左思右想，直挨到三更时分，才颤巍巍地掀起杨氏的盖头来，眼见她温婉贤淑，春酣态娇，心里方些微有了安慰。白居易轻轻喟叹一声，打起精神，柔和地对杨氏说：“夜深啦，睡吧！”

一年又一年，光阴似箭。在一抹光影里遥望，那人生百态，那缘起缘尽，终是白居易掌心里的安暖，眼底的牵挂。当下，在司马宅，面对着厚厚一沓诗稿，想起一幕幕前尘往事，白居易淌泪抹眼，忒愣愣地长吁短叹。正想起与糟糠妻子成婚拜堂的光景，杨氏在厅堂喊道：“乐天，躲绣房哩，还不出来吃饭！”忒大的嗓门，全然不似新婚时候的温婉和羞。白居易从回忆中惊醒过来，摇着头叹息道：“女人啊，还是将嫁未嫁时乖巧可爱！”

闻到泥螺的清香，白居易这才感到了饥饿。看到这脂膏满腹的一大盘，白居易用手夹起一枚送入嘴中，啧啧有味地咀嚼着。杨氏见了，嗔道："瞧你这馋相，去，去，洗了手再吃。"

白居易夸赞道："夫人端的好厨艺，这泥螺烧的，赛过御厨。"

杨氏听见夸奖，得意地说："泥螺好吃，却费工夫。先在水里加盐泡上一泡，搅拌洗净，换过几次水，待泥螺吐尽泥沙，放入锅内，水烧开后，焯去黏液，加入葱、姜、花椒煸香，大火煸炒片刻，方才加盐调味。"

白居易耳中听着，嘴里却没有片刻空闲，酌着二两庐岳美酒，细细地品味，吃得满嘴流油，沟满壕平，方才放下碗筷。临了还不忘夸奖杨氏一句："好味道，得劲！"

院落里，春时杂英百十种，灿烂如织。头顶上阳光明媚，兴味萧骚，白居易饭余散步，正可遣寂除烦。登上丘坡，遥看匡庐群峦逶迤，他的心绪又开始活络起来。从往事中来到往事中去，终究看不清对白，不若当下淡远地看山，虚心地观物，更能够把结局打开。白居易如是想到：言证实则寡余味也，情直致则难动物也，故示以意象。意象入诗达成效果，是以象征意，是喻示，是象征，是含不尽之意，见于言外。继而又寻思：自任左拾遗以来，一个个百折不弯的奏折，或许不如讽喻诗更能够直入人心。诗语含情，往往冲淡了尖锐的对立，心平气和中，如密语私谈，如坐语道德，如畅怀舒啸，总不那么言辞灼灼，令人顿生反感。忽而又嘀咕起一件事，整部《白氏文集》，哪首诗当为卷首之作呢？讽喻诗作为集子的前部，卷首诗当在其中挑选。只是讽喻诗共有六十四首，大多为元和三年以前的诗作，最早的可追溯到贞元二十年，是依照写作时序排列，还是单独挑选出压卷之作，这是一个问题。

想到这里，白居易快步进入书斋，一首首仔细地斟酌，翻看着，阅读着，忽然眼光一亮，有了，就是这一首《贺雨》：

皇帝嗣宝历，元和三年冬。自冬及春暮，不雨旱爞爞。
上心念下民，惧岁成灾凶。遂下罪己诏，殷勤告万邦。
帝曰予一人，继天承祖宗。忧勤不遑宁，夙夜心忡忡。
元年诛刘辟，一举靖巴邛。二年戮李锜，不战安江东。
顾惟眇眇德，遽有巍巍功。或者天降沴，无乃儆予躬。
上思答天戒，下思致时邕。莫如率其身，慈和与俭恭。
乃命罢进献，乃命赈饥穷。宥死降五刑，责己宽三农。

宫女出宣徽，厩马减飞龙。庶政靡不举，皆出自宸衷。
奔腾道路人，伛偻田野翁。欢呼相告报，感泣涕沾胸。
顺人人心悦，先天天意从。诏下才七日，和气生冲融。
凝为油油云，散作习习风。昼夜三日雨，凄凄复濛濛。
万心春熙熙，百谷青芃芃，人变愁为喜，岁易俭为丰。
乃知王者心，忧乐与众同。皇天与后土，所感无不通。
冠珮何锵锵，将相及王公。蹈舞呼万岁，列贺明庭中。
小臣诚愚陋，职忝金銮宫。稽首再三拜，一言献天聪。
君以明为圣，臣以直为忠。敢贺有其始，亦愿有其终。

这诗乃是颂扬圣德之作。元和四年，白居易劝诫宪宗体恤民苦、顺从民心，诗辞恳切。恰巧宪宗接受白居易的“德音”之后，闰三月下了一场及时雨，故而，圣上对此事印象尤深。《贺雨》放在卷首，暗中寄寓白居易期盼与圣上再度“君臣合契”的愿景！

确定了压卷之作，接下来便顺理成章。次第是《七德舞》《法曲》《二王后》《卖炭翁》《立部伎》《华原磬》《太行路》《捕蝗》《五弦弹》《两朱阁》《红线毯》《采诗官》《秦中吟》十首等等，皆为刚直尽言，尽现兼济天下政治抱负之作。白居易整理完毕，长长吁了一口气，站起身来活动了一番筋骨。审好三十年来累积的诗稿，看着整理出的十五卷本诗集，白居易心中有着几许欣喜与自负。

窗外日色已晚，四周静悄悄的，微风毫不惊扰地往脸上吹拂。这光景，白居易寂然地站在门前，看着小路缓缓地伸向幽深的街巷，忽然盼着传来嗒嗒的脚步声，这一刻倘若有几位老友造访，文火细烟，小鼎长泉，一面品茶，一面分享他的喜悦，岂不快哉！可元稹和刘禹锡都贬谪去了远方，李绅、张籍、杨汝士、崔群一干好友皆在长安，纵然茶如木兰沾露，酒倾犀斝之香，亦是枉然。彳亍了好一会，白居易郁郁地踱回书房，终究意气难平，再次翻开卷集，在末尾空白的页面上，援笔就纸写下《编集拙诗成十五卷，因题卷末，戏赠元九、李十二》：

一篇长恨有风情，十首秦吟近正声。
每被老元偷格律，苦教短李伏歌行。
世间富贵应无分，身后文章合有名。
莫怪气粗言语大，新排十五卷诗成。

第十四章　与元九书

撷　芳　词

天气渐渐地暖了。这一天，白居易日晏方起，见杨氏已然出去买菜，遂自己热些粗菜剩饭，胡乱吃些。正要去江边行吟散心，才走出门前，忽见一人青衣大帽，牵着驿马走了过来，见了白居易便问道："前面可是白司马？"白居易答道："正是，可是有我物件？"驿使点头道："有一竹筒盛放的书函，请大人验收。"白居易闻言，心中一喜，知道是元稹的回信，便跨步迎了上去，接过竹筒，返身又折转宅内。

前几日，元稹收到了白居易的竹筒传书。颤巍巍地拆了开来，看完后竟然哭出声来，把元妻弄得惊恐万分，以为朝中又有大事发生。年幼的女儿也吓得眼泪汪汪，这些年来，小小年纪便历经颠簸惊恐，早已成了惊弓的小鸟。元妻赶到床前，接过白居易的来函，细细地读了一遍，这才长嘘了一口气，一颗蹦跳的心算是放进了肚里。

元稹将老友的笔墨反反复复看了几遍，心绪渐渐地平静下来，病体也似乎稍稍好转了些。便强撑着坐起身子，唤娘子拿来纸笔，抖抖索索地写下《得乐天书》。白居易进得书斋，拿起小刀划开邮封，抽出一页纸张，细细地念道：

远信入门先有泪，妻惊女哭问何如。

寻常不省曾如此，应是江州司马书！

随诗还附有几行小字，叙述自长安一别，两地相悬的牵挂。寥寥几行书，友情千叠。只是每遇急难，两人动辄相隔千里，彼此皆不能予以济度，不能够相互依怙。

春日的上午，窗外高树上筛下点点阳光，移到白居易的脸上与衣襟之上，晃晃悠悠的，有些恍惚。白居易倒背着双手，在书房里踱过来又踱过去，想起朝堂之上趁红踩黑，望风悌荣，更加感到与元稹这份情谊弥足珍贵。二人颠沛流离的这些年，诗，充当着拐杖，在崎岖的贬谪之路上，保持着彼此身心的平衡。当下，在温凉寒暖的回忆中，白居易忽然想起元稹的一首律诗：

嘉陵江岸驿楼中，江在楼前月在空。
月色满床兼满地，江声如鼓复如风。
诚知远近皆三五，但恐阴晴有异同。
万一帝乡还洁白，几人潜傍杏园东。

吟诵之后，这才惊觉，此乃当年元稹外放之时行至嘉陵驿，望见浩浩嘉陵江水有感而发写给自己的诗句。记得当时自己亦回了一首：

嘉陵江曲曲江池，明月虽同人别离。
一宵光景潜相忆，两地阴晴远不知。
谁料江边怀我夜，正当池畔望君时。
今朝共语方同悔，不解多情先寄诗。

确切的日子是元和十年三月，元稹贬谪通州，同年八月，白居易也从长安贬谪江州。流放之地纵然相隔千里，两颗滚烫的心却在书信来往、赠送衣物之间，有了不间断地呼应。光阴过得真快，一转眼又是几个月了，两个人两地书，却似隔着大江捧袂长揖，一封又一封释放心中的意气。此刻，书斋内，白居易一个人冷冷清清的，连个说话的人都没有。窗外偶尔传来几声流窜的鸟鸣，一忽儿东，一忽儿西，扑簌簌地寻不到着落。万籁俱静中，只听得白居易轻声吟诵“远信入门先有泪，妻惊女哭问何如”。反复读罢，竟也唏嘘不已，眼眶又一次湿润。

作为诗人，白居易、元稹的身上都具备沸腾的野性。元稹自元和五年贬谪江陵至今，赠送和酬答白居易的诗有近百篇之多，每次寄诗来，元稹都要在诗前以作序和写信的方式阐明古今诗歌的意义，叙述自己写诗的动机和主张。白居易明了元稹这样做的用意，故而每次唱和都想就老友提出的见解予以回复，陈述自己作诗的内心感觉。无奈多年来，树欲静而风不止，颠颠簸簸折腾得没完没了，也就没有了那闲暇心境。再者白居易觉得自己的思考尚未成熟，超不出元稹的见地，几次铺开了稿纸，又怏怏作罢，一直不曾动笔。

记得元稹刚到通州不久，特地写了一封书信，名目是《叙诗寄乐天书》。信中，元稹回顾了自己从九岁学诗到三十七岁遭遇贬谪，二十八年间的阅世经历和作诗的经验。白居易细细体味着元稹的见解：

习惯性灵，遂成病蔽，每公私感愤，道义激扬，朋友切磨，古今成败，日月迁逝，光景惨舒，山川胜势，风云景色，当花对酒，乐罢哀馀，通滞屈伸，悲欢合散，至于疾恙穷身，悼怀惜逝，凡所对遇异于常者，则欲赋诗。

觉得信中的见地与自己不谋而合。又想到二人的命运也相仿佛，许多的经历余悸犹在，已悲喜心头。白居易回忆着，沉思着，又念叨起信中的句子：

而词近古往者，为古讽；意亦可观，而流在乐府者，为乐讽；词虽近古，而止于吟写性情者，为古体；词实乐流，而止于模象物色者，为新题乐府；声势沿顺，属对稳切者，为律诗，仍以七言、五言为两体；其中有稍存寄兴，与讽为流者，为律讽；不幸少有伉俪之悲，抚存感往……

思考至此，白居易走到案几前，提笔濡墨，写下了几句禅诗：

声前一句，千圣莫传。

未曾亲覿，如隔大千。

写罢，嘴里喃喃自语道："才有言语，是拣择？是明白？"想当初，与元稹深情默契，生性十分流动，皆是宵旰勤劳，以问政事。看似不羁放纵，实则心中家国情怀比谁都深。故而，两人皆主张诗的功能是惩恶劝善，补察时政；诗的手段是美刺褒贬，炯戒讽喻。白居易记得自己在《采诗》中曾经写道："立采诗之官，开讽刺之道，察其得失之政，通其上下之情。"这恨天怒地里，发自天性地反对离开内容一味地追求"宫律高""文字奇"的泛泛笔墨，摒弃齐梁以来"嘲风月、弄花草"艳丽之风。

起初，两人皆崇尚"寓意古题"，或效法杜甫"即事名篇"，以乐府古诗之体，融洽民间流行的歌谣，出落为新乐府。白居易所作的《新乐府》五十首和《秦中吟》十首，元稹的《田家词》《织妇词》《和李校书新题乐府十二首》，皆为操心虑患、且叹且泣的激愤之作。尚有张籍的乐府三十三首以及《野老歌》《筑城词》《贾客乐》，王建的《水夫谣》《田家行》《簇蚕辞》，李绅的《悯农》等等，如此这般诗作，俱是痛斥连绵战祸，揭露盘剥百姓的言直而切、事核而实的炯戒讽喻之诗。

昏昏沉沉地玄思了几个时辰，白居易觉得有些胸闷，遂掩了宅门，信步往城郊行去，刚到街口，迎面恰巧遇见刘十九。见他火急火燎的，低着头赶路，白居易问道：“刘兄这等匆忙，所为何事？”

刘十九这才抬起头来，见是白居易，笑嘻嘻地说：“正要去司马宅寻你，不想却在这里遇见。”白居易笑着问道：“今日有工夫找我喝茶叙旧？”

刘十九摆着手说：“前些日子，白兄说嫂子有了三个月的身孕，想找一个性子稳重、做事便当的保姆，眼下寻着了一位，不知是否合意。”

“亏你还记得，以为忘到爪哇国了。”白居易高兴地问，“人在哪里？下午可否带来见见。”

“这个自然。”刘十九点点头说，“我这就去与她说定，下午你在家里等着。”白居易说：“最是最是，有劳刘兄了。”

刘十九拱了拱手，匆匆而去。看方向，像是南门外的一个处所。

白居易也没有心思闲逛了，抽脚便返回了司马宅。杨氏恰巧回到家中，手里拎着菜篮子。屈指算算，已是三个多月的身孕了，那肚皮依旧不显山不露水，不仔细地看，一点也不显怀。白居易前去扶着夫人坐了下来，嘴里叮嘱道：“娘子如今是有身子的人了，休要过于劳累。”

杨氏见丈夫知冷知热，甚是感动，嘴上却说：“哪有这般娇贵，前些年怀金銮子的时候，还要照应生病的阿娘，不是好端端地挺过来啦！”

白居易听到此言，脸色一沉，半晌不言语。杨氏这才意识到自己说错了话，不该在此时提及那夭折的长女金銮子，勾起了丈夫的忌讳。霎时，自己的内心也起了一丝悲伤。夫妻二人沉默半晌，白居易缓和了脸色，温言说道：“哦，对了，上次托刘十九寻访保姆之事，今儿有着落了，下午领过来看呢。”

杨氏感激地看了夫君一眼，柔着声说：“早着呢，你瞧，一点也未曾出怀，尚能劳动得了。”

“这可不行，春日雨水多，路面湿滑。你每日出出进进，杂事蛮多，万一有个闪失，那可不得了！”白居易嬉笑着说，“瞧你喜欢吃酸的劲头，这次没准是个小子。人言酸儿辣女，可是经验之谈。”

杨氏用手戳着白居易额头说：“你啊，亏得是个大学士，嗜酸嗜辣，哪里信得了真。”说完看了看天色，杨氏起身道，“我得去厨下，你且院子里走走，不要老是待在书房里，憋坏了身子。”

吃过午饭，白居易斜倾在床上午觉。淡淡的日光从正对的窗口落进来，暖烘烘的叫人昏昏沉沉。杨氏昨儿刚晒的被单，柔软得如同童年时的脸。他闭上眼睛，让思绪在幽静中一点点归于沉寂。

白居易睁开眼睛的时候，出了一身的薄汗。他抓过床边的那杯凉茶，咕噜地灌了下去，精神头也便上来了，不禁内心忖度：也不知那保姆能不能移干就湿，把家中的杂七杂八事情都挑起来。这样想着，就听见院外传来了敲门声，随即听见刘十九那粗犷的叫喊。白居易一骨碌走了出去，踉踉跄跄地前去开门。

刘十九笑眯眯地调侃道：“乐天兄，躲绣房呢，这半天才来开门。”

白居易讪讪笑道：“中午小憩了片刻，早被你炸雷般的嗓门吵醒啦！”

搭讪间，白居易见刘十九后面跟着一个老妪，约莫五十多岁的年纪，穿一件玄色连襟，虽然陈旧，却也洗得干净。刘十九介绍道：“这是黄阿婆，就住在郊外，来，来，快见过白学士。”

老妪手里挽着包袱，躬身向白居易道了一声万福，脸上就像盛开的菊花瓣，每根皱纹里都洋溢着笑意。

白居易瞧她身子骨硬朗，性子温和喜乐，遂点点头，含笑说：“屋里去见我家娘子，先熟悉熟悉情形。”

妪媪含着笑，又躬了躬腰，往堂屋走去。白居易转脸瞧着刘十九说：“辛苦刘兄啦！着实感谢，进屋喝茶去。”

二人并肩穿过庭院，进了书斋。两人平日来往惯了，情谊浃洽，全无一点客套。刘十九睃了一眼书斋布置，顺手拿起一沓诗稿，掂了掂，笑道：“人言李白为诗仙，杜甫为诗圣，贺知章为诗狂，王维为诗佛，白兄为诗魔，果然有道理。连月以来，你竟像着魔似的，终日溷迹于此，编撰出这厚厚的一搭卷本，不容易！”

白居易道：“都是些搜索枯肠的旧作，恐其散失，方才编纂成集子，硁硁自守，敝帚自珍而已。”

谈及诗词话题，刘十九忽然想起一则趣事，翕动嘴唇说道：“去年冬天，一日遽然飘雪，我与元集虚、庾敬休两位老友聚在一起吃酒，忽然，有十多个唱词的女子登楼会宴。”

正说着话，老妪提溜一壶茶来，白居易接过为刘十九倒了一杯，随口问道：“哦，那又怎样？”

刘十九呷了一口，接着说道：“眼看这些女子准备唱词了，元集虚与我恣拧上了，他说：‘当今若论诗名，白居易、元稹、刘禹锡可谓不分高下。今日我等就以唱词赌酒如何？’我问：‘怎样赌法？’”

刘十九方才与老妪走得急，口渴得紧，话说到一半，又拿起杯子“咕噜”喝着。

“以唱词赌酒，倒是新鲜。”白居易被勾起了兴致，追问道，“是啊，究竟如何赌法？”

刘十九说：“元集虚提议：假若这些女子唱我元家诗人的词，你俩得喝一杯酒。如若唱白居易的词，我与庾兄当浮一大白，如若唱到刘禹锡的词，我与刘兄各干一杯，以谁喝得少为胜者。”

白居易闻言哈哈大笑，不再插话，只是端着杯盏望着刘十九，听他继续往下说。“一阵清脆的竹板响起，一女子开始唱道：曾经沧海难为水，除却巫山不是云。取次花丛懒回顾，半缘修道半缘君。刘十九说：这是元稹的《离思》，我与庾敬休各自干一杯。”

“一会儿，又一歌女上来，放开嗓门唱着：杨柳青青江水平，闻郎江上踏歌声。东边日出西边雨，道是无晴却有晴。”刘十九接着说：“这是刘禹锡的《竹枝词》，我与元集虚各吃了一杯。又有一名身穿绿衣衫的歌女上来，抱着琵琶唱起：碧落招邀闲旷望，黄金城外玉方壶。人间还有大江海，万里烟波天上无。”

白居易呵呵一笑说：“此乃元稹的《和乐天招钱蔚章看山绝句》，是微之早年与我唱和之作。诗可以兴，可以观，可以群，可以怨。此诗颔联写实而颈联入虚，虚实相济恰到好处，收结雄浑豪爽，直有王昌龄边塞诗的气魄。”

“我与庾敬休又干了偌大的一杯，元集虚得意地说：两首老元家的绝句了！今日看来，两位怕是要醉也。”刘十九忽然提高声调说，“当时，我很是愤愤不平，没好气地怼了过去，手指着说：站在中间那位姿容绝艳的女子，定然会唱白乐天的诗。元集虚与庾敬休呵呵直笑。一会儿，那位绝色女子开始唱了：丝纶阁下文书静，钟鼓楼中刻漏长。独坐黄昏谁是伴，紫薇花对紫微郎。”

白居易笑哈哈地说：“此乃在下早年写的七绝《紫薇花》。”

“往下可长脸啦，绝色女子接着唱道：汉皇重色思倾国，御宇多年求不得。杨家有女初长成，养在深闺人未识。天生丽质难自弃，一朝选在君王侧。回眸一笑百媚生，六宫粉黛无颜色……”刘十九说：“连着几首下来，再看看元和庾，醉也！”

白居易心中得意，嘴上却说：“白某一支朽笔，借助刘兄运气，方才赢得赌酒。来，来，春日客来茶当酒，敬刘兄一杯！”

刘十九将杯盏中茶一饮而尽，抹了抹嘴，站起身来说：“不早了，我得赶着去办点事，告辞了。”

白居易问道：“眼见到了午牌时分，留下吃饭再走，我们好久没在一起喝酒了。”

刘十九一面往外走，一面说：“不了，今日阿婆初到，尚且不熟悉，下次再来叨扰。”

白居易一听，也不强留，送刘十九出了院门，方才返回厅堂与杨氏和新来的老妪叙话。进了厅堂，见杨氏正与保姆说着什么，便凑了过去，问道：“阿婆可曾熟悉家中情形？今后饮食起居多多仰仗你啦。”

老妪堆着笑说：“应当的，应当的，学士放心，娘子怀有身孕，今后浆浆洗洗，但凡跑腿的、粗重的活儿都交给我，奴家身子骨硬朗呢。”

见白居易和蔼，老妪壮着胆说：“方才刘郎与学士谈得热闹，可是在说诗？”白居易见问，眼睛一亮，反问道：“噢，阿婆也对诗有兴趣？”

“在乡下，孩童的儿歌很多是学士的诗呢！”老妪红着脸，带着浓重的乡音背诵道：“离离原上草，一岁一枯荣。野火烧不尽，春风吹又生。”

杨氏与白居易两人听罢，先是面面相觑，接着放声大笑。白居易忽然想起什么似的，疾步走入书斋，俄而，又拿出《母别子》那页诗稿，来到老妪面前，嘴里说道：“我这里有一首诗，正是写乡间小娘子的，如若阿婆听得懂，想必人人都能领会得来，这就念给你听听。”

说罢，他将诗缓缓地念了一遍，老妪一边听一边点头，竟然全听懂了，只是其中有一个字尚不太明了，白居易旋即回到案几前，重新推敲了一番，再次念给老妪听，老妪说：“这下都听得懂。”白居易又重新誊写了一遍，算是定了稿。

喜 长 新

清晨的寂静中，琐碎的鸟鸣像散落在书卷里的诗词，每一句都带有韵律和音符。当你听见的时候，它们就在汲汲漫漫的光阴里凸现出来；在你忙碌的时候，它们便淹没在喧嚣里，与黎曙的一绺霞光同归于寂。白居易一觉睡到醒时，半闭着眼睛倚坐在床头，捕捉这些天空中随意流窜的天籁。这时，只听得院子里杨氏与阿婆的喁喁细语，杨氏对阿婆说："今儿我们一同去买菜，我晓得城东边的一家忒水灵，价钱也公道。"

阿婆说："好哎，下次我从自家的园子里给你摘些过来，比街巷里买的更新鲜。"

杨氏接下来说："多谢阿婆，其实我这院子里也有空地，那老家伙就爱种些竹木花草，如若腾出一块来，种上蔬菜、瓜果，也不至于出门一抹黑，一片菜叶子都要花钱买。"

阿婆附和道："我瞧见西边的墙脚下尚有一块空地，长满了杂草，待闲下的时候，种些蔬果，夏日就有得吃了。"

杨氏赞道："好，好，我们这就去买些菜秧种上。"

听着院门吱呀地打开又掩上，白居易这才穿上鞋，慢悠悠地起了床。盥洗一番之后，见锅里热着粥和面饼，便盛了一碗吃下。汤汤水水下了肚，残睡的慵懒也随之消散。溜达到院子的高坡上，透过围墙向远处张望，他的目光看到了一片遥远的美丽土地。在这片土地上，村庄的屋舍大抵是用编织的芦苇和黄土夯实构筑的，居民虽然偏安一隅，祖祖辈辈沿袭着稼穑和捕鱼的旧业，却依旧贫穷。白居易想到自己踏上江州地面写的诗，各种意象交织在一起，组成一幅山温水软的画面。其中的场景抛开个人忧愁，皆是如诗如画的宁静祥和。即便有某种东西扑面飘浮而来，也并非是猛烈的，而是缓慢的、柔和的。然而，某种声音依旧在耳边回响，时而激烈，时而舒缓，时而又被点缀着牛群的田畴所软化，成为一种炊烟般的缠绕。

此刻，他又想起元稹在《叙诗寄乐天书》里说过的话：

> 朝廷大臣，以谨慎不言为朴雅，以时进见者，不过一二亲信直臣义士，往往抑塞；禁省之间，时或缮完口坠；豪家大帅，乘声相扇；延及老佛，土木妖炽，习俗不怪。上不欲令有司备宫闼中，小碎需求，往往持币帛以易饼饵，吏缘其端，剽夺百货，势不可禁。

白居易长叹一声："长此以往，国将不国矣！"想当年自己任翰林学士与左拾遗期间，不知疲倦地忠直进言，常令身边的臣僚感到紧张，就连宪宗亦显示出了不耐烦。忠言逆耳，自己又何曾不知？只是早已融入血液的以道奋直，使得白某遇事一根筋。在奏折里心忧天下，挽强为弱，却如同蚍蜉撼树。

正如元稹所说的那样：

> 又不幸，年三十二时有罪谴弃，今三十七矣。五六年之间，是丈夫心力壮时，常在闲处，无所役用。性不近道，未能淡然忘怀，又复懒于他欲，全盛之气，注射语言，杂糅精粗，遂成多大，然亦未尝缮写。

白居易又是一番嗟吁，心中忖度道："元稹说得有道理，上士立德，其次立事，不遇立言。"今儿已然不遇，当在立言上下功夫。立言，当推新乐府运动的发轫！西汉设置乐府，掌管宫廷和朝会音乐，由乐府采集和创作的诗歌遂被称作"乐府"，相当一部分采自民间，既通俗易懂，又掩映现实，尚可以入乐弹唱。初唐诗人也写过乐府诗，多数只是袭用汉魏以下，陈隋以上乐府古题，新题乐府至杜甫方才萌芽。杜工部尤善用乐府诗体描写时事，譬如《兵车行》《丽人行》《悲陈陶》《哀江头》等诗作，都是记事写实的名篇。此后，元结、韦应物、戴叔伦、顾况等人，亦都有新题乐府之作。元结还曾提出"极帝王理乱之道，系古人规讽之流"这一观念，皆是先驱立言！

叫白居易颇感欣慰的是：自己从来都不是孤舟单骑，山长水阔之间，走着走着就会遇见知音！譬如元稹，譬如李绅、张籍和王建若干人，无不认同自己的主张："以通俗化的乐府体状写时事，描述社会。虽则辞实乐府，而未尝被于声律，故而称为新乐府。"新题者，古乐府所无，乃自己与元稹等人首创。记得元和四年，李绅首先写了《新题乐府》二十首送给元稹，元稹认为："雅有所谓，不虚为文"。于是列而和之，写作了《和李校书新题乐府》十二首，自己又写成"美刺比兴""因事立题"的《新乐府》五十首、《秦中吟》十首，自此，"新乐府"之名正式标举。像氤氲的晨曦里，行人薄雾中经过独木桥，先是怒马鲜衣地哼唱荒腔走板的小调，到后来，一唱众和，生、旦、净、末你方唱罢我登场。再后来，书生意气，长啸扫过山影，明月来照，楚云舒展，千帆行在浪涛。乃至于寒声画角中，山河、世态皆在笔尖上扫描，渐渐地新乐府诗开始哔剥作响。

天空呈青铜色，上午的阳光自竹林里摇落下来，如青绸缎面上一朵朵白色的玉兰花。时辰在无声地流淌，院子里一片寂静，似在等候着什么。一群麻雀在细长的、湿润的枝条上飞来飞去，叽叽喳喳地喙喋私语。山坡上满是绿色，到处都是薄薄的雾，到处都有期待。白居易攀高看过去，目光越过院落的门墙，见杨氏与阿婆拎着菜篮子，正往家里来。遂缓缓下了山坡，早早地把院子门打开。

接过阿婆手里的菜篮子，白居易掂了一掂说：“嗬，还挺沉的，今儿买些什么菜？”

杨氏在一边答道：“有你喜欢吃的鱼。江州到处是水，街市里就数鱼的品种多。”白居易低头往篮子里看了看，见青青郁郁的蕨菜下面，躺着几条鲜活的鲫鱼，正彼此间相濡以沫。边上还有葱姜之类的佐菜，亦是鲜绿可喜，遂高兴地问：“阿婆在水乡土生土长，烹鱼可有拿手的绝活？”

阿婆笑如菊花，说：“烹鱼可有讲究，鳗鱼、秋刀鱼适合烤着吃，鲤鱼、白鲢、花鲢、草鱼大多红烧，黄鳝鱼、黑鱼、鲫鱼、鳕鱼皮肉紧实，适合炖着吃，炖鱼时放些姜醋，味道更好。”

杨氏接着说：“今儿特意买了鲫鱼，阿婆说鲫鱼肉嫩，有营养，特别适合病人、老人和产妇食用。”白居易点点头说：“好，好，我也跟着打打秋风，有口福啰！”

三人说着话，一同进了厨房。白居易放下篮子，又搭讪了几句，便朝书斋走去，听杨氏在身后吩咐阿婆：“你将鱼剖开洗一洗，我理一理蔬菜。吃过饭，我俩将菜秧种下。”

女人的话充满了烟火气，白居易渐渐也习惯了泡在炊烟、灶火、街市之中，有时候他觉得这才是生活该有的样子。没有了烟火气，生活就是一场孤独的旅行。他与杨氏几年携手，几年忧乐相通，在生命中相互往来，从妻子身上，多多少少感悟了一些东西。历尽劫波，她反而活得越发通透与成熟，逐渐放下了当初的许多执念，有时候看似没心没肺，像中了咒语的羔羊，乖巧得很。岂不知，她从未失去生活的热度，失去自我的力量，境遇稍稍好转，便能够借助生活的由头来绣花。念及这些，白居易竟然轻轻哼起了《当垆卖酒》的唱曲：“因为是你，我宁愿自此长裙当垆笑，为君洗手做羹汤。”进了书斋，依旧意犹未尽，于案几前伸笔就纸，意前笔后地写道：

晓日提竹篮，家僮买春蔬。
青青芹蕨下，叠卧双白鱼。
无声但呀呀，以气相呴濡。
倾篮写地上，拨剌长尺余。
岂唯刀机忧，坐见蝼蚁图。
脱泉虽已久，得水犹可苏。

放之小池中，且用救干枯。
水小池窄狭，动尾触四隅。
一时幸苟活，久远将何如。
怜其不得所，移放于南湖。
南湖连西江，好去勿踟蹰。
施恩即望报，吾非斯人徒。
不须泥沙底，辛苦觅明珠。

经过方才在山坡上的一番思考，白居易觉得有必要借回复元稹来函之机，整出一篇文章，系统地阐述多年来零零散散的作诗观念，开宗明义地阐明新乐府运动、诗革新运动的主张，恢复秦汉的采诗风范，继承《诗经》和汉魏乐府讽喻时事的传统，使诗作补察时政，泄导人情，自创新题，咏写时事。好一似韩愈、柳宗元发起的古文运动，鲜明了文以明道，一扫南北朝以来骈文的浮艳空洞，立秦汉风骨的主脑，此乃立言作诗之大乘气象。

此时，宅外徒然起了一阵风，吹乱了窗纸上的松痕，却吹不散白居易心头的人影。白居易在书斋来回彳亍着，想起了许许多多回寒倒冷的事情，不禁悲欣交集。自安史之乱之后，藩镇割据，宦官擅权，赋税繁重，贫富悬殊，番族侵扰，战祸频仍。大凡贤良方正之人，无不痛心疾首。国难当头，忠义热血就是最大的道理。无奈朝堂之上多是搭桥引水的交际，看似春风满面皆同侪，实际是党争不断，颇讲人情世故的水漫金山。想当初，皓首穷经，经历了无数辛酸，多少劬劳，几十年来始终竖起脊梁，发奋向上。那时候，他似乎永远年轻，永远热泪盈眶，生活再逼仄，也能熬过去。叹只叹报国无门，徒有匡济之志，耗心疲力，凋悴齿发而为之，却是“露重飞难进，风多响易沉”。本是秉公直言，不料自招罪戾。从一个始登高处便能纵览风云之人，变成了峰峦黛染、野水潆洄之中的常客。每每思及，白居易无不心有戚戚。关脑比心之后，白居易再一次寻觅用力的方向，顿然觉得新乐府运动上以崇祖先，下以启后贤，不但开风气，改良政治，而且有裨于人心，潜移默化中，大可喧腾豪放地为王朝中兴摇旗呐喊。

苦思玄想中，白居易心头早已天马行空，日月星辰了。原本就不是闲散之人，大义在前，虽遭颠沛，终究无忘初心。趁着热灶，他将元稹所赐之书，再次骤而读之，越发觉得如雷雨既盈，千源并合，大江安流，不见涯涘。辗转良久，白居易执笔就纸，横如千里阵云，点如高峰坠石，钩如百钧驾发，竖如万岁枯藤，铁画银钩地写下《与元九书》：

月日，白居易白。微之足下：自足下谪江陵至于今，凡枉赠答诗仅百篇。每诗来，或辱序，或辱书，冠于卷首，皆所以陈古今歌诗之义，且自叙为文因缘，与年月之远近也。仆既受足下诗，又谕足下此意，常欲承答来旨，粗论歌诗大端，并自述为文之意，总为一书，致足下前。累岁已来，牵故少暇，间有容隙，或欲为之；又自思所陈，亦无出足下之见；临纸复罢者数四，卒不能成就其志，以至于今。

今俟罪浔阳，除盥栉食寝外无余事，因览足下去通州日所留新旧文二十六轴，开卷得意，忽如会面，心所畜者，便欲快言，往往自疑，不知相去万里也。既而愤悱之气，思有所泄，遂追就前志，勉为此书，足下幸试为仆留意一省……唐兴二百年，其间诗人不可胜数。所可举者，陈子昂有《感遇诗》二十首，鲍防《感兴诗》十五篇。又诗之豪者，世称李、杜。李之作，才矣！奇矣！人不逮矣！索其风雅比兴，十无一焉。杜诗最多，可传者千余首。至于贯穿古今，覼缕格律，尽工尽善，又过于李焉。然撮其《新安》《石壕》《潼关吏》《芦子关》《花门》之章，“朱门酒肉臭，路有冻死骨”之句，亦不过十三四。杜尚如此，况不逮杜者乎？仆常痛诗道崩坏，忽忽愤发，或废食辍寝，不量才力，欲扶起之。嗟乎！事有大谬者，又不可一二而言，然亦不能不粗陈于左右。

仆始生六七月时，乳母抱弄于书屏下，有指“之”字、“无”字示仆者，仆口未能言，心已默识。后有问此二字者，虽百十其试，而指之不差。则知仆宿习之缘，已在文字中矣。及五六岁，便学为诗。九岁谙识声韵。十五六，始知有进士，苦节读书。二十已来，昼课赋，夜课书，间又课诗，不遑寝息矣。以至于口舌成疮，手肘成胝。既壮而肤革不丰盈，未老而齿发早衰白；瞥瞥然如飞蝇垂珠在眸子中者，动以万数，盖以苦学力文之所致，又自悲……

仆当此日，擢在翰林，身是谏官，月请谏纸。启奏之间，有可以救济人病，裨补时阙，而难于指言者，辄咏歌之，欲稍稍进闻于上。上以广宸听，副忧勤；次以酬恩奖，塞言责；下以复吾平生之志。岂图志未就而悔已生，言未闻而谤已成矣！

又请为左右终言之。凡闻仆《贺雨诗》，众口籍籍，以为非宜矣；闻仆《哭孔戡诗》，众面脉脉，尽不悦矣；闻《秦中吟》，则权豪贵近者，相目而变色矣……微之，古人云："穷则独善其身，达则兼济天下。"仆虽不肖，常师此语。大丈夫所守者道，所待者时。时之来也，为云龙，为风鹏，勃然突然，陈力以出；时之不来也，为雾豹，为冥鸿，寂兮寥兮，奉身而退。进退出处，何往而不自得哉！故仆志在兼济，行在独善，奉而始终之则为道，言而发明之则为诗。谓之讽谕诗，兼济之志也；谓之闲适诗，独善之义也。故览仆诗者，知仆之道焉。其余杂律诗，或诱于一时一物，发于一笑一吟，率然成章，非平生所尚者，但以亲朋合散之际，取其释恨佐欢，今铨次之间，未能删去。他时有为我编集斯文者，略之可也……

仆常语足下，凡人为文，私于自是，不忍于割截，或失于繁多。其间妍媸，益又自惑。必待交友有公鉴无姑息者，讨论而削夺之，然后繁简当否，得其中矣。况仆与足下，为文尤患其多。己尚病，况他人乎？今且各纂诗笔，粗为卷第，待与足下相见日，各出所有，终前志焉。又不知相遇是何年，相见是何地，溘然而至，则如之何？微之知我心哉！

浔阳腊月，江风苦寒，岁暮鲜欢，夜长少睡。引笔铺纸，悄然灯前，有念则书，言无铨次。勿以繁杂为倦，且以代一夕之话言也。

一鼓作气写毕，白居易又从头至尾细看了一遍，提起笔来在"文章合为时而著，歌诗合为事而作"两句边上画了一道墨线，似是强调：此乃该文的眉目！

白居易读着《与元九书》，任时间流逝着。他在字与字之间、句子与句子之间倾注了无比的热情。此刻，贬谪依然没有令他妥协，他不再嗟吁、含蓄、充满内省地忧郁，他还是他自己，带着实实在在的坚硬和新鲜。《与元九书》经经纬纬，这里发生的一切更迅速，更激烈，更有条理，那无所遮掩的词句彼此相连，仿佛许多面孔一一显现，在白居易的眼前展开了一个又一个诗的方阵，灿烂，完整，生动！

第十五章　在水一方

惜　红　衣

夏至后，江州进入了梅雨季。这日清早，淅淅沥沥地又下了起来。雨脚横扫着，将院落里的飘香藤、芍药花、锦带花蹂躏了一个遍，压满水珠的胡枝子、女郎花歪七歪八地趴在地上，叫人有些遗憾。窗格子也吹进了许多的树叶子，这似乎是粗暴的风爱做的事情。雨线被一根根透明的银针牵引着，像刚刚温习描红的小姑娘，任性地将原本素雅的绸缎，花花绿绿地刺得一团糟。接连十多天无日头了，大大小小的雨下了起来，落在地面上汇成了一汨汨溪流。杨氏牵着一个约莫四五岁的男孩在屋檐下听雨，小家伙忽然挣脱牵扯的手，"咯咯"地笑着跳着，赤着脚丫子蹚水玩。

杨氏着急地喊道："龟儿，快过来，淋雨会生病的。"

龟儿不理不睬，奶声奶气地说："世母，真好玩！"

杨氏干瞪眼没有法子，只得搬出白居易来唬他："再不过来，世伯要生气啦。"

那孩童听了，不敢再顽皮，乖乖地跑了回来。平日里，白居易督促小家伙背诵诗词，训怕了的。龟儿是白居易胞弟行简的儿子，现寄养在司马宅。贬谪奔波时，托付挚友照料了几个月，前些日子方才送过来。

这辰光，白居易倒背着双手在书斋的窗户前立着，望着屋外一根根的雨线，心绪也便有所牵扯。雨其实也有它的忧愁，在它忧愁的时候，会在窗棂上、阳台边、屋顶上、树叶间絮絮叨叨地诉说着，叹息着，哼唱着。有时滴滴答答，有时哗哗啦啦，有时悄无声息。室内是淋不着的，但是地面、衣柜、被褥、床榻、书籍一干物件似乎都有感应，一溜溜屋漏痕、一块块霉斑，无不揪着人心。

开春以来，白居易拜访过渊明故里，去过东西林寺，游览江郭，泛舟湓水，本想近期邀上三朋四友攀爬庐山，哪料这连绵愁雨竟一直下个不停，终究无法成行。他一人在书斋里踱来踱去，耳中只听得雨声一阵一阵地东敲西打，那树头的叶子被风卷得东飘西散，有几片刮进窗格来。白居易看了这落叶，蓦然想起自己的身世来，好似那落叶一般，辗转着没有消停，浮踪浪迹最终着落在江州，前途依旧茫茫。他不觉心头一酸，想起幼年时候阿爷常说："丈夫遭遇，要当以功名取富贵，何至作章句小儒？"可眼下自己除了作章句小儒，又能干什么呢？

正一肚皮牢骚无处发泄，忽地想起内兄杨虞卿上月的来函，字里行间实在牵挂自己在江州的境遇。前些日子山山水水地转悠，一直不曾回复，当下因雨得闲，正好平心静气地絮叨，絮叨。白居易在一堆邮件中觅出师皋的信笺，细细地又读了一遍。

落笔写下"与杨虞卿书"五个字，白居易开始在腹内打稿儿。想到那一段往事系住两头，一时倒不知从何说起。许多的悲苦，余悸犹在，已淡远在心头。现在既不愿去想，也不敢去想，有时一碰到这些念头的边缘，立即下意识地避开了。流落不遇，持才放任，造成的误会和含恨，似乎随着汉水、长江东流而去，到如今生齿日繁，事穷日盛，遂起了不越雷池的念想，虽违了初心，终归使得妻儿家人睡个囫囵觉。往事不堪回首，可这雨中独处的光景，他又渴望有人理解和倾听。白居易怔怔瞧着桌上的一本《庄子》，一堆刚刚摘下的枇杷，内囊已经尽上来了。他援笔于纸，写下了一行书：

> 师皋足下：自仆再来京师，足下守官鄠县，吏职拘绊，相见甚稀，凡半年余，与足下开口而笑者，不过三四。及仆左降诏下，明日而东，足下从城西来，抵昭国坊，已不及矣，走马至浐水，才及一执手，悯然而诀，言不及他。迩来虽手札三往来，亦不过问道途报健否而已。郁结之志，旷然未舒，思欲一陈左右者久矣。

写到这里，白居易顿了一顿，将一团乱麻似的心事理了一理，继续写道：

> 去年六月，盗杀右丞相于通衢中，迸血髓，磔发肉，所不忍道。合朝震栗，不知所云。仆以为书籍以来，未有此事，国辱臣死，此其时耶，

苟有所见，虽畎亩皂隶之臣，不当默默，况在班列，而能胜其痛愤耶。故武相之气平明绝，仆之书奏日午入。两日之内，满城知之。其不与者，或诬以伪言，或构以非语，且浩浩者不酌时事大小，与仆言当否，皆曰丞郎、给舍、谏官、御史尚未论请，而赞善大夫何反忧国之甚也？仆闻此语，退而思之，赞善大夫诚贱冗耳，朝廷有非常事，即日独进封章，谓之忠，谓之愤，亦无愧矣，谓之妄，谓之狂，又敢逃乎？且以此获辜，顾何如耳？况又不以此为罪名乎？

随着羊毫的迟滞顿挫，白居易内心的沧海桑田，终于被一字一句唤醒：

昔卫玠有云："人之不逮，可以情恕，非意相加，可以理遣，故至终身无喜愠色。"仆虽不敏，常佩此言。师皋，人生未死，见千变万化，若不情恕于外，理遣于中，欲何为哉？欲何为哉！……今且安时顺命，用遣岁月。或免罢之后，得以自由，浩然江湖，从此长往，死则葬鱼鳖之腹，生则同鸟兽之群，必不能与掊声攫利者榷量其分寸矣。足下辈无复见仆之光尘于人寰间也。多谢故人，勉树令德，粗写鄙志，兼以为别。居易顿首。

夏天的雨来得快，走得慢。不知过了多久，雨才有了停的痕迹。鸟儿仿佛凭空冒出来似的一批批飞过天空，聒噪地相互尖叫着，原本阴沉的天光，转而开始放亮。白居易这才从信笺上抬起头来，和肠和肚地一番倾诉，心情也开朗了许多。他立身起来，活动活动筋骨，朝院落走去。天空依旧灰蒙蒙的，空气里似乎能拧得出水来，气流却比雨前更加清新了。龟儿正在玩耍，见白居易出来，叫了一声："世伯！"便一头扎进白居易的怀中，撒起娇来。

白居易摸了摸龟儿的头，牵着他的小手，在院子里四下逛着。这时传来阿婆的喊声："龟儿，吃饭啰！"

连着吃了几天的鱼，阿婆怕大家口腻，今天翻新了花样。桌案上摆了四个高足的浅碗，四个小碟子。一碗秋葵，一碗煲牛头，还有一道浑羊殁忽。照例搭配了果品，有枣子、杨梅之类。这"浑羊殁忽"的做法颇有讲究：取鹅，焊去毛，掏空五脏，酿以肉及糯米饭，五味调和。再取羊一头，亦焊剥，去肠胃，将肥鹅置于羊肚之中，缝合后开始烤羊。待羊肉熟了，便去掉肥羊，取鹅浑食之。

按照朝廷律令，在民间，牛肉是不许吃的。江州天高皇帝远，也便没有那么多的讲究，"煲牛头"常常出现在餐桌。取嫩牛头火上燂过，复以烫毛去根，再三洗之，加酒豉葱姜煮之候熟，切如手掌片大，拌上香料装入大瓮，用泥封口，煻火重烧，其名曰褒。

白居易见了，高兴地说："好菜！阿婆，来点菊花浸泡的庐岳酒。"阿婆说："早调好啦，官人口味老婆子晓得的。"

白居易给龟儿夹了一块煲牛头，又夹一块放入嘴中细细咀嚼，边吃边问道："与'煲牛头''浑羊殁忽'齐名的还有一道菜，阿婆可曾知晓？"

"大人指的是'鹅鸭炙'吧？"阿婆答道："听人讲过，不会弄。"

"据说，这道菜是则天武皇的宠臣张易之的最爱。"白居易说，"只是做法十分残忍。"

阿婆说："大人说的是，'鹅鸭炙'须把鹅鸭关入金属笼子里，生炭火烤，再调好料汁，鹅鸭一热就开始浇调料汁，直到鹅鸭被烤死，味道便进去了，肉也刚好熟。"

杨氏在一边听了，嘴里直念阿弥陀佛。白居易一笑，便转了话题："长兄幼文带来消息，过些时日携失去阿爷的六七个堂弟侄自符离来浔，西厢的几间空房早早收拾一下。"

杨氏点头说："你二人骨肉亲爱，如手如足，多年不见，是得好好团聚团聚。"吃过饭，白居易见雨滴在房檐上滴滴答答的，天色水洗过一般亮堂起来，便对杨氏道："明日要放晴啦！"杨氏说："也该晴啦，晒夏节就要到了，家中衣物都得好好翻晒。"

倏忽便到了元和十一年的六月六，是多日来最炎热的一天。白晃晃的阳光泼辣地照着，天地间一片玄烨。六月六，家家晒红绿，乃是民间的晒夏节。街坊的院落里你家牵一根绳索，我家搁一张榻板，纷纷将那光彩夺目的绸锦被面、蜡染床单、绣花枕套、缎子棉袄、貂裘大衣……般般件件都排列于光天化日之下，各自压箱底的东西全都翻晒了出来。这天，女人们站在火辣辣的阳光下，衣袖高挽，洗洗刷刷，大声吆喝着男人帮忙干这干那。千门万户那翻箱倒柜的架势，似乎是要把整个浔阳城都摊开来接受烈日的洗礼。孩童们照例喜欢热闹，三三两两地在衣物间追逐嬉戏，一边玩耍一边唱着儿歌："天上日头光光，百虫晒得惶惶。天上日头圆圆，地上百虫都晒完。日头爷，红又红，晒得百虫咯嘣嘣。"

六月六，如若是大晴天，街坊间就有得折腾啦。就连大大小小的寺庙、道观都要在这天举行"晾经会"，藏经阁的经书统统要摆出来晾晒，预防潮湿、霉变、虫蛀鼠咬。民间的皮货铺、旧书铺、药店等等，都要晾晒林林总总的物品。江州习俗，六月六当日，洗浴、晒物、晒经、赏荷、看谷秀是一年一度的重头戏。这天，阿婆告假回去晒夏了，夫人又身怀六甲，白居易里里外外、出出进进，忙得脚不离地。

杨氏叉着腰，大声吩咐道："箱子里的衣物都要晒一晒，从去年到今儿还未见过日头呢。"

白居易答道："晓得的，你莫要站在日头下，小心中暑，快回屋里凉快，凉快。"

白居易用竹床、门板在院子里摆成了晒场，逐一清点箱笼里的物件。陆续找出了一堆衣服，有的杨氏从没穿过，有的只穿过一两次。娘子是过日子的人，扔了会心疼，留着又不知如何处理，遂放在箱笼的最底层等候发落。从来不管家事的白居易，没想到箱笼囊箧里的什物竟然这样多。有杨氏丰厚的嫁妆，有各种生活用品，有金银首饰。捡着捡着，白居易自箱底发现一个用白绫包裹着的小盒子，白绫上尚沾有点点落红。打开一瞧，乃是几个木偶人，看上去竟像男女之间行床事的架势。白居易喊来杨氏，问道："这是什么物什？"

杨氏见了，竟一把抢了过去，顿时酥胸荡漾，粉腮红晕。嘴中啐道："雄兔脚扑朔，雌兔眼迷离，你这书呆子安能辨得雄雌！"

按唐律，女子十三四岁便要嫁人，婚前大抵大门不出二门不迈，男女之事本就不便启齿，豆蔻少女何处得知？故而成亲的头天晚上，阿姆要陪小娘子睡上一晚，说些月白风情之事。有些事情着实不便开口，这才送上这个压箱底的物件，用来陈仓暗度。这口樟木箱里，尽是杨氏的妆奁、嫁资，假若不是身怀六甲，杨氏是不让白居易翻晒的。

杨氏见郎君依旧一脸痴愣，遂柔声说道："这箱笼之物不甚沉重，还是我来吧。"

白居易讪讪地应着，又翻晒起另一口木箱，尽是些剪刀熨斗针线顶针绣花棚架之类。捡着，捡着，自箱底翻出一个绸缎包袱来，他打开解扣，只见里面裹着一双淮北式样的男鞋。锦衣绣里的面料，短针细密，针脚平齐。鞋上的锁丝女红，描鸾刺凤，黼黻文绣。白居易细细地凝视着，摩挲不已，眼里不觉落下泪来。那滚烫的泪珠子滴落在鞋面上，一点点濡染着，渗透着，白居易怅然地叹着气，嘴里喃喃地说："怀揣了三十五年啊！湘灵，你在哪里？"

那些年在符离，白居易与湘灵两小无猜，从早到晚，从晚到早，千恩万爱。湘灵精通音律，即便一片柳叶到她嘴边，也能够婉转悠扬，令人意通。白居易爱听湘灵吹柳笛，两人常常坐在濉河边，月下唱和。乐天哥哥写诗，湘灵妹妹脱口便能唱吟小曲。有一天中秋良夜，湘灵坐在乐天哥哥肩下，对着一轮明月，吹着柳叶。白居易听得出神的时候，忽见湘灵丢了柳叶，低着头在那里流泪！不禁感到诧异，忙上去搂着湘灵的纤腰，温存慰问。女孩的心思一忽儿晴一忽儿雨，最是难猜。湘灵吹着吹着，忽地就忧虑起陈氏的门第之见。她晓得为这事，乐天哥哥与母亲俩下里左了性子。想到这里，便忍不住掉下泪来。她从书上看到，从古至今，爱情多如粉墨一场戏，该怎样收场，半点也不由人。

看看挨到二更，一层朦胧的月光照着湘灵，越发显得肤如凝脂，玉洁冰清，白居易止不住深怜热爱，心头“怦怦”地跳动。便纵身上去，轻轻地把她身躯抱过来，在柔软如棉的草地上，怯怯地为她松了衣钮，解了裙带，湘灵酥胸跳荡，粉腮红晕，用力推开了他的手，嘴里嗔道：“不要，乐天哥哥不要啊！”白居易耐着性儿央求着，拿着柔情千叠的话去抚慰她。在这月下花前的地方，二人静静地相拥着，如何不勾起万般的蜜意！渐渐地湘灵松软了许多。一番恩爱之后，在大河边上又是一番海誓山盟。直到鸡儿报晓，白居易替湘灵披上衣襟，理好鬓发，方才依依不舍地各回各家睡觉。

这一刻，白居易看着手里这双锦履，悲不自胜。说起来是德宗贞元十四年的事，为了家计和前程，二十七岁的白居易又要离开湘灵。那年湘灵二十三岁，一朵花开得正艳的时候，却要与郎君分别。记得在两人常常幽会的淮河边上，湘灵送了他这双鞋，作为定情之物。湘灵握着白居易的手，含着泪说：“乐天哥哥，此去天长地久，自个儿要珍重。再见面时，可是要娶我的！”

白居易看着湘灵的泪珠滚落在腮边，怜惜地说：“娘子等我，此心决不负你，有了功名正好向阿娘提亲。”

此后，曲曲折折，一言难尽。这双鞋，白居易一生珍藏着。这一刻，白居易心中锥刺般地痛，他抚摸着布鞋，心中寻思：“一双鞋子始终不离不弃，两个人却劳燕分飞，造化弄人，竟至如此！”又想到湘灵一年一年地空抛岁月，如花美眷，似水流年，到如今年已四十，孤单单的一个女子如何苦度平生？越想越揪心，实实有些按捺不住，遂踱进书斋里，提笔写下了《感情》这一首诗：

中庭晒服玩，忽见故乡履。
昔赠我者谁，东邻婵娟子。
因思赠时语，特用结终始。
永愿如履綦，双行复双止。
自吾谪江郡，漂荡三千里。
为感长情人，提携同到此。
今朝一惆怅，反覆看未已。
人只履犹双，何曾得相似。
可嗟复可惜，锦表绣为里。
况经梅雨来，色黯花草死。

恋情深

白居易在书斋里扑扑簌簌地落泪。杨氏已经丝绫绸缎青红碧绿地晒了一片。见丈夫磨磨蹭蹭，这多时还未出来，便在院里喊道："乐天，拣出来晒呀！"

白居易以袖口揾去了泪水，连声答道："刚打理好，这就来。"

见郎君毛手毛脚地抱出一堆衣物，杨氏指着竹床的空处说："放这儿，磨蹭这么久，就理出这点东西呀？"

白居易不惯说谎，掩饰地应道："顺便整理了诗稿，也拿出来晒晒。"

杨氏也没多心，叮嘱说："诗稿记得用瓦片压住，外面风大，吹散就遗失了。"

白居易回书斋将书稿拿出来晒时，赫然见到那双锦履整齐摆在了阳光最当中的位置，不禁内心既惭愧又感动。杨氏心细，进房捡东西时，看到这双锦履，便明白郎君磨磨蹭蹭的缘故，又见丈夫眼圈红红的，越发心里笃定了猜测。她也不声张，只是默默地把布鞋拿出去晒上。这在别人看不到的地方节制，总能让人心为之荡漾。

此情此景，令白居易想起半年前，在接到贬谪江州诏书的第二天，便仓促上路，来不及携家眷同行。几天后，杨氏赶到商州时，携带的细软、家私里，便裹携着这双锦履。杨氏在一旁觑定了眼光，丈夫珍惜初恋这份情，恰恰表明他不是一个始乱终弃的薄情之人，与这样的汉子长相厮守，心里瓷实。

还有书斋博古架上的镜匣子，也是湘灵的定情之物。白居易辗转随身带着，杨氏也是晓得的。白居易当初写下的《感镜》那首诗，杨氏也是读过的：

美人与我别，留镜在匣中。
自从花颜去，秋水无芙蓉。
经年不开匣，红埃覆青铜。
今朝一拂拭，自照憔悴容。
照罢重惆怅，背有双盘龙。

虽然不甚明了当初的情形，个中深意猜也猜得八九不离十。杨氏却无半点敌意与醋劲，尚且默默帮着丈夫保存着这些信物，辗转千里，不丢不弃。如此这般地体贴，与郎君合着一副肠子似的，乃是寻常女子少有的豁达与大度，如何不叫白居易心怀敬意。这也是那年长女金銮子早夭之后，杨氏劝郎君纳妾，好替白家生个一男半女接续香火，白居易却始终不听不依的缘由之一。点点滴滴，一枝一叶，令深于情的白居易对杨氏情爱弥笃。他曾感慨道："义重莫若妻，生离不如死""偕老不易得，白头何是伤"。

一边是孤苦无依的湘灵，一边是敦厚温和的妻子，这么多年，两个女人好似形影一般相随，又好似拿刀划着水一般，割不断的牵肠挂肚。无论这钗盒之缘，还是那恋情如旧，白居易始终一颗心系住两头。那一年写的《长恨歌》里"在天愿作比翼鸟，在地愿为连理枝。天长地久有时尽，此恨绵绵无绝期"这般的词句，哪里是写玄宗与杨贵妃呢，分明是对湘灵这段情感的吁天呼地。正如白居易在《不能忘情吟》里所说的那样："予非圣达，不能忘情，又不至于不及情者。事来搅情，情动不可柅。"

翌日，阿婆从家中回来。一清早，杨氏照常与她出去买菜。路上两个女人零零碎碎地说着闲话，阿婆问："官人昨日跟着受累了吧？晒夏琐碎得紧。"

杨氏突兀地来了一句："是心累呢，乐天乃重情之人！"

阿婆吃惊地问："大人整日闲暇，这日子是乡里人进香拜菩萨都求不来的，如何就累？"

杨氏在江州无亲无故，遇事连个说掏心话的人都没有，这些时日，与阿婆朝夕相处，便有了亲近之心。遂将肚里的话，也不藏着掖着，遂将锦履之事，乃至丈夫与湘灵的前因后果，说了个大概。

阿婆感叹道："娘子好心胸！人言男女之事，可是自私得紧。这事要是在乡里，还不闹得鸡飞狗跳的。"

杨氏听后一笑，娓娓说道："乐天有个好友唤作元稹，两人同在朝中为官，来往密切。就连情感经历，也照葫芦画瓢一般地雷同呢。"

阿婆不禁有些好奇，接口说："这在乡里叫老表，我那村中也有一对，好得穿一条裤子。"

"乐天这位老表，早年有个初恋情人，姓崔，唤作莺莺。"杨氏说，"乃是一位才貌双绝的佳人。用他们诗人的话说，那是'芙蓉脂肉绿云鬟'。那意思是说莺莺美如荷花，头发蓬松如云霞。起初为了追求她，元稹使出了浑身的解数。"

阿婆点点头，说："天下男人都一样，见到标致的女人，没有不屁颠屁颠的。"

"最终元稹巧借莺莺的丫鬟传递信物，以喻情诗乱了莺莺的心性，两人开始传书定情。"杨氏看了阿婆一眼，觉得话粗理不粗，接着说道，"后来，在普救寺的西厢房里，两人终究秘居了累月。"

见阿婆用心听着，杨氏一边仔细着脚下，一边继续说道："再后来，他为了飞黄腾达，遗弃了崔莺莺，娶了太子少保韦夏卿的幼女韦丛为妻。"

阿婆"呀"了一声说："我们女人就怕有始无终，可怜了莺莺姑娘一片痴情！"

"白居易尚为老表开脱说：'唐承南北朝旧俗，惯常以两件事评量人品之高下，此二事，一曰婚。二曰宦。大凡婚配不娶名门望族之女，与为官不是清望官，都是要被世人耻笑的。故而微之舍弃寒女而另娶韦丛，也算得时下默认的正当行径。'"杨氏低沉地说，"即便如此，接下来发生的两件事，元稹便有些不厚道了。"

阿婆猜测道："是否把私通的过错，一股脑推给莺莺姑娘啦？"

"元稹与莺莺分开后写了一本书，叫《莺莺传》，他借助书中张生的嘴说出了与莺莺分开的理由：大凡天之所命尤物也，不妖其身，必妖于人。使崔氏子遇合富贵，乘娇宠，不为云为雨，则为蛟为螭，吾不知其变化矣。昔殷之辛，周之幽，据万乘之国，其势甚厚，然而一女子败之，溃其众，屠其身，至今为天下笑。予之德不足以胜妖孽，是用忍情。"

阿婆听不懂，纳闷地问："这叫张生的，叽里呱啦的尽说些啥啊？"

杨氏解释道："他说莺莺是尤物，是商纣王的妲己，是周幽王的褒姒，一句话'女人是祸水'，因此不得不忍痛割爱离开她。"

阿婆愤愤地说："这人忒不地道，得了便宜还卖乖，叫人心寒。"

"元稹与韦丛在一起六年，大约是元和四年七月韦丛病逝。"杨氏幽幽地说，"元稹再次娶妻，接着就被贬官江陵。"

"活该，这是报应。"阿婆脱口而出，方才觉得失言了，杨氏的郎君也是被贬谪的。于是，讪讪地说，"人都没长前后眼的，但求心安，踏踏实实地睡个囫囵觉。"

杨氏倒不以为意，淡淡地说："攀结豪门，娶京兆伊韦夏卿之女韦丛即便是当今风气使然，却不该为了开脱始乱终弃的责任，竟把当初爱得神魂颠倒的崔莺莺说成'不妖其身，必妖其人'的尤物、妖孽，人情决绝，何至如此！"

阿婆默默无语，她半懂不懂的，不知该说些什么。杨氏忽然问道："阿婆，我们女人，倘若将心比心，你希望自己的丈夫对待初恋情人是像乐天那般，还是像元稹那般呢？"

阿婆这才开窍，杨氏说了这么多，竟在这里等着。她不假思索地回答："当然是重情重义的好，薄情之人今天这样对她，明日遇见非常之事，必然这般对你！"

杨氏点点头，不再言语。两人说着话，不知不觉就到了街市，此起彼伏的叫卖声，充满了烟火气。这一双女人便掂斤播两地讨价还价，挑挑拣拣，一家长一家短的，全然忘却方才还义愤填膺的那一番话。

这光景，白居易任由龟儿在院落里玩耍，只自一人在书斋里读着书。那目光在纸面上横竖溜刷着，却是一个字也未看得进，满脑子依旧是与湘灵相处的笑语晏晏。想到贞元十年，阿爷白季庚去世了，又回到符离丁忧的三年。三年间，与湘灵卿卿哝哝，日子恰如拌了蜜似的。一日黄昏，夜深人静，水阔月明，淮河蜿蜒东去。白居易颇想听一听新声，湘灵斜倚在他怀里，擅口轻启，一丝娇喉唱出清新的小曲：

新柳色陪着他醉在醇醪，经年一梦须臾过岁月老，弦歌雅意问君能有几分明了？谁曲声有误惹一顾回首笑，书生意气挥剑划破晓，尤听得采莲女呢喃总角之好。

那樱桃小嘴一张一合的，在皎皎明月下，像微微战栗的花瓣。白居易在一旁听着，不觉低声赞道："人言丝不如竹，竹不如肉。听了娘子的歌喉，方信此言得之！妙哉此曲，真个如鸾啼凤鸣，分明一派仙音，信非人间所有！"

湘灵依偎在白居易的怀里，嘤咛一声，嗔道："尽拣好听的说，哪天一别，便又杳无音讯，叫我一日一夜地数着日子过，好生孤单！”

白居易扶住湘灵的腰肢说道：“待我打点好前程，自有无尽的长相厮守。娘子受的孤寂，哥哥定会加倍地呵护。”

湘灵转嗔为笑地说：“乐天哥哥，我一生一世等你，你千万莫要辜负我的心！”

白居易动情地说：“我发誓，今生今世将妹妹揣在怀里，蕴在心中，不离不弃，苍天可鉴！”

湘灵听得粉腮儿飞红，只把白居易胶漆粘定。一缕甜香从她身上飞出来，把个白居易迷得心荡神摇。在一轮明月下，看着湘灵那吹弹可破的面庞，白居易不由得心荡神摇。湘灵羞得急低了粉颈，转过头去，看河水泛起的粼粼波光。扭捏中，他揉开了湘灵外衣的领口，一幅猩红抹胸，露出小荷般的尖尖一角。少年心性，再也把持不住，遂伸手欲解开衣纽，探寻抹胸遮住的双乳。湘灵用手遮挡着，羞得伏在了白居易的肩头。终究耐不过白居易的执着，扯开小衣，月光下，露出两个洁白高耸的乳房来，那胸前一对乳峰，真似新剥的鸡头肉。少女的身子，叫人一见魂销。白居易吮吸着，正要进一步行动，湘灵已然嘤嘤地抽泣起来，吓得少年停住了动作，将她抱在怀里，细腻地抚慰……

此时，虫声东西，清风微寒，湘灵哭泣了半晌，抬起头来，低声地说：“乐天哥哥，夜深了，我们回吧？”

白居易点点头，帮着湘灵扣上衣衫，整理好缕缕秀发，牵着她的小手，往她家住的方向一路走去。

白居易正出神地思念着，忽听院门“吱呀”一声打开了，接着传来阿婆的说话：“夫人你回房歇着，理菜、洗菜的事我一个人忙得开，你的身子一天天见重了，弯腰不方便。”

杨氏答道：“就依你，走了这半日，还真个有些乏了。”白居易听了，赶忙收敛了心事，端着书，有模有样地看了起来。就见书上写着：

上邪！我欲与君相知，长命无绝衰。山无陵，江水为竭，冬雷震震，夏雨雪，天地合，乃敢与君绝。

白居易越发思绪起伏，情不自禁。又想起三年丁忧结束，自己已经二十五岁，湘灵也二十一岁了，邻家同龄女孩早已几个孩童绕膝了，湘灵依旧无怨无悔地守着，盼着，等来的却是一次漫无际涯的别离。现在究竟起来，自己这兑现不了的情感，竟误了湘灵的一生！一念及此，白居易眼泪又上来了，杨氏就要进屋，他强忍着，不让泪珠子滴落下来。思绪却怎么也无法把控。

记得是贞元十五年，那年他二十八岁，自浮梁长兄白幼文处返回洛阳省母。这年秋天，又赶赴宣州应乡试，以《射中正鹄赋》《窗中列远岫诗》两份试题，为宣歙观察使崔衍所贡，往长安应进士试。就是在宣州，他与杨氏从兄杨虞卿相识。冥冥之中，难道竟是天意？

冬尽春来，转眼便到了贞元十六年，记得那天是二月十四日，在中书侍郎高郢主试下，写下《性习相近远赋》《玉水记方流诗》以及策论五道，以第四名进士及第。本以为中了进士，阿娘一欢喜就应了与湘灵的亲事，哪知道，陈氏固执起来，竟如磐石！

贞元十八年冬季，在吏部侍郎郑珣瑜主试下，白居易应试书判拔萃科。就是在这时，与元稹方始交谊。这年，刘禹锡调补京兆府渭南县主簿。贞元十九年春，白居易又与元稹、李复礼、崔玄亮等以书判拔萃科登第，携元稹同授秘书省校书郎。说句题外话：这年冬，刘禹锡为监察御史，后辈士子杜牧才刚刚出生。宪宗元和元年，白居易三十五岁，罢校书郎，与元稹在华阳观闭户累月，揣摩时事，成策林七十五篇。四月，应试才识兼茂明于体用科，与元稹、韦惇、崔护等同科登第。二十八日，授周至县尉。七月，权摄昭应县。同年十二月，与陈鸿、王质夫同游仙游寺，作《长恨歌》，笔下一字一句，一点一画，恍若是对迎娶湘灵无结果的感同身受。

光阴清浅，从每一个春天与秋天，酢浆草花在荒野上沸腾。元和三年在花花草草的簇拥下迤逦而来，这年白居易三十七岁，在阿娘以死相逼之下，白居易与杨虞卿从妹杨氏结婚。长安新昌里这边，鼓乐齐鸣，一派欢天喜地。远在千里之外的符离，湘灵依旧在苦苦期盼，孤单地煎熬。她像往常一样，巴巴地等待乐天哥哥衣锦还乡，细吹细打地用披红挂彩的大轿来迎娶自己……

细数流年，白居易痛定思痛，不能自抑。这一辈子宦海沉浮、遭遇贬谪算不得什么，自古及今，哪朝哪代都在发生，既不是前无古人，也必定不会后无来者。可是对湘灵的愧疚与耽搁，注定是乐天哥哥一生永远的痛！

白居易听见杨氏进卧室休憩去了，继续咀嚼着悲苦的心事。他喃喃自语着："八年，整整八年啊！"零零碎碎算起来，他与湘灵在一起度过了八年时光，这是两人生命中最快乐的八年，可就是这八年将一个天真烂漫的小娘子熬成了徐娘半老，又延误了她整整的一生！白居易悲苦地念叨：“有渝此盟，情何以堪！”又想到那一年，湘灵豢养了一只鹦鹉，乃是乐天哥哥从野外捡回来的。想起她站在碧纱窗下逗弄鹦鹉时的神情，想到就连鹦鹉也整天叫唤着“乐天哥哥”。想到贞元十六年，中了进士，回到符离住了近十个月，向阿娘恳求和湘灵结亲，阿娘以门不当户不对为由加以拒绝。想到贞元二十年，在长安做校书郎，举家迁往长安时，再一次苦苦恳求阿娘答应他和湘灵婚事，又一次遭到严词拒绝。不仅如此，在举家迁离的时候，阿娘都不让他和湘灵见面。在之后的日子里，不许他再提到湘灵。白居易万分无奈，也以不跟别的女人结婚相抗议，直到母亲以死相逼，才与杨汝士从妹杨氏结为伉俪。白居易在书斋里想一会，自言自语一会，景象十分凄楚。

白居易又想起贬谪途中，在襄阳码头与湘灵父女的那次邂逅，更加淌眼抹泪。那日，湘灵的身影随着孤帆远影消失在大江的尽头，他的心也像灰蒙蒙的江天一样，空空荡荡，苍苍茫茫，悲悲戚戚。望眼无尽的江水，白居易痛苦地思忖：湘灵已年过四十，依旧茕茕孑立，形影相吊，往后的日子怎么过？下半生如何着落？白居易忧心忡忡，难以将息。他再也抑制不住这深渊般的悲戚，悄悄掩上了书斋的门，将头埋在厚厚的书堆里，肩头耸动着，低低地呜咽起来……

第十六章　长兄如父

如　鱼　水

江州有谚语："雨打黄梅头，四十五日无日头。"自打芒种以前的阵头黄梅过后，迟梅雨又持续了半个月光景。自入梅到出梅，头尾下了一个多月。六月中旬，骄阳总算出来了，可这蒸笼似的闷热，也是要命的。积水尚存的地面烤得直冒烟，小草的叶子都卷成了细条，惟有青草池塘里蛙声聒噪得紧。白居易左手牵着龟儿，右手牵着阿婆的孙子麟儿，在院子里闲逛着，看杨氏和阿婆在收拾花花草草。阿婆的屋场也退水了，过些天就要回去收拾。收拾好了，麟儿就要回家去，龟儿却整日如胶似漆地粘着这个小伙伴。

两个小家伙早已不耐烦被世伯慢腾腾地牵着，齐刷刷挣脱白居易的手，在一边撒欢去了。白居易摇头笑笑，独自一人在院落里继续转悠。他跨过一处茴香盛开的水滩，来到长着馥郁金银花的后院，正漫无目标地转悠，忽听得一个稔熟的嗓门在院外喊道："白学士在家吗？"白居易听嗓音是元集虚，心头一喜，连忙迎了出去。

元集虚大踏步走进院落，迎面遇上白居易，哈哈一笑说："步出庐岳若隔世，回头一笑大河横。连绵雨水阻隔，多日不见，学士久违啦！"

白居易也凑趣地答道："心中无物不挂事，眼中有尺可量人。前些日子，闲敲棋子落灯花，今日得好好与居士手谈几局。"

"正有此意。"元集虚从褡裢里掏出一副云子，得意地说，"这副上好的云子，可配得上汝这位大名士？"

白居易眼睛一亮，接在手中掂了一掂，好家伙，够沉的！打开雕花的檀木匣子，伸出右手食指与中指夹出一枚白子，只见正面微凸，底面扁平，古朴浑厚，手感极为舒适。在光亮下，再看那黑子，仰视若碧玉，俯视若点漆，中心不透，周边有一碧绿色光环。白居易爱不释手，嘴里却说："君子不夺人之爱，如此贵重之物，白某受之有愧！"

元集虚调侃道："你我兄弟投缘，这算什么，况且我俩经常切磋，你的、我的，如何分得出彼此？"

白居易闻言，也不再客套。一面把玩一面问道："看品相，乃云南永昌郡龙泉池畔塔盘山下的玛瑙，果然名贵！"

"乐天兄着实内行！白子用玛瑙，黑子系用琥珀。"元集虚显摆道，"正宗塔盘山出品，质地坚硬，着盘声铿。"

"这蔷薇架下，清风徐来，日不移阴，今日我俩在此较量几盘，如何？"白居易笑嘻嘻地说，见元集虚点了头，知其亦有闲暇，遂唤来阿婆说，"烦请搬一张小桌子和两个杌子，放在这儿，点上檀香，再泡一壶上好的茶来。"

首局，白居易对元集虚说："你是客，当执黑先行。"

元集虚也不谦让，起手便是"野猿过水势"。白居易知是东晋谢安《草木谱》的布局，不敢大意，遂以"邓艾开蜀势"应对。元集虚微微一笑，起东四南九放一子，白居易遂在东五南十二放一子。元沉吟片刻，起西八南十放一子，白遂西九南十放一子……两人你一子我一子，总共下了八十六步，元集虚投子认负，嘴里说道："比较前些时日，白学士内心宁静许多，故而棋艺大进！"

白居易谦虚地说："侥幸而已，第六十六手，居士如在西四南八落一子，鹿死谁手，或未可知。"

元集虚说："围棋者，追求上下四方，限制对手子力布局，在你的宫廷，开我的盛宴，要的是对方的棋子流落僻远，偏居江山一隅。"

白居易哈哈一笑，说："我与居士理解恰恰相反，围棋乃仁者之静，夫唯不争，故天下莫能与之争。围棋为道，道中含佛。"

元集虚似有所悟，端起杯盏，呷了一口茶说："难怪乐天兄棋艺大长，原来去了几趟寺庙，顿悟了'眼净手平'的至理。"

白居易一边收拾棋子一边说："再下，再下，今日我俩以三局定胜负。"

元集虚说："好，好，这盘我得算仔细些。"

第二局，白居易眼花，收官时，在“无眼双活”与“有眼双活”纠缠中，以一目半惜败。第三局，白居易打点起精神，活棋与围空相互依托，自斟自吟。尖之灵秀，跳之捷达，连之坚实，令元集虚无机可乘，最终多出五目拿下。

元集虚推秤而起，感佩地说：“乐天兄有当朝国手王积薪之风，艺、品、理、规、礼，五者兼备也，配得上这副云子。走，我俩斗酒去！”

灯半昏时，月半明时，元集虚带着七分醉，蹒跚而去，临出门时，对白居易说：“待季候转凉，约好十九兄，到我山庄畅游，再分个雌雄！”

送走元集虚，白居易在脑子里复盘那三局棋，思忖道：“围棋取其寂静也，东汉李尤的《围棋铭》说得透彻：‘诗人幽忆，感物则思。棋法阴阳，方错列张。’”悟透了棋理，白居易举一反三地琢磨出一个道道：任凭朝堂之上“人心似铁，王法如炉”，当下，吾只求至虚极，守静笃，待时而动而已。

转眼已是元和十一年的六月中旬，这日，白居易见杨氏在绣婴儿兜肚，觉得图案艳丽，便搭讪道：“娘子好女红，这图案绣得喜庆。”

杨氏低头绣着，口中应道：“自从阿婆来后，粗细的活儿都包圆了，我倒成了女中司马。闲着也是闲着，不如多缝制些肚兜、半臂、小袴、围涎之类的预备着，都是少不了的。”

白居易笑道：“你这女中司马是会造人的，我这从五品的下官可比不了。”

杨氏呵呵笑了起来，抬头瞄了白居易一眼，嗔道：“就你贫嘴，造人也是我俩合作的，你也是功臣呢。”

阿婆正巧买菜回来，没头没尾地听得一头雾水，遂问道：“官人立功啦，这是喜事，得做一桌好菜祝贺，祝贺！”

杨氏笑得前颠后仰，眼泪都出来了，逗趣地说：“白司马这次功劳大着呢，保不准要上凌烟阁的。”

白居易也跟着傻笑着，嘴唇动了动，竟不知说什么好。正要走开，阿婆说：“在门口恰巧遇到驿使，学士，有你的信呢。”说罢，自菜篮里拣出，递给白居易。白居易拆开一瞧，见是大兄幼文的笔迹，由不得欢喜起来，一迭连声地说：“好，好，正盼着呢！”说罢，急切地细细读来：

乐天贤弟如晤：贞元十四年一别，各以事奉，形留意往，命与心违。经年累月，两地相悬，不见弟面，已十八年矣。人生几何，离阔如此，每每思之，忧忧戚戚。况以胶漆之心，置于浮梁之身，进难以相合，退付骨铭心。

兄行年六十有四，因素有羸疾，精神日枯。历春及夏，蒸发旧积，虽有平复，饮食极减。至五月初，偶起一念，自叹旁无期功之亲，家无纲纪之仆，恐一日身先朝露，昆仲难以晤面，骸骨无以归下邽。故七月既望，乘病退自备气力以行。辗转符离，携六七堂弟侄，皆年幼失父，茕茕孑立，与之俱行，托寄江州。望弟附加矜悯曲为保全，兄则不胜欣慰。裀载而往，垂橐而归，弟谅之而已。兄幼文白。

大兄爽直声口，叙事如镜。白居易读罢，亦喜亦忧。喜的是大兄幼文即将下榻浔阳，昆仲破题儿朝夕相依，殊为难得！忧的是大兄身子骨儿定然大不如前，方才决定将自家老小从符离迁归下邽，以便叶落归根。动迁之前特地赶来江州，一则是担心今后再也找不着机会与自己相见；二则是安置好白家各房因丧失父亲而孤寡的堂弟侄。由此看来，大兄提挈诸院同来，毕生所牵念者，今悉数在眼前，似有托孤、安排后事之意。

白居易兄弟四人，幼文为长，次白居易，次行简，次幼美。幼美贞元八年夭于徐州符离，年仅九岁。大兄今年六十四岁，比白居易年长二十六岁，乃同父异母的胞兄。幼文扶持人伦，和易谦恭，深得白居易敬重。

杨氏在一边，见白居易脸上白一阵红一阵的，便问道："谁的信啊，瞧你丢了魂似的。"白居易把信递给杨氏，说："大兄要从符离来江州，应该是走水路，估摸着七月初就要到的。"

杨氏是个念旧的人，记得大兄的好。白父季庚早逝，阿娘陈氏与居易、行简流离失所，朝不保夕，大兄抚视之间，不曾有丝毫懈怠。最叫人蝼蛄铭记的是开元二十五的那场乡试，可谓白居易爬坡过坎的转折点。那年，敕应诸州贡士，上州岁贡三人，中州二人，下州一人，学子自是趋于上州。宣州在大历年间上升为望州，乡贡名额等同于上州，自然是士子向往之处。唐代科举试卷皆不糊名，可否被录取不完全依据卷面成绩，还需当权显贵或知名人士的推荐，唤作行卷。所谓行卷，便是考生把平日诗文抄于卷轴之上，在考试之前呈送给名流贤达，由他们向主考官推荐，此乃合法的扬名手段。基于此，所投牒州的刺史是否重贤爱才，是否德高望重便尤为紧要。时任宣歙池观察使、领宣州刺史的乃是名士崔衍，其人政务勤俭，府库盈溢，幕府中聚集了崔群、崔玄亮、钱徽、羊士谔等数十位文人雅士，堪称群贤毕至。尤其是那崔群，系第一流人物也。

大兄白幼文早年便与崔衍相识，叔父白季康又在崔衍手下任宣州溧水县令。贞元十五年春，白居易在大兄幼文的推荐和叔父季康的引介下，拜见了崔衍。崔衍对白居易的诗名早有耳闻，读罢行卷，便欣然同意白居易破格参加当年秋季的宣州贡试。打那以后，白居易十年三登科第，名入众耳，迹升清贵。杨氏听郎君讲过，贞元十六年秋，进士及第后他曾重返宣州，尚专程拜谢崔衍“贡”举之恩。想到这里，杨氏喃喃背诵起白居易的《叙德书情四十韵，上宣歙崔中丞》：

身忝乡人荐，名因国士推。

提携增善价，拂试长妍姿。

白居易在边上听了，明白娘子的意思，眼中已有泪意。想到骨肉即将相聚，心潮好似浔阳江的波涛，一浪比一浪高，在院子里来回走着，异常地兴奋。杨氏见白居易读了大兄来信，跟少不更事的孩童就要见到久别的爷娘似的，也便愈发感动。便吩咐道：“别在眼前晃来晃去，头都被你晃晕了！及早去给大兄收拾几个房间，阿婆一家，日前搬走了。”又对阿婆说：“明日我与你一同上街，买几床上好的棉絮、凉席，扯几匹布料，多缝些衣衫、鞋面。”

人 月 圆

搭载白主簿一家的帆船从宿州符离出发，不多日，经由淮河进入了大运河。正是潮平两岸阔的季节，稀稀朗朗的孤帆远影，越发凸显水天辽阔。伫立船头的白主簿问船工：“隋炀帝开掘的运河是哪几段？”

船工回答：“隋朝疏浚和开凿的河段分为四条，分别是通济渠、永济渠、浚山阳渎、江南运河。”

“驿舟当下行驶在哪个河段？”

“正行驶在邗沟呢。”船工答道，“夫差开凿大运河的第一锹就是打这儿开挖的，从那时起，长江、淮河方才贯通。元和八年，常州刺史孟简开凿孟渎，引长江水南注通槽，又开泰伯渎，东连蠡湖，漕运便不再滞阻。”

“从哪儿进入长江呢？”

“自山阳起至扬子进入长江。”

白主簿闻言，感慨道：“就要进入长江了！”

不多日，舟船已到扬子。此时红日西沉，早换上一天星斗。白主簿吩咐停船靠泊，当晚在杨子驿打尖。一家老小迤逦登了岸，在船舱里憋屈日久，总算踏上了坚实的土地，筋骨顿然活动开来。孩童瞬间恢复了顽皮的本性，一个个像摘下笼头的牲口，无拘无束地追笑寻欢。白主薄举头四望，只见不远的人烟处，点点灯火宛若光阴的摆渡人。

杨子驿站不过是几间曲房小室，与周遭民居俯仰相连，后院却逶迤曲折，辗转相通，可供过往客人系马喂料。安排好诸院小弟妹就寝，白主簿步出房间，踱步到天井中。四下静悄悄的，那碎瓦鳞片之上，留住了年代的萧索，墙头上，颤巍巍的竹枝影走龙蛇。小小庭院，迎来送往，不问痛楚，此刻，恰好安放白主簿的一腔心事。

依朝廷官制，子孙因先世的功勋或官位而推恩赐官曰“荫”。白季庚生前官至正四品上阶，照例，其子可荫补正八品上官。白幼文从未参加科举，贞元十四年，也就是父丧期满的第二年，乃得荫补饶州浮梁主簿一职。时年，他四十六岁，才及中年，始登下位，此后十多年未曾提职。好在他本是一个淡远之人，一身孤山断桥的清寂味，也便不以官职高低为意。

观天色，已是戌牌时分。河湾里洑流薄岸，远处村犬遥吠。这一路风恬日霁，履道坦吉。明日天气，亦是不卜而知，白主簿心中甚为安慰。又想到贞元十五年，德宗分遣十六道人马平息藩镇叛乱，战事多发生在河南，关内阻饥，已成大势。又逢春季大旱，漕运受阻，兵祸天灾夹击，白氏世业荡然一空，堂族兄弟蓬草辞根，分散在五处，成了各奔西东的羁旅之人。於潜七兄乃叔父白季康的长子，时为於潜县尉，白居易的从兄白逸，排行十五，任乌江主簿。那年，父亲白季庚病逝于襄州别驾任上，继母陈氏和白居易、行简返回洛阳，孤寡幼小，一家子生活无有着落，每年皆要从浮梁主簿微薄的俸禄中拆分供给。那年月，白居易经常往返于浮梁、洛阳之间，千里阻隔，备尝艰辛。想到这些，白主簿内心颇不宁静。

“外面风大，你病体才有好转，小心着凉！”妻子刘氏不知何时出现在身后，一边为他披上坎肩，一面说道。

幼文握着老妻的手说：“明日进入长江，逆水而上，再有几日便可抵达江州！”

刘氏忧虑地问：“此番拖家带口，提挈诸院堂弟侄六七人，全都托付于江州，长年累月衣食饱暖、米面柴薪开销着实不小，乐天贤弟可否承受得住？”

“虽说司马之事尽去，唯员与俸在。”幼文含笑说道，“秩五品俸禄颇高，江州乃上州，比照浮梁同僚，岁廪数百石，月俸应在六七万之间。加上江州物产丰饶，物价便宜，食足以给家。”

刘氏惊讶说道：“高出主簿俸禄近乎十倍噢！如此，足可资家！”

“乐天的心性我了解，前些年激进强硬，耿介不屈，怀抱兼善之志。”幼文款款说道，“却是极为通透之人，此番历经波折，必然知足随缘，安时顺命。加之崔群、崔能一干大臣在朝中照应，日后必定走的上坡路，诸院堂弟侄还不至拖累于他！”

刘氏说：“身为大兄，这些年来挈妇将雏，为白氏一族操碎了心。在三年之中，打点着及笄姐妹一齐出阁，嫁得少年夫婿。对族中尚在总角、髫龀之年的无父孤寡百般照应，真是难为你啦。如今你这身子骨每况愈下，叫人着实忧心！”

幼文温煦地注望着刘氏，说：“夫人莫要忧伤，我这把老骨头尚能折腾几年。下邽老房子修修补补尚能安身，这次在江州逗留些时日，安排好诸院堂弟侄，择日再北上不迟。”

听了这番话，刘氏早已打动了心肠，在一旁暗自垂泪。幼文拍了拍夫人的肩头，自言自语道：“自贞元十四年浮梁一别，转眼十八年啦！人生不相见，动如参与商。今夕复何夕，共此灯烛光。少壮能几时，鬓发各已苍……”

刘氏揩着泪说：“此番你兄弟二人久别重逢，正好堕欢再拾，定然欢娱不止。”

幼文点点头，目光闪闪地说：“明日还要赶路，睡吧。”

乡心一经惹动，便戚戚无眠。幼文辗转反侧，直挨到三更时分，方才睡上一个囫囵觉。第二天一早，他便早早醒来，领着一行人陆续登船，漂泊而去。

己亥年七月初五，船入长江。幼文江水小鼎烹了茶，一杯在手，碧沉香泛中，心中便袅起些许栖心云泉的意味。他推开船舱的槅子，见远山隐隐，野树蒙蒙，一目江天这般清净，遂有了吟诵的念头，却苦于没有胞弟的大才，憋了半天，也挤不出一字两句来。索性转身舱内，又见男女阒集，喧笑并作，心境遂为之一暖。叙了一会儿话，他弓腰上了船头，闲立水涯，目光循着几只江鸥上下翩飞，胸中已是波峰浪谷般起伏，心想：人生无非三件事，知道此生为何而来，此乃目标；知道如何完成使命，这是方法；知道对人对事善始善终，是为当担。好比编戏，每编一折，必须前顾数折，后顾数折。顾前者，欲其映照，顾后者，便于埋伏。只是这映照埋伏，多半错综缠绕，汲汲漫漫便耗费了几十年的光阴！又想自己这一生，庸庸碌碌中，不觉年光遒尽，悠悠浮梁往事，大抵乏善可陈。好在兄弟之间，尽管相悬千里，却是入脑走心，彼此之间一团火似的向着，亦足以快慰平生！

这一路上张帆举棹，晓行夜宿，约莫七月中旬的光景，驿舟披着向晚的霞光驶入浔阳江。行进间，远远望见江州的华表，幼文心中掂量：今日天色已晚，不若在驿站歇息一宿，明日一早再烦劳驿卒前去禀报。

约莫一炷香的工夫，驿舟已转入龙河口。船工有的摇橹，有的拿着竹竿东撑一下西杵一下，穿穿插插地调整泊位，缓缓靠向了西门外的码头。

幼文拖家带口，上岸才走了一箭之地，忽见一个五岁上下的孩童，颠颠地跑了过来，稚声稚气地喊道："大伯，大伯母，我来接你们噢！"

小家伙乌黑的大眼睛忽闪忽闪的，红扑扑的脸蛋上笑出了两个小酒窝。幼文看着怜爱，一把将他揽在怀里，温和地问道："告诉大伯，你叫啥名呀？"

小家伙伶俐地回答："我叫龟儿。"

知道是行简的孩子，便又问道："你二伯呢？"

小家伙伸出胖乎乎的小手向后一指，说："喏！"

幼文闪眼瞧过去，见白居易夫妇站在不远处，正笑盈盈地看着这一幕。白居易大踏步地迎了上来，哽咽地叫了一声："大兄！"便与幼文紧紧抱在了一起，眼泪汪汪地抽泣起来。半晌，幼文紧紧攥着二弟的双臂，泪眼迷蒙地问："乐天如何得知我等今日抵达？"

杨氏正要替大嫂拎包袱，刘氏见她挺着肚子，便说什么也不肯松手，阿婆倒是机灵，赶忙上前帮着拎了。听见大兄问话，杨氏在一旁答道："乐天掰着手指算天数，估摸这几日能到，每日都要到码头候上几个时辰。"

幼文听了，心头又是一热，嘴中却说："还是那么火急火燎，都这把年纪啦，也得改一改！"

白居易擦了泪水，向刘氏揖了一揖，欠身说道："大兄，大嫂，牛车就在前面，快快回家去吧。"说完，抱起白幼文之子宅相说，"宅儿，二伯抱你回家好不好？"

宅相白皙的面庞略带着婴儿肥，两道淡淡的眉毛微微含有笑意，他张开花瓣一样嘴唇说："好，阿娘叫我要听二伯的话。"

白居易在宅相的脸蛋上亲了一口，心想："大兄年过花甲，宅相尚小，不若也留在江州，杨氏抚视之间，定然过于犹子。”这样想着，脚下便加快了步伐。

当晚过于抢忙，只在厨房当门设桌一张。内间生菜果品列在厨桌上，牛羊鱼肉一干熟食盖在蒸笼内。阿婆与杨氏即在灶边伺候。刘氏将行旅包裹在房中安放好，进了厨房，对杨氏说：“弟妹是有身子的人啦，还是我来吧！”

杨氏笑道：“嫂子一路劳累，快回房歇歇，这里有阿婆呢，我也只是打打下手。”

刘氏哪里肯依，便熟门熟路地拿起火箸，帮着烧灶，让阿婆腾出手来烹饪烧饭。三个女人一台戏，一边做活，一边絮叨个不停。内中也有叙说各自家常，倾诉多年苦处的。说话之间，已然搭椅围桌，各种菜肴一一摆上了台面：有肴核果品、黄耆羊肉、红虬脯、鱼干脍、葫芦鸡、百岁羹、松花饼、千金圆、汤丸、长生面，琳琳琅琅满满的一桌。当晚在内室家宴，大兄正中坐着，左肩下是白居易，紧挨着他的杌子上坐着宅相。右肩下是大嫂刘氏，杨氏坐在上首，给阿婆在下横头虚留了一个座位，那诸院堂弟侄六七人，一字陪坐在下面，大兄幼文将龟儿抱在膝下。传杯递盏，说说笑笑，司马宅里头一遭这般热闹。开了封缸多年的庐岳酒，阿婆又上过几道菜。头巡酒，白居易双手捧杯敬大兄、大嫂说：“此酒乃东晋名士陶渊明的最爱，今日就借他的《归去来兮辞》，祝大兄‘倚南窗以寄傲，审容膝之易安。悦亲戚之情话，乐琴书以消忧’。”

幼文哈哈一笑，说：“‘倚南窗以寄傲，乐琴书以消忧’，此乃二弟之情怀，为兄只盼‘携幼入室，有酒盈樽。引壶觞以自酌，眄庭柯以怡颜’，足慰平生矣！”

大兄幼文清廉正派，沉稳干练，其人宽厚豪爽，在同僚之中有口皆碑。因职务缘由，往日应酬较多，又喜酒，倘遇宴席，逢敬必饮，饮必醉。故而肝、胃有损，而今日薄桑榆，年迫日索，身体便七病八倒，每况愈下了。

白居易见大兄每次举箸献爵，皆一干二净，不禁忧虑其身体，又见大嫂在一边颇为焦急。遂一边给刘氏敬酒，一边说：“今日乃家宴，我提议大嫂监酒，我等小辈必须恪恭尽礼。大兄为尊，年岁不饶人，粗具菲酌即可。”

刘氏见二弟善解人意，面绽笑容说：“乐天提议甚好，大兄抱恙新愈，一路劳顿，还是少饮为好。”

酒过三巡，大兄叫刘氏拿出一个绸布包袱，自里面掏出一块上好的玉石，一个纯银的项圈。一面将玉观音往龟儿脖子上挂着，一面说：“男戴观音女戴佛。愿这玉观音保佑龟儿前程锦绣！”又将纯银项圈交到杨氏手中，祝福道：“这是与你嫂子路过景德镇时挑选的，送给我那即将出世的小宝贝，愿他(她)一生花好月圆，平平安安！”

杨氏接在手中，感激地说：“大兄拖家带口，开销颇大，尚且如此破费，我这心里着实过意不去。”

大兄一笑，爽朗地说：“我提议，我等一起为白氏家族瓜瓞绵绵、代代兴旺干杯！”

阿婆在一边忙上忙下，见这一大家子好得与几世同堂一般，也高兴地过来给大兄敬酒，她说：“老婆子也来敬大兄、大嫂一杯酒。今儿匆忙，准备不周，明日做浑羊殁忽、飞鸾脍这般拿手菜给大兄、大嫂接风洗尘！”

一场家宴，饮得十分沉醉，吃得十分甜蜜，直吃到戍牌时分。白居易见大兄酒落欢肠，不觉多饮了几杯，已有了七分酒意，又吩咐阿婆爇炉烹茗，给大兄醒酒。兄弟二人喝茶叙阔，又谈了许久，渐渐已转更深，耳听得牝鸡司晨，白居易怕大兄身子骨挺不住，这才扶着他进房就寝。

大兄这一睡，直睡到第二天下午，才清醒过来。洗漱了一番，阿婆已将饭菜热了，端进房间来。大兄吃过，与刘氏谈了一会儿话，又将散乱的行李、包裹重新收拾体面，精神还觉疲倦，便又倒头在床上睡了一个回笼觉。到了晚上，杨氏又吩咐阿婆把大兄的晚饭送进房去，专门伺候他一人。大兄吃完了饭，见窗外月色十分明亮，便独自一人步出院子去，在紫藤花架下，仰着脸看天上的月儿。树脚墙根，虫声叽叽，蛐蛐和纺织娘的嘶鸣喋喋不休。正静悄悄的时候，忽听得身后有步履声儿。大兄转身去看时，见白居易倒背着双手，正傍花径朝这边走来。一轮凉月，照得满地花荫，也便将那修长的身影，一点点地向前挪移着。

“昨晚睡得可好？本想前去陪大兄叙叙话。”白居易目光炯炯地说，“想到一路劳顿，又吃了酒，便没有叨扰。”

幼文与白居易四眼儿对看着，在月光下面，忽见二弟两鬓亦全然灰白，心中便泛起了一丝怜惜，遂低低说道：“新弹的棉絮，柔软舒适，十多年来，从未睡得这般踏实。”

大兄这些年里外操劳，麻缠得乱云飞渡，累得傻得天真，难得浮生半日闲的，把心事都放下了，昨夜必然松弛如新棉，睡得安稳。白居易暗自叹息一声道："本想过些日子携大兄去庐山瞧瞧，考虑到山高路远，你这身子骨恐怕吃不消。不妨先看看城内的名胜，就当是饭余闲步。"

"如此甚好！庐山固然奇秀，只恐这把老骨头无福消遣。"大兄笑着说，"与二弟散散步，说说话，便是难得的福报！"

两人绕过一丛青翠的竹林，踱步到了宅子北面的土冈上，在茅亭里坐了下来。大兄赞道："宅院覆篑土为台，聚拳石为山，壶天勺地之中，得山川之趣，妙同苏杭园林！"

白居易见大兄夸奖，心中得意，便卖弄了一番造园的见解："院中叠山是骨架，其谷、坡、蹬道蕴有漏、透、皱、秀天成之美，讲究'片山多致，寸石生情'。花木要与山石、宅子相衬，高樟深竹，扑面临头，方能幽窗开卷。"

大兄赞许地说："院落得草木而华，风声、雨声、松涛声，每闻其响，叫人欣然为乐。"

"万籁松风酒一壶，何其潇洒！"白居易点点头说，"聆听风吹新篁的飒飒之声，便有'独坐幽篁里，弹琴复长啸'的禅意。"

见大兄用心听着，白居易又说："院落中，山、植物、建筑皆有了，唯独缺水。园无水不活，弟欲在院中开凿一水池，大兄觉得哪个方位较为妥当？"

"不若就在土冈脚下，朝窗子的一面开凿。"大兄解释道，"帘下观鱼、观雨、观蜻蜓立在小荷之上，甚是有情趣！"

白居易高兴地说："泛滟微雨朝，泓澄明月夕。就依大兄，过些时日找工匠来开凿。"

大兄见司马宅院清雅宜人，足以容纳诸院堂弟侄起居，心中一块石头算是落了地。今夜恬淡幽静，正好与白居易交心，遂娓娓说道："二弟，为兄年迈，鬓染繁霜，遽沉痼疾，族中之事已然有心无力。符离诸院堂弟侄皆孤幼失怙，无人拯恤，令人忧灼。今尽数托付于弟，实属无奈。望弟载深悯恻，抚育教示，则为兄无所牵念，木落归本，含笑下邽也！"

大兄说完热泪扑簌簌地滚落下来，凄凄丹愫，炳炳血情，叫白居易又感动又难过。遂对大兄深深一拜，铮铮说道："长兄如父，殷殷嘱托，乐天必视诸院堂弟侄如己出，得同寒暖，不负大兄期望！"

"如此，兄再无忧虑也！"大兄握住白居易的手说，"诸院堂弟侄中，有符离六兄之子。"

白居易黯然说道："六兄英年早逝，留下稚齿之子，着实叫人心伤！"

眼望着泪光盈面的大兄，月色下突显着憔悴，不由得心中戚戚。白居易温煦说道：“大兄，已近午夜时分，月下寒凉，回房歇息吧？”

大兄点点头，两人肩并着肩儿，缓缓地在月下走去。看看走到土冈颠簸处，白居易搀扶着大兄的胳膊说：“小心脚下，这儿有个湫沟。”隔着衣服，感觉大兄瘦弱得只剩下骨骼。白居易眼睛一热，强忍着不让泪珠儿掉落下来，假作拂开面前的柳枝，以宽大的衣袖，遮挡着流露出的深切忧戚……

第十七章　瞩览庐山

鹤　冲　天

怀揣今年开春萌发的念想，久静思动的白居易一门心思要将畅游庐山的夙愿付诸行动。这一天，风日晴和，白居易坐在院落里，与大兄喝酒聊天。酒过三巡之后，他敞着衬衣的领口，将脱下的坎肩随手搭在近旁的槎枒上，对大兄说："这年来写的诗句尽是花儿草儿、山山水水，没一句正经的，早年的意气算是消磨尽了！"

大兄见他酒后有些消沉，便婉言宽慰道："人在天地间本来可选择的不多，比如春夏秋冬，就由不得你嫌寒憎暑，你却不妨使四季都成为好。譬如当下，你我兄弟尚能青梅煮酒，这最深的情便是最大的理了。"

白居易敬了大兄一杯酒，嗫嚅地说："士子自幼博通坟典，原本想成就一番事业，处庙堂之上，报效国家，实在不甘作章句小儒。"

大兄一笑，接着开导说："你瞧这路边的野草花，既安于贫瘠之地，又能在洪水中奋力抬头，在淤泥中开出花来。知足，乃是人生最大的福报，唯有知足，方能幸福。"

"大兄此话占理，遵从内心，追逐本心。"白居易夹了一口菜，一边嚼着，一边说："无上菩提者，被于身为律，说于口为法，行于心为禅。自性自在，不昧因果。"

大兄点点头，点拨道；"乐天待诏翰林之时，与崔群最为要好，此君体道履仁，识通政本，假以时日，必居高位。待裴度、李愬蔡州建功，届时，崔群、崔能等一干能臣从中斡旋，二弟必然东山再起的！”

白居易听后颔首不语，沉吟半晌，自个自地喝了一杯酒，忽然扯起略带沙哑的嗓门唱了起来：

新月高悬兮挂长钩，挂长钩兮浔阳楼，浔阳楼兮立沧客，立沧客兮几人愁？

大兄在一旁听着，依着角、徵、宫、商的节律，用筷子敲击着碗碟，摇头晃脑地体味曲中之意。谁料白居易嗓音刚落，边上有人接唱道：

新月高悬兮照乡居，照乡居兮匡山谷，匡山谷兮旧酒香，旧酒香兮抱琴酤。

白居易和大兄急忙转头观瞧，只见来人高挑的身材，一身绛色罗衣，头发以竹簪束起，清澈的眸子里含着淡淡的微笑。白居易内心惊喜，忙招呼道：“元兄远道跋涉，当浮一大白。来，来，来，且坐下吃酒。”

又吩咐引领客人来后院的阿婆说：“快去添加一副碗筷，再添两个小菜，远客来仪，今日一醉方休！”

阿婆应了一声“喏”，转身去厨房张罗。白居易又对元集虚说：“介绍一下，此乃我浮梁大兄。”

元集虚拱手高举，长揖说道：“恭请大兄金安！常常听乐天念叨，今日一见，果真是恺悌君子！”

大兄亦立身一拱，弯腰答道：“元居士乃世外高人，乐天亦曾提起，幸会，幸会！”

二人见礼后，依序落座，阿婆已然添来碗筷。白居易一面给元集虚倒酒，一面说：“山深鸟宿多，牵牛石上过。不见有蹄痕，高士庐中卧。居士今日何来雅兴，涉足红尘？”

元集虚哈哈笑着说道：“我有方寸心，无人堪共说。前些日子大水阻隔道路，无法探望白兄，今儿新酿了庐岳好酒，故而特来相邀。”

白居易与元集虚碰了一杯，高兴地说：“明月家家有，好酒渐渐无。正寻思拜访居士，叨扰新醅米酒，元兄来得正是时候。”

元集虚举杯敬了大兄的酒，诚恳说道：“大兄柔儒温文，近仁复礼，想是喜山乐水之人，择日随乐天去山南走一遭，如何？”

大兄说道：“畅游林泉，以和其气，固然是好，无奈我这身子骨恐难跋山涉水，先谢了居士一番厚意！”

白居易插言道：“大兄病体方愈，不宜奔波，待我等自山南归来，再一同拜谒东林，较为妥当。”

当下三人煮酒奉敬，好不热闹。席间，白居易与元集虚商议停当，明日邀上刘十九一同再去简寂观拜谒，上次去栗里陶村太过匆忙，简寂观跑马观花，得补游一番，顺道畅游附近山水形胜。

但说翌日清晨，三人紧辔系缰，从浔阳城出发，沿着驿道一溜小跑，先向东郊方向行进，再转折东南，经三四十里丘陵地带，约莫几个时辰之后，来到秀峰边上的小道之上。三人转弯抹角，不一会儿到了观音岩，遇岔道右转，向山间腹地铎铎行进，一炷香的光景，简寂观便尽入眼底。

这道观坐落在山岚深浓的峰峦之间，四周绿树环抱，秀竹郁郁，一派幽静肃穆。白居易内心赞叹着：好一处山猿献果、野鹿衔花的处所！抬头时，已见“简寂观”三个赤金大字赫然醒目。

元集虚对门前道童说：“火居闲人元集虚携江州白司马及刘居士今晚暂借安歇，烦你前去与当家道长禀告一声。”小道士闻听，一路小跑地趸入间墙之后，不见了踪影。不一会儿，简寂观观主闻知，忙忙撞钟响磬，聚集众道士，一边着行童打扫居室，收拾厨房，一面手执信香，率领一干道众，山门外迎接。白居易三人与观主上次借宿匆匆打过照面，今儿相见又是一番欢喜。元集虚恭敬地唱了一个肥诺，道：“元某携白司马与刘居士，再次前来叨扰，承蒙海纳！”

“元道友，何必客气。今携高朋前来，如切如磋，得大欢喜！”观主目注白居易，说完闪身介绍身后两位道友道；“恰好近日郑处士、韦炼师亦在，群贤毕至，不亦乐乎！”

郑处士、韦炼师双双抱拳高拱，一一与三人见礼，住持引领众人步入观中。白居易早就听说简寂观乃南朝宋大明五年，周游四方的陆修静爱匡阜之胜，拓置了太虚观，于此研经授徒长达七年之久。上回来，跑马观花，今日入得山门，焉能不仔细打量。一路环顾，但见观内院落幽深，依次为牌楼、山门、灵宫殿、玉皇殿、四御殿、戒台与云集山房等。郑处士紧跟着白居易，一路介绍说：“简寂观乃南天师道在匡阜发轫之地，此后康王观、崇善观、白鹤观、广福观、太平宫笋立而起，彼此呼应，庐山遂有‘释道同尊’之说。”白居易见院子正中有一方巨石，表面方正，平坦如砥。石壁有题刻：

古迹名踪一一游，青山如故水长流。

当年礼斗人何在？石上空余绿意浮。

便立住脚步，回头问道：“所题者不知是何许人？”

郑处士摇摇头说：“这是当年陆修静每日参拜北斗的地方，名曰‘礼斗石’。至于此诗，却不知是何人题写。”

白居易自然知道，道观之所以多建在山顶，乃是为了便于参拜星斗、察看天象的便利。他一时兴起，顾不得住持在一旁，跨步登上礼斗石，举头张望，但见四周松树林立，积青似素，接绿成帷，心中不禁浩然一叹。

大伙儿说得入港，已然在道观里走了一遭。白居易自打入观，便想入道藏阁观瞧阁中珍藏的典籍。便寻机征询观主的意思，说：“在下有一事须征得观主通融，如若不便，也就作罢。”观主含笑说：“白居士系贵宾，但凡开口，贫道自会尽力周全。”白居易道：“听闻贵观有一道藏阁，阁中经籍摘玄宗之奥旨，畅秘诀之幽玄，白某斗胆相询，可否进入一览？”

元集虚与韦炼师、郑处士在边上听了，不禁面色一变，他们乃观中常客，都不曾进入道藏阁，白居易初来乍到，却如此开门见山，如若观主不许，难免尴尬。

“古人云：酒逢知己饮，诗向会人吟。白居士乃文坛翘楚，当得入阁一观。”观主爽朗地说。众人闻言皆大欢喜，原来这道藏阁有宋明帝御赐的道家经书、药方和符图一千二百卷，皆以龙箧贮之。此处乃陆修静沉浸阁中，遨游经籍，立志编撰《道藏》，开创道教仪式的象牙之塔，寻常人自然难得进入。今日风云际会，得此机缘，实属不易。

在道藏阁，白居易坐在萝叶半遮的纱窗下，读陆修静编撰的道教教义、科仪、道藏，只觉似听秦川古道上，一骑绝尘的绳鞭乍响，那杀刺的一声，空灵而激荡。白居易灵台之光，随着经卷婉转求伸，不伸于此，必伸于彼。亦随着陆修静的足迹踏遍大江南北，冥搜九嶷、罗浮，遍访巫峡、峨眉，如云映松风，通高于仙真之间。俄而，白居易无意中翻出陆修静一则笔记，记录的是：有一年，陆修静在金陵云梦山修道。一日，他下山到城中集市买药，宋文帝刘义隆慕其道风，诏入内宫，为宫室人员讲理说法，并邀他入宫长期居住。时间不久，陆修静便发现宫中尔虞我诈、争权夺利，知道必有灾祸发生。便以身患幽忧之疾为由，婉言请辞。越明年，事态果如所料。大明五年，陆修静来到庐山，眼前的一云一雾、一松一水、一石一瀑，无不让他动容，由是决定在紫霄峰南麓搭建茅庐，长期隐居，静心颐神，采炼丹药，钻研道教。虽说隐居修行，消息却不胫而走，慕道者纷至沓来，鼎盛时道人多达五六百人。

读罢，白居易掩卷沉思，陆修静洞若观火，明哲保身，终究逍遥山水。自己以道奋直，敢向天子争安危，贬谪江湖，竟然殊途同归。白居易表情一时间似喜似悲，莫可名状。这光景，磬、钹与木鱼的敲击声，打从前面大殿传来，给沉闷的午间带来动静。白居易与元集虚面面相觑，一同发出会心的微笑。其他三位见两人走出道藏阁，竟也尾随而至。殿堂之内正在举行大型斋醮，听器乐曲调乃《醉仙喜》，颂、赞之后步虚、偈咒相随，调门细腻而优美。白居易尤其喜欢听司马承祯的《玄真道曲》，司马承祯乃晋代皇室后裔，自少笃学好道，无心仕宦之途。师事嵩山道士潘师正，得授上清经法及符箓、导引、服饵诸术，与陈子昂、卢藏用、宋之问、王适、毕构、李白、孟浩然、王维、贺知章同为“仙宗十友”。哦，对了，此刻正在演奏的恰恰是贺知章的《紫清上圣道曲》，仍以吹管、打击乐器为主，瞧殿内，正在进行队列变换，元集虚将白居易拉到一边说：“看情形，今日乃大型斋醮，一时半会恐怕完不了，不若现在赶路，到鄙人山庄一叙，客走主安，免得过多叨扰？”

白居易点头称善，当即与刘十九说好，再寻着郑处士、韦炼师说：“我等要赶往元居士庄上安歇，你二人是否一同前往？”

韦炼师说：“观内住持找我来，特为协商炼丹事宜，恐十天半月不能离开。”

白居易遂唤小道士找来纸笔，拂笺写道：

观主道鉴：拜心所寄，向往尤深。弓身简寂，至感厚爱。幸承明教，茅塞顿开。我等三人因羁琐务，仓促辞别，甚念住持贤劳，不忍叨扰，故而披展尺素，一启蓬心。谨此奉闻，敬申寸悃，未即面悉，万望海涵。

江州司马白居易启辞

写毕，润干湿墨，整齐折叠，交付韦炼师道：“道长斋醮冗繁，不便进入叨扰，冒昧致书，烦劳韦居士代为转达，以匡不逮。”

韦炼师拱手道：“区区之劳，不必挂齿！”

当下，白居易、元集虚、刘十九相继与郑、韦两位彬彬而别，三人三骑顺着山麓下的小路嘚嘚离去，不一会儿，便掩进大山深深的皱折里……一行三人出了简寂观，沿途峻险高拔，石级曲折回环，很费脚力。约莫半炷香的工夫，来到岭下相辞涧。玄宗时，宰相李林甫的女儿李腾空和蔡侍郎的女儿蔡寻真俱入庐山学三洞法，以丹药符箓治人疾苦。其后术成，李腾空北上栖居昭德观，蔡寻真乃留居九叠屏下，因二人在此山涧辞别，故而称作相辞涧。

是日，三人计议，在相辞涧逗留两日后，继续畅游庐山，沿途相继邀集隐逸在周边的一些文士和寺院中的高僧长老。元集虚为此列出了一溜名单，由近及远，依次是张允中、张深之、宋郁、梁必复、张时以及法演、智满、士坚、利辨、道深、道建、神照、云皋、恩慈、寂然诸人。诸多朋友结伴游览，或抚弄泉石，或饮酒赋诗，走遍庐山全境。

第十八章　泪湿青衫

四　弦　秋

漫游庐山，连日跋涉，白居易勤躯已倦。回到司马宅，便足足睡了一日一夜。第二天起床时，已日头偏西。阿婆热了几味荤素，白居易吃过，收拾碗碟送到厨房。拎着一壶茶出来时，见大兄带着宅相与龟儿在院落里玩耍，便凑了上去。白居易问道："小子们这些时日功课如何？"大兄笑道："周兴嗣纂的《千字文》是每日必课的，诗是每日必背一二首的。"

"《千字文》条理贯穿，毫无舛错，适宜幼儿启蒙。"白居易说，"尚有《发蒙记》《杂字要》，亦要读读。我在宅相年龄，已然开始作诗呢。"

大兄目光霍地一闪，哈哈笑道："你想娃儿个个都成为神童？人的天赋自有高下，还是因材施教较为妥当。"

白居易被逗得一笑，转身朝宅相、龟儿招手喊道："小子们，都过来，世伯陪你们耍耍。"

宅相、龟儿齐唰唰地跑了过来，白居易说："世伯带回了庐山毛栗和甜枣，喜不喜欢呀？"两个小家伙齐声回答："喜欢！"

"喜欢就好。"白居易说，"你俩来一次诗词接龙，宅相背一首，龟儿接着背一首，赢者有赏！宅相先来。"

宅相闻言，摇头晃脑地背诵了一首：

离离原上草，一岁一枯荣。

野火烧不尽，春风吹又生。

远芳侵古道，晴翠接荒城。

又送王孙去，萋萋满别情。

白居易心里一热，目光微睨了一下大兄，心中寻思：“大兄往日里没少念叨自己，宅相张口就来，看情形，早已烂熟于心了！”

龟儿亦不甘示弱，宅相话音刚落，便稚声稚气地接了下来：

曾经沧海难为水，除却巫山不是云。

取次花丛懒回顾，半缘修道半缘君。

大兄点点头，龟儿熟稔元稹的诗，本是意料之中。正想着，宅相又来了一首：

南国虽多热，秋来亦不迟。

湖光朝霁后，竹气晚凉时。

楼阁宜佳客，江山入好诗。

清风水蘋叶，白露木兰枝。

欲作云泉计，须营伏腊资。

匡庐一步地，官满更何之。

白居易听了一惊，这首诗乃是前不久写的，宅相如何得知？忍不住插言问道：“相儿如何记得这首《江楼早秋》？”

宅相说：“那天听世伯在窗前吟诵，故而记住啦！”

白居易“啊”了一声，伸手将宅相一把揽在怀里，差点便掉下泪来。大兄在一旁温煦地注视着这一切，为儿子懂事感到高兴，这一幕，是他人生久违的慰藉！

龟儿见世伯夸赞宅相，小心眼里有些着急，生怕输了竞赛，吃不着毛栗，赶忙背诵道：

职散优闲地，身慵老大时。

送春唯有酒，销日不过棋。

禄米獐牙稻，园蔬鸭脚葵。

饱餐仍晏起，余暇弄龟儿。

大兄与白居易听了，彼此相视了一眼，齐都哈哈大笑起来。正热闹着，忽听院外有人喊道：“南阳张深之拜谒白学士！”

白居易一听，赶忙对大兄说：“故人登门拜访，我去迎接。大兄吩咐阿婆赶紧烹茶，待会一起待客。”

大兄点点头，抽脚往厨房走去，吩咐阿婆准备。白居易大踏步前去开门延宾，心念电闪之间，一抹身穿水墨衣、头戴一片毡巾的儒雅身影凸现在记忆中来。这次庐山秋游，便有张允中、张深之、宋郁、法演、智满一干士子与高僧。张深之五官分明，一双剑眉下却是一对细长的丹凤眼，嘴唇常挂着淡如微风的笑意，令白居易印象深刻。这位后生尤其崇尚白居易与元稹主张的新乐府运动，故而一路上，两人絮絮叨叨，大有相见恨晚之慨。二十多日朝夕相处下来，遂成忘年之交。

“吱呀”一声开了院门，见张深之长身玉立，手里拎着几包庐山特产，细长温和的双眼，朝白居易注望着。白居易笑容可掬地说：“贤弟前来，我心欢喜，快请入内叙阔！”

张深之手里拎着东西，不好抱拳见礼，只是躬了一躬说：“晚生此次前来一是特地拜访，二是向学士辞行。”

“哦！”白居易有些意外，问道：“深之寄寓庐山课读，已有三个年头吧？明春就要赴长安应试，为何着急离开？”

“日前家中托人带来信函，阿娘身体欠安。”张深之深暗的眼底带着忧伤，郁郁地说，“故而赶回家中探视，待阿娘身体康复，再返浔预备明年科考，或许还能赶上趟。”

两人边走边絮叨，进入厅堂，与大兄见过礼，序次落了座。三人一边品茶，一边说些闲话，约莫一炷香的工夫，张深之起身告辞说：“乡亲在船里等着，今晚便要启程，晚生就此告辞。”

白居易依依不舍地问道：“驿舟是否泊在湓浦口？”

张深之点点头，说：“是的，紧挨着江州驿站。”

白居易说：“贤弟先去驿舟候着，待我邀上刘十九，叫一桌酒宴到驿舟之上，为汝饯行。”

两人送张深之出了院门，白居易向大兄草草交代了几句，便换了一身江州司马的行头，匆匆赶往刘十九家。

贫寒士子以游丐资读，在德宗、宪宗年间极为普遍。游丐者与州镇官吏之间，乃是一种不平衡的相须、相资，负艺之士如愿以偿的毕竟只是少数。张深之是幸运的，遇到了惜才的刺史崔能，应允了他在江州乡试，且派人在庐山搭建了草堂，使其心无旁骛地课读诗文。在张深之身上，白居易看到自己当年宣州乡试的影子，感情上便又近了一层。

到了刘十九寄寓的房舍，见屋内亮着晕黄的灯，知道人在家中，白居易便略微宽了心。上前敲门，听见里面问道："暮色苍茫中前来拜访，莫非是乐天兄？"

"正是，快快出来。"白居易也不拘礼，开门见山地说，"张深之今夜赶往南阳，我俩前去为他饯行。"

晚秋，一弯淡淡的月牙儿浮在天际，洒下的清辉覆盖在芦花上，像是白色的袍衫套了一件米色的半肩。一艘驿舟停泊在湓浦口，船篷里灯火闪烁，投射的粼粼波光似风中挥舞的纱巾。白居易与刘十九鱼贯上了客船，张深之挨身上前，欢喜之情尽在脸上。彼此见过礼，当下坐定。须臾，酒水菜肴一一送了过来，白居易举起酒盅说："此去遥迢路远，贤弟一路珍重！"

张深之感激地说："劳驾学士黑夜驰驱，晚生铭刻在心，先干为敬！"刘十九为两人添酒，一一敬过之后，默默听着两人支离泮涣地说着话。

白居易叮嘱道："一帆轻风，踏浪而驰，旬日可达。凡事皆可啐啄同时，切莫荒废了学业。"

"凡经史子集、笺疏训诂，还赖学士多加指点！"张深之诚恳地说，"晚生当以学士行径心地为圭臬，一副力气，寻求出脱。"

白居易一笑说道："皆是'头悬梁，锥刺股'过来之人，其中甘苦，如人饮水，冷暖自知。"说罢，自怀中摸出一个布袋子，塞给张深之道，"此乃庐山灵芝，回去给你阿娘补补身子！"

张深之接在手中，不禁潸然落泪，动容地说："学士盛情厚意，晚生铭感肺腑！"

白居易摆摆手，动情地说："人在天涯，理当彼此呵护。"

三人吃酒攀谈，旋忧旋喜。不觉已是初更向尽，隐约听见远处驿铃儿在风中乱敲，碎聒不已。舱内，一豆灯火，照在三人身上，冷清而温柔。一个莲子心中苦，一个梨儿腹内酸，许多话语也便哽在喉头，欲说还休。半晌，残觞酒凉，白居易起身说道："送君千里终须一别，此番折柳，绿野茫茫，贤弟务必保重。"

张深之目光盈盈地说："学士拳拳之心，如负日之暄，纵然一路风寒，胸中揣的是一团火！"

白居易携刘十九正欲上岸，忽闻忒愣愣的一阵弦声滑过江面，划地里喧喧嗾嗾地踏浪而来。白居易听得心头一忽儿鹤唳高寒，一忽儿枫落吴江，胸中似一头野鹿儿胡乱地跑。

那琵琶，嘈嘈切切，时而松沉旷远，宛如一路竹声，叫人犹疑雨至；时而风起树摇，好似飞花片片，拣尽寒枝不肯栖；时而吟猱余韵，有如人心之绪，余响霜钟洗流水。白居易杜凝着双眉。喃喃自语道：“这铮铮的琵琶，有京都的声韵。”

张深之见学士专注的模样，竟无半点离去的意思，遂挽留道：“素手琵琶语，着实入心入骨。此去浔城无多路，学士解语，何妨相邀驿舟，弹奏几曲？”白居易这才回过神来，霍然转身，对刘十九说：“烦请刘兄再去叫上几道菜，我等重新摆开宴席。如此仙乐，怎能错过？”刘十九“喏”了一声，往驿站方向而去。白居易吩咐船家起篙解缆，向弹奏琵琶的舟船靠近。

夜幕下，码头上的驿舟、渔船鳞次栉比。那转运漕粮、茶叶、瓷器的商船，大抵也平息了驿动的心，一艘艘挨在避风港里，像左右的邻舍。白居易伫立在驿舟的船头，寻寻觅觅，见一箭之地有棵乌桕树，系着一艘高篷的商船，桅杆上的灯笼，耀着斗大的“茶”字。琵琶声自那舱中穿透而出，越发听得真切。白居易更加笃定：这琵琶非同凡手，十有八九经过梨园翘楚的调教。

单说梨园，原在长安东南隅曲江池附近。园中遍植梨树，不过是皇家禁苑中与枣园、桑园、桃园一并的果木园子，也无甚特别之处。乃因玄宗李隆基在此处教演艺人，便与戏曲兜搭在一起了。教坊艺人有男有女，女者居多，大抵有容止，善歌舞，谓之“内人”，亦曰“前头”，乃常在圣上前头之意。内人家四季给米，其得幸者，谓之“十家”，给宅第，赐无异，但出入不能够自由，唯有每月的二十六日及自个生日当天，方能见到阿母、姑姑、姐姐等女眷亲人。李隆基、雷海青、公孙大娘等人曾担任过梨园的乐营将，又称崔公。亦经常指令翰林学士或有名望的文人编撰节目，诗人贺知章、李白都曾为梨园编写。

这一刻，白居易尚不能断定，弹奏琵琶之人当年是否在沉香亭畔承值，是否在朝元阁演奏过《霓裳》《水龙吟》《普庵咒》这般大曲，是否便是梨园内人。其人为何浪迹四海，沦落到江州？是男是女？着实叫人扑朔迷离。驿舟一点点挨近，与商船大约二三尺的光景，白居易朗声呼唤道：“敢问那位善才在此拨弦，可否来船上一叙？”

话音刚落，只听得那琵琶脱楞一声弹个煞尾，也便收场。霎时，周遭悄然无声，唯有虫声如雨，自草丛中嘶鸣开来。此时夜凉如水，清风嫩寒，白居易挺立船头，愈是无着力处，愈是急切期盼，延颈等着对方的应答。好在出门时，杨氏在青衫下添了件夹袄，又戴上轻衣小帽，倒也耐得住江风的揉捏。此时，张深之已然拨亮了油灯，重新收拾了桌椅，预备弹者过来一叙。无奈左等也不见人来，右等还不见人来，便探身来到船头，向着商船喊话："江州白学士，邀请善才过来一叙！"

那船上依旧没有回响。白居易却也坦然，便低吟浅唱道：

> 挥弦一曲几曾终，历江边，犹起熏风。舱外客携琴，依稀太古重逢。高低处，落雁惊鸿，客子春浓。怕弹指，唤醒美人卯睡，任闲愁千缕，也不解踈慵。

白居易这一放歌，似明月泻地，无孔不入，钻入大舱中，便引出琵琶女一串的娇喉：

> 焦桐，非中郎青眼，徒沉埋爨下残红。休虑却，调高和寡，换徵移宫。一帘秋水月溶溶，酒樽空。懒听琵琶江上，泪湿芙蓉。盼何时，锺期再遇野航中。

此词乃俞伯牙所作，巍巍洋洋，音节最古。当下白居易唱了上阙，那娘子接过下阕，一字一唱，渔樵山水尽在其中。白居易借机邀请道："春风满面皆朋友，欲觅知音难上难。娘子可否移舟入席，我等期颐妙音！"

延挨了片刻，只听那娘子踌躇着说："客寄虚悬，孤舟夜深，怕是不便相见，官人还请体谅！"

白居易一颗心来来回回，好似雪狮子向火，都化在上头了，尽管受了冷遇，却不介怀。只是不肯罢休，执拗地邀请道："萍水相逢，亦是前缘。同是天涯沦落人，相逢何必曾相识？"

沉吟片刻，但见商船些微有了晃动，一位中年妇人袭一身凉薄气息，莲步轻移，自舱中躬身而出。伊人外罩金边琵琶襟夹袄，着了一身深蓝色织锦的长裙，裙裾上绣着洁白的点点梅花，一条白色织锦腰带，将那不堪一握的纤纤楚腰束住。乌黑的秀发绾成如意髻，不施脂粉，倒也别有姿仪。只那娇小的身量，说不尽的幽娴窈窕。面对面站着，犹自怀抱着琵琶，遮住了半边粉脸儿，露出那一只眼睛，暗暗地向白居易递过眼光来。真个是：萧溧阳马虽老犹骏，徐娘半老风韵犹存。谁料想，琵琶女海棠未雨、梨花先雪地一亮相，懵懂懂便惊艳了千年的岁月。从此后，只一片江天，往来孤帆轻舟，斜折梅花开口笑；从此后，多少望乡之客，高楼拨弦破尘心；从此后，童子解咏《长恨曲》，胡儿能吟《琵琶》篇。

青 衫 泪

话说那琵琶女抱着琵琶上了驿舟，低头屈膝，微微下蹲，道了个万福，在宴席的下首款款落座，相从饮酒。白居易见那琵琶四弦曲项，以西蜀逻逤檀木为背板，拨子乃是老红木，便知出自教坊。又见她立起纤纤玉指，叩弦拢了一下，揉弦捻了一把，旋即顺手下拨抹出了一串滑音，反手回拨又挑出了几个单音，三下两下便定好了弦。白居易精通音律，对梨园名家大抵熟悉。在一旁见了，便出言问道："观娘子'抹''挑'手法，莫非出自御前供奉曹保保一脉？"琵琶女惊讶地瞥了白居易一眼，低头答道："妾身尝学琵琶于穆、曹二善才，曹善才乃是师公曹保保之子。"

白居易点点头，心下思忖：看来所料不差，果真是教坊旧人、内苑伶工。梨园坐部伎以琵琶为主，名师辈出。世居长安的曹保保，其子曹善才，皆是琵琶圣手，为世人所推崇。曹善才擅用右手"抹"和"挑"，与当时擅用左手"拢"与"捻"的王芬并称为"王左曹右"。善才右手刚劲有力，拨若风雨，与之齐名的裴兴奴则左手按弦微妙，故而又有"曹氏有右手，兴奴有左手"之说。想到这里，白居易脱口吟道：

> 穆王夜幸蓬池曲，金銮殿开高秉烛。
> 东头弟子曹善才，琵琶请进新翻曲。
> 翠蛾列坐层城女，笙笛参差齐笑语
> ……

"此乃李绅《悲善才》中的句子。"琵琶女又是一惊，满脸诧异之色，脱口问道，"官人如何记得这般清楚？"

张深之在一旁微笑着说："你面前的官人唤作白居易，与元稹、李绅乃金兰之交也！"

琵琶女闻言肃立起身，微微屈膝朝白居易再次施礼，温婉地说："久闻白学士大名，今日相逢，实乃三生有幸。妾身听人吟唱过《长恨歌》的。"此言一出，驿舟气氛顿然活泼了许多。白居易哈哈一笑说道："山不转水转，水不转路转，路不转人转，相逢便是缘！”

这娘子两面粉腮儿上飞了红云。见白居易亲切和蔼，不似京都的那些官人，全然不把优伶当作人看，情绪也便松弛了许多，脸上方始有了笑意。静悄悄的半晌，白居易问道：“小娘子方才弹奏的可是李龟年的《渭州曲》？”琵琶女答道：“正是，学士好听力！”

白居易沉吟着说：“《渭州曲》繁弦急管，清飚宛转，尾声中急促的泛音，人影婆娑，叫人情绪高涨。”

琵琶女感佩地说：“今儿算是高山流水遇知音了！萍水相逢殊为难得，妾身便弹一曲《霓裳羽衣》，为各位客官佐酒。”

刘十九与张深之齐声喝彩：“妙哉，妙哉！”白居易赞许地点点头，对二人说：“这《霓裳》相传是玄宗与术士罗公远游月宫，见数百仙女正羽衣歌舞。问其曲，答曰‘霓裳’，玄宗默记其音而还，故作是曲。”张深之也喜爱此曲，接过话茬说：“此曲前头六段无拍节，系散板，非常动听。白学士曾作‘曲爱霓裳未拍时’诗句，‘未拍时’即散板也。”

琵琶女含笑扫了二人一眼，也不再言语，露出纤细白皙的玉指，脱愣愣弹得琵琶响亮。起先那三两声儿，划地里凭空而起，出律得黄鹂鸣翠，柳浪闻莺，撩拨得白居易三人内心七上八下。须臾间，只见她低眉信手，轻拢慢捻抹复挑，恰便似铿锵凤鸣，雍雍雁鸣，嘒嘒蝉鸣，萧萧马鸣，呦呦鹿鸣；恰便似群龙戏海，彼穿此接，东牵西掣；恰便似花影横窗，有时真有，无时并无。白居易目光炯炯地聆听，心头上，时而是飘然转旋回雪轻，嫣然纵送游龙惊；时而是小垂手后柳无力，斜曳裙时云欲生；时而是来如雷霆收震怒，罢如江海凝清光；时而是淮西战场号角起，铁骑突出刀枪鸣……

忽地又想起李亳州在《悲善才》中的句子：

抽弦度曲新声发，金铃玉佩相磋切。
流莺子母飞上林，仙鹤雌雄唳明月。
寒泉注射陇水开，胡雁翻飞向天没……

白居易觉得诗句妙是妙，只是意犹未尽，直接表现多，烘托映衬少，终究流于浮泛和平淡，浏离顿挫不足，难以心凝形释，与万化冥合。白居易正思忖着，那琵琶倏然大弦嘈嘈，凄婉激昂，好似万船齐发，大江东流。正纵情挥洒间，蓦然小弦切切，声能引泣，恍若断雨残云，含娇带嗔。白居易点点头，寻思：蓦涧腾空之后，必有潺潺溪流，以舒其凌厉之势。渐渐地，琵琶凝绝成游丝般的尾音，一颤一颤地弹了个尾煞，戛然而止。再看琵琶女，云鬓蓬松，直着脖子在那儿出神。半晌，掌声噼里啪啦随之响起，白居易赞道：“妙哉，此曲应在穆曹之间也！”说罢举杯，与琵琶女各饮了一杯酒。

冷风自船篷缝隙里滑溜进来，摇曳得那灯焰一蹿一蹿地忽明忽暗。张深之见白学士意犹未尽，遂鼓舞伊人道：“此曲只应天上有，人间难得几回闻。今日邂逅，实属难得，娘子可否再弹一曲？”刘十九亦跟着鼓噪，拿着好言语劝慰着。妇人延挨了片刻，放低了声儿道：“列位盛情难却，妾身便再弹奏一曲《六幺》吧。长安风尚夜宴，大多要奏此曲的。”

白居易听说《六幺》，心中一震。这《六幺》又叫《绿腰》，系梨园组曲的精华部分，技巧要求颇高。琵琶女能够弹奏，其技艺之精湛，可见一斑。想到这里，便随口吟了两句：“六幺水调家家唱，白雪梅花处处吹。”张深之说：“好句！在简寂观听学士讲过，贞元年，琵琶名手康昆仑与人比试弹奏技艺，弹的便是《六幺》。一曲弹罢，以为无人能比。谁料有一小娘子抱着琵琶说，我亦弹奏此曲。小娘子竟弹得绝妙入神，康昆仑异常惊愕，旋即拜女郎为师。等待小娘子换了衣裳出来，竟然是名震一时的段善本和尚。康昆仑自此克勤克苦地学，终将段善本的技艺领悟到家。”白居易呵呵笑着说：“六幺者，谓之转关。转关系琵琶指法的拢，轻拢慢捻，声调婉转。元微之《琵琶歌》中有‘凉州大遍最豪嘈，六幺散序多笼捻’的句子！”琵琶女在一旁静静听着，目光婉转，愈发视白居易为知音。

这时辰，舱外弦月似水，那清光自篷窗泄入进来，与一焰灯火糅合在一起，照在伊人的粉脸上，显得眉峰蹙损，面庞清瘦，叫人看了，又添了一层怜惜。她见两人不再搭话，便端正了姿势，重新定好弦。霎时，宫商随风发，似与方才奏过的曲子迥然不同。只弹得惊云翻袂影，约略峨眉态不胜；只弹得夜宴启处，醉月觞飞，共命天涯，同心不舛；只弹得望眼连天，日近长安远。徘徊久，欲将心事付弦琴，这江山，不似旧日温柔。那弦音，似幽咽泉流，雨打蕉叶，别有闷损暗恨生；那弦音，芳心一点千重束，何意无言恨转深；那弦音，肯念凭栏人肠断，一弦一拨放悲声。琵琶女星眸半合地弹着，白居易灯火相望地听，突兀里，《六幺》曲终，伊人收拨当心一划，四弦楸然如裂锦。那妇人沉吟放拨，插入弦中，已涕不可抑，不由得两行眼泪，扑簌簌地向脸颊上直往下来，满船听者无不俯首掩泣。再看白居易时，那大珠小珠的泪滴，滚落在青衫上，起先是三点五点，到后来泗染覆盖，层层叠叠泪湿了一片。

好一会儿，白居易抬起泪眼看去，见琵琶女泪光盈眼地坐在那里，下意识地整理被琵琶揉皱的衣衫。遂微微叹息地问道：“听娘子口音，莫非是长安人氏？”琵琶女稍稍敛了泪容，点头答道：“妾身名唤花退红，生在京都，家在虾蟆陵下住。”

“虾蟆陵？”白居易念叨着。这虾蟆陵坐落在常乐坊内十字大街的东边，汉代大儒董仲舒便是葬在那里，现为歌楼酒肆集中地。又问道：“娘子琵琶果然精妙，弹拨了不少年头吧？”

“妾身十三岁那年，阿爷送我学得琵琶。”妇人把头低着，深深吁了一口气说，“平日里，我只把那教诲一一印在心上。没几年，便名列教坊第一部，寻常曲调弹罢，善才俱都佩服。又是似锦般的年华，生得尚且妩媚俊俏，乃至于五陵年少争着赠送缠头，一曲弹罢，赚得的红绡数不胜数。无奈那宴席，着实叫人应接不暇。酒中的门道，竟比这琵琶也不遑多让。稍有推搪不周，便是醉不成欢。宴饮笑虐，酒翻裙污，也是惯常的事。那时年轻，年复一年贪图这苟且的欢笑，豆蔻的年华丝毫也不知珍惜！”

白居易乜斜着醉眼，只在花退红的鬓边、粉面上打着旋儿。听她声声悲咽，不觉心也戚戚，便又问道：“长安距这江州遥迢千里，娘子如何辗转至此？”

谁料这一问，却惹得花退红撑不住呜呜咽咽地痛哭起来，半晌，哽咽地说道：“寒来暑往，奴家不知不觉已然年老色衰。纸醉金迷的烟花场上，本就是人情似纸张张薄，一时间，门庭也渐渐冷落。再后来，年龄逼仄，嫁与江州茶商吴名世为妻。今年三春时节，吴名世去浮梁买茶……”花退红顿了顿，接着说道：“恰有长安茶商乌子虚来约其同往，我便问起长安近况。乌子虚说：‘我的弟弟离家从军，也无消息。姨娘、师父一病之后，均已不在人世’，妾身再也没有了一个亲人。”花退红说得声泪俱下，哽咽难继，抽泣半晌，又说：“商人重利轻情，去后音讯杳然。妾身形影相吊自是寻常之事。今晚孤零零守着空船，伏几而卧，兄弟、姨娘与师父纷纷入梦。醒来甚觉凄凉，孤独难抑，本想奏一曲琵琶排遣心中愁闷，未曾想惊扰了三位官人……”

白居易听得花退红一番诉说，长长地叹息一声：不承想琵琶女遭了如此身世。而今沦落江湖，好一似鲇鱼上竿，可叹可悯。又见花退红方才三十出头，纡曲凄婉，如何耐得这汲汲漫漫的炎凉孤寂？转而扶躬自悼，想起那安道苦节、贞志不休的湘灵，到如今孤身飘零，不见涯矣，生计如何得以着落？比起这花退红，怕是愈发凄凉三分。想世道颠倒操纵，自己打从去年辞别帝京，谪居卧病浔阳城，夜夜草枕，辰羸自累难以安宁。唉，我与这琵琶女究竟是天涯沦落之人！白居易左思右叹，陪着花退红又洒了几点伤心之泪。那泪珠儿滴滴答答，不见波澜，内心却是惊涛拍岸。

花退红沉吟半晌，见白居易愣愣地伤怀，便信手拨弄了一曲柔和的曲调，宛如兀自地嗟吁，又似细雨润花，随风潜入。白居易何等晶莹剔透之人，自然明白伊人的意思，愈发觉得风尘知己，靡泊之怀，处处惹人怜爱。遂起身离席，对着伊人一揖到地，感动地说："白某自从去年谪江州，惯听杜鹃啼血猿哀鸣。今夜几曲琵琶语，无不入骨入心！此去经年，娘子兀自珍重！"说罢，长啸一声，照应那娘子回到商船，与张深之依依作别，携同刘十九并辔两骑，蹄音嘚嘚地消失在茫茫夜色之中。只留下伊人怀抱琵琶，伫立在船头……

翌日，眼见天色微明，远山由朦胧渐渐变得清晰。白居易回思昨晚不杲不滞的旋律，想那掩袂徒嗟的倩影，当真恍若隔世。满肚子思索一回，曲折婉转中，又想起襄阳江畔与一对相依为命的父女凄厉离别，记得当日他想挽留湘灵父女，携他们同到江州，以便有所着落，便对湘灵说："阿娘去后，我已是自主之身，莫若随我同去江州，好使彼此有个照应！"湘灵抬起布满沧桑的面庞，凝视白居易半晌，摇摇头说："我已年过不惑，何必拖累于你，不如相忘于江湖，彼此留个念想！"一个诚心在留，一个执意要走。那一日，乐天怀着贬谪之哀，竟无法挽留几十年的恋人，造化弄人，竟然如此！

一时间，身世之感纷至沓来，叫人何处发舒？白居易掀开门帷，踽步走进书斋，将一腔悲愤顷刻化在了笔墨之下。一瞬间，万毫齐发，那点画撇捺如同爬满粉墙的屋漏痕：

浔阳江头夜送客，枫叶荻花秋瑟瑟。
主人下马客在船，举酒欲饮无管弦。
醉不成欢惨将别，别时茫茫江浸月。
忽闻水上琵琶声，主人忘归客不发。
寻声暗问弹者谁，琵琶声停欲语迟。
移船相近邀相见，添酒回灯重开宴。
千呼万唤始出来，犹抱琵琶半遮面。

转轴拨弦三两声，未成曲调先有情。

弦弦掩抑声声思，似诉平生不得志。

低眉信手续续弹，说尽心中无限事。

轻拢慢捻抹复挑，初为霓裳后六幺。

大弦嘈嘈如急雨，小弦切切如私语。

嘈嘈切切错杂弹，大珠小珠落玉盘。

间关莺语花底滑，幽咽泉流冰下难。

冰泉冷涩弦凝绝，凝绝不通声暂歇。

别有幽愁暗恨生，此时无声胜有声。

银瓶乍破水浆迸，铁骑突出刀枪鸣。

曲终收拨当心画，四弦一声如裂帛。

东船西舫悄无言，唯见江心秋月白。

从春赶往夏，从秋追随冬，四季的绵延里，她的匆匆，她的亟亟，她的隆聚，她的化散，许多的无奈，无不撩拨白居易沉重地倾吐：

沉吟放拨插弦中，整顿衣裳起敛容。

自言本是京城女，家在虾蟆陵下住。

十三学得琵琶成，名属教坊第一部。

曲罢曾教善才服，妆成每被秋娘妒。

五陵年少争缠头，一曲红绡不知数。

钿头银篦击节碎，血色罗裙翻酒污。

今年欢笑复明年，秋月春风等闲度。

弟走从军阿姨死，暮去朝来颜色故。

门前冷落鞍马稀，老大嫁作商人妇。

商人重利轻别离，前月浮梁买茶去。

去来江口守空船，绕船月明江水寒。

夜深忽梦少年事，梦啼妆泪红阑干。

写着，写着，白居易又流泪了，他在湘灵和琵琶女的故事里流着自己的泪。这泪滴落在洁白的纸笺上，如同月浸江心，船走波浪；如同惊鸿踏雪，留下一串串爪印：

我闻琵琶已叹息，又闻此语重唧唧。

同是天涯沦落人，相逢何必曾相识！

我从去年辞帝京，谪居卧病浔阳城。
浔阳地僻无音乐，终岁不闻丝竹声。
住近湓江地低湿，黄芦苦竹绕宅生。
其间旦暮闻何物？杜鹃啼血猿哀鸣。
春江花朝秋月夜，往往取酒还独倾。
岂无山歌与村笛？呕哑嘲哳难为听。
今夜闻君琵琶语，如听仙乐耳暂明。
莫辞更坐弹一曲，为君翻作琵琶行。
感我此言良久立，却坐促弦弦转急。
凄凄不似向前声，满座重闻皆掩泣。
座中泣下谁最多？江州司马青衫湿。

第十九章　弄瓦之喜

一　萼　红

秋日益深了，白居易连日大门不出，除了与大兄饮茶叙旧，便是督促宅相与龟儿课读。这日清晨，天已大明，阿婆早已做好面片汤，唤白居易来吃。这玩意长安人唤作“馎饦”。就是把面团扯成拇指大小的片儿，用急火煮熟，加上佐料，光白可爱，滑美殊常。早餐也不能光吃清汤寡水的，还得来点实在货，阿婆做面饼的手艺也比杨氏略胜。凡是上笼蒸的馒头、包子之类，叫蒸饼，还有用水煮出来的面食，譬如馄饨、饺子之类，唤作汤饼。这里面，烧饼最合白居易胃口。记得每年农历正月初七和三月初三，皇宫里都要赏赐烧饼。嘛，满朝官员人手一个烧饼美滋滋地啃着嚼着，那情形，热闹里透着一丝丝的滑稽。

吃过早膳，阿婆递茶一杯，白居易接在手中，嘴里说道：“今日上街，顺道把这邮筒投递到驿站，务必交到驿使手中。”

阿婆接了过去，嘴里答道：“晓得的，驿站就在村子的东边，熟悉得很。”

阿婆出门后，白居易又把院子里的花草移了七八盆放在画眉笼下，顺手浇足了水。正觉得木盆浇水甚是不方便，就听见院外有人长声喝道：“打铜壶喽！”他紧走几步，开院门迎了过去。只见一个铜匠，手提一把铜酒注子，上插草标一根，一只手拿着一柄烙铁，便问道：“浇花的铜壶可会制作？”铜匠说：“这有何难，打制铜铲、铜锅、铜壶、铜锁，样样都是老本行！”白居易又问：“你的担子呢？”铜匠道：“担子在街上铺子里，出来吆喝，再招生意哩。”

白居易遂与铜匠比比画画，将打制铜壶的事情定了下来。铜匠正要离去，白居易忽然想起给婴儿打一把百岁锁，便又问道：“百岁锁能否打制？”

铜匠说：“百岁锁乃纯银打制，我隔壁正好有家银铺，老丈可随我一同前往。”

白居易想了想，诗集已然编成，正好闲暇无事，不如出去逛逛。遂与铜匠一起往街上行去。落实了百岁锁之事，白居易看看天色尚早，便信马由缰地在街巷里晃荡。正是秋阳高照、桂花飘香的好天气，放眼四望，轻薄的雾气盘绕一抹蔚蓝的远山，山下的河水泛着粼粼波光。河边开着一簇簇白色的玉兰花，在丛丛绿叶的掩映下，出落着一幅水墨敷色的画图。

白居易在浔阳城中纵横走着。行至湖堤上的娘娘庙前，只见一个方士在那里坐摊起卦。那方士看见白居易甩着手在闲逛，头儿东张西望着，便摇起拨浪鼓儿吆喝道：“谒贵求财，有疑便卜，据理直断，毫末不错！”

白居易看了看，竟不理会，心中寻思：论及起卦灵验，袁天罡和李淳风师徒俩可谓无出其右，一个能预测则天武皇的未来帝运，一个是神书《推背图》的演绎者。远的不说，在代宗时期，术士桑道茂游历京师，因善于太乙遁甲五行灾异之说，言事无不中，被选为待诏翰林，以备咨询。代宗仙逝，德宗继位数月之后，桑道茂就献上谏言：“陛下不出数年，暂有离宫之难，臣观奉天有天子气，宜高大其城，以备非常。”德宗还真的就信了，当即征招数千民夫，间杂神策军儿郎，兴筑奉天城。道茂复谏言，“请高其垣墙，广积粮食。”德宗当时半信半疑，众多朝臣亦不解其意。此后，发生朱泚之乱，德宗仓促出幸，果真困守奉天城。方外之言，竟然这般邪门！

令人拍案惊奇的是：就在桑道茂家门边上，有一个老妪无知无畏，竟然也摆起了卖卜摊子。从桑道茂那儿占卜回来的人，纷纷传说：“老妪于桑门卖卜，必有奇异之处。”

在好奇心的拨弄下，许多人在桑道茂那儿占卜之后，又来到老妪摊前重新验证一番。玄妙之事终于出现了，老妪来者不拒，凡是桑道茂言休，老妪则言咎；桑道茂言咎，老妪却言休。最终，桑大人和老媪占卦的结果居然各应验一半。由此看来，老妪早已悟到“成事与否，胜败各半”这个道理。

有此先入之见，白居易固然信佛，对占卜决疑之类向来嗤之以鼻。况且卜筮之宗系《周易》，乃玄之又玄，众妙之门，又岂是路边卖卜者所能通透？方士见白居易充耳不闻，便开门见山地说：“观面相，相公不日有添丁之喜，可叹可贺！”

白居易已经走出一丈之地，闻此言，先是立定不动。俄而，转身朝摊前走来，眼盯着方士问道：“你如何得知我有添丁之喜，‘可叹’一说又从何说起？”

方士笑着说：“无事不占，不动不占。相公不妨坐下，听我慢慢道来。”

白居易走了老长一段路，还真有些乏了，正好寻个歇脚。这样想着，白居易拱一拱手，在旁边的凳几上坐下。方士问道：“相公贵姓？”

白居易道：“免贵姓白。就你方才所言，烦请好生起课。”

“白丈人，在下有个草号儿，叫作丁半仙，满城中谁人不知？”方士接着说，“丈人有什么心事不用说透，只用写个字儿，或指个字儿，便能卜卦。断错了，不用起课。若是断着了，然后起课，课礼只用十文，保管趁避无差。”

白居易道：“领教就是。”恰巧看见卦摊背后的布幌上写着“一字合乾坤，两厢分阴阳”，便随手写了一个“两”字。方士问了生辰八字，说道：“这个两字，上边是个一字，下边内字，又有一个人字，是一人在肚内，乃怀孕之象，恭喜丈人再为人父！”白居易既吃惊又新奇，遂问道：“肚内是男是女？”

方士道：“在下还未说完呢，一人边上又有一人，是并蒂之莲，看来是弄瓦之喜！两人上面压着一个‘一’字，是一人不得出头征兆，前头生有一女，是否已经夭折？可叹也！”见白居易怔怔地发呆，方士问道：“尊驾起的是不是这个课？”

“正是。”白居易回答道，“我要问这个胎儿福禄康寿。”方士道：“既然是了，排卦好断凶吉。”说完双手举起卦盒，仰面向天祝愿道：“伏羲、文王在上，弟子问卜至诚，三文开元排成卦，胜似蓍草五十茎。”接着嘴里又念念有词道：“乾为天、天风姤、风地观、山地剥、火地晋、火天大有，性质属金；坤为地、地雷复、地天泰、泽天夬、水地比，性质属土……”

白居易耐着性子在一边听着，正有些不耐烦，方士将卦盒摇了三摇，向桌上一抖，便跳出一根竹签。共摇了六遍，排成天火同人之卦，批了世应，又批了卯丑亥午申戌，又批了父母、子女、姐妹六亲，这才断道：

祥光普照都明彻，婷婷仙子来玉阙。

德积于门庆必延，瓜瓞秧里闻喜鹊。

白居易见是上上签，心中安慰。方士拱手祝贺道；“贵府千金福禄绵延，一脉香火绵绵传承，恭喜丈人有凤来仪！”说完，又是“长生、沐浴、临宫，子、丑、寅、卯”念个不休。白居易自怀里摸出十文钱，放在桌上，一拱而去。

只听得方士在身后叮嘱道：“丈人平日多多拜佛，必将嘉乐百岁，获福大椿。”

出得长堤，又接街口，白居易迤逦朝司马宅走去。回味方士说过的话，一面鼓一面锣的，句句敲在心尖儿上。本来问卜乃一字一事，现如今却问出三件事来：一是喜事，当下娘子所怀的是福胎，可慰老来孤独；二是忧事，原本巴望生个儿子，诗书传家，承接香火，无奈又是女儿身。弄瓦之喜，毕竟未及弄璋之乐；三是伤心事，长女金銮子的夭折，或许是命中注定，可叹可哀。

元和六年，白居易一家流年不利。这年，他在京兆府户曹参军任上仍充翰林学士，兼京兆府高级幕僚，官居正八品下。四月，母亲陈氏观花坠井，卒于宣平里第，年方五十七岁。白居易回下邽义津乡金氏村为母丁忧。十月，迁祖父锽、祖母薛氏、父季庚灵柩葬于金氏村，并写出《太原白氏家状二道》一文。谁料，祸不单行，两月之后，爱女金銮子不幸夭折。金銮子行年三岁，一命呜呼。杨氏哭得死去活来，白居易亦是悲痛不已，内心满是内疚。原来抓周当日，他高兴之余，多喝了两杯，乘着酒性写下一首诗，诗曰：

行年欲四十，有女曰金銮。生来始周岁，学坐未能言。

若无夭折患，则有婚嫁牵。使我归山计，应迟十五年。

他为爱女考虑长远，刚满周岁，便操心她的婚姻大事。又思及为父之责，许诺爱女及笄之后，方才辞官归田。谁料“若无夭折患”竟一语成谶！活脱脱一张“乌鸦嘴”，咒死了亲生骨肉。存了这个芥蒂，令他左了性子，钻入牛角尖里一时出不来。白居易日宵点香独坐，挨了晨昏，又是黑夜，想到爱女婴儿肥的脸蛋，真是伤心到极处。起初几日，还勉强支持得过去，到后来，竟也生了一场大病。一日夜晚，乐天病体稍有好转，便想到安慰自家娘子。孤灯之下，与杨氏对坐，愁人对着愁人，白居易不禁又多了一层忧虑。他起身在屋子里孤孤凄凄地走了一会儿，掩泪写下《病中哭金銮子》：

岂料吾方病，翻悲汝不全。卧惊从枕上，扶哭就灯前。

有女诚为累，无儿岂免怜。病来才十日，养得已三年。

慈泪随声迸，悲肠遇物牵。故衣犹架上，残药尚头边。

送出深村巷，看封小墓田。莫言三里地，此别是终天。

三日后，爱女落了葬，白居易精神稍稍有了好转，便寻思怎样让杨氏出离悲哀。思来想去，觉得“解铃还须系铃人”，还得在宿命上做做文章。这日，白居易托人找来一个跳大神的，唤作钱大拐。来了之后找个水碗，点了三炷香，要了金銮子的生辰八字。钱大拐眯着眼睛看了半天，行当里叫作观水碗，只有方士才能看出名堂来。约莫半个时辰，钱大拐摇着头说：“是个养不大的，尽心就行了，原本为讨债鬼转世！”杨氏在边上听了，吃了一吓，问道：“此话怎讲？人都没了，切莫玷污亡者。”钱大神说：“娘子前世欠你家千金三石二斗粮呢，都三岁了，差不多了，她无心侍奉父母，债清自然离去。”

杨氏半信半疑，含着泪又哭了一回。毕竟十月怀胎，母子连心，哪承想竟然是这样的因果。当日，夫妻二人在坟前烧了许多纸钱。白居易搀扶着消瘦的妻子，一路上好一番开导：“此无妄之灾，乃是上一世累积的情劫，需要宽心为好，你我还年轻，将来再生一个也不迟。”

此后，杨氏渐渐有了起色，不像先前那般茶饭不思，白居易自个儿却难以遣怀。想起了当年事，白居易好不惨然。心中寻思：“古语有云：一命二运三风水四积阴德五读书，命乃在出生时天注定，而运是后天可以改的。”又忖度：明日邀上元集虚、刘十九去宝称寺、大云寺拜谒，为妻女祈福。之后顺带游览温泉、南楼、南亭、百花亭，机缘巧合再去庐山使者庙设祭一番。这样想着，一抬头，已经到了自家的院门前。这时候，阿婆也已买菜回来，杨氏挺着大肚子在厅堂里坐着。白居易收拾好心情，脚步轻快地跨了进去。

见了杨氏些微有些暗淡的面容，温婉地说道：“娘子腰酸胀好些了吧？今日上街，去药铺买了些熟地、黄芩、白芍，与排骨、鸡、鸭炖着吃，安胎有好处的。”

杨氏见郎君越来越细心体贴，合心合意侍奉自己，肚里便有了温暖，接口低低地说道：“阿婆的土方子还真管用，这一调理，好了许多。”

白居易搂住娘子的粗腰，蹲下身来，将耳朵贴在大肚皮上，嬉笑着说道：“哇，动了，动了，小腿儿还真带劲，十有八九是个小子！”

杨氏“啐”了一声，娇羞地说：“整天就知道小子、小子，我还是喜欢闺女，闺女是娘的小棉袄。”

这时，一阵过堂风刮得肌肤生寒，白居易猛觉得娘子衣衫有些单薄，便嗔怪道：“一天天地凉了，瞧你穿得这般单薄，我去寻一件半肩来添上。”

夫妻二人和扭股糖儿似的亲热着。即将添丁的欣喜渐渐地冲淡了那湓浦琵琶牵扯的酸楚。白居易打叠起千百般温存，一心想着妻子和那肚里未出生的孩儿，就连那《琵琶行》的诗稿都叮嘱大兄，莫让杨氏瞧见。

白居易给杨氏披上半肩，两人相视一笑，手挽着手儿，齐身立起，去院落里散步。大兄在一边观瞧着这些，脸上泛起了宽慰的笑容。自从白居易湓浦口送客归来，这几日情绪便不太对劲，一忽儿长吁一忽儿短叹的，叫大兄心中不安，直至看到《琵琶行》诗笺才明白其中的缘由。眼下，见二弟缓过劲来，夫妻二人一好两好，一颗悬着的心也便放下了。

长 命 女

这司马宅依偎长江，濒临湓水，桃花流水时节，唱晚的渔歌随风荡过来，即便足不出户，亦能得渔樵野趣。宅北的土冈上，从丛竹林簇拥着一座茅亭，亭子的四周香樟、山茶、桂花的枝丫相互轩藐。闲暇的日子，在亭内的竹席上或坐或卧，或酒或吟，好不快哉。这宅院，白居易甚是满意，如果非要找寻出一些遗憾的话，那便是缺少了水。对，庭院里怎可无水。在江南，无水不成园，喷泉、瀑布、池塘是必不可少的。白居易说干就干，在庭院里开凿了一方水塘，那驳岸曲曲弯弯，自然有趣。岸边，垂柳与迎春细长的枝条轻拂水面，与鸢尾、菖蒲、燕子花相映成趣。白居易临水照花，很是高兴，禁不住吟哦了一首诗：

帘下开小池，盈盈水方积。
中底铺白沙，四隅甃青石。
勿言不深广，但取幽人适。
泛滟微雨朝，泓澄明月夕。
岂无大江水，波浪连天白。
未如床席间，方丈深盈尺。
清浅可狎弄，昏烦聊漱涤。
最爱晓暝时，一片秋天碧。

水塘不深，平日里宅相与龟儿常来塘畔戏耍，那花间的蝴蝶、晚霞中的红蜻蜓，都落入了幼年的记忆。杨氏自从怀孕后，身边的人都毕恭毕敬，一点小事都不让她劳神。白居易每日唧唧哝哝地嘘寒问暖，百般呵护。大兄也是处处照应，生怕孩儿们在园中玩耍追逐撞着碰着孕妇，只自在边上仔细地提防着。阿婆更是整日里围着团团转，变着花样调理胃口，添加营养。

这一日，阳光和煦，温暖如春。杨氏带着宅相与龟儿来水塘边晒日暖，忽见一朵菊花瓣儿浮在水面上，从池塘的那头断断续续地氽过来。这时，一阵风起，又有三五点花瓣儿，正打岸畔坠下来，杨氏一时兴起，便伸手去捞花瓣儿。

哪知这一弯腰，肚里忽然剧烈地疼痛，身子一软便一屁股坐在了地上。恰巧被宅相瞧见，这孩子懂事，便一边往宅子里跑一边喊道：“世伯，世娘摔倒啦！”龟儿也跟在后面结结巴巴地喊道：“世母，摔……摔……倒啦！”白居易与大兄正在书房叙话，闻言魂都飞啦！两人箭一般冲出室外，见杨氏趴在小池边痛苦地呻吟着，赶紧一左一右连搀带抱地将她移到床上。好在阿婆今日没有出门，又是十里八乡出了名的稳婆，经她手接生的孩子，数也数不过来。

阿婆叫男人退出，走近床前仔细地检查，见内裤湿了一大片，心知是羊水破了，急忙对外喊道：“官人，快快烧热水。大兄赶紧去城里再找一个接生婆来，帮我打打下手。”

里外面翻江倒海一般忙碌开来，不一会儿热水端进房里，阿婆用热水不停地给杨氏擦身子。一是护住体温，二是方便宫口打开，便于孩子顺利生出来。白居易烧好热水，在房外跟骡拉磨一样焦急地转着圈儿，耳听得娘子在里面撕心裂肺地喊叫，却是爱莫能助。一盏茶的工夫，大兄气喘吁吁地带着浔阳城里的接生婆一阵风赶到，那婆娘掀开门帘一头钻了进去。大兄与白居易在外边候着，你看着我，我瞧着你，大眼瞪着小眼干着急。

“官人快去点上蜡烛，把这火钳仔细烤一烤，消消毒。”阿婆递出一把剪刀，打帘子里伸出头来说。

阿婆让孕妇将腿弓起来，打开，再打开一点。杨氏脸色铁青，声嘶力竭地叫着，嗓音早已沙哑。高高挽起的发髻湿漉漉地全散了，东一绺西一绺的胡乱贴在额头上，像狂风暴雨肆虐的柳条儿。那一双眼睛睁得圆鼓鼓的，眼珠子似要突兀出来。只把双手紧紧抓着早已被汗水浸湿的床单，手臂上的青筋一根根突起，长藤似的缠绕攀爬着。阿婆听见那牙齿咬得“咯咯”响，顺手递上一条手巾，让她狠命地咬着。越是老手，愈加不敢有丝毫的疏忽。阿婆晓得如果出现大出血，即便是皇帝的妃子生孩子，御医们也是无可奈何的，好在杨氏这是第二胎，宫口没有那么紧。

几个时辰过去，白居易只觉得度日如年。焦虑、担忧、恐慌、期待，像打翻了五味瓶子，酸酸甜甜全都泼洒了出来。他拼命克制心念，极力想些大吉大利的事儿，潜意识却执拗地蹿出了“金銮子、大出血”这些个触目惊心的词儿。每蹿出一个词儿，他便念一遍“阿弥陀佛”，竟然一连念叨了几十遍。这是自个跟自个在较劲，拼命想抖松绷得紧紧的身心，却像落入网里的鱼儿，越挣扎捆绑得越紧。到后来，整个地心力交瘁。眼下，母子平安就是白居易生命中的全部。什么贬谪，什么量移，都显得鸿毛一样地轻。

就在白居易快要绷不住的时候，忽听得室内传来新生儿“哇哇”的哭声。这声婴啼，洪亮、清晰，在白居易听来，赛过了《霓裳羽衣曲》，是这世上最动听的声音。这时，阿婆笑盈盈地伸出头来报喜道：“生啦，生啦，恭喜官人喜得千金！”白居易听了，只问了一句：“孩子阿娘可好？”阿婆说：“好着呢，只是身子尚且虚弱得紧。”

白居易兴奋得往房内直闯，一不留神，被门帘一绊一挂，仰面摔了出来，大兄在后面连忙扶住，笑着说：“慢点，慢点，瞧你高兴的！”

小家伙闭着小眼睛哇哇哭着，像是骄傲地宣言：终于挣脱了母体，我独立了。从今往后，我就是我！

白居易笑盈盈地注视着婴儿，见她小脸红扑扑的，像一个半熟的桃。兀自在那手舞足蹈着，仿佛摆脱了子宫的束缚，要尽情地伸一下懒腰。还有那小巧的鼻子，一对菩萨耳朵，肉嘟嘟的小嘴巴下面还有一个圆鼓鼓的双下巴，煞是可爱！

目光再往上看，就见到杨氏一张苍白的脸，几绺湿漉漉的刘海散乱地披在额头上，愈加显得憔悴。白居易就势坐在了床沿上，把心肠放得软软的，打起万般温柔，一边帮着夫人梳理着头发，一边叹着气说道：“娘子受苦了，这一遭添丁添口，又是一个囫囵的家。自此，一好三好地过日子，团团圆圆！”

这一句话，发自肺腑，柔情千种。难得见郎君这般体贴，像是生怕失去什么宝贝似的。知夫莫若妻，杨氏晓得一岁年纪一岁心，方才在室外，他是真的受了煎熬，往日在辗转的波折里遮遮掩掩的真情，当下全都置于光天化日之下。她忽然觉得分娩的痛苦也不是苦，都是甜的。遂伸手摸了摸白居易的脸，沙哑地说：“有你这句话，我就心满意足了。一人若有德，四海皆为家。郎君也不必耿耿于怀，只要这个家平平安安，比什么都好！”

大兄在一边听着，眼泪便落下来了。见弟媳生下这么可爱的女儿，便又笑逐颜开，他为白居易四十五岁终于有了后人而高兴。又听见院落里传来诸院孤幼第侄与龟儿、宅相玩耍嬉笑的声音，心里更加暖意融融，一拨拨翻涌上来的激动，像枝头上叽叽喳喳的喜鹊，一鸟入林，百鸟和声。

杨氏见女儿在白居易怀里居然不哭不闹，安安静静地睡着了，脸上不觉堆下嫣然的笑容来，又低低说了一句：“给孩子取个名字吧！”

白居易听了，寻思：这次不取金贵的名字了，听阿婆说乡下孩子都叫狗头、阿牛、阿郎的，贱名好养活。想到这，对杨氏说道："就叫罗子吧？小名唤阿罗。"

杨氏嘴里念道："阿罗，阿罗。嗯，蛮顺口的，就叫这个。"

忽然想起了什么，白居易把女儿交给大兄抱着去了一趟书房。回来时候，手里多了一把银锁，喜滋滋地交到杨氏手上，说："上次定制浇花水的铜壶时，去银匠铺子打了一把百家锁，听人讲，能够为孩儿避邪祛灾的，正好给罗子戴着。"

杨氏接在手中，见这锁呈香荷包形，正面錾刻着"长命富贵"四个篆书，背面又刻着"百家保"三个字。乃纯银打造，上头系着珠儿结，样式甚为精巧可爱。她内心里十分欢喜，嘴上说道："孩子还小，待满月那天给她戴上。"

阿婆正巧端着一碗当归生姜羊肉汤进来，嘴里说道："生完孩子畏风怕寒，将这碗汤喝下补补！"

杨氏将银锁放在床边，接过汤喝着。阿婆见了那锁，眼睛一亮，高兴地说："这寄名锁我们几乎家家都有的，只是没有这般精致。"

白居易在一边说道："张说在《端午三殿侍宴应制探得鱼字》诗中写有'愿赍长命缕，来续大恩余'，看来长命锁流传甚广。"

阿婆接口道："孩儿穿衣讲究'三暖两凉'，三暖指的是背暖、肚暖、足暖；两凉指的是头凉、心胸凉。小儿阳气盛，不能过热，戴长命锁，可以散热的。"

白居易与杨氏相视一笑，赞道："俗话说，家有老是个宝，这话是有道理的！"

大嫂刘氏一直在厨房忙着烧水，正好进来，赶着话尾说："银锁好啊，止惊悸、除邪气，可助孩儿排除体内的胎毒。"

众人闻言俱都心情大佳，阿婆说："娘子身子骨劳乏，需要休息，你等各忙各的吧，我与大嫂照应便够了。"

阿婆一门心思照顾杨氏，刘氏便抽空做了晚饭。老老小小一大家人坐下来吃过，白居易心中有事，匆匆忙忙吃完了饭，便回到侧室半躺着，却全无睡意，对着灯火怔怔地发呆，耳朵却竖得高高的，听着那边屋子里的动静。

好一会儿，人声渐渐寂静下来，接着打过二更，他站起来只在屋里绕着圈儿，一会儿又在灯下摊着书本，看那字里行间都是婴儿红扑扑的脸蛋。他心也乱了，眼也花了，如何看得下去。忙合上书本，又踱到窗前，推开窗子望时，见天上一轮明月，已罩上薄薄的一层浮云，一缕风吹在身上，衣袖生寒。他披了一件坎肩，轻手轻脚地溜出房去，在院落里漫无目标地闲逛着。忽然看见暗淡的月光下有个人影，白居易吃了一吓，待走近看时，那人发话说："今夜，乐天也是不眠之人！"听见是幼文的声音，白居易笑着问道："大兄也不曾入睡？"

大兄说道："今儿见弟媳母女平安，多日悬着的心算是落在肚里了。心里高兴，在床上辗转难眠，怕影响大嫂休憩，故而出来走走。"

白居易听了心中感动，望着大兄布满沧桑的脸说："阿罗的出生，令我多了分饱经世故的沧桑，少了一往无前的勇气。"

大兄点点头，别有意味地说："在清浊中浸润，二弟的内心已然被打磨得玉润珠圆，为兄反而放心了。"

"大兄说得是，早年是一人在朝中横冲直撞。"白居易何等明白之人，听话听音，知道大兄言语的意思，故而说道，"现在可是拖家带口的人了，肩头有了重量，便再也不像墙上的芦苇，那么轻飘飘的。"

"满目山河空念远，不如怜取眼前人。"大兄深沉地说，"凡事遇软而切，遇硬则弯，便到处好安身。"

白居易嗫嚅道："大兄之言，细中能见大，弦外还有音，令弟茅塞顿开。"

大兄沉吟半晌，说道："江州几个月是你我兄弟相处最长的日子，也是我这辈子最为宁静祥和的时光。眼见二弟这儿一切都顺当，诸院孤幼第侄也有了着落，为兄再也没有牵挂了。过几日便要入冬了，我想趁雪落大江之前赶往下邽，那边还有许多事情要办呢。"

白居易听了，依依不舍地说："大兄不若明年春暖花开再行北上，在江州好好过一个团圆年！"

幼文顾虑自己的身子骨一天不如一天，人都要叶落归根的。白家祖坟都在下邽，假若客死浔阳，白居易是不能离开贬所的，那如何是好？不若乘现在尚能支撑，早日赶赴下邽方是上策。主意已定，大兄委婉说道："下邽的祖屋也不知尚能住否？秋冬少雨，正好修修补补。为兄决定这月中旬便动身。"

白居易见留住大兄的人，留不住他的心，便眼圈湿湿地说："大兄身子日渐虚弱，宅相还小，就留在江州吧，龟儿也好有个伴？"

大兄摇摇头说："诸院孤幼弟侄已够啰唣，宅相还是与我一同回下邽。他日成年，还望二弟照应则个。"

白居易哽咽地说："大兄放心，宅相与龟儿如同我亲生的一般，不分彼此的。"

大兄深深看了白居易一眼，沉郁说道："三更天了，回房睡吧？"

光阴倏忽，霜降过后便是立冬，立冬之后便是小雪。这一日，大兄早早起床，收拾好行囊，携刘氏、宅相与坐月子的弟媳别过。杨氏满心不舍，在阿婆的搀扶下，支起身子，倚靠在床头，自枕头下面摸出三千吊通宝钱来，塞在刘氏手中，说道："这是我与居易早已商议过的，大嫂收下，补贴家用。"

幼文见状，便是百般推辞，白居易在一旁劝他不住，杨氏正色说："在家日日好，出门处处难。大兄如果不收下，叫居易如何能够安心！再说，这钱算是宅相进学馆的束脩，务必收下！"

大兄听说，便叫刘氏收入包袱之中，又温言叮嘱了杨氏几句。便与白居易并肩出了宅院，坐上候在门前的牛车，轱轱辘辘地朝湓浦口驶去。

冬日的清晨，阴云暗淡，天色昏暝。远处的子规啼叫与头顶的大雁嘹唳，兀的悲硬在了一起，一恸空山寂，一恸江水咽，一点一滴又一声，好叫人怕听。这一刻，湓浦渡口萧条恁生，斜风跳沫，浪动不息。白居易与大兄紧紧抱在一起，兄弟二人情知此别之后，明日隔山岳，世事两茫茫，再无相见之日。故而叮嘱又叮嘱，唠叨复唠叨，心中万分凄凉。到后来，便止不住呜呜咽咽，一起哭得肝肠寸断。直到船夫再三催促，这才淌眼抹泪，交相呼唤着："大兄珍重！""二弟保重！"

船夫扯起缆绳，升了风帆。驿舟缓缓地驶出了湓浦口，渐渐消失在水天一色之中。大兄站在船头一直挥着手，白居易泪流满面，模模糊糊也看不分明，只是含混而悲切地念道：

> 黯然销魂者，唯别而已矣！况秦吴兮绝国，复燕赵兮千里。或春苔兮始生，乍秋风兮暂起。是以行子肠断，百感凄恻。风萧萧而异响，云漫漫而奇色。舟凝滞于水滨，车逶迟于山侧……

第二十章　白梅傲雪

雪　花　飞

转眼是大雪节令，隅中时辰，灰蒙蒙的空中开始落雪。那雪穿枝掠院，像烟一样轻，飘过房屋，拂过栅栏，透过落叶的树枝，或挂或漏，到后来，白茫茫地便是一片。白居易站在室外的雪地里，与一树花朵灼灼的白梅相互凝视，听见那寒风的呼啸之声，犹如群马嘶鸣，起伏交替，一阵阵刺耳。

司马宅坐落在江州眉目之地，可是朝廷内外的消息却甚为闭塞。这一年多来，拜访白居易的大抵是闲云野鹤之人，正儿八经的官员极少光顾。凝看着雪花一片一片一片片，不紧不慢，漫天飞舞，他的心思也随之纷纷扬扬。想那元和元年，顺宗身体衰弱，宦官俱文珍、刘光琦和剑南西川节度使韦皋、荆南节度使裴钧、河东节度使严绶乘机串通起来反对王叔文、王伾发起的永贞革新，迫使顺宗立李纯为太子，并于八月禅位于太子，自称太上皇，改元名永贞。隔五日后，太子纯正式即位于宣政殿，称为宪宗，奉太上皇居兴庆宫，尊生母王氏为太上皇后。旋即，王伾被贬为开州司马，不久病死，王叔文被贬为渝州司户，次年赐死，韩泰、陈谏、柳宗元、刘禹锡、韩晔、凌准、程异及韦执谊八人先后被贬为边远八州司马。

贞元九年，时为广陵王的李纯娶了郭氏为妻。郭氏，是尚父郭子仪的孙女，父亲是驸马都尉郭暧，母亲是代宗长女升平公主。郭氏由于母亲是唐代宗长女，这样算来，郭氏与顺宗李诵是表姑侄，郭氏就长了李纯一辈。或者说，论辈分，李纯要比自己所娶的妃子郭氏低了一辈。他们成婚后，李诵因为郭氏父祖有大勋于王室，对儿媳无比宠爱。李纯自己对这位妃子似乎也不怎么冷落，婚后两年，郭氏就生了儿子李宥，亦即后来的唐穆宗也。

宪宗李纯自从即位之后，读列圣实录，见贞观、开元故事，把太宗之创业、玄宗之治理当作效法的榜样。宪宗皇帝本是有为的君主，将一门心思俱都放在朝政之上。立志施政图治，削平藩镇，尤其在重用贤良上能用忠谋，不惑群议。宪宗在位初期，任用李吉甫、杜黄裳、裴垍、武元衡、李绛等一批年轻有为、忠谠有才干之人为相，将军国枢机，尽归之于宰相。李吉甫反对宦官操纵朝政，力谏攻打淮西；杜黄裳以法度整肃诸侯，铲平藩镇，平定了四川节使度刘辟、镇海节度使李琦，招降了河北三镇；裴垍在翰林，举李绛、崔群同掌密命，及在相位，用韦贯之、裴度知制诰，擢李夷简为御史中丞，其后接踵入相；李绛运筹分化河北，不战收魏博，主张京西北神策军割隶当道节度使以防吐蕃。武元衡坚决削除割据的藩镇李琦，主淮西用兵。经济上，裴垍减轻江淮赋税负担，由是稍得苏息。李绛在北边营田养兵，减轻财政开支。元和六年，天下大稔，米斗价格才值二钱。宪宗皇帝接着又任韦贯之、张弘靖同平章事，武元衡、裴度遇刺之后，旋即又拜裴度为宰辅，钦定其前往淮西挂帅督战……

一桩桩举措，刚明果断，致使中外咸理，纪律再张。无奈近两年，宪宗渐渐有了骄侈迹象，不辨忠言，乃至奸佞小人乘隙生事，搬弄是非。想到这些，白居易长长地叹了一口气，正欲回到屋内避寒，忽听得门外有人喊道："白司马，刺史大人请你前去叙话。"

白居易听了，心中一阵欢喜，暗暗寻思：正好借此探听长安消息。便快步前去开门，询问了几句，随小吏冒雪往刺史府邸而去。须臾，到了府邸门前，小吏正待进屋禀报，被白居易拦住，他抖了抖身上的雪花，活络了一下冻得僵硬的面庞，在阶下朗声说道："江州司马白居易拜谒使君公！"

宅内传出哈哈大笑，崔能打趣道："这大冷的天，白学士无须崔门立雪！"声到人到，崔能穿着裘皮大氅，满面红光地降阶出迎，拉着白居易冰冷的手，两人并肩而入。

序次坐定后，崔能一面拨弄着炉火烹茶，一面说："雪天闲暇，岁暮鲜欢，如其研磨孤寂，不若围炉叙话，收获自在。"

白居易知道崔能儒行励志，崇文尚德，行止见识高人一等，正好借此机会，一则打听长安的消息，二则借使君公的智慧确定自己的取舍分寸。心中忖度已定，便含笑说道：“使君公高瞻远瞩，与君一席话，胜读十年书！”

崔能闻言，目光闪烁，哈哈一笑说道：“没想到以道奋直的白学士，夸起人来竟也如坐春风。来来来，今日我俩斗茶，尽兴方休。”

斗茶乃是切磋茶叶色、香、味、形的见识，无论是品茶、辨水、候汤、涤器等都极具内涵和情致。白居易在长安时便常与李建、崔群斗茶，来江州后，亦曾扫石置茶杯，与东林僧人斗过。时下，诗朋茶友之间，斗茶已然成风。白居易见崔能也爱此道，大有知遇之感，遂高兴地说：“妙，妙，雪中斗茶，庐山泉流一脉，大江东去余波，尽在方寸之中也！”

崔能一笑，以庐山泉水涤烹着茶壶。茶壶以小为贵，小则香不涣散，味不耽搁，况茶中香味，不先不后，只有一时，太早则未足，太迟则已过，见到恰好，一泻而尽，其是痛快淋漓。洗罢茶器，又自锦囊中抓出一把茶叶来。噫，此茶锋苗润秀，外形圆紧略曲，形如凤爪，银毫显露，一看便知是妙手精工，白居易竟然从未见过！崔能察言观色，感觉到了对方的惊讶，遂得意地介绍道：“此茶名唤洪州双井，产于古艾之地。有幕阜、九宫二山蜿蜒其间，地势高峻，雨量充沛，深厚肥沃，故而品质居先。”

不一会儿，茶已烹好，只见叶芽漫在水中，徐徐而降，若兰花朵朵开放。白居易捧盏品了一口，饮之芳馨充口，禁不住脱口赞道：“妙哉，乃上上品也！”

崔能说：“双井之地，穷腊不寒春气早，茶萌早发，采极细嫩，十斤茶养一两芽。”

白居易闭目细细品味。藉此茶，神会了一片云凝深谷、雾锁高冈的田园阡陌。正凝神静气之间，崔能问道：“乐天可否品出茶汤用的啥水？”

白居易答道：“汤色清澈明亮，想必是庐山谷帘泉水泡制？”

崔能摇摇头说：“非也，此水远在天边，近在眼前！“

白居易恍然说道：“莫非是化雪为水？”

崔能点点头，说：“雪者，天地之积寒也，为五谷之精。故雪水，又称灵水。用园中梅花上的积雪水煎茶，自有一种‘梅水才煎腹便清’的真味！”

白居易见崔能烹茶先用缓火炙，再用雪水煎，候汤眼鳞起，沫饽鼓泛投茗器中，初入汤少许，俟汤茗相投即满注。茶汤有“三沸”，一沸时汤嫩，茶香未溢，三沸汤老，茶叶已熟，故以二沸最佳，崔能听水声即知茶沸的程度。至此，白居易方才信服崔能乃精于煎水者，真个懂茶！

在这个风雪交加、混沌一片的冬日，两人内心揣着一朵朵跳动的火苗，话题之间，吐纳的是茶与情；眉睫之前，卷舒的是冷与暖。絮叨来，絮叨去，三转二转，便说到元和十一年朝堂上近来发生的事。白居易呷了一口茶，在嘴里滚了滚方才吞下，略一沉吟，说道："当年与钱徽在翰林学士院共事，晚间当值的时候，经常相对品茶。论及对茶的理解，我等皆不及使君公！"

听见白居易提起钱徽，崔能微微叹息了一声，说："本年正月，中书舍人钱徽和驾部郎中萧俛分别被解除翰林学士职，仅守本官。"

听到这消息，白居易大吃一惊。萧俛与白居易为元和元年制举试中同时登第的举子，与钱徽一样皆是自己的挚友。正待询问二人同时被解除翰林学士职的缘由，崔能似乎看穿了他的心思，便接着说道："去年六月发生武元衡、裴度遇刺事件后，宪宗皇帝大怒，在征伐淮西吴元济的同时，又调兵遣将征剿成德节度使王承宗。宰相韦贯之顾虑国力不济，建议先集中兵力讨伐吴元济，待平息淮西乱军之后，再回师声讨王承宗与李师道，以免分散兵力，难以建功。"

白居易点点头，赞同地说："如其伤其十指，不如断其一指。灭了吴元济，王承宗与李师道失去掎角，断然成不了气候，平定二寇只待时日也！"

崔能颔首说："朝中持此观点不在少数，无奈宪宗愤恨难平，为表明二寇并征的决心，遂将钱徽与萧俛解除翰林学士职，仅守本官，以此警示其他反对二路用兵的臣僚。"

见白居易忧心忡忡，崔能婉言抚慰道："本年四月庚子，李光颜、乌重胤合兵与吴元济战于凌云栅，击败贼寇；五月壬申日，李光颜在凌云栅再次大破吴元济；六月甲辰日，蔡州行营、唐邓节度使高霞寓讨伐淮西，兵败于铁城，损兵折将，仅以身免。朝中大为惊愕，众臣争劝宪宗罢兵，宪宗说：'胜负兵家之常，岂能以一将失利，遽议罢兵耶？！'圣上决心坚定，前线立马出现转机，七月壬午日，韩弘又于郾城大败吴元济。值得庆幸的是，唐邓节度使李愬已出征淮西，依我看来，攻克蔡州，就在这一二年之间。"

白居易听了，心绪稍稍有所婉转。虽身居闲职，满肚子都是伤感，内心却渴望觑见朝堂上闪烁的一丝光亮。他斜倾着身子，半晌才笑道："但愿早日平定贼寇，百姓不再流离失所。"

崔能见白居易一会儿抚躬自悼，一会儿掩饰徒嗟，似怨如愁的真性情全都写在脸上，竟无半点城府与做作，不禁暗自感叹：如此心地，呵喝风生，振袖而出，如何斗得过那些背地里唧唧哝哝的藩镇与宦官！转念又一想，尽管驱驰了千里贬谪道路，这大诗人的内心依然如同月光映在石阶上，一片皎洁，这份磊落，倒是殊为难得。继而寻思，这白学士握管作文，万言立就。尤其是那讽喻诗，文辞犀利，入木三分。但要论及权谋手腕，却又是无所隐伏，抖擞的尽是一腔热血。崔能暗自吁了一口气，有心将朝堂之事说个备细，又恐徒增白居易的忧戚。如若不说，他便蒙在鼓里，两眼一抹黑，终究亦不是个事。踌躇半晌，崔能还是提及了一桩事情，说出了两个人名。虽只几句话，落在白居易的耳中，无异冬日里起了一个焦雷，令他全身乏力，冷汗涔涔而下，怔怔地坐在茶席前，双手抓拳，只捏得骨节咯咯直响。

梅 花 引

这光景，使君公与白居易隔桌闲坐，炉火亲切。崔能见白居易沉默不语，脸色变化不定，知他还在琢磨朝堂上的那些事儿，便婉转地说道："近些年，皇上可不比当初，常日与僧道为伴，满朝文武大多不敢劝谏，一些宵小之辈反而顺着皇上的意愿，从早到晚跟着皇帝东也求神，西也拜佛。"

白居易忧心忡忡地说："听闻韩愈为此事上过奏章劝谏过，惹得皇上满心不悦。"

崔能点点头，说："当前朝中局势颇为复杂，王涯上蹿下跳，左右逢源，甚为活跃。还有一个与王涯同样行径的小人，逮住韦贯之数请罢兵一事大做文章。"

"哦，何许人也？"白居易闻听颇为吃惊，如此人物，自己却闻所未闻，一时心中急切，便脱口追问道。

崔能回答道："左补阙张宿也！此人原本是胸无点墨的市井之徒，并无科举出身，乃布衣诸生。宪宗为广陵王时，因军使张茂宗荐达，出入邸第。及宪宗入主东宫，遂骤承顾擢，自布衣授左拾遗，以旧恩数次召对禁中。"

"原来是他！在下对此人略有所知。"白居易恍然说道，"当年宰相李逢吉厌恶张宿，多次在皇上面前言其狡谲，不可保信。逢吉欲遣其为濠州刺史，制书下达，张宿上诉乞留。皇上欲任命张宿为谏议大夫，李逢吉奏曰：'谏议职重，当以能否朝政者为之。宿本奸细之人，不足以玷污贤者位。陛下必须用宿，请先去臣即可。'宪宗心里不悦，逮住逢吉与裴度是非不同，顺势委派裴度讨伐蔡州，诏宣逢吉为剑南东川节度使，升迁张宿为谏议大夫。”

崔能默然片刻，缓缓说道：“张宿走的是皇上的门子，任职以来，一门心事交通权幸，伤害清正之士，以图进取！”

“同平章事韦贯之性情清高孤傲，狂歌走马，口无遮拦，曾当众鄙薄过张宿，张一直怀恨在心。韦贯之在两线平叛的主张上与宪宗相左，张宿善于见缝插针，逮住这个机会，不断放大，在宪宗面前竭尽挑拨离间之能事，诬陷韦贯之结党营私。宪宗听信谗言，于今年八月九日将韦平章罢为吏部侍郎，九月十四日，再贬其为湖南观察使。”崔能见白居易专注地听着，继续说道，“受‘莫须有’的朋党牵连，考功员外郎韦处厚贬谪为开州刺史，崔韶由礼部员外郎贬为果州刺史，李建由京兆少尹贬为澧州刺史，尚有韦贯之的胞弟虢州刺史韦纁与吏部侍郎韦顗，皆因朋党牵连被贬到边远荒凉地区任刺史。”

这番话，白居易听在耳里，手中的茶盏不禁一颤，茶水泼洒在青衫之上，洇湿出一大块冒着热气的水印子。韦贯之、崔韶、李建等遭遇贬谪的消息传到江州，已是十月末的光景。一时间，贬叱“朋党”似成为长安舆论的风口浪尖，连带其亲朋故旧都被肆意地追毁痛诟，奸佞的口水可谓刀剑风霜，字字催逼。太多的叱骂，是信谣，是诛心，是脱离实际的无中生有，却引发众多的株连，着实叫人心寒。幸得崔群一班大臣，上书力言：韦贯之虽然狂悖，心却忠恳，宜宽容以勉励劬劳为公，事态这才没有进一步扩展。

看到白居易脸色沉郁，在那儿怔怔地发呆，崔能有些后悔将朝堂之事和盘托出。他将白居易泼洒的茶盏注满，暗自叹了一口气，他知道，李建、崔韶、韦处厚、钱徽、萧俛一干好友泥陷在小人的嘟囔之中，对白居易的打击是巨大的！便将大奸臣皇甫镈与张宿相互勾结，专一献媚贡谀，领头儿奉宪宗“元和圣文神武法天应道皇帝”尊号之事吞进了肚里，又将王涯独以“孤进自树立”，深揖宪宗信任，担任中书侍郎、同中书门下平章事的话头掐了不说。

这个时候，白居易的思绪回溯到了一年前的那个清晨。薄凉的冷风中，自个儿单骑出长安，亲朋故旧一概没有惊扰，同僚官吏俱都撇清了干系，唯有李建蹄声嘚嘚地赶到土厚水深的古道，不计厉害，不畏谗言，为贬谪之人送行。李建是白居易在秘书省任校书郎职时相识，在翰林学士院，又同在禁中夜值，同游曲江，同访寺僧，两人简直是形影相随，意气分外相投。而今，李建由京兆少尹贬为澧州刺史，白居易却羁绊江州，连送行的机会都没有，怎不叫人心酸！还有崔韶，多年与白居易同朝为官，亦为诗友，其交谊之深不下于李建，也被弃置于离长安两千五百多里外的荒州远郡，白居易亦是爱莫能助，一句安慰的言语也不能够表达，真叫人难过！眼下，李建、崔韶、钱徽、萧俛、韦处厚一干洁身自好、疾恶如仇的老友，在善善恶恶中相继被罢黜，宪宗远贤臣必近小人，这一遭，朝中冗乱，可想而知。

橘黄的火苗在黝黑的木炭上轻轻地战栗，偶然有一焰一力掙掇着，像琵琶突兀弹拨的嘈嘈泛音。白居易盯着那炉火，阴晴尽在脸上，如何逃得过崔能那双锐利如鹰的眼睛。见他整个身心沉浸在愤恨、痛苦、忧闷和茫然之中，崔能一时间不知如何安慰。半晌，遂低沉地说道：“一切都有定数，人生总有几道坎儿，熬过去，你就赢了。”

见白居易目光离开了炉火，看向自己，崔能接着说：“内心清净，最为紧要，吾性自足，如如不动，莫向外寻求！”

白居易目光闪烁，没想到整日忙于公务的使君公对人情悟得这般透，自己纵然读破万卷书，却处处执迷，无甚增益，摆脱不了俗情，减除不了物累，惭愧，惭愧！这样想着，仆人已然端上了酒菜，崔能借机劝酒压惊。几盅酒下肚，白居易的心事也便活络起来，举起杯盏敬了使君公一杯酒，嘴里吟哦道：

平生相见即眉开，静念无如李与崔。

各是天涯为刺史，缘何不见九江来。

崔能被白居易的率真逗得莞尔一笑，他听出白居易诗中的意思是：李建啊、崔韶啊，虽然我等皆为贬谪之人，但你们乃是郡首，行动上比我自由多啦，何不找个理由来九江会会老友？

笑过之后，崔能又有些心酸。人皆说：“白乐天以直奋道，完节自高！”今日看来，果真如此。其文笔诣理撮要，词无枝节；其性情事有万感，热心如火。尽管襟怀宏放，但在政治上却是锢人如锁。想那李建、崔韶均为贬谪之臣，且有朋党的嫌疑，怎么可能擅离贬所，驰驱到江州与你白居易相聚？

两人举杯对酌，你来我往，不觉已然酒酣耳热。白居易忽然哽咽抽泣起来，嘴中含含糊糊地吟哦道：

昨日闻甲死，今朝闻乙死。

知识三分中，二分化为鬼。

逝者不复见，悲哉长已矣。

存者今如何，去我皆万里。
平生知心者，屈指能有几。
通果澧凤州，眇然四君子。
相思俱老大，浮世如流水。
应叹旧交游，凋零日如此。
何当一杯酒，开眼笑相视。

崔能是通诗词的人，白居易固然说着酒话，他还是懂得的，内心不免也有些凄然。元和十年春天，自好友李顾言病逝之后，一年多来，相继又传来许多噩耗。屈指数数，有将近三分之二的好友先后离逝，活着的也大多被贬逐京都，遥迢千里，难以相见。酒入愁肠，白居易想到诸多好友的遭遇，禁不住悲痛难抑，心情十分地颓丧。颓丧中，令他些微安慰的是：使君公这般敞亮，这水软山温的江州倒不失为长久的栖身之地。

一顿午膳，吃了三个时辰的酒，白居易半醉中，辞别回家。崔能送出院外，小吏搀扶乐天上了马车。白茫茫的天地间，黑黝黝的马车，像掉落门牙的孩童露出的豁口。在马车“咯吱咯吱”声中，雪地上，留下两道深深的辙印……

惜 寒 梅

马车里烧着炭炉，有些闷热，白居易推开窗篷透一透气。风刮得正紧，雪花打在他的脸上，凉丝丝的，令人猛地一激灵，酒便醒了些许。正张望着，忽然看见刘十九披着厚厚的坎肩，撑着一把浮屠顶，在前头走着。白居易赶忙叫停马车，吩咐车夫说：“这儿距寒舍不远，你且回吧。”车夫应了一声“喏”，勒住马儿，搀扶白居易下了车，方才掉转马头徐徐离去。

白居易紧走几步，追上刘十九，喊道：“刘兄顶风冒雪，要往哪里去？”

刘十九闻听是乐天的嗓音，笑眯眯地回过头来，说：“今日申牌时分，承天院边上的戏台有参军戏，乃周季崇携其妻刘采春登台献艺。正欲寻你同去看戏，不承想在这儿遇见。”

“此话当真？”白居易立马来了精神，“以往在京都，观看的都是宫廷名角李仙鹤、李可及的路数。李可及妙语连珠，令人忍俊不禁。”顿了一顿，白居易接着说道，“早闻民间参军戏有曹叔度、刘泉、周季崇、刘采春等名角，今日正好瞧瞧他们的解数。”

“那还不快去，再啰里啰唆，都赶不上场子啦！”刘十九见白居易有兴致，连忙催促道。承天院又叫能仁寺，始建于南朝梁武帝年间，经过历代住持鸠工庀材，传灯阐教，一时众如云集。戏台建在承天院西侧，为单檐庑殿顶，上盖筒瓦，虽然格局不大，飞檐翘角倒也透着秀逸。戏台前一幅春挂儿，倒叫白居易玩味良久：

台上笑，台下笑，台上台下笑惹笑；

看古人，看今人，看古看今人看人。

刘十九领着白居易刚进门，便听见锣鼓喧天，丝竹盈耳，原来在参军戏前特意安排了一出“踏摇娘”暖暖场。“踏摇娘”有歌、有舞，煞是热闹。两人一面斜睨着台上的小娘子水袖轻扬，一面寻隙入座。再细看，见踏摇娘解舞腰肢娇又软，忒是可人怜。半晌，扮演参军戏嘲弄角色的苍鹘方才粉墨登场。苍鹘装出痴呆愚笨的样子，颇为滑稽可笑，不时惹得台下众人大笑。苍鹘只是开场白，之后，周季崇与刘采春方才粉墨登场。这对夫妻搭档，有歌舞，又加进了弦管鼓乐的伴奏，尤其叫白居易兴奋的是，两人参杂的唱曲尤为铺叙委婉，婀娜多姿。在表演袁郊《红线传》改编的剧目后，又隆重推出了《长恨歌传》。刘采春身着孔雀翠衣，腰系绯红长裙，歌舞并重，飘飘欲仙。初次见到如此身段，白居易与刘十九禁不住随着众人连连喝彩。

当下，耳听得刘采春唱道：

云鬓花颜金步摇，芙蓉帐暖度春宵。

春宵苦短日高起，从此君王不早朝。

……

白居易琴棋、打围、篆籀、吟诗各种技艺无所不通，在欣赏参军戏上亦是大方之家。刘采春虽然就那几个腔，但咬字真个讲究，自始至终贯穿的是一个“柔”字，可称是以柔起腔，以柔转腔，更以柔收腔，含情而唱，喜怒哀乐尽在其中。那着力渲染的回滑音，惯以“啊、哪、咿、呀”诸般的行腔尾音，煞是娇柔美艳。

白居易贴着刘十九的耳畔说：“这曲调养人啊！民间雅韵，竟不输梨园国手。”

刘十九笑道：“把这唱腔择明白也不容易，要养气韵，合规矩。规矩的背后，都是一行一业的良心啦！”

白居易看了刘十九一眼，耳语道：“周季崇的口齿亦干净，板儿压得也紧。那调门转得那叫一个绝呀，亦是优孟衣冠中掐了尖的人物。”

“周季崇与刘采春夫妻搭档，那是真真的好！这一对人跟戏台较了一辈子劲。”刘十九接过话头说，“瞧那行腔妙润，简洁大方，很少整那些花招子。”

戏台上，锣鼓点子忽然转密，白居易与刘十九不再言语，只一心看戏。戏中的贵妃悲到切处，恨，也在拂袖而去的刹那间凝固。

散场后，雪已停了，踏出戏院，顿觉寒气逼人。刘十九看看天色尚不算晚，便对白居易说：“白兄，我俩有些日子没在一起喝酒吧？今儿择日不如撞日，正好请你喝一喝新醅的庐岳米酒，驱驱寒气。”

白居易依然沉浸在参军戏的情结中，不想过早回家，便点点头，说：“开拆封皮孜孜地品，颠来倒去不害心烦，走，喝酒去！”

那一年的江州，是最好也是最坏的时代，白居易写山山水水的诗，喝喜忧参半的酒。打从看了参军戏后，崔能一番话引起的忧虑，也便消散了不少。此刻，隆冬风厉，刘十九与白居易举杯坐对，就是最好的辰光。

“袂雨时雪，新酿初熟，有馔当前，正好舒畅身心。”刘十九边往杯里添酒边说，“今日你我大可畅叙情怀。”

白居易对面兀自坐着，举起杯盏伸到刘十九面前扬了扬，说：“酒乃特殊的人生佐料，它无孔不入，忧愁要它，欢乐也要它，孤独要它，老友萍聚也要它。来，来，来，干一杯！”

两人仰起脖子一饮而尽，刘十九畅快地说：“常与高人交往，闲与雅人相会，每与亲人休闲，不亦快哉！”

白居易讪讪笑着，含混地说：“在困顿的岁月里，寻一物成癖，得一事成痴，倾壶而醉，不亦快哉！”

“白兄空灵得很。”刘十九夸赞着说，“真名士自风流！”

“那是魏晋的嵇康，不是我。”白居易苦笑了一声，自嘲道，“我本不是闲散之人，凭阴阳如反掌，又非吾所长，故而难以被现世所容！”

刘十九见白居易忽然有些伤感，便推心置腹地说：“知人者，王道也；知事者，臣道也。天下是非，无所定的，世人各是其所是，非其所非，器大不可以独理，蓄重而不可以自守。故而要随时变通，不可执一矣！”

“当下朝中，树欲静而风不止，奈何，奈何！”白居易闻言，沉默半晌，邀十九满满地饮了一杯，夹了一口菜，边咀嚼边说，“当下班列之辈，多是安官贪禄、不务公事、与世沉浮、左右观望者，如此者，尽是滥竽充数的具臣也！”

刘十九答道：“眼下恰如夜航之船，白兄熬过这般苦途长途，定然会柳暗花明。”

“夜航船，行驶缓慢，久坐无聊，唯有闲谈消遣来打发时光。好在结识了集虚兄、十九兄诸多好友，赏玩山水，倒也不落寞。”白居易怏怏地说，“人亲，土亦亲，江州倒也善气迎人，亲如兄弟。”

“那是，那是。”刘十九说：“树在，山在，大地在，你我皆在，知音在侧，夫复何求！”

“只是我心中的犄角旮旯，依旧义愤填膺。”白居易眼角有些湿润，郁郁地说，“难以遇弯截角，逢正抽心，时常堵得慌。只觉得自身譬如优人，原本只盼着满堂红袍，尽数登场，团团圆圆。到头来，方才知晓，这满堂红袍之时，便是即将散场之时。刹那之间，回望戏台，锦绣成堆，可喜在此，可危亦在此。如此俗雅徘徊，倒叫刘兄见笑了。”

刘十九哈哈一笑，高着嗓门说：“在刘某眼里，白兄肃肃如松下吹过的风，高昂而从容。汝诗中藏着的气质，犹如枝头鸟喧，清泉迸发，叮叮咚咚，纯然天籁，何俗之有？”

被刘十九搔着了痒处，白居易顿时来了兴致，见案几上有纸笔，当即起身趁前，挥毫落纸写下“问刘十九”四个大字。略一思索，便一气呵成了五言四句：

绿蚁新醅酒，红泥小火炉。
晚来天欲雪，能饮一杯无？

江州地面进入腊月初，家家户户就忙着约请做米酒的师傅，上门酿造香甜又可口的庐岳酒了。这酒有讲究，原料主要是上好的糯米，配上甘草、金银花、茶花、左叶花、桂花等。酒曲可制作糯米酒酿、封缸酒、米醋。酿出的米酒微酸、味甜、爽口。刘十九今儿拿出招待白居易的是新酿的米酒，尚未过滤，酒面上泛起一层绿泡沫，像一群绿色的蚂蚁。这酒用红泥小火炉温了又温，一阵阵香气久久不散。

翌日，天光放晴，外面依然积着厚厚的雪。白居易昨儿喝了一天的酒，今日晏起，依旧醉眼酡然。盥洗一番之后，接过杨氏端来的汤水，草草吃过。这光景，就听见院外有人高声喊道：“白司马在家吗？这儿有你的信件。”

白居易听了，急忙踩着积雪迎了出去。接过信札，见是下邽寄来的，知是大兄幼文的书函，赶紧抖抖索索地拆开来看，但见信中写道：

乐天吾弟：

江州一别，日日相续，晷晷相牵，天涯兄弟，一旦晨风零雨，天各一方，能不蕴结？自分手以来，兄感悚交集，每一自念，惘惘如失。年前顷接弟之尺素，益深局蹐。新诗寄我，宛对冰壶，意中将有酬句，痛思荒落。以此出入怀袖间，俟至想弟深切，遂反复吟诵，片语出口，弟便如在目前，人既是诗，诗既是人，古今真诗，可多得乎？

兄自去冬抵下邽，一病至今，未能脱体，兜转困乏，性复嗜睡，旬日不离床榻。困之到不可耐处，所喜弟之书信心口相语，顾念增爱，令兄倍感慰藉。近日拈笔，回首几十年间，陆沉縶绊，如皋禽处樊，躄躄四顾，百无一用，良可叹也。而今须鬓皆白，驹影电流，想那功名，不过转盼成空，是非得失，总是梦中之梦。弟以道奋直，论国家安危，义形于色，遇急难，勇气奋发，如此秉性，一旦低眉折腰，争诸曲直，亢则失人，随则失己，着实令兄担忧。正好自此洗脚上船，作明心见性之事，进固然不得遂博霄横海之志，退足以蔽风雨，不再为砧鱼俎肉，任人鲙切，乃为佳也。临书惝恍，情文惋恻，万万珍重！

白居易看完信，呆呆地杵在那里，好生难过。杨氏见状，急切地问道："大兄信里说些什么？"

"大兄病得不轻，信中的言语，让人担忧。"白居易一边说，一边将信递给杨氏。杨氏看过，亦有些怆然。又见夫君这般模样，遂好言安慰道："大兄或许只是受了些风寒，调养些时日，便会有起色，你也不必大加着急，吉人自有天相！"白居易闻言不答，眼角已然潮湿起来。杨氏叹了一口气，正要开口劝解，忽听得小女阿罗的哭声自房里传来，便慌忙赶了进去。

白居易念及自个儿舞勺之年，那一阵子，生活颇为艰难，受了多少淡泊，依仗大兄于微薄的薪俸中挤出份子钱加以周济，阿母带着两个孩子方才挨过饥荒。奈不得当下大兄遭病痛困苦，自己不说侍奉汤药，以供菽水，即便以戴罪之身前去探视也是不能够，真个是兄弟人伦上撇了座位，叫人好生难过！正闷闷不乐，只听得帘板儿一响，杨氏抱着阿罗走了过来。白居易看见女儿一张胖乎乎的脸蛋，两弯淡淡的眉毛，一双滴溜溜的大眼睛，一对菩萨耳朵，一个肉嘟嘟的小嘴巴，煞是可爱，忍不住低下头在那圆圆的脑门上亲了一口，小家伙居然笑了，一笑起来，唇瓣儿像一弯月牙。杨氏存心让夫君分分神，莫要过于忧戚，便在一边哼哼叽叽地叨着、唱着。娘子与幼女在边上这么一闹腾，白居易的心情略微有些敞亮。一家三口共享天伦，令他觉得满身都是纲常。

抽丝剥茧地思虑了许多，白居易感到有些胸闷，便踱出室外透透气。大地白茫茫的一片，令他一阵目眩。他眯缝着眼睛，看着积雪浮在云端的庐山，忽然想起一桩事来：去年秋游，瞧见庐山山北香炉峰下有一座遗爱寺，遗爱寺旁有一块平坦的坡地，仰可以观山，俯能够听泉，当时便起意在那儿盖一间草堂，只因心存犹豫，一直没有仔细斟酌。如今观朝中局势，这寄居江州的时日恐怕不是一年两载，当作长远打算。便寻思天气转暖后，再去那里掂量、掂量。

第二十一章　庐山草堂

喜　迁　莺

这日一大早醒来，窗外的雄鸡一声挨一声地司晨，间杂有流莺的“唧唧啾啾”。这江州不似长安的车马喧阗，整日的驺从嘈杂。靠近水岸的司马宅，早春二月里便能够听见清丽的莺声。早年白居易漫游杭州的时候，听过西湖的柳浪闻莺。一只只棕色、绿色、浅黄色的小精灵在翠浪里流窜，那情形直叫人欢喜到了骨子里。白居易赖在床上，偃着被褥，专心细听几只流莺婉转啼叫，眼前尽是少年散乱的脚印。

此刻，白居易分外想念存心慈祥的阿爷白季庚，想念办事明敏的大兄白幼文，他们做的皆是冲繁疲难之缺，也无有多大的善处，只是爱惜民命，扶持人伦，一切事务俱紧办紧结，算得上好官差。转而又想起母亲陈氏，虽说不知外事，但每日谨严饬躬，清白持家，白居易与行简自小是见惯了的。

这光景，杨氏已同阿婆在东厨料理汤水，堂前有醋芹、酉羹与杏酪，尚有庾家粽子、五福饼并神仙粥，这些只是早膳。顾念白居易昨儿一夜缠障，精力有所不济，杨氏连午餐都打点得齐备，刻意炮制了夫君爱吃的葫芦鸡。这葫芦鸡据说是玄宗时吏部尚书韦陟家的食法，将鸡捆扎成葫芦状，文火慢炖，香醇酥嫩，极为可口。杨氏一门心思为夫君提气补羸，升阳开胃。

收拾停当，杨氏对着上房喊道：“日上三竿啦，躲绣房呀，还不出来梳洗进膳？”

“来啦，就来！”白居易口里应着，赶忙窸窸窣窣地起身盥洗。吃过早膳，饮了茶，已然含脯鼓腹。白居易对杨氏说道：“过些日子想去一趟遗爱寺。”

“又去遗爱寺会方外老友呀，估摸着过不了多久，你也剃度了事，青灯古佛的多清净！”杨氏打趣地说。

“娘子可否记得前些日子与你提及的那事儿？”白居易见杨氏一脸茫然，补充道，“去年秋天，我相中了遗爱寺旁的一块坡地，起意在那儿盖一间草堂。当下春暖花开，正好去盘桓盘桓，以便相机进退。”

听了这话，杨氏脸上的笑意从嘴角漫上了眉梢。这娘子出身官宦之家，事事有番见识，宗宗有个主意。当初她出嫁之时，白居易已经三十五岁，入职为官已足四年。夫君运气好，一入仕途，朝廷便调整薪酬，非但不再停发、减发，尚且京官、外官的薪金皆有上调。那年白居易在秘书省校书郎任上，薪水比起李白做翰林供奉那会儿还要高出许多。李翰林每月还不到两千文，白居易做校书郎，每月却能领到一万六千文钱。即便如此，也只能够在长安东郊常乐里租赁四间茅屋居住。那地儿离上朝的地方忒远，还得养一匹马代步，家中尚雇有两个保姆，以便照应起居。这样算来，每月的开销约莫是七千五百钱，剩下八千五百钱存将起来，作为积蓄，以备不时之需。一家子生活倒也不拮据，如若添置房产却是万万不能。元和元年四月，白居易授周至县尉，乃正九品下闲官；元和二年，官至从八品上，授翰林学士，起草皇帝诏令；直至元和三年，授左拾遗，仍充翰林学士，薪金方才涨到二万五千文，仍然得租房住。元和五年五月，改官京兆府户曹参军，仍充翰林学士，月薪达到四五万文，加上两百石禄米，亦仅仅只是搬离了偏僻地段，在相对繁华的昭国坊租下一套住所。这期间，杨氏心思便活络起来，一力撺掇夫君在长安购置一处宅子。那时，恰好永平坊有位名唤王德帆的学究，有一套祖业要出售，业主在大门上贴有告示：“兹有祖产出售，正房三间，厢房五间，附带小独院，连房带院占地三亩，凡出钱一千三百贯以上者，乃成交。”

元和年间，一贯钱便是一千个铜钱，亦即一千文钱。开元通宝每文重一钱，每十文重一两，每贯重六斤四两，一千三百贯无疑是一笔巨资，许多买家都摇摇头走了，嫌贵！杨氏也去看过，一打听，连带房产的牲畜、奴婢皆要订立契约的，还须依据价款缴纳“输估”，乃至税米二斗八分，均由官牙监督买家缴纳。杨氏只好望房兴叹，回到家中，心犹不甘地与夫君嘀咕起此事，白居易也只好温言劝慰抱有购房梦的娘子。

今儿白居易将遗爱草堂之事拎出来说个委曲详细，杨氏自是添上一喜光景，万不肯打消了夫君的一团盛心。白居易在一边叽里呱啦地说得入港，字字皆是鸮心鹂舌的话，都打入了杨氏的心坎。她一面仔细听着，一面却在盘算：去年，东林寺的道深、怀纵携二十多个僧人抬着装有十万钱的木箱登门拜谒，请求夫君为圆寂的景云大师撰写墓志铭。这钱，正好派上了用场。

又一日，风恬日霁，履道坦夷。约莫卯牌时分，东方刚刚露出鱼肚白，白居易将床上被褥抖擞干净，弯着腰出西厢房来，见阿婆已在东厨料理姜汤茶水，心中暗喜，便上前揭开蒸笼，搭讪道："品物俱佳，烹调更美。"

阿婆掩口笑道："官人休嫌不中吃，手段限住了心。"

白居易不暇多言，只说："今日去遗爱寺有一段行程，亏得早膳预备及时，方便赶路。"

阿婆道："庾家粽子已然蒸出来，锅里还有神仙粥，大人将就吃些，我再去暖上一壶茶。"

白居易吃罢早膳，耳听得那栖埘栖桀的鸡儿，高唱了几遍，便喝了几口茶水，去房内怀了几个底绉如簇、面平如镜的锞子，一径出了厅堂，急上后院把马匹备妥，勒紧了鞍辔。

"夫君出门自宜小心，诸事不比在家便当。"杨氏也起了床，上前为白居易添了一件酱色潞紬氅衣，叮嘱道，"早春的天气娃儿脸，山中乍暖还寒的，多穿些不遭罪。"

白居易点点头，与杨氏说了几句体己的话，便牵马出了门，径直朝遗爱寺奔去。这东林寺、西林寺、遗爱寺扎堆在江州城西南的三十多里地，一撒辔，只需三五炷香的工夫，举头便可瞧见东林寺的宝塔了。

眼见了这宝塔的尖儿，方才在内心掰扯着事情如何着落。紧了紧缰绳，马儿打了一个响鼻，渐渐地慢了下来。白居易跳下马背，一面牵着坐骑去溪边饮水，一面寻思：去年东林寺的道深、怀纵携二十多个僧人登门拜谒，委托自己为圆寂的景云大师撰写墓志铭，算是有些交情，不如先去东林叙谈叙谈，做一番了解，再去遗爱寺查看地段也不迟。

少顷，牵马过了虎溪桥，来到东林正门。白居易递了投帖，门僧旋即进去禀报。不一会儿，寺内钟鼓齐鸣，闪眼看过去，但见道深、怀纵携一干僧人，簇拥着一个大和尚向这边走来。这高僧长眉若柳，正是东林寺长老神凑。白居易赶忙上前恭敬为礼，口中说道："去年春日一别，长老教诲依然在耳，今日重逢，实乃三生有幸！"

神凑唱了一声肥喏，爽朗地说：“白居士久疏陋寺，今来必有事体，且去禅房叙话。”

道深已然将鞍马吩咐停当，亦随客人一同来到禅房。众人礼毕让座，知客僧奉上茶来。少刻，水已煎成，一一注入盏中，合上盖儿，数杯分献。神凑道：“此茶乃寺僧去年采得的谷雨茗，用小缶贮之，其味鲜芳特异，白居士远道而来，先润润口。”

白居易擎杯微嗅，呷上一口，赞道：“此茶不让天府蒙顶，文武火候俱到。”

神凑笑道：“方外之人，尘心久淡，竹杖芒鞋之外，俱为长物。唯有这些草木，贫寺乃是取之不尽，用之不竭的。”

白居易道：“如此一叶一芽，非有缘之人，恐难取携顺便。何况寸茇之草，毕竟要惊动一番炉灶。”

神凑道：“草树纷披，含英咀华，亦须凌风涛，犯雾露，戴星履霜，厮磨雨雪，度厄苏困。如此说来，天地眈眈，孰不苦心竭力。”

白居易默然片刻，道：“白某近年方觉数米祝鸡，乃静中乐事。人心苟有自得，瓜生发长，亦是一番境界。乘车载笠，曳裾于先达公卿间，何如相忘于江湖？”

神凑合掌道：“善哉！乘车载笠，莫若游心太玄。匡庐在目，得鱼忘筌，早晚迥出天机，超然尘表，绝非寻常畦径可及。”

白居易道：“长老头顶一轮明月，手捻一贝青叶，满心皆是风烟俱净，林睾萧瑟自然呼之欲出。”

“小春既望，枉驾荒斋，居士不是来述游胜之乐吧？”神凑目光闪烁，凝视着白居易说道，“若有事需寺僧担当，尽可道来，理应尽地主之谊！”

白居易见长老话语爽捷，便不再言语委曲，坦言相询道：“江州山水润泽灵秀，适宜素居。去年白某于北香炉峰与遗爱寺之间相中了一块坡地，欲起造五架三间草堂，一则躬耕莳花，瓜田纳履；再则陌上信步，早晚聆听晨钟暮鼓。只是不知坡地的主人是谁，故而冒昧垂询。”

神凑见说，欣然一笑，口中赞道：“居士果然好眼力，那坡地背倚香炉，紫气由此东来；面朝虎溪，水流曲折，负阴抱阳，乃生气勃勃、蓄势待发之象。至于坡地所属，前去询问遗爱寺住持即可。”

说罢，目视道深，叮嘱道：“白居士结庐在此，端的是我等绝佳的伴当，理应上下照顾则个。老身年迈，腿脚不便，烦汝与怀纵相随走一遭，务必玉成机缘，造就光裕后世的一段佳话。”

道深颔首合掌，口诵一声佛号，答道：“长老托付，敢不尽心。贫僧这就拜匣造帖，偕同前往，左右盘桓，料无大碍。”

白居易听得二人言语，心中爽快，躬身谢道：“有劳长老费心，二位高足不辞劬劳，倾力斡旋，白某感激不尽。”

神凑道：“区区之事，何足置之齿牙间。居士匆忙，老身便不耽搁。此去遗爱寺约莫五里路程，汝等云水一肩，一盏茶的工夫便到。”

白居易遂作辞起身，长老立身一拱，送出禅房之外，道深、怀纵引着，沿那长廊迤逦而行。上次拜访东林一则与神凑长老初次晤面，免不了一番寒暄，二则特地送诗稿到寺中收藏，故而未有闲心仔细打量东林的布局。此番白居易心中无挂碍，便有兴味细细地观瞧。这东林寺乃净土宗的祖庭，佛教八大道场之一，自然气势恢宏。寺庙依山就势，天王殿内供奉的是天冠弥勒菩萨、韦驮菩萨、四大天王，一一宝相庄严。殿前为五进门花石纲牌坊，经由牌坊有罗汉松高低轩邈，八柱经幢掩映在松树丛中，倒也刚柔相济。次第的三圣殿、大雄宝殿、拜佛台、接引桥开合有致，错落呼应，阵阵香火从大小殿宇中蹿了出来，叫白居易觉着“真味只是淡，至人只是常”。这般一念想，面前的田地也就放宽了许多。

穿过曲折的游廊，阶下石子漫成甬路，上有小小两三僧寮，一明一暗，从里间房内又得一小门，出去则是后院，有大株香樟兼着芭蕉，马匹恰巧系在树边上吃着草料。由东林寺到遗爱寺经古驿道或慧远路均可达，行程皆只有四五里地，故而无须骑马。三人绕过两间小小的退步屋舍，自寺院的后门径向遗爱寺而去。

时方初春，早晨的阳光平铺过来，苍翠的岭头上，青嫩的树木被照耀得益发水绿。和风微微拂动白居易的鬓发，旋即向杂木林中吹去，树梢上的叶片便簌簌地低语。三人走得有板有眼，怀纵蹲在清溪边喝了口水，抹了抹嘴，指着前方的一座山峰说：“瞧，那叫双剑峰，紧挨着北香炉峰。”

白居易问道：“这庐山之上，到底有几座香炉峰哩？”

“庐山以‘香炉’为名的山峰有四座。”怀纵熟悉这山，回答得颇为详尽，“一座在庐山西北面，便是遗爱寺背倚的北香炉峰；一座在山南开先寺后，称南香炉峰；一座在山北面吴障岭东，称作小香炉峰；一座在凌霄峰西南，唤作香炉峰。”

“日照香炉生紫烟，遥看瀑布挂前川。飞流直下三千尺，凝是银河落九天。”白居易听后，吟诵着说：“李谪仙诗中的香炉，是哪一座？”

怀纵回答:“那是开先寺边上的南香炉峰。李谪仙二十四岁那年出蜀漫游，沿江东下来到江州，看望在这儿做生意的兄长，顺便游览过庐山。”

道深接过话头说：“李谪仙来过庐山五次，零碎加起来，在庐山居住了两年多，总共作了二十多首诗呢。”

白居易点点头，说：“对对，似乎听元集虚说过，是南香炉峰。李青莲对庐山评价很高：‘予行天下，所游览山水甚富，俊伟诡特，鲜有能过之者，真天下壮观也。’”

三人也算是旧识，兜兜搭搭地说着话，彼此又亲近了一层，言里语里不再那么拘谨客套了，却带几分情谊。一路上叽叽咕咕，不知不觉便到了地头。遗爱寺不大，远不及东林寺的规模。得赖于打坐在半山腰上，终年笼罩着一层轻纱，影影绰绰的，袭有一身仙气，香火倒还是有的。道深与怀纵拿出拜帖前去通禀，白居易倒背着双手，在一旁环顾凌云摩天的山峰，对眼前这块地儿是越发地满意了。

忽听得寺内传出三通钟鼓，寂静的山门顿时热闹起来，遗爱寺住持率领僧众簇拥着前来迎接。道深、怀纵一一与怀山住持见礼，旋即介绍了白居士。怀山上上下下打量了白居易一番，哈哈笑道：“久仰，久仰，白居士大名如雷贯耳，贫僧蜗居深山亦有所闻。”

白居易被夸得有些羞赧，连忙合拢双掌，谦逊地说：“过誉也，过誉也，徒有虚名耳！得住持高看一眼，便倍觉欣慰。去年造访贵寺，住持恰巧匡庐云游去了，故而未曾谋面，今日一见，亦是机缘。”

怀山一笑，招呼三人到了客房，重新礼毕，分宾主坐定，免不了又是一番寒暄。道深觉着闲话少叙，却是“草堂坡地”正题要紧，便寻了个间隙说：“今日冒昧叨扰，只为白居士深好匡庐，欲在贵寺边上起造一间草堂，现已相中一块坡地，望住持从中斡旋，玉成此事，则不胜感激！”

怀山听了，甚为欢喜。去年云游到归宗寺，便听说王羲之隐居在那儿期间，时常有贤达名流举办兰亭类似的雅集，使得荒山野岭，立马有了风雅千年的底蕴。遗爱寺周遭水石潺溪，风竹相吞，炉烟袅袅，草木自馨，哪里就比归宗逊色？所缺的就是翰苑奇才的点化而已，今儿大诗人白居易不请自来，还要比邻而居，岂有不极力促成之理！想到这里，怀山满面春风地说：“此等盛事，何不早说？既如此，我等不必在此闲坐，一同去坡地看看如何？”

道深与白居易相视一笑，不约而同地说：“山路崎岖，有劳住持了！”

怀山是个豪爽之人，嘴里应着咫尺之遥，何来辛劳！已然站起身来，就近招呼两名弟子随同前往。

白居易在前引路，一盏茶的工夫便来到坡地。怀山放眼一看，不住地点头道：“烟岚庐山三度馨，胜景供你一僧禅。白居士有眼光，此处担风袖月，时有行人，端的是好居所！”

说完当即吩咐寺僧到附近人家打听，这儿是谁家开垦的坡地。半晌，寺僧带来一个中年妇人，禀告住持道：“这位是郑家娘子，坡地便是她家的。”

怀山问那妇人道：“娘子家住哪里？此地是你开荒？”

妇人知道是遗爱寺住持，恭敬答道：“奴家住在山侧的村落，姓郑。去年郎君染病去世，遗下奴家和两个孩儿，无依无靠。便在山坡上开垦了这块地，本想种些菜蔬，补充口粮。”

怀山慈祥地说：“开得好，这位白居士想买下这块地，盖一间草堂，你可愿意卖与他？”

郑家娘子一听，脸上就有了笑容，她没料到这荒地竟然有人肯花钱来买，便连声回答：“卖，卖！”

白居易在一边问道：“要多少钱，你开个价吧？”

郑家娘子嗫嚅半天，说了一个数目。白居易爽块地说：“你一人拖家带口不易，开荒亦劬劳，我再加三匹锦绢与你！”

郑家娘子自是千恩万谢，怀山心中大喜，便领众人一同返回寺里，拿出纸笔，白居易写好契约，怀山作保，签名画押，郑娘子不识字，按了手印。白居易当场付了钱，锦绢下次再给予，此事算是有了着落。

道深与怀纵见事情顺利，不辱师命，喜滋滋地回东林向长老复命去了。白居易仔细踏勘了地势，丈量了坡地大小，当晚在遗爱寺客房住下，就着油灯，开始着手勾画草图。他本是清秀通雅之人，五架三间草堂内，茶寮、书房、寝室、客房一一布置，枢纽处皆一一以文字标注明白。

第二天，白居易早早地起了床，将昨晚的草图又琢磨修改了一番。连带洞北户，来阴风，防徂暑，敞南甍，纳阳日，虞祁寒，皆盘桓得仔仔细细。至于房梁、间架、门廊支柱，木斫而已，不加丹。墙圬不加白。砌阶用石，幂窗用纸，竹帘纻帏，一一勾画停当。坡地上乔松十数株，修竹千余竿，恰好置于门前，至若青色的藤萝点缀着篱笆墙，洁白的石块铺着桥面，流水环绕在茅舍之下，飞泉洒落在屋檐之间，红色的石榴，白色的莲花，分别种植在何方位，都大致做了详尽记述。

林林总总又忙活了一天，第三日巳牌时分，道深与怀纵领着三五个为东林寺修屋架桥的工匠赶了过来。见了白居易，介绍说："按长老吩咐，为居士找了几个能工巧匠，皆是寺里故主，不必担心谲役需索。帮工人手，可烦劳怀山住持在附近村落寻找。"

白居易正为工匠之事犯难，神凑便送来及时雨，当下颇为感动，再三致谢后，对领头的工匠说："山里的雨水多，乘这季节晴朗，不妨购置材料，着手构架。"

工头喏喏连声："好，好，今日就开始着手预备材料，开挖地基。"

一连几日，白居易白天在坡地指导起造，夜晚住宿在遗爱寺，进展忒的是快。这天，白居易随第一缕晨光而醒，吃过斋饭，照例来到坡地。随意寻了一块怪石坐上，看飞云，听泉流，自自然然便有一种生机在胸中翻涌。那光景，山不动，云在动；树不动，风在动，杂糅精粗地一派率真。他觉得谪放生活覆盖在心上的一层层焦躁，正被足下的山涧清流缓缓洗去。畅想即将展开的、从容于山水诗酒间的隐居生活，一种"君子居易以俟命"的念想，像越过坡坡坎坎的曙光似的照了上来。

想到自个乃一介之使，衔命之人，于时困匮，幸亏有奇诡俊秀的匡庐陪伴。从此，青山独往，深林巨豁、缥缈云雾、瀑布流泉尽归我有，着实是左迁仕子的化外佳侣，陶然忘机的世外桃源也！白居易舒目缀景，触物留情，心意笃然地吟哦道：

弄石临溪坐，寻花绕寺行。

时时闻鸟语，处处是泉声。

满　庭　芳

转眼三月既望，一座"三门两柱、二室四牖"的草堂已然笋立在坡地之上。茅屋周围五峰朝天，满眼春色，有一丈青。白居易最爱此地山川清淑，看它浓处、淡处、虚处、实处，精神团聚处，一片片纯是天趣。这一日，白居易背负双手在堂前踱步，对门口的一围竹篱甚是得意。再放眼观瞧，见四周一片空旷，气荡无收，便寻思在院落的周遭栽种一些树木，使之有团聚之象。恰巧去年游简寂观，在偏殿的一座矮屋内遇见一位须发皆白的老道，因坐下看道士所阅之书，都是《参同契》《关尹子》《奇门》之类。又看见此人仙姿潇洒，便讨教了一些玄空的窍门。故而对门口忌讳冠大干高之木，势必遮光拓阴之类的讲究，也略知一二。老道告诫说："门前当植桂树、银杏，忌讳种柿、种柳、种桃、种李、种木莲，尤其不得种无花果。树木皆有灵气，一棵树代表一个家宅的运气，乃是聚气之点。一派茂盛，方才四神俱足。"又想起早年在符离，乡里人砍伐或者移栽树木大抵要举行"拔魂的仪式"，以便送走树灵。但凡砍伐，斧斤多半要顺应季候，须是连根拔掉。白居易肚里翻着八卦，脚下不觉出了竹编的篱门，举目便见右侧崩裂破面的低矮山壁，甚是扎眼。想到那道士提起过，这在玄空里谓之形煞，乃是居家的忌讳。白居易郁郁地思忖：务必栽种铁线莲、金银花之类的爬藤遮挡，方能破除煞气。

迎着北香炉峰有一条小路，紧挨着一弯溪流，白居易漫步到了这儿，回头再打量坡上的草堂，忽然想到侍御史郑弘宪亦曾在此构筑草堂隐居，韦应物当年还为之写下《题郑弘宪侍御遗爱草堂》一诗，依稀记得诗中的句子：

居士近依僧，青山结茅屋。
疏松映岚晚，春池含苔绿。
繁华冒阳岭，新禽响幽谷。
长啸攀乔林，慕兹高世躅。

自己何曾不是"慕兹高世躅"，效仿郑弘宪之举？白居易寻思：郑侍御草堂既然唤作遗爱，想必也在附近不远处。这光景，山洼里传来几声鹧鸪，打断了白居易的思绪，偶一抬头，已然邻近一个山垅，时而可见大片大片的樱桃花，粉得那般娇嫩，间杂着满树的玉兰，白得又是那样无瑕，浓烈的香味扑鼻而来，白居易贪婪地呼吸着，忽然念及约好的工匠怕是到了，遂踏着溪畔的小路返回。绕了几个曲直，便见到几个人影在坡上蠕动，当即加快了脚步。

"白居士，前日你叮嘱挖一口池塘，看看在哪个方位较为妥当？"领头的工匠见到白居易爬坡上来，迎向前去问道。

"就在园子东南角上开挖，莫要正对大门即可。"白居易喘着粗气，手指着池塘的方位，补充道："池塘挖好，周边可栽种一些野决明、凤凰草、凤仙花之类，借此驱赶蛇虫。”

匠人点点头，又问：“池塘挖成圆形？还是方形？”

“大略是方形，却要方中有圆，圆里带方，如此暗合水墨的心法。”白居易思索片刻，说，“池塘须承绕舍之水，四时叮咚，当门洗心，养鱼种荷，日有幽趣，就叫洗心池如何？”

工匠似懂非懂，不住地点头称是，好奇地问：“居士前日所说的‘洗耳飞泉’，好似天话，我等还想讨教、讨教？”

“‘何以洗我耳？屋头落飞泉。何以净我眼？砌下生白莲。’”白居易吟了几句，继而解释说，“此典出自远古，有个叫许由的人，结志养性，优游山林，听到尧帝想要让位给自己，感到耳朵受了玷污，因而临水洗耳。还有一个叫巢父的人，更以许由洗耳的水为秽浊，不愿让牛在其下游饮水哩。”

工匠们齐都呵呵大笑，觉得不可思议，好好的族长不做也就罢了，还跑去洗啥门子耳朵！

白居易望着峰岭上的飞瀑流泉，沉吟了半晌，再次强调说：“堂东瀑布之水，务必使之汇而成溪，流水绕山居一周，飞泉落于檐间，夜间如听环佩之声，乃得其妙。”说罢，又补充道，“堂西倚北崖右趾，剖开毛竹架空，引崖上的泉水，脉分线悬，自檐头注砌，滴沥飘洒，状如珠帘最好。”

工匠们知道居士肚内学问大，胸中有丘壑，说出的都是涵天包地的大道理，这寻常的一山一水，在学士眼里俱是引经据史的。眼下也不再啰唆，都“喏喏”连声，手底下继续忙活，一一照着施工。

当日傍晚，白居易单人单骑回到司马厅，吃罢晚饭，同杨氏、阿婆讲起草堂的规划。灯影子照着，这个问，那个也问，个个欢喜。每次自山里回来，白居易都要与家人絮叨絮叨，直至身体困乏，上眼皮的睫毛不一会儿便有俯就下交的意思。杨氏也是有心人，看在眼里，疼在心里。除了伙食上变着花样迎合夫君的胃口，还照着鞋样儿，吩咐阿婆去街坊扯来一块布料，花上几日工夫做了一对踏泥鞋，好教白居易山间行走不湿脚。过些时日，又购得表里四匹，为白居易做了四季衣裳。

转眼已是仲春季候，池塘边的菖蒲已然抽出新芽，千屈菜、紫花地丁、飞燕草、矢车菊也日渐茂盛起来，较为醒目的当数石涧长松。草堂西南仅百米有一条小溪，落差大处，白居易唤作“石涧”。夹涧有古松老杉，高不知几百尺。白居易爱松，特地叮嘱工匠莫要砍伐，惊蛰之后，嫩芽初上，蓬蓬新绿翠得玲珑。这一日，白居易正在前期竣工的草堂内转悠，忽听得园子里一阵喧聒，白居易出门观瞧，只见三五个乡村野老拎着酒坛子，笑容可掬地立在堂前，见了白居易齐齐地就地一揖，呵呵欢笑。白居易赶忙挨次行礼，个个逊谢谦恭。说了一些亵尊叨爱的套语，序次坐在茅檐之下，吃茅柴酒，说天话，听田歌。

草堂东面有一片山枇杷林，正值雨后放晴，白居易坐西朝东，忽地望见一缕艳阳斜斜照进枇杷林中，层层叠叠的红纱起伏掩映，恰似踏摇娘抖开的霓裳羽衣。白居易痴看了半晌，趁着酒意，即兴吟了一首《山枇杷》：

深山老去惜年华，况对东溪野枇杷。

火树风来翻绛艳，琼树日出晒红纱。

回看桃李都无色，映得芙蓉不是花。

争奈结根深石底，无因移得到人家。

众野老生于斯，长与斯，如此美景却也不多见，俱都推开杯盏，陪同白居易起身观瞧。众人沿着小径往草堂西南走出里许，见有平地数顷，白居易问年龄最大的一位老人：“老丈觉得此处栽种什么较为妥当？”

老丈答道：“山中什么都好，只是远离街坊集镇，有个头疼脑热的不甚便利，何不种些药材？”

边上的一位野老说：“东林寺里有堂主、监院、知客、汤药侍者若干僧众，看病倒也不难。草堂既成，以居士名望，造访客人自是不少，莫若种茶较为适宜。”

白居易哈哈一笑，领着众人返回草堂，提笔在纸阁芦帘上写下：

长松树下小溪头，斑鹿胎巾白布裘。

药圃茶园为产业，野麋林鹤是交游。

有识字的野老一边摇头晃脑地念叨，一边点头说：“好，好，药圃茶园好！这在乡间便是一笔祖产。”

这番话，算是说到了点子上。白居易此时虽有官俸养身，然而宦海凶险，沉浮无定，今儿筚路蓝缕购买这块山地，种菜、种药、种茶，即为添置的产业，为终老于斯作预备的。

几个野老围着白居易，说些零星琐碎的话语，正热闹间，忽听山腰传来“嗨嗬、嗨嗬”的号子声。众人张目看去，只见众多健壮工匠抬着累累山石攀缘而上，白居易欢喜地说：“自鄱阳湖转运的太湖石到了，我等去瞧瞧。”

白居易指着太湖石对野老说：“自此三山五岳，百洞千壑，尽在其中！”

年长的老丈笑道：“不过是一些寻常山石，居士何以这般欢喜？”

白居易感叹道：“何止是欢喜，我待之如宾友，视之如贤哲，重之如宝玉，爱之如儿孙！”

野老齐声呵呵欢笑，见白居易忙碌，不便久留，遂举手高拱，一一禀辞，迤逦而去。

众位工匠将太湖石抬进园子，个个汗流浃背，白居易怜惜地说：“众位受累了，明儿休憩一日，后日且来叠石造山。”众人“喏喏”离去，白居易独自一人，抚摸着一块块山石，端详良久，方才进入草堂，见笔端墨汁依旧淋漓，遂伸手握管，在东面的墙壁上，笔走龙蛇地写下题目《香炉峰下新卜山居草堂初成偶题东壁》：

五架三间新草堂，石阶桂柱竹编墙。

南檐纳日冬天暖，北户迎风夏月凉。

洒砌飞泉才有点，拂窗斜竹不成行。

来春更葺东厢屋，纸阁芦帘着孟光。

白居易造园，尤善借景。草堂前面对着香炉峰，南面临近石涧，移步换景之间，周遭的自然面貌俱都映射到草堂之中。依据白居易的设想，草堂周遭应该有松有竹，有茶有莲，清流潺潺，猿鸟啼鸣，方显一派生机。平日里，或饮酒，或品茶，或手挈五弦，小隐于野，倒也自在。尤其是遗爱寺钟欹枕听，香炉峰雪拨帘看，司马何尝不是送老的好差事？

白居易坐在园中的叠石上，又构想在草堂四周种下千余竿修竹，日间小窗掩映，袅娜团簇，夜间则竹影婆娑，粉墙画壁。在白居易看来，人不可无癖。无癖者，无深情也，大抵心性凉薄。爱竹成癖，方才写得出《养竹记》这般的文字：

竹似贤，何哉？竹本固，固以树德，君子见其本，则思善建不拔者。竹性直，直以立身，君子见其性，则思中立不倚者。竹心空，空似体道，君子见其心，则思应用虚者。竹节贞，贞以立志，君子见其节，则思砥砺名行，夷险一致者。夫如是，故君子人多树为庭实焉。

转眼又是十余日光景，草堂及庭院收拾出了头绪，白居易也便有了闲暇。前些日子道深与怀纵前来探访，言及东林寺僧智满云游归来，本想去会一会，只因草堂在建，杂事繁忙，便耽搁下来。今日无事，何不去东林寺走一遭！白居易将近日拟办诸事安排妥当后，已是夕阳衔山的光景，便沿着慧远路，往东林而去。智满精于佛学，二人很是谈得来，每次入寺，都要会晤交心。白居易不想惊动长老，绕到智满居处，自窗格往里窥视，只见一个魁梧的和尚正在跏趺打坐，便隔着门帘调侃道："佛是千古情人，造物不肯轻易相与，是以自闭穷山，作一段苦头陀行径，白某怕大和尚寂寞，特地陪你来也！"

居室之内随即传来爽朗的笑声，智满回敬道："居士结茅匡庐，万山深处，怀来悼往，俗冗猬集，面目可憎，何如做得打钟扫地僧？"

白居易推门而入，呵呵笑道："大和尚云游万里，竟然还未悟出学佛便是低头，是谦卑，是忏悔？口舌仍然这般不肯饶人！"

智满双手合拢，低着头说："居士教训得是，寒山曰：'嗔是心中火，能烧功德林。欲行菩萨道，忍辱护真心。'"

白居易闻言，倒觉得有些过意不去，热络地问："方才见满上人跏趺而坐，可是坐禅？"

智满点点头道："正是，此乃每日修持的功课，如此方可凝志去虑，修定发慧。"

"坐禅守本真心，悟达法性。"白居易说道，"无奈在下内心映照埋伏，前呼后应，难以回归初心，还望上人蠲烦祈醒，教我坐禅正道！"

智满微笑道："白居士草堂出落得有模有样了吧？不若暂住东林几日，早晚也好坐禅互证。"

白居易听说，拊掌称善："我亦正有此意，来时已然将随身用品，收拾得一了百当，今晚便可领教。"

两人正在叙话，忽听钟楼上响起一百零八声钟声，智满起身拱了拱，吩咐道："众僧坐禅时辰已到，我得去大殿，居士不妨到禅房收拾一番，明日自去寻你。"

白居易也站起身来，笑道："上人且去，我兀自在禅房跏趺打坐，调息念佛。"

白居易自智满房中出来，刚走到厢房对角，偏巧遇见匆匆赶往大殿的怀纵。见了白居易，怀纵很是欢喜，又闻听满上人建议白居易下榻东林，更加眉开眼笑，当即为白居易安排了一间幽静的居所。安排妥当，怀纵抽身朝大殿一路小跑而去。

白居易略微收拾，便依照满上人刚刚传授的净土宗修持之法静坐养神。与许多初学坐禅之人一般，越是竭力心止境寂，气息归元，越是浮念乱飞，攀缘附会。许多回寒倒冷的事情，一股脑儿黏附上来，赶也赶不走。坐禅无非煞煞自个儿性子，却也不是那般容易。这时，窗外月光明净如白瓷，花堞草丛虫声东西，间或有铙钹声碰奏传来，一声又一声将白居易的心提起放下，放下提起，神思悠悠袅袅地便出了禅，一会儿回到符离，与湘灵花朝月夕，一会儿又想起三千里外的姻兄杨汝士，这本是白居易多年纠结的两个极端，竟然在这里碰了一个正着。两厢一撞，倒叫白居易激灵地回转神来，便暗自叩问自己：为何自己蹭跌反而感悚交集、局促不安？这纷纷悠谬的情形，明儿得与智满说道说道，或许将有所悟。

翌日，智满果不食言，找到白居易居住的禅房，进门就说：“昨夜坐的哪门子野狐禅？”

白居易见问，亦不绕弯子，老老实实答道：“落花心散，流水撒欢，抚心一郁，如何能忘！”

智满似笑非笑地说：“明月入怀，毕竟幽冷，不如朗月在胸，以赤腹投入也。”

“佛经有言”，白居易说，“行少欲者，心则坦然无所畏惧，触事有余，常无不足。”

智满点头道：“禅坐治心，静处求定，好比芥菜开了花，老笋成了竹。”

不觉已是天交二鼓，两人一齐打坐，焚香听鸣，安静自持。就这样，在智满的引导之下，转眼坐了七八天的禅，白居易渐渐寻到了约束心性的法门，也便体悟出唯有离群处心方能心意笃然的道理。难得，难得！眼下的白居士，比起问天詈人、强相愤慰的元和十年光景，真个从里到外换了行头。

转眼是人间四月天，草堂在白居易精心打理下，终于落成了。草堂面峰腋寺，茑萝枝叶蔓生，缀织攀绕，遮天蔽日，纵或是盛夏，亦是凉爽宜人。北面依层崖积石，可挡严冬雨雪。西面紧靠北崖山，汩汩清泉跳踯聚散，哗哗有声。再往外，南抄小路行五六十丈，乃是避阴抱阳的谷地，四时皆清净尤甚，人畜绝迹，自是炼丹修道的好处所。

五架三间的草堂以茅草覆顶，当中一间为堂屋，堂屋左右两间为侧室，堂屋与侧室之间以柱相隔，还置有两间耳房以补充空间。侧室前后各开一扇天窗，向北有一扇门，暑日自然清风徐来，炎热不生。朝南的一扇天窗，又可纳冬日斜阳，逗引温暖。但凡所用梁柱，尚留刀斧痕迹，天然纹理历历可见。剖竹编织的墙壁，仅用泥浆抹平，省却了白灰涂刷，倒也不失自然率真。草堂布局如此这般简单，陈设也无刻意做作，不以外物为重，却也超越尘俗。

进入草堂，窗帘皆为竹篾编制，床榻的蚊帐乃用粗麻布做成。堂屋里摆了四张木榻，两扇屏风俱是以木为骨架，以纸为屏面，没有调绘，一概素面迎人。桌案系用山中老树蔸加工而成，上面陈设着一本《庄子》与《道德经》，一本《论语》与《诗经》，一本《华严经》与《般若波罗蜜心经》，边上尚有一盘刚摘下的枇杷和几个圆鼓鼓的蜜橘。较为珍贵的要数那把古琴及一根出自南诏国的红藤杖，此乃白居易自长安随身带来。

白居易环视着屋内的布置，尽管没有"绸缎四色""羊二腔""银花一树"之类官场应酬的节敬，却也不缺匡庐笋、东林莼、遗爱的蘑菇、栖贤的蕨，乃至于江州的粳米，明前的野茶。白居易坐到咿呀作响的竹椅上，呷一口刚刚烹煮的山茶，目光自半掩的门扉望出去，落在嵯峨的远山尖儿上，只见山峰簇拥，一带苍翠。顷刻间，往日积压着的一半愁闷，俱都望峰息心。白居易添了一盏茶，踱到南门举目远眺，忽见数百米外的慧远道上，有两位山僧沐一身熹微的曙光，或坐或睡，似乎在散淡地说些家常话。这一幕山僧清影，叫白居易有一种被温存相待的感觉。半晌回过头来，又见案几上微风翻动着书页，一开一合，舒卷自如。白居易忽然平添了握管作文的心动，兀立片刻，遂濡墨写道：

喜入山林初息影，厌趋朝市久劳生。
早年薄有烟霞志，岁晚深谙世俗情。
已许虎溪云里卧，不争龙尾道前行。
从兹耳界应清净，免见啾啾毁誉声。
长松树下小溪头，班鹿胎巾白布裘。
药圃茶园为产业，野麋林鹤是交游。
云生涧户衣裳润，岚隐山厨火烛幽。
最爱一泉新引得，清泠屈曲绕阶流。
日高睡足犹慵起，小阁重衾不怕寒。
遗爱寺钟欹枕听，香炉峰雪拨帘看。
匡庐便是逃名地，司马仍为送老官。
心泰身宁是归处，故乡何独在长安。

宦途自此心长别，世事从今口不言。
岂止形骸同土木，兼将寿夭任乾坤。
胸中壮气犹须遣，身外浮荣何足论。
还有一条遗恨事，高家门馆未酬恩。

草堂落成后，白居易自然想操办一个落成典礼。消息已然传遍远近，遗爱寺住持怀山最先率领众弟子前来祝贺，白居易少不得一番客套。众人交谈正欢，忽见道上一群僧人簇拥着一顶轿子迤逦而来，白居易放眼望去，见智满、朗上人、道深及怀纵皆在队列之中，知道是东林、西林一干僧众，轿子里必然坐着东林寺长老神凑、西林寺住持寂然。急忙趁步前去相迎。满上人、朗上人、士坚、道深及怀纵一干僧众，在坡下与白居易见礼后便闪在一旁，早有两位僧人搀扶着神凑走出轿子。神凑瞧见白居易，嗔怪地说："坐禅东林都不去看看老身，今日只好前来拜访居士。"

白居易被说得好生歉疚，腆着面皮说道："前些时日，恐怕大和尚枉费了精神，故而不敢惊扰。不想今日竟然劳动大驾，顿觉蓬荜生辉！"说罢就地一揖，随即跨步上前，搀扶着神凑向草堂走去。神凑打趣地问："白居士扎篱庐阜，怕是勉从田园，玉在椟中吧？"

白居易笑道："在下不过效仿化外陶公，于山水田园中求个适意，受用了一朝，一朝便宜。"

神凑朗声一笑，接过话头道："香炉峰上，白云蓬蓬，水来无始去无踪，只怕居士身不由己，屋内是家，屋外是国，梁园虽好，终非久恋之地。"

"两山之间必有一伏，两波之间必有一谷。"白居易接着说道，"与其沉浮不定，不若一花一世界，一笑一尘缘，牧笛一声天地宽。"

"不用求心，唯须息见。"神凑赞赏道，"白居士果是与佛有缘之人，大儒守山不阿，再塑虎溪三笑遗风，必定是千古佳话！"

白居易与长老肩并肩地走上缓坡，遗爱寺住持怀山老远便迎了过来，隔着好几丈便深深向长老作了一个揖，说："自正月去东林拜谒，转眼三月有余，长老诚意正心的话语依然铭记。"

神凑道："尽是语质词俚，如白居士之诗，大抵老妪能解，难得住持记挂。"

白居易在一旁呵呵笑道："真僧只说家常话，长老通透，故将天道深入浅出，看似显形露真，实则明心见性。"

说话之间，进入草堂，众人排列已定，为礼入座，须臾献茶已毕，盘篡前陈的尽是些应时的瓜果。神凑环顾草厅儿，见堂内木不加丹，墙不加白，一味地自然朴素，不禁暗自喟叹：这淡泊的境况，倒也与居士相称。又见窗户乃竖向直棂，一个一个的小空格，挂着竹帘，透过竹帘的日光不停地变化着，横斜的疏影勾勒在木榻上，描画在垂足而坐的宾客身上，平添了许多意趣。

这时，怀山住持问道："白居士人脉广博，想必不乏张旭笔迹、边鸾花鸟，因何厅内的素屏不丹不青？不文不饰？"

白居易展颜笑道："吾不加一点一画于其上，使其保真而全白。夜如明月入我室，晓如白云围我床。素心、素屏表里相辉光，才见初心。"

神凑拊掌赞道："白居士有手抄诗集藏于鄙寺，其笔墨安静简穆，自是上品。之所以不加一点一画于屏上，乃取守柔含藏空灵之意味。"

怀纵在一旁，见白居易书斋题有"三然"二字的门额，也便问道："'三然'书堂，有何说法？"

白居易答道："这山间物诱气随，外适内和，住宿一晚觉得体宁，再宿一晚觉得心恬，连着住了几晚，难免颓然嗒然，不知其然而然，故而取名'三然'。"

众人闻言一起哈哈大笑，智满接过话头道："'颓然'可谓疏慢不拘礼法，'嗒然'取怅然若失之意。我等莫错用心，白居士不同常流，自是不知其然而然。"

怀山见智满绕来绕去，亦被逗笑，插言道："恐怕就是陶靖节当年所说的'此中有真意，欲辩已忘言'吧！"

草厅内正说得水流花放，忽听外面一阵喧哗，白居易正在忖度，就听见刘十九高着嗓门嚷道："这遗爱草堂也忒幽深，我等左绕右绕，像一个寸虾入了大海，紧紧泅了大半天，这才挨着海的边儿。"

白居易赶忙出门迎接，刚到篱门，便见刘十九与元集虚拎着束仪立在坡上，后面紧跟着张允中、张深之、宋郁、梁必复、张特一干人，白居易打趣道："方才还在寻思，这高山上哪来的大虾，却原来是刘兄！"

众人不觉哄然大笑起来，刘十九红着脸反驳道："害得我等一番好找，待会非把你这只老虾烹了佐酒。"

白居易嘻嘻一笑，并不接茬，紧走几步，迎着元集虚、张允中、张深之等作揖道："有劳诸位枉顾寒舍，今日定要乘兴而来，尽兴而归。"

张允中上下打量白居易一番，道："几月不见，白兄黑了瘦了，反而更精神了！”

张深之笑道：“白学士去年已有弄瓦之喜，今年又新居落成，焉能不抖擞精神。”

白居易亦笑道：“俗话说，架屋打船，瘦掉一身皮。忙碌了大半年，我这身子骨早已像初出锅的糍粑——软做一塌。”

正应接之间，又见一拨人迤逦而来，越过山坡，方才看清是长兄幼文从宿州符离携来的堂弟侄们。杨氏因爱女罗子尚小，需呵护照应，倘若搬到草堂居住，恐有诸多不便，故而没有一同前来。白居易打算将堂屋东边的侧室修缮后，再接娘子入住。

安排好堂弟侄们，刘十九将白居易叫到一边，低声问道：“落成典礼可邀请崔刺史？”

白居易摇摇头说：“在下佐官江州，幸得史君公百般照应，此次草堂顺利搭建，亦是郡守以优容抚我。往后山居，还须仰仗关照，此次典礼多为方外与山野友人小聚，故而不想叨扰于他。”

刘十九会意地说：“还是白兄思虑周全，入住草堂实乃山野吏隐，如此场所让江州刺史出席，着实不甚妥当。”

白居易拉着老友的手说：“宾客眼见到齐了，待会要祭拜山神，杂事繁多，刘兄可要担当担当。”

刘十九点头道：“这个自然，我本不是来做客的，老早就有了打杂的准备。”

白居易笑了笑，迈步走向草厅，与神凑等高僧一同商讨祭奠山神事宜。山里人自古就有祭祀山神的习俗，举凡建房修庙、砍伐狩猎、采药采石诸般开山动土重大事宜，皆要行祭拜之礼，以求神灵护佑，避祸远害，年景平安。白居易入乡随俗，早在元和十二年三月中旬，便在草堂前向庐山行了跪拜之礼，面朝着大山朗声宣读了《祭匡山文》，一字一句地赞颂匡山神灵的功德，向神灵坦言了自己与时参差的遭遇，提出愿于灵山栖此陋质的请求，其言诚诚恳恳，希冀博得山神的同情。

隐隐之中，白居易尚觉得有些怔忡不安，唯恐文中遗漏了一些神灵，这便糟啦！无意间岂不是奉承了一批，得罪了一批？故而，借助此次典礼，又重写了祭文，将《祭匡山文》中笼统称谓的“匡山神灵”，具体到“庐山遗爱寺四旁上下大小诸神”，除了一山主宰的山神外，还有雷神、电母、风伯、雨师、土地、雪神、霜神、花神、药王、牛王、蛇王、瘟神等诸般统属神皆囊括进来，此外，还有名望很大的庐山匡阜先生、庐山九天采访使、刘越、董奉等均一一照应，内心这才踏实安稳，遂于三月二十七日开始入住草堂。

十多日的试住，令白居易十分满意，这才决定举办一场典礼。这一日，群贤毕至，少长云集，加上周边闻讯赶来观礼、看热闹的山民，坡地已然集结上百号人。典礼按佛家仪式进行，正中的供桌上方悬挂的是释迦牟尼佛，案几上摆设灯烛、香花、时果、点心。东林长老神凑主持仪礼，燃烛焚香后，东西林与遗爱寺数十僧众齐声敬佛诵经，先是颂唱《僧伽吒经》，接着是《百佛名经》《普门品》，为了驱邪避秽，少不了要以《地藏菩萨本愿经》来压阵。敬佛诵经之后，白居易面朝庐山行跪拜之礼，对着幽深、空寂的山谷，朗声宣读了早已预备的《祭庐山文》：

维元和十二年岁次丁酉，将仕郎守江州司马白居易，以香火酒脯，告于庐山遗爱寺四旁上下大小诸神。白居易夙闻匡庐，天下神秀，幸因佐宦，得造兹山，又闻永远、宗雷，同居于是，道俗并处，古之遗风，而遗爱西偏，郑氏旧隐。三寺长老，招予此居，创新堂宇，疏旧泉沼，或来或往，栖迟其间，不惟耽玩水石，以乐野性，亦欲摆去烦恼，渐归空门。傥秩满以来，得以自遂，余生终老，愿托于斯。今葺构既成，游息方始，爰以洁敬，荐兹馨香。不敢媚神，不敢禳福，但使疫疠不作，魑魅不逢，猛兽毒虫，各安其所。苟人居之静谧，则神道之光明。斋心露诚，庶几有答。尚飨。

吐出“尚飨”二字，白居易吁了口长气，胸口顿时移去了一块大石。稍稍平静了一会儿，又从袖中掏出一份致辞，刘十九瞟了一眼，见打头写着“庐山草堂记”几个方正的大字。这时，朝阳已然爬上了山顶，天空也渐渐变得水蓝，远山的影子也重了起来。白居易迎着山风而立，思绪山峦般起起伏伏。草堂自元和十一年开始筹划，迨今始成，历时淹久，其间虽有扺牾，终究下定决心。时遭不遇，只宜安闲守份，好在心境不散，匠心守拙，做则有获。刘十九见白居易痴痴地只是出神，在边上局蹐地干咳了几声，白居易这才回转出来，当下拿起《庐山草堂记》，高声念道：

匡庐奇秀，甲天下山。山北峰曰香炉，峰北寺曰遗爱寺，介峰寺间，其境胜绝，又甲庐山。元和十一年秋，太原人白乐天见而爱之，若远行客过故乡，恋恋不能去。因面峰腋寺，作为草堂。

明年春，草堂成。三间两柱，二室四牖，广袤丰杀，一称心力。洞北户，来阴风，防徂暑也；敞南甍，纳阳日，虞祁寒也。木斫而已，不加丹；墙圬而已，不加白。砌阶用石，幂窗用纸，竹帘纻帏，率称是焉。堂中设木榻四，素屏二，漆琴一张，儒、道、佛书各两三卷。

乐天既来为主，仰观山，俯听泉，傍睨竹树云石，自辰至酉，应接不暇。俄而物诱气随，外适内和。一宿体宁，再宿心恬，三宿后颓然嗒然，不知其然而然。

自问其故，答曰：是居也，前有平地，轮广十丈，中有平台，半平地；台南有方池，倍平台。环池多山竹野卉，池中生白莲、白鱼。又南抵石涧，夹涧有古松老杉，大仅十人围，高不知几百尺。修柯戛云，低枝拂潭，如幢竖，如盖张，如龙蛇走。松下多灌丛，萝茑叶蔓，骈织承翳，日月光不到地。盛夏风气如八九月时。下铺白石，为出入道。堂北五步，据层崖积石，嵌空垤垸，杂木异草，盖覆其上。绿阴蒙蒙，朱实离离，不识其名，四时一色。又有飞泉、植茗，就以烹燀，好事者见，可以销永日。堂东有瀑布，水悬三尺，泻阶隅，落石渠，昏晓如练色，夜中如环佩琴筑声。堂西倚北崖右趾，以剖竹架空，引崖上泉，脉分线悬，自檐注砌，累累如贯珠，霏微如雨露，滴沥飘洒，随风远去。其四傍耳目杖屦可及者，春有锦绣谷花，夏有石门涧云，秋有虎溪月，冬有炉峰雪。阴晴显晦，昏旦含吐，千变万状，不可殚纪。覼缕而言，故云甲庐山者。噫！凡人丰一屋，华一箦，而起居其间，尚不免有骄矜之态；今我为是物主，物至致知，各以类至，又安得不外适内和，体宁心恬哉？昔永、远、宗、雷辈十八人，同入此山，老死不返；去我千载，我知其心以是哉！

矧予自思：从幼迨老，若白屋，若朱门，凡所止，虽一日、二日，辄覆篑土为台，聚拳石为山，环斗水为池，其喜山水病癖如此！一旦蹇剥，来佐江郡，郡守以优容抚我，庐山以灵胜待我，是天与我时，地与我所，卒获所好，又何以求焉？尚以冗员所羁，余累未尽，或往或来，未遑宁处。待予异日弟妹婚嫁毕，司马岁秩满，出处行止，得以自遂，则必左手引妻子，右手抱琴书，终老于斯，以成就我平生之志。清泉白石，实闻此言！

时三月二十七日始居新堂；四月九日与河南元集虚、范阳张允中、南阳张深之、东西二林寺长老凑公、朗满、晦、坚等凡二十二人，具斋施茶果以落之，因为《草堂记》。

这洋洋洒洒的雄文，被白居易朗声一读，庐山俨然蓬荜生辉。好半晌，众人方才齐声喝彩。张深之击掌笑道："好奇文，自此匡庐又添一段佳话！"

张允中趁步向前，口中不住赞道："淋漓畅快，恍若渍薄长啸，有高古之风。"

听了一干好友的夸赞，白居易的笑，先是从眼睛开始，然后再用嘴巴来完成，接着满脸都是笑，一直笑到心坎儿上了。抬头看看天色尚早，白居易对大伙儿说："此地山川甚佳，不若一同浏览浏览！"

刘十九随即附和："甚好，甚好，我等正有此意！"

当下，白居易领着众人浏览茅舍周围的景物，一路上颇为得意地介绍草堂园林的立意所在，白居易说："山居小院尤其讲究远近得宜，无中生有，虚实相生，此谓借景。开窗见峰，涉门成趣，如一灿之光，通室皆明也。"

刘十九问："记得汝在《截树》诗中写道：'万叶落头上，千峰来面前。忽似决云雾，豁达观青天。'这就是借景吧？"

白居易点点头，说："正是，譬如有二三人闲坐室中，或茶或酒，一片悠然，抬头可见隐约群山，何等快意！"

众人不禁莞尔。说着话，前面到了一处泉眼，张深之打趣地说："草堂四周尽是溪流，学士这是如鱼得水哩。"

白居易微微一笑，问道："深之可知，山泉有八大功德？"

张深之顿起好奇之心，反问白居易："哦，这一说确是新奇，不知是哪八大功德？"白居易答道："一清、二冷、三香、四柔、五甘、六净、七不食壹、八蠲疴，皆是山泉功德。"元集虚竖起大拇指，夸奖道："归结得甚好，好个不食壹、蠲疴，确为精妙。"张允中接着说："太宗诗云：水摇文蠲动。言水纹似蠲纸也，关联起来，确也有趣。"

张深之又问："闻得学士有诗云：来春更葺东厢屋，纸阁芦帘着孟光。难道汝夫妇二人欲在此举案齐眉，你耕田来她织布？"

白居易大笑，眯缝着眼，瞧着张深之说："草堂一间，坐也由我，睡也由我；老妻一个，左看是她，右看是她。"

张深之嘿嘿笑着，说："人人深情，则天下无事，自然恩厚而笃于伦！"

一路说说笑笑，不觉已然红日当顶，遗爱寺住持怀山邀请道："今日午斋鄙寺做了安排，打这儿有条近道，正好过去。"

白居易含笑点头，说：“有劳贵寺了，我等只好厚着面皮前去叨扰。”

怀山嘴里说：“何谈叨扰，群贤毕至，实令鄙寺生辉哩。众位随我来，小路崎岖，当心脚下。”

午斋毕，众人余兴未了，嘀咕着寻一个地方再去游览。白居易在遗爱寺院落里一边溜达，一边琢磨，这地儿倒要仔细选择，既不可遥远，又要有兴味，去哪儿好呢？恰巧迎面碰上郑家娘子，正张罗着收拾碗碟，见白居易心事重重，便搭讪道：“白居士想啥呢？这地面叫你踩踏了一层皮哩。”

白居易灵光一闪，郑家娘子是土生土长的山里人，自然知道周遭的好去处，当即问道：“娘子可知附近有啥好玩的地点？”

郑家娘子笑着对他说：“白居士原来为这事劳神呀，这一块最美的地端当数西边山顶上的大林寺，寺前的桃花正艳着呢。”

“桃花？”白居易纳闷地想，此时正值初夏，山下已是桃花凋谢，梨花落尽了的，如何正艳着呢？

“这个你就不晓得啦。”郑家娘子猜着了白居易的心思，接着说，“山上可比不得山下，季候来得晚，正是桃花盛开的光景呢。”

居士眼神一亮，此地别开生面，正好一游！当即别过郑家娘子，匆忙赶回斋堂与元集虚、张深之等人计议。

由草堂至大林寺约莫有小半日的山路，白居易考虑到神凑长老今年已经七十四岁，尚且抱病参加落成典礼，自然不宜再攀爬折腾。东西林寂然住持，朗、晦禅师等高僧年事也不小，遗爱寺怀山要打点诸般杂事，均不便前往。当下领着大家送别高僧回寺歇息，刘十九也因家中有事，急着赶回了江州。如此一来，前来参加典礼的二十二位僧儒，删删减减，留下来唯有元集虚、张允中、张深之、宋郁、梁必復、张特，还有东林寺僧法演、智满、士坚、利辩、道深、道建、神照、云皋、息慈、寂然，加上白居易，共十七人。

一行人鱼贯而上，起先抵达化城寺，在峰顶院稍事休息，遂攀缘北香炉峰，这一路消磨了几个时辰，夕阳衔山的光景，终于眼见到大林寺的琉璃屋顶。实则庐山有上中下三个大林寺，眼前便是上大林寺，为东晋大和尚慧远的高足昙诜首创。大林寺当下的寺僧皆是海东人，也便是新罗人，方丈闻听白居易等众多名士、高僧结伴造访，大是欢喜，亲自备了泉水、香茗，在清静的林荫之中，摆出桌椅，为众人洗尘。大伙儿絮絮叨叨、热热闹闹，白居易却靠在躺椅上，不知不觉竟睡着了，他这些时日着实太累了。

翌日清晨，白居易早早地起床，轻掩了房门，漫步来到院子里，只见四处云雾弥漫。举身破雾前行，回头看时，那雾又合在了一处。这云雾缭绕指缝间的感觉，叫人感到一种前所未遇的奇妙。隐约之中，白居易看到大林寺周围的花木果树丛簇茂密，蔚然成林。行至寺院西侧，忽见两株不知名的树，高干巨枝，亭亭如盖。白居易正仰着脖子端详，忽听身后有人讲话："这是先师昙诜手植的娑罗木宝树，乃西域僧人携带而来。此树不庇凡草，不止恶禽，耸干无愧于松柏，成荫不愧于桃李矣。"

白居易吃了一吓，回头看时，见方丈正慈祥地注视着自己，赶忙上前拱手作揖问安，方丈问道："白居士昨夜休憩得熨帖否？"

白居易答道："山上静谧，昨夜深荷见怜，一觉睡到了天亮。"

方丈含笑说："山上风物非比寻常，待会用过早斋，贫僧领着众位高贤四处走走。"

白居易又是一揖，诚恳地说："我等前来贵寺借光，劳烦了方丈！"

"白居士乃与东林结缘之人，理论起来与鄙寺还是同根一脉，何必见外。"方丈说，"慧远大师高足昙诜建大林寺，开讲佛法，用心精勤，五十年不衰。今日你我欣逢，正好参学请益！"

白居易见方丈平易近人，再要客套反而见外，言语之间也便不再拘谨，当即轻松地问道："如此说来，大林寺与净土宗颇有渊源？"

方丈笑道："那是自然，当年四祖道信也曾驻锡本寺，究竟起来，大林寺虽小，确是净土宗、禅宗、天台宗、三论宗相互融摄。"

"可谓一念一尘，法界无相。"白居易赞道，"佛法本是万物一体，森罗万象，头头安立，缘起三千也。"两人正机锋对答，忽听得寺中钟鼓响起，方丈道："早斋时辰到了，白居士随我去斋堂。"

早斋后，山林间云雾渐渐稀淡，巍峨的大林峰上，霎时峭壁生辉，雕檐玲珑的寺庙，也便露出了真面目。方丈领着众人步出寺庙二三里地，眼前的景致顿时叫人惊讶。只见数百株桃花艳若红霞，骀荡的春风里，阵阵芳香沁人肺腑。走近看，一朵朵花瓣小巧玲珑，粉红里间杂一丁点的白，打开的花苞闪出珍珠般的亮蕊，煞是叫人欢喜。白居易脱口赞道："此地实乃匡庐第一境也！"

安定人梁必復隐居庐山日久，此等情形也是头一遭见到，遂鼓舞白居易道："如此仙境怎可无诗，白居士何不吟上一首？"一时间，宋郁与张深之、张允中、元集虚还有一干僧众齐都跟着起哄，大林寺方丈在一边听了，眼眸含笑，心中窃喜。白居易执拗不过，遂在桃林中迈起了方步，走着，走着，口中便吟出一首《大林寺桃花》：

人间四月芳菲尽，山寺桃花始盛开。

长恨春归无觅处，不知转入此中来。

众人闻听之下，齐声喝彩，方丈连忙吩咐寺僧找来纸笔，叫白居易写了出来。宋郁在一边摇头晃脑地夸赞道："短短四句，似乎并不深奥、奇警，无非是把'山高地深、时节绝晚'做了一番记述，然而细细咀嚼，便能体味其中的情趣与深邃。"

张特见宋郁故作高深，遂追问了一句："宋学士不妨说说，这情趣与深邃的出处。"

宋郁接着说道："'长恨春归无觅处'乃探春、惜春、怨春也，故而面对始所未料的一片桃花之时，便有了'芳菲尽'与'始盛开'的对比、呼应。妙哉，妙哉！"

这一番话说得张特服气，便不再吱声，梁必復却接过话头说："宋兄深得诗中三味，一切景语皆情语，字面上是写景，实则是写性情和念想的跳跃也。"

张深之甚是赞同，遂补充道："学士曾因惜春、恋春，以至怨春，谁料却错怪了春，原来春并未归去，只不过像娃儿捉迷藏，偷偷地躲到这块地方来罢了。"

三人这样一摆划，众人方才领略到不凡，又撩起了一阵"啧啧"称赞。白居易倒有些不好意思，讷讷地说："过誉，过誉也！好像在下把春光写得有脚似的，可以躲来躲去。"

张允中调侃道："岂止是有脚，简直还有顽皮的性格呢。"

说得众人哈哈大笑，方丈含着笑解释道："大林峰起伏千仞，冷暖自是与山下不同，加以匡庐地处大江大湖之间，水汽郁结，云雾弥漫，日照不足，故而有此奇景。"

当日尽兴而归，用罢晚膳，众人到院中闲散。白居易沿着甬道回到僧寮，泡了一盏茶水，端在手中细细地呷，脑子里尽是日间所闻所见。云雾温润的庐山，衬着桃夭，小风带着淡淡的清香。行人在薄雾中经过山道，哼着荒腔走板的小调，雅俗刚好。连日的辛劳，至此方才歇落下来，白居易悠闲地端起盏子饮了一大口，茶水嘟嘟的从喉管一直响到肚腹里。不知是方丈有意安排，还是本就是这般陈设，僧寮之中文房四宝一应齐全。这一刹那，白居易正想把心事放在纸面上摔打摔打，细细一思量，便把嘴边上的话一一写了出来。握管下笔，随手蹴出了一个题目《游大林寺序》：

余与河南元集虚、范阳张允中、南阳张深之、广平宋郁、安定梁必復、范阳张特、东西寺沙门法演、智满、士坚、利辩、道建、神照、云皋、恩慈、寂然凡十七人，自遗爱草堂、历东西二林，抵化城，憩峰顶，登香炉峰，宿大林寺。大林穷远，人迹罕到。环寺多清流苍石，短松瘦竹。寺中唯板屋木器。其僧皆海东人。山高地深，时节绝晚。于时孟夏，如正二月天，山桃始华，涧草犹短，人物风候，与平地聚落不同。初到，怳然若别造一世界者。因成口号绝句云："人间四月芳菲尽，山寺桃花始盛开。长恨春归无觅处，不知转入此中来。"既而周览屋壁，见萧郎中存、魏郎中弘简，李补阙渤三人姓名文句。因与集虚辈叹且曰：此地实匡庐间第一境，由驿路至山门，曾无半日程；自萧、魏、李游，迨今垂二十年，寂寥无继来者。嗟乎！名利之诱人也如此！

时元和十二年，四月九日，乐天序。

第二十二章　悲欣交集

永　遇　乐

次日早晨，白居易用溪水洗了面，漱了口，又篦了头，绾上髻子，裹上头帻，这才出了草堂，迈开脚步往东林寺而去。沿路上思量：神凑长老真是一个慈祥方正的人，偌大的岁数，且抱病在身，竟跋涉前来，参加草堂落成典礼，如此肫恳周至，无所不到。作为晚辈万万不可失了礼数，理当前去问疾。再者西林寺主持寂然并法演、智满、士坚、利辩、道深、怀纵一干沙门，无不桑梓谊重，桃李情殷，怎可辜负一向关切。

白居易紧了紧盛有字画的褡裢，沿着慧远路攒步前行，约莫一炷香的工夫，便过了虎溪桥。白居易乃常客，门僧较为熟悉，无须递交拜柬，便径直来到长老居住的寮房。知客僧接入后，见神凑鸠形鹄面，昏昏沉沉地睡着，白居易不禁有些黯然神伤，叮嘱了服侍僧人几句，蹑手蹑脚地退了出来（谁料竟是最后一次与长老会面，当年九月二十六日，神凑圆寂）。出了房门，迎面遇见道深、如建前来探视，三人忧心忡忡地说起长老的病情，不免长吁短叹了一番。道深、如建陪同白居易前去与法演、智满、利辩、道建、神照等一一会面，白居易分别送上几幅笔墨，众人皆喜。

午斋尚早，上弘法师的两名弟子道深和如建便陪着白居易在寺中四处巡礼。寺庙庭院的大殿前、廊道间，遍布刻勒的庙碑文。道深见白居易凑近观瞧，便在一旁介绍："寺中碑记刻录的大多是功德捐献者的名目，亦有纪事记人的妙文。"白居易忽然想起刘轲写的《玄奘三藏碑铭》《南泉普愿禅师碑铭》

《石头希迁禅师碑铭》，与眼下所见文字如出一辙，遂问道深："碑中笔迹劲道圆转，颇见骨力，莫非全系刘轲笔墨？"

道深答道："白居士好眼力，庙中碑文大抵是依据刘居士手书拓片刻录的。刘居士早年师从韶关月华寺高僧惠朗，与佛有缘。虽然不久便还俗了，终归对沙门比较了解。"

如建补充道："德宗贞元末年，刘轲还在罗浮山研读过黄老之书，后又师从寿春籍硕儒杨生修习《春秋》。"

白居易点点头，说："儒道释同修，难得，难得！"

道深接过话茬："元和初年，刘居士自大庾来到庐山，在山南庆云峰下庆云院旁结茅读书，算起来，怕有十多个年头了。"

"嗯，板凳要坐十年冷。"白居易点头说，"刘珂积书匡庐，日与古人磨砻前心，岁月悠久，故而文字有山水气息。"

如建见白居易不住地夸奖刘轲，便问："白学士与刘居士可曾谋面？"

白居易点点头说："提起来话就长啦！"如建的话，勾起了白居易的回忆。记得是去年开春的光景，一日，白居易正在司马宅中摆弄花草，忽听得院外有人朗声叩问："请问白学士在家吗？晚辈刘轲特来拜访！"

白居易听着名字陌生，怔了怔，旋即步出院落，只见门外立着一位三十出头的儒生，高近七尺。身着圆领宽袖长衣，外罩一件乳白色对襟袄背子。戴幞头，幞头的两脚反曲朝上插入脑后。来人瞳仁灵动，眼眸带笑，笑里带着山野清新的气息。白居易顿生好感，唱喏道："在下白居易，刘郎远道而来，辛苦，辛苦，请到厅内叙话。"

刘轲急忙躬身行礼，言语诚恳地说："不才冒昧登门，打扰之处，还望学士见谅！"

白居易绽颜一笑，爽朗地说："老朽闲来无事，无非花花草草，有客来访，正好津津乐道，何谈打扰！"

到了厅堂，白居易说："刘郎是远客，请上座。"刘轲摆手说："学士乃是长辈，不才怎敢失礼。"

白居易便不再客套，坐了主位，刘轲坐次席。家中长年煎有茶汤，正好献上，白居易问道："刘郎从何处来江州？"

刘轲说："不才在庐山山南庆云峰下庆云院旁结茅读书。"

白居易"哦"了一声，继而问道："当下结草庐于岩谷间，读书属文的大约有多少人？”

“约略有一二十人。”刘轲道，“其中有学士故友元集虚、张允中、张深之、宋郁、梁必復、张特、郑处士等人。”

“春朝月夕，诸子或命酒过庵，或提琴相访，或参禅立偈，长松流水之间，石桥古路蓦地相逢，当哑然一笑。”白居易倾慕地说，“同具淡泊之操，共入宁静之域，逍遥得很！”

刘轲笑道：“诸子在庐山，有的纵情山水，寻求寄托；有的避世逃名，挂冠遁迹；有的专心攻读，蓄志待时；有的杜门著述，潜心诗画；有的隐于方外，参禅礼佛、炼丹修道如此等等，实则山中也苦寒，不尽是山温水软。”

“庐山奇秀，四方隐流，闻风麇集，采幽览胜，终日啸歌，不足为怪。”白居易品了一口茶，接着说，“难得千里负笈者，怀抱立功、立言之志，耐得坐冷板凳的寂寞，专心攻读，厮磨待时，其中甘苦，的确如人饮水，冷暖自知！”

刘轲闻言，心中一热。白居易几句话体贴入微，说到读书人内心里去了。听闻白学士少年时苦节读书，昼课赋，夜课书，以至于口舌生疮，手肋成胝，故而有此肺腑之言！一番寒暄，两人顿觉亲近了许多。刘轲端起茶盏，喝了一口，恳切请教：“听闻学士提倡‘文章合为时而著，诗歌合为事而作’，晚生愿闻其详！”

白居易意味深长地看了刘轲一眼，对面前这位后生又添了一层好感，遂手拈须髯，谆谆说道：“文章合时，一则不可空空泛泛，务求关注时事，闻见之间，应直歌其事；二则要贴近现实而作，所谓裨补时阙。所反映者不拘泥时事，但目的却是直面现实，缘事而发，言之有物。譬如果树，根是情，苗为言，枝叶乃华声、实义，如此方能辞质而径，言直而切。”

刘轲频频点头，自己又想了一想，感佩地说：“学士文字冠冕当朝，四海之风，为之丕变。一席倾谈，深入而能显出，罔不淋漓尽致！”

白居易笑着摆摆手，又道：“老朽用笔精到，却不及陶元亮浑朴自然。佛言：回心发露。作文亦如是，唯有探怀授心，方得发露幽情。”

“古书百万盘胸，不若亲聆教益。”刘轲似有所悟，沉吟片刻道，“素日自证自悟，如狮子独行，一空依傍。学士点灯，洞辟胸襟，好似感悟禅机，直入阿罗汉境界矣！”

白居易闻言，目光一闪，问道：“刘郎亦醉心禅悦？”

“不才年幼便出家，在韶关城南百里的月华寺师事高僧惠朗。”刘轲答道，“虽则不久便还俗了，依旧一心禅寂，相好严身。”

白居易见刘轲精通佛法，禅律交修，心目之中又高看了一眼。难为其独处山泽，看似藐然物外，实则萧然于空山草庐，苦心攻读，泛涉百家，淡泊以明志。白居易是过来人，自然解得其中况味。两人迎面得到的印象，实在非常愉快。

不觉茶过三巡，已然淡如微风。白居易自瓷瓯内重新抓出一把茶叶，放入各自杯内，待水煎成，一一冲泡，合上盖儿，少刻让饮。刘轲擎盏微嗅，不觉叹道：“庐山别无长物，云雾之间，唯有好茶别有风味。”

白居易笑道：“老朽倒觉得山崖甘泉，手掬可饮，更觉适性。”刘轲闻言呵呵一笑，道：“平素里，不才便是这般牛饮，惭愧，惭愧！”

坐了半晌，刘轲拿出近些年作的诗书文稿，请白居易斧正、提点。白居易也不客套，细细地一一看过，见文句朗朗入目，篇无格套，既非名流高论，亦非书生眼孔。白居易边看边点头，夸奖道：“刘郎诗文，直如健妇持家，醯酒盐豉，一一娴便，故而随手拈来，皆成文章。”

刘轲被夸，心中自是一喜，却更加希冀白居易指出不足，由是说道：“文如看山，不才笔底却时露熟态，如撑急水滩船，用尽力气，不离故处。还望学士不吝指教，也好摆脱窠臼。”

阅其文，白居易知道刘郎乃性情中人，言语并非客套。故而点评之间，毫不敷衍：“刘君诗文当得一个‘清’字，这与你多年采幽览胜，与山山水水长期厮磨有干系。再者今人作诗，喜好追求禅味儿，故而有人说唐人之诗大抵多为僧咏。即便以边塞诗见长的岑参，也会冒出一句‘相识唯山僧’的句子，可见积习之甚！如此跟风，难免有黄鹂调舌、百鸟压音之状。一味如此，白某认为不甚妥当，顶好做一个槛外人，濡养兼济情怀，倒比扭扭捏捏的玄之又玄可取。”

刘轲闻听，抱拳一揖说：“闻君一席话，胜读十年书。学士告诫，的确画龙点睛。”

两人畅谈甚欢，眼见将近午时，刘轲作辞起身，白居易再三挽留用膳，刘郎不肯叨扰，依旧立身请行。白居易并肩送出院门，目注客人的背影消失在巷陌之中。

转眼便是半月有余，一天，东林寺和尚道深、怀纵、如建、冲契、宗一等二十余人，率领僧徒及世俗之众一千多人来到司马宅，恳请白居易为已故东林住持上弘和尚撰写石塔碑铭。白居易于交谈中得知：元和十年十月初二，上弘圆寂。当时，白居易尚未到江州，墓塔已然在建，铭志甚是急切。白居易答应写塔铭，道深、如建特地请他去东林南冈拜谒了上弘灵塔的选址。行走之间，见到塔林内许多的碑拓庙文大抵出自刘轲手笔，一一浏览了几篇，那文字干净利落，深微通禅，于怀往悼来中沉郁顿挫，事理纵横。白居易乃是文章圣手，看后亦起了惺惺相惜之意。刹那间，白居易意识到，上弘弟子道深、如建起先是找刘轲为之赶写塔铭，一则上弘生前与刘轲关系密切，二则刘轲颇有文名。而今转请自己握笔，估摸着便是刘轲一力推荐。刘轲也确实存有借助白居易声名提高上弘声望之意，以此方式表达对这位大德高僧的推崇。这番搭桥引水，将一腔倾慕之情，着实化作了白居易的体面。那上千人鲜衣怒马的大场面，既显高峰，又叫人心情澎湃。

日月迁流，却早到了元和十一年初秋的天气。一日，白居易在书斋里雠校诗集，连日来精神劳苦，正思寻人烹茶煮酒疏散疏散，刘轲恰巧前来求教。白居易忙不迭地迎了出去，在午后的热浪之下，刘轲汗水涔涔地出现在门前，背负的包袱显得有些沉。两人对视一笑，彼此叙了宾主之欢，在院落里坐定，白居易一面献茶，一面问："刘郎结茅卜居，早晚温习经史，今日缘何涉足喧嚣？"刘轲咕噜地喝了一口茶，答道："终日闭门读书，不耐劳瘁，特来向学士讨教奥妙。"

白居易不禁莞然一笑："见你身背包裹，匆匆忙忙，以为要出远门哩。"

"非也非也。"刘轲摇摇头，说，"包袱里装着不才结茅庐山期间撰写的《翼孟》三卷、《豢龙子》十卷，倘有杂文百来篇，特地前来请学士指教！"

说罢取出卷帙，恭敬地呈给白居易阅览。白居易接在手中，认真翻看了几篇，心中便有几分欢喜，肚内思忖：论笔意恣肆，淋漓洒脱，可谓白衣翘楚！若非苦志用功，断无此笔力。此等读书人，若不另眼相看，何以鼓励人才？白居易对着刘轲微笑道："刘郎结茅十年，每日与古人消磨，可贵之处在于通古而达今，目所一见，辄落于笔，耳所暂闻，不忘于心，难得难得！《翼孟》卷本可谓引领当朝推崇孟轲风气之先！"刘轲眼中闪过一丝欣悦，嘴里却谦逊地说："区区寄庐小笺、偶兴之书，少有'枫落吴江'佳句，恐难入学士法眼，敢烦不厌冗杂，多加点拨赐教。"

白居易若有所思地说："书家谓书通即变，李北海初学王右军行法，既得其妙，乃复摆脱旧习，笔力一新。好比是那哪吒析骨还父，剔肉还母，始露全身。为文治学，也是一个道理。”

刘珂见名满天下的白学士对自己这一介布衣教诲殷切，平易近人，甚为感动。又细细琢磨魏晋以来，碑铭刻石，都用正书撰写，入唐以后，唯有李邕独树一帜，改用行书写碑。其笔力舒展遒劲，给人以险峭爽朗之感。忽然记起李邕曾经说过：“似我者欲俗，学我者死。”念及此处，刘轲恍然大悟，当即额触双手道：“幸蒙学士嘉教！多年凑字栉句，依旧才复茶弱，深感与高贤切劘之紧要，今日得大机趣！”

“且将卷帙放在这儿，待为兄细细地品读，方得好好切劘。”白居易站起身来，活动了一下筋骨，悠闲地说，“今日风和日丽，一起去江畔走走，如何？”

刘轲闻言，立起身来，嘴里说：“好的，好的，甚合我意！”

二人来到江堤上，但见淡黄的江水一波拱向一波，直至天水连绵。白居易立于蝉吟繁树之下，目光望向远方。远方，水意平远，云山一片。这一刻，所有的记忆似乎再次畅通。白居易平静地看了看身边的刘轲，自言自语地说：“一天天就像那波浪，生生不息。一个波浪就是一个开始，而今迈步，后浪必然推着前浪。”

这般玲珑的言语，叫刘轲一时间不知道如何作答，只是轻轻地“噢”了一声，白居易接着说道：“你看那天畔树，树外有天，天不限树，人竟不能于树外见天，以为天尽于树。”

这番话，何尝不是作文的道理？刘轲似有感应，便接着说：“在下入山闭户，至今十数年，至此三十以上尚觉得茫茫然然。”

白居易脑子不停地转着，就像岸矶边上的旋涡。他忽然意识到：不能让负面情绪感染正在上下求索的刘轲，必须引导这青年才俊走出求闲求静的茅庐，横江西去，成为国家栋梁之材！想到这，白居易喉咙里霎时有了金石之声：“治学不可沉溺于山野士子风习，莫要沾染隐逸跌宕余绪。刘郎才高八斗，应放眼天涯，投却得云里鹏程九万里！”

刘轲闻言一震，追问道：“在下于简牍之中，决要静中培拥丰硕，以为收拾来便是良知，谁知漫散去都成虚妄。学士所言创新、博采，是否便是畅游的由头？”

后生可教矣，白居易暗自赞叹一声，朗声答道：“茅庐苦读固然好，却难免落入‘文必秦汉’的复古模拟。山野闭门日久，亦难免流于干涩、俚俗。

欲要文章无定格，务必驰驱天下，小则胼胝民事，大则跨马据鞍，心系家国情怀。”

“感激学士良言。”刘轲一边打躬作揖，一边由衷地说，“今日幸得文道传承，不才定当身体力行。”

眼下是金秋，一切皆成熟得很快，盛开得很快，怒放得亦很快。在这样一个战乱四起、泥沙俱下的年代，尚有如此藏储激情的学子，在追逐本心，实为珍贵！白居易心绪忽地异常明朗，他决意要好好栽培这位后生，就像栽培自己快要枯萎的热望。

打那以后，刘轲每写完一文，皆要先送白居易过目，二人就这么交往着，亦师亦友，聚精会神。虽然不时常见面，情感却是与日俱增。若从爱才、惜才这方面看，在江州诸多新朋故旧之中，白居易最为看重的，当属元集虚和刘轲。这世上的事情说来说去都是缘分，在合适的地点，恰当的时候彼此遇见了，就有故事要发生。有人辞官归故里，有人星夜赴科场，不同年龄有不同年龄的事情要做。等待虽难，但后悔更甚。二人虽然一同结茅匡庐，生活的意义却大相径庭，一个寻求抵达，一个即将出发。如果非要求同存异的话，那便是：刘珂是剑折不改钢，白居易是月缺不改光。

萧然移日，光阴迅忽。转眼便到了元和十二年三月之初，一天，白居易正忙忙碌碌地筹建遗爱草堂，刘轲携带着自己撰写的《三传指要》十五卷、《汉书古史》十卷、《隋监》《三禅五革》《黄中通理》等著述，风尘仆仆地赶了过来，像一只奔出山谷的白鹿，一溜烟地就出现在面前，热切地说：“白学士，在下就将离开庐山，打算奔赴京都参加明春的进士科考试，还望恩师在‘试前行卷’方面给予帮助。”

进士试通常在正月或二月举行，十六年前，白居易参加进士试，头年秋天亦投献过“试前行卷”。“行卷”之风早已盛行，应试学子万万不可等闲视之。倘若士子应试无有“行卷”的引进，拟或“行卷”没有腾挪在关节上，即便文章写得再好，也很可能被有强势推荐背景的考生挤掉，名落榜单的结局就时有发生。刘轲祖籍在荒芜的岭南，出生寒门，自幼便皈依沙门，青少年辗转在佛寺、道观度过，此后在庐山结茅苦读，犹有田一成，耕牛两具，杂书万卷，大抵没有世俗往来，官场上更是两眼一抹黑。今儿刘轲羞怯地请求白居易为他争取长安社会名流、达官贵人“行卷”的机遇，顿叫白居易想起当年顾况说过的话：“长安米贵，居大不易。”是啊，从未走出象牙之塔的刘轲，只身一人在长安扎下根来谈何容易！白居易爱惜人才，当下决定提携刘轲，帮忙推荐。沉吟半晌，白居易说："老朽沦落江湖，体弱多病，况且不可擅离江州，不能与汝同去长安，也不便给京都台省旧友一一写信，你且回去准备行程，我这里写封手札，届时汝出发时带上，以此为凭，去长安拜谒能够出力之人，如此可好？"

刘轲心头一热，连忙捧袂长揖，感激地说："恩师点灯，自会照亮晚生的前程。大德不言谢，学生定当牢记教诲，兢兢业业做人，勤勤恳恳做事！"

"刘郎啊，兢兢业业于故纸堆中，求道著述，固然学优则士。"白居易语重心长地说，"然则典籍乃是桥梁，要经过它，却不可过于执着，莫要让别人的发想淹没自己内心的声音。"

"恩师的叮嘱学生记住了。"刘轲眼眶热热的，动情地说，"此去京都，山高水远，不知何日方能重逢？"

白居易见刘轲有些伤感，遂笑着安慰道："山不转水转，自有相逢那一日。到了长安，务必打开耳朵，去听更多的声音。心境要一张一弛，稳得住，担得起，既要和光同尘，也要在心中建庙。"

刘轲仔细听着，频频点头说："恩师的话，学生刻在了心里。此去定当竖起脊梁，奋发出一番作为，不负恩师期望！"

"京都可不比江州，那是个鱼龙混杂的染缸。"白居易担心刘轲结茅闭户太久，不谙世事，故而多说了几句，"那儿明枪暗箭太多，是一个需要钻营、身不由己的地方！与其整天周旋，与权贵攀交道，不如多交几个正直的朋友，既讲道义，又兜得转，方好安身立命。"

"学生怕京都门槛太高。"刘轲见白居易事无巨细都照应周全，越发感动，稽首说出了内心的忧虑，"高头大门难敲，故而烦请恩师帮忙行卷。"

白居易哈哈一笑，表情幽默地说："刘郎有所不知，平日里豪门大户都是冷清的，声名显赫之人十之八九是孤家寡人。你看他高高在上，他看你鲜活有趣，只要一个契机，便可敲开那扇门，这扇门，也是你人生的关口。"

见刘轲在一边呵呵笑着，神情松弛了许多，白居易又说："与人交往无非是体面、情面、场面而已，大可不必将心思花在这上头，将来正经事情多着呢。"说罢抬头看了看天色，见时辰不早了，便道："你还得赶回山南庆云院，路程可不短，不若早点回去准备准备，我这里筹建草堂，杂事亦蛮多。"

"得赖恩师说了许多的体己话，晚生受益匪浅。"刘轲闻言，再次稽首道，“只是搭建草堂帮不上忙，心里很是过意不去。”

“哈哈。”白居易笑道，“你办正事要紧，倘若你是闲人一个，自然会寻你前来帮着打点，就是想偷懒都是不成。”

刘轲也被逗得呵呵一笑，当下打躬作揖道：“晚生就不耽搁恩师工夫，这就返回庆云院，出发当天，再向恩师辞行。”

白居易点点头说：“回吧，回吧，推荐‘代书’，这两日便可写好，辞行时交予你带上便是。”

送走刘轲，白居易也没有心事打点草堂之事，倒背着双手，在院落里一边踱步，一面将京都的同僚与老友在脑子里过了一遍，掂量那“行卷”的对象。他首先想到“集贤庾三十二补缺”，庾敬休在同族兄弟中排行三十二，曾任集贤学士、右补阙，当年经常与白居易诗文唱和。庾三十二姿容温雅，为人襟抱夷旷，不饮酒茹荤，不迩声色。现任吏部侍郎，主管官吏任免、考课、升降、调动等事，手掌上立得起人，胳膊上跑得起马。为保险起见，白居易决定多选择几个行卷对象，继而又想到“翰林杜十四拾遗”，杜元颖贞元十六年与白居易同登进士第，元和中为左拾遗、右补阙，招入翰林充学士，是敢捭敢阖之人。还有金部元八员外，白居易的老邻居元宗简。元和十一年改官金部员外郎，这位老兄是个热心肠，穿针引线的软功夫可谓得心应手。“监察牛二侍御”牛僧儒也是白居易文友，现任监察御史，乃是炙手可热的人物。白居易是实心实意想抬一抬刘珂，圈定了上面几位之后，想了想，又加上了“秘省萧正字”及“蓝田杨主簿兄弟”。杨汝士、杨虞卿乃白居易的姻兄，一个任蓝田县主簿，一个为鄠县令，找两个至亲之人先搭台子再等戏，生旦净末一一登场，周旋的手段自然由表及里地施展开来。

人选想好后，白居易寻思：自己乃贬谪之人，一一给京都台省旧友写信恐怕会落下口舌，不若将刘轲的经历、才学、抱负、品德以非正规书信的格式表述出来，交给刘轲随身带往长安，以此为凭拜谒能为其出力之人，既简明扼要，又不给旧友添加麻烦。主意已定，白居易攒步进入书斋，着手酝酿“代书”的行文。

白居易看人，往往看三样东西：品行、本事、志气。在白居易看来，刘轲怀有赤子之心，早年出道入佛，心意笃然，而后结茅庐山，潜心读书著述十年，同为儒林、禅门、道家所推重。一人身兼道士、禅僧与儒生，今后造诣着实不可限量。白居易一面翻阅刘轲的《豢龙子》，一面寻思：有唐一代，粤北韶州至此产生了两大人物，一是南禅宗的开创者六祖慧能，二是贤明理政的辅臣、诗人张九龄，恐怕将来青史上还得添加这位兼通三教的刘轲！

风吹纸笺“哗哗”地响着，白居易拈笔在手，饱蘸了一泡墨，挥毫写下《代书》：“轲开卷慕孟轲为人，秉笔慕杨雄、司马迁为文，故著《翼孟》三卷、《豢龙子》十卷、杂文百余篇……”

盛赞了刘轲一番之后，白居易继而写道：“汝等七八个君子，皆是吾文友。以我的愚钝与耿直，常常相信汝等的话。假若这一次不失信于我，则君子之道，庶几光明正大矣。”这段话看似客气谦恭，实则绵里藏针，敦促对方重情义，惜才俊，认可自己推荐之举，实则是紧要发力之处。白居易不遗余力地上下搭梯，左右筑桥，惜才也许还是表层的意思，处江湖之远而心系庙堂安危，才是一竿子捅到底的潜意识。尽管白居易觉得自个儿“翻身落霄汉，失脚踏泥涂”，早已形体已悴，志气已惫，打算在庐山筑建草堂终老于斯。但是为雾豹、为冥鸿，寂兮寥兮，等待时机的念想却从来就没有熄灭。奉儒守官，自始至终是其挥之不去的情结。白居易从刘轲身上，看到了风华正茂的自己，故而乐于助其一臂之力，使得朝堂之上多一位正直的君子！

写好《代书》，已是亥牌时分，窗外淅淅沥沥下起了雨，先是一滴、两滴、三滴，零零碎碎击打在蕉叶上。接下来雨点的脚步显得有些慌乱，“哗啦啦”交织在一起，在大风呜呜的驱迂下，铺天盖地尽情宣泄。白居易起身走到屋檐下，伸手接了一掌雨水，无论是摊开还是紧握，终究还是从指缝中丝滑地流淌干净。忽然莫名地就有些忧伤，遥想好友牛僧儒、李宗闵、庾敬休，他们都在朝中沐浴着皇恩，温恭朝夕在金殿丹墀，掌书奏于兰台之中，个个春风得意，踌躇满志，而自己却拖着羸弱之躯，蜗居在山野的草堂，整日无所事事，空掷光阴。这样一想，心绪便起了波澜，回到书房，见案几上尚有几页泛黄的纸笺，也便握管写下诗题《庐山草堂夜雨独宿寄牛二、李七、庾三十二员外》：

丹霄携手三君子，白发垂头一病翁。
兰省花时锦帐下，庐山雨夜草庵中。
终身胶漆心应在，半路云泥迹不同。
唯有无生三昧观，荣枯一照两成空。

纸张有些破旧，有些模糊，可每一抹墨痕，似乎都凸显出鲜明的两端，昔日老友与自己已然判若云泥，可脚下的路，硬着头皮还得走下去。此刻，往事浓淡，经年悲喜，像乱雨敲窗，交织在了一起。

按律，进士试前首先要通过州试。这段时日，刘轲三更灯火五更鸡，没日没夜地温习备考，没有片刻的闲暇。草堂落成典礼，白居易也没有邀请刘轲参加。光阴迅忽，转眼到了三月下旬，刘轲顺利通过州试，检定了资格。怀着白居易的《代书》幸运地向“蓝田杨主簿兄弟”“集贤庾三十二补阙”等七人行卷。经过七位高贤不遗余力地引进推荐，刘轲算是进入了进士试的主司与当朝宰相的法眼。

正当白居易为刘轲“投却得云里鹏程九万里”感到欣慰的时候，一封来自千里之外的尺牍，顿叫白居易肝肠寸断，无语凝噎……

前些时日，白居易久静思动，出了一趟远门，到黄梅东山禅寺漫游了几天。那日归来，到了司马宅前，不觉日已偏西。昏暗的天光下，白居易猛然看见门额上挂着白幛儿，心里兀自一惊，待走近些，又听见院内传出抽抽泣泣的哭声，不禁两步凑成一步，急切地跨入家门，见杨氏与堂弟侄们皆系上白孝带，一个个泪流满面。见到白居易归来，一家子全都围了上来，杨氏嗓音沙哑地说：“下邽传来讣告，大兄逝去啦！”

白居易怔怔地杵在那里，两眼瞬间蓄满了热泪。大兄幼文忽遘危疾，突传噩耗，叫人痛彻肺腑。身为人弟，兄病吾不知时，兄殁吾不知日，如足如手，生不能相濡以沫；情切骨肉，殁不能孝悌人伦。苍苍蒸民，谁无兄弟？身为贬谪之人，不能前往下邽扶而归宁，敛不能凭其棺，窆不能临其穴，情何以堪！

抚今思昔，大兄的扶持，可谓成全了白居易一生。按照唐律，举子入长安应考，应由各地掌管贡举的地方官选送。白居易本是陕西渭南人，家居洛阳，本应该由洛阳地方官选送。皆因在宣州任溧水县令的叔父白季康的引荐，更有大哥白幼文的极力推举，白居易这才由宣歙观察使崔衍选送入京，于贞元十六年考中第七名进士，得以金榜题名。大兄如父，庇护了白居易的一生。

念及这些，白居易再也抑制不住深切的悲恸，号啕大哭起来，杨氏也赔了许多伤心泪，堂弟侄们个个拭泪，沉痛得抬不起头来。好一会儿，杨氏在一旁劝道：“郎君身体要紧，莫要过分悲伤！尚有祭奠上的事情需张罗，全凭你拿出主张。”

白居易这才含泪代痛，止住了悲声，吩咐道：“今晚搭起灵堂，找几件大兄留下的衣物以供祭奠。”

众人分头去忙碌，白居易踉跄地进了书斋，握笔画出大兄的肖像，挂在灵堂的正中。当晚，白居易长夜相守，流着泪烧着纸锞儿，满身都是悲伤。到了次日，白居易领着一家人来到院落，点了一把纸锞儿，跪对着下邽的方向，哭了一声道："大兄呀……"第二句就哭不上来了，堂弟搀起定省一会，又点了一把纸锞儿在院门前，哭道："大兄啊，一别之后，两地相悬，只说是三五年，又谁知竟成永诀！知离梦之踯躅，意别魂之飞扬，为弟是以肠断，百感凄恻！"哭得又爬不起来，杨氏再三苦劝，堂弟拉住起来，白居易身子极度疲乏，送回卧房后，已然昏睡过去。

头七的那天，白居易领着家人到浔城大石桥的河滩上，点燃长明灯，烧上几炷香，烧了纸锞子与纸火，叩上几个头，共同祭拜。白居易自怀里掏出早已写好的《祭浮梁大兄文》，仰天合地哭道：

> 维元十二年，岁在丁酉，闰五月，己亥，居易等谨以清酌庶羞之奠，再拜跪奠大兄于座前。伏惟兄孝友慈惠，和易谦恭，发自修身，施于为政。行成门内，信及朋僚。廉干露于官方，温重形于酒德。冀资福履，保受康宁。不谓才及中年，始登下位；辞家未逾数月，寝床未及两旬。皇天无知，降此凶酷。交游行路，尚为兴叹；骨肉亲爱，岂可胜哀！举声一号，心骨俱碎。今属日时叶吉，窀穸有期，下邽南原，永附松槚。白居易负忧系职，身不自由。伏枕之初，既阙在左右；执绋之际，又不获躬亲。痛恨所钟，倍百常理。呜呼！追思曩昔，同气四人：泉壤九重，刚奴早逝；巴蜀万里，行简未归；茕然一身，漂叶在此。自兄至此，形影相依。死灰之心，重有生意。岂料避亏之日，毛羽摧颓；垂白之年，手足断落。谁无兄弟？孰不死生？灼痛量悲，莫如今日。宅相痴小，白居易无男，抚视之间，过于犹子。其余情理，非此能伸。伏冀慈灵，俯鉴悲恳；哀缠痛结，言不成文。呜呼哀哉！伏惟尚飨。

浮梁大兄辞世，白居易悲伤过度，大病了一场。当病痛如抽丝一般痊愈的时候，已然到了元和十二年的冬日。这天，白居易早晨起来，汲好水，煽炉生火，烹了一壶浓茶。向院子一坐，见茶汤比嫩葱还要绿，甚觉爱人。及至入口，更是清香沁脾，与平日所吃的迥然不同，心情也便渐渐好转起来。正在这时，忽听一阵急促的马蹄声由远及近，一位官差驰骋到了司马宅前，手里拿着一份公文，高声地喊道："刺史请白司马前去点卯。"白居易顿觉奇怪，两年来，刺史特地派人来督促点卯还是头一遭，于是问道："不知所为何事？”差人朗声说道：“好消息，李愬将军收复蔡州啦！”

白居易闻听，蓦然从坐凳上弹身起来，刚沏好的茶水泼洒了一地。他趁步上前，一把抢过公文，仔细地看了又看，兴奋地喊道：“娘子，娘子！”杨氏以为白居易又发病了，急切地跑了出来，惶恐地问道：“怎么啦，哪儿不舒服？”白居易仰天长叹一声，激动地说：“朝廷平定蔡州啦！中兴有望，中兴有望啊！”杨氏闻言，眼眶中便流下泪来。

白居易和杨氏二人，手拉着手，你瞧着我，我瞧着你，眼泪点点滴滴地落着淌着，半晌，白居易喃喃自语道：“元和十二年，真正是悲欣交集！”

第二十三章 风雪蔡州

塞 上 秋

元和十二年，官军依旧在征讨淮蔡。连绵四年没有攻克，乃至“度支供饷，不胜其弊，诸将玩寇相视，未有成功”。宪宗很惆怅，问宰相们：“前方战事胶着，诸位谁能拿出安邦之计？”

几位宰辅鸦雀无声地站着，一时间竟也想不出主意来。宪宗见几位宰辅面面相觑，不觉大怒道：“平日高官厚禄养着，一个个趾高气扬，临机却全无决断！”

宰相李逢吉低头说道：“各路人马驻扎蔡西，相持日久，数战则民劳，久师则兵疲，朝中财力日�衰竭，粮草已然不继，不若罢兵，再从长计议。”

宪宗跺脚骂道：“各路大军集结不易，这关节眼上罢兵，前功必然尽弃！这，就是你的良策？”

宪宗目光在几位重臣的脸上一一扫过，见新任同平章事裴度在一旁不言不语，面沉似水，便问道：“裴爱卿怎么看？”裴度奏道：“臣请上前线督战！”

宪宗眼睛一亮，低头思索了一会：裴度为人执着，禀性持重，前些年派他巡视淮西的敌情，定是见了分晓，故而有此底气。淮西诸将彼此观望，皆想暂避贼锋，有此人前去蔡州行营督统，或许能够凝心聚力，一鼓作气平定逆蔡。想到这里，宪宗赞许地看了裴度一眼，说道：“今天就议到这里，散了吧。”

元和十二年六月，唐、邓节度使高霞寓自萧陂进兵文城栅，结果遭遇埋伏，全军溃败，自个儿在几个亲兵的护卫下得以逃脱。流星报马将文书八百里加急送到长安，朝堂一片哗然，延英殿上一干官员目瞪口呆。宪宗痛心疾首，询问群臣讨伐吴元济如何着落。朝臣交头接耳、议论纷纷，多数人认为还是罢兵赦罪为上策。翰林学士钱徽出班奏道："今贼势正盛，如其年长日久地劳师远征，不若招抚为上。"宪宗沉吟不语，翰林学士萧俛出列奏道："唐、邓节度使高霞寓全军覆没，令各路人马军心动荡，为今之计，罢兵暂避贼锋，养精蓄锐，以待时机，方为稳妥。"

宪宗听了，亦不表态，转头盯着裴度看去。裴度跨步向前，跪奏道："吴元济不可赦免！今日罢兵，必定功败垂成，贼势一旦如野火蔓延，再行征讨，势必难上加难。"

宪宗闻奏，把袍袖一摔，斩钉截铁地说："裴度忠心体国，所言极是。胜负乃兵家常态，若是王师就不该失败，自古以来朝廷用兵还有何难？王师屡屡无所不能，就不应留有这号凶贼。今天只论朝廷决断处置是否妥当，众卿只需在枢纽处做出决断，将帅有不合适的，撤去，无须迟疑；兵力不足的，迅速给予接应。怎能因一将失利，而迟疑既定大计？"

见皇上决心已下，满殿大臣不敢再言罢兵，裴度平淮之计得以推行。宪宗又问："众位爱卿，谁人愿往行营督统诸军？"

裴度再次出列，亢声奏道："为臣愿往，不破逆贼誓不还！"宪宗很是高兴，当即宣谕："任命裴度为门下侍郎、同中书门下平章事兼彰义节度使充淮西宣慰处置使，以刑部侍郎马总为宣慰副使，右庶子韩愈为彰义行军司马，即刻奔赴淮西，督统各路行营，号令诸军。"

裴度请缨督战淮西，辞别帝京后，不几日，便到了东都洛阳。大军暂时落下脚来。行军司马韩愈向裴度请求说："我想劝说汴军都统韩弘归顺朝廷，以剪除吴元济的羽翼。"

裴度问："韩弘私心甚重，可有把握？"

"韩弘颇似剑南的韦皋，虽有私心，但在大是大非面前站得住脚。"韩愈道出了劝说韩弘的意义所在，"韩弘反水，吴元济便孤立无援，这叫釜底抽薪"。

裴度权衡再三，准了韩愈的提议。一代文宗韩愈于是先行抵达汴州，以君臣之义和家族之情劝说韩弘配合裴度，向淮西发动有力的反攻。韩弘读过白居易起草的《除官制》，其中对韩愈才学的评价，令他记忆尤深：

大学博士韩愈，学术精博，文力雄健，立词措意，有班、马之风，求之一时，甚不易得。加以性方道直，介然有守，不交势利，自致名望，可使执简，列为史官，记事书法，必无所苟。

韩弘为此对韩愈有了先入的印象。今日一睹韩愈的风采，当即慨然应允。令其子韩公武率一万二千精兵，听从裴度使唤，并捐纳大批财物资助军需。裴度大喜，夸赞韩愈道："退之有诸葛之风，凭三寸之舌，连横合纵，赚来上万人马。"

韩愈被夸得有些不好意思，谦逊地说："过誉了，过誉了，在下怎敢比诸葛孔明。裴平章临危受命，督统三军，才是当今的郭子仪也！"

裴度哈哈大笑，说："你我知根知底，就不要相互吹嘘了。当下到了首山脚下，距离河南襄城不远，在襄城稍事修整如何？"

韩愈说："连日兼程，大队人马已然疲惫不堪，是该稍事休整休整。"

山麓下的平原上，河流蜿蜒流淌，浓云低垂，天气异常寒冷。裴度一行夜间抵达襄城，行军队伍和欢迎人群手中的灯笼火把，绵延几十里，远远看过去，犹如漫天的星斗闪闪烁烁。

八月二十七日，裴度一行顺利抵达招讨处置使官署所在地郾城。郾城地处河南中南部，毗邻大沙河，距吴元济的老巢蔡州仅有一百八十里地，是蔡州北面的门户。雄踞此地，一则便于观察敌情，二则兼镇李光颜、乌重胤、韩弘诸军。至此，算是将分散的军力揉捻在了一起。

翌日，各道军队皆齐齐整整地集结在操练场上，接受淮西宣慰招讨处置使检阅。裴度不顾旅途劳顿，骑马赶赴兵营。随行的有宣慰副使马总、彰义行军司马韩愈及两使判官书记李正封、冯宿、李宗闵等一行官员。各道军队的监军，忠武军节度使李光颜、怀汝节度使乌重胤、宣武节度使之子韩公武、寿州团练使李文通、鄂岳观察使李道古、唐邓节度使李愬等皆出兵营十里之外相迎。

校场上，旌旗招展，刀枪如林，前排一列列雄壮威武的兵士举着金钺、钺斧、大刀、立瓜，器宇轩昂；后面是密密麻麻的兵器与面孔，像一眼看不到尽头的松林，个个挺拔伟岸，士气高涨。裴度一行刚进入校场，耳畔便响起雷鸣般的高呼："荡平淮西，九州一统！"

裴度时而颔首致意，时而挥手鼓舞，在李愬将军的引领下，径直向阅兵台走去。如此气吞霄汉的阵势，裴度也是头一遭领略，纵然平日里雍容沉稳，也不禁心潮澎湃，豪情万丈。他在万目睽睽之下，巡视抚慰诸军，传达了皇帝旨意，即兴做了演讲，三军儿郎一个个精神抖擞，欢欣鼓舞。

到达郾城第三天，裴度着手整顿军务。第一件事便是奏请撤免各镇军中的监军使，这些监军使皆由宦官充任，专权自负。当日，裴度问韩愈：“韩司马，你认为各镇主帅消极避战、裹足不前首要症结何在？”

韩愈思索片刻，答道：“监军使难脱干系，不知军者上下制约，统军将士无作战进退决定权，胜贼难矣！”

裴度赞许地点着头，说：“更有甚者，监军使专横跋扈，胜则居功献捷，败则百般羞辱将帅，各镇主帅敢怒而不敢言。淮西战事僵持不下，监军难脱干系！”

韩愈极为赞同，于是建言：“裴大人何不撤免监军使，我愿代拟奏章，大人盖印即可。”

裴度哈哈大笑，说：“韩司马大才，区区奏折，倚马可待，必定提纲挈要。”

中唐政治最大的弊病之一依然是宦官专权，宦官头子统领着左右神策军，权力之重，连皇帝的命运都在他们掌控之中。在永贞内禅的过程中，俱文珍领衔反对王叔文，在册立李纯为太子以及拥立登基这两大事件中，上下腾挪，左右其手，起到至关重要的作用。唐宪宗视其为翊戴功臣，升任右卫大将军，掌管宿卫营兵，死后竟赠“开府仪同三司”，身份的显贵已等同于王公了。白居易之所以让裴度高看一眼，是因为：区区一个左拾遗、翰林学士居然敢于接连不断地抨击俱文珍等大宦官，磊落胸襟可见一斑！

裴度与韩愈计议后，在奏章里表达了几层意思：一是监军的宦官权力过于庞大，多方牵制诸道主帅，造成军队进退失据，贻误战机；二是监军绝少亲临前线督促战事，反而常常罔顾大局，争先夺路逃命，导致兵败如山倒。每逢战时，稍有不胜的迹象，率先逃跑者必是监军，大军往往随之奔北；三是监军好大喜功，报喜不报忧，偶有胜仗，定然抢先争功，打了败仗则推罪于将帅，多次激变藩道，造成背叛；四是宦官在军中专横跋扈，为所欲为，任意加害忠良。

奏章加急上报后，宪宗一概准奏，同时上谕：因李逢吉与裴度屡屡不和，免除其宰辅之位，调离朝堂，任剑南东川节度使。

撤免监军使，大快人心，彻底激活了万马齐喑的各道诸军。众将士做梦也没有想到，勒在头上的紧箍咒就这样解除了，一个个禁不住摩拳擦掌，跃跃欲试，都想以军功报答裴度，同时也证明自己能征善战。当时征讨淮西将帅有忠武军节度使李光颜、怀汝节度使乌重胤、宣武节度使之子韩公武、寿州团练使李文通、鄂岳观察使李道古、唐邓节度使李愬六位，大家不再相互推诿、观望，几乎是不约而同地提兵进逼，将淮西贼寇团团围困，绝不苟且。

裴度打坐在中军帐，擂鼓聚将，一一发布命令："令李公颜、乌重胤、韩公武联合攻打北线，择机出击，不得有误！""令鄂岳观察使李道古自南线进击，造就南北夹击之势。"又令："寿州团练使李文通攻击东线，伺机歼敌。"第四道令箭："唐邓节度使李愬西线御敌，务求稳打稳扎，寻机突破！"

众将官齐声回答："末将得令！"

裴度沙场秋点兵，战果累累。北线一仗下来，俘敌四万余人。南线李道古与贼军大战八场，共俘敌军一万三千余人，并攻占淮西重要据点申州。东线李文通先后发动十次战役，皆是硬碰硬的破袭战，俘虏一万二千余人。捷报不断传来，裴度破例青梅煮酒犒劳三军将士，各藩道之间，总算拧成了一股绳，淮西战局也渐次迎来了柳暗花明。

破 阵 子

裴度执掌帅印，坐镇郾城，像一把尚方宝剑悬在吴元济的头顶，逆蔡的防御重心被迫向北线倾斜。这一拉一扯，终于让原本铁桶般的防线出现了短板，西线的防御开始松弛。负责西线战事的是唐邓节度使李愬，他可是个要命的人物。善骑射，精于谋略，有名将之风。宪宗命令唐邓节度使高霞寓讨伐吴元济，却接连遭遇失败，又命令袁滋代替高霞寓为节度使讨伐逆贼，依旧徒劳无功。李愬自告奋勇请求征战淮西，在裴度引荐下，宪宗任命他为唐邓节度使。抵达淮西后，李愬认为藩道军马与吴元济交战屡屡失败，士气正低落，遂下令高挂免战牌。有人感到疑虑，问李愬："将军新到，正要建功立威，为何熄兵不前？"

李愬说："贼人早已习惯袁大人宽仁带兵的作风，故而防备松懈，本将军不想过早地打草惊蛇。"紧接着诏告全军，"皇上知我能隐忍，故而委派我来抚慰众军。至于行军作战，非本将军的职责。"此言一出，军中哗然，有人背后嘀咕："什么名将之后，看来是个怂包。"

众将士哪里晓得，胆略超群的李愬自知名望不重，欲借此迷惑贼人，使其产生轻敌之心。如此，方可出其不意，攻其不备。兵法云：骄兵必败。李愬深得其中三昧。君不见：鸷鸟将击，必先卑飞敛翼；猛兽将搏，必作弭耳俯伏之状。其中奥妙，李愬了然于心。

李愬走马上任，着重做了两件事：一是跟戍卒们融洽情感。唐代军中崇尚风雅，即便行军打仗，将官俱携带歌伎，以供饮酒作乐。正如边塞大诗人高适在《燕歌行》中描述的那般："战士军前半死生，美人帐下犹歌舞。"李愬对此深恶痛绝，抵达行营的第二天，便将帐幕中的歌伎乐师尽皆撵走。平日里，一头扎进士卒之中拉家常，叙温寒。兵丁有个头疼脑热，李愬亲自端茶倒水，百般呵护，众将士无不感激涕零，为他赴汤蹈火之心如火烹油。李愬蛰伏待机，抢眼看好似庸碌无为，却是于无声处听惊雷，惊蛰过后，必然万物疯长，必然四下里萌发。而今，西路军已然于不知不觉中脱胎换骨。这第二件事，便是优待俘虏，以此培养眼线。但凡淮西降卒与俘虏，无不优渥相待，好吃好喝不说，尚且去留自便。遇上家中老小无钱抚养或安葬的，李愬慰问甚厚，赠钱送物赐路费。德化之盛，涵濡之深，好一似春风化雨。

李愬训话："汝等皆是大唐百姓，敌对是暂时的，和睦是长远的。你们说，彼此是增加仇恨好呢，还是放下屠刀好呢？"

降卒无不齐声高喊："罢兵休战，放下屠刀！"

李愬点点头，动情地说："战争已经够久啦！你们都有父母、妻儿，谁人不想生尽其爱，养尽其劳，葬尽其孝？谁人不想刀枪入库，马放南山。灯火可亲，家人团圆？古人云：一将成名万骨枯。众儿郎，汝等万不可做吴元济称王称霸的替死鬼啊！"

众降卒多是劳苦出身，何曾听到过这样掏心掏肺的知心话？一个个如同拨开云雾见青天，被那醍醐灌了顶。一个个无不感恩戴德，知无不言，淮西军的内部机密，也便左一嘴右一嘴地和盘托出，许多降卒愿意留下来，脱胎换骨，转而在李愬军前效力。

李愬明白征缴淮西是"三分军事，七分政治"。淮西割据已经几十年啦，残酷的战斗早已锻造出一支不怕死、不受抚、不感恩、不惧威的强悍兵马，军事讨伐，必定是杀敌一千，自损八百，乃是拼血本的下下之策。熟知兵法的李愬，对于"不战而屈人之兵"理解的比别人更加透彻。他的政治攻势，尤其在收拾人心上下功夫，西线的淮蔡军心渐渐地百炼钢化为绕指柔，骨牌一般连锁动摇。

一日，李愬旗下山河十将之一马少良率骑兵十余人巡回侦察，遭遇到吴元济的捉生虞候丁士良，二人并不答话，当即刀枪并举，走马灯一样厮杀在一起。马少良乃三国五虎将马超后人，枪法了得。二人大战了五十余合，马少良虚晃一枪，卖了个破绽，放对方进招过来，一招白鹤亮翅，荡开丁士良手中的大刀，两骑擦肩而过的当口，轻舒猿臂，将其擒获。丁士良是吴元济手下的骁将，危害唐、邓已久。军营中群情激愤，纷纷请求将他剖腹剜心，李愬为了安抚众将士情绪，当时答应下来。

翌日，李愬审讯丁士良，当堂斥责道："汝等为虎作伥，目无朝纲，危害地方，罪该万死！"丁士良面不改色地回答："事主唯忠，你我各为其主，如若换位思想，就不一样。"

李愬说："坦率而不狡辩，丁士良真乃大丈夫也！"当即命令为他松绑，丁士良早已听说李愬宽仁大量，不同于其他骄横跋扈的朝廷将领，便主动请求为李愬效力。李愬倒也爽快，当即任命他为捉生将。丁士良愈发感激，就献计说："叛将吴秀琳手下仅数千人，将军为何一时无法败之？乃因智囊陈光洽为之出谋划策。今日追随将军，愿擒获陈光洽，促使吴秀琳来降，权作晋见之礼！"李愬大喜，放任他权宜行事，用人不疑。丁世良果不食言，利用陈光洽尚不知就里，诱擒而归。

这月初五，李愬由唐州移兵屯驻宜阳栅。在陈光洽与丁士良撮合之下，吴秀琳派人传信说："早闻李愬将军深明大义，愿率文城栅戍卒投诚。"

李愬接信后立即起营拔寨，领兵前出文城西面五里，派唐州刺史李进诚率兵八千驻扎城下。李进诚趾高气扬，鲜衣怒马地招呼吴秀琳前来搭话，谁料城上箭如雨下，给他一个下马威。李进诚气得哇哇直叫，驰马中军帐，怒气冲冲地对李愬说："吴秀琳乃反复小人，分明是诈降！"李愬哈哈大笑道："吴秀琳不战而降，要的是诚意与尊严，主帅不至，安能就范？"当下策马来到城下，吴秀琳站在城头远远望见，连忙吩咐收起兵器，大开城门，一头伏在李愬的马前。李愬攒步向前，双手扶起，抚摩着他的脊背，好言安慰道："将军弃暗投明，俊杰也，今后你我当同心建功立业！"吴秀琳含泪答道："李大人光明磊落，吴某愿效犬马之劳！"

说完闪身向李愬引荐一人："此乃我帐下第一勇将，李宪也。"李愬闪眼一看，见李宪身高九尺，阔面豹眼，果然是一员虎将。当场为他改名为李忠义，仍然留在吴秀琳手下听用。李愬吩咐李进诚道："为安全起见，速将文城将士的女眷全部移至唐州，妥善安置，不得有误。”李进诚见兵不血刃便收降了吴秀琳的三千人马，心中高兴，朗声答道：“遵命！”

兵者，势也！一鼓作气，再而衰，衰而竭。李愬熟读兵书，自是明白彼竭我盈，方能克之。乘着高涨的士气，将军开始紧锣密鼓地排兵布阵：派出旗下山河十将分别攻打各处栅垒。不日，战报次第传来，山河十将董少玢占领马鞍山，一举攻克路口栅；马少良占领岈山，擒获淮西将领柳子野；妫雅、田智荣攻克冶炉城；阎士荣攻克白狗、汶港两处栅垒。紧接着，妫雅、田智荣攻破西平；柳子野和李忠义袭击朗山，擒获了守将梁希果。当月十八日，李愬派方城镇遏使李荣宗攻克青喜城。

稳健的李愬采取步步为营的蚕食方式，先后出兵攻取蔡州以西和西北的文城栅、马鞍山、路口栅、嵖岈山、冶炉城和西平等据点，由此与北线郾城一带的唐军相互呼应，形成了掎角之势。最为紧要的是李愬遣将攻克了蔡州正南和西南方向的白狗、汶港和楚城，诸多城栅一一破袭，也便切断了蔡州与申、光二州的联系。当李愬的战旗飘荡在毗邻蔡州的文城栅时，西线战场终于出现了节点。说知就里，便是李愬之兵峰，总算有指望触及蔡州这一核心地带。唐邓这彪人马忽振忽落，奇正相生，一场经典战役拉开了序幕……

攻下文城栅，众将士主张乘胜突击，继续攻城拔寨，李愬却鸣金收兵，又整整隐忍了几个月。有谁知晓，将军的目标不在于逐城逐寨地攻取，他酝酿的是一盘大棋。故意留下一批据点，乃是为了分散敌军兵力，以此削弱吴元济老巢蔡州城的防守力量。战场博弈，好比下象棋，凡是见子就吃，将棋盘拍得啪啪山响者，往往皆是最后的输家。弈之高手，定是全局在胸，目光紧盯着的必是最为要命的中宫。此时，裴度坐镇的北路军也加大了攻击力度，吴元济不得不抽调更多的精兵去应付，蔡州城越发地空虚。

李愬每当心中有事，皆以诚恳态度，与众降将商议对策，毫无芥蒂。一日，李愬问吴秀琳：“吴将军，汝对淮西战事怎么看？”

吴秀琳回答说：“朝廷诸道虽然节节取胜，但要彻底剿灭淮西兵马，恐怕还须三年五载。”

李愬点点头，满腹忧虑地说：“朝廷讨伐淮蔡头尾四年有余，粮饷军资耗费巨大，已呈兵疲师老之势，百姓亦饱受连年战事之苦，颠沛流离。”

吴秀琳毫不隐晦地说出心中想法：“将军要想早日结束淮西战事，定要奇正相生，出奇制胜，方是上策。”

李愬目光闪闪，一把抓住吴秀琳的手说："你我所见相同，不瞒你说，我早已募集敢死之士三千人，号称'突将'，每天亲自教练他们，以备袭取蔡州之用。只是偷入蔡州，悬军奇袭，置之死地而后生，恐非易事。其中诸多关节，还请吴将军不吝指教。"

"将军高瞻远瞩，早已洞若观火，我等只是竭力为大人分忧耳，何敢指教。"吴秀琳见李愬掏心与自己说话，十分感动，接着说道，"欲取蔡州，非得李祐相助不可。"

李祐何许人也？西线将士再也熟悉不过。此人乃吴元济手下得力干将，坐镇兴桥栅一带，攻防自如，叫官军吃过不少苦头。死在他手里的戍卒不知其数，可谓有勇有谋。要想活捉李祐，还真不是一件简单的事。李愬与吴秀琳反复斟酌后，命令部将史用诚率领三百精兵在李祐营地附近的郊野中埋伏，严令：只许活捉，不许伤害李祐。另外派出一些老弱残兵，假装要焚烧李祐的营地。

李祐站在兴桥栅大寨中，瞪大双眼瞧得分明，恼怒寻思：看来不给李愬一点苦头吃，还以为猛虎是病猫！当下放下栅门，率领众军将一拥而出，本想全歼这班老弱残兵，给李愬一记当头棒喝。哪知晓却一头钻进了包围圈。史用诚率伏军蜂拥而出，四下里团团包裹住李祐。李祐左冲右突，正遇史用诚迎头赶上，两下厮杀在一起。因心中慌乱，一个闪失，被史用诚活生生地俘虏。

长年累月的残酷鏖战，征战双方早已积怨怀恨，刻骨的敌意已然难以自拔。李愬手下的官兵，这些年多次吃过李祐的苦头，各营寨几乎都有弟兄折损在这厮手里。没想到昔日恨得咬牙切齿的贼将，而今成为阶下囚！一时群情激愤，纷纷请求将李祐就地正法，为死难弟兄报仇雪恨。李愬老谋深算，胸中的沟壑又岂是普通兵丁所能明了。不仅没有处死李祐，反而好吃好喝供着，当作上宾一样款待。

北方的雨向来放荡不羁，说来就来，说去便去，酣畅淋漓。不像江南的雨水，婆婆妈妈，缠缠绵绵。打从活捉了李祐，这淮西大雨，竟然不似往常，连着下了两个月，的确非常罕见。当晦涩的环境快要把人心风干的时候，这场雨水浸泡了边塞士兵孤独而哀婉的心。李愬正费尽心力化解将士们与李祐之间的怨恨，军中却谣言四起：苦雨，苦雨，是被李祐杀死的亡灵在哭泣！李愬不杀李祐，人鬼共怨，天理难容！

李愬雄才大略，其内心的韬略元机，普通士兵怎能够窥探毫厘。粗粝的戍卒只记得多少回兴桥栅上箭如雨下，一个个刚才还活蹦乱跳的弟兄，转眼都惨死在壕边、栅前。穷苦出身的士卒，读书不多，如何晓得战争乃是政治的延续，没有永远的敌人，也没有永远的朋友。收服一个李祐，早日结束战争，才是大慈大悲，才是国计民生，才是大局。

面对由此带来的士气低落，李愬也无计可施。他知道事到如今，凭借个人的能力，怕是无法保全李祐了。只好下令将李祐囚禁起来，再行定夺。苦闷之中，李愬找来吴秀琳，带着哭腔说："难道是天意，不叫早日荡平贼寇？我一片苦心，何人能解？"

吴秀琳见李愬如此悲伤，内心既感动又很难过，便建议道："莫若交给朝廷处置，或许可以堵住众人之口。"

李愬多通透的人，一听这话，心里便有了计较。当即传令山河十将马少良前来领命："汝负责押解李祐去长安，接受朝廷裁决，一定要确保他的安全，拜托，拜托！"

马少良跟从李愬南征北战多年，即使不明白其中的关节，却认一个死理：如此郑重其事，李祐必定是平定淮西的一颗重要棋子！当下慷慨应道："将军放心，在下定然不辱使命！"

与此同时，李愬以千里加急，给皇上递交了一份密折。宪宗接到密折后，圣心甚慰，积极配合李愬唱了一出双簧。朝廷煞有其事地收回之前抓捕李祐的诏令，同时下诏赦免李祐，命其在李愬帐下效力。

圣旨的威严非同凡响，将士们再也不敢在斩杀李祐的问题上纠缠不休。李愬大为宽慰，赶紧派遣使者快马赶上李祐一行，宣读了宪宗免罪诏书。原来临行前李愬暗中吩咐马少良，出发之后，前几日务必急速西行，以防深怀怨恨的将士在途中拦截追杀。待确认了安危，则须放慢行程，边走边等朝廷赦免的诏书。

见到李祐毫发无损地返回军营，李愬在极度焦灼的等待中，猛地松弛下来，禁不住像孩童那般喜极而泣。他张开双臂紧紧抱住李祐，欢快地嚷道："尔之得全，社稷有灵矣！"

李祐看着满眼热泪的李愬，一股热流直涌丹田。眼前的一幕，彻底消除了他那日踏上囚车之时内心淤积的茫然与怨恨。李祐至此方知，为了自己的安危，李愬竭尽了全力，乃至押上了自身的功名和利害，押上了千万名戍卒的忠诚！这份知遇之恩，让李祐做出决定：从今以后一心一意追随李愬，死心塌地！李祐没有想到，更加让他感动的事情还在后头。第二天，李愬当着山河十将的面宣布：任命李祐为六院兵马使，邓、唐、随州所属的三千精锐，皆归李祐指挥。

通透的李祐自然明白：节度使牙卫队，号称六院兵马，都是山南东道精悍勇锐的将士，乃是李愬随身的家底。如此安排，李愬是考虑到军中依然有很多人仇视自己，怕我遭遇不测。这三千人马是李愬带来的亲兵，与自己没有厮杀与瓜葛，其实是担负保护之职责！想到这些，李祐又一次泪流满面。

自此，李愬让李祐带着佩刀，在自己的帐中担任警戒。有时，还与李祐一同就寝，秘密交谈，常常一聊就是一个通宵。有人担心李愬的安全，在帐外偷听，依稀听到李祐感动的哭泣声。

一天晚上，李愬与李祐、李忠义等降将对着铺在桌上的地图，仔细研究蔡州的地形，谋划攻击的计策。李祐说："西线官军驻地距离蔡州城约一百三十余里，路途不算远。麻烦的是：淮西沿途哨卡密布，蔡州城附近日夜皆有兵丁巡逻，很难找出突袭的破绽。"

李忠义分析说："虽然李祐将军对蔡州周边的防御体系非常熟悉，但据最近的降卒讲，吴元济已经对原先的部署做了相应的调整，借助早先的经验突袭蔡州，变数太大。"

李愬沉默片刻，问道："你们预测，蔡州重新布置的防御，会有哪些变化？"

李祐笑道："蔡州的将领我皆熟悉，防御之策万变不离其宗。如若再派些细作混入摸底，两相对照，就能够八九不离十。"

"要想穿越一百三十多里而不被发现，只有在夜间行军才可以做到。"李忠义用手点击着地图说。

"关键还是沿途布置的那些巡逻兵，如果望见烽烟，必然梯次接续，压茬儿将军情传至蔡州。"李祐说。

李愬问："有何良策破解？"

"万全之策乃是釜底抽薪，倘若防御的兵力捉襟见肘，巡逻之兵必会调往守城，被发现的概率定然大为减少。"李祐目光炯炯地望着李愬说。

李愬沉思半晌，做出决定："在袭取蔡州之前，再发动几次破袭战，消耗淮西军的有生力量。"

计议停当，李愬向督军裴度禀报了唐邓军的计谋。裴度大为赞赏，由是，各条战线相继发动了几次破袭，逆蔡兵力，更加入不敷出。

中　兴　乐

转眼到了阴历九月，白露之后是秋分，秋分之后是寒露，气候渐渐变凉了，露水快要凝结成霜。夜，一天天更加漫长。

这一日，李祐急匆匆走进李愬军帐，透露一个重要军情："几次消耗战打下来，淮蔡兵力已然吃紧，大多精兵皆屯守在洄曲及蔡州四境。驻守蔡州的乃是一些老弱残兵。巡逻的哨卡也大多抽调去守城，突袭蔡州的时机悄然成熟。"

李愬一听大喜，拍着李祐的肩膀说："我等乘虚而入，擒贼先擒王，逮住吴元济，淮西百姓可以休养生息矣。"自此，李愬一面暗中派出细作摸清蔡州的动静，一面调兵遣将预备奇袭事宜。

当时，行军司马韩愈得知蔡州空虚，急忙赶到裴度行营，欢喜地说："裴公，得到确切消息，吴元济兵力不济，精兵皆派往外围，蔡州实乃空城也，可有打算？"

"退之"，裴度看着韩愈兴奋的表情，一面吩咐仆人倒茶，一面指着座位说，"坐下，坐下计议。"

韩愈坐定后，眼望着裴度，期待他进一步说下去。裴度明白韩愈的意思，便呷了一口茶，继续说："试问，今日各道兵马，谁离蔡州最近？"

"唐邓节度使李愬也。"韩愈回答道。

"汝知蔡州空虚，李愬安能不知？此刻他必定相机行事，蔡州指日可下也。"裴度脸上露出一丝笑意，语气倒是平静得紧。

韩愈一拍手掌，笑着说道："抓住吴贼，裴公便可以给朝廷一个交代了。"

"百姓从此可以安生度日，国家大统有望，这才是根本。"裴度用欣慰的语气道，"退之总管军政，平时负责操练军队，战时拟定攻守战法，并主管器械、粮草、军籍、赏赐等事务，事务繁多，皆为要津，投笔从戎，劳苦功高噢。"

"裴公过誉了，此乃职责所系，何敢言功！不知裴公近期有何妙策？"韩愈问道。

“可知会北线、南线、东线诸道作相应佯动，以配合李愬行动。”裴度赞许地望着韩愈说。韩愈愉快地接受指令，大踏步出了帅府。

光阴似箭，季候不居。十月说到就到，整个河溯在悄然运转，一支支唐军汇聚而来，给亟待中兴的帝国增加了几分肃穆与庄严。当月十六日傍晚，风雪弥漫，凛冽的寒风将旌旗都吹裂开来。李愬杀牛烹羊大飨三军，众将官饱餐一顿，枕戈待发。历半夜，李愬全身披挂，流着泪水向将士们训话：“健儿们，今夜本将军要率领汝等披坚执锐，伐无道，诛叛逆，还天下以太平，还汝等父母、兄弟姐妹一个朗朗乾坤。今夜要为千万个阵亡的弟兄报仇雪恨，要让逆贼知道马王爷长了几只眼。今夜本将军与汝等一道顶风冒雪，九死一生，是真男儿，就在今夜建功立业。健儿们，有没有必胜的信心？”三千将士举起手中的刀枪，齐声呐喊：“荡平淮西！荡平淮西！”

李愬手拿令箭，当即传令：“令李祐率领三千突击兵马担任前锋，李忠义为副将。”李祐、李忠义奋勇出列，高声答道：“遵命！”又令李进诚：“着汝统领三千人殿后，不得有误！”李进诚答道：“得令！”李愬亲自率领三千士卒为中军。

李愬“呛啷”一声拔出宝剑，朝天一指，厉声号令：“出发！”三军当即偃旗裹甲，钳马衔枚，出了文城栅，突然对张柴寨发动偷袭。众儿郎如狼似虎，山崩海啸般掩杀过去，歼灭守军后，李愬检点兵士，只有一些轻伤。与众将官商议后，大军稍事修整，待命再度出击。

雪越下越大，随风漫天飞舞，士兵们皮肤被冻裂了，马也畏缩不前，一路上冻死的士兵十之一二。出张柴寨东行，人迹罕至，泥泞与积雪，厚达两尺，每一步皆异常艰难，士兵们茫然不知所往。几位军吏前来请示目的地，李愬这才明确说道：“入蔡州，擒吴元济！”众人一听，全都惊讶得面无人色，只因惧怕李愬的刚正威严，无人敢提异议，一个个拼着性命往前攒行。

李愬分别派出一小队人马破坏沿途桥道，断绝洄曲的退路，又分派兵马切断朗山山道的后路，铁下心来背水一战。大军继续向前行进了七十里，半夜时分来到悬瓠城。大雪依旧纷飞，城旁都是饲养鹅、鹜的池塘，李愬命人将鹅、鹜惊扰起来，以此遮掩兵马的声响，吴房、朗山戍守的贼兵皆没有发觉异常。李祐一马当先，挥动兵士迅疾扑上城墙，觑贼人不备，混杀一阵，尽灭守卫城门的兵丁，打开城门，大军浩荡而入。

此时，已是三更时分，天色黝黑，雪花迷乱，对面莫辨人影。混沌中，城中仍然像平常那般打更报时，似乎一切都没有发生。直到天刚蒙蒙亮，大雪停了，李愬领军进入吴元济屯兵的外城，蔡州官吏这才惊觉，霎时间，阵脚大乱，惊恐地相继呼喊："蔡州失陷，蔡州失陷了！"

吴元济自梦中醒来，尚不知官军四突，斩将拔旗，蔡州已然哗乱。听到紧急军报，犹自不相信地说："或许是洄曲的子弟兵前来领取棉衣吧？"及至听见外面的传令兵的大声吆喝："常侍有令……"这才惊惧地问："哪门子常侍，一大早竟来蔡州？"惊慌之下，跌跌撞撞地率领亲信登上牙城。举目四望，眼见得城下黑压压尽是官军，李进诚已经率领精锐将牙城团团围住，众军士齐声呐喊："活捉吴元济，活捉吴元济！"吴元济顿时面无人色，仰天长叹一声，两行浊泪滚落而下。

李愬冷静地做出判断：面临绝境，吴元济唯一的希望是猛将董重质出兵救援。急忙亲自到董重质家探访其家人，礼数周全，安慰备至。董重质一家感激涕零，当即代写了一封招降书，派管家送往行营。董重质见信之后，浩叹一声："罢了，罢了！"随即身着白衣，单人匹马前来李愬营帐归降。李愬大喜，降阶迎接，握着董重质的手说："将军深明大义，蔡州百姓之福也！"董重质见李愬真诚坦荡，丝毫不见盛气凌人，心中稍安，纳头便拜，嘴里说道："罪将令生灵涂炭，万死难赎！"李愬抢步向前，一把扶起，安抚道："军人以服从命令为天职，而今回头，善莫大焉！"至此，蔡州内无救兵，外失应援，已成李愬掌中之物。

这光景，部将李进诚开始火烧南门，准备奋力攻城。吴元济眼见大势已去，蹒跚着走下城梯，祈求归降。李愬深知王者之师与军阀流寇的区别，入蔡州后，不戮一人，不抢一物。他叫来传令兵，颁发命令："三军皆屯扎在蹴鞠的球场，凡私入民宅者，斩！"

及至晌午，裴度入蔡州。见此情形，不禁感叹："李愬有乃父风范也！"当年，李愬的父亲李晟收复长安时，军纪整肃，集市上老百姓照常交易，许多百姓一觉醒来才发现官军已经进了城。朝臣们夸赞说："即使夏商周仁义之兵，也未必过此。"

当李愬身着军服以标准礼仪参拜裴度时，裴度赶紧闪身避开以示谦让。李愬诚恳地说："淮西之地，礼仪崩溃，不讲上下尊卑、不懂规矩久矣，吾当给他们做表率。"

裴度闻言，方才以宰相身份接受李愬的拜见。一文一武，高风亮节，为满城百姓与千万将士上了一堂仪礼课。

裴度一面受礼，一面感慨："弘礼法于乱世之中，李愬之才，足堪为相也！"

裴度、韩愈等人入蔡州后，将乱臣吴元济关入槛车，当日押送至京师。对投降士兵和蔡州庶民一律宽大，不歧视，不加另眼相看。刑部侍郎、宣慰副使马总见裴度以蔡州降卒为牙兵，侍于帐下，担忧地说："蔡人反叛者依然存在，裴平章不可不防。"

裴度笑道："我身为彰义军节度使，元恶既已就擒，蔡州人即是黎民，用人何疑？"裴度胸纳百川，宽宏施策，使蔡州父老甚为感动，人心渐次归于安宁。实则，吴元济父子对蔡人的禁令颇多：禁止路人交谈，禁止百姓夜间点灯，大凡有酒食往来者皆以军法论处。如此这般，裴度审视之后，当即予以废除。裴度奏准朝廷，免除连年战乱的淮西各州县两年赋税。对于官军阵亡者，予以厚葬，抚恤其家中衣粮五年；凡战伤残废者，供应衣粮终身。即便是吴元济的部将，亦依据情形，尽量宽大处置，出征淮西，大儒韩愈可谓投笔从戎，实现了"犹思脱儒冠，弃死取先登"的豪言壮语，内心的踌躇自是难以形容。入城后，他意气风发地站立在蔡州城头，眼望天地之间白茫茫的浑然一统，山川、树木、房屋、城墙好像出征的战士，披着银色的盔甲，静静地等待自己检阅。一股壮志得酬的豪迈之情不禁油然而生，脱口而出地吟诵道：

荆山已去华山来，日照潼关四扇开。
刺史莫辞迎候远，相公亲破蔡州回！

元和十二年十一月丙戌日，宪宗祭拜了祖先，以吴元济献庙社，斩于独柳之下，割据三十多年的淮西，终于复归唐皇朝统治。其后，王承宗病死，他的弟弟王承元上表归降。淄青节度使李师道孤掌难鸣，深感恐惧，亦上表宪宗愿听命于朝廷，请献沂、密、海三州，旋即又反悔。元和十三年秋，宪宗下制罪状李师道，令宣武、魏博、义成、武宁、横海诸道兵马共同讨伐。重重围困之下，李师道被其部下都知兵马使刘悟所杀，朝廷遂收复淄、青等十二州，藩镇割据的局面因之暂告结束，大唐帝国又恢复了一统。此是后话，在此按下不表。

第二十四章　量移忠州

南　乡　子

元和十二年十月，李愬雪夜入蔡州，生擒吴元济。旬日之后，消息传到江州，听到这个音讯的当天晚上，白居易的内心五味杂陈。这些年来，自己对讨伐淮西叛乱极其关注。到江州，诗作中牵挂淮蔡战事的有十二处之多，叹只叹久事笔砚之间，不能像裴度、韩愈那般投笔从戎，驰骋疆场，舒展大丈夫胸中的志略。

“愚计忽思飞短檄，狂心便欲请长缨。”终归是纸上谈兵，令白居易心中不免怅然若失。司马宅的院落里，清风湿润，茶烟轻扬，他深深地坐进一张椅子里，心底的抱憾难以疏散。抬头看看天色尚早，遂唤出一堂弟，低声地说：“去城中把刘十九邀请过来，今夜与他絮叨，絮叨。”堂弟应了一声“喏”，匆匆出了大门，三步两脚奔都天巷而去。

刘十九跨进院门时，瞧见摆好的棋秤，边上的炉火里煨着飘香的庐岳米酒，笑吟吟地说：“围棋赌酒，一着一酌，负者罚酒，不许抵赖！”白居易笑道：“若论抵赖，你不知欠了多少杯酒哩！”

论酒量，刘十九年轻，自然比白居易强了一层，可棋艺却非白居易敌手，一杯又一杯下来，自然还是难胜酒力。话又说回来，围棋赌酒谁又在乎一醉呢？故而刘十九嘴上是不服输的。当下两人面对面坐下，开始纹枰对弈。

出乎意料，第一盘刘十九却罕见地赢了几目，白居易倒也爽快，端起酒盅兀自罚了一杯。刘十九觑他脸色，故作随口地问道：“白兄好似魂不守舍，有心事？”白居易被窥个正着，摇头说道：“刘兄有所不知，前些时日，唐邓节度使李愬雪夜入蔡州，活捉了吴元济。”

刘十九疑惑地问道：“在下也有耳闻，此乃普天同庆之事，白兄因何烦忧？”

“裴度、韩愈驰骋蔡州，为国为民创下千秋伟业。”白居易郁闷地说，“白某却心系疆场，身老江州。破贼非我事，战报无我名，想来终是遗憾。”

“眼见好事就要临门了，白兄缘何自寻烦恼！”刘十九这才明了老友的心结所在，拳拳劝慰道，“平定淮寇，朝廷必定下制诏‘大赦天下’，量移可期，还愁没有机会施展怀抱？”

刘十九言语侃侃，甚为合心。白居易面上的愁云消散了许多，连声道：“甚是，甚是。来来，继续围棋赌酒，一醉方休。”一旦平静了情绪，白居易落子也便有章有法，刘十九连着负了几盘，一杯接一杯喝着，脸上已然袅起了红晕。白居易举旗山河方圆局，似是将纹秤当作了胸中沙场，一回合又一回合地将刘十九挑落马下。渐渐地，头顶上的天露出了鱼肚白，那一轮朦胧的月早已了无踪影，唯有几颗侥幸存留下来的星星，依然挂在天边，似是有所期待，期待朝阳的一番洗礼，它们才肯离去。白居易喝得有点高，一把拉住刘十九的手，大着舌头吟了一首诗：

红旗破贼非吾事，黄纸除书无我名。
唯共嵩阳刘处士，围棋赌酒到天明。

刘十九晕晕乎乎，天知道他懂了还是不懂，兀自对着曙色说：“好诗，绝妙好诗！”

连着几日，白居易心中的事，又不好对人说得，只是每日在黄昏人静的时候，独自一人，漫步到庾亮楼上，对着滔滔江水，怅望一回，叹息一回。打从元和元年制举登第，直至被贬江州，白居易命运与朝廷削藩大计便息息相关。屈指算算，在江州也有三个年头了，虽则远离了庙堂，被缚住了拳脚，他却对淮西的战事时不时地牵挂。国家多难，黎庶涂炭，毕竟超越个人的起伏沉浮，乃是头等紧要之事。

想当年，白居易在为应制举考试而准备的七十五篇《策林》中，便有许多涉及藩镇割据的策论。在《策林五十一·议封建论郡县》中，白居易写道：“刑行德立，近悦远安，恩信推于中，惠化流于外，如此，则四夷为臣妾，虽置守罢侯，亦无害也。”笔锋一转，紧接着又论道：倘若“法坏政荒，亲离贤弃，王泽竭于上，人心叛于下，如此，则九族为仇敌，况天下乎？虽废郡间邦，又何益也？”扎实邃密地一番剖析之后，白居易言说了主张：“以敦睦亲族为先，不以封王为急；以优劝劳逸为念，不以建侯为思；以尊贤宠德为心，不以开国为意；以安抚黎元为事，不以废郡为谋。”

看人事，看历史，看权谋，看制度，《策林》皆看得深，在元和年一场抑制还是姑息藩镇的论战中，这般见解发凡起例，大义在心。白居易依旧记得，那年在《策论四十三・议兵》中的观念：“君天下者，不可去兵也，不可黩武也。在乎用之有本末，行之有逆顺。”在《策林四十四・销兵数》中，白居易认为当今兵马太多，养军千日，空耗粮草，有伤民本，提议逐渐裁减为好。在《策林四十八・御戎狄》中，白居易提出“政成国富，德盛人安”“国富则师壮，师壮则令严；人安则心固，心固则思理；如此久久，则天子之守，不独在于诸侯，将在于四夷矣”。在《策林四十九・备边，并将，置帅》中，他洞察到京西地区“镇垒太多，主将太众”，务必立主脑，剪枝叶，大力整合，适当撤并，设置主帅，方可应对叛逆之敌。

白居易可谓拎得清楚，理得顺当，不仅合道，而且有谋，无奈自安史之乱以来，藩镇割据，尾大不掉，到了肃、代、德宗临朝，反叛，征剿，再反叛，再征剿，无有宁日。战祸连连，乃至宫室焚烧，十不存一，百曹荒废，曾无尺椽。东至郑、汴，达于徐方，北自覃、怀，经于相土，为人烟断绝，千里萧条。百姓苦啊，生者无消息，死者为尘泥。四邻何所有，一二老寡妻。山河破碎如风飘絮，何谈父慈子孝、君礼臣忠？

故而怀抱中兴愿景的宪宗在应制举试题中连连发问:“举何方而可以复其盛？用何道而可以济其艰？既往之失，何者宜惩？将来之虞，何者当戒？”

直面天问，元稹做出答卷:“理国之本，富之为先;富人之方，劝农为大。”

白居易亦给出了答案：“陛下将欲安黎庶，先念省征徭；将欲省征徭，先念息兵革；将欲息兵革，先念销寇戎；将欲销寇戎，先念修政教。”

二人皆以“百姓之心为心”，双双回答了宪宗的拷问，双双考中了进士，双双准备趁着热灶好好干一番事业，可叹运命惟所遇，循环不可寻，到如今双双成了贬谪之人。

这夜正是天上月圆，庾楼寂静，白居易独自倚栏望月，一阵西风，刮得肌肤生寒，猛觉得衣衫有些单薄，便下了层楼，一步步往司马宅归去。历经波折后，他活得越发通透与成熟，本以为草堂落成之后，会逐渐放下年轻时的一些执念，谁承想，平定淮西的消息犹如一石激起千层浪，又撩拨起大赦天下、提前量移的企盼。这企盼一日竟比一日强烈。白居易默默走着，待走到司马宅门前，仰头看了看天，当头一轮圆月正分外光明，他不觉发了一声长叹："我辈终究不是蓬蒿之人，人字两笔，不撑起来，大丈夫心意如何平复？"哪料到杨氏见郎君天黑未归，正在门口焦急地眺望。见白居易自言自语像中了魔怔，赶紧上前为他添了一件半臂，迎头问道："你在与谁说话呢？又到哪疙瘩梦游去了？"

白居易猛然听见杨氏说话，吃了一吓，又见她怯生生地为自己担忧，心中一暖。遂呵呵笑着，伸手搂着杨氏的臂膀，二人肩并肩地走进卧房，两个身体，和扭股塘儿似的亲热起来。杨氏难得见郎君这般激情，只把他的颈脖紧紧地搂着，那点点热泪，便落在了夫君的肩头。白居易一面替杨氏拭着泪，又打起精神，百般温存地抚慰着。夫妻二人没有料到，就在这二更向尽的时分，一番巫山云雨之后，杨氏已然珠胎暗结，又一个女儿来年就要出生了。

浔阳城最热闹的地段要数湓浦渡口和南门内的丁字街，这两处各色店铺一家挨着一家，茶肆、酒楼、客栈、药堂、典当行、古玩店、香烛铺应有尽有，门前的招牌、幌子上五花八门地写着杏林春、协大祥、蔡家金店、陈门火锡诸多字样。浔阳城逵路旁达，街巷周通，街坊间人群挤挤挨挨，衙门皂役、艄公、当槽的、赶脚的、牛马牙子、纱匠、铜匠，五行八作忒是齐整。江州依傍着码头，天下这几行人阅历的到家，越发聪明得紧，只是见了钱时，那个刁钻顽皮，就要做到一百二十分的。

冬月上旬的一日，白居易行到南门口丁家茶肆前，见铺面不事铺张，呈露简朴清净的样子，便跨步进去，拣了个临街的座儿歇下。早有跑堂的伙计近前问讯，白居易点了一壶明前云雾和一碟果脯儿，须臾便上齐了。白居易正慢条斯理地品茶，忽听窗外有人操着北方口音问路："这位爷，请问司马宅怎么走？"

白居易引颈看去，那人好生面熟，再一细想：莫非是萧九彻！赶忙迎出门外，对着背影喊道："萧兄留步，乐天在此。"

萧九彻立定脚步，回头见是白居易，高兴地说："乐天兄，正寻访你哩，不承想踏破铁鞋无觅处，在这儿遇见！"

二人阔别已久，分外地亲热，在街边寒暄了几句，白居易拉着萧九彻重新回到茶肆坐下，添了茶盅，面对面边饮边叙旧。白居易问："萧兄如何来到江州？"

“江南的水好，茶也好！”萧九彻喝了一口茶，赞了一句，接着答道，“近年来比较清闲，你我多年不见，特地到江州看望白兄。”

白居易闻听了此言，分外地感动，拱手谢道：“承蒙萧兄不远千里而来，感激，感激！定要多住些时日，好好带你赏玩江州的山水。”

“那是自然，想当年你在校书郎任上，我俩常常一起狎游平康坊，何等快活！”萧九彻兴奋地说，“转眼好多个年头啦，打从白兄蒙冤，就琢磨着来看望你，只因杂务缠身，拖至今日方才成行，这心头想念得紧哩。”

白居易亦动情地说：“想想当年自由自在，酣歌醉舞，何等欢悦，如今贬谪外放，空自流落，遗恨无穷啊！”

“依照《左降官及流人》条，朝廷对左降官表现每年考核一次，五考满，才许量移。”萧九彻与白居易厮混多年，也不避讳，压低了嗓音说：“正常情形下，白兄怕是要到元和十五年才有可能获准吧？”

“在下乃元和十年八月诏授江州司马。”白居易点点头，说，“满打满算才三年出头，量移尚不知要等到猴年马月哩！”

萧九彻用指尖蘸了茶水在桌上写下“大赦天下”四字，满面春风地说：“未满五考之前，遇赦亦可获准量移。眼下收复淮蔡，大赦天下是早晚的事，白兄机会来也！”

白居易吃了一杯茶，面容有所舒展，眼见将近午牌时分，便招呼伙计到隔壁酒楼点了四盘菜，有荤有素，外加大米饭，一盅酒儿。两人坐不移位，一边沽饮，叽叽咕咕接着絮叨。白居易酒量本是中等，兼上庐岳酒是原封的，燥烈异常，不多一时，早过了半酣岗子。此时方寸之中，把胸中的恼字、恨字、慌字、愁字、闷字、怨字、急字都赶到爪哇国去了，只在半天云里飘着。吃罢，白居易摸出几十文钱结了账，两人摇摇晃晃往司马宅而去。萧九彻酒也有了八分，大凡人到醉时，平日说不出的话偏要说出来，平素做不出的事偏要做出来。走到街口，萧九彻结结巴巴地问白居易：“白兄，你说，我俩交情如何？”白居易满嘴酒气，囫囵着答道：“那还用说，好得就差穿一条裤子哩！”萧九彻两眼直瞪，一把揪住白居易的胳膊，说：“你不够意思，没把我当兄弟。”白居易翻着眼睛瞅着萧九彻，反问道：“我怎么没把你当兄弟？”萧九彻红筋直绽，梗着脖子说：“你为元稹写过许多诗，我没得说，元白，元白，都是天上文曲星下凡。可你还为那些猫儿狗儿写了一大堆，何曾为我写过一纸半字？”白居易听了，拍着胸膛说：“现在就写如何？”萧九彻说：“好好，这才不愧兄弟！”

白居易脚下像踩着棉花，扶着萧九彻的肩头，沉吟了一会儿，吟出来几句：

忆昔嬉游伴，多陪欢宴场。寓居同永乐，幽会共平康。

走出一段路，过了府衙门街口，下面的句子接踵而出：

师子寻前曲，声儿出内坊。花深态奴宅，竹错得怜堂。
庭晚开红药，门闲荫绿杨。经过悉同巷，居处尽连墙。
时世高梳髻，风流澹作妆。戴花红石竹，帔晕紫槟榔。
鬟动悬蝉翼，钗垂小凤行。拂胸轻粉絮，暖手小香囊。
选胜移银烛，邀欢举玉觞。炉烟凝麝气，酒色注鹅黄。
急管停还奏，繁弦慢更张。雪飞回舞袖，尘起绕歌梁。
旧曲翻调笑，新声打义扬。名情推阿轨，巧语许秋娘。
风暖春将暮，星回夜未央。宴馀添粉黛，坐久换衣裳。
结伴归深院，分头入洞房……旧游千里外，往事十年强。
春昼提壶饮，秋林摘橘尝。强歌还自感，纵饮不成狂。
永夜长相忆，逢君各共伤。殷勤万里意，并写赠萧郎。

翌日清早，吃过早膳，白居易交代了杨氏几句，领着萧九彻一径往草堂而去。一路无话，快马加鞭，巳牌时分，赶到遗爱寺用了斋饭。二人与怀山住持聊得甚是畅快，及至草堂时，已然日薄西山，红霞漫天。

江南的初冬，地气尚暖，蔓生的萝藤覆盖着羊肠小路，竹篱边、土墙下，却是一溜硬秆野菊花，星星点点的黄色花瓣，吐出略微苦涩的香味。白居易携萧九彻进草舍坐下，桌子抹得干净，摆上茗壶一把，茶盅两个，顿然有了清净趣味。萧九彻见到书房对面有一座炼丹的药台，心中暗自掂掇：乐天任校书郎时，便与同署共事的好友李建捣鼓过药术，只因炼丹需购买黄金、水银、铅、铜、丹砂、硫黄、雌黄等物升，还要有硝石、明矾石、玉石、云母等大量药物，装置在鼎器、升华器、蒸馏器内加热炼制，所需费用不是小数目，绝非每月一万六千钱的校书郎薪金所能承受。故而当年只是探讨，没有从事炼丹合药。而今在上州司马任上，月薪六七万钱，每年尚可得到官府发放的口粮几百石，加之江州物价比京都低了许多，支付炼丹所需的积蓄大概还是有的。想到这一层，萧九彻便问：“《黄帝九鼎神丹经诀》言：‘欲合神丹，当于深山大泽穷里旷野无人之处’，为何如此苛刻？”

白居易答道：“合丹当于名山之中，勿近秽污，少有俗人往来为好。炼丹之屋，最好建在人畜绝迹之地，以深山临水悬崖处为佳。夯基时除去地上旧土三尺，更纳好土，筑之令平。又更起基，高三尺半，勿要建在故丘废墟之间，以好草覆之，泥壁内外，皆令坚密，以其炉灶安在正中央，密障蔽施篱落，令其险峻隐秘也。”

“如此说来，遗爱草堂是最佳的炼丹之地哦？”萧九彻听了白居易所说，又问道，“白兄结茅匡庐，是否为了便利炼丹？”

白居易摇头摆手，说：“非也，非也。我对《老子》《庄子》之‘遂性逍遥’‘抱朴守素’心仪已久，至于炼丹、详符本就存有徘徊之心，砌筑炉灶，安置鼎器，不过是兴趣使然而已。搭建草堂一则是作终老匡庐的打算，二则是我家娘子支持，如何便是炼丹屋？”

萧九彻起身踱来踱去，边看边说：“当朝尊老子为远祖，封李老君为‘天上玄元皇帝’，道教由此大张。匡庐雄奇险峻，修道之人笃定不少，白兄结交了哪些道友？”

白居易说：“到江州后，人心茫茫，与当时在庐山修炼的郭虚舟、毛仙翁、书山人、王道士、李炼师、韦炼师皆有交往，曾多次向郭虚舟讨教炼丹之法，经他推荐，细心研读过《周易参同契》，一时好奇，亦尝试过炼丹。原本仕途险恶，前途堪忧，我在江州唯有老妻相伴，无儿男拖累，与仙道相邻修身，也不失为逍遥之人。”

萧九彻笑着说：“白兄进可居庙堂之高，退可处江湖之远，你不逍遥，谁人逍遥？”

“见笑，见笑。除却青衫在，其余便是僧。”白居易忽然有些失落感，低沉说道，“这些时日，经常到东林研读佛教经典，向高僧请教禅要，礼佛、参禅、结僧社，直觉已然忘怀得失，摆脱烦恼，甚于炼丹、占符许多。”

“白兄儒道释兼修。”萧九彻佩服地说，“又是诗魔，又是居士，纵观当朝，唯有王维可与你比肩！”

两人沏了酽茶，有一搭没一搭嗑牙儿，直到掌灯时分，白居易见窗外月色明朗，遂不忍辜负清光，提议出外走走。在荼蘼架下站定，见一月当空，片云不染，远山淡若微风，蒙蒙野树却像沉积在青瓷杯底的茶叶末儿。白居易说：“前头有一土冈，可以看月。”萧九彻道：“长安一片月与匡庐一轮月究竟有何不同，今晚定要见个分晓。”白居易携了萧九彻的手，叮嘱说：“怕竹径崎岖，不便行走，我常行山径，熟悉这尺来多小路。”萧九彻笑道：“难为白兄细心，初来乍到，还真个不习惯山间夜行。”

白居易引领萧九彻出了园门，因步松阴，又绕篱落，步上土冈。此时，草虫唧唧，万籁俱寂。白居易感触地说：“白某打从莅任至今，自问尚能饬雅度而免俗态，并无骄傲凌轹，却落得‘羁旅客中客，离乱身后身’，又是哪门子气运？”

萧九彻晓得白居易心中起了酸辛，遂安慰道：“白兄如今是名利场中阅历罄尽，宦海沉浮磨难饱尝，乃天降大任，劳其筋骨之先兆矣，自有云开月出的那一天。”

白居易苦笑着说：“而今或率妻子躬耕，或教授自晦。蜗居这草堂，或诸子命酒过西来茅舍，或余提琴相访，连床夜话，风雨无愆，尤得啸傲天地，时势岂能困人哉！”

萧九彻想转移这沉郁的话题，便故作轻松地说：“白兄说的皆是陶元亮的气数，可知其外祖父流传的一段佳话？”

白居易问道：“你说的可是东晋名士孟嘉？”萧九彻点头说道：“一日桓温问孟嘉：‘听妓，丝不如竹，竹不如肉，何也？’孟嘉答道：‘渐近自然。’由此看来，弹奏不如吹奏，吹奏不如歌喉也，‘渐近自然’是一句妙语！”

白居易被逗得一笑，心想，这家伙三句话不离老本行，这不是提醒我山中虽好，却无心嫩面软的风月性情？二人说话的当口，一阵山风吹在身上，顿觉衣袖生寒。又挨了一会，白居易说：“降霜下露啦，回吧？”萧九彻说：“喏。”

在山中居住了半月有余，白居易领着萧九彻拜谒了东西林寺，游览了附近的剪刀峡、石门涧，攀登了香炉峰，这期间，元集虚结伴张深之前来雅聚过，东林的寺僧智满、朗上人、士坚亦来草堂谈些禅要。某一日，女道姑韦炼师来到江州，特地寻到草堂，交流了一番炼丹心得，竟向白居易索要诗歌，白居易当即写了一首《赠韦炼师》：

浔阳迁客为居士，身似浮云心似灰。
上界女仙无嗜欲，何因相顾两裴回。
共疑过去人间世，曾作谁家夫妇来！

萧九彻在山中待了这些天，早就没了新鲜感，终究耐不住寂寥，便想返回浔城，正待寻找机缘开口。读了白居易写给韦炼师的诗句，寻思这老兄也动了春心，便捣鼓着如何劝其离开山野。恰在这时，一位差役满身风尘地赶来，见了白居易禀道："有位郑使君带着两名侍奉的歌姬来江州拜访白司马，特遣小的前来传话。"萧九彻在边上听了，不禁心花怒放，当即蛊惑道："一州刺史远道来访，理应为之接风设宴，不若今儿赶回浔城？"白居易问差役："郑使君现住何处？"差役答道："驻跸在湓浦驿馆。"白居易说："你先行回去禀报，我等随后便到。"差役答了一声"喏"，快马加鞭而去。

一天夜晚，郑使君为答谢白居易日前为之接风，在浔阳楼设酒宴回请白居易，萧九彻是昨日订明的陪客，自是一同前往。及至南山轩，早已搭椅围桌，爇炉烹茗，排列肴核果品，专候二位宾客光降。见了郑使君，白居易打躬作揖道："在下来迟，让使君公久候了！"郑使君一面为礼，一面说："粗具菲酌，不成敬意，恳请白兄上座。"白居易哪里肯受，推让再三，郑使君坐了左边首座，右边首座是白居易，萧九彻打偏作陪。三人正攀谈，厨役已然上菜，打头献上桌是一盘湓浦鱼糕，接着端出的是江州鱼块、浔阳鱼饺、白浇鱼头、鲤鱼羹、烧头尾、酒糟鱼，满桌皆是鱼，鱼，鱼，白居易晓得这一席有个名目，唤作"浔阳鱼宴"，萧九彻却是眼界大开，盯着汆炸的"松鼠"和"狮子"，啧啧有声地夸赞。

郑使君斟了一斛酒，迎向白居易说："白兄请满饮此杯，庶不负嘉鱼美味。"白居易慢慢地饮干了，随即斟满一杯，奉对郑使君道："劝君更尽一杯酒，久居浔阳逢故人。使君公，白某先干为敬！"郑使君知道白居易化用了王维的绝句，心头感动，仰着脖子一饮而尽。白居易看了看杯中的封缸酒，说："此酒乃糯米陈酿，经二至三成熟，柔和爽口，却有后劲，不可喝得太急。"郑使君笑道："不妨，饮高粱酒，须用青钢酒爵，方有古意。至于米酒，其味虽美，失之于甘，略稍淡薄，当用大斗饮之，方显气概，如此小斛，快慢何妨！"灯下三人，你一杯我一杯，吃酒攀谈，渐渐地都有些酒劲。

忽听得一声琵琶穿壁而来，接着一个女子娇着细细曼声唱道：

夜夜挂长钩，朝朝望楚楼。
可怜孤月夜，沧照客心愁。
我有方寸心，无人解烦忧。
小水通大河，潇湘一孤舟。

白居易与萧九彻停箸听着，把舌头都寄在了耳根上。正听得心花朵朵开，琴曲戛然而止，软帘掀起，一双妙人肩并肩走进屋里，那脂光粉面，耀得人眼只放花。郑使君介绍说："郑某难耐旅途寂寥，携带两位妙人同来，今夜正好助兴。”说罢，吩咐二位歌伎道：“快给白学士与萧官人见礼！”二位娘子含着笑，齐唰唰上前给白居易与萧九彻道了万福，又闻得一缕甜香，从袖口里飞出来。白居易看看这个：长得玲珑面貌，小巧身材，那十个指儿和春葱儿似的，淡红娇嫩，惹得白居易恨不得伸手去摸一摸，碍着郑使君的面，不好造次；再转过头看看那个：长眉入鬓，凤眼含羞，酥胸跳荡，竟是一个天人儿。萧九彻在一旁亦是气喘微微，两只眼睛也够忙活的。当面的佳人下了一个长揖，一边溜过眼来，看了白居易一眼，四目相对时，果然粉腮上起了两朵红云，慌得白居易连连抬手说道：“免礼，免礼，坐下吃酒。”

郑使君示意二女坐在他与白居易之间，团团地围成一桌。厨役添了几道热菜，大家吃喝了一阵。见吃酒的人多了，使君提议行酒令，随手自“寻花令”签盒中拿起五支檀木签来，放入签筒里，又将签筒安在桌子中央。先由白居易起，挨着次序，每人抽一支令签缩在袖里。萧九彻抽到的签上刻有“寻花”两字，二女你一嘴我一嘴催促道：“快寻，寻到谁家是花园的，便和花园对饮一杯完令。倘若寻错人了，便须照那签儿上刻的字意吃罚酒。”萧九彻向各人脸上看去，半晌，伸手指着白居易身边的一女说道：“花园在小娘子手里！”那小娘子拿出签来给大家看时，见上面刻有“花园”二字，下面又刻着一行小字：“花开并蒂，对饮一杯。”萧九彻看了，便拿起一杯酒来，与小娘子一口饮干。郑使君又提议：但凡二女抽到花园，乃是花中花，对饮后，还须弹唱一曲，以助酒兴。白居易与萧九彻拊掌赞同，那小娘子拿筷子夹了一口鱼丝，送到嘴中，一边吃一边说：“我与白学士猜拳，赢了我，便唱。”当即揎拳撸袖的和白居易猜起拳来，只听她娇声娇气地五啊六啊嚷了半天，谁知手气真坏，整整输了三拳，只得拿起琵琶，一边弹一边唱道：

行摇云髻花钿节，应似霓裳趁管弦。
艳动舞裙浑是火，愁凝歌黛欲生烟。
有风纵道能回雪，无水何由忽吐莲。
疑是两般心未决，雨中神女月中仙。

白居易一听，这分明是元和十年冬日自己刚到江州不久，应邀参加了一次酒宴，席上见李、马二伎歌舞了得趁着酒性相赠的一首七律，此女如何得知？遂问道：“此乃在下一首旧作，小娘子如何晓得？”女子掩口一笑，娇声说道：“欲要人不知，除非己莫为。小女子还能唱《长恨歌》与《琵琶行》呢！”一句话说得满座大笑，郑使君笑着说：“白兄诗文老妪皆能解，何况这玲珑剔透的人儿！”白居易笑住了，端起酒盅说：“好好，白某敬红颜知己一杯！”郑使君见大家玩得尽兴，自己在一边反而放不开，便借口道：“这封缸酒果真后劲十足，老夫不胜酒力，出去透透气，汝等接着行令。”言毕，对着白居易、萧九彻拱了拱手，蹒跚着往外走去，径回驿馆，睡得鼾声如雷。

朝堂开放，官员、士子宿娼无有条例约束，尚且将此视为风流韵事，传为美谈，故而狎伎、蓄伎之风兴盛。上自宫廷皇室，设有教坊宫伎、梨园乐伎几千人之多，各州郡藩镇官吏的宴会上献艺、陪酒、侍夜的官伎，自不可少。尚有供上层将领声色之娱的营伎，公卿百官、文人、富豪蓄养的家伎，长安、洛阳、襄阳、扬州、苏州、杭州林立伎馆里集结的私妓，皆不是小数目。即便是方外的女道士女炼师之流亦常与士大夫往来酬答，放浪不堪，时人唤作女冠娼妓。如此这般，白居易岂能免俗，自是热衷与歌伎、舞伎、乐伎交往。当年在长安，萧九彻惯常陪着白居易出入平康坊狎妓，有几次，还遇见“威严大儒”韩愈悄悄地眠花宿柳。白居易嘲笑道：“韩学士斥责他人‘不解文字饮，惟能醉红裙’，自个儿却卖劲得紧哩。”萧九彻连忙附和说：“还是白学士率真，少讳饰。”

自打衔冤远贬在江州，白居易心境抑郁，便没有心绪与艺伎交往。再者江州虽有艺伎，大抵是“呕哑嘲哳难为听”，难入白居易的法眼。还是郑使君懂得白居易，特地寻觅了二位诙谐谈笑、音律出色的妙人儿，前来慰藉老友的困厄。眼下，郑使君借故走开了，白居易与萧九彻这才放开了手脚，一人一个揽在怀里，任凭那粉腮儿贴在胸口，对拉着手儿，喝起了交欢酒。白居易的一颗心，早已给小娘子吊住，只觉得那一言一笑，都处处关情，都似曾相识，便越发觉得情致缠绵，坐立不稳了。娇娘袅娜的身子在怀里蠕动着，白居易低头喂酒，只觉一阵甜腻的香气送入鼻管来，手下也便抱得更紧，真是如胶似漆，说不出的一肚子怜爱。这顿花酒，直喝得晨鸡远唱，小娘子云鬓蓬松，如醉如痴地在怀里睡着了。

临别离时，白居易找来纸笔，龙飞凤舞地写下《醉中戏赠郑使君》，交给小娘子带回驿馆，诗曰：

密座移红毯，酡颜照绿杯。
双娥留且住，五马任先回。
醉耳歌催醒，愁眉笑引开。
平生少年兴，临老暂重来。

郑使君看后哈哈大笑，仔细地将诗笺折好，珍重地收藏于怀中，嘴里说道：“借两位娘子的光，郑某要流芳千古了！”

又过了一日，白居易到湓浦渡口送别了郑使君与娇媚的双娥。萧九彻顺路儿，也一同辞别而去。

恨来迟

元和十三年到来了。这一年的正月初一，暖阳高照，乃是难得一见的暖冬。宪宗传谕在宫中设宴，一则庆贺平定淮西叛乱，天下重归一统；二则与大小官员欢度新年。一千多人的大宴宫殿里盛不下，故而宴席设在御花园。同平章事崔群进来时，但见东一处西一处都架有柴炉，供参宴之人取暖。御膳房的太监们举着碗碟进进出出正赶忙着上菜，一张张桌子团团簇簇坐满了人。崔群扫了一眼，见宪宗的首席安放在乾元亭，王涯等几位宰辅挨身坐在边上，几个皇亲贵胄亦在一旁陪坐。便紧走几步上前给宪宗叩头，顺势向几位皇亲行礼。宪宗指了指边上的空座儿，嬉笑着说：“崔爱卿调度有方，宴席井然有序。来，来，坐在朕的身边。”

玉阶下站着的礼部侍郎见宪宗颔首示意，便大声吆喝：“开筵，奏乐！”

刹那间，鼓乐齐鸣，觥筹交错。崔群举杯向宪宗拜年，又按爵位依次给几位皇亲贺岁，这才抽身转到其他筵桌上应酬。宪宗略微举杯呷了一口，传谕群臣不必拘礼，尽情欢宴。急管繁弦中，群臣左一杯右一杯相互敬酒，交头接耳地说些场面上的话。这个神采焕发，那个红光满面，笑容可掬，皆是阅事既多又深沉练达之人，平日里纵然有些纠葛纷扰，在这喜庆的日子里，也便打着哈哈，一带而过。

酒过三巡，菜过五味，宪宗满面红光地下了一道大赦天下的制诏，一时间，群臣齐声欢呼，丹陛之乐顿起。钟鼓喧天声中，崔群高兴地思忖：贬谪江州的白乐天有机会量移啦！刹那之间，他深邃的目光闪烁着，借着饮酒之机，以手加额，口虽不言暗自庆幸。

制诏传到江州，白居易开心地笑了。虽然知道大赦天下是迟早的事，可一旦消息确凿无疑时，内心的笃定便又增添了几分。他忽然想起在朝中任太常博士的好友杨巨源。早在去年冬天，杨博士便探听到宪宗可能在来年开春大赦天下，怕白居易心中焦虑苦闷，赶忙寄诗信叮嘱他耐心等待，诗里写道：

江州司马平安否，惠远东林住得无。
湓浦曾闻似衣带，庐峰见说胜香炉。
题诗岁晏离鸿断，望阙天遥病鹤孤。
莫谩拘牵雨花社，青云依旧是前途。

还有好友元宗简，也不约而同地写诗安慰过白居易。只因晓得贬谪江州对白居易的伤害实在太大，两人俱是眼中一泡儿泪水写出来的，一句句说得语重心长。白居易读后，喟然一叹："知我者，杨十二、元八也！"当日想着，想着，禁不住五内翻涌，满腹心思地握管就纸，回了一首《答元八郎中、杨十二博士》：

身觉浮云无所著，心同止水有何情。
但知潇洒疏朝市，不要崎岖隐姓名。
尽日观鱼临涧坐，有时随鹿上山行。
谁能抛得人间事，来共腾腾过此生。

只因诸多好友老早就透露了音讯，白居易终日在家无情无绪地等待，今儿制诏真的下来了，白居易顿觉心无所滞，大畅老怀。

不觉到了二月初二，是龙抬头的日子，江州野畈里大家小户方始驱使耕牛，各自打理一亩三分地。旬日的霏霏细雨已然住了，天刚刚放晴，白居易闷坐无聊，便思到草堂住些时日，看看早春的花草，吐纳山里的清新空气，再者屋里的物件也需翻晒翻晒，将床上被褥抖擞干净，去去潮湿。正是新莺吐语的好时光，白居易赶到茅庐，怀着"久在樊笼里，始得返自然"的惬意，四下里转了转。拔除了花圃里的杂草，给池塘里的鱼儿喂了饵食。闲暇下来，便抄写《楞严经》《波罗蜜多心经》，这般奉戒清净，一心禅寂，便在指误觉迷中，又开了些许方便善果。闻听白居易移居草堂，隔三岔五便有四方隐流、大德高僧、炼丹道人前来拜访，大家声气相求，倒也自在。

这日，白居易一早起来，踱步到园子，正对着一朵含苞的花蕾斟酌斟酌诗句，东林寺僧道深前来探访，见礼后，道深说："前天是二月十九的日子，江州刺史崔能来过东林，安置为曾祖父崔融重刻的石碑。"

白居易听后沉吟了片刻，问道："使君公如此重视，是啥碑刻？"

道深说："中宗神龙初年，使君公曾祖崔融自袁州召还长安，途经江州到过东林寺，见香火与经幡之间，和尚和儒生往来频繁，一时兴起写有《游东林寺》的十韵诗，当年刻诗勒石于寺。经历百年风雨，诗碑已然圮毁。崔使君请人重新刊勒，立于原碑置放处，以表达对先人的敬念。”

白居易笑道：“使君公乃至孝之人！”又郁郁地问：“使君公既来东林，缘何不来草堂坐坐？”

道深连忙解释道：“当日，崔使君遥望香炉峰良久，本想顺道造访草堂，看看白居士。一番思虑后，还是没有成行。今日，崔使君特地差人送来一首诗信，嘱咐贫僧交到居士手里。”说罢，自怀中掏出一纸素笺，递与白居易。

诗中，崔能约白居易近些日子下山，将在庾亮楼设酒宴与之一叙。白居易读过一遍又一遍，心中暖融融的。想起这些年瘦马西风，长安古道趔趄难行，多亏了崔使君忠厚恻怛，陈善闭邪，以优容而扶自己，才得以过几天自在的日子。又想，自己以“有罪之身”隐居庐山，或经时不归，或逾月而返，崔刺史从未责怪，还一直以朝贵礼遇，如此宽容、优待，超乎寻常矣！假若遇见一位无事不管、见树踢三脚的郡守，这草堂恐怕是难以建筑了，即便建成，怕也是不能长住的。

这时春阳烂漫，照在一草一木上，寸寸皆是光阴，白居易目光霍地一闪，问道深：“送信的差官还在寺里吗？”道深点点头，说：“贫僧怕居士有信要捎带，故而留他在寺中吃茶，等候回音。”白居易赞许地说：“难为你思虑周全，我这就写信托他捎给使君公。”白居易脚步橐橐走进书斋，微一沉吟，手不辍笔地写下《山中酬江州崔使君见寄》：

眷眄情无限，优容礼有余。
三年为郡吏，一半许山居。
酒熟心相待，诗来手自书。
庾楼春好醉，明月且回车。

写罢，轻声吟哦了一遍，缄好交于道深，前后不到一盏茶工夫。道深赞道：“白居士文心周纳，倚马可待呀！”白居易笑道：“烦你交于差官，我明日一早赶回城里。”道深合掌一揖辞了去。

翌日清早，白居易快马兜风出了大山，穿过碧沉沉郁苍苍一片林子，再上下几个小山坡，一马平川地跑了一炷香的光景，城门已然在望。白居易看看天色尚早，勒了勒缰绳，马蹄嘚嘚地径往司马宅而去。到门前，早有堂弟出来观瞧，白居易下了牲口，交与堂弟牵入后院拴住，提着鞭子进入厅堂，只见杨氏挺着刚出怀的肚子，正与阿罗与龟儿说话。那娘子见郎君蓦然站立在眼前，脸上漾起了一丝笑意，对着两个孩子说：“快叫伯伯、阿爷。”白居易蹲下来，一手一个搂着两个娃娃，逗弄了一会儿。杨氏已然打来洗脸水，白居易一边盥洗一边说：“使君公近日在庾亮楼请我吃酒，将今年上好的明前云雾预备两盒，明儿带去。”杨氏应了一声，转身去张罗。

话说崔能读了回信，听差官说白居易明日回城，巳牌时分就差人前来邀约：今日正午在庾亮楼宴请。白居易赶忙穿上司马的官服，仔细地收拾停当，迈步朝着庾亮楼走去。这庾楼乃“江州第一楼”，楼前有一口千年古井，乃西汉名将灌婴筑城时所挖，故名灌婴井。楼南有一棵古樟，透过浓密的树荫看过去，屋顶上的瓦片密如鱼鳞。楼头的飞檐上皆挂有铜铃，微风拂过，一声儿忽慢弱，一声儿忽紧摇。那碎聒，非心静之人不能够听得。入了园门，白居易沿着青石的甬道进入三啸堂，落眼便见中堂挂着一幅临摹王维的《烟雨图》，左右挂着极精神一笔颜书楹联，其词云：“有山有水映带左右；可咏可觞怀抱古今。”

楼口早已安排官差守候，见白居易踽踽而来，赶紧迎上前来，恭敬地作了一揖，说：“宴席设在二楼，有请白司马入席！”说罢，将身微微一侧，在前面碎步引路。落座不久，崔能便大踏步走了进来。白居易赶紧起身见礼，崔能几步紧走，笑着说：“今日这点菲酌，不成敬意！地方却是幽静，正好倾谈。”白居易感激地说：“劳动使君公费神费力，在下感激不尽！”崔能笑眯眯地说：“坐，坐，坐着絮叨。”两人分宾主落座，厨役方始上菜，珍馐一桌，牛羊鱼虾，水陆俱全。崔能举着杯子笑道：“上次去东林为曾祖置碑，很想去草堂瞧瞧，思虑白兄量移正在关坎儿上，还是小心些为妙。”白居易干了杯里的酒，感激道：“使君公处处为在下着想，恩同再造，乐天铭记在心！”崔能摆摆手，说：“白兄退归吴苑，可谓临机应缘。我等当有乐得乐，有喜得喜，修得自在心。”白居易的瞳仁在灯火下闪着晶莹的光，倏然间又暗淡下来，说道：“我本以道奋直，兀自砥砺，奈何造化不济，落拓到这地步，这是命也、运也、时也！幸亏使君公优容于我，尚可学陶元亮求田问舍。”崔能起身为白居易满了一杯酒，安慰道：“大赦天下制诏下达才两个月，朝中人事冗繁，和光同尘，一时间怕是理不清头绪。”少顷，白居易才道：“按条例，贬官量移的根由清清白白，怕只怕有些人从中作梗，也未可知。”崔能咀嚼着白居易的话，良久才道：“崔群去年七月以户部侍郎升任为中书侍郎、同平章事，他与你同入翰林院，乃是挚友，缘何不与他沟通、沟通？”白居易目光幽幽地盯着灯火，叹道：“不瞒使君公，这事还真不好劳烦崔群，他刚刚上任不久，倘若在下求助，崔群必定急于求成，一旦与王涯产生冲突，或许会牵累于他。”崔能望着白居易，半晌说不出什么，良久才道：“我这里当竭尽全力助你，相信崔群也一定将你的事挂念在心。”白居易离开座儿，躬身作揖，敬了崔能一杯，声音有些喑哑：“使君公，万言万语，不如一默，点点滴滴尽在酒中。”

这席酒直喝到申牌时辰，方才离座，崔能与白居易并肩出门，临分别时，拍着白居易的手说：“崔某在江边建了一座崔公楼，后日落成，特邀乐天贤弟登临，届时一醉方休！”白居易拱手答道：“一定，一定，到时我俩再浮几大白！”当下各自惦记着后日的约定，拱手作别，相辞而去。

参加了崔公楼落成庆典之后，眼见已是阳春三月。“大赦天下”的制诏颁行近百日了，白居易的量移依旧杳无音讯。朝廷的冷落与遗忘，令白居易一日一日地烦闷，再也不那么淡定。这天，白居易满肚子的郁闷难以消散，正多身世之感，恰好刘十九觑见上午闲静，前来邀约喝酒。白居易抬脚便要前往，就在这时，刺史崔能遣官差送来一份朝廷人事变动的文书，白居易接在手中，漫不经心地翻看，见崔能在一位官员的名目下特意画了一道杠，眼睛忽地一亮，转脸对刘十九说：“今日有差事要办，且待来日去你家吃酒。”刘十九笑道：“白兄难得忙碌，还是公事要紧，在下告辞了，改日再约。”

原来被崔能标注的官员叫李夷简，三月十七日那天，由御史大夫升为门下侍郎、同平章事。白居易素知李夷简与元稹交情笃厚，而今好友拜相，必定给元稹的仕途带来转机。骤闻此事，白居易撑不住心中的高兴，倒背着双手踱来踱去，一脚踏进了书房。屋内静悄悄的，似乎听得见心跳。方今朝中之患，不在于求贤之途狭，而患正直之道微。白居易寻思：吾不做小隐，也不想做大隐。大隐隐朝市，朝市太喧嚣；小隐隐丘壑，丘壑太萧条，唯有选择中隐。中隐者，半官半隐以待时机，与元稹一干好友相互砥砺，熬出一番事业来，或未可知。白居易站在窗前，看着院落里青青的翠竹，又是一番心思：竹子起初四年，才长出方寸，到那第五年，则每日长出尺许，仅几十天，便成参天之势，守得住性子，方能熬啊！因见案上有纸笔，便得了主意，打算写一首七言八句的诗信，寄给仍贬在通州的元稹，心念萌动，随即信手写道：

怜君不久在通川，知已新提造化权。
夔卨定求才济世，张雷应辨气冲天。
那知沦落天涯日，正是陶钧海内年。
肯向泥中抛折剑，不收重铸作龙泉。

写罢，又取一个信笺，写下两行小字，待晾干了墨迹，装入信封，都付与堂弟，吩咐道：“你将此信交与驿差寄出，顺道留心一下新到的信件。”堂弟答应了，动身往驿站而去。

太阳升得老高了，一层层莲花瓣似的朝霞将袅袅炊烟染成了胭脂色，东厨里阿婆正在烧火煮面，柴草在火苗的舔噬下噼里啪啦作响。白居易踱出书房，在厅堂的椅子上坐下，一只手端着茶杯，恍恍地望着墙头的一株野草，沉沉地想着心思。这时龟儿被一泡尿憋醒来，小解回房见伯伯独自坐着，便依恋了上来。白居易伸手将龟儿揽在怀里，慈祥地问道：“龟儿，最近背得几首诗呀？”龟儿骄傲地答道：“我背得可多哩！”白居易笑着“哦”了一声，激将道：“背两首我听听，瞧你是不是吹牛！”只一句话，孩子立即兴头起来，龟儿舔舔嘴唇，挣脱白居易的怀抱，倒背着双手，摇头晃脑地背诵：

渭城朝雨浥轻尘，客舍青青柳色新。

劝君更尽一杯酒，西出阳关无故人。

白居易听得心热，正要开口夸奖二句，龟儿接着又来了一首：

朝来又得东川信，欲取春初发梓州。

书报九江闻暂喜，路经三峡想还愁。

潇湘瘴雾加餐饭，滟预惊波稳泊舟。

欲寄两行迎尔泪，长江不肯向西流。

稚嫩的童声听得白居易眼里湿润润的，兀自起了心事。龟儿方才背诵的诗，乃是去年十一月下旬，弟弟行简来信回报，说来年开春后将要离开梓州赶赴江州，白居易接到信后，既高兴又为行简一家途经雾瘴很重的湖南和水势险急的三峡而担忧，故而以诗代简细细地叮嘱。算起来，与弟弟行简分别已逾三年了。三年来，白居易在沉重的羁旅中，凄楚与孤独无可逃遁，甚至无法减轻，便思与行简埙篪和鸣，却又山陬海噬，故而常常独自沉浸在对行简的深深思念之中。尤其是去年闰五月，长兄幼文在下邽病故，其时行简在剑南东川节度使卢坦幕府任上，白居易又不可擅离贬所，俱都未能前往奔丧，乃至日东月西，阴阳相隔，二人深感痛疚，虽悔难追。

白居易正煞些儿性子，左思右叹。堂弟兴冲冲地自驿站转回，手里扬着一封信，高兴地嚷道：“阿兄，剑南又来信了！”白居易目光霍地一闪，趁步迎向前去，急切地拆开来一瞧，顿时喜上眉梢，一把抱起龟儿，打着旋儿说：“龟儿，过几日便要见到爷娘啰！”

元和九年，也便是龟儿出生一年后，三十九岁的白行简离开下邽，携夫人杜氏和女儿腊娘赴梓州，在剑南东川节度使卢坦幕下任掌书记职。蜀道难，人所皆知。这一路兜兜转转，趑趄艰险，行简特意绕道长安，将刚满两岁的龟儿寄养在白居易家中。自此一别，高山犹在，流水无情，兄弟二人唯托鸿雁传书，诉说绵绵思念。剑南东川节度使卢坦曾与白居易同为制策复试考官，关系颇好，又对行简的德才比较了解，故而将其聘为幕属，以解当年白居易家中的困窘。谁料去年九月，卢坦病故在任上，李逢吉接任梓州刺史，充任剑南东川副大使、知节度使。说起这李逢吉，元和初时本是拜门下侍郎、同中书门下平章事，只因为人个性忌刻，险谲多端，及得权位，一味地务偿好恶。裴度讨伐淮西时，李逢吉顾虑其功成名就，势头盖过自己，几次密图阻止，意图和议，请罢诸道兵。宪宗知道后，顿生厌恶，遂外放为剑南东川节度使。此人与白居易政见不合，与刘禹锡势同水火。行简知晓个中的七拐八折，不愿撞李逢吉的木钟，便将这一重大变故写信告之兄长。白居易当即吩咐行简辞去梓州的幕职，回到自己身边，等候朝廷安排。行简按兄长的叮嘱办理了相关手续，打点好家中细软，日前已奔赴江州。白居易将行简来信看了又看，算了算行程，便喜滋滋地进入房中，与杨氏商议行简抵达江州后安置事宜。

元和十三年三月下旬，连绵的春雨过后，郊外的泥土松软、潮湿，地气却温暖。野草花纷纷抽叶、拔节，争相往地面上伸，往高处蹿，丛丛草绿、束束葱绿呼啦啦拥挤在一起，没几天工夫，便葳蕤成了一片。这一日，阳光和蔼得紧，从江州城到湓浦驿站码头，酢浆草空出一条不长不短的路，巳牌时分，白居易牵着龟儿与杨氏并排走着，后面跟着不久前在江州喜结良缘的两位堂妹和她们的夫婿，一溜堂弟侄则雀跃地跑在前头。一家人有说有笑，暖暖融融。

白居易今儿头上一顶软脚幞头，身穿窄袖圆领袍衫，腰系革带，足登六合靴，精干的一身打扮，瞧上去恂恂儒雅。看那杨氏，风帽斜压着盘桓髻，抹着淡淡的胭脂，画着阔眉，贴着云母花钿，显得纤白明媚。一袭藕丝的大袖衫襦，肩加粉红的披帛，折腰的郁金裙，绣着双双金鹧鸪，足下踏的是金蹙重台履。虽不奢华，却也收拾得干净利落。一家子橐橐随着人流来到湓浦渡口，白居易为怀有身孕的妻子寻了一个座儿，又对年长的堂弟说："照护好这群小猢狲，渡头水流湍急，大意不得！"堂弟应道："兄长放心，我会念紧箍咒的。”

白居易笑笑，倒背着双手，伸着脖子留意那些络绎抵达的驿舟，仔细观望着纷纷上岸的人群。白居易眼中熠熠闪着潋滟的水光，行简的影子兀自在心里晃漾。多少年啦，兄弟二人俱都羁旅异乡，形影相吊。自从贬谪江州，壮志因愁减，衰容与病俱，孤立无助时，多么渴望骨肉至亲在身旁，彼此慰藉世事的沧桑。只是造化弄人，从下邽到符离，从剑南到江州，风雨忧愁，总是别多聚少，此番相聚真有恍若隔世之感。

白居易抬头看了看日头，快要高悬中天了，驿舟怎么还没有到？想到三峡的瞿塘段，峡窄水急，菩萨保佑，千万莫要出乱子啊！又想起前些日接到行简来信，心中格外牵挂，黄昏时，独自登上江州西城上的门楼，遥望西南方写下的一首《登西楼忆行简》，白居易轻轻吟哦了起来：

每因楼上西南望，始觉人间道路长。
碍日暮山青簇簇，漫天秋水白茫茫。
风波不见三年面，书信难传万里肠。
早晚东归来下峡，稳乘船舫过瞿塘。

嘴里喃喃自语，双眼却巴巴地怅望湓浦水口，心中默默叮嘱：“行简，你可要平安噢！”

正焦虑间，眼见又一驿舟自浔阳江驶入湓浦湾，船头溅起一拨拨水花，似乎能够听到那哗哗的声响。不一会儿，只见驿舟落了帆，船夫拿那篙头东点西点，船身摆动着，缓缓靠了岸。船夫稳稳地系好缆桩，搭上跳板，面向舱内高声吆喝道：“江州到了，客官下船啰！”

白居易瞧见头一个走出船舱的便是行简，一颗心这才放进了肚子里。急忙带着家人簇拥而上。这时，行简也看见了兄长，脸上的倦乏立马消失了，只是露着白晶晶的牙齿在那儿呆笑起来。接着杜氏带着女儿腊娘出现在船头，行简连忙搀扶着母女走上跳板，一家三口稳稳地踏上了江州的地面。行简抢步上前与白居易紧紧拥抱在一起，哽咽地叫了一声：“阿兄……”便泣不成声。白居易抱着行简的手都在战栗，两行热泪一滴滴滚落在弟弟的肩头。杨氏拉着弟媳的手，眼泪汪汪地问长问短，龟儿在一旁瞪着陌生的眼睛看着，腊娘怯生生地躲在母亲后面，凝视着杨氏，堂妹与夫婿、堂弟侄们俱泪眼模糊，唏嘘一片。

半晌，白居易紧紧抓着行简的臂膀说：“回来就好，安稳回来就好！”行简双目盈盈地说："兄长，这些年，没日没夜地想你，惦记你啊！"白居易拍了拍弟弟的肩头，欣慰地说："为兄也是盼星星盼月亮，望眼欲穿啊！"这时，杨氏转身将龟儿抱在行简夫妻面前，哄着说："龟儿，叫阿爷，阿娘！"龟儿睁着圆溜溜的眼睛看看行简，又看看杜氏，只是不吱声。行简张臂抱了过来，在龟儿脸上亲了一口，说："龟儿，叫爷娘！"龟儿这才嗫嚅着叫道："阿爷、阿娘。"行简与杜氏眼泪唰地流了下来，杜氏接过龟儿，抱在怀里沉甸甸的，见儿子又结实又伶俐，感激地对白居易夫妻说："这些年，难为兄嫂了！"杨氏说："这样说，就见外了，龟儿也是我的心头肉！"大家全都欢笑，白居易摸了摸腊娘的头说："腊娘，长这么高啦，今年十岁了吧？"行简说："到今年腊月满十岁。腊娘，快叫伯伯，伯母！"腊娘甜甜地叫道："伯伯、伯母好！"白居易与杨氏听了，脸上笑开了花。这时杜氏抱起罗子，逗弄道："罗子，几岁啦？"罗子稚声稚气地说："两岁啦。"行简忽然想起来了，自包袱里拿出一把纯银打造的长命锁，挂在罗子脖子上，又在那婴儿肥的脸蛋上亲了一口，说："罗子，叫细伯、细娘。"罗子倒也乖巧，奶声叫道："细伯，细娘。"大家又是一阵欢笑。白居易一一介绍了两位堂妹和夫婿，以及一干堂弟侄们，一大家子几多欢喜，几多悲酸。

杨氏白了一眼白居易，说："别只顾着说话，行简与弟妹坐了几天的车船，倦乏得紧，还不早点回去歇息、歇息！"白居易拍了拍脑门说："对对，回家，回家啰！"堂弟侄们听说，搬行李的搬行李，抱孩子的抱孩子，簇簇拥拥地往司马宅而去。

升平乐

司马宅是两进的院落，前院住着家人。过了穿堂，上房一溜七间滴水出檐，中间一明两暗，白居易夫妇住了，剩下的住着堂弟侄们。早些天杨氏便收拾出两间主房来，留给行简一家子，堂弟侄们搬到了两厢低矮些的耳房。大家一路行来，挑帘进屋时，俱一头热汗淋漓。白居易一边解着衣衫，一边对迎接出来的阿婆说："中午煮些面食，煎些烧饼，填填肚子。多烧热水，让大家盥洗，盥洗。"阿婆说："早就准备妥当，吃完洗洗，中午好好休憩。"白居易满意地点点头，笑着说："晚上宴席的菜肴、酒水置备得怎样？"阿婆答道："三天前就与娘子商量好的，官人且放宽心。"

当晚，司马宅门上结彩，室内铺毡，灯火烁烁可亲。厅堂内肆筵设席，琳琅满目摆了两大桌。簋内佳肴脾臄，或燔或炙，有醴鱼臆、凤凰胎、乌雌鸡汤、黄芪羊肉、通花软牛肠诸多佳肴；碗盘里尚有醋芹、百岁羹、鸭脚羹、葱醋鸡、青粳饭、神仙粥之类家常饭菜；碟樆中盛着水晶龙凤糕、庾家粽子、赍字五色饼多样可口的点心，钵里正煲着汤浴绣丸。皆是杨氏操持东厨，阿婆与两个堂妹打打下手。傍晚时分，行简夫妇睡得充足，换了新衣，牵着龟儿与腊娘，赴席而来。白居易正中坐着，左肩下是行简，右肩下是杨氏，杜氏挨着行简坐定，堂弟妹及妹婿坐在横头。另一桌皆是年幼的堂侄团团围坐，阿婆、奶娘照应着这班猢狲们尽管闹腾。闲话了一会儿，白居易按捺不住内心的喜悦，起身递酒定席，高举着酒盏说："今日老朽开眉展眼，喜不自胜，缘由有三：一喜是行简今日自巴峡，万里平安归，可喜可贺！来，大家一起干了这一杯。"众人起身齐都干了杯中的酒，白居易亮了亮杯底，接着说道："这二喜便是一双幼妹，日前嫁得良人，终有所托，叫人甚为欣慰。来，来，再干一杯！"两位堂妹与夫婿眼儿含泪，通做了一个团拜喏儿，一一献酒。满桌响应到了，俱各坐下。白居易夹了一口菜，边嚼边说："这三喜嘛，便是打从今日起，我与行简得以日日在一起，但愿终老不相离！"说罢，与行简对饮了一杯。

行简眼中的点点热泪一一落在杯中，他拉起杜氏双双敬白居易与杨氏，说："兄嫂如爷娘，水里火里呵护为弟及家小，日夜心相随，恩怜无歇时，祝兄嫂阖家安好，福寿绵延！"

杨氏听了这肺腑之言，便觉眼圈一红，举杯一饮说道："你兄弟二人打小相濡以沫，情同手足，本是你中有我，我中有你，不分彼此的！"

杜氏斜倾着身子，向杨氏一揖，举杯敬道："这些年，龟儿亏得嫂子移干就湿地照应，日夜驹劳，我与行简着实过意不去。"

杨氏笑道："弟妹这样说就见外了！龟儿伶俐，日夕在前吟弄，娱我晚景，与罗子又恰是好伴当，即便吐甘咽苦，也是苦中有乐。"

一句话说得众人都笑了，白居易说："一家人客气来客气去，何时是个了？坐下，都坐下开心吃酒！"又问行简："剑南的事都撕掳利落了吧？"

行简点头说："都依照兄长叮嘱，丝毫没有拖泥带水。"

"来，来，喝酒！"白居易赞许地乜斜了行简一眼，举杯说道，"这李逢吉乃是‘鸡蛋里挑骨头，蚂蚁身上榨油’的主儿，你在他手底下，哪天不定编派出什么幺蛾子来。功名乃身外之物，只可直中取，不可曲中求。”

行简心头一亮，暗地思忖：还是兄长看人透彻，打从李逢吉到任，梓州已然权势倾轧，机械外端。今儿抽身，顿然如释重负。因问道：“朝中已然颁发‘大赦天下’制诏，兄长量移应是早晚的事吧？”

白居易闪了行简一眼，眸子里晶然生光。这些时日，自己正为这事纠结，此刻却不便流露出来，折煞了酒兴。忙把持定了，吁了一口气道：“江州有崔能优待于我，京都有崔群时时上心，应该不会偏差到哪儿去。”说罢，给行简斟上了酒，打趣地说，“这酒乃陈年庐岳，取粟于江州丘陵地带冷水田，浸灌于庐山甘泉，去秕于积善人家的赁舂之臼，饮此酒，舒筋活血延年寿也！”

行简亦是玲珑剔透的心肝，听兄长话意，便不再提大赦天下的话题，只是夸耀道：“兄长《琵琶行》可谓天下皆知，梓州士子口口相传，即便歌女也以能唱《琵琶行》而沾沾自喜。”

“你怎知歌女沾沾自喜？”杜氏乜了行简一眼，突兀地插上一句。白居易哈哈大笑着说：“这不奇怪，前些日子，郑使君携带的两位优伶也是这般说的。”

杨氏在一旁听了，愤愤说道：“怪不得那日喝得醉醺醺的，原来有人能唱《琵琶行》，还是两位哩！”

白居易和行简对视一眼，吐了吐舌头，连忙岔开了话题。上上下下继续传杯递盏，说说笑笑。吃过几巡酒，上过几道菜，白居易便要龟儿当庭背诗，背一首，行简赞一句，杜氏只乐得眉开眼笑。这时，行简有了七分酒意，越是多吃了酒，越是爱多话儿，便吩咐杜氏去房中包袱里拿出《李娃传》来，这是他在梓州陆续写下的传奇稿本，当下丢下酒杯，赶忙读给大家听。书中故事有的篇幅尽管短小，文辞却简质优美。白居易端坐不动，眼神迷离，当行简念到紧要处，便时不时地夸赞一句：“好，好！情节波澜起伏，引人入胜，人物个性鲜明，叫人印象深刻。”到后来，白居易按捺不住内心的欣喜，以箸击节，当场吟了一首《对酒示行简》：

今旦一尊酒，欢畅何怡怡。
此乐从中来，他人安得知。
兄弟唯二人，远别恒苦悲。
今春自巴峡，万里平安归。
复有双幼妹，笄年未结褵。

昨日嫁娶毕，良人皆可依。
忧念两消释，如刀断羁縻。
身轻心无系，忽欲凌空飞。
人生苟有累，食肉常如饥。
我心既无苦，饮水亦可肥。
行简劝尔酒，停杯听我辞。
不叹乡国远，不嫌官禄微。
但愿我与尔，终老不相离。

当晚，白居易甚觉得意，早不觉连喝了三大觥，酩酊大醉，杨氏上来，扶着郎君进卧室睡去。

连着几日，一大家子烹茶煮酒，总有说不完的话。尤其是杨氏与杜氏，说得莺声呖呖，满屋子只听得她们的说笑声音。孩儿们从未这么一起欢聚过，都尽情地嬉戏热闹。有一处打秋千，有一处摘野果，有几个表演节目，百般花样，都攒簇在司马厅内。腊娘也凑热闹，显摆刚刚学会的女红，针线倒还过得去，花样儿也新鲜，不日捎带两样给大娘瞧瞧。说的话，又有趣儿，又惹人喜欢，杨氏自是越发深怜热爱。龟儿调皮地学着阿爷的模样，时而摆动双膝，时而双手支着下巴，以抑扬顿挫的腔调吟诵诗章，逗得众人哈哈大笑，行简亦跟着呵呵干笑，嘴里说："这小子，学会编排阿爷了。"罗子年龄小，天真无邪，常常吵着要和白居易一起睡，白居易尽情享受天伦之乐，一时间，心境舒展了许多。三天两头白居易还邀上行简同游江州名胜，诸如白鹿洞、东佳书院、剪刀峡、石门涧、百花亭，或游山或玩水，舒目缀景，畅达胸臆。间或还与一干老友饮酒赋诗，钩深索隐。行简与白居易同宿草堂的时日，一起饮酒、吟诗、弹琴、炼丹、坐禅、观山景，纵情任性，一派自在逍遥的隐士范儿。兄弟二人亲如水乳，经常通宵达旦剪烛西窗，倾诉心曲，或慨然而叹，或哑然失笑，或泫然而泪，尽其所怀。

日月如梭，早到了夏月上旬。却说白居易有些细小的差事要办，便携行简一道自草堂回到司马厅居住。次早，红日初升，早饭用罢，白居易依旧大门不出，自在前院看书。看书看到闷时，便与行简一起灌灌花草，烹茶煮酒，讲些从前文字或顺或谬的情节。行简道："大抵诗以言志，缘情肖物，各极其致，乃为佳作。假若只是幽独自诉，心口相语，便已落二景。"白居易点头认可，便答道："诗缘事而发，平淡自然，而又警策绮丽，质朴简练，是为上品。进而情、景、事、理浑融，则意随笔到，反复不已，乃识奇趣。”行简起身慢慢踱着步子，待白居易说完，方接过话头道：“我喜爱兄长的诗，因事立题，美刺兴比，不拘泥，不刻板，声韵天然，语近思深。”白居易含笑看着行简，缓缓说道：“无舵之舟，与波上下，糊竹为毬，随风轮转。我不喜雕商刻羽，以助暖律，故而往往自创体裁，以资通达。”

话犹未完，只听得有人在院子门口说道：“好极，好极，白学士谈笑有鸿儒，满嘴寻章摘句也！”白居易听嗓音知道是元集虚到访，霍地起身相迎。但见元集虚头戴折上巾，身穿棠苎襕衫，外面套着一件短袖半臂，系扎着袴褶，一副出远门的打扮，全然不似往日那般道袍加身，便笑道：“老弟难得进城游历，稀客，稀客啊！”元集虚道：“弟素性狷介，足迹不喜纷沓繁华。”白居易一面引元集虚进院入座，一面说道：“山间僻静，比不得城里喧嚣，自然是悠闲的。但十八弟正是出乡关年龄，不应踽踽凉凉，当作一番事业，方不负平生。”元集虚将两坛从相辞涧灌来的清泉放入院内，喘着气说：“听从白兄劝导，今日上路奔赴桂林，任桂管观察使裴行立幕僚。”白居易高兴说道：“‘英英桂林伯，实惟文武特’，韩愈诗句，宛对冰壶，由此观之，十八弟怕是遇对了人，定将施展一身才华矣！”说罢，转头对行简说：“此乃我老友，元集虚元十八。”

行简居住草堂期间，听白居易提起过，记得此人博通儒、佛、道三教，以儒为宗，初仕为协律郎，后南游庐山之胜，结溪亭于东南五老峰下相辞涧，自称山人。在庐山诸多隐读之士中，兄长最为看重的便是刘轲与眼下的元集虚！当下不敢怠慢，遂上前为礼道：“久闻元兄学识渊博，今日得见，三生有幸！”元集虚深深一礼，说道：“常听乐天提起胞弟，今日一见，果然轩宇不凡！可惜今日一别，不知契阔到何年，不能与贤昆仲从游山水间了。”白居易见元集虚平添了伤感，也便动了惜别之意，郁郁地说：“此去桂林，沿大江，涉山瘴，路远险巇，还望多多珍重！”

说话中间，堂弟已排肴核茶水上来。白居易叫来阿婆，嘱咐午饭早早开席，又对元集虚说道：“十八弟在此吃过午饭再走，叫阿婆包些水晶龙凤糕、庾家粽子，路上食用。”元集虚寻思经此一别，不知何日再能重逢，遂点点头，决意与白居易多盘桓一些时光。白居易叮嘱说：“十八弟到了那边，即来书信，报个平安！”元集虚目光盈盈，沉沉说道：“白兄笔墨苍劲工稳，可否写上一张，到桂林贴在书房里记个岁月！”白居易闻听，眼圈红红的，点头应道：“好，好，我这就写！”说罢起身，径往书斋里去。半晌，兴冲冲地拿出一幅四尺整张的墨迹。元集虚笑呵呵地接在手里，放声念道：

贤侯辟士礼从容，莫恋泉声问所从。
雨露初承黄纸诏，烟霞欲别紫霄峰。
伤弓未息新惊鸟，得水难留久卧龙。
我正退藏君变化，一杯可易得相逢。

七月的江州，骄阳似火。白居易与行简送走元集虚，顺道登上崔公楼一望，远远地见一片水光，闪得刺人眼目，白炽炽透着酷热。一叶叶白帆上上下下，恰似有一搭没一搭随风漂流的花瓣。这一衣带水，白居易再也熟悉不过，就在这渡头，早年送客，遭遇琵琶女花退红，写下《琵琶行》，去年方送走刘轲，今儿又送别元集虚，一个个都在自己的鼓舞之下，奋力翱翔，唯有这落拓的青衫司马，兀自海棠依旧。嘿，江州司马名义上是州刺史的高级僚佐，和别驾、长史并称“上佐”，拿的是从五品的俸厚，却什么职事也没有。想那皇上贬斥朝堂官员，贬得太低有失朝廷脸面，给的职权过大又如何彰显贬斥？品高而无权的司马，恰如其分也。

行简见白居易渡头送客黯然销魂，复又登楼，越发郁闷惆怅，加上楼上炎热难当，唯恐兄长身子骨吃不消，遂提议道：“白日依楼近，忒是酷热，趁早回家纳凉，可好？”白居易无可无不可地点点头，二人便迤逦下了楼，往司马宅行去。路上，恰巧遇到江州陈长史，手里拿着公文急着赶路，白居易招呼了一声，问道：“长史这般匆忙，所为何事？”那长史见是白司马，笑着说：“朝廷刚刚颁诏，李夷简任同平章事仅四个月，便主动请求外迁哩！”

白居易大吃一惊，心中思忖：难道与王涯发生纠葛不成！便急切追问：“可知李平章为何提出外迁？”

长史见问，遂压低嗓门说道：“这个嘛，在下如何知晓！不过听京都传言，打从裴度平叛得胜回朝，李平章见宪宗对其格外器重，不甘受冷落，故而自愿外迁，不日将赶赴扬州淮南节度使任上。”

白居易闻听之下，一时怔在那儿，半天醒不过神儿。长史为人机灵，见状也不多言，朝着白居易拱手一揖，转身径直往府衙赶去。行简搀着白居易一步步往司马宅挪移，兄长心中的失落，他是看在眼里，痛在心里，却不知如何出言安慰。一路无话，只半炷香的光景，司马宅屋顶的炊烟已然在望。

白居易躲进书斋，心中空落落的，独自唧唧哝哝，不住地长吁短叹。本以为李夷简乃是元稹挚友，官居宰相，必定提携贬谪在通州的微之一二，看来又是竹篮打水一场空，空自欢喜一场。眼瞅着雀替、窗棂上麒麟、蝙蝠诸般雕花图案，白居易嘀咕道："福在眼前、麒麟送子、多子多福，心愿都是好的。命中有时终须有，命中无时，又岂能强求？"心中跳个不住，又不知如何发落。此时，一道斜阳，挂在窗外的杨树梢头，轻风吹来，那柳叶儿摆动着，在柳荫下龟儿与腊娘还有几个堂侄儿在撒欢玩耍，白居易闷沉沉地想："看来，这司马宅倒是含饴弄孙、养老的好处所！"他想出了神，不觉一手拽袖，一手提笔，略一沉思，连着写几个大字：《江州司马厅记》。接着握管疾书，一发不可收拾，顾惜痛怜地抒发了心中的郁结：

自武德以来，庶官以便宜制事，大摄小，重侵轻，郡守之职，总于诸侯帅，郡佐之职，移于部从事。故自五大都督府至于上中下郡，司马之事尽去，唯员与俸在。凡内外文武官左迁右移者，递居之；凡执役事上与给事于省、寺、军府者，遥署之，凡仕久资高耄昏软弱不任事而时不忍弃者，实莅之。莅之者，进不课其能，退不殿其不能，才不才一也。若有人畜器贮用、急于兼济者居之，虽一日不乐。若有人养志忘名、安于独善者处之，虽终身无闷。官不官，系乎时也；适不适，在乎人也。江州，左匡庐，右江湖，土高气清，富有佳境。刺史，守土臣，不可远观游；群吏，执事官，不敢自暇佚，惟司马，绰绰可以从容于山水诗酒间。由是郡南楼、山北楼、水溢亭、百花亭、风篁、石岩、瀑布、庐宫、源潭洞、东西二林寺、泉石松雪，司马尽有之矣。苟有志于吏隐者，舍此官何求焉？案《唐典》：上州司马，秩五品，岁廪数百石，月俸六七万。官足以庇身，食足以给家。州民康，非司马功；郡政坏，非司马罪。无言责，无事忧。噫！为国谋，则尸素之尤蠹者，为身谋。则禄仕之优稳者。予佐是郡，行四年矣，其心休体如一日二日，何哉？识时知命而已，又安知后之司马不有与吾同志者乎？因书所得，以告来者。

时元和十三年七月八日记

日月迁流，却早到了八月天气。一天，延英殿外百官来朝，行走于众臣之前的中书侍郎、同平章事崔群左瞧右瞧，瞧见虞部员外郎杨巨源与仓部郎中元宗简并排走在后面，遂缓了一步，与二人相邻而行。杨巨源与元宗简忙向宰辅打拱拜见，三人谈笑晏晏，崔群暗示：散朝以后，找个幽静的所在聚一聚，有些事儿相商。

杨巨源心思缜密，素知崔群在翰林院供职时，与白居易最为合得来。当年佥壬宵小，乘隙生风，陷害白居易遭贬谪，崔群爱莫能助，兀自愤愤不平。时下，他在宰辅位上，又逢宪宗大赦天下，必欲设法周全老友。料定之后，杨巨源扯了扯元宗简的衣襟，挨到众人进了延英殿，低声地说："崔平章相商的事儿必定与白居易有关，散朝之后，你将他悄悄地带到我家，我先行回家备些茶酒，候着你们。"元宗简心领神会，高兴地说："放心，放心，这事定当尽力促成。"

却说杨巨源在家中，设宴款待崔群。小厮排列已定，请客上座，须臾盘篮前陈，三人围坐浅斟低酌，谈得十分相投。先说些布帛菽粟之言，吃了数盅，崔群话头一转，有意无意说道："想当年在翰林院当值，便常常与白学士吃酒，互诉肺腑，尽是压箱底的心事，却毫无隐瞒。我二人最称相得，可以当得起朋友二字。"元宗简听着话音，赶忙挑明立场："说到白乐天，在朝我俩是同僚，居家又是邻居。雨中瓜果落，灯下草虫声，彼此都听得见。"杨巨源笑道："崔平章是慈祥处多断制处少，我是冲和处多棱角处少，元郎中是亢爽处多周密处少，唯独乐天严正处多圆融处少，屡与对头人产生龃龉，而今为谗言祸害，问了一个流配，受了不少凄凉。"崔群喟叹了一口气，带着酒劲说："陛下听了谗言，亦当辨明真假，岂因操心虑患，敢于谏诤，便有罪乎？"

"这次大赦，乃是难得的造化。"杨巨源静静地听崔群话音，抓住话口紧盯一句，"制诏已然下达七八个月了，不知乐天能否获得陛下谅解？"

崔能低头思索一会，沉吟着说："朝堂之事，是更宜详细观察，惟有抓住时机，方能力戒前失。裴度自是不在话下，只是那王涯蒙陛下恩宠，圣眷犹存，故而要慎重，躁急行事，恐怕适得其反。"

元宗简一肚皮懊恼，愤愤地说："这厮行动举止文质彬彬，柔和谦卑，实则善于揣情度意，心术不正。当初乐天遭遇贬谪，他便以怨报德，落井下石，如此行径，是得好生提防。"

"王涯虽为同中书门下平章事，却循默不称职，遇事一筹莫展。"崔能自顾分析道，"观陛下近来意思，似有不满。我等的便是这一变数，力求稳打稳扎，还乐天一个公道。"

杨巨源恍恍地望着远处，半晌才道："由此看来，局势还算明朗。江州刺史崔能与乐天乃是世交，乐天的叔父白季康曾任溧水县令，而崔能的叔父崔衍曾任宣歙观察使，白季康乃崔衍的下属。当年乐天在宣州参加贡试，便是通过叔父得到崔衍的关照。故而崔能对乐天百般优待，再者，江西观察使裴堪对乐天极为友善，亦会从中玉成。关键还须崔平章协调运作，想个法子周全，周全。”

“崔某在位一日，必为乐天尽力一日。近期便觑着机会朝见宪宗，力争讨得一个手诏！”崔群脸上露出坚毅的神色，端起杯盏一饮而尽，抹了抹嘴说，“汝等也与裴观察使、崔刺史沟通，沟通，将乐天在江州的情由，一一报上来，我也好有个启奏的借口。”

杨巨源与元宗简齐声答道：“喏，谨记宰辅叮嘱。”当晚，杨巨源殷勤行酒，三人一灯相对，俱到即饮。只喝到初更时分，方才散席。杨巨源送出门外，眼见着二人脚下七高八低地分头别去。

过些时日，宪宗在紫宸殿召崔群与王涯入见。紫宸殿为寝区主殿，内朝时臣子在这儿拜见皇上，参议政务。二人见宪宗打坐在光软香洁的紫菱席上，遂一同行跪拜之礼，宪宗抬抬手，赐了座。呷了一口鸟弋山离国所献的龙膏酒，目视二位宰辅道：“朕遵从大通和尚劝导，下旨京中各寺院主持僧，随钦使大臣前往凤翔法门寺迎接留存的佛指骨，安放在宫中供养，以佑天朝中兴不败，人主福寿安康！朝中大臣皆虔诚随行，长安街坊可谓万人空巷，男女俱都顶礼膜拜。独有刑部侍郎韩愈，号称文章泰斗，上了一道奏章，又是尧舜，又是文王武王，又搬出梁武帝，言语狂悖，极尽反对之能。二位谈谈看法，这事做何处置？”

崔群看过那道奏疏，忖度内中有段文字言辞甚为激烈，刺痛了终日与僧为伴的宪宗。疏中写道：

> ……佛本夷狄，与中国言语不通，衣服殊制，口不道先王之法言，身不服先王之法服，不知君臣之义，父子之情。假使其身尚在，来朝京师，陛下容而接之，不过宣政一见，礼宾一设，赐衣一袭，卫而出之于境，不令惑众也。况其身死已久，枯朽之骨，岂宜以入宫禁？乞付有司，投诸水火，断天下之疑，绝前代之惑，使天下之人知大圣人之所作为，固出于寻常万万也。佛如有灵，能作祸祟，凡有殃咎，悉加臣身！上天鉴临，臣不怨悔！

宪宗正迷信佛法，见了韩愈这一疏，勃然大怒，恼其亵渎神佛，当即发下裴平章，欲定他死罪。幸得裴度主持公道，上书万言，力劝皇上说：“韩愈语虽狂悖，心却忠恳，宜宽容以开言路。”崔群心想：宪宗依旧怒不可遏，今儿宣我与王涯进见，便是商议如何处置韩愈。其实崔能对宪宗过于迷信佛法亦不赞同，至于韩愈奏疏，颇有一吐为快的同感。只是当下宪宗还在气头上，得巧妙周旋，方能解韩愈于水火。好在崔群遇事周密，日前已与众多正直大臣沟通妥当，收到不少奏折，出门时便预料宪宗要议韩愈之事，全都一一揣在怀中。

崔群瞥了王涯一眼，见其目光飘忽，脸上毫无表情，待在那儿硬是不吱声。心里便犯嘀咕：这厮怕是不好表态，假若摸宪宗顺毛，谏言重判韩愈，裴度那儿不好交代。弄不好还要得罪一批与韩愈交好的臣僚，这些人有的位居要害部门，不可小觑；如果为韩愈力争，惹得皇上心中不痛快，同样得不偿失，因而将天问踢给崔群来回答。崔群暗自冷笑一声，朗声说道："韩愈狂言冲撞圣上，有违君臣之礼，罪不可恕！"

宪宗闻听，目光霍然一跳，正琢磨着崔群谏言的本意，崔群接着又说："然陛下爱才、惜才如同星辰大海，非微臣所能企及。故而对韩愈'文起八代之衰，敢于为天下先''道济天下之溺，言敢于言常人所不敢言'的秉性自然十分了解。韩愈敢在天子面前争安危，凭的是陛下是中兴明君，广开言路，闻过则喜。"

本来宪宗被韩愈冲撞得心中积郁发胀，吐不出按不下，棉花团子似的塞得难受。听了崔群一番话，顿时吁了一口气，舒坦了不少。只是余恨难平，仍然愤慨地说："你也不要拍朕马屁，休想为其开脱，如此不知轻重的狂傲之人，不加严惩，还不知弄出什么幺蛾子来！"

崔群见宪宗有退潮的意思，忙说："韩愈累出任行军司马，参与讨平淮西之乱，陛下刚刚表彰其忠恳，而今判处极刑，恐冷了忠心报国士子的心，还望圣上三思！"

宪宗听崔群所言条条在理，句句中肯，一时间，拊心攒眉怔在那儿。沉吟半晌，宪宗叹息一声，冷冷地口谕："韩愈狂妄犯上，有伤教化，着革去其刑部侍郎之职，降为潮州刺史，先在家停职反省半年，明年正月去上任。你拟旨吧！"

崔群一颗提着的心这才放下，当即跪叩道："臣，恭听圣训！"

宪宗阴着脸站起身来，背着手踱至王涯面前，忽然问道："大赦天下制诏下达已有七八个月了吧？进展如何？"

王涯内心正在转轮儿，暗暗佩服崔群的机变，冷不防宪宗有此一问，慌忙奏道："启禀陛下，大赦的效力很大，普天之下都在颂扬圣上天恩！各州县、藩镇经过大赦之人，刑责归于消灭。已受罪、刑宣告的，宣告归于无效，见禁囚徒，罪无轻重，一切释放。但凡贬谪官员，量移的量移，减免的减免。"

宪宗突兀地又追问一句："白居易可在量移名列？"

王涯一脸坏笑，讪讪地说："此人全然不能鉴识皇心，不思悔过，早已在游山玩水中丧失了报效之心，故而尚未列入量移名单。"

崔群狠狠地横了王涯一眼，躬身说道："陛下，臣有本要奏！"

宪宗转脸盯着崔群道："说吧。"

崔群拿出江西观察使裴堪及江州刺史崔能的奏折，双手递交给宪宗，亢声说道："江西观察使裴堪、江州刺史崔能均有本上奏，肯定白居易身在江湖，心系庙堂，为国举荐人才，关注淮蔡战事，忧虑百姓安危，教化地方人文！"

"哦！"宪宗似乎有点意外，愣了一下，说道："这个书呆子还算良知未泯，他在江州也快四年了吧？"

崔群点点头说："皇上圣明，自元和十年至今，快四年了！"

"白居易在江州整日怨天尤人，满腹牢骚。"王涯插言道，"写了大量诸如《琵琶行》《谪居》《昭君怨》《浔阳春三首》之类的诗，字里行间充满对朝廷的愤恨不满。"

"王平章亦是饱读诗书之人，怎可如此断章取义，乱哄哄地造谣污蔑，向白居易泼污水！"崔群气得脸色雪白，大声顶回去，"像《霖雨苦多江湖暴涨块然独望因题北亭》《大水》《刘十九同宿时淮寇初破》，哪一首不是忧国忧民的泣血之作？你可知晓，在其江州诗作中，关注淮西战事的竟达十二首之多！"

宪宗听了这番话，徒地一个念头升起：比起韩愈，白居易这书呆子还是懂得君是君，臣是臣的。心里忖度着，便喃喃自语道："好啦，白居易去朝已经够久啦！"

见二人还在争执，宪宗不耐烦地说："好啦，好啦，今儿就议在这里，朕自有道理，二位散了吧。"

退出紫宸殿，崔群余怒未消，阴沉着脸，气咻咻拂袖而去。

王涯腾地红了脸，仍旧保持着安详风度，缓步移动瘦长的身影，一步步朝着八台大轿走去。这人文思雅正古朴，极是清丽，永贞、元和年间的诏令，大多出自其手。那些年，朝中士大夫结党营私，互相倾轧，王涯独以孤进自树立，因而深揖宪宗信任，数次访逮，或召不时至，诸学士莫敢望。元和十一年，又升任王涯同中书门下平章事。这年，讨伐淮西藩镇吴元济事关国家安危，执政大臣裴度、李逢吉等为和与战争得不可开交，身为宰辅，王涯竟始终不发一言，由此在宪宗内心埋下此人干大事而惜身、不敢担当的印象。

近些时日，王涯内心常常惴惴不安，自普天大赦以来，由其亲自鞠谳的案子，多遭人非议。已有左拾遗递了折子，说什么鞠谳不分司，叩诉密陈不正大，不光明。每逢他主持处事，总就不如昔日那样一呼百应。这是一个不好的征兆，朝堂官员一个个皆是人精，有一点风吹草动，立马便会吹皱一池秋水的。

转眼到了八月中秋，这夜正是天上月圆，庭院寂静，崔群独自凭栏望月，忽地一阵北风刮得肌肤生寒，正欲回屋去添衣，远远见一个侍女走来，手里拿着一件半肩，娇声说："夫人怕夜里寒凉，唤奴婢送件衣衫来。"说罢上前给崔群披上，崔群心中一暖，便向花径中曲折走去。走到那月台上，忽听不知从哪儿传来悠扬而起的笛声。端的好笛声，清脆中袅起柔和，委婉里兀自清亮，正合崔群此刻的心意。今晨早朝，宪宗宣崔群起草了人事变动的诏书，王涯由宰相罢为兵部侍郎，由头便是"循默不称职"。这事儿几个月前便有征兆，今儿算是一锤定音了。不知怎的，崔群却并非想象的那般兴奋，朝堂的事依旧错综复杂，白居易量移这桩事，怕是还有一番周折。那笛音依旧绵延回响，缓缓地飞升，似乎要升到那有着星辰与皎月的深空里去。崔群忽地想起那些年在翰林院当值，便常常与乐天弄笛抚琴，一起一伏，或抑或扬，总能漫溢心间。

同样一轮月，高悬长安，亦映照浔阳。这一刻，当头一轮满月冷清地挂在湓亭的树梢上，那银白的光儿绮叠萦散，飘零流转。白居易看了，想起天上团圆、人间知音别离的心事，不觉发了一声长叹。叹声未息，行简在一边问道："如此良夜，兄长缘何浩叹？"白居易趁着月色看着弟弟的脸，娓娓地说："想当年在长安曲江池畔的八月十五日夜，我与元稹、崔群、李建一干人，长啸吟诗，高歌无忌，何等畅快淋漓！如今却天各一方，便觉心中不舍。"行简听了，许久才笑道："人有悲欢离合，月有阴晴圆缺，看来都是天意。只要人长久，终会有相聚的那一日！"白居易扶着湓亭的栏杆，问行简："想不想下邽？想不想符离？"行简莞尔一笑，说："那儿是故乡，有我俩的童年，有爷娘的音容笑貌，如何不想！"白居易一把抓起弟弟的手，动情地说："而今我只有你一个至亲了，可要长相守，少别离！"行简紧握着兄长的手，狠狠点着头，哽咽地说："兄长，你方才的话，月亮可以见证的。"白居易一笑，心情开朗了些许，看着流水描摹的月光痕迹，一隐一现，似吴道子笔下的线条，刹那间，灵感突兀而来，张口吟道：

昔年八月十五夜，曲江池畔杏园边。

今年八月十五夜，湓浦沙头水馆前。

西北望乡何处是，东南见月几回圆。

昨风一吹无人会，今夜清光似往年。

量移消息全无，白居易心情跌到了极点。好似囚禁在暗室之人，看到窗外的亮光，可是花红柳绿终究不属于自己，怎一个"愁"字了得。开年以来，许多左降官员都先后"量移"到京都近处任职，有的还诏回了长安，唯独白居易与元稹、刘禹锡等少数人尚在贬谪之地苦等音讯，这心境，就像曲儿里面唱的那般："下官无复紫宸朝，把繁华顿消顿消。叫鸱鸮也么哥！长蓬蒿也么哥！玳瑁空梁燕泥儿抛，只留得缺月黄昏照。"这些时日，白居易按捺不下焦虑的心绪，写了不少诗句，笼统地一看，新的、旧的、好的、歪的，无非客愁乡思，少不得抱怨"壮心徒许国，薄命不如人"。说来说去，归结到时也，命也！却不知命运、命运，命乃先天之本，运可是要靠后天折腾来改变的。

荏荏苒苒，不觉过了重阳，已到元和十三年的腊月，一年将尽，量移之事依然是水月镜花，行简怕兄长过于忧郁，便相邀去城里看腊八节上的踏摇娘新戏。出南门往东，朝能仁寺边上戏台走去，早望见黑压压的、闹哄哄的一片人，煞是热闹。兄弟俩找好了座儿，耐着性子看着，但见彩台高檠，锣鼓响动处，文官搢笏，武将舞剑，台上那七八步路，硬是走了百千年。散戏后，有日落早归的，也有上灯时回来的，白居易恰恰碰到江州陈长史，叙罢寒温，说些闲话，非要拉着这哥俩一同吃酒。须臾走进一家酒肆，唤来跑堂的抹桌排碟，彼此让座，陈长史首座，白居易次座，行简打横，上了几味荤素，执杯下酒。

觥筹交错中，不觉已然酒至半酣，白居易一事上心，满斟一杯酒儿，放在陈长史面前，说道："我将有一事奉恳，预先奉敬此杯。"长史道："白司马有何见谕，乞明言赐教。"白居易道："但凡朝中文书，皆由你过目，可否透露一些量移的消息。"行简也不言语，只在一边静静听着。长史笑道："谜酒难吃，若不说明，白司马怕是老急得慌，也无心思交杯换盏。"白居易苦笑了一声，说：“你我同僚将近四年，算得老友，明言何妨？”长史夹了一口菜，边嚼边说：“远的不谈，新近就有一位姓韦的侍御，由虔州量移到金州任司马。”白居易闻听，呆了半晌，又叫重斟前杯，连着敬了长史好几盏，又说了许多闲散话儿，残月已然移向中天，大家离席，作辞起身。白居易兄弟送长史出了街巷，相拱而别，遂并肩往司马宅归去。行简见兄长闷闷不乐，寻找话题道：“今日酒是畅饮，话却闷谈，兄长似有心事？”

“方才长史提到韦侍御，曾与我同朝为官，乃是老相识。”白居易满嘴酒气，怏怏地说，“韦侍御是本年清明节光景被贬虔州的，到贬所不满一年就获得量移，且迁移之地距长安忒近。我既为老友高兴，也为自己悲哀也！”

许久，行简低头暗自叹息一声，温言安慰道：“眼见的，耳听的，背后难免有曲折。兄长也不必太焦急，或许明日诏书就在路上哩！”

白居易摆摆手，苦笑道：“行简这话我爱听！不说这些闹心的事，走，回家踏实睡上一觉。”

说起下霜，好生奇怪，看不见，也听不见，须臾之间，天地便水淋淋的，潮湿湿的。翌日早晨，朝阳升起来了，收露水了，原先一大片的露水，这时皆收拢成水滴子，在树叶、草尖儿上挂着。这些日子，白居易睡得晚，起得早。起来便在院子里四下里胡乱走着，这时，一滴露水落在他的颈脖上，凉凉地一激灵，又叫他生出许多心事来。白居易凝视一只蝴蝶在一盆菊花上，跳着最轻盈、最曼妙的无声舞蹈，忽然思忖：究竟庄周是蝴蝶，还是蝴蝶是庄周，不可知也。许多虚幻的也许是真的，真实的也许是虚幻的，生命的情境，有刻骨铭心的爱恋，有痛楚万状的伤心，但凡事过境迁之后，一切难道不是昨日的梦？名与利，得与失，不过如此！倒不如抛却心灵的藩篱，留一番宁静的天地在当下。白居易便想：庄子，乃是知命者也，知命者不怨天！

其实最不可知的，乃是白居易的心。当深秋爽脆而清凉的气流拂面而来，看见遍地泊满枯叶，嗅到一股冰凉的桂花香，他的目光又变得有些凄楚，有些累了。白居易的脸罩在背光的阴影中，看不出一丝表情，他的声音又薄又细，嗫嚅而含混：

穷阴急景坐相催，壮齿韶颜去不回。
旧病重因年老发，新愁多是夜长来。
膏明自爇缘多事，雁默先烹为不才。
祸福细寻无会处，不如且进手中杯。

近些时日，杨氏挺着大肚子，总是恶心呕吐，杜氏与阿婆是过来人，知道临盆的日子不远了，格外细心地照应。白居易还特地寻了城东的一位老中医，过来为娘子把脉，开了几味安胎的药。这一日，杨氏爰爰支着身子起来，一旁杜氏连忙过来搀扶，谁承想还没立直身子，忽然便倒在床上，感到痛意微蜷起来。杜氏慌忙唤来阿婆，说："怕是要生了，赶紧准备准备。"阿婆答应一声，火急火燎地开始忙活。

杨氏阖眸半卧于榻，只觉痛袭全身，兀自有一声没一声地呻吟。白居易与行简守在边上，急得团团地转。不一会儿，阿婆带着一个产婆来打下手。产婆拎着一个竹篾箱子急匆匆地进来，吩咐烧旺炭火，灶头上多烧开水。嘴里又说："男人都到屋外候着。"

半晌，房中传来撕心裂肺的喊叫，听得白居易的心提到了嗓子眼。杨氏额头上青筋凸起，汗珠子滚滚而下，双手先是拼命地攥着锦衾，牙齿咬得咯咯地响。只听得阿婆叫道："用力，用力！"

煎熬了一炷香的光景，终于听得"哇"的一声清脆啼哭，孩儿生下来了！阿婆念了一声阿弥陀佛，庆幸地说："算得上顺利，恭喜添了个千金！"

杜氏不停地为杨氏揩着汗水，阿婆端来开水，仔细地为孕妇擦着身子。杨氏脸色雪白，干脆地晕了。本年，白居易第三个女儿出生了！正当量移不顺，年纪老大又生一女，未有男娃传家，白居易心情不好。送走产婆后，白居易吩咐阿婆为娘子煮些红枣桂圆粥，多添些营养。这一日大门也不出，独自在书斋里守着，心中依旧积郁难释，便写下一个题目《自到浔阳生三女子，因诠真理，用遣妄怀》：

宦途本自安身拙，世累由来向老多。
远谪四年徒已矣，晚生三女拟如何。
预愁嫁娶真成患，细念因缘尽是魔。
赖学空王治苦法，须抛烦恼入头陀。

元和十三年十二月二十日这天一早，白居易被一个倥偬的梦惊醒，他睁开眼，胸膛中便又滚过昨日残余的焦灼。看看产后虚弱的妻子还在熟睡，便轻轻巧巧地起了床，为杨氏盖好被褥，悄然走进了院落。在一棵苦楝树下站定。白居易盯着前方一个不确定的东西，兀自有些恍惚，有些支离泮涣，莫适与归。寻思着出外溜达溜达，散散心事。念头一起，便轻手轻脚地掩了院门，有意无意地往湓浦驿站方向漫步走去。沿途树树清瘦，山山寒色，一幅幅景致凄然。忽地一片叶子飘然而下，白居易俯身拾起，看着枯黄的叶脉，轻声念叨：再也无所依偎、无所牵绊了。好一似老朽：一朝去京国，四年客梁园。

一步一挨地走了一早上，家家炊烟渐渐升起来了，街坊间也开始了闹腾。白居易忽然感觉有些饿了，便转头往闹市走去，到街头吃了几个烧饼，喝了一碗热腾腾的汤水，身子暖和了许多。抹了抹嘴，正想往家里走去，忽见行简急匆匆地赶来，看见白居易，吁了一口气说：“兄长这大清早的跑哪儿去了，叫我好找！”白居易笑着说：“四下胡乱走走，吃了吗？来几个刚出炉的烧饼？”行简喘着热气说：“这你不必管，赶紧去刺史府，使君公一早派人来找你哩。”白居易心中一激灵，顾不得回家换身衣裳，抽脚便往刺史府赶去。

走进府邸，只见崔能一身官服坐在那里，见白居易进门，霍地站起，大声喊道：“江州司马白居易接旨！”白居易怔怔站在那里，一时间没有回过神来，崔能接着喊道：“白居易接旨！”白居易赶紧翻金山、倒玉柱，扑通一声跪了下去，竖起耳朵听崔能宣读诏书。崔能双眸炯炯，展开圣旨念道：

> 诏曰：朕临御以来，缵承洪绪，慈圣中兴国家。恩德所被，浃髓沦肌，普欲包荒。可恨淮蔡逆贼，恃朝廷仁厚，一意拊循，肆其猖獗，割据裂土，侮慢神圣，震动畿辅。朕告先庙，大张鞑伐，国中上下，同仇敌忾，陷阵冲锋，平定淮西。而今乾坤朗朗，黎庶升平，朝廷不惜破格懋赏，奖励忠勋，大赦天下，深仁厚泽。苟非元恶，罔不待以怀柔。望普天臣庶，宜悉朕意。
>
> 贬臣白居易，经受考核，恪尊成律，弗敢怠遑。温恭感德，夙夜兢照，辅佐地方，不敢少懈。兹恩准量移，除其江州司马，特简忠州刺史，诏书到日，即可上任。望拊心俯仰，鞠躬职守，钦此！

白居易双手踞地，俯伏在阶前。聆听圣谕，不禁悚然动容，两串泪珠扑簌簌顺颊淌下。在崔能面前犹自直愣愣地撑着劲，倒显得神采焕发，朗声答道：“臣，叩谢圣恩！”

第二十五章　孤帆远影

喜　春　来

冬至数九，阴极之至，阳气始生，乃是一个大吉的日子。故曰：冬至大如年。至此日，家家户户更易新衣，备办饮食，享祀先祖。官放关扑，庆祝往来，一如年节。白居易接到量移诏书的第二天，便是冬至，加上杨氏刚刚添丁添口，这家子可谓双喜临门。司马宅内迎喜神，做节饭，包饺子，砧板剁得通街山响。江州同僚、亲朋好友乘轿的，赶车的，骑马的，步行的，纷纷提筐携盆前来祝贺，一时间，最是红火热闹。

入门不问枯荣事，但见容颜便得知。白居易浑身热血鼓荡冲击，兴奋得脸色带着绯红，一眼看见，似乎年轻了十来岁。杨氏正在坐月子，得知量移忠州，激动得胸脯起伏，起身要下厨做几味可口的饭菜犒劳白居易，被杜氏劝住。杜氏是对的，这时辰，白居易又是迎宾又是送客，见到这个躬身作揖，同声一词：“随喜，随喜！”见到那个笑脸相迎，异口答礼：“托福，托福！”怕是没得工夫品尝菜肴。行简亦是兴冲冲地忙前忙后，出出进进，汤水茶饮伺候得周周全全，节仪礼落应付得丝丝入扣，一刻也不曾歇息，那额上豆大的汗水珠子一般滚落下来。应酬了大半晌，不觉到了日入时分，天已经麻苍苍黑了，阿婆送上盆水，二人洗了手脸，遂与堂弟们围炉烫酒。耳房内只听得堂侄们咿咿呀呀读书之声，前宅后院声彻一片。白居易醉醺醺口滞眼饧，在他看来，这一天的闹腾真像光怪陆离的梦。打从遭遇贬谪，同僚不敢与司马贬官过于接近，亲朋故旧大抵不在江州，门前冷落倒也不足为奇。只是与今日的热闹一比对，便知人情冷暖逐高低原本如此！

白居易无头无尾，似叹似嗟地说：“当年在贬谪途中，能否生还尚未可知。自古至今多少文士遭贬之后，心境抑郁，死于贬所矣！”

行简悚然动容，讷讷地说：“起初，或许是宪宗的态度阻止了宵小们墙倒众人推，没有搜肠刮肚地罗织罪名，不然第一道诏命就不是‘江表刺史’，而是崖州、琼州、潮州这般荒远穷恶地带的司马了。远的有杜易简，因高宗恶其朋党，由考功员外郎贬为开州司马，不久死在贬地；王无竞因得罪权贵，由殿中侍御史再贬岭外，终死于广州。近的有柳宗元，因支持改革，贬谪永州长达十年之久，最后身死他乡。由此观之，兄长流配到江州鱼米之乡，乃是不幸中的大幸！看来，皇上是留有情分的。”

“当年皇上心中有把尺子。”白居易点头赞同地说，“对越职言事一说颇不以为然，否则贬谪诏书不会拖延到事发两个月后方才下达。”

“凭兄长‘勿轻直折剑，犹胜曲全钩’的以道奋直”，行简接着说道，“假若任江表刺史，定会忍辱负重，大志雄韬，干出一番作为，被皇上非次宠擢也在情理之中。只可恨王涯落井下石，恩将仇报！”

白居易昂然顿首说道：“平心一想，皇上对我有知遇之恩啊！此次授我忠州刺史官符，恩同再造。仰倚圣泽，直叫人铭刻肺腑！”

这光景，堂侄们读书之声已然停了，厅堂内只留下白居易与行简吃酒攀谈。茶吊子上的水早已翻花大滚，行简起身冲泡了两杯浓茶，以备醒酒之用。白居易敛了心神，端起杯盏呷了一口，说：“忠州山水和起居与江州是没法比的，却距京都近了七百二十里，离下邽也近了，紧要的是脱离贬籍有指望了！这几年，我负罪任职，无所事事，饱尝了被遗弃、被拘囚、被侮辱的苦楚啊！”

行简眼圈热热的，因笑着劝慰道：“刺史乃一州之长，大可自主施展平生抱负。这在《周易》爻卦之中，乃‘飞龙在天’卦象也。”

白居易靠在椅背上，似乎问话又似乎喃喃自语：“皇恩浩荡，我得写诗谢忱，方能表达此刻心绪。”

行简闻言，“霍”地站起身来，拉着白居易说：“走，到书斋去，现在就写，弟给你磨墨铺纸。”

白居易就坡打滚地进了书斋，一步一踱地踟蹰良久，双目忽地灼然生辉，趁步走向案几，见行简早已铺好纸张，当即援笔在手，一气呵成写下《自江州司马授忠州刺史，仰荷圣泽，聊书鄙诚》：

炎瘴抛身远，泥涂索脚难。

网初鳞拔刺，笼久翅摧残。

雷电颁时令，阳和变岁寒。

遗簪承旧念，剖竹授新官。

乡觉前程近，心随外事宽。

生还应有分，西笑问长安。

写一句，行简念一句，连着叫了几声好。白居易放下笔，意犹未尽。忽地想起这次能够泥涂索脚，好友崔群可是古道照人，义薄云天，理应作诗特为感谢。由是又叫行简重新摊开素笺，落笔成题《除忠州，寄谢崔相公》：

提拔出泥知力竭，吹嘘生趣见情深。

剑锋缺折难冲斗，桐尾烧焦岂望琴?

感旧两行年老泪，酬恩一寸岁寒心。

忠州好恶何须问，鸟得辞笼不择林。

行简读了一遍，敬佩赞叹道："兄长文思敏捷，堪比李杜！前后两首，云岚映漭，泉石喷薄，旧愁新感，触绪纷来，叫人对此茫茫，百端交集。"

"为兄于世态人情，十不知一。"白居易听了胞弟发自内心的赞赏，自是得意，嘴上却沉得住，没有顺竿自吹自擂："于古今成败，百不知一，惟有于诗文，略知一二也。"

行简被逗得呵呵直笑，打趣地说："如若白大学士于诗文略知一二！敢问这世上，还有哪位高贤自诩登堂入室？"

这些年，白居易绷得快要断了的心弦略觉舒张，今夜老兄幼弟，畅谈诗文，共话长安旧事，岂非人生极乐！听了行简这一问，白居易亦来了兴致，遂滔滔论述：

纵观古今，屈原之《离骚》，当是辞赋之祖。后人为之，如至方不能加矩，至圆不能过规也，谓之典范！陶元亮人即是诗，诗即是人，片语脱口，便如自写小像，闲靖旷远，千载而上，如在目前，可多得乎?至于我朝，若论诗当数诗仙李白、诗圣杜甫，若论文要数韩愈、柳宗元也。李白篇无格套，个性突兀，随意生发，变幻莫测。单论雄伟瑰奇，无出其二！杜子美忧国悯时，沉郁顿挫，由细致入微而达雄浑壮阔，诗宗楷模矣。不过诗至少陵，诗中的"人"，亦仅有六七分。

行简闻听，豁然开朗。眼望着神采奕奕的兄长，咨嗟慨叹道："兄长眼里有筋，腕中有骨，眼高手高，令人敬佩！弟往昔观书，不求甚解，宛如弹夜光于霄汉，不可以为重；沉昭华于清流，不可以为月。今闻一席话，枝枝着眼，扶疏淋漓矣！”

“弟之诗文，敏而有辞，辞赋可谓精密，尤以传奇著称。”白居易拍了拍行简的肩头，含笑说道，“持之以恒，定然自成一家。”

“兄长勉励，小弟谨记在心。”行简听白居易对自己评价颇高，心中暗自高兴，恳切地问道：“当下距年节仅差九日，兄长打算何时前往忠州？”

“江州尚有许多杂务不及处理，况代李景俭为忠州刺史，那头恐怕也要花些时日捋一捋，来年开春起程亦不迟。”白居易沉吟了一会儿，接着说道，“此次不比‘左降书下，明日而东’，算是‘殊恩特奖，非次升迁’，无须仓皇急切。”

这当口，茶烟小结，梧桐萧萧。白居易伸了一下懒腰，有了倦乏。行简见了，关切地说：“兄长忙碌了一天，早些睡吧？我且收拾一下，随后便歇息。”白居易点点头，叮嘱道：“茶炉记得熄火。”

一眨眼到了大年三十，比对往年，司马宅热闹了许多。上午，白居易与行简带着堂弟侄们插桃枝、悬春幡、贴春书、贴画好的虎头与书写的‘聻’字。行简一一浏览白居易写的春书：“共欢新故岁，迎送一霄中”“欲向正元歌万寿，暂留欢赏寄春前”“乡觉前程近，心随外事宽”，不禁会心一笑，暗自思忖：兄长算是安心过得一个肥年！

下午兄弟二人带着孩子一同“驱傩”，顺便买了好些爆仗，沿途还捡拾了许多柴火，拾樵供岁火，晚上可是要烧上大火堆的。白居易还在玉器行逗留了半晌，挑中了一枚玉钩，还有一对上好的玉坠。兜兜转转中，天色渐渐暗淡下来，白居易抬头望了望漫天的晚霞，心中暗想：元和十三年的除夕，可是在江州过的最后一个除夕，是得好生热闹热闹！

每年除夕，家家户户院落里都要点起篝火，唤作“庭燎”。今夜，司马宅张灯结彩，红烛高照，四年来充斥其间的悲欢离合、苦辣酸甜随着辞岁的爆仗，散作了满地的烟花落红。燃“庭燎”之后，年夜饭可是一出重头戏。首先上席的，并不是菜肴，而是酒水。这酒水可有讲究，一种叫屠苏酒，另一种叫椒柏酒。先说说这屠苏酒，乃是由大黄、白术、橘梗、蜀椒、桂辛、乌头、菝葜七种药材混合制成。椒柏酒则是用花椒和柏树叶浸泡的，这两种酒喝了都能驱邪解毒延年益寿，只是味道有些许的古怪。按规矩，这酒得从小孩子喝起，小者得岁，先酒贺之，老者失岁，故后与酒，故而又唤作“得岁酒”。白居易看到罗子、龟儿喝酒的怪相，撑不住哈哈大笑起来。行简说：“看你们那个熊样，待会‘五辛盘’上来，青青绿绿的大蒜、小蒜、韭菜、芸薹、胡荽，怕是不敢动箸。”白居易帮腔道：“那是，生辣得很哩！不过五辛发散五脏郁气，多少还是吃点。怕只怕老人吃的胶牙饧，我是啃不动啰！”杨氏与杜氏在一旁嘎嘎地笑，杜氏说：“嫂子可觉得兄长雄壮着呢，这不，前几日才添丁添口呢！”一家人哄然大笑，杨氏红着脸推了杜氏一把，说：“去，吃饭还堵不住你的嘴！”行简边笑边说：“我也觉得兄长雄壮着呢，前些日子，一口气便写出两首诗来，才思那个敏捷呀，堪比曹子建！”

白居易喝了口苦酒，听行简夫妇拿自己寻开心，呵呵一笑，含混地说：“早几年呀，与元稹登终南山，一口气可以跑个来回的，那才叫雄壮哩。”杜氏转脸盯着杨氏说：“嫂子，你可要作证的！”龟儿问：“伯母，你要为伯伯做么事证嘛？”杜氏拍了龟儿一下，呵斥道：“小屁孩不懂，等你长大了，娘也为你找个作证的。”众人又是一阵哄笑，两个堂妹笑得花枝招展，将头靠进了女婿们的怀里；年长的堂弟们一个个似笑非笑，那模样忒有趣；行简一口酒差点喷得杜氏一身，只有一群小家伙不知道大人们为何这般高兴，也便跟着傻笑起来。说笑之间，龟儿的奶妈将主食端上了桌，个个皆是半月形状，面皮里裹着各种馅，有个名目叫“汤中牢丸”。

席间，白居易自怀中拿出一个玉钩来，提议一起做“藏钩之戏”。一家人分为两组，一组人暗暗将玉钩攥在本组其中一人手中，由另一组人猜玉钩在哪只手里，猜中者为胜，败者罚酒。几轮游戏下来，团圆饭也吃得差不多了。白居易见子时快到了，便吩咐撤席烹茶，上一些果品、糕点。不一会儿，浔城街坊间钟鼓齐鸣，在这辞旧迎新的一刻，司马宅里的守岁人纷纷起身，晚辈给长辈打躬作揖，说一些“福庆初新，寿禄延长”之类的吉祥话儿。白居易和杨氏分别将一对晶莹剔透的玉坠挂在龟儿与腊娘的脖子上，一些堂侄也各有礼物。行简携杜氏回房中，取出一对金手镯，一个戴在罗子腕上，一个放在杨氏手中，送给刚出生的女娃，同样也给堂侄们准备了物件。白居易夫妇见行简送得贵重，知道有感激抚养龟儿之意，便又取出几锭银子给龟儿、腊娘作为压岁钱。按理，除夕守岁，是要通宵达旦的，行简心细，体谅地说：“嫂子还在月子里，早些休息为好。兄长明早要去使君公府上拜年的，也一并去睡吧，有我与堂弟们守岁即可。”白居易觉得的确如此，也便不客套，搀着杨氏进了东房。

元和十四年正月初一，丝绸一样的阳光，自东边天际里斜刺刺地射了过来，夜色集聚的雾，寒冷累积的霾，在阳光的驱逐下，次第散去。白居易起了个大早，在院子里打了一套达尊拳，此乃东林满上人传授的。达尊拳以禅参拳，上人演柔去刚，只教白居易强身健体用。腾挪之后，白居易想去宅子的附近散散步，刚迈过门槛，远远便见几位好友迎面走来，不承想这一批寒暄半晌去了，一茬接一茬又有宾朋前来道贺，大家都由衷地为白居易得以“特从佐郡，宠授专城”而祝福。

好容易得空，白居易带上一张吴道子的《童子拜观音》去崔公府邸拜大年。此画乃祖父白湟传下的，画中带有张旭、贺知章的书法笔意，白居易很是喜欢，一直带在身边。想想这些年交争蜗角，若非崔使君百般呵护，如何能够挨到今日！琢磨着家中亦无长物，拿得出手也就这一物件，不若送与使君公，留个念想。谁承想崔能不愿夺人所爱，无论如何也不肯收，倒叫白居易唏嘘不已。

回来的路上，白居易想着崔使君的好，每一念此，叹息不已，竟自言自语道：“一旦相逢，怀往悼来，舂然惜别，相见何年？”忽又寻思：江西观察使兼洪州刺史裴堪待自己亦不薄，此人德才兼备，敢作敢为，劾按赃吏，铁面无私；选拔人才，不拘一格。主政江西若干年，成绩卓著，令白居易心仪已久，只可惜一直未曾谋面。前年三月，白居易泛舟鄱湖，方便沿王勃当年水路抵达洪州。本有机会与裴堪一会，只因顾虑律令对贬官行止的严格圈划，故而未敢造次。而今即将离开江州，何不乘这年节的间隙，拜访这忠厚耿直的道府主官，既了却一番夙愿，亦不失为人之道。

感恩多

正月初八，天刚破晓，白居易从湓浦口入长江，至彭蠡湖口进入鄱阳湖。沿着北部入江水道一路逆流而上，隅中时分，便到了鄱湖的北湖区，进而鼓帆驶向那南湖区。一路上波翻浪涌，尾水如天，白居易挺立在船头，青衫随风猎猎，如旌如旗。蹙蹙四顾，沿途的斑斓尽数错错落落，一忽儿岸迴水抱，鸥飞鹭泅，一忽儿烟波浩渺，帆影幢幢。这盈溢腴美的大湖，刈込的波浪鲁鲁莽莽，中有太古之心。白居易对此茫茫，若隐若跃之间，眼头心坎，真是声口如画。历经了这番风波，想那世俗里许多事儿东顾西盼，前掩后映，在敞开胸怀的鄱湖面前，忒不坦荡。

驿舟自吴城进入赣江主航道，一路上溯便直达洪州城头。靠岸之后，灯火可亲，白居易就近在驿站歇息，一夕无话。翌日，寻店家吃了些果子点心，便沿途打听，左弯右绕地赶赴裴堪府邸。到地头，轻叩青铜门环，仆人半开院门问讯："丈人何事？"白居易道："裴使君在家吗？忠州刺史白居易特来拜访！"仆人笑道："白刺史稍候，容在下前去回禀。"少顷，仆人匆匆跑来，一边说"主人有请"，一边在前引路，顺手接下白居易捎来的九江特产庐岳酒、云雾茶。进得院落，但见两座主宅之间有直棂窗的回廊连接，四合成院。折而向前，有圜桥沟通楼阁，高低错落，轮廓舒展。园内掘池造山，水中叠石植荷。穿过池塘，便到了东楼，但见玉阶之下，几个小儿女欢喜成团。

白居易正东走西顾，忽见一人质度瑰玮，降阶来迎，老远便哈哈笑道："不知白刺史光临，有失远迎，失礼，失礼！"

白居易赶忙打躬作揖，诚诚恳恳地说："在下心仪裴公已久，特来拜访，祝愿裴公新年万福，寿禄延长！"

叙罢温寒，裴堪挽着白居易的胳膊，并肩进得堂楼，分宾主落坐。须臾，仆人献上茶饮，白居易起身离座，双手一拱说道："下官自到江州，承蒙裴公百般成全，大恩一言难尽！"

裴堪微微一躬身道："学士吉人自有天助，老朽何恩之有？况陆沉絷绊，荣辱毁誉，乃我辈寻常之事，难得学士洗脚上船，志在兼济，行在独善，做明心见性之事，传千古吟哦之诗！"

白居易见裴堪言辞辩证，愈发敬重，遂由衷赞道："在下明哲保身，乃区区萤火之光。裴公泽被江西七郡，平其赋役，徇公率正，政立绩成。而今数十列邑土沃人庶，财赋孔殷，国用所系，兹为重寄！好比明月高悬，映照四面八方。"

"过誉了，过誉了！"裴堪闻听，拈须微笑道，"学士素蓄器干，久经任遇，而今诏命忠州刺史，宜付长才，正可祗服厥命，施展平生抱负！"

"藉君鼓励，白居易敢不鞠躬尽职，克勤克苦。"裴堪细雨和风的勉慰，令白居易温暖，当即抱拳当胸一拱，谦逊地说。

裴堪取茶呷了一口，目光熠熠地看着白居易，又说些闲话，无非是江南风土之佳，舟楫风波之险等语。忽地裴堪话锋一转，说道：“学士而今乃一州刺史，如何还穿司马青衫！按制是准许‘借牙绯’的，我这正好有一身行头，不妨换换穿戴。”

说罢，唤仆人自衣柜中取出他早年穿戴的绯袍、鹘衔、瑞草、鱼袋，一并赠予白居易。按律官居四五品方可服绯，未达标者特许亦可服绯，有个名目，唤作“借绯”。白居易在陪堪的催促下，换上绯袍，系上银鱼袋，霎时便丰神隽朗，精神了许多。裴堪从上打量到下，哈哈大笑着说：“人要衣装，佛要金装，这话不错。瞧，江州司马摇身一变，立马就有了忠州刺史的气度。”

白居易倒有些难为情，呵呵干笑着说：“多谢裴公‘借绯’，只是尚有些浑身不自在！”

裴堪听了，笑道：“白学士全挂子本事，哪里便配不上这一身行头？依我看，将来紫袍加身，也在情理之中。”

白居易红着脸说：“过奖，过奖，裴公高看在下了。”

裴堪来回踱了几步，站住了脚，倏然回身问道：“学士可否在洪州待上几天？老朽也好略尽地主之谊。”白居易回答：“多谢裴公盛情，只是江州尚有许多事情需要打理，预备后日便返浔。”

裴堪点点头，说：“明晚，老朽在滕王阁上为你设饯别宴，届时，学士可会一会洪城诸多士子。”白居易闻言，眼睛为之一热，对此深情厚谊，不免感激涕零。他心中雪亮：裴堪器识真纯，不入浮薄之伍，一个州郡司马，能获如此优礼相待，甚是特殊。

当晚，白居易回到驿站，千妥万当，一时难以料理得清，只一条是料得定的：裴公对自己人品、诗品高看一眼！此时，虫声东西，窗外月光如洗，轻柔的光隔沐浴进来，杳如烟波。静极之中，白居易辗转反侧，见案几上有纸笔，遂拨亮灯盏，挥毫写下《初除官，蒙裴常侍赠鹘衔瑞草绯袍鱼袋，因谢惠贶，兼抒离情》：

新授铜符未著绯，因君装束始光辉。
惠深范叔绨袍赠，荣过苏秦佩印归。
鱼缀白金随步跃，鹘衔红绶绕身飞。
明朝恋别朱门泪，不敢多垂恐污衣。

翌日，白居易在裴公指派的官差引领下，来到赣江之滨。放眼眺望，但见滕王阁层台耸翠，飞阁流丹。层层累榭，重檐凌空。白居易橐橐地随着人流拾级而上，心中思忖：难怪韩愈表述“江南多临观之美，而滕王阁独为第一，有瑰丽绝特之称”，看来所言非虚。

观察使在滕王阁饯别诗魔白居易，消息不胫而走，尽管夕阳西下，一大群人依旧密匝匝集聚在滕王阁下，皆欲观瞻白大诗人的风采。被人冷落近四年的白居易，何曾见过这般场面。他眼中那一抹沉稳静闲的气质，早丢到九霄云外！竟不自禁地心如潮涌，连忙双手抱拳团团作揖，答谢洪城人的勃勃热情。这时，人群中有人高喊：“作诗，作诗！”官差本想引着白居易快些登楼，见此情景，亦被感染，遂在白居易耳边说道：“白刺史，眼下不作上一首诗，怕是过不了闸。”白居易已是痴了，沉吟片刻，以手压了压四周的噪音，当即口占一绝《钟陵饯别》：

翠幕红筵高在云，歌曲一声万家闻。

路人指点滕王阁，看送忠州白使君。

人群齐声喝彩，这个说：“文思敏捷，倚马可待！”那个说：“不愧为‘诗魔’！”突兀又有人冒出一声：“此人莅临，与王勃有得一比了！”正闹哄之间，裴堪的轿子已然到了，见了白居易，便抬脚下了轿，彼此见礼后，并肩登上滕王阁。

这楼内却别有根芽。但见梁枋各明间用的是五彩遍装，天花板各层图案不一，支条深绿色，乃用大红井口线，十字口栀子花。椽子、望板均为大红色，室外平坐栏杆一色古铜古香。少时，已然列了桌面，排定座椅，摆上了肴碟，歌姬动了细吹。裴堪坐了首座，白居易团团做了一个告罪的揖，坐在次座，东边打横的是洪城大小官员，西边打横的是一簇儿文人雅士。白居易略一观瞧，端的好盛宴！芳酒绮肴，穷极水陆，至于仆乘供给，靡不丰盈。裴堪见众人到位，正交头接耳寒温套叙，说着乡井话儿，遂举杯定席，面朝着白居易说道：“白学士明日返浔，今儿备了个菲酌，为君饯行，顺便邀请同僚好友聚一聚，添上新年一喜光景！”

白居易起身答礼，恭敬地说：“惭愧，惭愧，贸然拜访，叨扰裴公与诸位啦！”众人七嘴八舌应道：“哪里，哪里，我等久仰学士大名，托裴公的福，今日得见，快哉，快哉！”

宴席上，丝竹管弦声声入耳，轻歌妙舞个个上心。最出彩的要数主持宴席的“都知”。“都知”可不容易做，除了容貌举止压得住阵脚外，还必须善于调排周旋，要面面俱到，出氛围，皆大欢喜。要能说会唱，善诗知文，博古通今才算得全面。白居易思忖：当年长安整个平康里巷中，真正得到客人公认的“都知”仅有三人，那便是郑举举、薛楚儿和颜令宾，今儿这席面上的“都知”，长袖善舞，巧舌如簧，算得上洪城顶级歌伎，与薛楚儿倒有得一比。

摆酒设宴，图的是欢聚，投壶、行酒令自不可少，那“都知”伸着嫩葱似的巧手，醉翻彩袖抛小令，笑掷骰盘呼大采，驾驭得风生水起。应是相伴的歌伎在击鼓传花时，俏皮地做了手脚，使得裴堪在行抛打令时多灌了几杯，竟乘酒性当场挥毫，作诗赠给白居易，字里行间寄予了殷切厚望。白居易大受鼓舞，应和一首《江西裴常侍以优礼见待又蒙赠诗辄叙鄙诚用伸感谢》，作为答谢：

一从簪笏事金貂，每借温颜放折腰。
长觉身轻离泥滓，忽惊手重捧琼瑶。
马因回顾虽增价，桐遇知音已半焦。
他日秉钧如见念，壮心直气未全销。

墨迹未干，众人便争相传看，都道：“早闻白学士大名，今日得读诗篇，着实有幸。”白居易笑容可掬，逊谢不迭。坐间，看诗的看诗，看字的看字，有夸句调遒劲的，有夸笔迹旷逸的，无不竖起大拇指。裴堪在一旁拈须微笑，大畅老怀。此时，白居易心里的光景，既感激裴堪，又期盼将来能得裴公的扶持，以展再次萌发的兼济之志（谁料天心难测，此后不久，裴堪身染重疾，每况愈下，乃至不能理事，于长庆元年以工部尚书致仕，三年后病故，此是后话，按下不表）。不觉到了亥时，各席离座，鸦阵欲寻暮投之处，蝶队各恋花宿之枝。众客辞谢，白居易亦与裴公依依作别。

第二天一早，白居易得知老友熊孺登，此时正闲居南昌故里，便乘隙前去造访。自元和十一年五月间，二人浔阳一会，已然三年未曾谋面。现如今相见，忒是亲密，自是一番倾心攀谈。辞别了老友，白居易旋即打道回浔，一路顺风顺水，不一日，移舟泊岸，登上湓浦渡头。抬头一看，只见行简正在岸边东张西望，白居易快步迎上前去，招呼道：“嘿，瞪着一双牛眼，寻什么呢？”

行简闻听闪眼一瞧，哈哈笑道：“兄长如何这身装扮，莫不是‘借绯’了？着实叫人认不出来！”

白居易嘿嘿笑着，将裴堪‘借绯’，又在滕王阁设宴饯行略微讲述了一番，行简高兴地说："兄长好大的面子，如此高规格优待，闻所未闻！"白居易问："你怎知为兄今日回浔？"行简道："不曾知晓，只是忖度归期，这些日来码头转悠，转悠。"白居易拍了拍行简肩头，赞许地说："你这老弟当得合格！"

话说同僚和好友听闻白居易在洪州被裴堪优礼以待，已然身穿刺史红袍，俱络绎登门道贺。这些时日，白居易可谓"一沐三握发，一饭三吐哺"，前来恭祝之人一拨接一拨，梯次接续。司马宅门头不大，宅院亦不深邃，一时显得有些拥挤，白居易却十分珍惜这般桑梓谊重，桃李情殷，但凡登门之人，不管乘车戴笠，无论贫富贵贱，皆一视同仁。世谊没有轩轾，人情不判炎凉，全都热心热意接待，不敢有丝毫怠慢。这一天下来，客套话说得有一箩筐，打躬作揖累得腰酸背痛。有时累得腰都直不起来，只好坐着迎送，白居易又怕失礼，赶忙写了一首诗贴在墙上，剖白心迹：

银章暂假为专城，贺客来多懒起迎。
似挂绯衫衣架上，朽株枯竹有何荣。

诗是这般写，胸间却小鹿儿乱撞，难以平静。想自己萤窗雪案几十年，有才继骚雅，却在权势倾轧中，天涯沦落至今，眼见近五十之人，方才稍稍撕掳利落。道贺之人恳切话语，挂板儿似的声声打入心坎，这日稍稍空闲，白居易抽空研墨伸纸，面软口羞地写道：

故人安慰善为辞，五十专城道未迟。
徒使花袍红似火，其如蓬鬓白成丝？
且贪薄俸君应惜，不称衰容我自知。
银印可怜将底用？只堪归舍吓妻儿。

接待好方方面面的贺客，白居易长长吁了一口气。没料到三年来，江州各界人士对自己这般情深义重，看来这世间遇合，极有机缘，看来有意之希求，偏不如无心之契合。这一日，阳光如禅。白居易一早吩咐杨氏、杜氏："家中细软该收拾的收拾一下，该整理的整理出来，免得临行前丢三落四，抢不急忙。"杨氏说："你啊，就会马后炮，我与弟妹早已着手收拾了。"白居易满意地笑笑，转头对行简道："这些日子，你帮忙清理书斋的文稿、书物，捆扎的捆扎，装箱的装箱，尽量莫要遗漏。"行简爽快地应道："兄长且放心，弟干这个轻车熟路，保管完璧归赵。"一一布置周匝，白居易不再婆婆妈妈，便转了话题说："我明日赶往草堂，怕是要小住几日，一则向东西林长老辞行，二则草堂有些事儿要安顿。”杨氏叮嘱道：“山里寒气重，多穿些衣裳。”白居易点点头，没再吱声。

单说白居易来到东林寺，多日来俗得热闹的心境，至此，也便淹没在令人深省的钟声里了。白居易兀自在寺内逛着，摸一摸罗汉松，瞧一瞧石塔碑林，猛地惊觉，对东西林的缱绻与亲近，原本竟已入骨。三年多来，一个个艰苦难熬的日子，大半是在这儿厮磨的。春朝月夕，风雨无愆，或戴笠相访，或连床夜话，或结二林僧社，或读佛法经典，诸般不自得，至此，脱身归山，放声一哭。功名者，利禄者，不过是岸上听船中箫笛语，若身在其中，便徒有聒噪耳！至此，叫白居易明白：人生意义，远在云霞明灭间，近在伸手可及处。就像沐浴在月光下的一片朦胧而又清晰的森林，人亦不来，我亦不出；就像林中那爬满青藤又布满蛛丝的小屋，屋足盖头，田足糊口，韭毛竹笋足可留客，粗纸中笔足用妙书。割昏割晓，但求蔬食一饱，颓然自乐而已。

白居易正在玄思冥想，忽听得背后有人问道：“白居士既饮美酒，又慕山泉，既是天机深藏，又是平淡无味，可知‘西来密意’？”

“退步就己，万无一失。”白居易吃了一惊，回头见是东林新任长老，连忙一边见礼，一边答道。

长老微微一笑，又问：“白居士褪青着绯，子向什么处去？”

“不变易处去。”白居易答道，“思尽还原，性相常往。事理不二，真佛如如。”

长老点头道：“白居士请随我来。”白居易便跟在长老后面，往藏经阁方向走去。到地头，只见堆满了木材、砖瓦，正在大动土木修缮西廊。原来，韦丹任江南西道观察使时，诗僧灵澈逢赦归故乡，途经东林寺，见寺内藏经阁残垣断壁，经籍阙而无补，遂向韦丹求助。两人本是诗友，交情最契，加之韦丹夫妇亦信佛，故而，前些年韦娘子病逝之后，韦丹遵妻遗愿，将她生前钗梳佩服之资变卖，加之自己官俸，俱用于修缮东林藏经阁。元和五年已然竣工，唯独西廊尚在基建。新阁宝相庄严，可藏万卷书。长老说：“居士可否将来年整理的诗文集，送一套于藏经阁收藏？”白居易夙愿与东林结他生之缘，正好借此机遇，当即点头道：“喏！”长老颂了一声佛号，感激地说：“承蒙居士垂青！”白居易接过话头道：“可否仿照慧远大师文集之成例，不借外客，不出寺门？”长老笑道：“这个自然，本该如此！”

这时，钟鼓响起，已到午斋时辰，长老留白居易用膳，并派知客僧知会西林长老前来相聚。饭后又奉了一遍泡茶，白居易边饮边拜托二位长老："此去经年，烦劳二位长老帮忙照应一下草堂，以免荒芜坍塌。"

两寺长老请白居易放心，齐声应道："定不负所托！"又叙了一阵子闲话，白居易拱手作别二位长老，又与法演、智满、士坚、利辩、道深、云皋等寺僧一一叙旧，挨到申牌时分，方才沿着慧远路，匆匆赶往遗爱草堂。

眼望五架三间茅屋孤零零立在坡上，白居易心中，已然悲欣交集。今儿辞别草堂，却不知何故心中塞满了淡淡的忧伤！起初这荒凉地上百无一有，荆棘遍布，经他多方勘察、亲手描图，指点工力一砖一瓦搭起了居所。从此振作精神，日间漫游水映花缀，鱼吹摇影，燕蹴飞红，庐山美景锦上起锦，花上增花，钩惹得半官半隐之心，直刺出来；夜间独居或月光如洗，竹影婆娑；或雨打芭蕉，点点滴滴。静极，静极，虫声一忽儿东一忽儿西，东林晚钟，随风飘送。一人向灯，想那窜身他乡，昔图总废，咄咄自诧，又何惫欤？本指望在此终老余生，谁曾料突兀地又将离别。悬思默想，白居易莽莽苍苍叹了一口浩气，近前开了柴扉，进了院落，只见药圃、菜地长满了齐腰深的荒草，唯有几茎波斯菊，开着一簇瘦弱弱的小黄花，在嫩寒的山风中，摇曳过来，又滉漾过去。

进得堂屋中，但见蟠木做的几案上落满了灰尘，可怜上面陈放的儒、道、释三家经典，亦被尘埃黏附得斑驳。白居易轻轻喟叹了一声，着手收拾起来。本想将这些全都带往忠州，琴书做伴，莼鲈下酒。无奈山高水远，多有不便，便将典籍捆绑起来，悬挂在梁上，那酒瓢就挂在照壁上，将来饮酒取用时拿起来就是。白居易思忖：就带走古琴与朱木藤杖吧，其余的都留下，忠州三年任满，保不准还是要回到这草堂栖居的。又吩咐随从到溪涧边挖了十棵山石榴，特地嘱咐根须要带土的，到忠州栽种容易成活。当初便在山崖上移了十八棵栽在司马厅前，每年红艳艳的花儿应时绽放，团团簇簇的，煞是好看。

当晚与随从在草堂歇息，白居易特地焚香拨弦，弹奏了一曲《阳关三叠》。那散音松沉旷远，有远古之余韵；其泛音则如天籁，在云雾缥缈的庐山之间，呼啦啦地似要清冷入仙。白居易最为擅长的是按音，手指下的吟猱余韵细微悠长，时如人语，时如心绪，袅袅多变。倘若泛音象天，散音匝地，按音则如人和。听那琴音，天地人三籁之中，白居易最为注重的还是人间的烟火。

翌日一早，看看打理停当，白居易移步来到遗爱寺，与住持怀山又说了许多闲散话儿。吃过斋饭，二人相拱而别，怀山心中自是祝福与眷恋同在，白居易眼里已然蓄满泪光，白居易殷殷相嘱，怀山连道珍重！

在草堂小住了数日，白居易愈发恋恋不舍。这一天，正想着往昔与老友赋诗相和的光景，随从忽来禀报："白刺史，有客人来访。"白居易急忙迎了出去，只见刘十九带着张允中、张深之、宋郁、梁必复、张特一干结茅匡庐的好友已然走进院落。张允中见到白居易，打趣地说："白刺史就要远离荒野，投却那云里鹏程，祝贺，祝贺！"

白居易讪讪笑着，指点着张允中道："张兄还是那么不饶人，看来，只有我这新泡的香茶，才能堵住你的嘴。"

"怕是众口难调啊！"张深之接过话茬道，"嘴巴刁钻的喝苦茶，嘴上积德的便喝香茶。"

众人哄然大笑。宋郁解释道："闻听学士就要离开江州，众人皆想聚一聚，为你饯别。无奈前些时日，司马宅太闹腾，故而在草堂候着呢。"

白居易躬身一揖，说："多谢，多谢！草堂好，我等本是庐山客，自然相聚在林泉。"正说着话，坡上又响起橐橐脚步声，只见东西林寺的法演、满上人、朗上人、士坚、利辩、道深领着大林寺、归宗寺、秀峰寺、栖贤寺等一溜方外挚友前来饯别送行。白居易抢步迎向前去，不住地弯腰拱手，两拨人亦挨次行过礼。满上人哈哈笑着说："白居士，此去之后，春风得意，可别忘了我等方外之人哦！"白居易颂了一声佛号，正色说道："诸位情谊，没齿难忘！"又逗趣道，"汝放心，耍起达尊拳，保准念叨你。"众人齐都大笑，刘十九好奇心起，朝着满上人拖地一揖，央请道："满上人拳脚了得，可否让我等开开眼界？"众人齐道："来一个！"

满上人见众口一词，竟也不推辞，当下撩起僧袍，扎好衣襟，双眼流星般一闪，亮开架式，耍了一套达尊拳。此拳讲究以意领神，眼到手到，上、落、进、退、闪，身如舵摆；冲、弹、劈、掟、勾，虎虎生风。众人目光灼灼，随着一招一式腾挪流转，不住声地喝彩。

这一日，园子里水石潺湲，风竹相吞；草堂中炉烟方袅，花香自馨，好似一场儒道释三家合一的"遗爱雅聚"。半晌，张允中道："孔子曰'兴于诗'，诗者，人性人心之根也！今日饯别，白居易怎可无诗？"白居易见说，便缓步走向案几。面对诸多即将别离的老友，内心已然动情，遂顺应张允中的提议，握管伸纸，奋笔疾书，一气呵成《别草堂》三绝句：

其一

正听山鸟向阳眠，黄纸除书落枕前。
为感君恩须暂起，炉峰不拟住多年。

其二

久眠褐被为居士，忽挂绯袍作使君。
身出草堂心不出，庐山未要勒移文。

其三

三间茅舍向山开，一带山泉绕舍回。
山色泉声莫惆怅，三年官满却归来。

昨日饯别众人，桃花不曾献笑，新莺尚未吐语，唯有白居易的喟叹绕梁三匝。何日再能与老友相遇在石桥古道？何时再能回到这山温水软的第二故乡？白居易不知道。当下，他唯一能明了的是：该离开了！

白居易没有乘蓝舆，没有骑马，他让随从牵着马，坚持步行这三十多里地，一步留下一个脚印，在趔趄中寻求平衡，又打破平衡跌入趔趄，如此便向前。

长 相 思

元和十四年（819 年）仲春卯月初，“龙角星”从东方地平线冉冉升起，人称“龙抬头”。这年龙头节，龙角星与北斗四星同时闪烁天际，彼此遥遥相望。原来这北斗四星，五行属水，专管科甲名声与文雅风骚；龙角星五行属木，照映的是草树萌发、五谷丰登。两星崭露头角，自是非比寻常。故而二月二这日，江州的龙灯舞得格外卖劲，家家孩童剃龙头，理发去旧，焕然一新。

司马宅内，行简正在给龟儿剪喜头，忽听院外一群娃儿唱起了童谣：“龙角抬头遇文曲，卯木癸水行大舟。琵琶崭露龙河口，青衫借绯逆江流。”

行简双目炯炯发光，急忙呼出兄长，惊讶地说：“听，这儿歌意味深长哩！”

白居易哈哈大笑道：“看来，在江州父老心目中，你老哥是那文曲星下凡！”

行简笑道：“可不是，白发渔樵四下传唱《琵琶行》呢。”

白居易忽然沉默起来，继而眼眶湿润，不住地说：“江州司马一事无成，我负江州，我负江州啊！”

行简在一旁劝慰道：“兄长正值爬坡过坎，百姓是知道的。然羁旅不忘兼济之志，苍生是有感应的！”

这番话，热人热语，令白居易心意稍平。一时兴致勃发起来，便想作诗，来回踱了几步，遂朗声吟哦道：

二月二日新雨晴，草芽菜甲一时生。

轻衫细马春年少，十字津头一字行。

倏忽之间，眼见到了二月中旬，这一日，春风和蔼，那朝阳刚刚升起，一辆带有帷帐的五马朱轮车便候在司马宅门前。白居易身穿刺史绯袍，腰佩银鱼袋，与行简一道挈妇将雏，拖家带口，从司马宅出发，启程奔赴忠州。立在门前，白居易正叮嘱嫁娶在江州的堂弟妹们，事无巨细一一做着交代，婆婆妈妈的，竟比杨氏的嘴还要碎。

一大家子缓缓赶往江畔，远远便听见前方人声鼎沸，喧嚣连天，江州刺史崔能早已做出了安排，指派象征刺史身份的五马朱轮官车，在司马宅门前候接，且颁文、传话吩咐各州府文武官吏赶赴江边迎候。一时间，满街皆是微职末弁，往来互错，描麟绣凤的各色旗帜、各样仪仗，迎风招展。那写着回避、肃静的官衔牌一对又一对，在街巷里穿梭了半天。最惹眼的是，崔能命人在湓浦口平缓地带搭建一个偌大帐篷，作为饯别酒宴的处所。这红日射处，精光四映，微风飘处，旂角抖斜。吹竹弹丝，细管小鼓，作起乐来，绵绵不尽。

白居易一家刚到帐篷仪门，霎时鼓乐喧豗。见崔能早已在帐幕前等候，他赶紧大步向前，就地一揖，感激说道：“使君公知遇之恩，乐天寸草之心，定当铭记春晖！”

崔能爽朗一笑，殷切地说：“白刺史鹏程万里，崔某理当尽地主之谊！”

叙罢寒温，崔能将身一闪，引白居易与文武职官员一一相见。众官有打拱的，有作揖的，无不春风满面。白居易带着谢逊劳动的颜色，说了些褒尊叨爱的话语。一番寒暄之后，崔能挽住白居易的袍袖，并肩进入帐篷。当下崔能上座，白居易并坐，其余各级官员分左右两列落座，俱各谦让有序，排列秩秩。奉了一遍调匙点茶，也说了些逊谢谦恭的话，近晌午，席面上来，白居易见陈设丰盛，珍馐嘉美。笾豆里的食物样样精致，陈酿庐岳美酒醇厚柔和，胸中不免又滚过一股热流。

不多一阵，伺候的差役抬过绣幔架子，正放眼前，乐声缥缈而起，掀起锦帘，四个仙童，一对一对，各执小红幡儿，分两厢一站。突兀地便传来一声歌喉，踏摇娘粉白脸儿，黑明眼儿，装扮登场。唱吟的是《琵琶行》全阙，一边唱一边足蹴一朵红云，手舞灵动水袖，载歌载舞起来。崔能这才举杯祝愿："白刺史这一别，必定再续初心，鸿猷大展。崔某由衷快慰，借此嘉贺嘉祝！"

白居易站起身来，双手捧杯深深一揖，眼含着热泪说："使君公优待于我，胜似甘霖灌顶。感荷高情，点点滴滴，无不铭记五衷！"

崔能一饮而尽，感叹道："云山苍苍，江水泱泱，从此一别，相见何年？"

白居易喉结动了一下，强忍着再次涌上来的一泡热泪，有些哽咽地说："记得元和十年，在下凄风苦雨抵江州，使君公率府属全部吏员出郭郊迎，规格之高绝无仅有。那一刻，我恰似汪洋里一叶孤舟，望见了亮煌煌的灯塔，找着了温暖港湾，好比那漂泊多年的游子回到家门！"

"乐天老弟！"崔能听见白居易发自肺腑的话，眸子一片晶莹，动情地说，"海内存知己，天涯若比邻。之前，我俩虽未谋面，可心意相通。元和十年，你初来乍到，他乡遇故知，我何曾不是？"

"曾记得，下官卧病抱榻，使君公寻医问药。"白居易点点头，起身敬了崔能一杯酒，唏嘘着说，"下官心情抑郁，使君公烹茶煮酒，百般开导；朝廷有个风吹草动，使君公勉思良图。大情大义，恩同再造。"

崔能一面摆手，一面说道："区区之事，何足挂齿！你我兄弟，还谈这些！"

白居易再次敬了崔能一杯，旋即与州府文武职官吏一一喝下来，便有些晕晕乎乎。崔能见众人鱼贯敬白居易酒，担心他不胜酒力，况且还要长途跋涉，更加不可多饮，便以目示意不要再劝白居易多吃酒。这时，竹笛、梆锣响起，踏摇娘换了一身宫廷装扮，蓉面桃腮，袅娜娉婷，唱的却是《长恨歌》。崔能慈祥蔼蔼，与白居易交头接耳，说的都是贴心的话头。崔能问："乐天老弟，此去忠州，有何打算？"白居易直肠直肚地说："誓当负刺慎身，履冰厉节。下安调擦，上副忧勤。未死之间，期展微效。"

"子曰'君子敏于事而慎于言'。"崔能担心白居易以道奋直的秉性，委婉提醒道，"莫要愤切于心，遂不觉发言径直，不复自顾忌讳。"

白居易笑了笑，炯炯地望着崔能道："使君公警醒的是，险路应须避，迷途莫共争。多知非景福，少语是元亨。"

崔能呵呵一笑，暗自思忖：看来江州几年，白居易体悟到了知足保和！

此去可保无忧。遂岔开话题道："遥途路远，到了忠州，记得报个平安！"

白居易点头道："乐天谨记，一到忠州，必定裁书叙心。"

酒阑人半醉的光景，饯别宴方才终局。江州刺史崔能携州府的文武官吏、浔阳县令及衙属簇拥着白居易出了帐篷，一大群人迤逦走向早已停泊在江边的楼船。杨氏带着两个女儿、弟弟行简夫妇牵着腊娘和龟儿，还有龟儿的乳母，一同登船随行。歌伎、艺人吹打着鼓乐，一大片儿跟着。

一箭路远，挤满了浔城的百姓，老幼男子，丑女俊妮，一步一趁地沿途相送。树上的儿童往下瞧热闹，墙头的妇人向外看新鲜，全都在心头留下了忆念。到渡口，白居易瞧见东林寺、西林寺长老、二林僧社的社友及张允中、张深之、宋郁、梁必复、张特、刘十九这一干隐士、方外之人，心头又是一热，忙不迭地抱拳打躬，泪眼模糊地与众人一一道别。

由朔到望，何止弹指之间；光阴驹隙，犹如转瞬即逝。这些年，正是这般好友陪伴自己走过了最为艰难的一段路，正是他们的不离不弃，叫自己看到了岁月希望和信心。每次与他们相遇，就像口渴的人走向一口井。白居易寻思：所谓背井离乡，难不成真的要背着一口井？其实亲朋好友便是一口口清澈的井。有了这些井，漂流的人才会直把他乡作故乡，才会有情有义，有亲有爱。

到地头，白居易与行简接过堂弟妹们手里的包袱，摸了摸堂侄们的头，嘱咐加嘱咐，这才洒泪登上了楼船。船夫解缆撑篙，慢悠悠地离了岸。看天色，已是酉牌时分。西边的天上，飘荡着几缕橘红色的晚霞，细碎的夕阳丝丝缕缕，跳跃在浪尖上，好似踏摇娘在跳霓裳羽衣。这光景，风中传来崔公塔翘檐铎铃的回响，一声声弥漫在湓浦渡口。白居易站立船头，向父老乡亲，向崔能与同僚，向长老与士子，向堂弟侄们拱手揖别，那滚烫的热泪，洇湿了绯红的衣袍。

临别惝恍，触物留情。但见大江如带，莽莽苍苍。一桩桩、一件件往事，如那大江东去，何曾稍息？白居易只记得：草堂风月相迎，频回盼睐，便认得琴心先许。但过了烧灯后，都不见踏青挑菜，几回凭双燕。丁宁深意，往来却恨重帘碍。白居易依然记得：泛南湖，日色淡融，水意平远，晴山小小如几案间物。久之汀州半点，鸥凫可亲，举目凝睇，夙怀顿饱，此去蓬壶几里？白居易兀自记得：漫揾贬谪泪，相离长安远。谢慈悲，坐禅莲台下，没缘法，转眼分离乍。那里讨，烟蓑雨笠单行。一任俺，芒鞋青衫随缘化。白居易怎能忘记：作诗用新笔，满纸怨望，嗟卑叹老。登庾楼，问天詈人，强相愤慰。厮磨领悟，编辑百来篇章，终究成集。与元九书，启迪成手，助其天真。白居易如何忘记：司马宅庐，拙荆在堂。左对孺人，右对稚女。天涯兄弟，晨夕过从。千里不异比邻，两地无殊揽袂，山川虽阻，神明不隔……这一幕幕忆念，在别离时刻蜂拥浮现，把白居易弄得苦海无边。

到江心，孤舟鼓帆，流水对晤，江州渐行渐远。冷风吹过，岸上众人尤听得白居易高亢地放歌：

鞍马军城外，笙歌祖帐前。
乘潮发湓口，带雪别庐山。
暮景牵行色，春寒散醉颜。
共嗟炎瘴地，尽室得生还。

白居易吟哦这一首，不觉喉中悲哽。薄暮中，放眼江州，看归巢的鸟儿，一点一粒又一声，和离别之人的泪珠交相迸发。在江州，白居易居住了三年零五个月，淹博之儒，留下了三百七十首描摹江州的诗文。浩繁卷帙，自此叱咤在匡山浔水。自此，白发渔樵江渚上，一壶浊酒喜相逢，谣歌翻唱的是那《琵琶行》。

白居易本是笃挚肝肠，又是性情中人，当下被离愁限住了心，正自倚帆洒泪，沉郁得难以自拔。忽听得，烟波浩渺的浔阳江头，蓦地传来琤琤淙淙的琵琶声。或许便是那琵琶女花退红，或掩映在蒹葭丛中，或混杂在送别的人群里，和着《长相思》的词牌，一字一咽地高腔吟唱：

湓水流，鄱水流，流到江州古渡头，庐山点点愁。
芦花秋，蓼花秋，琵琶声声语还休，月明莫倚楼。

图书在版编目（CIP）数据

白居易 / 梅曙平著. -- 北京 : 中国文史出版社，2021.9

（实力榜·中国当代作家长篇小说文库）

ISBN 978-7-5205-3177-1

Ⅰ. ①白… Ⅱ. ①梅… Ⅲ. ①长篇历史小说－中国－当代 Ⅳ. ①I247.5

中国版本图书馆 CIP 数据核字(2021)第 187203 号

江西文化艺术基金资助项目

责任编辑：全秋生

出版发行：中国文史出版社

地　　址：北京市海淀区西八里庄路 69 号　　邮编：100142

电　　话：010－81136602　　81136603　　81136606（发行部）

传　　真：010－81136655

印　　装：廊坊市海涛印刷有限公司

经　　销：全国新华书店

开　　本：787×1092　　1/16

印　　张：25.75　　字数：400 千字

版　　次：2022 年 1 月北京第 1 版

印　　次：2022 年 1 月第 1 次印刷

定　　价：66.00 元
